師大國文系文學叢書之一

王熙元 陳滿銘 陳弘治合編

詞林韻藻

臺灣學生書局印行

序

自民國五十六年迄今，在師大國文系任詞選教學工作，十餘年來，深感學生習作時，僅能依據前人所編韻書，如清舒夢蘭晚翠軒詞韻、戈載詞林正韻等，以爲選擇韻字、查檢平仄之用而已；因詞韻之書，只列擧韻字，而沒有例詞例句，以供初學者採擇參考，兼獲啓發靈思之助，如作詩者有佩文韻府、詩韻集成、詩韻合璧之類，可以檢用；而詞與詩風調不同，自然不宜借用上述諸書，以爲選詞的憑藉；故初學塡詞者，迄無一部作詞專用、於韻字之外、廣收佳詞美句、以供斟酌採取的理想韻書，可說是詞學界的一項缺陷。

數年以前，常與同道陳滿銘兄談及此事，他也深有同感。及至六十五年四月，乃以此意與國文系主任李鍌先生商議，擬藉系內經費的支助，以師生合作的方式，組成一編纂小組，由學生抄錄卡片，約一年可以完成。李主任對此一構想，甚表贊同，並允予資助。遂由滿銘兄、弘治兄與筆者，共同商定編纂體例，並推滿銘兄執筆，擬定編纂計畫，繼由系印製卡片稿紙，購備應用圖書文具，於當年暑期，即展開選詞、抄錄、編卡等工作，這是本書編纂的緣起。

參與此一編纂小組的師大國文系學生，有胡慧怡、吳萍、鍾淑蘭、張彩霞、施美惠、郭月娥、王桂英、李淑卿等八人。她們在假期中，冒着暑熱的天氣，細心地選詞，一一抄錄在表格上，經過挑選後，再謄寫到卡片上，又依照編書的體例，由卡片轉錄於特印的稿紙上，才算全部完成。在編錄工作的過程中，我們經常輪流輔導她們進行，一直工作到她們結業後的暑假，即六十六年九月間，才陸續完成一連串繁複的工作，這是本書編纂的經過。

關於本書的出版，經洽請學生書局發行，馮董事長愛羣、張副總經理洪瑜，都樂意接受，並提供有關排版方式的意見，使本書版面增加不少美觀。自去年十一月，至本年三月，歷時五個月，由我們三人親自校訂，終於殺青成書，編爲師大國文系文學叢書之一，以爲未來師生合作編纂此類教學用書的一個導引。行見學子將以此書爲習作之助，有清詞麗句，以供涵泳，能不欣然而喜！

書成，承本系汪教授履安先生題署，美術系劉自明同學設計封面，使本書益增清新淡雅之美，謹此掬誠致謝！

民國六十七年歲次戊午仲春湘鄉王熙元序

例言

一、本書分韻次第、所採韻目韻字，悉依清戈載「詞林正韻」；復自唐宋名家詞作中，就其用韻之詞藻，擇其佳者，截爲例句，惟偶亦有不在用韻處者，一一依韻分繫於各字之下，故題曰「詞林韻藻」。

二、本書所採詞藻及例句，以唐溫庭筠、韋莊；南唐中主李璟、後主李煜、馮延巳；宋晏殊、晏幾道、歐陽修、柳永、張先、蘇軾、秦觀、周邦彥、李清照、辛棄疾、姜夔、吳文英等十七家詞爲主。

三、唐五代詞以林大椿編「全唐五代詞」所收爲準，兩宋詞以唐圭璋編「全宋詞」爲準。另酌採龍沐勛「唐宋名家詞選」所收諸家之作，故間有十七家以外如孫光憲、范仲淹、張元幹、張炎各家詞句。

四、每部各韻中韻字，依常用字、次常用字、罕用字之次序排列。常用字各有例詞，並附例句；次常用字僅有例詞，而無例句；罕用字則既無例詞，亦無例句，僅列舉韻字而已。

五、各韻中之常用字、次常用字及罕用字，其前後排列之次序，各字所附之反切，悉依戈氏「詞林正韻」。音同之字，則反切注於第一字之下，餘均省略不注。

六、原書反切頗有誤者，如第一部上聲腫韻：恐、立勇切，當爲丘勇切；第三部平聲灰韻：傀、始回切，當爲姑回切；第六部上聲混韻：袞、舌本切，當爲古本切；第十二部平聲尤韻：收、口周切，當爲尸周切等，凡十六字，均分別訂正。

七、各韻中之常用字，每字列於行首，易字則易行排列，以醒眉目。字下注反切，繼列以該字爲韻之例詞，依二字、三字、四字之先後排列，又各依首字筆畫少多爲序。例詞下列例句，均詳舉其作者及詞牌名。

八、各韻中之次常用字，亦逐字分行排列，注明反切之後，繼列例詞，亦依二字、三字之先後爲序，並各依首字筆畫少多排列。全部例詞，係就「佩文韻府」之可用於詞者，斟酌採用之。

九、各韻中之罕用字，因僅有韻字，而無詞句，故逐字連續排列，以省篇幅。戈氏「詞林正韻」中，此類罕用字甚多，有極冷僻無用者，已斟酌刪除之。

十、罕用字之後，另立「對偶」一欄，凡三字對以至七字對，其在該韻韻脚者，悉附於此，以供作詞者屬對之參考。

詞林韻藻目錄

序……一
例言……三

第一部

平聲　一東……一
二冬……一〇
三鍾……一一
上聲　一董　二腫……一五
去聲　一送……一六
二宋……一八
三用……一九

第二部

平聲　四江……二一

十陽……二二
十一唐……三一
上聲 三講 三十六養……三七
三十七蕩……三八
去聲 四絳 四十一漾……三九
四十二宕……四三

第三部

平聲 五支……四五
六脂……五一
七之……五五
八微……五九
十二齊……六五
十五灰……七〇
上聲 四紙……七五
五旨……七七
六止……八〇
七尾 十一薺……八五
十四賄……八六

去聲
五寘……八七
六至……八九
七志……九六
八未……九八
十二霽……一〇〇
十三祭……一〇三
十四太（半）　十八隊……一〇六
二十廢……一〇八

第四部

平聲
九魚……一〇九
十虞……一一一
十一模……一一四
上聲
八語……一一七
九噳……一二三
十姥……一二八
去聲
九御……一三二
十遇……一三七
十一暮……一四二

第五部

平聲　十三佳（半）　十四皆……一四九
十六咍……一五〇
上聲　十二蟹　十三駭　十五海……一五五
去聲　十四太（半）……一五六
十五卦……一五七
十六怪　十七夬……一五八
十九代……一五九

第六部

平聲　十七眞……一六一
十八諄……一六六
十九臻　二十文……一六八
二十一欣　二十三魂……一七一
二十四痕……一七四
上聲　十六軫……一七五
十七準　十八吻……一七六
十九隱　二十一混……一七七

去聲
二十二很……一七八
二十一震……一七八
二十二稕……一七九
二十三問……一八〇
二十四焮　二十六慁……一八一
二十七恨……一八三

第七部

平聲
二十二元……一八五
二十五寒……一八七
二十六桓……一九〇
二十七刪……一九二
二十八山……一九四
一先……一九六
二仙……二〇〇
上聲
二十阮……二〇七
二十三旱……二一〇
二十四緩……二一一
二十五潸　二十六產……二一四

二十七銑……………………………二一五
二十八獮……………………………二一六
去聲
二十五願……………………………二二〇
二十八翰……………………………二二一
二十九換……………………………二二四
三十諫……………………………二二七
三十一襉　三十二霰……………………………二二九
三十三線……………………………二三三

第八部

平聲
三蕭……………………………二三七
四宵……………………………二三九
五爻……………………………二四三
六豪……………………………二四五
上聲
二十九篠……………………………二四七
三十小……………………………二四九
三十一巧　三十二晧……………………………二五二
去聲
三十四嘯……………………………二五七
三十五笑……………………………二五八

三十六效　三十七號……二六一

第九部

平聲　七歌……二六五
八戈……二六七
上聲　三十三哿……二七一
三十四果……二七二
去聲　三十八箇……二七三
三十九過……二七四

第十部

平聲　十三佳（半）　九麻……二七七
上聲　三十五馬……二八五
去聲　十五卦（半）　四十禡……二八七

第十一部

平聲　十二庚……二九一

十三耕……二九五
十四清……二九六
十五青……三〇一
十六蒸……三〇四
十七登……三〇五
上聲 三十八梗……三〇七
三十九耿 四十靜……三〇九
四十一迥……三一一
四十二拯 四十三等……三一二
去聲 四十三映……三一二
四十四諍 四十五勁……三一四
四十六徑……三一五
四十七證……三一六
四十八嶝……三一七

第十二部

平聲 十八尤……三一九
十九侯……三二七
二十幽……三二九

上聲　四十四有……三三一
四十五厚……三三四
四十六黝……三三六
去聲　四十九宥……三三六
五十候……三四一
五十一幼……三四三

第十三部

平聲　二十一侵……三四五
上聲　四十七寢……三五一
去聲　五十二沁……三五二

第十四部

平聲　二十二覃……三五三
二十三談　二十四鹽……三五四
二十五沾……三五五
二十六嚴　二十七咸　二十八銜……三五六
二十九凡……三五七

上聲　四十八感　四十九敢……三五九
五十琰……三六〇
五十一忝……三六一
五十二儼　五十三豏　五十四檻……三六二
五十五范……三六三
去聲　五十三勘　五十四闞……三六三
五十五豔　五十六㮇……三六四
五十七驗　五十八陷　五十九鑑……三六五
六十梵……三六六

第十五部

入聲　一屋……三六七
二沃　三燭……三七三

第十六部

入聲　四覺……三七九
十八藥……三八〇
十九鐸……三八三

第十七部

入聲

五質……三九一
六術　七櫛……三九三
二十陌……三九四
二十一麥……三九八
二十二昔……三九六
二十三錫……四〇二
二十四職……四〇五
二十五德……四〇八
二十六緝……四一〇

第十八部

入聲

八勿……四一三
九迄　十月……四一四
十一沒……四一八
十二曷　十三末……四一九
十四黠……四二一

十五舝　十六屑……四二二
十七薛……四二五
二十九葉……四三一
三十帖……四三二

第十九部

入聲

二十七合……四三五
二十八盍　三十一業……四三六
三十二洽　三十三狎……四三七
三十四乏……四三八

第一部

平聲 一東二冬三鍾通用

（東）

東

都籠切【丁東】吳文英燕歸梁：當時離佩解丁東。【池東】周邦彥塞翁吟：小池東，亂一岸芙蓉。【牆東】馮延巳采桑子：惆悵牆東。【小樓東】辛棄疾菩薩蠻：見說小樓東，好山千萬重。【小橋東】姜夔訴衷情：石榴一樹浸溪紅，零落小橋東。【水長東】李煜烏夜啼：自是人生長恨、水長東。【月橋東】晏幾道燕歸梁：人在月橋東。【各西東】秦觀江城子：飲散落花流水，各西東。秦觀阮郎歸：隴頭流水各西東。【宋家東】馮延巳采桑子：粉牆畫壁宋家東。【忽西東】柳永雪梅香：流水落花忽西東。柳永集賢賓：近來雲雨忽西東。【東復東】馮延巳菩薩蠻：畫橋東復東。【畫橋東】辛棄疾江神子：記相逢，畫橋東。

通

他東切【暗通】秦觀阮郎歸：靈犀得暗通。【信曾通】歐陽炯南鄉子：情未已，信曾通。【信難通】韋莊荷葉杯：碧天無路信難通。【意難通】姜夔浣溪沙：夢尋千驛意難通。【夢魂通】周邦彥燕歸梁：關山隔，夢魂通。【畫鼓三通】蘇軾西江月：重城畫鼓三通。

同

徒東切【永同】馮延巳壽山曲：聖壽南山永同。【應同】柳永雪梅香：動悲秋情緒，當時宋玉應同。【一杯同】蘇軾虞美人：笑論瓜葛一杯同。【兩心同】柳永集賢賓：算得人間天上，惟有兩心同。【恨還同】李煜謝新恩：遠似去年，今日恨還同。【晚粧同】歐陽炯南鄉子：雙臉上，晚粧同。【寢未同】柳永鷓鴣天：縱此心同寢未同。

童

【笑兒童】辛棄疾烏夜啼：記得昨宵歸路，笑兒童。

瞳

【重瞳】辛棄疾浪淘沙：舜蓋重瞳堪痛恨，羽又重瞳。

桐

【梧桐】李清照行香子：草際鳴蛩，驚落梧桐。馮延巳虞美人：須臾殘照上梧桐。馮延巳采桑子：獨倚梧桐，閒想閒思到曉鐘。晏幾道行香子：閒倚梧桐。晏殊破陣子：微涼漸入梧桐。【溪桐】晏幾道滿庭芳：落盡溪桐。

籠

盧東切【兩處籠】柳永鷓鴣天：愛把鴛鴦兩處籠。【倚薰籠】李煜謝新恩：象床愁倚薰籠。【暖薰籠】辛棄疾臨江仙：博山微透暖薰籠。【碧紗籠】歐陽修繫裙腰：方牀遍展魚鱗簟，碧紗籠。【翡翠籠】歐陽修武陵春：斗帳香檀翡翠籠。【慢撚輕籠】歐陽修減字木蘭花：慢撚輕籠，玉指纖纖嫩剝葱。

櫳

【房櫳】周邦彥月中行：博山細篆靄房櫳。韋莊荷葉杯：惆悵舊房櫳。【簾櫳】馮延巳壽山曲：猶垂三殿簾櫳。【小簾櫳】辛棄疾定風波：茶甌香篆小簾櫳。【上簾櫳】柳永鷓鴣天：一軒明月上簾櫳。【出簾櫳】晏殊望仙門：管絃聲細出簾櫳。【到簾櫳】李煜搗練子令：數聲和月到簾櫳。【挂朱櫳】馮延巳拋球樂：倚簾樓上挂朱櫳。【穿簾櫳】秦觀憶秦娥：蕭蕭瑟瑟穿簾櫳。【閉朱櫳】馮延巳喜遷鶯：殘燈吹燼閉朱櫳。馮延巳酒泉子：枕前燈，窗外月，閉朱櫳。【閉簾櫳】晏幾道醜奴兒：長閉簾櫳。【透簾櫳】周邦彥南柯子：碧油淳氣透簾櫳。【揭簾櫳】柳永夢還京：風揭簾櫳。【隔簾櫳】韋莊天仙子：杜鵑聲咽隔簾櫳。馮延巳相見歡：暮雨輕煙夢斷，隔簾櫳。【飛舞簾櫳】歐陽修獻衷心：恨不如雙燕，飛舞簾櫳。

朧

【朦朧】辛棄疾浪淘沙：兒女此情同，往事朦朧。【月朦朧】韋莊喜遷鶯：大羅天上月朦朧。【曉朦朧】馮延巳喜遷鶯：春樹曉朦朧。【淡月朦朧】晏幾道清平樂：雨餘淡月朦朧。【斜月朦朧】馮延巳采桑子：斜月朦朧，雨過殘花落地紅。

瓏

【玲瓏】周邦彥燕歸梁：欲攀雲駕倩西風，吹清血，寄玲瓏。秦觀憶秦娥：綺閣玲瓏。辛棄疾聲聲慢：十里芬芳，一枝金粟玲瓏。韋莊浣溪沙：隔牆梨雪又玲瓏。

蓬

蒲蒙切【孤蓬】周邦彥虞美人：野外一聲鐘起，送孤蓬。秦觀臨江仙：遙憐南埭上孤蓬。【翠蓬】吳文英滿江紅：雲氣樓臺分一派，滄浪翠蓬。【蓮蓬】辛棄疾清平樂：溪頭臥剝蓮蓬。

篷

【船篷】姜夔訴衷情：五日淒涼心事，山雨打船篷。

濛 謨蓬切【冥濛】晏幾道采桑子：雁影冥濛。【冥濛】韋莊清平樂：翠簾睡眼溟濛。【濛濛】辛棄疾聲聲慢：盡日時雨濛濛。歐陽修采桑子：飛絮濛濛。馮延巳春光好：霧濛濛，風淅淅，楊柳帶疏烟。【雨濛濛】韋莊定西番：花黯黯，雨濛濛。

匆 粗叢切【匆匆】柳永集賢賓：縱然偷期暗會，長是匆匆。【太匆匆】李煜烏夜啼：林花謝了春紅，太匆匆。

怱 【怱怱】歐陽修采桑子：聚散怱怱。晏幾道行香子：芳意怱怱。【太怱怱】秦觀臨江仙：斷腸携手，何事太怱怱。【恨怱怱】歐陽修武陵春：携手恨怱怱。辛棄疾水調歌頭：此別恨怱怱。【苦怱怱】歐陽修浪淘沙：聚散苦怱怱。【莫怱怱】姜夔浣溪沙：當時何似莫怱怱。

璁 【瓏璁】周邦彥塞翁吟：窗外曉色瓏璁。

葱 【嫩剝葱】歐陽修減字木蘭花：玉指纖纖嫩剝葱。

驄 【花驄】周邦彥燕歸梁：回津路轉，榆影步花驄。【驕驄】辛棄疾江神子：呼神女，認驕驄。

叢 徂聰切【成叢】柳永集賢賓：羅綺成叢。【芳叢】歐陽修浪淘沙：總是當年携手處，遊遍芳叢。【珍叢】晏幾道武陵春：依舊滿珍叢。【菊叢】晏殊破陣子：試把金尊傍菊叢。【少年叢】辛棄疾浪淘沙：夢入少年叢。

紅 胡公切【香紅】鹿虔扆臨江仙：清露泣香紅。溫庭筠菩薩蠻：雙鬢隔香紅。【春紅】李煜烏夜啼：林花謝了春紅。【珠紅】秦觀江城子：小槽春酒滴珠紅。【晚紅】晏幾道木蘭花：晚紅初減謝池花。【散紅】馮延巳壽山曲：仗下宮花散紅。【寒紅】晏幾道行香子：晚綠寒紅。【殘紅】歐陽修采桑子：狼藉殘紅。辛棄疾江神子：明日重來，風雨暗殘紅。晏殊虞美人：曉來庭院半殘紅。【啼紅】晏幾道滿庭芳：香袖看啼紅。柳永集賢賓：爭似和鳴偕老，免教翠斂啼紅。劉辰翁八聲甘州：煙雨啼紅。【愁紅】柳永雪梅香：水村殘葉舞愁紅。【微紅】韋莊浣溪沙：玉容憔悴惹微紅。【霜紅】馮延巳菩薩蠻：花葉脫霜紅。辛棄疾朝中措：年年黃菊灩秋風，更有拒霜紅。【檀紅】歐陽修南鄉子：滿衣猶自染檀紅。【一枝紅】晏殊少年遊：腸斷一枝紅。【一抹紅】蘇軾采桑子：斜照江天一抹紅。【一點紅】辛棄疾菩薩蠻：何物比春風，歌脣一點紅。【小桃紅】歐陽修蝶戀花：寶幄華燈相見夜，妝臉小桃紅。【杏花紅】溫庭筠蕃女怨：畫樓離恨錦屏空，杏花紅。【花自紅】馮延巳舞春風：蕙花有恨枝猶綠，桃李無言花自紅。【兩線紅】韋莊天仙子：淚界蓮腮兩線紅。【香露紅】韋莊更漏子：落花香露紅。【粉面紅】晏殊破陣子：歌長粉面紅。【海霞紅】柳永早梅芳：海霞紅，山煙翠。【浸溪紅】姜夔訴衷情：石榴一樹浸溪紅。【帶雨紅】馮延巳采桑子：一樹櫻桃帶雨紅。【萬樹紅】馮延巳拋球樂：霜積秋山萬樹紅。【幾枝紅】晏幾道燕歸梁：秋恨幾枝紅。【落地紅】馮延巳采桑子：雨過殘花落地紅。【滿地紅】馮延巳南鄉子：金鳳花殘滿地紅。【滿枝紅】歐陽修少年遊：敲遍闌干，向人無語，惆悵滿枝紅。【醉顏紅】晏幾道鷓鴣天：當年拚却醉顏紅。【蓼花紅】歐陽炯南鄉子：桄榔葉暗蓼花紅。【燭花紅】蘇軾行香子：任酒花白，眼花亂，燭花紅。李清照浣溪沙：醒時空對燭花紅。李煜玉樓春：歸時休放燭花紅。【濕愁紅】溫庭筠荷葉杯：楚女欲歸南浦，朝雨濕愁紅。【簾影紅】陳克菩薩蠻：花晴簾影紅。【鏡裏紅】韋莊定西番：愁消鏡裏紅。【倚綠偎紅】辛棄疾臨江仙：春色饒君白髮了，不妨倚綠偎紅。【幾點愁紅】辛棄疾祝英臺近：斷腸幾點紅。【慘綠愁紅】柳永定風波：自春東，慘綠愁紅。【藉綠盛紅】吳文英掃花遊：藉綠盛紅，怕委天香到地。

鴻

【征鴻】柳永雪梅香：相思意，盡分付征鴻。晏幾道行香子：數字征鴻。馮延巳鵲踏枝：過盡征鴻。【孤鴻】秦觀望海潮：往事孤鴻。蘇軾水調歌頭：渺渺沒孤鴻。【冥鴻】辛棄疾水調歌頭：此樂竟誰覺，天外有冥鴻。【煙鴻】晏幾道愁倚闌令：憑江閣看煙鴻。【過鴻】辛棄疾鷓鴣天：獨立斜陽數過鴻。【蒙鴻】辛棄疾水調歌頭：淡酒醉蒙鴻。【燕鴻】韋莊清平樂：碧窗望斷燕鴻。【歸鴻】蘇庠菩薩蠻：落日送歸鴻。周邦彥虞美人：斜倚曲闌凝睇，數歸鴻。秦觀江城子：南來飛燕北歸鴻。【驚鴻】柳永臨江仙引：有誰更賦驚鴻。孫道絢醉思仙：輕若驚鴻。周邦彥燕歸梁：曾經洛浦見驚鴻。【鱗鴻】李甲帝臺春：又還問鱗鴻。

虹

【長虹】秦觀憶秦娥：飄飄彩筆搖長虹。【晴虹】辛棄疾沁園春：一水西來，千丈晴虹。【氣如虹】秦觀望海潮：豪俊氣如虹。【隔岸虹】柳永臨江仙引：畫舸，盪槳，隨浪箭，隔岸虹。

烘

呼公切【妖艷烘】歐陽修漁家傲：五月榴花妖艷烘。

空

枯公切【半空】馮延巳壽山曲：高閣鷄鳴半空。【春空】柳永玉樓春：金絲玉管咽春空。歐陽修采桑子：始覺春空。【虛空】秦觀憶秦娥：冷冷仙籟鳴虛空。 韋莊喜遷鶯：騎馬上虛空。【晴空】歐陽修朝中措：平山闌檻倚晴空。姜夔浣溪沙：草枯霜鶻落晴空。柳永雪梅香：危樓獨立面晴空。【遙空】葉夢得水調歌頭：雙雁落遙空。【橫空】秦觀望海潮：月觀橫空。【曉空】秦觀阮郎歸：星河沉曉空。【一場空】歐陽修定風波：鶯聲嘹亂一場空。【十里空】辛棄疾菩薩蠻：誰解探玲瓏，青山十里空。【又成空】李煜菩薩蠻：譙罷又成空。【已成空】李煜子夜歌：往事已成空。【小庭空】李煜搗練子令：深院靜，小庭空。【水連空】蘇軾水調歌頭：亭下水連空。【玉樓空】李清照孤雁兒：吹簫人去玉樓空。馮延巳酒泉子：小桃寒，垂楊晚，玉樓空。【玉尊空】李清照好事近：酒闌歌罷玉尊空。【色欲空】辛棄疾鷓鴣天：點盡蒼苔色欲空。【此樽空】舒亶菩薩蠻：今日此樽空。【依舊空】韋莊天仙子：夢覺雲屏依舊空。【柳條空】歐陽修獻衷心：春欲暮，殘絮盡，柳條空。【旋成空】晏幾道武陵春：歡事旋成空。【畫堂空】馮延巳虞美人：雲屏冷落畫堂空。韋莊荷葉杯：羅幕畫堂空。【畫船空】吳文英望江南：堤畔畫船空。【過眼空】辛棄疾鷓鴣天：桃李漫山過眼空。【翠拂空】辛棄疾小重山：綠漲連雲翠拂空。【盡成空】潘閬憶餘杭：來疑滄海盡成空。【鳳樓空】馮延巳舞春風：鶯鶯啼處鳳樓空。【暮江空】吳文英燕歸梁：澹雲低，暮江空。【錦屏空】晏幾道臨江仙：酒醒長恨錦屏空。溫庭筠蕃女怨：畫樓離恨錦屏空。【愁對秋空】鹿虔扆臨江仙：綺窗愁對秋空。

公

沽紅切【山公】辛棄疾烏夜啼：江頭醉倒山公。

工

【春工】蘇軾減字木蘭花：便與春工，染得桃紅似肉紅。【語言工】辛棄疾鷓鴣天：情味好，語言工。

翁

烏工切【衰翁】歐陽修朝中措：尊前看取衰翁。辛棄疾烏夜啼：卻笑一身纏繞，似衰翁。【詩翁】辛棄疾烏夜啼：一段可憐風月，欠詩翁。【白頭翁】蘇軾水調歌頭：忽然浪起掀，舞一葉白頭翁。【杜陵翁】辛棄疾鷓鴣天：也宜惱損杜陵翁。

風

方馮切【仙風】辛棄疾虞美人：試看中間白鶴，駕仙風。【西風】溫庭筠荷葉杯：小船搖漾入花裏，波起，隔西風。【東風】歐陽烱獻衷心：見好花顏色，爭笑東風。馮延巳虞美人：一時彈淚與東風。秦觀望海潮：珠簾十里東風。【夜風】柳永鷓鴣天：吹破殘煙入夜風。【金風】辛棄疾金菊對芙蓉：正零瀼玉露，淡蕩金風。【香風】韋莊河傳：翠旗高颭香風。【春風】馮延巳壽山曲：鸞旗百尺春風。蘇軾訴衷情：歲歲年年，共占春風。吳文英燕歸梁：綠塵湘水避春風。柳永笛家弄：畫閣春風。辛棄疾菩薩蠻：何物比春風。【秋風】吳文英瑞鶴仙：更醉乘，玉井秋風。【屏風】韋莊清平樂：含悲斜倚屏風。【乘風】周邦彥減字木蘭花：只恐乘風，飛上瓊樓玉宇中。【清風】柳永玉女瑤仙佩：皓月清風。【牽風】歐陽修采桑子：畫鷁牽風。【悲風】張孝祥浣溪沙：酒闌揮淚向悲風。【嘶風】吳文英望江南：馬停楊柳倦嘶風。【曉風】溫庭筠楊柳枝：一面新妝待曉風。【臨風】柳永女冠子：對月臨風。柳永雪梅香：臨風，想佳麗，別後愁顏，數斂眉峯。【薰風】歐陽修繫裙腰：水軒簷幕透薰風。周邦彥塞翁吟：教見薰風。【一再風】辛棄疾鷓鴣天：橫笛難堪一再風。【又東風】李煜虞美人：小樓昨夜又東風。【已隨風】鹿虔扆臨江仙：聲斷已隨風。【小屏風】周邦彥月中行：團團四壁小屏風。【月明風】韋莊浣溪沙：畫堂簾幕月明風。【正春風】李煜望江南：花月正春風。【五更風】韋莊喜遷鶯：襟袖五更風。【古人風】辛棄疾水調歌頭：素琴濁酒喚客，端有古人風。【打頭風】辛棄疾小重山：殷勤却謝打頭風。【泣秋風】馮延巳南鄉子：細雨泣秋風。【雨和風】辛棄疾浣溪沙：試問花留春幾日，略無人管雨和風。【林下風】辛棄疾鷓鴣天：看取蕭然林下風。【怯東風】辛棄疾江神子：試著春衫，依舊怯東風。【虎頭風】辛棄疾水調歌頭：此語更癡絕，眞有虎頭風。【背西風】秦觀虞美人：知爲阿誰凝恨，背西風。【柳邊風】辛棄疾臨江仙：舞低花外月，唱徹柳邊風。【怨春風】馮延巳舞春風：嚴妝才罷怨春風。【咽春風】歐陽修定風波：歌管咽春風【珠簾風】馮延巳酒泉子：珠簾風，蘭燭燼，怨空閨。【酒旗風】辛棄疾好事近：春動酒旗風。【倚西風】歐陽修少年遊：惱煙撩霧，拚醉倚西風。【怨秋風】晏幾道行香子：看渚蓮凋，宮扇舊，怨秋風。【逐春風】晏幾道減字木蘭花：試逐春風，重到宮花花樹中。【淅淅風】馮延巳拋球樂：黃葉煙深淅淅風。【晚來風】李煜烏夜啼：無奈朝來寒雨晚來風。【處士風】辛棄疾鷓鴣天：吾家籬落黃昏後，剩有西湖處士風。【楚臺風】秦觀憶秦娥：楚臺風，蕭蕭瑟瑟穿簾櫳。【惹春風】晏殊踏莎行：垂楊只解惹春風。【嫁東風】蘇軾南歌子：怕被楊花勾引、嫁東風。【蓼花風】晏幾道燕歸梁：蓮葉雨，蓼花風。【葦邊風】曹組木蘭花：歸帆初張葦邊風。【落花風】辛棄疾水調歌頭：一笑出門去，千里落花風。馮延巳虞美人：薄晚春寒無奈落花風。【落西風】晏幾道武陵春：吹帽落西風。【對秋風】辛棄疾鷓鴣天：淵明把菊對秋風。【殞秋風】秦觀阮郎歸：無端銀燭殞秋風。【滿袂風】姜夔浣溪沙：著酒行行滿袂風。【盡日風】歐陽修采桑子：垂柳闌干盡日風。【頭上風】溫庭筠菩薩蠻：玉釵頭上風。【斷續風】李煜搗練子令：斷續寒砧斷續風。【繡幃風】馮延巳酒泉子：繡幃風，蘭燭焰，夢遙遙。【灑東風】晏幾道愁倚闌令：還有當年聞笛淚，灑東風。【依舊東風】馮延巳采桑子：昔日無限傷心事，依舊東風。【滿院春風】馮延巳采桑子：小堂深靜無人到，滿院春風。

終

之戎切【初終】柳永集賢賓：待作眞個宅院，方信有初終。

中

陟隆切【醉中】辛棄疾聲聲慢：爲淒涼，長在醉中。【一笑中】辛棄疾鷓鴣天：萬事紛紛一笑中。【一夢中】李煜子夜歌：往事已成空，還如一夢中。【夕陽中】秦觀虞美人：綠荷多少夕陽中。辛棄疾定風波：飛燕，來時相遇夕陽中。姜夔浣溪沙：銷魂都在夕陽中。【月明中】歐陽炯獻衷心：三五夜，偏有恨，月明中。李煜虞美人：故國不堪回首月明中。辛棄疾烏夜啼：江頭醉倒山公，月明中。【月宮中】吳文英燕歸梁：步歸來，月宮中。【不言中】秦觀江城子：無限事，不言中。【玉笛中】馮延巳拋球樂：髣髴梁州曲，吹在誰家玉笛中。【有無中】蘇庠木蘭花：百沙煙樹有無中。【雨聲中】辛棄疾臨江仙：小樓春色裏，幽夢雨聲中。【如夢中】溫庭筠更漏子：舊歡如夢中。秦觀阮郎歸：佳期如夢中。【柳陰中】馮延巳菩薩蠻：家住柳陰中。【春夢中】李煜菩薩蠻：魂迷春夢中。【酒杯中】辛棄疾浪淘沙：身在酒杯中。【浪花中】辛棄疾小重山：船兒住，且醉浪花中。【淚痕中】秦觀臨江仙：夕陽流水，紅滿淚痕中。晏幾道武陵春：會在淚痕中。【野塘中】鹿虔扆臨江仙：藕花相向野塘中。【細雨中】歐陽修采桑子：雙燕歸來細雨中。【碧雲中】晏幾道燕歸梁：飛雁碧雲中。【畫閣中】馮延巳采桑子：雙燕歸棲畫閣中。【殘月中】馮延巳菩薩蠻：流螢殘月中。【鼓聲中】潘閬憶餘杭：萬面鼓聲中。【落花中】晏幾道臨江仙：飛雨落花中。【瑣窗中】溫庭筠定西番：樓上月明三五，瑣窗中。【慘澹中】辛棄疾鷓鴣天：詩在經營慘澹中。【翠煙中】秦觀望海潮：畫橋南北翠煙中。【翠葉中】辛棄疾鷓鴣天：却放疏花翠葉中。【綠陰中】吳文英望江南：啼鶯聲在綠陰中。【夢魂中】李煜望江南：昨夜夢魂中。周邦彥月中行：啼盡夢魂中。【醉夢中】李煜謝新恩：紗窗醉夢中。【曉庭中】韋莊定西番：芳草叢生結縷，花艷艷雨濛濛曉庭中。

忡

敕中切【雨忡忡】歐陽修訴衷情：離懷酒病雨忡忡。【意忡忡】柳永鷓鴣天：情莫莫，意忡忡。張先訴衷情：零落意忡忡。【莫忡忡】姜夔訴衷情：諳世味，楚人弓，莫忡忡。柳永集賢賓：盟言在，切莫忡忡。

蟲

持中切【飛蟲】周邦彥燕歸梁：短燭散飛蟲。【蟲蟲】柳永集賢賓：就中堪人屬意，最是蟲蟲。

融

余中切【水光融】韋莊河傳：翠旗高颭香風，水光融。【汗香融】歐陽修翠裙腰：起來意懶含羞態，汗香融。【春色融融】馮延巳酒泉子：春色融融，飛燕乍來鶯未語。【意先融】李清照浣溪沙：未成沉醉意先融。【沙暖泥融】辛棄疾臨江仙：睡起鴛鴦飛燕子，門前沙暖泥融。

雄

胡弓切【繁雄】秦觀望海潮：追思故國繁雄。

弓

居雄切【雕弓】葉夢得水調歌頭：飛騎引雕弓。

宮

【吳宮】白居易憶江南：江南憶，其次憶吳宮。【深宮】鹿虔扆臨江仙：夜闌還照深宮。【瑤宮】柳永臨江仙引：想媚魂香信，算密鎖瑤宮。【水晶宮】辛棄疾小重山：十里水晶宮。【煙鎖深宮】辛棄疾聲聲慢：但江南草木，煙鎖深宮。【漢殿秦宮】辛棄疾浪淘沙：雨打風吹何處是，漢殿秦宮。

窮 渠弓切【無窮】晏幾道行香子：離恨無窮。【月無窮】張先訴衷情：花不盡，月無窮。【恨何窮】韋莊定西番：紫燕黃鸝猶生恨何窮。李煜謝新恩：新愁往恨何窮。【柳無窮】晏幾道鷓鴣天：花不盡，柳無窮。【思無窮】溫庭筠更漏子：春欲暮，思無窮。【意無窮】辛棄疾西江月：清香一袖意無窮。

銅 徒東切。採銅、頑銅、鑄銅、百鍊銅、新磨銅。

筒 香筒、詩筒、書筒、插花筒、紫荷筒。

聾 盧東切。已聾、半聾、新聾、三日聾、不怕聾、聽歌聾。

濛 謨蓬切。空濛、迷濛、濛濛、微濛、山色濛、煙霧濛、曉氣濛。

聰 粗叢切。多聰、神聰、聖聰、遠聰、耳不聰、病後聰。

洪 胡公切。長洪、奔洪、水翻洪、百步洪。

功 沽紅切。同功、天功、戎功、奇功、殊功、神功、深功、歌功、豐功、不計功、天地功、雨露功、第一功、萬世功、造化功、蓋世功。

攻 研攻、勤攻、未易攻、自可攻。

豐 敷馮切。永豐、年豐、意豐、歲豐、五穀豐、草木豐、道義豐。

楓 方馮切。丹楓、江楓、冷楓、青楓、霜楓、千里楓、兩峯楓。

充 昌嵩切。四充、早充、一藝充、倉廩充、嘉有充。

戎 而融切。戎戎、佐戎、習戎、遠戎、啓元戎、絕漠戎。

衷 陟隆切。由衷、折衷、幽衷、盈衷、深衷、清衷、虛衷、矢丹衷、恐非衷。

忠 大忠、效忠、孤忠、懷忠、平生忠、表純忠、貫精忠。

隆 良中切。永隆、多隆、優隆、豐隆、恩愛隆、頌聲隆、德望隆。

躬 居雄切。玉躬、清躬、聖躬、不有躬、清明躬。

恫 他東切　**僮** 徒東切　**瞳**　**峒**　**潼**　**衕**　**嚨** 盧東切

聾　**瀧**　**龐**　**芃** 蒲蒙切　**蒙** 謨蓬切　**幪**　**朦**

曚　**懵**　**訌** 胡公切　**倥** 枯公切　**崆**　**悾**　**釭** 沽紅切

蚣　**嗡** 烏公切　**酆** 敷馮切　**瘋** 方馮切　**馮** 符風切

瞢 謨中切　**嵩** 思融切　**崧**　**娀**　**螽** 之戎切　**絨** 而戎切

崇 鉏弓切　**蟲** 敕中切　**癃** 良中切　**窿**　**熊** 胡公切

穹 邱弓切　**芎**

【對偶】

蘇軾西江月：小院朱闌幾曲，重城畫鼓三通。晏殊破陣子：斜日更穿簾幕，微涼漸入梧桐。秦觀憶秦娥：滄江浩渺，綺閣玲瓏。韋莊定西番：花豔豔，雨濛濛。歐陽修舞春風：蕙蘭有恨枝尤綠，桃李無言花自紅。溫庭筠定西番：萱草綠，杏花紅。馮延巳壽山曲：階前御柳搖綠，仗下宮花散紅。蘇軾南歌子：雲鬢裁新綠，霞衣曳曉紅。秦觀望海潮：迷樓挂斗，月觀橫空。秦觀憶秦娥：飄飄彩筆搖長虹，冷冷仙籟鳴虛空。歐陽修舞春風：燕燕巢時羅幕捲，鶯鶯啼處鳳樓空。吳文英滿江紅：風送流花時過岸，浪搖晴練欲飛空。李煜搗練子令：深院靜，小庭空。晏幾道鷓鴣天：舞低楊柳樓心月，歌盡桃花扇底風。辛棄疾臨江仙：舞低花外月，唱徹柳邊風。吳文英望江南：人去鞦韆閒挂月，馬停楊柳倦嘶風。馮延巳拋球樂：白雲天遠重重恨，黃葉煙深淅淅風。辛棄疾臨江仙：小樓春色裏，幽夢雨聲中。秦觀阮郎歸：身有恨，恨無窮。

（冬）

鼕 徒冬切【鼓鼕鼕】韋莊喜遷鶯：人洶洶，鼓鼕鼕。

儂 奴冬切【風月愁儂】辛棄疾聲聲慢：記當時，風月愁儂。

鬆 蘇宗切【翠鬟鬆】秦觀阮郎歸：宮腰裊裊翠鬟鬆。辛棄疾鷓鴣天：一枝斜墜翠鬟鬆。【馬蹄鬆】

辛棄疾鷓鴣天：隴頭休放馬蹄鬆。【鬢雲鬆】辛棄疾江神子：裙帶褪，鬢雲鬆。【墜雲鬆】吳文英燕歸梁：白玉搔頭墜雲鬆。

悰　徂宗切【情悰】柳永集賢賓：誚惱損情悰。

農　奴冬切。老農、春農、勤農、義農、歸農。山澤農、恒爲農、學圃農。

宗　祖賨切。文宗、詞宗、詩宗、道宗、儒宗、四方宗、百代宗、夙所宗、言有宗、萬物宗。

冬 都宗切　**彤** 徒冬切　**噥** 奴冬切　**憹**　**膿**　**椶** 祖賨切

琮 徂宗切　**淙**　**鬃**

（鍾）

鍾　諸容切【千鍾】辛棄疾定風波：揷花走馬醉千鍾。秦觀望海潮：一飲拼千鍾。【玉鍾】晏幾道鷓鴣天：彩袖殷勤捧玉鍾。【金鍾】歐陽修定風波：對花何事訴金鍾。【龍鍾】辛棄疾水調歌頭：坐堆豗，行答颯，立龍鍾。【瓊鍾】吳文英珍珠簾：貞元供奉梨園曲，稱十香，深蘸瓊鍾。【月斜鍾】歐陽修武陵春：腸斷月斜鍾。

鐘　【疏鐘】周邦彥月中行：聲不斷，暮景疏鐘。馮延巳采桑子：日暮疏鐘。【鳴鐘】辛棄疾浪淘沙：老僧夜半誤鳴鐘。【曉鐘】馮延巳采桑子：閒想閒思到曉鐘。【墜疏鐘】吳文英滿江紅：秋色未教飛盡雁，夕陽長是墜疏鐘。

忪　【心忪】韋莊浣溪沙：擬交人送又心忪。秦觀臨江仙：尋思模樣早心忪。

慵　常容切【春慵】晏幾道醜奴兒：日日春慵。【嬌慵】柳永臨江仙引：細腰無力轉嬌慵。【還慵】馮延巳采桑子：愁心似醉兼如病，欲語還慵。李煜謝新恩：金窗力困起還慵。【四體慵】韋莊浣溪沙：欲上鞦韆四體慵。

茸　如容切【草茸茸】晏幾道生查子：歸路草茸茸。

蹤　將容切【前蹤】晏幾道風入松：落花空記前蹤。【無蹤】歐陽修采桑子：畫樓鐘動君休唱，往事無蹤。柳永鶴沖天：碧雲歸去認無蹤。【了無蹤】辛棄疾水調歌頭：怕入丹青圖畫，飛去了無蹤。【去無蹤】韋莊天仙子：玉郎薄倖去無蹤。【寂無蹤】鹿虔扆臨江仙：翠華一去寂無蹤。【夢無蹤】歐陽修訴衷情：攲枕夢無蹤。【雨迹雲蹤】柳永雪梅香：頓乖雨迹雲蹤。

松

祥容切【孤松】孫道絢醉思仙：烟暗孤松。【疏松】秦觀憶秦娥：幾壑疏松。【兩三松】辛棄疾烏夜啼：溪欲轉，山已斷，兩三松。【繫長松】辛棄疾烏夜啼：千尺蔓，雲葉亂，繫長松。【巧石盤松】吳文英滿江紅：開小景，玉盆寒浸，巧石盤松。

峯

敷容切【巫峯】周邦彥南柯子：何事不教雲雨，略下巫峯。【眉峯】張先雙燕兒：芳心念我，也應那裏，蹙破眉峯。柳永雪梅香：想佳麗，別後愁顏，鎖斂眉峯。【碧峯】蘇軾水調歌頭：一千頃，都鏡淨，倒碧峯。【三數峯】辛棄疾沁園春：看爽氣朝來三數峯。【第幾峯】晏幾道鷓鴣天：今在巫山第幾峯。

封

方容切【一時封】馮延巳更漏子：和粉淚，一時封。【紫泥封】辛棄疾最高樓：看明朝，丹鳳詔，紫泥封。

逢

符容切【相逢】秦觀臨江仙：翻疑夢裏相逢。柳永臨江仙令：疑水仙游泳，向別浦相逢。【偶相逢】辛棄疾水調歌頭：一笑偶相逢。【復相逢】白居易憶江南：早晚復相逢。

重

傳容切【九重】辛棄疾醉翁操：望君之門兮九重。【千萬重】蘇庠菩薩蠻：夕嵐千萬重。辛棄疾菩薩蠻：見說小樓東，好山千萬重。馮延巳更漏子：和粉淚一時封，此情千萬重。【花鈿重】李清照蝶戀花：淚融殘粉花鈿重。【恨重重】馮延巳酒泉子：天長煙遠恨重重。韋莊天仙子：一日日，恨重重。馮延巳虞美人：一時彈淚與東風，恨重重。【映九重】溫庭筠楊柳枝：御柳如絲映九重。【幾時重】李煜烏夜啼：胭脂淚，留人醉，幾時重。【翠被重】辛棄疾浣溪沙：酒面低迷翠被重。【翠裙重】吳文英燕歸梁：怯冷翠裙重。【暮雲重】秦觀江城子：煙浪遠，暮雲重。【影重重】辛棄疾聲聲慢：月殿桂影重重。【春景重重】歐陽烱獻衷心：開小樓深閣，春景重重。【簾幕重重】馮延巳采桑子：洞房深夜笙歌散，簾幕重重。【露綺千重】吳文英風流子：惆悵舞衣疊損，露綺千重。

龍 力鐘切【魚龍】秦觀望海潮：寧論爵馬魚龍。【馬如龍】李煜望江南：車如流水馬如龍。

蘢 【蔥蘢】韋莊河傳：柳色蔥蘢。

濃 尼容切【方濃】晏幾道采桑子：雪意方濃。【夜濃】周邦彥燕歸梁：簾底新霜一夜濃。【香濃】辛棄疾朝中措：莫怪東籬韻減，只今丹桂香濃。柳永集賢賓：鴛衾暖，鳳枕香濃。【情濃】歐陽修武陵春：金泥雙結同心帶，留與記情濃。【愁濃】李清照行香子：正人間，天上愁濃。【豔濃】溫庭筠定西番：一枝春豔濃。【心字濃】晏幾道生查子：笑靨旁邊心字濃。【似酒濃】辛棄疾定風波：少日春懷似酒濃。【秋興濃】晏幾道武陵春：誰似龍山秋興濃。【柳煙濃】歐陽修繫裙腰：銀塘外，柳煙濃。【春睡濃】晏幾道更漏子：綠窗春睡濃。【淚痕濃】辛棄疾浪淘沙：湘娥竹上淚痕濃。【萬花濃】辛棄疾虞美人：寶煙飛焰萬花濃。【琥珀濃】李清照浣溪沙：莫許杯深琥珀濃。【曉霜濃】辛棄疾水調歌頭：自掃落英餐罷，杖履曉霜濃。【露華濃】晏殊望仙門：紫薇枝上露華濃。

穠 【纖穠】辛棄疾江神子：梅梅柳柳鬬纖穠。【酒花穠】蘇軾西江月：燈花零落酒花穠。

容 餘封切【芳容】柳永集賢賓：無花可比芳容。【雍容】辛棄疾沁園春：相如庭戶，車騎雍容。【儀容】周邦彥南柯子：等閒贏得瘦儀容。【玉爲容】辛棄疾鷓鴣天：冰作骨，玉爲容。【寄芳容】辛棄疾鷓鴣天：尋驛使，寄芳容。【笑衰容】辛棄疾鷓鴣天：輕輭語，笑衰容。【爲誰容】辛棄疾江神子：亂山中，爲誰容。【慘愁容】秦觀江城子：偶相逢，慘愁容。【醉怡容】李煜謝新恩：一聲羌笛，驚起醉怡容。【紅粉嬌容】辛棄疾金菊對芙蓉：除非腰佩黃金印，座中擁紅粉嬌容。

蓉 【芙蓉】辛棄疾水調歌頭：皎皎太獨立，更插萬芙蓉。周邦彥塞翁吟：亂岸一芙蓉。【入芙蓉】晏殊少年遊：秋豔入芙蓉。【對芙蓉】張先訴衷情：數枝金菊對芙蓉。【醉芙蓉】白居易憶江南：吳娃雙舞醉芙蓉。【繡芙蓉】溫庭筠楊柳枝：鳳凰窗近繡芙蓉。

溶 【水溶溶】蘇軾江神子：隋堤三月水溶溶。晏幾道燕歸梁：遠煙收盡水溶溶。【月溶溶】馮延巳虞美人：楊花零落月溶溶。【景溶溶】晏殊采桑子：暖景溶溶。【千里溶溶】柳永雪梅香：浪浸斜陽，千里溶溶。【遠水溶溶】晏幾道愁倚闌令：斜陽外，遠水溶溶。

胸 許容切【紅抹胸】李煜謝新恩：淚沾紅抹胸。

洶 【洶洶】韋莊喜遷鶯：人洶洶，鼓鼟鼟。

衝 昌容切。江衝、折衝、要衝、當衝、潮衝、秀氣衝、波浪衝、劍氣衝、髮上衝。

從 牆容切。天從、風從、相從、雲從、遊從、無從、一馬從、二客從、千里從、好風從、谷鳥從、載酒從。

蜂 敷容切。山蜂、狂蜂、遊蜂、藏蜂、採花蜂、腰如蜂、銜粉蜂、瘦於蜂。

鋒 先鋒、爭鋒、前鋒、談鋒、機鋒、戰鋒、藏鋒、筆鋒、詞鋒、劍鋒、不露鋒、百勝鋒、養金鋒、萬人鋒。

烽 夕烽、起烽、曉烽、邊烽、已息烽、映山烽、嶺外烽。

縫 符容切。重縫、細縫、裁縫、新縫、懶縫、不待縫、手自縫、信手縫、密密縫、燈下縫。

庸 餘容切。凡庸、中庸、居庸、登庸、愧無庸、劍何庸。

恭 居恭切。不恭、虔恭、益恭、溫恭、彌恭、五斗恭、居處恭、醉後恭、舊情恭。

凶 許容切。吉凶、除凶、救凶、無凶、不爲凶、鴉噪凶。

舂書容切 **踳** **憧**昌容切 **蜙**思恭切 **淞** **樅**七恭切

鏦 **縱**將容切 **丯**敷容切 **葑**方容切 **傭**痴凶切

醲尼容切 **鄘**餘封切 **鎔** **鏞** **榕** **墉**

跫邱恭切 **龔**居恭切 **供** **共** **珙** **匈**許容切

邕於容切 **雝** **雍** **饔** **灉** **禺**魚容切 **喁**

蛩渠容切 **邛** **筇**

【對偶】

歐陽修朝中措：揮毫萬字，一飲千鍾。秦觀憶秦娥：滄江浩渺，幾壑疏松。韋莊天仙子：一日日，恨重重。柳永集賢賓：有畫難描雅態，無花可比芳容。韋莊喜遷鶯：人洶洶，鼓鼟鼟。

仄聲 一董二腫一送二宋三用通用

（董） 以下上聲

動 杜孔切【舟動】柳永笛家弄：水嬉舟動。【聲動】辛棄疾青玉案：鳳簫聲動。【沙影動】辛棄疾清平樂：宿鷺驚窺沙影動。【花樹動】秦觀調笑令：冉冉拂牆花樹動。【空自動】歐陽修玉樓春：綠意嬌眼爲誰回，芳草深心空自動。【侵簾動】晏幾道踏莎行：拂檐花影侵簷動。【時節動】歐陽修漁家傲：正是浴蘭時節動。【珠鎖動】李煜菩薩蠻：潛來珠鎖動。【晨光動】秦觀玉樓春：參差簾影晨光動。【笳鼓動】賀鑄六州歌頭：笳鼓動，漁陽弄。【情懷動】蘇軾漁家傲：歸來轉覺情懷動。【堤柳動】溫庭筠更漏子：堤柳動，島烟昏。【街鼓動】韋莊喜遷鶯：街鼓動，禁城開。【旗光動】張先慶同天：日轉旗光動。【嚴城動】秦觀桃源憶故人：無端畫角嚴城動。【東方纔動】韋莊酒泉子：曙色東方纔動。【畫樓鐘動】張先夜厭厭：依前是，畫樓鐘動。歐陽修夜行船：愁聞唱，畫樓鐘動。

鬆 祖動切【花鬆鬆】晏幾道蝶戀花：晴雪半消花鬆鬆。

總 祖動切。紛總、專總、親總、天心總、萬物總、萬象總。

孔 苦動切。心孔、周孔、鼻孔、萬孔。

董 覩動切 **董** **懂** **侗** 吐孔切 **桶** **恫** **峒** 杜孔切

籠 魯孔切 **攏** **琫** 補孔切 **俸** **矇** 母總切 **懵** **懞**

偬 祖動切 **空** 苦動切 **汞** 戶孔切 **蓊** 鄔孔切 **滃**

（腫）

種 主勇切【薄情種】秦觀桃源憶故人：玉樓深鎖薄情種。

聳 筍勇切【毛髮聳】賀鑄六州歌頭：肝膽動，毛髮聳。

寵 丑勇切【新寵】秦觀玉樓春：露桃雨柳矜新寵。

勇 尹竦切【翹勇】賀鑄六州歌頭：擁翹勇，務豪縱。【身退勇】歐陽修漁家傲：定册功成身退勇。

擁 委勇切【和衣擁】秦觀桃源憶故人：悶即和衣擁。【香雲擁】歐陽修蝶戀花：綠鬟堆枕香雲擁。【旌旆擁】蘇軾漁家傲：腰跨金魚旌旆擁。

踵 主勇切。企踵、放踵、接踵、摩踵、繼踵。

宂 乳勇切。疎宂、閒宂、散宂、人事宂。

竦 筍勇切。山竦、高竦、孤竦、羣竦、千尋竦、枯樹竦、喬松竦。

悚 惶悚、慚悚、震悚、戰悚。

冢 展勇切。古冢、丘冢、青冢、枯冢、孤冢、高冢、荒冢、野冢、羣冢、舊冢、千家冢、夫子冢、先人冢、衣冠冢、英雄冢、無名冢。

隴 魯勇切。丘隴、江隴、寒隴、邊隴。

湧 尹竦切。水湧、日湧、月湧、泉湧、雪湧、波湧、洶湧、海湧、魚湧、雲湧、霧湧、騰湧、千嶂湧、文思湧、江流湧、兼天湧、詩情湧、羣峰湧、層瀾湧。

恐 丘勇切。心恐、不恐、無恐、惶恐、憂恐、驚恐、牛羊恐、風濤恐、鬼神恐。

拱 古勇切。合拱、成拱、垂拱、星拱、高拱、環拱、冬青拱、松柏拱、篁竹拱。

腫 主勇切　**慫** 筍勇切　**捧** 撫勇切　**壠** 魯勇切　**甬** 尹竦切

踊　**俑**　**蛹**　**洶** 詡拱切　**珙** 古勇切　**鞏**　**壅** 委勇切

（送）以下去聲

送 蘇弄切【行雲送】秦觀調笑令：紅娘深夜行雲送。【狂歌送】蘇軾漁家傲：尊前舞雪狂歌送。【持杯送】張先偷聲木蘭花：風花將盡持杯送。【長亭晚送】晏幾道減字木蘭花：長亭晚送，都似綠窗前日夢。

糉

作弄切【角糉】歐陽修漁家傲：五色新絲纏角糉。

憁

【惺憁】周邦彥浣溪沙：起來嬌眠未惺憁。

凍

多貢切【初破凍】李清照蝶戀花：暖日晴風初破凍。【香酥凍】晏幾道蝶戀花：曉妝呵盡香酥凍。【雲凝凍】蘇軾漁家傲：西山雪淡雲凝凍。【井寒筆凍】吳文英宴清都：吟窗亂雪，井寒筆凍。

棟

【畫棟】歐陽修臨江仙：燕子飛來窺畫棟。

弄

盧貢切【幾弄】蘇軾漁家傲：梅笛煙中聞幾弄。【江南弄】晏幾道蝶戀花：記得江南弄。【梅花弄】秦觀桃源憶故人：聽徹梅花弄。【單于弄】秦觀玉樓春：倚樓聽徹單于弄。【漁陽弄】賀鑄六州歌頭：笳鼓動，漁陽弄。【燈花弄】李清照蝶戀花：夜闌猶剪燈花弄。【鶯吟弄】歐陽修玉樓春：沈沈庭院鶯吟弄。

鞚

苦貢切【飛鞚】辛棄疾清平樂：柳邊飛鞚。【紫騮青鞚】吳文英宴清都：名牋澹墨，恩袍翠草，紫騮青鞚。

夢

莫鳳切【入夢】辛棄疾清平樂：應有魚蝦入夢。【客夢】辛棄疾念奴嬌：剗地東風欺客夢。【春夢】秦觀調笑令：春夢，神仙洞，冉冉拂牆花樹動。【殘夢】韋莊荷葉杯：閑掩翠屏金鳳，殘夢。【新夢】秦觀桃源憶故人：驚破一番新夢。【千里夢】李清照攤破浣溪沙：熏透愁人千里夢。岳飛小重山：驚回千里夢。【千重夢】溫庭筠酒泉子：八行書，千重夢。【空有夢】秦觀玉樓春：却憶舊歡空有夢。【前日夢】晏幾道減字木蘭花：都似綠窗前日夢。【香屏夢】馮延巳菩薩蠻：千里香屏夢。【相思夢】韋莊酒泉子：子規啼破相思夢。【相逢夢】張先木蘭花：相離徒有相逢夢。【浮生夢】蘇軾漁家傲：只堪妝點浮生夢。【春草夢】辛棄疾賀新郎：春草夢，也宜夏。【紗窗夢】歐陽修漁家傲：等閒驚破紗窗夢。【清夜夢】張先偷聲木蘭花：往事只成清夜夢。【楊花夢】馮延巳菩薩蠻：溶溶春水楊花夢。【銀屏夢】李煜菩薩蠻：驚覺銀屏夢。【歸家夢】辛棄疾鷓鴣天：畫圖恰似歸家夢。【千載雲夢】吳文英宴清都：凌雲氣壓，千載雲夢。

鳳　馮貢切【金鳳】秦觀調笑令：因彈釵橫金鳳。【彩鳳】柳永滿朝枝：因念秦樓彩鳳。【鴛鳳】秦觀桃源憶故人：羞見枕衾鴛鳳。【金畫鳳】張先醉垂鞭：琵琶金畫鳳。【金縷鳳】溫庭筠酒泉子：裙上金縷鳳。歐陽修蝶戀花：翠被雙盤金縷鳳。【釵頭鳳】李清照蝶戀花：暮損釵頭鳳。【釵橫鳳】馮延巳菩薩蠻：嬌鬟堆枕釵橫鳳。馮延巳上行杯：春山顛倒釵橫鳳。【橫翠鳳】馮延巳菩薩蠻：寶釵橫翠鳳。【盤雙鳳】歐陽修漁家傲：生絹畫扇盤雙鳳。【翠屏金鳳】韋莊荷葉杯：閑掩翠屏金鳳。【舞鸞歌鳳】張先夜厭厭：燭房深，舞鸞歌鳳。【縷金釵鳳】馮延巳酒泉子：裙上縷金釵鳳。

痛　他貢切。巨痛、忍痛、含痛、沈痛、抱痛、深痛、片時痛、抱餘痛、罔極痛、無涯痛。

慟　徒弄切。一慟、永慟、哀慟、增慟、不勝慟、買生慟、窮途慟。

洞　一洞、入洞、石洞、百洞、荒洞、深洞、尋洞、玉女洞、水簾洞、仙子洞、泉鳴洞、桃源洞。

貢　古送切。入貢、方貢、受貢、珍貢、千金貢、四海貢、玉帛貢。

諷　方鳳切。吟諷、托諷、夜諷、明諷、微諷、片言諷、君子諷。

衆　之仲切。合衆、治衆、殊衆、萬衆、百萬衆、兒女衆、峯巒衆、煙樹衆。

中　陟仲切。不中、百中、巧中、言中、幸中、高中、誤中、刑罰中、流矢中。

仲　直衆切。伯仲、管仲。

傯 作弄切　**峒** 徒弄切　**恫**　**哢** 盧貢切　**哄** 胡貢切　**閧**

控 苦貢切　**空**　**贛** 古送切　**戇**　**甕** 烏貢切　**幪** 蒙貢切

瞢 莫鳳切　**賵** 撫鳳切

【對偶】秦觀醉蓬萊：冷露朝凝，香風遠送。溫庭筠酒泉子：八行書，千重夢。

（宋）

宋　蘇綜。切二宋、沈宋、屈宋、唐宋。

綜　子宋切。全綜、兼綜、畢綜、錯綜。

統 他綜切 一統、人統、天統、文統、垂統、開統、聖統、道統、傳統、總統、中興統、百代統、仁義統、萬物統。

(用)

縱 足用切【小筵歡縱】張先夜厭厭：昨夜小筵歡縱。

重 儲用切【情重】秦觀調笑令：更覺玉人情重。【微重】秦觀臨江仙：眼兒失睡微重。【霜重】秦觀桃源憶故人：窗外月華霜重。【花露重】韋莊酒泉子：柳煙輕，花露重。【征衣重】辛棄疾清平樂：柳邊飛輕，露濕征衣重。【垂垂重】歐陽修漁家傲：綠楊帶雨垂垂重。【秋陰重】蘇軾漁家傲：秋陰重，西山雪淡雲凝凍。【春陰重】吳文英宴清都：柳色春陰重。【春睡重】馮延巳上行杯：飛絮入簾春睡重。歐陽修蝶戀花：半醉騰騰春睡重。【春氣重】歐陽修玉樓春：日暖煙和春氣重。【朝寒重】晏幾道蝶戀花：不怕朝寒重。【雲鬟重】溫庭筠酒泉子：玉釵斜篸雲鬟重。【蘭露重】溫庭筠更漏子：蘭露重，柳風斜。【月斜煙重】晏幾道踏莎行：雪盡寒輕，月斜煙重。

共 渠用切【誰共】秦觀桃源憶故人：清夜悠悠誰共。【仙聲共】張先慶同天：游鈞廣樂人疑夢，仙聲共。【知誰共】秦觀調笑令：西廂待月知誰共。【清尊共】歐陽修漁家傲：菖蒲酒美清尊共。【誰與共】蘇軾漁家傲：美酒一杯誰與共。

用 余頌切。大用、世用、殊用、無用、藏用、一席用、名教用、登高用、堯舜用。

俸 房用切。受俸、厚俸、常俸、微俸、餘俸、一月俸、無多俸。

頌 似用切。祝頌、美頌、善頌、歌頌、嘉頌、稱頌、興頌、太平頌、中興頌、甘棠頌、河清頌、聖德頌、清風頌、遺愛頌。

誦 成誦、夜誦、春誦、爭誦、稱誦、歌誦、天下誦、朝夕誦、萬篇誦。

訟 息訟、庭訟、理訟、聚訟、聽訟。

種 朱用切。手種、可種、新種、廣種、和露種、階下種、窗前種、寒谷種、農家種、鋤雲種。

供 居用切　天供、珍供、清供、常供、晚供、蔬供、名花供、香火供。

縫 房用切　**葑** 芳用切　**從** 才用切　**踵** 朱用切　**恐** 欺用切

拱 居用切　**雍** 於用切　**壅**

【對偶】

晏殊木蘭花：海棠開後曉寒輕，柳絮飛時春睡重。韋莊酒泉子：柳煙輕，花露重。

第二部

平聲 四江十陽十一唐通用

（江）

江 古雙切【碎喧江】辛棄疾鷓鴣天：起聽簷溜碎喧江。

釭 【銀釭】歐陽修御帶花：寶檠銀釭。【蘭釭】溫庭筠酒泉子：故鄉春，烟靄隔，背蘭釭。【相對殘釭】蘇軾滿庭芳：眞夢裏，相對殘釭。

缸 胡江切【一飲空缸】蘇軾滿庭芳：願持此邀君，一飲空缸。

邦 【吾邦】蘇軾滿庭芳：江南岸，不因送子，寧肯過吾邦。

逄 皮江切【逄逄】蘇軾滿庭芳：行人未起，船鼓已逄逄。

雙 疎江切【苦難雙】蘇軾滿庭芳：凜然蒼檜，霜幹苦難雙。【莫作雙】歐陽修鷓鴣天：早知今日長相憶，不及從初莫作雙。【燕雙雙】溫庭筠酒泉子：草初齊，花又落，燕雙雙。辛棄疾菩薩蠻：簾幕燕雙雙。【各自雙雙】馮延巳采桑子：林間戲蝶簾間燕，各自雙雙。

窗 初江切【松窗】蘇軾滿庭芳：雲溪上，竹塢松窗。【映窗】辛棄疾菩薩蠻：綠楊低映窗。【紗窗】溫庭筠酒泉子：日映紗窗。【瑣窗】李清照鷓鴣天：寒日蕭蕭上瑣窗。【蓬窗】秦觀何滿子：蛩聲夜雨蓬窗。

幢 傳江切【煙蓋雲幢】蘇軾滿庭芳：風林舞破，煙蓋雲幢。

腔 枯江切 一腔、同腔、新腔、不成腔、血滿腔、故園腔。

降 胡江切 乞降、不降、受降、旣降、歸降、赤手降、壯心降、望風降、意不降。

缸 千缸、石缸、玉缸、滿缸、未開缸、酒百缸。

豇古雙切 **扛** **杠** **跫**枯江切 **洚**胡江切 **梆**悲江切

龐皮江切 **樅**初江切 **鏦** **淙**鉏江切 **樁**株江切

撞傳江切 **瀧**閭江切

【對偶】

秦觀何滿子：鶯夢春風錦幄，蛩聲夜雨蓬窗。 周邦彥紅林檎近：那堪飄風遞冷，故遣度暮穿窗。 周邦彥四園竹：鼠搖暗壁，螢度破窗。

(陽)

陽 余章切 【夕陽】晏幾道減字木蘭花：一枕高樓到夕陽。 晏幾道鷓鴣天：日日樓中到夕陽。【巫陽】秦觀南柯子：不應容易下巫陽。【重陽】辛棄疾鷓鴣天：黃花何事避重陽。【斜陽】溫庭筠菩薩蠻：雨後却斜陽。 柳永雪梅香：浪浸斜陽，千里溶溶。 秦觀風入松：少留樹杪斜陽。 秦觀畫堂春：雨餘芳草斜陽。【殘陽】廖世美燭影搖紅：斷腸何必更殘陽。【韶陽】柳永送征衣：過韶陽。【壽陽】周邦彥醜奴兒：零落池塘，分付餘妍與壽陽。【半夕陽】馮延巳采桑子：忍更思量，綠樹青苔半夕陽。【吠斜陽】柳永巫山一段雲：紅狵閒臥吠斜陽。【坐夕陽】晏殊玉堂春：依約林間坐夕陽。【背斜陽】孫光憲八拍蠻：相呼歸去背斜陽。【趁斜陽】辛棄疾鷓鴣天：衝急雨，趁斜陽。【過重陽】李煜謝新恩：又是過重陽。【鳳朝陽】辛棄疾鷓鴣天：鵬北海，鳳朝陽。【舞斜陽】周邦彥風流子：碎影舞斜陽。【轉斜陽】蘇軾鷓鴣天：杖藜徐步轉斜陽。【勸斜陽】宋祁玉樓春：爲君把酒勸斜陽。【一醉斜陽】秦觀沁園春：對麗景，且莫思往事，一醉斜陽。【立盡斜陽】柳永玉蝴蝶：斷鴻聲裏，立盡斜陽。【獨立斜陽】柳永臨江仙引：凝情望斷淚眼，盡日獨立斜陽。

揚 【悠揚】馮延巳南歌子：魂夢任悠揚。 歐陽修南鄉子：魂夢悠揚。

徉 【徜徉】秦觀風入松：不妨終日此徜徉。 秦觀行香子：倚東風，豪興徜徉。

颺 【悠颺】蘇軾滿庭芳：雙歌罷，虛檐轉月，餘韻尚悠颺。

楊 【垂楊】柳永如魚水：繞岸垂楊。【映垂楊】李煜謝新恩：碧闌干外映垂楊。 蘇軾浣溪沙：朱顏綠髮映垂楊。【映綠楊】晏殊玉堂春：幾處行人映綠楊。

【下牛羊】辛棄疾朝中措：斜陽欲下牛羊。

祥

【薦殊祥】柳永送征衣：罄寰宇，薦殊祥。

芳

敷方切【芬芳】辛棄疾南鄉子：草木盡芬芳。【春芳】蘇軾占春芳：紅杏了，夭桃盡，獨自占春芳。【流芳】歐陽修訴衷情：思往事，惜流芳。【穠芳】馮延巳莫思歸：且開笑口對穠芳。【滿庭芳】蘇軾滿庭芳：一曲滿庭芳。【玉葉騰芳】柳永送征衣：誕彌月，瑤圖纘慶，玉葉騰芳。【獨自尋芳】馮延巳采桑子：花前失却遊春侶，獨自尋芳。

妨

【又何妨】秦觀虞美人：爲君沈醉又何妨。

方

分房切【禹會羣芳】柳永送征衣：彤庭舜張大樂，禹會羣方。

房

符方切【山房】辛棄疾朝中措：夜深殘月過山房。【洞房】周邦彥長相思：舉離觴，掩洞房。【蜂房】張先漢宮春：運紫檀，翦出蜂房。【翠房】歐陽修南鄉子：蓮子深深隱翠房。【蘭房】晏幾道喜團圓：不如雙燕，得到蘭房。晏幾道生查子：夢魂隨月到蘭房。韋莊怨王孫：不知今夜何處深鎖蘭房。韋莊江城子：髻鬟狼藉黛眉長，出蘭房。

忘

武方切【相忘】柳永少年遊：好天良夜，深屏香被，爭忍便相忘。【難忘】周邦彥滿庭芳：但唯有相思，兩處難忘。柳永臨江仙引：雲愁雨恨難忘。柳永彩雲歸：牽情處、惟有臨歧，一句難忘。柳永如魚水：此景也難忘。【恨難忘】歐陽修鷓鴣天：迢迢雲水恨難忘。【猶未忘】秦觀漁家傲：回首西風猶未忘。

相

思將切【暗形相】溫庭筠南歌子：偸眼暗形相，不如從嫁與，作鴛鴦。

廂

【西廂】蘇軾雨中花慢：今夜何人，吹笙北嶺，待月西廂。周邦彥風流子：應自待月西廂。【東廂】辛棄疾最高樓：相公調鼎殿東廂。

湘

【瀟湘】柳永玉蝴蝶：未知何處是瀟湘。秦觀畫堂春：畫屏縈遶瀟湘。【似瀟湘】柳永如魚水：柳望中依約似瀟湘。【隔瀟湘】晏幾道浪淘沙：柳花殘夢隔瀟湘。【憶瀟湘】孫光憲浣溪沙：蘭紅波碧憶瀟湘。

將

資良切【相將】柳永如魚水：畫舫相將。

翔

徐羊切【雁南翔】蘇軾南歌子：北客明朝歸去，雁南翔。【塞雁南翔】秦觀何滿子：雲中塞雁南翔。

牆

慈良切【低牆】馮延巳浣溪沙：一梢紅杏出低牆。蘇軾雨中花慢：一株紅杏，斜倚低牆。【東牆】蘇軾定風波：廊下，月和疏影上東牆。【莓牆】周邦彥風流子：前度莓牆。【窺牆】辛棄疾最高牆：誰立馬，更窺牆。【過牆】秦觀沁園春：更風遞游絲時過牆。【畫牆】馮延巳上行杯：柳外秋千出畫牆。【圍牆】秦觀行香子：遠遠圍牆。【雕牆】辛棄疾酒泉子：東風宮柳舞雕牆。【水邊牆】辛棄疾最高牆：山下路，水邊牆。【杏梢牆】晏幾道風入松：柳陰庭院杏梢牆。

商

尸羊切【清商】張孝祥水調歌頭：撫瑟奏清商。柳永如魚水：盈盈紅粉清商。

觴

【飛觴】辛棄疾水調歌頭：急羽且飛觴。【清觴】周邦彥風流子：愁近清觴。【稱觴】柳永送征衣：遇年年，嘉靖清和，頒率土稱觴。【離觴】溫庭筠清平樂：上馬爭勸離觴。周邦彥滿庭芳：別時無計，同引離觴。蘇軾臨江仙：殷勤且更盡離觴。【酒滿觴】馮延巳莫思歸：花滿名園酒滿觴。【萬年觴】辛棄疾虞美人：看取明年歸奉萬年觴。【細逐霞觴】晏幾道清平樂：清歌細逐霞觴。【飄蕩愁觴】吳文英惜黃花慢：寸心似翦，飄蕩愁觴。

傷

【情傷】柳永玉蝴蝶：遣情傷，故人何在，煙水茫茫。周邦彥訴衷情：別離長，遠情傷。【堪傷】柳永彩雲歸：堪傷，朝歡暮宴，被多情賦與淒涼。秦觀沁園春：人間今古堪傷。【意傷】溫庭筠河傳：轉令人意傷。【情易傷】韋莊江城子：恩重嬌多情易傷。【暗心傷】柳永少年遊：追前事，暗心傷。【寸鱗傷】辛棄疾水調歌頭：長魚變化雲雨，無使寸鱗傷。

湯

【蘭湯】蘇軾華清引：平時十月幸蘭湯。辛棄疾虞美人：恰似楊妃初試出蘭湯。

昌

蚩良切【會昌】柳永送征衣：運應千載會昌。

章

諸良切【試平章】辛棄疾水調歌頭：在家貧亦好，此語試平章。【費篇章】辛棄疾定風波：隄防風月費篇章。【星斗文章】辛棄疾朝中措：一天星斗文章。

裳

辰羊切【仙裳】蘇軾滿庭芳：藕絲嫩，新織仙裳。【金裳】吳文英惜花慢：粉靨金裳。【羅裳】周邦彥長相思：整羅裳，脂粉香。【縷金裳】秦觀江城子：記得相逢垂柳下，雕玉珮，縷金裳。【薄羅裳】歐陽修浣溪沙：佳人初著薄羅裳。秦觀畫堂春：暮寒輕透薄羅裳。

嘗

【偸嘗】柳永巫山一段雲：方朔敢偸嘗。蘇軾雨中花慢：一般滋味，就中香美，除是偸嘗。【貰酒嘗】馮延巳莫思歸：日日須教貰酒嘗。

霜

師莊切【冰霜】周邦彥醜奴兒：肌膚綽約眞仙子，來伴冰霜。【秋霜】辛棄疾永遇樂：列日秋霜。【星霜】柳永玉蝴蝶：幾孤明月，屢變星霜。【輕霜】歐陽修訴衷情：淸晨簾幕捲輕霜。【曉霜】馮延巳菩薩蠻：落梅飛曉霜。【融霜】周邦彥訴衷情：堤前亭午未融霜。【一夜霜】辛棄疾鷓鴣天：要知爛熳開時節，直待西風一夜霜。蘇軾浣溪沙：菊暗荷枯一夜霜。【月似霜】歐陽修浣溪沙：燈燼垂花月似霜。【兩鬢霜】辛棄疾鷓鴣天：只怕詩人兩鬢霜。【鬢成霜】辛棄疾水調歌頭：憔悴鬢成霜。【鬢如霜】蘇軾江神子：塵滿面，鬢如霜。【岸錦宜霜】吳文英玉蝴蝶：水沈熨露，岸錦宜霜。

莊

側羊切【村莊】秦觀行香子：樹繞村莊。

妝

【紅妝】韋莊怨王孫：滿街珠翠，千萬紅妝。蘇軾滿庭芳：主人情重，開宴出紅妝。秦觀畫堂春：睡損紅妝。【梳妝】馮延巳浣溪沙：鶯窗人起未梳妝。【幽妝】吳文英珍珠簾：樓燕鎖幽妝。【梅妝】歐陽修訴衷情：呵手試梅妝。晏幾道采桑子：睡損梅妝。【新妝】溫庭筠菩薩蠻：明鏡照新妝。歐陽修鷓鴣天：芙蓉出水鬪新妝。秦觀江城子：淺白深紅，一一鬪新妝。【殘妝】張先漢宮春：厭厭宿酒殘妝。【薄妝】溫庭筠菩薩蠻：臥時留薄妝。【嚴妝】馮延巳菩薩蠻：和淚試嚴妝。【穠妝】溫庭筠菩薩蠻：山枕隱穠妝。【半面妝】歐陽修南鄉子：照出輕盈半面妝。【曉來妝】歐陽修少年遊：雨輕煙重，無憀天氣，啼破曉來妝。【啼損紅妝】辛棄疾朝中措：夢中啼損紅妝。

裝

【輕裝】周邦彥滿庭芳：風吹衫袖，馬蹄初趁輕裝。【巧如裝】歐陽修少年遊：枝上巧如裝。

床

仕莊切【繡床】馮延巳南鄉子：睡起楊花滿繡床。

牀

【皓月空牀】蘇軾雨中花慢：但有寒燈孤枕，皓月空牀。

張

中良切【雲幕高張】蘇軾滿庭芳：苔茵展、雲幕高張。

長

仲良切【寸許長】辛棄疾鷓鴣天：千里河山寸許長。【日初長】秦觀畫堂春：東風吹柳日初長。【日偏長】晏殊浣溪沙：閒愁閒悶日偏長。【有何長】柳永少年遊：貪迷戀有何長。【刻漏長】周邦彥長相思：箭水冷冷刻漏長。【金線長】孫光憲八拍蠻：孔雀尾拖金線長。【奈何長】馮延巳浣溪沙：閨中紅日奈何長。【紅日長】晏幾道更漏子：不堪紅日長。【恨何長】李煜謝新恩：當年得恨何長。【客路長】辛棄疾一翦梅：塵灑衣裾客路長。【柳絲長】溫庭筠更漏子：柳絲長，春雨細。辛棄疾臨江仙：青青頭上髮，還作柳絲長。【柳帶長】溫庭筠河傳：雪梅香，柳帶長。【春草長】馮延巳菩薩蠻：江南春草長。【細細長】歐陽修鷓鴣天：學畫宮眉細細長。【路歧長】周邦彥滿庭芳：黃昏畫角，天遠路歧長。【惹恨長】歐陽修南鄉子：芳草年年惹恨長。【雁字長】晏幾道阮郎歸：雲隨雁字長。【與恨長】秦觀菩薩蠻：殘更與恨長。馮延巳南鄉子：細雨濕流光，與恨長。【寒漏長】馮延巳菩薩蠻：夢隨寒漏長。【楚天長】孫光憲浣溪沙：江邊一望楚天長。【萱草長】溫庭筠菩薩蠻：滿庭萱草長。【劍鋒長】辛棄疾水調歌頭：鬚作蝟毛磔，筆作劍鋒長。【漏更長】韋莊江城子：恩重嬌多情易傷，漏更長。【興味長】辛棄疾鷓鴣天：不飲能令興味長。【黛眉長】韋莊江城子：髻鬟狼藉黛眉長。【雙臉長】溫庭筠菩薩蠻：鬢輕雙臉長。【繡衣長】韋莊怨王孫：寶髻花簇鳴璫，繡衣長。【麝烟長】溫庭筠菩薩蠻：深處麝烟長。【日影初長】晏殊玉堂春：繡戶珠簾日影初長。【天地遙長】柳永送征衣：齊天地遙長。【春筍纖長】蘇軾滿庭芳：十指露、春筍纖長。

腸

【回腸】秦觀減字木蘭花：欲見回腸。【柔腸】秦觀沁園春：但依依佇立，回盡柔腸。秦觀何滿子：時時遞入柔腸。【廻腸】周邦彥滿庭芳：三更皓月，愁斷九廻腸。【斷腸】柳永彩雲歸：那堪聽遠村羌管，引離人斷腸。王建宮中調笑：商人少婦斷腸。【九廻腸】馮延巳酒泉子：九廻腸，雙臉淚，夕陽天。【也斷腸】晏幾道生查子：便是無情也斷腸。【亦斷腸】馮延巳采桑子：縱有笙歌亦斷腸。【兩斷腸】馮延巳南鄉子：鸞鏡鴛衾兩斷腸。【空斷腸】馮延巳更漏子：消息遠夢魂狂，酒醒空斷腸。【須斷腸】韋莊菩薩蠻：還鄉須斷腸。【惱人腸】周邦彥意難忘：些箇事，惱人腸，試說與何妨。【最斷腸】溫庭筠楊柳枝：惱亂何人最斷腸。【斷人腸】秦觀南柯子：瞥然飛去斷人腸。秦觀虞美人：只怕酒醒時候斷人腸。歐陽修浣溪沙：休回嬌眼斷人腸。【斷離腸】溫庭筠酒泉子：淚痕新，金縷舊，斷離腸。【轉別腸】辛棄疾鷓鴣天：這裏車輪轉別腸。【最斷人腸】歐陽修訴衷情：擬歌先斂，欲笑還顰，最斷人腸。【感舊離腸】晏幾道喜團圓：憑高淚眼，感舊離腸。【亂結愁腸】馮延巳清平樂：流蘇亂結愁腸。【鶯聲斷腸】溫庭筠清平樂：南浦鶯聲斷腸。

場

【少年場】辛棄疾最高樓：且饒他，桃李趁，少年場。【戰爭場】辛棄疾最高樓：忒高才，經濟地，戰爭場。【三萬六千場】蘇軾滿庭芳：百年裏，渾教是醉，三萬六千場。

量

呂張切【思量】蘇軾滿庭芳：思量，能幾許。【不思量】柳永彩雲歸：夜永爭不思量。【好思量】周邦彥浣溪沙：長亭無事好思量。【放思量】晏幾道臨江仙：覺來何處放思量。【儘猜量】柳永少年遊：萬種千般，把伊情分，顛倒儘猜量。【懶思量】李煜謝新恩：暫時相見，如夢懶思量。【休更思量】馮延巳清平樂：往事總堪惆悵，前歡休更思量。【忍更思量】馮延巳采桑子：忍更思量，綠樹青苔半夕陽。【無限思量】秦觀畫堂春：無限思量。

梁

【杏梁】晏殊采桑子：依舊銜泥入杏梁。【雕梁】溫庭筠酒泉子：一雙嬌燕語雕梁。

涼

【秋涼】蘇軾西江月：人生幾度秋涼。【淒涼】秦觀何滿子：向人只會淒涼。晏幾道浣溪沙：一春彈淚說淒涼。柳永臨江仙：素景楚天，無處不淒涼。柳永少年遊：一生贏得是淒涼。辛棄疾水調歌頭：風月已淒涼。【荒涼】馮延巳菩薩蠻：雲雨已荒涼。【清涼】秦觀風入松：此龍宮分外清涼。【嫩涼】辛棄疾鷓鴣天：白苧新袍入嫩涼。【水風涼】溫庭筠荷葉杯：綠莖紅豔霜亂，腸斷，水風涼。【月波涼】晏幾道生查子：幾夜月波涼。【玉肌涼】秦觀菩薩蠻：獨臥玉肌涼。【竹風涼】周邦彥意難忘：簷露滴，竹風涼。晏幾道浪淘沙：小山池院竹風涼。【粉襟涼】周邦彥浣溪沙：風乾微汗粉襟涼。【晚天涼】辛棄疾定風波：銀鉤小草晚天涼。【殿影涼】辛棄疾鷓鴣天：一榻清風殿影涼。【宋玉悲涼】柳永玉蝴蝶：晚景蕭疏，堪動宋玉悲涼。【賦予淒涼】柳永彩雲歸：被多情賦予淒涼。【滿目悲涼】馮延巳采桑子：滿目悲涼，縱有笙歌亦斷腸。周邦彥滿庭芳：征鞍上，滿目淒涼。

娘

尼娘切【絡絲娘】蘇軾浣溪沙：隔籬嬌語絡絲娘。

香

虛良切【丁香】孫光憲八拍蠻：怕人飛起入丁香。【幽香】秦觀風入松：花木遞幽香。【偷香】李清照多麗：韓令偷香，徐娘傅粉。【餘香】柳永彩雲歸：襟袖依約，尚有餘香。辛棄疾虞美人：胸中書傳有餘香。【爐香】柳永送征衣：望上國山呼鼇抃，遙爇爐香。【一襟香】李煜謝新恩：東風惱我才發一襟香。【小篆香】秦觀減字木蘭花：斷盡金爐小篆香。【口脂香】韋莊江城子：朱唇未動，先覺口脂香。【玉肌香】辛棄疾虞美人：露華微滲玉肌香。【玉爐香】晏殊更漏子：金盞酒，玉爐香。溫庭筠更漏子：玉爐香，紅蠟淚。【自生香】歐陽修浣溪沙：酒醺紅粉自生香。【字字香】晏幾道浣溪沙：唱得紅梅字字香。【杜若香】秦觀沁園春：坐久時生杜若香。【汽濃香】晏殊望仙門：博山爐暖汽濃香。【草木香】辛棄疾臨江仙：山路風來草子香。【桂子香】辛棄疾鷓鴣天：月殿先收桂子香。【粉蘭香】周邦彥琴調相思引：生碧香羅粉蘭香。【酒偏香】辛棄疾鷓鴣天：古來惟有酒偏香。【寂寥香】馮延巳浣溪沙：玉爐空裊寂寥香。【野花香】辛棄疾浪淘沙：更無尋處野花香。【雪梅香】溫庭筠河傳：雪梅香，柳帶長。【細細香】歐陽修南鄉子：細細風來細細香。【惜舊香】晏幾道鷓鴣天：醉拍春衫惜舊香。【御爐香】辛棄疾虞美人：紫髯冠佩御爐香。【暗塵香】吳文英木蘭花慢：潤寒梅雨細捲燈火，暗塵香。【聞異香】李煜菩薩蠻：綉衣聞異香。【零落香】溫庭筠菩薩蠻：杏花零落香。【瑞腦香】李清照鷓鴣天：夢斷偏宜瑞腦香。【煮酒香】晏殊浣溪沙：青杏園林煮酒香。【翠袖香】馮延巳莫思歸：綺陌春深翠袖香。【蜜脾香】辛棄疾朝中措：花入蜜脾香。【繡衣香】辛棄疾水調歌頭：序蘭亭，歌赤壁，繡衣香。【橘柚香】孫光憲浣溪沙：蓼岸風多橘柚香。【燕泥香】秦觀畫堂春：杏花零落燕泥香。【黯寒香】晏幾道洞仙歌：澹秀色黯寒香。【蠟帶香】周邦彥浣溪沙：日射敧紅蠟帶香。【百感幽香】吳文英惜黃花慢：寒泉半掬，百感幽香。【骨細肌香】蘇軾減字木蘭花：骨細肌香，恰是當年十八娘。【偸送餘香】晏幾道喜團圓：解偸送餘香。【羅帶惹香】溫庭筠酒泉子：羅帶惹香。

鄉

【江鄉】柳永過澗歇近：回首江鄉。【仙鄉】柳永如魚水：修禊飲，且樂仙鄉。韋莊怨王孫：不知今夜，何處深鎖蘭房，隔仙鄉。【故鄉】晏幾道阮郎歸：人情似故鄉。【魚鄉】柳永彩雲歸：卸雲帆，水驛魚鄉。【異鄉】秦觀沁園春：便回首、青樓成異鄉。【醉鄉】辛棄疾浣溪沙：總把平生入醉鄉。【還鄉】韋莊菩薩蠻：未老莫還鄉。【水雲鄉】辛棄疾鷓鴣天：詩酒社，水雲鄉。蘇軾定風波：六人吟笑水雲鄉。張孝祥水調歌頭：蝶夢水雲鄉。周邦彥紅林檎近：冷落詞賦客，蕭索水雲鄉。【孝義鄉】辛棄疾南鄉子：千載周家孝義鄉。

疆

居良切【無疆】柳永送征衣：竟就日、瞻雲獻壽，指南山、等無疆。

韁

【游韁】晏幾道采桑子：白馬游韁。

强

渠良切【誰强】蘇軾滿庭芳：事皆前定，誰弱又誰强。

央

於良切【未染央】張孝祥水調歌頭：此樂未染央。

鴦

【鴛鴦】柳永如魚水：雙雙戲，鸂鶒鴛鴦。【作鴛鴦】溫庭筠南歌子：不如從嫁與作鴛鴦。【睡鴛鴦】李珣南鄉子：棹歌驚起睡鴛鴦。【襯鴛鴦】辛棄疾鷓鴣天：天教鋪錦襯鴛鴦。

王

雨方切【掩前王】柳永送征衣：並景貺，三靈眷祐，挺英哲，掩前王。【漢侯王】辛棄疾水調歌頭：風采漢侯王。

惶

【恓惶】辛棄疾一翦梅：來也恓惶，去也恓惶。

狂

渠王切【疏狂】蘇軾滿庭芳：且趁閒身未老，儘放我些子疏狂。秦觀何滿子：酒盃付與疏狂。柳永鳳歸雲：觸處繁華，連日疏狂。【竹林狂】辛棄疾水調歌頭：綸巾羽扇顛倒，又似竹林狂。【柳花狂】溫庭筠酒泉子：綠蔭濃，芳草歇，柳花狂。【思欲狂】秦觀沁園春：把筆蘭皋思欲狂。【理舊狂】晏幾道阮郎歸：殷勤理舊狂。【楚雲狂】吳文英珍珠簾：飛作楚雲狂。【惱疏狂】晏幾道鷓鴣天：天將離恨惱疏狂。【怨蝶飛狂】吳文英惜黃花慢：夜深怨蝶飛狂。

洋 余章切。大洋、巨洋、西洋、汪洋、洋洋、望洋、萬頃洋。

坊 敷方切。林坊、花坊、秋坊、書坊、禪坊、太平坊、立德坊、進賢坊。

防 符方切。大防、自防、知防、預防、遠防、嚴防、千載防、百夫防。

亡 武方切。不亡、追亡、脣亡、救亡、流亡、詩亡、齒亡、人琴亡、馬四亡。

箱 思將切。巾箱、千箱、萬箱、滿箱、七寶箱、五色箱。

槍 千羊切。刀槍、金槍、舞槍、鐵槍、羽林槍、森如槍、臨陣槍。

漿 資良切。玉漿、酒漿、清漿、寒漿、壺漿、瓊漿、甘露漿、汗如漿、瑪瑙漿。

詳 徐羊切。不詳、事詳、意詳、端詳。

檣 慈良切。牛檣、舟檣、危檣、長檣、帆檣、孤檣、高檣。

彰 諸良切。功彰、名彰、昭彰、顯彰、德彰、久彌彰、智勇彰。

常 辰良切。五常、平常、有常、非常、無常、尋常、世情常、未失常。

良 呂張切。元良、忠良、張良、溫良、馴良、賢良、股肱良、瑾瑜良、騏驥良。

梁 空梁、石梁、河梁、屋梁、津梁、畫梁、雕梁、百尺梁、玳瑁梁。

涼 雨涼、炎涼、秋涼、風涼、清涼、納涼、微涼、初涼、天涼、淒涼、荒涼、荷涼、晚涼、餘涼、一榻涼、五更涼、分外涼、池館涼、瑣窗涼、滿院涼。

暘余章切　煬　鍚　瘍　肪分房切　枋　魴符方切

望武方切　鋩　襄思將切　緗　驤　鑲　鏘千羊切

將　蹌　蹌　嗆　蔣資良切　螿　祥徐羊切

庠　戕慈良切　嬙　薔　倡蚩良切　閶　猖

錩 璋切諸良 漳 樟 麞 徜切辰羊 償
穰切如陽 蘘 攘 瓤 孀切師莊 創切初良 瘡
愴 奘切側羊 漲切中良 倀切抽良 瞠 糧切呂張
粱 薌切虛良 羌切墟羊 薑切居良 姜 僵
殃切於良 鞅 泱 秧 怏 徨切雨方 匡切曲王
筐 眶

【對偶】

周邦彥紅林檎近：高柳春纔軟，凍梅寒更香。晏幾道臨江仙：風吹梅蕊鬧，雨細杏花香。辛棄疾鷓鴣天：千章雲木鉤輈叫，十里溪風䆉稏香。辛棄疾鷓鴣天：禹門已準桃花浪，月殿先收桂子香。李清照鷓鴣天：酒闌更喜團茶苦，夢斷偏宜瑞腦香。辛棄疾一翦梅：霜林已晚，秋蕊猶香。歐陽修望江南：身似何郎全傅粉，心如韓壽愛偷香。李煜更漏子：柳絲長，春雨細。晏殊浣溪沙：乍雨乍晴花自落，閒愁閒悶日偏長。辛棄疾鷓鴣天：無言每覺情懷好，不飲能令興味長。辛棄疾一翦梅：雲遮望眼，山割愁腸。秦觀江城子：雕玉珮，縷金裳。秦觀何滿子：天際江流東注，雲中寒雁南翔。歐陽修望江南：纔伴遊蜂來小院，又隨飛絮過東牆。吳文英珍珠簾：哀曲霜鴻悽斷。夢魂寒蝶幽颺。歐陽修浣溪沙：雙手舞餘拖翠袖，一聲歌已釂金觴。辛棄疾鷓鴣天：詩酒社，水雲鄉。晏幾道鷓鴣天：年年陌上生秋草，日日樓中到夕陽。周邦彥浣溪沙：日射攲紅蠟蒂香，風乾微汗粉襟涼。周邦彥意難忘：簷露滴，竹風涼。

（唐）

唐 徒郎切【賦高唐】蘇軾滿庭芳：全勝宋玉想像賦高唐。秦觀南柯子：空使蘭台公子賦高唐。

堂 【金堂】溫庭筠菩薩蠻：閑夢憶金堂。【茅堂】秦觀行香子：隱隱茅堂。【蘭堂】晏幾道風入松：一簾夜月蘭堂。【晝錦堂】辛棄疾南鄉子：準備他年晝錦堂。

塘 【池塘】周邦彥風流子：新綠小池塘。溫庭筠荷葉杯：一點露珠凝冷，波影滿池塘。蘇軾臨江仙：酒闌清夢覺，春草滿池塘。【林塘】周邦彥紅林檎近：玉塵散林堂。【河塘】張先河滿子：千燈萬火河塘。【坡塘】秦觀行香子：水滿坡塘。【陂塘】周邦彥虞美人：菰蒲睡鴨占陂塘。【橫塘】晏幾道浪淘沙：高閣對橫塘。周邦彥浣溪沙：戲拋蓮菂種橫塘。【蓮塘】李珣南鄉子：乘綵舫過蓮塘。【錢塘】潘閬憶餘杭：長憶錢塘。【暗池塘】辛棄疾臨江仙：枯荷難睡鴨，疏雨暗池塘。

瑲

都郎切【鳴瑲】韋莊怨王孫：玉蟬金雀，寶髻花簇鳴瑲。

郎

盧當切【遊郎】秦觀江城子：清明天氣醉遊郎。【檀郎】韋莊江城子：出蘭房，別檀郎。【枕潘郎】韋莊江城子：移鳳枕，枕潘郎。【紫薇郎】柳永如魚水：紫薇郎，修禊飯，且樂仙鄉。【綠衣郎】辛棄疾最高樓：花好處，不趁綠衣郎。

廊

【回廊】晏幾道采桑子：重繞回廊。辛棄疾鷓鴣天：涓涓流水響回廊。【廻廊】蘇軾減字木蘭花：步轉廻廊。【月侵廊】蘇軾南歌子：酒闌人散月侵廊。

浪

【淋浪】辛棄疾鷓鴣天：可堪醉墨幾淋浪。周邦彥意難忘：拼劇飲淋浪。【淚浪浪】辛棄疾一翦梅：滿懷珠玉淚浪浪。

榔

【檳榔】辛棄疾水調歌頭：怨調爲誰賦，一斛貯檳榔。

狼

【射天狼】蘇軾江神子：西北望，射天狼。

囊

奴當切【羅囊】張先漢宮春：黃昏院落，爲誰密解羅囊。

旁

蒲光切【御路旁】溫庭筠楊柳枝：南內橋東御路旁。

傍

【路傍】周邦彥長相思：見掃門前車上霜，相持泣路傍。【橋傍】秦觀行香子：颺青旗，流水橋傍。

茫

謨郎切【迷茫】秦觀風入松：但荒煙、蔓草迷茫。【茫茫】馮延巳南鄉子：煙鎖鳳樓無限事，茫茫。秦觀何滿子：望窮海月茫茫。柳永彩雲歸：此際浪萍風梗，度歲茫茫。【微茫】秦觀沁園春：難寫微茫。辛棄疾鷓鴣天：山園細路轉微茫。【水茫茫】柳永如魚水：風淡淡，水茫茫。

【去茫茫】孫光憲浣溪沙：思隨流水去茫茫。【夢茫茫】晏殊喜遷鶯：今古夢茫茫。【漸微茫】韋莊江城子：星斗漸微茫。【江水茫茫】王建宮中調笑：船頭江水茫茫。【煙水茫茫】柳永臨江仙引：指帝城歸路，但煙水茫茫。柳永玉蝴蝶：故人何在，煙水茫茫。【煙水蒼茫】張元幹石州慢：滿湖煙水蒼茫。

忙

【和詩忙】辛棄疾朝中措：那邊正和詩忙。【往來忙】秦觀江城子：翠蓋紅纓，道上往來忙。【笑人忙】辛棄疾定風波：却嫌沙鳥笑人忙。【絮飛忙】辛棄疾朝中措：綠萍池沼絮飛忙。【落筆忙】辛棄疾鷓鴣天：却看龍蛇落筆忙。【燕飛忙】歐陽修浣溪沙：柳絲搖曳燕飛忙。晏殊浣溪沙：柳絲無力燕飛忙。辛棄疾浣溪沙：年去年來還又笑，燕飛忙。【歌舞忙】辛棄疾鷓鴣天：直到而今歌舞忙。【蝶兒忙】秦觀行香子：正鶯兒啼，燕兒舞，蝶兒忙。【暮雨茫】秦觀南柯子：還因暮雨茫。【蝶亂蜂忙】蘇軾雨中花慢：睡起酒闌花謝，蝶亂蜂忙。

桑

蘇郎切【扶桑】李清照長壽樂：愛景欲掛扶桑。

蒼

千岡切【煙樹蒼蒼】蘇軾華清引：獨留煙樹蒼蒼。

藏

慈郎切【行藏】辛棄疾朝中措：白鷗知我行藏。【迷藏】辛棄疾朝中措：誰知箇裏迷藏。

岡

居郎切【平岡】柳永臨江仙引：渡口，向晚，乘瘦馬，陟平岡。【東岡】秦觀行香子：偶然乘興，陟過東岡。【短松岡】蘇軾江神子：明月夜，短松岡。

昂

魚剛切【自低昂】李煜謝新恩：粉英含蕊自低昂。

航

寒剛切【春航】柳永彩雲歸：蘅皋向晚艤輕航。【梯航】柳永送征衣：無間要荒華夏，盡萬里，走梯航。【歸航】柳永玉蝴蝶：指暮天，空識歸航。

行

【成行】秦觀沁園春：遊女成行。【不記行】歐陽修南鄉子：淚裹紅腮不記行。【淚千行】秦觀江城子：惆悵惜花人不見，歌一闋，淚千行。溫庭筠清平樂：回首揮淚千行。蘇軾江神子：相顧無言，惟有淚千行。【淚兩行】歐陽修南鄉子：負你殘春淚兩行。【淚幾行】馮延巳南鄉子：負你殘春淚幾行。【費淚行】晏幾道鷓鴣天：莫向花牋費淚行。

光

姑黃切【生光】柳永訴衷情近：澄明遠水生光。

【妝光】張先何滿子：風紋時動妝光。

【林光】蘇軾浣溪沙：新苞綠葉照林光。【風光】李煜謝新恩：空餘上苑風光。【春光】秦觀江城子：春光還是舊春光。秦觀行香子：收盡春光。辛棄疾南鄉子：無處著春光。【秋光】辛棄疾水調歌頭：準備停雲堂上，千首買秋光。辛棄疾鷓鴣天：呼老伴，共秋光。【孤光】蘇軾西江月：中秋誰與共孤光。【容光】周邦彥意難忘：又恐伊尋消問息，瘦減容光。【晴光】柳永如魚水：動一片晴光。【曉光】秦觀南柯子：溶溶媚曉光。周邦彥長相思：愁中看曉光，整羅裳。【兩交光】歐陽修浣溪沙：薄簾映月兩交光。【閃孤光】孫光憲浣溪沙：片帆煙際閃孤光。【減容光】晏殊浣溪沙：爲誰消瘦減容光。【損容光】歐陽修浣溪沙：爲誰消瘦損容光。【溼流光】馮延巳南鄉子：細雨溼流光。【碧瑤光】秦觀風入松：崇巒雨過碧瑤光。【翠雲光】李煜菩薩蠻：抛枕翠雲光。【簟紋光】周邦彥浣溪沙：碧紗對掩簟紋光。【目送秋光】柳永玉蝴蝶：憑闌悄悄，目送秋光。【低弄書光】吳文英玉蝴蝶：倦螢透隙，低弄書光。【皎月飛光】柳永彩雲歸：江練靜，皎月飛光。

黃

胡光切【青黃】蘇軾浣溪沙：竹籬茅舍出青黃。【鉛黃】周邦彥醜奴兒：洗盡鉛黃，素面初無一點妝。【鵝黃】秦觀沁園春：裊裊鵝黃。蘇軾浣溪沙：金釵玉腕瀉鵝黃。【鶯黃】周邦彥意難忘：衣染鶯黃，愛停歌駐拍，勸酒持觴。【柳色黃】馮延巳浣溪沙：春到青門柳色黃。【柳絲黃】溫庭筠楊柳枝：須知春色柳絲黃。【菊蕊黃】李清照鷓鴣天：莫負東籬菊蕊黃。【間疏黃】晏殊迎春樂：紅樹間疏黃。【菜花黃】秦觀行香子：有桃花紅，李花白，菜花黃。【落日黃】辛棄疾一翦梅：天宇沈沈落日黃。【舞鵝黃】吳文英木蘭花慢：未傳燕語，過罘罳，垂柳舞鵝黃。【梧葉飄黃】柳永玉蝴蝶：月露冷，梧葉飄黃。【殘葉飄黃】柳永臨江仙引：對暮山橫翠，襯殘葉飄黃。

簧

【笙簧】秦觀風入松：薰風滿壑笙簧。【絲簧】周邦彥風流子：曾聽得理絲簧。【巧如簧】張先西江月：嬌春鶯舌巧如簧。

凰

【金鳳凰】溫庭筠菩薩蠻：綠檀金鳳凰。【鳳呼凰】蘇軾少年遊：玉肌鉛粉傲秋霜，準擬鳳呼凰。【繡鳳凰】溫庭筠南歌子：手裏金鸚鵡，胸前繡鳳凰。

棠 徒郎切　古棠、甘棠、海棠、野棠、憩棠。

湯 他郎切　如湯、金湯、羹湯、蘭湯、野蔬湯、緩煎湯。

芒 謨郎切　光芒、毫芒、寒芒、鋒芒、劍芒、插天芒、葉如芒。

倉 千岡切　入倉、盈倉、開倉、積倉、不涸倉、常滿倉。

康 邱岡切　永康、安康、咸康、百代康、天地康、海內康、黎庶康、國步康。

綱 居郎切　人綱、三綱、天綱、宏綱、乾綱。

荒 呼光切　山荒、投荒、開荒、蠻荒、歲荒、窮荒、三徑荒、千頃荒、松菊荒。

皇 胡光切　三皇、倉皇、秦皇、堂皇、張皇。

惶 悽惶、惶惶、慚惶、憂惶、驚惶。

篁 風篁、幽篁、松篁、筠篁、新篁、煙篁、疎篁、碧篁、瘦篁、叢篁。

煌 敦煌、煌煌、輝煌。

螗(徒郎切)　螳　碭　當(都郎切)　襠　鐺　簹

鏜(他郎切)　閬(盧當切)　踉　琅　鋃　幫(逋旁切)　彭

滂(鋪郎切)　雱　磅　旁(蒲光切)　邙(謨郎切)　吂

喪(蘇郎切)　滄(千岡切)　臧(茲郎切)　贓　牂　穅(邱岡切)

慷　剛(居郎切)　鋼　亢　卬(魚剛切)　杭(寒剛切)　桁

吭　頏　汪(烏光切)　慌(呼光切)　肓　洸(姑黃切)　胱

遑(胡光切)　徨　喤　璜　隍　潢　湟　蝗

【對偶】

辛棄疾臨江仙：枯荷難睡鴨，疏雨暗池塘。秦觀何滿子：吟斷爐香裊裊，望窮海月茫茫。孫光憲浣溪沙：日送征鴻飛杳杳，思隨流水去茫茫。秦觀南柯子：暫為清歌駐，還因暮雨忙。秦觀江城子：歌一闋，淚千行。秦觀南柯子：靄靄迷春態，溶溶媚曉光。秦觀風入松：霽景一樓蒼翠，薰風滿壑笙簧。

仄聲 三講三十六養三十七蕩四十絳四十一漾四十二宕通用

（講）以下上聲

講 古項切。不講、自講、遊講、談講。

港 小港、曲港、竹港、花港、蘆港、海上港、鸕鷀港。

項 戶講切。秀項、引項、粉項、楚項、繫項。

棒 部項切　**蚌**

（養）

槳 子兩切【閒盪槳】張先菩薩蠻：上湖閒盪槳。【搖雙槳】馮延巳菩薩蠻：欹鬟墮髻搖雙槳。【歌是槳】辛棄疾漁家傲：酒是短橈歌是槳。

愴 楚兩切【淒愴】秦觀念奴嬌：何用生淒愴。

想 寫兩切【思想】顧夐虞美人：深閨春色勞思想。【吟想】姜夔卜算子：細草藉金輿，歲歲長吟想。【追想】柳永婆羅門令：空牀展轉重追想。【不堪思想】秦觀鼓笛慢：從前事，不堪思想。

掌 止兩切【金掌】柳永滿朝歡：花隔銅壺，露晞金掌。

響 許兩切【清響】張先慶春澤：對暮林靜，寥寥振清響。【雲中響】張先醉落魄：分明仙曲雲中響。【新瓦響】辛棄疾臨江仙：夜語南堂新瓦響。【歌聲響】歐陽修漁家傲：山深分外歌聲響。

丈 雉兩切【千丈】秦觀念奴嬌：驚看豪氣千丈。

賞 始兩切【千家賞】張先醉落魄：南園百卉千家賞。【無人賞】姜夔卜算子：惆悵西村一塢春，開徧無人賞。

長 展兩切【春蕪長】顧夐虞美人：恨共春蕪長。

象 似兩切。白象、巨象、物象、野象、萬象、龍象。

像 古像、神像、素像、銅像、夫子像、丹青像、如來像、觀音像。

仰 語兩切。安仰、足仰、宗仰、素仰、俯仰、高仰、千載仰、天下仰、斗山仰。

爽 所兩切。英爽、高爽、清爽、豪爽、蕭爽、靈爽、十分爽、天籟爽、時令爽、詩魂爽。

敞 齒兩切。天敞、高敞、清敞、虛敞、張敞、雲樓敞、畫眉敞、層軒敞。

享 許兩切。分享、民享、共享、長享、獨享、子孫享、千金享、天下享。

杖 雉兩切。曳杖、扶杖、負杖、倚杖、策杖、藜杖、藤杖、携杖、手中杖、扶老杖、斑竹杖、綠玉杖。

網 文紡切。入網、天網、蛛網、塵網、羅網、漁浦網。

往 羽兩切。俱往、夢往、頻往、憶往、獨往。

養以兩切　**癢**　**瀁**　**橡**似兩切　**獎**子兩切　**蔣**

兩里養切　**魎**　**鞅**倚兩切　**怏**　**强**巨兩切　**搶**楚兩切

塽所兩切　**廠**齒兩切　**嚮**許兩切　**響**　**襁**舉兩切

仗雉兩切　**昶**丑兩切　**壤**汝兩切　**穰**　**攘**　**仿**撫兩切

紡　**罔**文紡切　**惘**　**輞**　**昉**甫兩切　**倣**　**枉**嫗往切

怳詡往切　**謊**　**上**是掌切

【對偶】

秦觀念奴嬌：寒峭千峯，光搖萬象。　柳永滿朝歡：花隔銅壺，露晞金掌。

（蕩）

蕩 待朗切【狂蕩】柳永鶴沖天：未遂風雲便，爭不恣狂蕩。【春思蕩】柳永鳳棲梧：酒力漸濃春思蕩。

莽 母朗切【疏煙林莽】吳文英燭影搖紅：新稻炊香，疏煙林莽。

朗 里黨切。月朗、心朗、秀朗、高朗、晴朗、清朗、疏朗、爽朗、景朗、氣朗、日月朗、心胸朗、天地朗。

榜 補朗切。金榜、題榜、龍榜、黃金榜、龍虎榜。

廣 古晃切。心廣、天廣、地廣、深廣、田畝廣、桑麻廣、寒沙廣。

盪 待朗切 **黨** 底朗切 **讜** **帑** 坦朗切 **儻** **倘** **惝**

閬 里黨切 **曩** 乃朗切 **髈** 補朗切 **漭** 母朗切 **蟒**

顙 寫朗切 **磉** **蒼** 采朗切 **駔** 子朗切 **髒** **沆** 乎朗切

吭 **慷** 口朗切 **泱** 倚朗切 **盎** **晃** 戶廣切 **幌**

慌 虎晃切

（絳） 以下去聲

降 古巷切。天降、先降、飛降、霜降、白露降、時雨降、瑞雪降、頻頻降。

巷 胡降切 小巷、永巷、古巷、空巷、陋巷、柳巷、深巷、窮巷、芙蓉巷、烏衣巷。

絳 古巷切 **洚** **戇** 陟降切 **幢** 丈降切 **撞**

（漾）

漾 弋亮切【溶漾】張先醉落魄：風溪弄月清溶漾。【滉漾】秦觀漁家傲：天滉漾。【花蕩漾】歐陽修蝶戀花：歸棹莫隨花蕩漾。【風蕩漾】歐陽修蝶戀花：面旋落花風蕩漾。【泉中漾】歐陽修漁家傲：月輪正在泉中漾。【江沱漢漾】蘇軾鵲橋仙：萬里江沱漢漾。

樣 【模樣】秦觀念奴嬌：向行人，做出征模樣，辛棄疾鵲橋仙：自是箇壽星模樣。【江湖樣】辛棄疾漁家傲：綠窗朱戶江湖樣。【芙蓉樣】張先菩薩蠻：粉面芙蓉樣。【秋模樣】秦觀漁家傲：風煙做出秋模樣。【梅花樣】姜夔卜算子：綠蕚更橫枝，多少梅花樣。【啼妝樣】歐陽修蝶戀花：看花却是啼妝樣。【愁眉樣】晏幾道蝶戀花：鸞環正是愁眉樣。【輕模樣】孫道絢清平樂：做畫輕模樣。

訪　敷亮切【堪尋訪】柳永鶴沖天：幸有意中人，堪尋訪。【閒尋訪】柳永鳳棲梧：屈曲回廊，靜夜閒尋訪。

放　甫妄切【春欲放】李清照減字木蘭花：賣花擔上，買得一枝春欲放。【絲未放】歐陽修蝶戀花：折得蓮莖絲未放。【笙歌放】歐陽修漁家傲：酒闌莫遣笙歌放。【當窗放】潘閬憶餘杭：異花四季當窗放。【蕊紅新放】張先慶春澤：冰齒映輕唇，蕊紅新放。

舫　【彩舫】晏殊漁家傲：罨畫溪邊停彩舫。【綵舫】李珣南鄉子：乘綵舫，過蓮塘。【畫舫】辛棄疾漁家傲：風月小齋模畫舫。【朱樓綵舫】蘇軾鵲橋仙：看乞巧，朱樓綵舫。

望　【相望】柳永如魚水：紅樓朱閣相望。【悵望】呂本中清平樂：閒倚曲欄成悵望。晏幾道蝶戀花：初撚霜紈生悵望。【人相望】張先醉落魄：玉樓苕館人相望。柳永鳳棲梧：朱扉半掩人相望。【江上望】潘閬憶餘杭：滿郭人爭江上望。【空城望】秦觀踏莎行：多情莫向空城望。【秋晴望】李煜子夜歌：長記秋晴望。【倚闌望】溫庭筠更漏子：虛閣上，倚闌望。【閒眺望】秦觀漁家傲：七夕湖頭閒眺望。【黯相望】柳永玉蝴蝶：黯相望，斷鴻聲裏，立盡斜陽。【淒然北望】蘇軾西江月：中秋誰與共孤光，把琖淒然北望。

相　思將切【白衣卿相】柳永鶴沖天：才子詞人，自是白衣卿相。

餉　式亮切【愁一餉】歐陽修蝶戀花：和露採蓮愁一餉。【慵一餉】晏幾道蝶戀花：午睡醒來慵一餉。

向　【如何向】柳永鶴沖天：明代暫遺賢，如何向。【紅相向】晏幾道蝶戀花：淚臉紅相向。【眠相向】秦觀踏莎行：暖灘晴日眠相向。【寒根向】歐陽修漁家傲：凍雲欲折寒根向。

唱　尺亮切【休唱】秦觀念奴嬌：驪駒門外休唱。【低唱】柳永鶴沖天：忍把浮名，換了淺斟低唱。【春唱】張先慶春澤：領欲留春，傍花爲春唱。【青娥唱】張先醉落魄：使君勸醉青娥唱。【宮娥唱】姜夔卜算子：枝上幺禽一兩聲，猶似宮娥唱。【翻麗唱】歐陽修蝶戀花：紅粉佳人翻麗唱。

障 之亮切【屏障】潘閬憶餘杭：出入分明在屏障。【畫障】張先醉落魄：山圍畫障。【綃障】秦觀踏莎行：東風水墨生綃障。【絲步障】柳永鳳棲梧：蜀錦地衣絲步障。【丹墀屏障】柳永鶴沖天：煙花巷陌，依約丹墀屏障。

嶂 【重嶂】吳文英永遇樂：銅華滄海，愁霾重嶂。【遙嶂】秦觀踏莎行：雪消遙嶂。【依青嶂】李珣巫山一段雲：古廟依青嶂。

上 時亮切【天上】潘閬憶餘杭：不是人寰是天上。【溪上】秦觀踏莎行：疏梅溪上。【花枝上】張先醉落魄：和氣秉春，不獨花枝上。【新月上】晏幾道蝶戀花：斜貼綠雲新月上。柳永鳳棲梧：玉砌雕闌新月上。【高樓上】秦觀漁家傲：玄蟾烏鵲高樓上。【清江上】馮延巳菩薩蠻：采蓮晚出清江上。【虛閣上】溫庭筠更漏子：虛閣上，倚闌望。【燈初上】蘇軾虞美人：沙河塘裏燈初上。【誰與上】李煜子夜歌：高樓誰與上。【秋風原上】柳永少年遊：夕陽島外，秋風原上。【眉頭鬢上】蘇軾西江月：看取眉頭鬢上。【梅邊竹上】孫道絢清平樂：多在梅邊竹上。【綠萍池上】溫庭筠酒泉子：閒向綠萍池上。

壯 側亮切【增壯】秦觀念奴嬌：惟有丹心增壯。

帳 知亮切【斗帳】柳永鳳棲梧：旋暖熏爐溫斗帳。【羅帳】蔣捷虞美人：紅燭昏羅帳。【寶帳】張先菩薩蠻：嬌香堆寶帳。【流蘇帳】韋莊菩薩蠻：香燈半掩流蘇帳。【紅斗帳】歐陽修漁家傲：船小難開紅斗帳。

漲 【吹碧漲】晏幾道蝶戀花：雨罷蘋風吹碧漲。【流碧漲】歐陽修漁家傲：一脈潺湲流碧漲。【蒲桃漲】辛棄疾漁家傲：從教日日蒲桃漲。【柳塘新漲】呂本中清平樂：柳塘新漲。

悵 丑亮切【惆悵】溫庭筠更漏子：還似去年惆悵。【成惆悵】歐陽修蝶戀花：蓮斷絲牽，特地成惆悵。歐陽修蝶戀花：春愁酒病成惆悵。秦觀漁家傲：人間萬事成惆悵。【空惆悵】歐陽修漁家傲：合歡影裏空惆悵。【堪惆悵】韋莊菩薩蠻：紅樓別夜堪惆悵。

暢　【平生暢】柳永鶴沖天：風流事，平生暢。

杖　直亮切【春杖】蘇軾減字木蘭花：春牛春杖，無限春風來海上。【筇竹杖】辛棄疾定風波：已判生涯筇竹杖。

釀　女亮切【美釀】歐陽修蝶戀花：且把金樽傾美釀。【千斛釀】辛棄疾漁家傲：自有拍浮千斛釀。【清廝釀】歐陽修漁家傲：花氣酒香清廝釀。

況　許放切【離況】秦觀念奴嬌：便有許多離況。【今日況】秦觀漁家傲：二十年前今日況。【春來況】秦觀踏莎行：無人會得春來況。

匠　疾亮切。大匠、巧匠、花匠、詩匠、意匠。

尚　時亮切。心尚、志尚、夙尚、相尚、雅尚、新尚、丘壑尚、林泉尚。

讓　人樣切。遜讓、謙讓、禮讓、辭讓、不可讓、未肯讓。

創　楚亮切。始創、首創、草創。

狀　助亮切。千狀、山狀、物狀、萬狀、勝狀、山川狀、不可狀、天然狀、新月狀、朝霞狀。

仗　直亮切。玉仗、天仗、曉仗、還仗、仙子仗、迎春仗。

亮　力讓切。忠亮、清亮、高節亮、陶元亮、諸葛亮。

量　心量、胸量、雅量、無量、未可量、百川量、滄海量。

恙弋亮切　**養**　**煬**　**颺**　**妄**無放切　**忘**　**醬**即亮切

將　**曏**式亮切　**瘴**之亮切　**裝**側亮切　**愴**楚亮切

脹知亮切　**鬯**丑亮切　**長**直亮切　**諒**力讓切　**兩**

鄉許亮切　**旺**于放切　**貺**許放切　**誑**古況切

【對偶】周邦彥大酺：潤逼琴絲，寒侵枕障。秦觀踏莎行：冰解芳塘，雪消遙嶂。柳永少年遊：夕陽島外，秋風原上。秦觀踏莎行：淡柳橋邊，疏梅溪上。秦觀念奴嬌：萬縷銀鬚，一枝鐵杖。

（宕）

浪 郎宕切【紅浪】柳永鳳棲梧：鴛鴦綉被翻紅浪。【淋浪】秦觀沁園春：微雨後，有桃愁杏怨，紅淚淋浪。【細浪】溫庭筠酒泉子：凭闌干，窺細浪。【寒浪】溫庭筠荷葉杯：小娘紅粉對寒浪。【煙浪】柳永晏幾道蝶戀花：雙紋翠簟鋪寒浪。【煙浪】柳永雙聲子：雲濤煙浪。【如激浪】歐陽修漁家傲：臘月年光如激浪。【紅錦浪】辛棄疾臨江仙：被翻紅錦浪。【風皺浪】歐陽修蝶戀花：水浸碧天風皺浪。【浮玉浪】歐陽修定風波：好是金船浮玉浪。【魚吹浪】辛棄疾念奴嬌：遊魚吹浪。【湖頭浪】秦觀念奴嬌：慚愧湖頭浪。【銀河浪】秦觀漁家傲：龍軿暗渡銀河浪。【酒泉生浪】張先慶春澤：花影灩金尊，酒泉生浪。

傍 蒲浪切【相傍】秦觀念奴嬌：喜得重相傍。【相偎傍】柳永鳳棲梧：玉樹瓊枝，迤邐相偎傍。

喪 四浪切【得喪】柳永鶴沖天：何須論得喪。【追得喪】秦觀漁家傲：回首見風猶未忘，追得喪。

曠 苦謗切【空曠】張先慶春澤：銀塘玉宇空曠。

葬 則浪切。未葬、同葬、新葬、歸葬、江海葬、魚腹葬。

藏 才浪切。大藏、古藏、地藏、寶藏、如來藏、金玉藏、無盡藏。

宕（大浪切） 碭 儻（他浪切） 盪 蕩 當（都浪切） 擋

謗（補曠切） 臟（才浪切） 吭（下浪切） 行 桁 亢（口浪切）

抗 伉 炕 盎（於浪切） 壙（苦謗切） 纊

【對偶】

李清照鳳凰臺上憶吹簫：香冷金猊，被翻紅浪。

姜夔念奴嬌：高柳垂陰，老魚吹浪。

第三部

平聲 五支六脂七之八微十二齊十五灰通用

（支）

枝 章移切【芳枝】吳文英采桑子慢：細看清淚濕芳枝。【花枝】韋莊菩薩蠻：此度見花枝。柳永看花回：難忘酒琖花枝。秦觀畫堂春：凭欄手撚花枝。【高枝】辛棄疾清平樂：折殘猶有高枝。【梅枝】姜夔江梅引：見梅枝，忽相思。【桂枝】辛棄疾菩薩蠻：風雨斷腸時，小山生桂枝。【滿枝】晏幾道生查子：紅蕊明年又滿枝。【桃枝】周邦彥少年遊：春色在桃枝。【青枝】蘇軾定風波：吟詠，更看綠葉與青枝。【殘枝】馮延巳采桑子：獨折殘枝，無語凭闌祇自知。歐陽修定風波：無人堪與補殘枝。李清照訴衷情：梅蕚挿殘枝。【一枝枝】姜夔虞美人：臥看花梢搖動，一枝枝。【不同枝】秦觀江城子：雖同處，不同枝。【欠一枝】辛棄疾鷓鴣天：莫使尊前欠一枝。【日邊枝】晏殊浣溪沙：早梅先綻日邊枝。【花一枝】溫庭筠定西番：鏡中花一枝。【花滿枝】溫庭筠菩薩蠻：月明花滿枝。【空折枝】歐陽修減字木蘭花：莫待無花空折枝。【兩三枝】晁沖之漢宮春：向竹梢稀處橫兩三枝。【雨後枝】姜夔浣溪沙：春點疏梅雨後枝。【紅滿枝】溫庭筠菩薩蠻：雨青紅滿枝。馮延巳長相思：紅滿枝，綠滿枝。【夜合枝】馮延巳采桑子：花謝窗前夜合枝。馮延巳更漏子：風搖夜合枝。【晚香枝】辛棄疾鷓鴣天：黃菊嫩，晚香枝。【春滿枝】曹組菩薩蠻：石亭春滿枝。【發南枝】李清照臨江仙：夜來清夢好，應是發南枝。【楊柳枝】張先菩薩蠻：莫吹楊柳枝。【雪中枝】晏幾道臨江仙：梅謝雪中枝。【嫋纖枝】晏幾道臨江仙：雪鬢嫋纖枝。【綠筠枝】姜夔小重山令：相思血，都沁綠筠枝。【最高枝】劉禹錫竹枝：清猿啼在最高枝。【漸園枝】秦觀阮郎歸：退花新綠漸園枝。【萬年枝】馮延巳鶴沖天：飛上萬年枝。【萬萬枝】白居易楊柳枝：一樹春風萬萬枝。【歲寒枝】辛棄疾江神子：花意爭春，先出歲寒枝。

歲寒枝。【隴梅枝】歐陽修阮郎歸：角聲吹斷隴梅枝。

肢

【腰肢】柳永玉蝴蝶：倚風情態，約素腰肢。姜夔鶯聲繞紅樓：垂楊却又妒腰肢。【柳腰肢】歐陽修阮郎歸：玉肌花臉柳腰肢。

巵

【玉巵】晏殊浣溪沙：宿酒才醒厭玉巵。歐陽修采桑子：貪向花間醉玉巵。【金巵】歐陽修采桑子：香泛金巵。【酒巵】晏殊破陣子：共折香英泛酒巵。【瑤巵】柳永玉蝴蝶：爛遊花館，連醉瑤巵。吳文英木蘭花慢：好借秋光臨水色，寫瑤巵。

施

商支切【朱粉施】晏殊菩薩蠻：不勞朱粉施。

吹

姝爲切【重吹】尹鶚菩薩蠻：樓際角重吹。【歌吹】姜夔翠樓吟：聽氈幕元戎歌吹。【笙吹】馮延巳采桑子：偸取笙吹，警覺寒蟲到曉啼。【纔吹】馮延巳采桑子：玉笛纔吹，滿袖猩猩血又垂。【好風吹】劉禹錫楊柳枝：銅駝陌上好風吹。【淚時吹】李煜望江南：鳳笙休向淚時吹。【羌管休吹】李清照臨江仙：南樓羌管休吹。

差

叉宜切【參差】張先畫堂春：外湖蓮子長參差。辛棄疾水調歌頭：萬瓦碧參差。

垂

是爲切【低垂】晏幾道臨江仙：酒醒簾幕低垂。辛棄疾清平樂：羅幃翠幕低垂。【偸垂】辛棄疾鷓鴣天：畫簷玉筯已偸垂。【鬢垂】晏殊破陣子：長條插鬢垂。【四天垂】柳永少年遊：目斷四天垂。【兩行垂】姜夔鷓鴣天：輦路珠簾兩行垂。【自在垂】陳克菩薩蠻：烘簾自在垂。【杏子垂】歐陽修浣溪沙：葉底青青杏子垂。【紅露垂】張先醉垂鞭：輕羅紅露垂。【拂地垂】歐陽修浣溪沙：天碧羅衣拂地垂。【淚空垂】辛棄疾鷓鴣天：試彈幽憤淚空垂。【雲葉垂】姜夔阮郎歸：旌旗宮殿昔徘徊，一壇雲葉垂。【綉帷垂】李煜更漏子：紅燭背，綉帷垂。【翠簾垂】李清照訴衷情：人悄悄，月依依，翠簾垂。【雙淚垂】李煜子夜歌：覺來雙淚垂。【雙翅垂】：張泌蝴蝶兒：惹教雙翅垂。【簾幕垂】馮延巳醉桃源：人家簾幕垂。【鳳釵垂】韋莊思帝鄉：雲髻墜，鳳釵垂。【畫簾垂】韋莊荷葉杯：水堂西面畫簾垂。張泌浣溪沙：黃昏微雨畫簾垂。晏殊浣溪沙：悵無消息畫簾垂。【繡簾垂】溫庭筠更漏子：紅燭背，繡簾垂。馮延巳臨江仙：夕陽樓上繡簾垂。【鬢雲垂】韋莊天仙子：眉眼細鬢雲垂。【玉筋雙垂】馮延巳采桑子：玉筋雙垂，祇是金籠鸚鵡知。

兒

如支切【些兒】柳永駐馬聽：恣性灵忞煞些兒。辛棄疾小重山：分明是，他更的些兒。【蝴蝶兒】張泌蝴蝶兒：蝴蝶兒，晚春時。【蜜蜂兒】姜夔浣溪沙：隔簾飛過蜜蜂兒。【踏浪兒】蘇軾瑞鷓鴣：儂是江南踏浪兒。【裹鴨兒】皇甫松採蓮子：更脫紅裙裹鴨兒。

隨

旬爲切【依隨】柳永駐馬聽：無非盡意依隨。【追隨】姜夔阮郎歸：老楓臨路歧，年年强健得追隨。【相隨】柳永看花回：榮瘁相隨。【夢相隨】韋莊女冠子：空有夢相隨。【萬人隨】張先芳草渡：千騎擁，萬人隨。【綠蓋隨】歐陽修采桑子：前後紅幢綠蓋隨。【處處隨】歐陽修采桑子：隱隱笙歌處處隨。

知

珍離切【人知】馮延巳采桑子：昭陽殿裏新翻曲，未有人知。【月知】馮延巳上行杯：祇許庭花與月知。姜夔鷓鴣天：惆悵歸來有月知。【莫知】溫庭筠河傳：浦南歸，浦北歸，莫知。【相知】柳永駐馬聽：一二三載，如魚似水相知。柳永玉蝴蝶：美人才子，合是相知。【怎知】秦觀阮郎歸：怨春春怎知。【誰知】秦觀畫堂春：此恨誰知。辛棄疾最高樓：吳娃粉陣恨誰知。【應知】張泌浣溪沙：杏花明月始應知。【只天知】秦觀江城子：此恨只天知。辛棄疾最高樓：對花情味只天知。【兩心知】韋莊思帝鄉：說盡人間天上，兩心知。【兩人知】周邦彥少年遊：幽恨兩人知。【兩自知】秦觀醉桃源：芳心兩自知。【有誰知】馮延巳憶江南：東風彈淚有誰知。張先望江南：惆悵有誰知。李清照臨江仙：濃香吹盡有誰知。【知不知】溫庭筠新添聲楊柳枝：入骨相思知不知。【沒人知】韋莊女冠子：除却天邊月，沒人知。【宋玉知】韋莊天仙子：惟有多情宋玉知。【風月知】張先醉桃源：此情風自知。【怕春知】辛棄疾虞美人：偷得十分春色，怕春知。【君不知】溫庭筠更漏子：夢長君不知。韋莊菩薩蠻：憶君君不知。李煜謝新恩：待來君不知。李煜更漏子：夢長君不知。【竟誰知】溫庭筠菩薩蠻：心事竟誰知。【祇自知】馮延巳采桑子：無語凭闌祇自知。【夜寒知】姜夔浣溪沙：寂寥惟有夜寒知。【落花知】李璟浣溪沙：此情惟有落花知。辛棄疾婆羅門引：似風雨，落花知。【誰得知】溫庭筠玉蝴蝶：斷腸誰得知。溫庭筠菩薩蠻：此情誰得知。【遣人知】秦觀望海潮：丁寧莫遣人知。【鬢髮知】辛棄疾鷓鴣天：萬事長看鬢髮知。

池

陳知切【天池】辛棄疾滿庭芳：記鳳凰，猶遶天池。【芳池】辛棄疾滿庭芳：依舊是，萍滿芳池。【清池】周邦彥浣溪沙：小妝弄影照清池。【瑤池】晏幾道鷓鴣天：小蓮風韻出瑤池。【水平池】秦觀畫堂春：落紅鋪徑水平池。【近前池】溫庭筠木蘭花：衰桃一樹近前池。

離

鄰知切【分離】柳永駐馬聽：無事孜煎，萬回千度，怎忍分離。【別離】韋應物調笑調：江南塞北別離。溫庭筠菩薩蠻：暫來還別離。溫庭筠河瀆神：蘭棹空傷別離。秦觀阮郎歸：那堪更別離。【陸離】辛棄疾定風波：金印纍纍佩陸離。【黍離】辛棄疾定風波：莫望中州歎黍離。【傷離】溫庭筠玉蝴蝶：秋風凄切傷離。

鸝

【黃鸝】馮延巳臨江仙：千言萬語黃鸝。馮延巳鵲沖天：嚴妝欲罷囀黃鸝。

蘺

【江蘺】周邦彥紅羅襖：楚客憶江蘺。吳文英采桑子慢：魂消正在搖落江蘺。

籬

【東籬】辛棄疾新荷葉：悠然忽見，此山正繞東籬。【疏籬】蘇軾南鄉子：寒雀滿疏籬。辛棄疾清平樂：行人繫馬疏籬。【茅舍疏籬】晁沖之漢宮春：問玉堂何似，茅舍疏籬。

璃

【琉璃】蘇軾虞美人：惟有一江明月碧琉璃。晁端禮綠頭鴨：晚雲收，淡天一片琉璃。

披

攀糜切【離披】晏殊鳳銜盃：經宿雨，又離披。張先虞美人：且願花枝長在莫離披。【宿雲披】馮延巳鵲沖天：曉月墜，宿雲披。【霽雲披】張先芳草渡：山明日遠霽雲披。

陂

班糜切【十頃陂】皇甫松採蓮子：菡萏香連十頃陂。

碑

【殘碑】辛棄疾滿庭芳：英雄千古，芳草沒殘碑。【韓碑】辛棄疾滿庭芳：且拼一醉，倚仗讀寒碑。【右軍碑】辛棄疾滿庭芳：一觴一詠，須刻右軍碑。

醾

忙皮切【茶醾】辛棄疾小重山：莫將他去比茶醾。

移

余支切【北山移】辛棄疾浣溪沙：而今堪送北山移。【花影移】馮延巳長相思：閑庭花影移。【

畫船移】張先芳草渡：風烏弄影畫船移。秦觀醉桃源：綠波風動畫船移。【鑑中移】張先畫堂春：人影鑑中移。

迤

【逶迤】歐陽修采桑子：綠水逶迤。

岐

巨支切【臨岐】柳永采蓮子：翠娥執手臨岐。

隳

許規切【月隳】蔣捷聲聲慢：彩角聲吹月隳。【葉隳】晏殊更漏子：菊花殘，梨葉隳。

奇

居宜切【古來奇】蘇軾訴衷情：錢塘風景古來奇。

欹

邱奇切【日未欹】蘇軾鷓鴣天：漁浦山頭日未欹。【枕函欹】韋莊思帝鄉：髻墜釵無力，枕函欹。【枕頭欹】范仲淹御街行：殘燈明滅枕頭欹。

奇

渠基切【舉措皆奇】柳永玉蝴蝶：蓮步穩，舉措皆奇。

漪

於宜切【愁漪】姜夔小重山令：斜橫花樹小，浸愁漪。【淪漪】蘇軾臨江仙：寒藻舞淪漪。【漣漪】馮延巳臨江仙：小塘春水漣漪。歐陽修采桑子：微動漣漪。

宜

魚羈切【相宜】辛棄疾鷓鴣天：淺斟低唱正相宜。【偏宜】辛棄疾鷓鴣天：孤桐枝上鳳偏宜。

涯

【天涯】周邦彥浣溪沙：樓前芳草接天涯。

爲

于嬀切【何爲】晏殊清平樂：人生不飲何爲。柳永看花回：紅顏成白髮，極品何爲。【奚爲】柳永駐馬聽：漫寄消息，終久奚爲。

危

虞爲切【孤危】柳永巫山一段雲：鶴背覺孤危。

支

章移切。分支、蘭支、力不支。

炊

姝爲切。晨炊、晚炊、春炊、村炊、釣船炊。

陲

是爲切。天陲、庭陲、白雲陲、北山陲、玉砌陲。

斯

相支切。長如斯、樂於澌斯。

澌

春澌、晚澌、漲煙澌、漾輕澌。

雌

七支切。山雌、孤雌、驚雌。

髭 將支切。霜髭、愁髭、客髭、雪滿髭。

馳 陳知切。驅馳、先馳、箭馳、寸心馳、夾路馳。

醨 鄰知切。薄醨、醇醨、糟醨。

驪 青驪、牡驪、飛驪。

皮 蒲糜切。霜皮、苔蘚皮、半留皮、蒼龍皮。

疲 昏疲、酒舞疲、車馬疲、腕欲疲。

卑 府移切。高卑、山林卑、澗松卑。

窺 缺規切。月影窺、入簾窺、曉霜窺、蔽竹窺。

規 均窺切。子規、月規、前規、月半規、葉如規、半影規。

羈 居宜切。塵羈、冠裳羈、功名羈、人間羈。

曦 虛宜切。朝曦、晚曦、新曦、晴曦。

麾 吁爲切。軍麾、旌麾、征麾。

虧 驅爲切。半虧、白日虧、月輪虧。

萎 邕危切。紅萎、孤芳萎、晚香萎、秋殘萎。

禔章移切 梔 只 氏 鳷 吱 腄專垂切

葹商支切 弛 釃山宜切 嵯叉宜切 衰初危切

匙常支切 痿儒支切 廝相支切 澌 貲將支切 訾

觜 疵才支切 隋旬爲切 蜘珍離切 箠株垂切

摛抽知切 螭 魑 黐 痴 篪陳知切 褫

錘重垂切 蠡鄰知切 麗 樆 羅 灕

羸倫爲切 帔攀糜切 羆班糜切 詖 糜忙皮切 縻

庳府宜切 裨 俾 埤符支切 脾 紕 彌民卑切

瀰 栘余支切 匜 簃 蛇 祇巨支切 岐

攲　觿匀規切　規均窺切　羈居宜切　畸　掎　剞

犧虛宜切　羲　巇　崎邱奇切　觭　踦　騎渠基切

錡　猗於宜切　椅　儀魚羈切　崖　潙于嬀切

撝吁爲切　嬀俱爲切　隗　逶邕危切　委

【對偶】晏幾道臨江仙：柳垂江上影，梅謝雪中枝。　晏幾道臨江仙：霞觴熏冷豔，雲髻嫋纖枝。　韋莊天仙子：眉眼細，鬢雲垂。　韋莊思帝鄉：雲髻墜，鳳釵垂。　李煜更漏子：紅燭背，綉帷垂。　晏殊浣溪沙：閒役夢魂孤燭暗，恨無消息畫簾垂。　晏幾道鷓鴣天：雲隨綠水歌聲轉，雪繞紅綃舞袖垂。　秦觀醉桃源：銀燭暗，翠簾垂。　李清照南歌子：天上星河轉，人間簾幕垂。　韋莊女冠子：不知魂已斷，空有夢相隨。　辛棄疾鷓鴣天：百年旋逐花陰轉，萬事長看鬢髮知。　辛棄疾鷓鴣天：人情展轉愁中看，客問崎嶇倦後知。　晏殊更漏子：菊花殘，梨葉墮。　辛棄疾鷓鴣天：從教犬吠千家白，且與梅成一段奇。

（脂）

脂　蒸夷切【燕胭】張泌蝴蝶兒：無端和淚拭燕脂。【胭脂】辛棄疾江神子：粉面朱唇，一半點胭脂。【臙脂】張先醉桃源：淺螺黛，淡臙脂。【濕臙脂】歐陽修阮郎歸：淚紅滿面濕臙脂。

衰　雙隹切【草木衰】溫庭筠玉蝴蝶：塞外草木衰。

誰　視隹切【欲憑誰】張先更漏子：南去信，欲憑誰。【屬阿誰】白居易楊柳枝：盡日無人屬阿誰。【分付他誰】晁沖之漢宮秋：對孤芳，分付他誰。

蕤　儒隹切【玉蕤】蘇軾南鄉子：爭抱寒柯看玉蕤。

咨　津私切【嗟咨】秦觀一叢花：又還對，秋色嗟咨。

姿　【芳姿】李清照臨江仙：爲誰憔悴損芳姿。【春姿】周邦彥少年遊：樓閣淡春姿。【雪霜姿】辛棄疾江神子：未應全是雪霜姿。

追　中葵切【相追】歐陽修采桑子：飛蓋相追。【難追】柳永駐馬聽：而今漸行漸遠，漸覺雖悔難追。【香難追】馮延巳臨江仙：舊歡前事杳難追。

墀

陳尼切【玉龍墀】晏幾道鷓鴣天：金鳳闕，玉龍墀。

遲

【行遲】周邦彥夜飛鵲：華驄會意，縱揚鞭、亦自行遲。【何遲】柳永玉蝴蝶：知名雖久，識面何遲。【春遲】辛棄疾最高樓：蜂蝶亂，送春遲【飛遲】周邦彥少年遊：門外燕飛遲。【歸遲】韋莊清平樂：掃郎去歸遲。【遲遲】晁端禮綠頭鴨：欲下遲遲。【出花遲】馮延巳鶴沖天：宮漏出花遲。【月遲遲】李煜謝新恩：漏暗斜月遲遲。【步遲遲】姜夔浣溪沙：市橋携手步遲遲。【弄妝遲】姜夔浣溪沙：阿瓊愁裏弄妝遲。【恨來遲】溫庭筠女冠子：玉樓相望久，花洞恨來遲。【卸裝遲】李清照訴衷情：夜來沈醉卸裝遲。【梳洗遲】溫庭筠菩薩蠻：弄妝梳洗遲。【馬遲遲】柳永少年遊：長安古道馬遲遲。【採蓮遲】皇甫松採蓮子：小姑貪戲採蓮遲。【鳥飛遲】溫庭筠河瀆神：楚山無限鳥飛遲。【鳥歸遲】辛棄疾最高樓：笑山中，雲出早，鳥歸遲。【雁字遲】晏幾道生查子：水濶山長雁字遲。【雁到遲】溫庭筠玉胡蝶：江南雁到遲。【嬌更遲】辛棄疾破陣子：行時嬌更遲。【曉妝遲】晏幾道更漏子：春思重，曉妝遲。【漏遲遲】韋莊定西番：人灼灼，漏遲遲。【睡起遲】馮延巳鶴沖天：宮漏出花遲。【轉階遲】李元膺鷓鴣飛：日長花影轉階遲。【鶴書遲】辛棄疾水調歌頭：且作山人索價，頗怪鶴書遲。

棃

良脂切【海棠棃】溫庭筠菩薩蠻：池上海棠棃。

纍

【纍纍】辛棄疾婆羅門引：歌珠悽斷纍纍。

彝

延知切【上方彝】辛棄疾滿庭芳：天顏有喜，偏賜上方彝。【古銅彝】辛棄疾滿庭芳：春虬快剪，插遍古銅彝。

惟

夷隹切【思惟】韋莊荷葉杯：不忍更思惟。

維

【思維】柳永駐馬聽：爭奈翻覆思維。

遺

【羅帕香遺】吳文英采桑子慢：玉臺妝榭，羅帕香遺。

帷

洧悲切【鳳凰帷】溫庭筠訴衷情：金帶枕，宮錦，鳳凰帷。

伊

於夷切【不如伊】柳永玉蝴蝶：見了千花萬柳，比並不如伊。【奈何伊】柳永駐馬聽：奈何伊，恣忒煞些兒。【莫與伊】尹鶚菩薩蠻：金鞭莫與伊。【深燭伊】溫庭筠新添聲楊柳枝：井底點燈深燭伊。【學畫伊】張泌蝴蝶兒：倚窗學畫伊。【儘從伊】李煜喜遷鶯：片紅休掃儘從伊。

肌

居夷切【冰肌】辛棄疾小重山：國香收不起，透冰肌。【香肌】歐陽修浣溪沙：花風如舞透香肌。【柔肌】張先武陵春：玉透柔肌。【瑤肌】蘇軾定風波：酒生微暈沁瑤肌。

龜

居追切【玉龜】柳永巫山一段雲：斜陽醉玉龜。

悲

逋眉切【秋悲】張先芳草渡：歌時淚，和別怨，作愁悲。【清悲】蘇軾臨江仙：歌聲半帶清悲。【愁悲】周邦彥紅羅襖：算宋玉未必爲秋悲。【餘悲】周邦彥風流子：牽起餘悲。【聲悲】晁補之臨江仙：月斜西院愈聲悲。【不勝悲】韋莊女冠子：覺來知是夢，不勝悲。【未須悲】晏幾道生查子：花落未須悲。【老來悲】姜夔鷓鴣天：少年情事老來悲。【使人悲】溫庭筠玉胡蝶：搖落使人悲。【此聲悲】劉禹錫竹枝：由來不是此聲悲。

眉

武悲切【低眉】晏幾道采桑子：送入低眉。【開眉】柳永看花回：忍不開眉。【新眉】溫庭筠玉蝴蝶：楊柳墜新眉。【娥眉】韋莊清平樂：妝成不畫娥眉。【掃眉】溫庭筠南歌子：倭墮低梳髻，連娟細掃眉。【蛾眉】溫庭筠菩薩蠻：懶起畫蛾眉。蘇軾烏夜啼：西山自有蛾眉。辛棄疾滿庭芳：古來顰損蛾眉。【斂眉】韋莊女冠子：含羞半斂眉。【軒眉】辛棄疾滿庭芳：怪公喜氣軒眉。【翠眉】韋莊定西番：閒愁上翠眉。晏幾道生查子：一點愁心入翠眉。姜夔阮郎歸：朝寒吹翠眉。【舊眉】馮延巳采桑子：獨背寒屏理舊眉。【黛眉】周邦彥定風波：莫倚能歌斂黛眉。【顰眉】晏殊浣溪沙：舊歡前事入顰眉。李元膺鷓鴣天：思往事，入顰眉。【月如眉】秦觀醉桃源：碧天如水，月如眉。【淺勻眉】歐陽修阮郎歸：淺勻雙臉淺勻眉。【淺畫眉】辛棄疾鷓鴣天：菱花照面頻頻記，曾道偏宜淺畫眉。【淺黛眉】歐陽修阮郎歸：紅妝淺黛眉。【柳如眉】溫庭筠定西番：人似玉，柳如眉。馮延巳醉桃源：青梅如豆柳如眉。歐陽修阮郎歸：青梅如豆柳如眉。【柳葉眉】韋莊女冠子：頻低柳葉眉。【深畫遠山眉】韋莊荷葉杯：一雙愁黛遠山眉。

眉】歐陽修阮郎歸：青螺深畫眉。

師　霜夷切。可師、遠師、水仙師、碧雲師。

推　川隹切。究推、思推、獨步推、物外推。

私　相咨切。烏鳥私、反哺私、雨露私。

資　津私切。笑資、三徑資、買山資、鶴琴資。

茨　才資切。茅茨、山茨、樹茨、小茆茨。

黧　良脂切。形黧、凍面黧。

姨　延知切。風姨。

饑　居夷切。樂饑、村饑、白鷺饑、牡丹饑。

葵　渠惟切。園葵、露葵、秋葵、江南葵、晚雕葵、鮑照葵。

逵　渠追切。雲逵、蘭逵、九達逵。

湄　武悲切。江湄、雲湄、綠湄、煙草湄。

楣　簷楣、繡楣、燕巢楣。

祇（蒸夷切）　砥　隹（朱惟切）　騅　錐　尸（升脂切）　鳲

蓍　篩（霜夷切）　獅　螄　欀（雙隹切）　鴟（稱脂切）

緌（儒隹切）　綏（宣隹切）　雖　齎（津私切）　粢　瓷（才資切）

胝（張尼切）　絺（丑飢切）　坻（陳尼切）　椎（傳追切）　槌　鎚

犁（良脂切）　嫘　尼（女夷切）　怩　呢　夷（延知切）　洟

痍　濰（夷隹切）　咿（於夷切）　耆（渠伊切）　鰭　祁

馗（渠追切）　虁　騤　巋（邱追切）　丕（敷悲切）　邳

毘（頻脂切）　比　琵　枇　貔　紕　嵋（武悲切）

麋　郿

【對偶】
溫庭筠女冠子：玉樓相望久，花洞恨來遲。韋莊定西番：人灼灼，漏遲遲。周邦彥：浣溪沙：跳脫添金雙腕重，琵琶撥盡四絃悲。溫庭筠定西番：人似玉，柳如眉。溫庭筠玉蝴蝶：芙蓉凋嫩臉，楊柳墮新眉。韋莊女冠子：忍淚佯低面，含羞半斂眉。韋莊女冠子：依舊桃花面，頻低柳葉眉。

（之）

緇

莊持切【帽簷緇】吳文英木蘭花慢：數聲禁漏，又東華，塵染帽簷緇。

詩

申之切【吟詩】辛棄疾最高樓：須殢酒，更吟詩。【新詩】蘇軾臨江仙：故應爲我發新詩。【裁詩】姜夔阮郎歸：休涉筆，且裁詩。【題詩】辛棄疾新荷葉：向尊前采菊題詩。姜夔驀山溪：翠眉織錦，紅葉浪題詩。【送行詩】辛棄疾定風波：老來怕作送行詩。【酒邊詩】辛棄疾水調歌頭：剩費酒邊詩。【解慍詩】辛棄疾鷓鴣天：留和南風解慍詩。【錦囊詩】辛棄疾生查子：收拾錦囊詩。【謫仙詩】辛棄疾最高樓：待重尋，居士譜，謫仙詩。【斷腸詩】辛棄疾定風波：河梁更賦斷腸詩。【冷落新詩】晁冲之漢宮春：傷心故人後，冷落新詩。

颸

叉緇切【涼颸】秦觀一叢花：露華上，煙裊涼颸。

時

市之切【當時】馮延巳采桑子：昭陽舊恨依前在，休說當時。柳永駐馬聽：只恐恩情，難似當時。【歸時】李煜謝新恩：秋千架下歸時。【入破時】歐陽修減字木蘭花：宛轉梁州入破時。【又當時】李元膺鷓鴣天：柳梢陰重又當時。【小山時】辛棄疾最高樓：桂枝風澹小山時。【少年時】辛棄疾定風波：鬢髯不似少年時。【未眠時】韋莊定西番：未眠時，斜倚銀屏無言，閒愁上翠眉。【未歸時】溫庭筠玉蝴蝶：行客未歸時。【月西時】晏幾道慶春時：人約月西時。【月明時】劉禹錫瀟湘神：瀟湘深夜月明時。辛棄疾鷓鴣天：人散後，月明時。【去年時】柳永少年遊：不似去年時。【出門時】韋莊菩薩蠻：殘月出門時。【百花時】溫庭筠南歌子：爲君憔悴盡，百花時。馮延巳憶江南：別離苦向百花時。【初見時】秦觀醉桃源：嬌羞初見時。【牡丹時】溫庭筠菩薩蠻：相見牡丹時。【放燈時】辛棄疾定風波：春風十日放燈時。【弄晴時】晏幾道鷓鴣天：驚夢覺，弄晴時。【采蓮時】溫庭筠荷葉杯：鏡水夜來秋月，如雪，采蓮時。【別君時】韋莊女冠子：正是去年今日，別君時。【別離時】辛棄疾婆羅門引：才相見，便有別離時。【知幾時】馮延巳長相思：相逢知幾時。歐陽修采桑子：相逢知幾時。【是何時】秦觀江城子：重相見，是何時。【欲來時】晏殊浣溪沙：春風悠颺欲來時。【却來時】晏幾道臨江仙：去年春恨却來時。【風絮時】姜夔阮郎歸：年年風絮時。【春雨時】溫庭筠菩薩蠻：驛橋春雨時。【峭寒時】姜夔浣溪沙：翦燈心事峭寒時。【草長時】張先菩薩蠻：何況草長時。【酒酣時】辛棄疾最高樓：涼生翠蓋酒酣時。【倚樓時】張先菩薩蠻：殘日倚樓時。【渡江時】姜夔少年遊：別母情懷，隨卽滋味，桃葉渡江時。【無限時】劉禹錫楊柳枝：爭似垂楊無限時。【得幾時】馮延巳采桑子：肯信韶華得幾時。【柳穠時】柳永黃鶯兒：當上苑柳穠時。【雲雨時】歐陽修阮郎歸：嬌羞雲雨時。【煙雨時】劉禹錫竹枝：巫山蒼蒼煙雨時。【落花時】歐陽修阮郎歸：去年今日落花時。【殢人時】歐陽修浣溪沙：有情無力殢人時。【語多時】韋莊女冠子：枕上分明夢見，語多時。【踏青時】馮延巳醉桃源：南園春半踏青時。歐陽修阮郎歸：南國春早踏青時。【獨守時】歐陽修長相思：空房獨守時。【醉歸時】辛棄疾婆羅門引：待瓊林，宴罷醉歸時。【露冷時】晏殊破陣子：風飄露冷時。【覺來時】馮延巳酒泉子：香印灰，蘭燭灺，覺來時。【紅杏開時】馮延巳鵲踏枝：紅杏開時，一霎清明雨。【春雨來時】溫庭筠河瀆神：廟前春雨來時。

而

人之切【暫而】辛棄疾婆羅門引：臥龍暫而。

思

新玆切【相思】韋應物調笑令：愁人起望相思。張先芳草渡：宋玉臺上爲相思。姜夔鷓鴣天：當初不合種相思【愁思】周邦彥西河：對此景，無限愁思。【詩思】姜夔徵招：客途今倦矣，漫贏得，一襟詩思。【離詩】姜夔解連環：却沈吟未上，又縈離思。【兩相思】溫庭筠南歌子：終日兩相思。張泌浣溪沙：二年終日兩相思。【苦尋思】韋莊天仙子：看花不語苦尋思。【追旅思】范仲淹蘇幕遮：黯鄉魂，追旅思。【寄相思】馮延巳酒泉子：迢迢何處寄相思。辛棄疾定風波：梅花也解寄相思。【滴相思】韋莊定西番：悶殺梧桐殘雨，滴相思。【說相思】晏殊浣溪沙：且留雙淚說相思。【無情思】溫庭筠楊柳枝：杏花未肯無情思。【費尋思】辛棄疾定風波：歸臥青山活計費尋思。

絲

【如絲】溫庭筠菩薩蠻：楊柳如絲。辛棄疾滿庭芳：鈞天夢覺，清淚如絲。辛棄疾鷓鴣天：梅似雪，柳如絲。【朱絲】辛棄疾滿庭芳：鸞膠難覓，絃斷朱絲。【烏絲】辛棄疾臨江仙：細書白繭烏絲。【輕絲】周邦彥少年遊：朝雲漠漠散輕絲。【餘絲】辛棄疾滿庭芳：吳蠶纏繞，自吐餘絲。【鬢絲】辛棄疾鷓鴣天：一夜清霜變鬢絲。【暗縈絲】秦觀一叢花：愁緒暗縈絲。【軟於絲】白居易楊柳枝：嫩於金色軟於絲。【舞絲絲】姜夔鶯聲繞紅樓：垂楊却又妒腰肢，近前舞絲絲。

滋

【淚痕滋】李清照南歌子：涼生沈簟淚痕滋。

詞

詳茲切【新詞】晏殊清平樂：殷勤更唱新詞。【秋水詞】辛棄疾破陣子：兩國夫人更是誰，殷勤秋水詞。【浪婆詞】蘇軾瑞鷓鴣：齊聲爭唱浪婆詞。【絳都詞】姜夔鷓鴣天：舊情惟有絳都詞。

辭

【書辭】周邦彥四園竹：舊日書辭。【和淚辭】韋莊菩薩蠻：美人和淚辭。

祠

【叢祠】溫庭筠河瀆神：河上望叢祠。

癡

超之切【嬌癡】辛棄疾小重山：越惜越嬌癡。

治

澄之切【酒療花治】辛棄疾滿庭芳：算除非，痛把酒療花治。

持

【禁持】秦觀阮郎歸：日長早被酒禁持。

頤

盈之切【橫頤】李煜望江南：多少淚，霑袖復橫頤。

姬

居之切【吳姬】柳永玉蝴蝶：冠絕吳姬。

其

【夜何其】姜夔鷓鴣天：歡正好，夜何其。

疑

魚其切【何疑】蘇軾何滿子：此生天命更何疑。【無疑】李煜望江南：腸斷更無疑。

期

渠之切【必期】晏殊鳳銜盃：何況舊歡新恨，阻心期。【佳期】張先望江南：香閨內，空自想佳期。【花期】晁沖之漢宮春：怕春寒，輕失花期。【秋期】蘇軾更漏子：槎有信，赴秋期。【前期】柳永少年遊：何處是前期。【無期】韋莊荷葉杯：花下見無期。【難期】馮延巳采桑子：後約難期。【舊期】馮延巳長相思：懷舊期，數歸期。【百歲期】柳永看花回：屈指勞生百歲期。【笙鶴期】姜夔阮郎歸，與君閒看壁題，夜涼笙鶴期。【暗相期】韋莊荷葉杯：攜手暗相期。【事難期】秦觀江城子：事難期，咫尺玉顏，和淚鎖春閨。【菊花期】辛棄疾浣溪沙：趁陶元亮菊花期。【無盡期】歐陽修阮郎歸：相思無盡期。姜夔鷓鴣天：肥水東流無盡期。【碧窗期】馮延巳虞美人：祇知長坐碧窗期。【難再期】秦觀醉桃源：幽歡難再期。

棋

【圍棋】溫庭筠新添聲楊柳枝：共郎長行莫圍棋。辛棄疾水調歌頭：點檢歌舞了，琴罷更圍棋。【竹間棋】辛棄疾鷓鴣天：溪上枕，竹間棋。

旗

【旌旗】辛棄疾木蘭花慢：怱怱去路，愁滿旌旗。【蘭旗】辛棄疾沁園春：待空山自薦，寒泉秋菊，中流却送，桂棹蘭旗。【繡旗】李元膺鷓鴣天：寂寞秋千兩繡旗。【小紅旗】蘇軾瑞鷓鴣：碧山影裏小紅旗。【翠雲旗】辛棄疾河瀆神：山頭人望翠雲旗。【松蓋雲旗】辛棄疾沁園春：青山留得，松蓋雲旗。

芝

眞而切。奇芝、餐芝、商山芝。

玆

津之切。來玆、在玆、念玆、不如玆。

慈

牆之切。竹生慈、奉親慈、馬援慈。

飴

盈之切。含飴、茶飴、露如飴。

怡

情怡、融怡、神怡、心慮怡、白雲怡。

嬉

虛其切。竹馬嬉、放棹嬉、盡日嬉、蜻蜓嬉。

熙

春熙、葩熙、春陽熙、萬物熙。

欺 邱其切。秋欺、春風欺、歲寒欺、鳥欲欺。

基 居之切。山基、階基、綠草基、太平基、百代基。

醫 於其切。不須醫、俗難醫。

之 眞而切　**菑** 莊持切　**輜**　**錙**　**淄**　**蚩** 充之切　**媸**

嗤　**蒔** 市之切　**漦** 俟菑切　**緦** 新茲切　**司**　**孜** 津之切

孳　**仔**　**嵫**　**鼒**　**鎡**　**耔**　**磁** 牆之切　**鶿**

茲　**笞** 超之切　**釐** 陵之切　**氂**　**貍**　**宧** 盈之切　**台**

眙　**貽**　**詒**　**僖** 虛其切　**嘻**　**禧**　**僛** 邱其切

期 居之切　**箕**　**萁**　**噫** 於其切　**嶷** 魚其切　**其** 渠之切

琪　**綦**　**萁**　**蘄**　**淇**　**祺**　**麒**　**騏**

【對偶】

晏殊浣溪沙：寒雪寂寥初散後，春風悠颺欲來時。　秦觀八六子：柳外靑驄別後，水邊紅袂分時。　晁補之臨江仙：水窮行到處，雲起坐看時。　吳文英木蘭花慢：西子冰綃冷處，素娥寶鏡圓時。　秦觀水龍吟：夢復餘情，愁邊剩思。　周邦彥過秦樓：梅風池溽，虹雨苔滋。　歐陽修浣溪沙：浮世歌歡眞易失，宦途離合信難期。

(微)

微 無非切【煙微】歐陽修採桑子：水遠煙微。【翠微】蘇軾定風波：與客携壺上翠微。晏幾道鷓鴣天：十里樓臺依翠微。【霏微】晏幾道采桑子：晚雨霏微。　黃庭堅醉蓬萊：暮雨霏微。【雨霏微】溫庭筠訴衷情：春晝午，雨霏微。【宿煙微】李煜喜遷鶯：曉月墜，宿煙微。【望中微】李珣南鄉子：越南雲樹望中微。【曉風微】晏幾道鷓鴣天：梅雨細，曉風微。

薇 【采薇】辛棄疾鷓鴣天：誰知孤竹夷齊子，正向空山賦采薇。

霏 芳微切【煙霏】蘇軾八聲甘州：正暮山好處，空翠煙霏。【霏霏】李煜採桑子：細雨霏霏。歐陽修長相思：煙霏霏。　秦觀畫堂春：弄晴小雨霏霏。【雨霏霏】溫庭筠遐方怨：海棠花謝也，雨霏。

霏霏。

菲

【芳非】溫庭筠菩薩蠻：青鎖對芳非。晏殊破陣子：珍叢又覩芳非。張先南歌子：海棠花下醉芳非。辛棄疾新荷葉：光景難携，任他鶗鴂芳非。

非

匪微切【人非】李煜浣溪沙：欲尋陳跡悵人非。辛棄疾新荷葉：往日繁華，而今物是人非。【皆非】辛棄疾新荷葉：細數從今，不應詩酒皆非。【萬事非】賀鑄半死桐：重過閶門萬事非。

扉

【金扉】韋莊清平樂：含愁獨倚金扉。馮延巳采桑子：夢過金扉，花謝窗前夜合枝。【柴扉】蘇軾河滿子：但小窗容膝扉。【掩扉】姜夔鷓鴣天：而今正是歡遊夕，却怕春寒自掩扉。

飛

【分飛】晏幾道臨江仙：今似蝶分飛。周邦彥定風波：無情豈解惜分飛。【交飛】溫庭筠訴衷情：柳弱蝶交飛。【低飛】辛棄疾新荷葉：春意長閒，游絲盡日低飛。【花飛】馮延巳酒泉子：庭下花飛，月照妝樓春事晚。【金飛】柳永看花回：奈兩輪，玉走金飛。【孤飛】辛棄疾新荷葉：無心出岫，白雲一片孤飛。【淒飛】柳永兩同心：鴛會阻，夕雨淒飛。【雪飛】姜夔鶯聲繞紅樓：十畝梅花作雪飛。【雲飛】柳永曲玉管：隴首雲飛。【雁飛】姜夔江梅引：寶箏空，無雁飛。【輕飛】張先採桑子：風影輕飛。【魂飛】歐陽修解仙珮：目斷魂飛。【雙飛】李煜臨江仙：蝶翻金粉雙飛。晏幾道臨江仙：微雨燕雙飛。【歸飛】柳永古傾杯：斷鴻隱隱歸飛。【鶯飛】辛棄疾新荷葉：綠樹如雲，等閒借與鶯飛。【驚飛】歐陽修阮郎歸：塞鴻無限欲驚飛。辛棄疾摸魚兒：看紅旆驚飛。【一雙飛】溫庭筠菩薩蠻：金雁一雙飛。【上階飛】陳克菩薩蠻：胡蝶上階飛。【玉鸞飛】辛棄疾水調歌頭：造物故豪縱，千里玉鸞飛。【去似飛】晏殊破陣子：所惜光陰去似飛。【白鷺飛】張志和漁歌子：西塞山前白鷺飛。歐陽修採桑子：一點滄洲白鷺飛。【自在飛】辛棄疾鷓鴣天：蝴蝶花間自在飛。【紅雪飛】辛棄疾菩薩蠻：驀地管絃催，一團紅雪飛。【怨花飛】晏殊鳳銜盃：留花不住怨花飛。【相送飛】僧揮訴衷情：楊花相送飛。【相逐飛】顧敻河傳：鷓鴣相逐飛。【柳綿飛】歐陽修浣溪沙：枝頭薄薄柳綿飛。【秋鶴飛】辛棄疾沁園春：春與猿吟秋鶴飛。【春雁飛】溫庭筠遐方怨：未得君書，斷腸瀟湘春雁飛。【掠岸飛】歐陽修採桑子：驚起沙禽掠岸飛。【破煙飛】柳永歸朝歡：沙汀宿雁破煙飛。【鳥倦飛】辛棄疾水調歌頭：回首處，雲正出，鳥倦飛。【貼水飛】李璟浣溪沙：風約輕雲貼水飛。【雁初飛】辛棄疾木蘭花慢：回首處，正江涵秋影雁初飛。【雁南飛】溫庭筠酒泉子：八行書，千重夢，雁南飛。馮延巳更漏子：月東出，雁南飛。張先芳草渡：江雲下，日西盡，雁南飛。【傍雲飛】張先武陵春：釵燕傍雲飛。【落花飛】秦觀江城子：落花飛，爲誰吹。【落拓飛】李元膺鷓鴣天：蝶困春遊落拓飛。【暗塵飛】蘇軾臨江仙：欲知腸斷處，梁上暗塵飛。【夢魂飛】潘閬憶餘杭：空役夢魂飛。【燕已飛】溫庭筠河傳：仙客一去燕已飛。【綠霞飛】馮延巳虞美人：誰信東風吹散綠霞飛。【暮鴻飛】蘇軾河滿子：策杖看孤雲暮鴻飛。【曉雲飛】秦觀醉桃源：楚臺魂斷曉雲飛。【蝴蝶飛】馮延巳醉桃源：日長蝴蝶飛。【歸鴻飛】馮延巳酒泉子：歸鴻飛，行人去，碧山邊。【鶯亂飛】劉禹錫楊柳枝：金谷園中鶯亂飛。【片片花飛】馮延巳采桑子：中庭雨過春將盡，片片花飛。

肥

符非切【杏花肥】李清照臨江仙：暖風遲日也，別到杏花肥。【金犢肥】溫庭筠木蘭花：油壁車輕金犢肥。【鱖魚肥】張志和漁歌子：桃花流水鱖魚肥。【塞馬空肥】辛棄疾木蘭花慢：落日胡塵未斷，西風塞馬空肥。

機

居希切【忘機】蘇軾八聲甘州：誰似東坡老，白首忘機。

歸

居韋切【同歸】柳永看花回：醉鄉風景好，携手同歸。【東歸】辛棄疾木蘭花慢：君王得意，一戰東歸。【春歸】秦觀畫堂春：無奈春歸。【催歸】辛棄疾婆羅門引：陽關未徹早催歸。【一夢歸】李煜浣溪沙：轉燭飄蓬一夢歸。【不肯歸】李元膺鷓鴣天：飛過東牆不肯歸。【不須歸】張志和漁歌子：斜風細雨不須歸。【月下歸】魏夫人菩薩蠻：菱歌月下歸。【行不歸】蘇軾更漏子：使君行不歸。【放春歸】辛棄疾婆羅門引：不堪鶗鴂，早教百草放春歸。【君不歸】溫庭筠菩薩蠻：燕歸君不歸。【采香歸】晏幾道臨江仙：與誰同醉采香歸。【苦言歸】曹組菩薩蠻：何必苦言歸。【浦南歸】溫庭筠河傳：浦南歸，浦北歸，莫知。【倦游歸】辛棄疾最高樓：長安道，投老倦游歸。【郎不歸】韋莊菩薩蠻：待郎郎不歸。【殊未歸】馮延巳更漏子：離人殊未歸。【彩雲歸】晏幾道臨江仙：曾照彩雲歸。【宿燕歸】晏殊采桑子：待得空梁宿燕歸。【帶花歸】舒亶一落索：醉來却不帶花歸。【逐人歸】黃庭堅水調歌頭：明月逐人歸。【幾時歸】溫庭筠遐方怨：不知征馬幾時歸。【遊徧歸】姜夔阮郎歸：年年强健得追隨，名山遊徧歸。【夢重歸】李煜子夜歌：故國夢重歸。【醉不歸】辛棄疾一翦梅：獨立蒼茫醉不歸。【醉裏歸】歐陽修采桑子：一片笙歌醉裏歸【緩緩歸】姜夔鷓鴣天：沙河塘上春寒淺，看了遊人緩緩歸。【誓不歸】韋莊菩薩蠻：白頭誓不歸。【舞人歸】李煜喜遷鶯：留待舞人歸。【載愁歸】周邦彥紅羅襖：畫燭尋歡去，羸馬載愁歸。【雙燕歸】馮延巳醉桃源：畫梁雙燕歸。【雙槳歸】姜夔阮郎歸：繡衣夜半草符移，月中雙槳歸。【遠夢初歸】馮延巳采桑子：西風半夜簾櫳冷，遠夢初歸。【雙燕來歸】馮延巳采桑子：玉堂春暖珠簾捲，雙燕來歸。

稀

香依切【紅稀】晏幾道采桑子：昨夜紅稀。【鴻稀】周邦彥紅羅襖：自分袂，天濶鴻稀。【人已稀】溫庭筠河傳：晚來人已稀。【古今稀】辛棄疾滿庭芳：陽春白雪，清唱古今稀。【杏花稀】溫庭筠酒泉子：月孤明，風又起，杏花稀。【故人稀】張先虞美人：南園花草故人稀。【相見稀】溫庭筠更漏子：相見稀，相憶久。馮延巳長相思：夢見雖多，相見稀。【音信稀】溫庭筠菩薩蠻：玉關音信稀。溫庭筠訴衷情：遼陽音信稀。晏幾道菩薩蠻：魚牋音信稀。【星斗稀】溫庭筠更漏子：星斗稀，鐘鼓歇。【雅會稀】柳永看花回：塵事常多雅會稀。【雁來稀】溫庭筠定西番：腸斷塞門，消息雁來稀。【雁聲稀】李煜喜遷鶯：天涯雁聲稀。【渡船稀】李珣南鄉子：漁市散，渡船稀。【衆星稀】辛棄疾滿庭芳：看公如月，光彩衆星稀。【藕葉稀】李清照南歌子：翠貼蓮蓬小，金銷藕葉稀。【草盛苗稀】辛棄疾新荷葉：歲晚淵明，也吟草盛稀。

晞

【露未晞】蘇軾哨徧：露未晞，征夫指予歸路，門前笑語喧童穉。

暉

吁韋切【斜暉】李煜浣溪沙：映花樓閣漫斜暉。歐陽修采桑子：芳草斜暉。蘇軾八聲甘州：問錢塘江上，西興浦口，幾度斜暉。秦觀畫堂春：放花無語對斜暉。周邦彥浣溪沙：珠簾一桁透斜暉。【落暉】辛棄疾憶王孫：不用登臨怨落暉。【殘暉】韋莊菩薩蠻：凝恨對殘暉。

輝

【分輝】張孝祥念奴嬌：素月分輝。【澄輝】晁端禮綠頭鴨：皓色千里澄輝。【清輝】張先採桑子：水雲薄薄天同色，竟日清輝。【餘輝】周邦彥夜飛鵲：涼夜何其，斜月遠墮餘輝。

徽

【金徽】黃庭堅水調歌頭：坐玉石，攲玉枕，拂金徽。【餘徽】辛棄疾新荷葉：笑淵明，空撫餘徽。

衣

於希切【仙衣】姜夔鶯聲繞紅樓：春風爲染作仙衣。【地衣】秦觀阮郎歸：落紅成地衣。【吹衣】辛棄疾新荷葉：更晚風特地吹衣。【沾衣】辛棄疾新荷葉：問劉郎幾度沾衣。【秋衣】吳文英采桑子慢：長安燈外，愁換秋衣。【春衣】周邦彥浣溪沙：夜寒誰肯剪春衣。【牽衣】周邦彥風流子：偏是掩面牽衣。【寒衣】馮延巳酒泉子：月明人自擣寒衣。【補衣】賀鑄半死桐：空牀臥聽南窗雨，誰復挑燈夜補衣。【綠衣】辛棄疾小重山：倩得薰風染綠衣。【輕衣】僧揮訴衷情：清波門外擁輕衣。【霑衣】周邦彥夜飛鵲：霏霏涼露霑衣。【羅衣】馮延巳醉桃源：秋千慵困解羅衣。歐陽修解仙佩：淚成痕、滴盡羅衣。周邦彥醜奴兒：霧濕羅衣。【薰衣】晏殊浣溪沙：水沈香冷懶薰衣。【鐵衣】賀鑄望書歸：邊堠遠、置郵稀，附與征衣襯鐵衣。【繡衣】溫庭筠菩薩蠻：淚痕沾繡衣。馮延巳菩薩蠻：微風吹繡衣。【六銖衣】柳永巫山一段雲：天風搖曳六銖衣。【月侵衣】姜夔鷓鴣天：花滿市，月侵衣。【不勝衣】李璟浣溪沙：沈郎多病不勝衣。【老萊衣】辛棄疾南鄉子：日月老萊衣。【汚人衣】潘閬憶餘杭：別來塵土汚人衣。【空滿衣】溫庭筠河傳：淚痕空滿衣。【更霑衣】李煜浣溪沙：登臨不惜更霑衣。【金縷衣】歐陽修長相思：愛著鵝黃金縷衣。【夜擣衣】馮延巳更漏子：月東出，雁南飛，誰家夜擣衣。【芰荷衣】辛棄疾水調歌頭：聞道蓴鱸正美，休製芰荷衣。【香滿衣】韋莊喜遷鶯：香滿衣、雲滿路。【淡黃衣】張泌胡蝶兒：阿嬌初著淡黃衣。【淡薄衣】蘇軾南鄉子：故著尋常淡薄衣。【浴紅衣】廖世美好事近：鴛鴦相對浴紅衣。【挽人衣】歐陽修阮郎歸：玉釵撩亂挽人衣。【淚滿衣】周邦彥江梅引：漂零客，淚滿衣。【暗沾衣】韋莊更漏子：閑倚戶，暗沾衣。【雲滿衣】歐陽修長相思：蟬鬢鬅鬙雲滿衣。【綠蓑衣】張志和漁歌子：青蒻笠，綠蓑衣。【露染衣】張先武陵春：誰捌形霞露染衣。【縷金衣】柳永黃鶯兒：覩露濕縷金衣。【心字羅衣】晏幾道臨江仙：兩重心字羅衣。【翠撲人衣】辛棄疾新荷葉：小閣橫空，朝來翠撲人衣。

依

【因依】辛棄疾新荷葉：南雲雁少，錦書無箇因依。【依依】溫庭筠菩薩蠻：楊柳色依依。韋莊思帝鄉：翡翠屏深月落，漏依依。韋莊女冠子：欲去又依依。晏殊鳳銜盃：向南園，情緒依依。張先菩薩蠻：斜漢曉依依。辛棄疾一剪梅：今我未思，楊柳依依。【相依】辛棄疾新荷葉：停杯對影，待邀明月相依。【共依依】顧敻河傳：岸花河草共依依。【兩依依】秦觀望海潮：翠幃輕別兩依依。【思依依】李煜喜遷鶯：夢回芳草思依依。【恨依依】韓元吉六州歌頭：繡戶曾窺，恨依依。【夢依依】姜夔小重山令：遙憐花可可，夢依依。

違

于非切【依違】溫庭筠河傳：夢裏每愁依違。【莫相違】溫庭筠女冠子：早晚乘鸞去，莫相違。【與身違】李煜浣溪沙：天教心願與身違。馮延巳浣溪沙：天教心願與身違。

幃

【衾幃】張先河傳：今夜何處，冷落衾幃。【羅幃】溫庭筠遐方怨：憑繡檻，解羅幃。【更幃】周邦彥四園竹：偷入書幃。【簾幃】僧揮訴衷情：閑院宇，小簾幃。【繡幃】溫庭筠女冠子：遮語迴輕扇，含羞下繡幃。張泌浣溪沙：枕障熏爐隔繡幃。【錦屏幃】馮延巳鶴冲天：銀燭錦屏幃。

圍

【山圍】辛棄疾新荷葉：翠屏幽夢，覺來水繞山圍。【重圍】辛棄疾新荷葉：小窗人靜，棋聲似解重圍。【腰圍】辛棄疾木蘭花慢：不堪帶減腰圍。

妃

芳微切。江妃、楚妃、廣寒妃、水仙妃。

騑

征騑、驂騑、馬騑。

腓

符非切。葉腓、牛羊腓、百卉腓、草木腓。

譏

居希切。北山譏、百鳥譏、淡泊譏。

磯

花磯、釣磯、苔磯、浣花磯。

希 香依切。聲希、塵慮希。

揮 吁韋切。牙紘揮、白扇揮、衣袖揮、彩毫揮。

威 於非切。風威、春威、霜威、益寒威。

巍 語韋切。峩巍、百尺巍、仰巍巍。

闈 于非切。庭闈、書闈、葉飄闈。

誹匪微切 **斐** **緋** **淝**符非切 **痱** **禨**居希切 **幾**

饑 **璣** **欷**香依切 **禕**吁韋切 **翬** **葳**於非切

沂魚衣切 **祈**渠希切 **頎** **旂** **畿** **圻** **韋**于非切

【對偶】

李煜喜遷鶯：曉月墜，宿煙微。馮延巳更漏子：月東出，雁南飛。晏幾道臨江仙：落花人獨立，微雨燕雙飛。吳文英思佳客：青春半面妝如畫，細雨三更花又飛。周邦彥紅羅襖：畫燭尋歡去，羸馬載愁歸。李清照南歌子：翠貼蓮蓬小，金銷藕葉稀。李珣南鄉子：漁市散，渡船稀。韋莊更漏子：閑倚戶，暗沾衣。張先畫堂春：桃葉淺聲雙唱，杏紅深色輕衣。歐陽修更漏子：情悄悄，夢依依。李清照訴衷情：人悄悄，月依依。溫庭筠遐方怨：憑繡檻，解羅幃。溫庭筠女冠子：遮語迴輕扇，含羞下繡幃。

（齊）

齊 前西切【串珠齊】張先江城子：鏤牙歌板齒如犀，串珠齊。【金波齊】柳永金蕉葉：金蕉葉泛金波齊。【雨脚齊】白居易竹枝：波面風生雨脚齊。【綠陰齊】馮延巳醉桃源：門前楊柳綠陰齊。

西 先齊切【江西】蘇軾訴衷情：先驅負弩何在，心已誓江西。【小樓西】李煜臨江仙：子規啼月小樓西。【月向西】白居易竹枝：白帝城頭月向西。【片帆西】辛棄疾水調歌頭：掀髯把酒一笑，詩在片帆西。【白雲西】辛棄疾定風波，溫柔東畔白雲西。【易東西】韋莊望遠行：雲雨別來易東西。【楚宮西】張先虞美人：宋王臺畔楚宮西。【月墜西】辛棄疾一翦梅：歌罷尊空月墜西。【溪水西】溫庭筠河傳：若耶溪，溪水西，柳堤，不聞郎馬嘶。【碧雲西】姜夔少年遊：雙蛾先斂，家在碧雲西。【畫樓西】孫光憲浣溪沙：斷絲高罥畫樓西。【畫橋西】張先江城子：畫橋西，雜花池院，風幕卷金泥。【鄴城西】溫庭筠楊柳枝：館娃宮外鄴城西。

棲

【雙棲】晏幾道清平樂：彩鴛驚起雙棲。【亂蟬棲】柳永少年遊：高柳亂蟬棲。【雙燕棲】歐陽修阮郎歸：畫樑雙燕棲。【林鵲爭棲】馮延巳采桑子：林鵲爭棲，落盡燈花雞未啼。

嘶

【馬嘶】馮延巳醉桃源：風和聞馬嘶。【獨嘶】韋應物調笑令：跑沙跑雪獨嘶。【一聲嘶】韋莊浣溪沙：繡鞍驄馬一聲嘶。【郎馬嘶】溫庭筠河傳：不聞郎馬嘶。【馬先嘶】姜夔鷓鴣天：籠紗未出馬先嘶。【馬頻嘶】韋莊望遠行：人欲別，馬頻嘶。【紫騮嘶】歐陽修玉樓春：塗金燭引紫騮嘶。【聞馬嘶】溫庭筠菩薩蠻：送君聞馬嘶。

犀

【齒如犀】張先江城子：鏤牙歌板齒如犀。

妻

千西切【賢妻】辛棄疾定風波　：劉伶元自有賢妻。

萋

【萋萋】辛棄疾一翦梅：一片閒愁，芳草萋萋。【草萋萋】溫庭筠菩薩蠻：門外草萋萋。韋莊浣溪沙：弄珠江上草萋萋。【路萋萋】韋莊望遠行：出門芳草路萋萋。【碧萋萋】白居易竹枝：江籬濕葉碧萋萋。【綠萋萋】溫庭筠楊柳枝：不同芳草綠萋萋。

淒

【淒淒】馮延巳采桑子：畫堂昨夜愁無睡，風雨淒淒。歐陽修長相思：風淒淒。

低

都黎切【月低低】姜夔鷓鴣天：簾寂寂，月低低。【月痕低】歐陽修阮郎歸：繡簾角，月痕低。【月影低】馮延巳醉桃源：孤窗月影低。【玉蟾低】蘇軾河滿子：漸鳷鵲樓西玉蟾低。【玉繩低】溫庭筠更漏子：銀燭盡，玉繩低。馮延巳鶴沖天：建章鐘動玉繩低。【和雁低】晏幾道菩薩蠻：晚雲和雁低。【冷煙低】白居易竹枝：瞿塘峽口冷煙低。【眉黛低】晏幾道菩薩蠻：春山眉黛低。【草煙低】馮延巳醉桃源：花露重，草煙低。【暝煙低】魏夫人菩薩蠻：波上暝煙低。【語聲低】歐陽修阮郎歸：翠鬟斜嚲語聲低。【畫簾低】辛棄疾添字浣溪沙：舊巢新壘畫簾低。【翠眉低】張先江城子：嬌不盡，翠眉低。歐陽修浣溪沙：托腮語，翠眉低。【翠蛾低】馮延巳菩薩蠻：憶夢翠蛾低。

梯

天黎切【瓊梯】晏幾道淸平樂：雲間十二瓊梯。

題

田黎切【淚墨題】賀鑄杵聲齊：砧面瑩，杵聲齊，搗就征衣淚墨題。【壁間題】姜夔阮郎歸：與君閒看壁間題。【字字堪題】辛棄疾沁園春：新詞好，似淒涼楚些，字字堪題。【醉墨休題】辛棄疾沁園春：憑闌久，正淸愁未了，醉墨休題。

啼

【嬌啼】晏幾道臨江仙：臉紅凝露學嬌啼。【鶯啼】周邦彥望江南：柳陰行馬過鶯啼。【一時啼】白居易竹枝：寒猿晴鳥一時啼。【子規啼】溫庭筠菩薩蠻：花落子規啼。【山鳥啼】姜夔鷓鴣天：暗裏忽驚山鳥啼。【休夜啼】馮延巳醉桃源：城烏休夜啼。【午牆啼】孫光憲浣溪沙：花冠閒上午牆啼。【杜宇啼】辛棄疾浣溪沙：細聽春山杜宇啼。【杜鵑啼】秦觀畫堂春：杏園憔悴杜鵑啼。周邦彥浣溪沙：忍聽林表杜鵑啼。【花上啼】姜夔阮郎歸：紅雲低壓碧玻瓈，惺忪花上啼。【到曉啼】馮延巳采桑子：驚覺寒蛩到曉啼。【欲雞啼】馮延巳酒泉子：階前行，闌畔立，欲雞啼。【晚鶯啼】歐陽修浣溪沙：日高深院晚鶯啼。蘇軾浣溪沙：茂林深處晚鶯啼。【等閒啼】辛棄疾御街行：杜鵑只是等閒啼。【雞未啼】馮延巳采桑子：落盡燈花雞未啼。【亂鶯啼】僧揮訴衷情：水樹亂鶯啼。【鶯正啼】姜夔小重山令：夢依依，九疑雲杳斷魂啼。【鶯正啼】韋莊浣溪沙：綠樹藏鶯鶯正啼。【鷓鴣啼】李璟浣溪沙：竹間時有鷓鴣啼。辛棄疾浣溪沙：閒窗學得鷓鴣啼。

堤

【長堤】韋莊望遠行：綠槐千里長堤。歐陽修採桑子：芳草長堤。【近拂堤】溫庭筠楊柳枝：遠映征帆近拂堤。【柳繞堤】歐陽修長相思：蘋滿溪，柳繞堤。【魏王堤】韋莊菩薩蠻：柳堤魏王堤。【粉水平堤】張先採桑子：剡溪不辨沙頭路，粉水平堤。

荑

【柔荑】秦觀江城子：棗花金釧約柔荑。

折

【香自折】歐陽修望梅花：越嶺寒梅香自折。

泥

年題切【金泥】李煜臨江仙：惆悵卷金泥。張先江城子：雜花池院，風幕卷金泥。【春泥】晏幾道破陣子：滿路春泥。【銜泥】辛棄疾添字浣溪沙：玉曆今朝推戊己，住銜泥。【燕泥】孫光憲浣溪沙：輕打銀箏墜燕泥。【霑泥】周邦彥望江南：九陌未霑泥。【淨無泥】蘇軾浣溪沙：松間沙路淨無泥。【燕爭泥】李璟浣溪沙：乍晴池館燕爭泥。【燕巢泥】周邦彥浣溪沙：落花都上燕巢泥。【醉如泥】韋莊浣溪沙　：　滿身蘭麝醉如泥。歐陽修浣溪沙：尊前莫惜醉如泥。辛棄疾定風波：兒童應笑醉如泥。

璆

憐題切【玻璆】姜夔阮郎歸：紅雲低壓碧玻璆。

雞

堅奚切【曉雞】張先定西番：夢長連曉雞。【村落雞】溫庭筠更漏子：一聲村落雞。

溪

牽奚切【松溪】周邦彥虞美人　：　夢魂連夜遶松溪。【前溪】姜夔少年遊：匆匆歸去，今夜泊前溪。【淺溪】蘇軾浣溪沙：縹緲紅妝照淺溪。【百丈溪】辛棄疾鷓鴣天：千丈陰崖百丈溪。【若耶溪】溫庭筠河傳：若耶溪，溪水西，柳堤，不聞郎馬嘶。【落花溪】辛棄疾添字浣溪沙：一陣晚香吹不斷，落花溪。【綠橫溪】辛棄疾水調歌頭：流水屋下綠橫溪。【墨作溪】辛棄疾沁園春：詩壇千丈崔嵬，更有筆如山，墨作溪。

兮

弦雞切【歸去來兮】蘇軾減字木蘭花　：　歸去來兮，待有良田是幾時。

蹊

【桃蹊】孫光憲浣溪沙：紅苞盡落舊桃蹊。【自成蹊】辛棄疾一翦梅：桃李無言，下自成蹊。

霓

研奚切【青霓】辛棄疾沁園春：看珮搖明月，衣捲青霓。【虹霓】辛棄疾沁園春：向晴波忽見千丈虹霓。【晴霓】張先定西番：飄逸氣，拂晴霓。

蜺

【虹蜺】黃庭堅水調歌頭：浩氣展虹蜺。

閨

涓畦切【空閨】馮延巳酒泉子：珠簾風，蘭燭燼，怨空閨。【香閨】韋莊望遠行　：　不忍別君後，却入舊香閨。馮延巳醉桃源：尋斷夢，掩香閨。【春閨】秦觀江城子：和淚鎖春閨。【深閨】李清照點絳脣：寂寞深閨。

攜

戶圭切【重攜】柳永玉蝴蝶：欲話別，纖手重攜。

篦

邊兮切【雲篦】馮延巳虞美人　：　倚屏無語撚雲篦。

迷 緜批切【低迷】李煜臨江仙：望殘煙草低迷。張元幹石州慢：誰家疎柳低迷。【淒迷】蘇軾浣溪沙：行人腸斷草淒迷。【情迷】馮延巳采桑子：年光往事如流水，休說情迷。【路迷】韋應物調笑令：東望西望路迷。【心轉迷】韋莊菩薩蠻：此時心轉迷。【去路迷】馮延巳醉桃源：行人去路迷。【夢魂迷】馮延巳酒泉子：屏幃深，更漏永，夢魂迷。【殘夢迷】溫庭筠菩薩蠻：綠窗殘夢迷。

悽 千西切。愁悽、意悽悽、別曲悽、心眼悽。

隄 田黎切。柳隄、蓼隄、沙隄、綠楊隄、花滿隄。

藜 憐題切。羹藜、蒸藜、徑剪藜。

谿 牽奚切。春谿、花谿、月一谿、竹映谿。

鯢 研奚切。海鯢、鯨鯢、尺澤鯢。

臍（前西切） **蠐** **撕**（先齊切） **賫**（牋西切） **躋** **擠** **齏**

氐（都黎切） **磾** **鞮** **羝** **緹**（天黎切） **鵜** **嗁**（田黎切）

提 **媞** **禔** **綈** **蹄** **醍** **稊** **銻** **鶗**

黎（憐題切） **稽**（堅奚切） **乩** **笄** **鸂**（牽奚切） **醯**（呼雞切）

奚（弦雞切） **傒** **鼷** **嵇** **鷖**（烟奚切） **嫛** **倪**（研奚切）

麑 **猊** **圭**（涓畦切） **鮭** **奎**（傾畦切） **刲** **巂**（戶圭切）

畦 **批**（篇迷切） **砒** **鼙**（部迷切）

【對偶】

溫庭筠更漏子：銀燭盡，玉繩低。歐陽修阮郎歸：花露重，草煙低。李璟浣溪沙：沙上未聞鴻雁信，竹間時有鷓鴣啼。秦觀阮郎歸：游蝶困，乳鶯啼。周邦彥風流子：淚花銷鳳蠟，風幕卷金泥。孫光憲浣溪沙：粉籜半開新竹徑，紅苞盡落舊桃蹊。

(灰)

灰 呼回切【瑄灰】秦觀南歌子：金風動瑄灰。【寒灰】周邦彥虞美人：莫使恩情容易似寒灰。【一寸灰】秦觀沁園春：都化相思一寸灰。【獸爐灰】歐陽修少年遊：玉壺冰瑩獸爐灰。【香印成灰】李煜采桑子：綠窗冷靜芳香斷，香印成灰。馮延巳鵲踏枝：香印成灰，起坐渾無緒。馮延巳采桑子：香印成灰，獨背寒屏理舊眉。

瑰 姑回切【瓊瑰】辛棄疾鷓鴣天：摛錦繡，寫瓊瑰。

回 胡隈切【春回】張先宴春臺慢：瓊林又報春回。【飛回】溫庭筠蕃女怨：雁門消息不歸來，又飛回。【縈回】晏幾道浣溪沙：柳長沙軟路縈回。【瀠回】秦觀虞美人：亂山深處水瀠回。【夕陽回】辛棄疾水調歌頭：白鳥飛不盡，却帶夕陽回。【行雨回】歐陽修長相思：陽台行雨回。【看花回】辛棄疾水調歌頭：劉郎更堪笑，剛賦看花回。【夜忘回】馮延巳拋球樂：登高歡醉夜忘回。【客星回】辛棄疾水調歌頭：東風過盡歸雁，不見客星回。【探人回】韋莊喜遷鶯：天上探人回。【莫放回】馮延巳拋球樂：留取笙歌莫放回。【夢千回】辛棄疾菩薩蠻：一夜夢千回。【夢初回】秦觀南歌子：相看有似夢初回。【遠夢回】馮延巳采桑子：月透簾櫳遠夢回。【舞袖回】晏幾道鷓鴣天：雪繞紅瓊舞袖回。【觸山回】劉禹錫浪淘沙：頭高數丈觸山回。【愁已先回】秦觀滿庭芳：酒未醒、愁已先回。【曉夢初回】馮延巳采桑子：曉夢初回，一夜東風綻早梅。

迴 【舞袖迴】馮延巳采桑子：慢引蕭娘舞袖迴。【雙燕迴】溫庭筠菩薩蠻：社前雙燕迴。

徊 【徘徊】溫庭筠河瀆神：滿庭幡蓋徘徊。李煜采桑子：舞態徘徊。馮延巳清平樂：飲餘相取徘徊。秦觀滿庭芳：斜月照徘徊。辛棄疾沁園春：鵬翼徘徊。【月徘徊】溫庭筠定西番：羌笛一聲愁絕，月徘徊。【尙徘徊】柳永西施：至今想，怨魂無主徘徊。【漫徘徊】姜夔江梅引：今夜夢中無覓處，漫徘徊。【獨徘徊】晏殊浣溪沙：小園香徑獨徘徊。【淸影徘徊】張先宴春臺慢：猶有花上月，淸影徘徊。【窗月徘徊】馮延巳采桑子：朦朧却向燈前臥，窗月徘徊。【歸鳥徘徊】

張先喜朝天：對青林近，羣鳥徘徊。

嵬

吾同切【崔嵬】辛棄疾水調歌頭：胸次正崔嵬。

堆

都回切【似雪堆】劉禹錫浪淘沙：捲起沙堆似雪堆。【翠成堆】辛棄疾鷓鴣天：松菊竹，翠成堆。

雷

盧回切【晴雷】柳永玉蝴蝶：殷晴雷。【輕雷】張先宴春臺慢：鱗鱗繡軒，遠近輕雷。【一聲雷】韋莊喜遷鶯：平地一聲雷。【百步雷】辛棄疾鷓鴣天：千丈清溪百步雷。【過風雷】溫庭筠河瀆神：水村江浦過風雷。【氣似奔雷】辛棄疾沁園春：于今喜睡，氣似奔雷。

罍

【金罍】馮延巳鵲踏枝：手擧金罍，憑杖深深酌。

催

倉回切【休催】辛棄疾西江月：管絃脆休催。【早催】辛棄疾鷓鴣天：詩未成時雨早催。【相催】馮延巳采桑子：櫻花謝了梨花發，紅白相催。【聲催】秦觀滿庭芳：幾處處、砧杵聲催。【打鼓催】姜夔鷓鴣天：移家徑入藍田縣，急急船頭打鼓催。【次第催】辛棄疾鷓鴣天：急管哀絃次第催。【棹歌催】歐陽修浣溪沙：木蘭船穩棹歌催。【管絃催】辛棄疾菩薩蠻：驀地管絃催。【剪刀催】歐陽修少年遊：春叢一夜，六花開盡，不待剪刀催。【暮砧催】吳文英瑞鶴仙：暮砧催，銀屏翦尺。【絲管聲催】晏殊清平樂：莫嫌絲管聲催。

桮

哺枚切【瓊桮】周邦彥滿庭芳：山河影，倒入瓊桮。

杯

【金杯】馮延巳清平樂：與君同飲金杯。馮延巳采桑子：人生樂事知多少，且酌金杯。馮延巳醉花間：相逢莫厭醉金杯。【酒杯】蘇軾南鄉子：滿院黃花映酒杯。【白玉杯】馮延巳拋球樂：莫怨登高白玉杯。歐陽修浣溪沙：紅粉佳人白玉杯。【兩三杯】辛棄疾鷓鴣天：何如信步兩三杯。【沈李杯】辛棄疾南歌子：散髮披襟處，浮瓜沈李杯。【酒數杯】辛棄疾瑞鷓鴣：樟木橋邊酒數杯。【琥珀杯】馮延巳拋球樂：情厚重斟琥珀杯。【第幾杯】辛棄疾鷓鴣天：曲水流傳第幾杯。【畫蛇杯】辛棄疾水調歌頭：笑年來，蕉鹿夢，畫蛇杯。【聖賢杯】辛棄疾臨江仙：重重香腑臟，偏殢聖賢杯。

盃 【紅玉盃】晏殊更漏子：不辭紅玉盃。【酒一盃】晏殊浣溪沙：一曲新詞酒一盃。

醅 鋪梅切【秋醅】辛棄疾臨江仙：橘中自釀秋醅。【淥醅】蘇軾南鄉子：萬頃蒲萄漲淥醅。【新醅】辛棄疾鷓鴣天：掀老甕，撥新醅。

陪 蒲枚切【風月追陪】辛棄疾浪淘沙：金玉舊情，風月追陪。

梅 謨杯切【江梅】周邦彥玉燭新：見數朵江梅，剪裁初就。晁沖之漢宮秋：瀟灑江梅。【早梅】馮延巳采桑子：一夜東風綻早梅。【青梅】姜夔鷓鴣天：呼煮酒，摘青梅。【寄梅】秦觀沁園春：驛使何時爲寄梅。【疏梅】辛棄疾鷓鴣天：要擎殘雪鬪疏梅。【寒梅】晏殊喜遷鶯：庭樹有寒梅。柳永瑞鷓鴣：天將奇艷與寒梅。【落梅】晏幾道浣溪沙：二月春花厭落梅。【殘梅】晏幾道清平樂：短簫吹落殘梅。【攀梅】辛棄疾沁園春：君逢驛使，爲我攀梅。【一枝梅】舒亶虞美人：贈我江南春色一枝梅。【月下梅】辛棄疾鷓鴣天：而今紈扇疏風裏，又見疏枝月下梅。【花枝梅】晏幾道浣溪沙：暄風吹盡北枝梅。【嶺上梅】辛棄疾鷓鴣天：方驚共折津頭柳，却喜重尋嶺上梅。【宮面妝梅】張先宴春臺慢：楚腰舞柳，宮面妝梅。

煤 【殘煤】周邦彥虞美人：金爐應見舊殘煤。【香炭成煤】柳永過澗歇近：夢才覺，小閣香炭成煤。

隈 烏回切。山隈、林隈、江隈、路隈、白雲隈。

槐 胡隈切。新槐、疏槐、千畝槐、夾道槐。

追 都回切。風追、攀追、飛羽追。

推 通回切。窮年推、竹間推、帶雨推、雨犁推。

培 蒲枚切。栽培、耘培、深培。

枚 謨杯切。條枚、新枚、折枚。

媒 詩媒、妒媒、水雲媒、杏花媒。

虺 呼回切　**恢** 枯回切　**詼**　**悝**　**魁**　**盔**　**煨** 烏回切

偎 傀姑回切 櫰 洄胡隈切 茴 桅吾回切

搥都回切 鎚 蓷通回切 頹徒回切 儡盧回切

挼索回切 崔倉回切 催 胚鋪枚切 坏 抔

裴蒲枚切 徘 掊 莓謨杯切 玫

【對偶】

秦觀南歌子：玉露沾庭砌，金風動琯灰。 晏幾道鷓鴣天：雲隨碧玉歌聲轉，雪繞紅瓊舞袖回。 辛棄疾沁園春：驚絃雁避，駭浪船回。 辛棄疾鷓鴣天：山才好處行還倦，詩未成時雨早催。 姜夔鷓鴣天： 旌陽宅裏疏疏磬，挂屩楓前草草杯。 溫庭筠定西番：攀弱柳，折寒梅。 辛棄疾鷓鴣天：方驚共折津頭柳，却喜重尋嶺上梅。

仄聲

四紙五旨六止七尾十一薺十四賄五寘六至七志八未十二霽十三祭十四太（半）十八隊二十廢通用

（紙） 以下上聲

紙 掌氏切【窗紙】蘇軾謁金門：曉色又侵窗紙。【滿紙】陸游漁家傲：寫得家書空滿紙。

是 上紙切【如何是】柳永滿江紅：待到頭終久向伊著，如何是。【何處是】辛棄疾浪淘沙：雨打風吹何處是。【不如歸是】黃庭堅醉蓬萊：杜宇聲聲，催人到曉，不如歸是。

蕊 乳捶切【金蕊】吳文英齊天樂：桂根看驟長，玉幹金蕊。【凍蕊】吳文英金縷歌：催發寒梢凍蕊。【新蕊】歐陽修漁家傲：纖纖玉手挼新蕊。【萬蕊】張先鵲橋仙：長安一夜，開徧紅蓮萬蕊。【千萬蕊】柳永木蘭花：淺醮朝露千萬蕊。【紅杏蕊】馮延巳謁金門：手挼紅杏蕊。【玉房金蕊】蘇軾減字木蘭花：玉房金蕊，宜在玉人纖手裏。【弄香挼蕊】辛棄疾滿江紅：一笑折，秋英同賞，弄香挼蕊。

此 淺氏切【如此】姜夔水龍吟：十年幽夢，略曾如此。【對此】王安石桂枝香：千古憑高對此。

泚 【寒梅清泚】吳文英瑞鶴仙：瀹春姿雪態，寒梅清泚。

紫 蔣氏切【妖紅斜紫】吳文英喜遷鶯：故苑浣花沈恨，化作妖紅斜紫。

邐 力紙切【迤邐】姜夔徵招：落帆沙際，此行還是迤邐。

旎 乃倚切【旖旎】李清照漁家傲：香臉半開嬌旖旎。

綺 去倚切【紅綺】張先碧牡丹：步帳搖紅綺。【疏綺】吳文英解語花：瀹煙疏綺。【綠綺】賀鑄小梅花：愁無已，奏綠綺。【羅綺】柳永玉山枕：舞艷歌姝，漸任羅綺。姜夔月上海棠：弄輕風，搖蕩滿林羅綺。吳文英喜遷鶯：雲葉翠溫羅綺。【艷綺】吳文英掃花遊：步帷艷綺。【紅光成綺】劉辰翁寶鼎現：簾影動，散紅光成綺，月浸葡萄十里。

妓 巨綺切【遊妓】柳永笛家弄：幾多遊妓，往往攜纖手。【邀妓】柳永剔銀燈：盈車載酒，百琲千金邀妓。【司花妓】韋莊河傳：綽約司花妓。

倚 於綺切【孤倚】秦觀蝶戀花：小樓可惜人孤倚。周邦彥花犯：去年勝賞曾孤倚。【相倚】晏殊鳳銜盃：無限個、露蓮相倚。張先慶春澤：飛閣危橋相倚。周邦彥西河：參差霜樹相倚。【倒倚】周邦彥西河：斷崖樹，猶倒倚。【漫倚】晏幾道留春令：別浦高樓曾漫倚。【慵倚】李清照念奴嬌：玉闌干慵倚。【獨倚】馮延巳謁金門：鬭鴨闌干獨倚。范仲淹蘇幕遮：明月樓高休獨倚。【頻倚】万俟詠昭君怨：莫把闌干頻倚。【愁不倚】李清照玉樓春：悶損闌干愁不倚。

蟻 【浮蟻】蘇軾醉落魄：濃斟琥珀香浮蟻。【槐蟻】姜夔永遇樂：青樓朱閣，往往夢中槐蟻。【綠蟻】李珣漁歌子：鼓青琴，傾綠蟻。

被 反彼切【侵被】秦觀如夢令：霜送曉寒侵被。

砥 掌氏切。如砥、平砥、路成砥。

咫 一咫、天咫、不踰咫、道如咫。

弛 賞是切。傾弛、頹弛、廢弛、殷道弛。

邐 忍氏切。遠邐、路邐、室邐。

屣 所綺切。棄屣、步屣、踏屣、躧屣。

箠 主蕊切。馬箠、繩箠、蘆箠、三尺箠。

蘂 乳捶切。落蘂、浪蘂、霜蘂、紅蘂、香蘂、黃蘂。

髓 選委切。石髓、松髓、香髓、流髓、文章髓、酸心髓。

觜 祖委切。山觜、丹觜、沙觜、鳳觜、鸚鵡觜。

迪 演爾切。迪迪、逶迪、延迪、邐迪。

企 邱弭切。延企、遠企、聳企。

委 鄔毀切。草委、霧委、煙霞委、珮環委。

毀 虎委切。自毀、荒毀、積毀、讒毀、窮巷毀。

婢 部弭切。越婢、鬟婢、蛾眉婢、琵琶婢。

弭 母婢切。英雄弭、風塵弭。

侈 尺氏切。豪侈、華侈、救民侈。

坻掌氏切 只 枳 軹 豕賞是切 哆尺氏切

諟上紙切 氏 舐神紙切 爾忍氏切 躧所綺切 簁

纚 蓰 釃 揣楚委切 捶主蕊切 錘 徙想氏切

壐 茈蔣氏切 訾 呰 惢才捶切 褫丑豸切

豸丈爾切 廌 跂邱弭切 跬犬蕊切 頍 觭去倚切

掎居綺切 踦 剞 技巨綺切 旖於綺切 錡語綺切

萎鄔委切 蔿羽委切 [illegible] 薳 燬虎委切 烜

垝苦委切 詭古委切 桅 跪巨委切 俾補弭切 髀

庀普弭切 仳 蚍 庳部弭切 瀰母婢切 敉 芈

瞇 彼甫委切 埤反彼切 靡母被切 蘼

【對偶】

李珣漁歌子：鼓青琴，傾綠蟻。

（旨）

指 軫視切【遙指】柳永佳人醉：素光遙指。【彈指】晏幾道玉樓春：良辰易去如彈指。【纖指】辛棄疾念奴嬌：玉砧猶想纖指。

水 善旨切【如水】柳永醉蓬萊：碧天如水。【曲水】吳文英掃花遊：和鳳筑來風，宴歌曲水。曹組青玉案：忽有人家臨曲水。【汎水】吳文英燭影搖紅：時放清杯汎水。【弄水】吳文英鶯啼序：橫塘棹穿艷錦，引鴛鴦弄水。【沈水】朱敦儒念奴嬌：重熏沈水。【負水】劉禹錫竹枝：銀釧金枝來負水。【映水】柳永木蘭花：高拂樓台低映水。【春水】溫庭筠酒泉子：樓枕小河春水。韋莊歸國遙：罨畫橋邊春水。馮延巳謁金門：風乍起，吹縐一池春水。歐陽修踏莎行：迢迢不斷如春水。蘇軾何滿子：涓涓暗谷流春水。【秋水】溫庭筠女冠子：寒玉簪秋水，輕紗捲碧煙。馮延巳虞美人：春山拂拂橫秋水。柳永尉遲杯：盈盈秋水。辛棄疾哨遍：空堂夢覺題秋水。姜夔解連環：小喬妙移箏，雁啼秋水。吳文英永遇樂：紅葉流光，蘋花兩鬢，心事成秋水。【流水】蘇軾水龍吟：春色三分，二分塵土，一分流水。【雲水】馮延巳夜天長：夢魂萬里雲水。【照水】周邦彥夜遊宮：葉下斜陽照水。【煙水】柳永卜算子：念兩處風情，萬里煙水。周邦彥西河：塵埃車馬晚遊行，霸陵煙水。万俟詠昭君怨：一望幾重煙水。【綠水】秦觀臨江仙：十里紅樓依綠水。【篙水】辛棄疾洞仙歌：分得清溪半篙水。【臨水】柳永曲玉管：每登山臨水，惹起平生心事。王安石菩薩蠻：數家茅屋閒臨水。【壓水】晏幾道踏莎行：紅樓壓水。【蘸水】李珣南鄉子：夾岸荔枝紅蘸水。【三湘水】李珣漁歌子：九疑山，三湘水。【天如水】馮延巳鵲踏枝：月明如練天如水。柳永迎新春：漸天如水，素月當午。【天接水】范仲淹蘇幕遮：山映斜陽天接水。【天涵水】舒亶虞美人：芙蓉落盡天涵水。【如流水】馮延巳采桑子：年光往事如流水，休說情迷。【西流水】周邦彥蝶戀花：無限柔情，分付西流水。【吹新水】蘇軾菩薩蠻：長笛吹新水。【長江水】李之儀卜算子：共飲長江水。蘇軾菩薩蠻：灑向長江水。【空逝水】馮延巳浣溪沙：待月池台空逝水。【青照水】歐陽修漁家傲：荷葉田田青照水。【沾露水】吳文英夜行船：逗曉闌干沾露水。【風趁水】歐陽修減字木蘭花：水趁浮萍風趁水。【春塘水】范成大眼兒媚：春慵恰似春塘水。【桃花水】辛棄疾生查子：非鬼亦非仙，一曲桃花水。【清如水】馮延巳菩薩蠻：霜月清如水。【清江水】辛棄疾菩薩蠻：鬱孤台下清江水。【淡如水】辛棄疾洞仙歌：君子之交淡如水。【幾重水】張先碧牡丹：幾重山，幾重水。【傷心水】吳文英齊天樂：麴塵猶沁傷心水。【滄浪水】吳文英金縷歌：兩無言，相對滄浪水。【銀漢水】吳文英齊天樂：聖姥朝元，鍊顏銀漢水。【隨流水】王安石桂枝香：六朝舊事隨流水。【月華如水】柳永佳人醉：正月華如水。【沈沈如水】秦觀如夢令：遙夜沈沈如水。【芳艷流水】吳文英齊天樂：眼波回盼處，芳艷流水。【高山流水】辛棄疾水龍吟：吾儕心事，古今長在，高山流水。【紗紋如水】吳文英齊天樂：蕲竹紗紋如水。【情懷如水】李清照孤雁兒：伴我情懷如水。【漫隨流水】李煜烏夜啼：世事漫隨流水。【簟紋如水】辛棄疾御街行：紗厨如霧，簟紋如水。

壘 魯水切【荒壘】辛棄疾滿江紅：今古恨、沈荒壘。

美 母鄙切【秀美】周邦彥蝶戀花：愁入眉痕添秀美。【雙美】柳永玉女搖仙佩：少得當年雙美。柳永尉遲杯：風流事，難逢雙美。【江山美】辛棄疾滿江紅：向尊前，重約幾時來，江山美。

比 補履切。【難比】辛棄疾蝶戀花：今代機雲，好語花難比。柳永尉遲杯：算九衢紅粉皆難比。

旨 軫視切。甘旨、高旨、深旨、作詩旨、濠上旨。

矢 矧視切。弓矢、飛矢、勁矢、挾矢。

視 善旨切。空視、虎視、仰視、避視、凝視。

死 想姊切。不死、花死、竹死、新香死、孤燈死。

姊 蔣兕切。凡姊、雲容姊。

雉 直几切。春雉、飛雉、野雉、彩雉、林中雉、南山雉。

履 兩几切。芒履、劍履、野履、繡履、鴛鴦履、霜沾履。

藟 魯水切。花藟、梅藟、葛藟、瘦藟、海棠藟。

几 舉履切。玉几、兩几、撫几、琴几、曲木几、珊瑚几。

鮪 羽軌切。文鮪、素鮪、鱣鮪。

軌 矩鮪切。月軌、前軌、清軌、塵軌、賢聖軌。

晷 月晷，昏晷、移晷，迅晷、朝晷、繼晷。

鄙 補美切。俗鄙、寒鄙、邊鄙、驕鄙。

否 部鄙切。臧否、順否。

指 軫視切　**秭** 蔣兕切　**兕** 序姊切　**黹** 展几切　**累** 魯水切

漯　**誄**　**耒**　**唯** 愈水切　**壝**　**癸** 頸誄切　**揆** 巨癸切

庳　**跽** 巨几切　**洧** 羽軌切　**巋** 苦軌切　**簋** 矩鮪切　**匭**

宄　嚭普鄙切　痞部鄙切　圮　眯母鄙切　七補履切

妣　秕

【對偶】李珣漁歌子：九疑山、三湘水。

（止）

止　渚市切【容止】秦觀調笑令：翡翠好容止，誰使庸奴輕點綴。【還止】蘇軾河滿子：且乘流，遇坷還止。【行雲止】柳永長壽樂：舞袖飄雪，歌響行雲止。【無定止】李珣漁歌子：任東西，無定止。

齒　醜止切【玉齒】歐陽修減字木蘭花：櫻唇玉齒。【皓齒】蘇軾定風波：盡道清歌傳皓齒。辛棄疾新荷葉：明眸皓齒。【髮齒】辛棄疾蝶戀花：誰與先生寬髮齒。

始　首止切【終始】柳永滿江紅：到如今雨總無終始。

市　士止切【利止】柳永長壽樂：贖與我兒利市。【村市】曹組青玉案：一簇成村市。【山照市】蘇軾更漏子：水涵空、山照市。【水村漁市】柳永洞仙歌：漸入三吳風景，水村漁市。【錦里蠶市】韋莊怨王孫：錦里蠶市，滿街珠翠。

耳　忍止切【垂耳】周邦彥蝶戀花：雲壓寶釵撓不起，黃金心字雙垂耳。【愁耳】柳永十二時：萬感並生，都在離人愁耳。【何如耳】辛棄疾滿江紅：明月何妨千里隔，顧君與我何如耳。【吾狂耳】辛棄疾賀新郎：恨古人不見吾狂耳。【芭蕉耳】吳文英永遇樂：移燈傍影，淨洗芭蕉耳。【爲佳耳】辛棄疾霜天曉角：明月萬花寒食，得且住，爲佳耳。【雲垂耳】蘇軾行香子：翠鬢斜幰雲垂耳。

珥　【香鈿寶珥】張先師師令：香鈿寶珥，拂菱花如水。

駛　爽仕切【風駛】張元幹石州慢：夜帆風駛。

士　上士切【居士】蘇軾如夢令：居士，居士，莫忘小橋流水。姜夔徵招：潮回却過西陵浦，扁舟僅容居士。【風流士】秦觀踏莎行：韶光曾見風陵士。

涘　子

牀史切【江涘】辛棄疾哨遍：歸來坐對，依稀淮岸江涘。【涯涘】辛棄疾哨遍：涇流不辨涯涘。

祖似切【西子】蘇軾水龍吟：扁舟歸去，仍携西子。辛棄疾唐河傳：夢携西子。【青子】蘇軾如夢令：無限綠陰青子。【桂子】白居易憶江南：山寺月中尋桂子。【黃子】溫庭筠南歌子：撲蕊添黃子。【結子】柳永木蘭花：煮酒杯盤催結子。【蓮子】皇甫松採蓮子：無端隔水拋蓮子。【二三子】辛棄疾賀新郎：知我者，二三子。【楚狂子】辛棄疾賀新郎：歌且和，楚狂子。

似　峙　里

象齒切【長相似】李煜謝新恩：愁恨年年長相似。【終不似】柳永木蘭花：餓損宮腰不似。

丈里切【高峙】姜夔翠樓吟：元戎歌吹，層樓高峙。

兩耳切【千里】柳永佳人醉：相望月千里。辛棄疾霜月曉角：吳頭楚尾，一棹人千里。【帝里】柳永內家嬌：帝里，風光當此際。【萬里】吳文英解語花：泥雲萬里。【鄰里】周邦彥西河：想依稀，王謝鄰里。【人千里】馮延巳拋球樂：咫尺人千里。柳永卜算子：脈脈人千里。范仲淹御街行：長是人千里。【千萬里】韋莊上行杯：迢遞去程千萬里。【家萬里】范仲淹漁家傲：濁酒一杯家萬里。【歸田里】辛棄疾哨遍：五柳笑人，晚乃歸田里。【月明千里】蘇軾水龍吟：但空江，月明千里。【吾鄉我里】柳永早梅芳：歸來吾鄉我里。【故人千里】柳永訴衷情近：秋光老盡，故人千里。【咫尺千里】柳永婆羅門令：寸心萬緒，咫尺千里。【飛雪千里】溫庭筠蕃女怨：磧南沙上驚雁起，飛雪千里。【漁樵故里】辛棄疾沁園春：問斜陽、猶照漁樵故里。【箭波千里】柳永定風波：塞柳萬株，掩映箭波千里。【暮雲千里】張先碧牡丹：望極藍橋，但暮雲千里。

理　裏

【重理】柳永玉山枕：盡新聲，好尊前重理。【連理】柳永尉遲杯：共樂平生，未肯輕分連理。

【花裏】溫庭筠荷葉杯：小船搖漾入花裏。【夢裏】柳永十二時：燭暗時酒醒，又是夢裏。【山月裏】李珣漁歌子：水雲間，山月裏。【心兒裏】柳永慢卷紬：煩惱心兒裏。【行雲裏】辛棄疾生查子：天上有行雲，人在行雲裏。【如夢裏】韋莊歸國遙：舊歡如夢裏。【花徑裏】吳文英清平樂：誰墮玉鈿花徑裏。【花蕉裏】吳文英點絳脣：一曲伊州，秋色芭蕉裏。【金尊裏】辛棄疾滿江紅：從此話離愁，金尊裏。【孤館裏】曹組青玉案：何處今宵孤館裏。【香徑裏】馮延巳謁金門：閑引鴛鴦香徑裏。【秋帷裏】蘇軾謁金門：秋帷裏，長漏伴人無寐。【垂楊裏】王安石菩薩蠻：輕衫短帽垂楊裏。【飛絮裏】韓縝鳳簫吟：亂花飛絮裏。【荒園裏】白居易楊柳枝：永豐西角荒園裏。【高樓裏】辛棄疾賀新郎：元龍百尺高樓裏。【斜陽裏】魏夫人菩薩蠻：溪山掩映斜陽裏。周邦彥西河：相對如說興亡，斜陽裏。【湖光裏】柳永早梅芳：一片湖光裏。【殘陽裏】柳永卜算子：引疏砧、斷續殘陽裏。王安石桂枝香：征帆去棹殘陽裏。【殘照裏】柳永鳳棲梧：草色煙光殘照裏。【輕浪裏】李珣南鄉子：避暑輕船輕浪裏。【輕雲裏】韋莊河傳：青娥殿脚，春妝媚、輕雲裏。【睡夢裏】柳永爪茉莉：料我兒，只在枕頭根底；等人來，睡夢裏。【簫聲裏】姜夔水龍吟：長干望久，芳心事，簫聲裏。【蘆花裏】潘閬憶餘杭：笛聲依約蘆花裏。【銀潢影裏】張先鵲橋仙：人在銀潢影裏。【綠槐陰裏】韋莊清平樂：住在綠槐陰裏。【斷鴻聲裏】辛棄疾水龍吟：落日樓頭，斷鴻聲裏，江南遊子。

李

【桃李】蘇軾如夢令：手種堂前桃李。

鯉

【雙鯉】張先虞美人：願君書札來雙鯉。

已

養里切【而已】柳永玉女搖仙佩：惟是深紅淺白而已。【何時已】李之儀卜算子：此恨何時已。【情未已】蘇軾天仙子：白髮盧郎情未已。【渾未已】馮延巳醉花間：閑愁渾未已。

喜

許已切【法喜】辛棄疾蝶戀花：洗盡機心隨法喜。【宴喜】周邦彥花犯：去年勝賞曾孤倚，冰盤同宴喜。【賀喜】柳永長壽樂：待恁時等著回來賀喜。【鵲喜】吳文英夜行船：歸期杳、畫檐鵲喜。【聞鵲喜】馮延巳謁金門：舉頭聞鵲喜。【還可喜】馮延巳謁金門：學者荷衣還可喜。

起

口已切【乍起】吳文英齊天樂：涼颸乍起。【波起】溫庭筠荷葉杯：小船搖漾入花裏，波起。【重起】柳永佳人醉：冷浸書帷夢斷，却披衣重起。柳永夢還京：夢斷披衣重起。【催起】辛棄疾鵲橋仙：杜宇一聲催起。【慵起】柳永郭郎兒近拍：枕簟微涼，睡久輾轉慵起。【對起】吳文英齊天樂：鼇峯對起。【還起】柳永十二時：西風滿院，睡不成還起。【驚起】柳永婆羅門令：中夜後，何事還驚起。姜夔水龍吟：夜深客子移舟處，兩兩沙禽驚起。潘閬憶餘杭：白鳥成行忽驚起。【中夜起】馮延巳鵲踏枝：殘酒欲醒中夜起。【東風起】溫庭筠楊柳枝：黃鶯不語東風起。【孤舟起】蘇軾蝶戀花：夜半潮來，月下孤舟起。【孤煙起】柳永訴衷情近：隱隱漁村，向晚孤煙起。【風又起】溫庭筠酒泉子：月孤明風又起。【秋風起】李珣漁歌子：蘆花時節秋風起。辛棄疾滿江紅：蓴羹鱸鱠秋風起。【砧聲起】辛棄疾生查子：一天霜月明，幾處砧聲起。【連角起】范仲淹漁家傲：四面邊聲連角起。【清風起】柳永玉山枕：晚來高樹清風起。【清音起】辛棄疾生查子：高歌誰知余，空谷清音起。【魚鱗起】吳文英拜星月慢：甎花滉，小浪魚鱗起。【鄉心起】曹組青玉案：淒涼只恐鄉心起。【晚風起】柳永定風波：竚立長亭，淡蕩晚風起。【傍煙起】張先慶春澤：對月黃昏，角聲傍煙起。【滄波起】舒亶虞美人：日暮滄波起。【塵暗起】歐陽修減字木蘭花：繚繞雕梁塵暗起。【鴛鴦起】魏夫人菩薩蠻：樓臺影動鴛鴦起。【鶯喚起】辛棄疾謁金門：好夢未成鶯喚起。【驚不起】歐陽炯南鄉子：認得行人驚不起。【驚雁起】溫庭筠蕃女怨：磧南沙上驚雁起。【西窗人起】吳文英采桑子慢：殘照西窗人起。【孤舟浪起】辛棄疾唐河傳：春水，千里，孤舟浪起。【雲飛風起】辛棄疾賀新郎：回首叫、雲飛風起。【夢飛不起】吳文英夜行船：行雲重，夢飛不起。

趾 渚市切。山趾、林趾、前趾。

沚 清沚、沼沚、碧沚、澗沚、水中沚。

恃 士止切。可恃、倚恃、靡恃、強力恃。

駬 忍止切。騄駬、驥駬。

史 爽仕切。文史、良史、青史、前史、百代史、薰香史。勞使，爲心史。

使

柹 上士切。山柹、丹柹、野柹。

俟 牀史切。顒俟、瞻俟、靜俟。

梓 祖似切。松梓、夢梓、桑梓。

祀 象齒切。宗祀、常祀、巫山祀、杜康祀。

耜 耒耜、良耜、農耜。

汜 川汜、曲汜、淸汜、蘭汜。

徵 展里切。流徵、商徵、嚼徵。

恥 丑里切。忍恥、雪恥、會稽恥、魯連恥。

俚 巴俚、楚俚。

以 養里切。有以、所以。

苡 芳苡、芣苡、薏苡。

杞 口已切。采杞、柳杞、綠杞、仙人杞。

己 苟起切。違己、量己、顧己。

紀 半紀、地紀、律紀、暮紀。

擬 偶起切。新擬、差可擬。

仕 上士切。出仕、倦仕。

址(渚市切) **時** **芷** **祉** **茝**(醜止切) **滓**(壯仕切) **笫**

枲(想止切) **葸** **仔**(祖似切) **秄** **巳**(象齒切) **姒** **圯**

苢 **痔**(丈里切) **畤** **娌**(兩耳切) **悝** **矣**(羽已切) **唉**

蟢(許已切) **嬉** **屺**(口已切) **芑** **巹**(苟起切) **你**(乃里切)

【對偶】

李珣漁歌子：水雲間，山月裏。秦觀踏莎行：昨日淸明，今朝上巳。

（尾）

尾 武斐切【眼尾】周邦彥蝶戀花：酒熟微紅生眼尾。【潮尾】吳文英齊天樂：煙波桃葉西陵路，十年斷魂潮尾。吳文英解語花：雁回潮尾。【長江尾】李之儀卜算子：君住長江尾。【金翠尾】歐陽炯南鄉子：孔雀自憐金翠尾。

緯 羽鬼切【絡緯】馮延巳鵲踏枝：階下寒聲啼絡緯。

斐 妃尾切。狂斐、紛斐、斐斐。

悱 悱悱、愁悱、憤悱。

幾 舉豈切。亡幾、有幾、餘幾。

扆 隱豈切。丹扆、香扆、帷扆、繡扆。

螘 語豈切。春螘、素螘、蜂螘、雨前螘。

偉 羽鬼切。英偉、瓌偉、風義偉。

煒 炎煒、煒煒、韡煒。

葦 葭葦、綠葦、重葦、舫依葦、風動葦。

娓 武斐切 **亹** **朏** 妃尾切 **菲** **誹** **匪** 府尾切 **篚**

棐 **豨** 許豈切 **唏** **豈** 去幾切 **顗** 語豈切 **韙** 羽鬼切

瑋 **虺** 詡鬼切 **卉** **鬼** 矩偉切 **磈**

（薺）

洗 小禮切【梳洗】姜夔解連環：柳怯雲鬆，更何必、十分梳洗。【清如洗】柳永玉山枕：蕩原野、清如洗。【月華如洗】辛棄疾滿江紅：人正在，青塗堂上，月華如洗。【紅香疊洗】吳文英拜星月慢：吟花酌露尊俎，冷玉紅香疊洗。【香霖乍洗】吳文英齊天樂：少海波新，芳茅露滴，涼入堂階綵戲，香霖乍洗。【梅痕似洗】吳文英解語花：梅痕似洗，空點點，年華別淚。【新涼如洗】辛棄疾滿江紅：風捲庭梧，黃葉墜，新涼如洗。【蟾光如洗】柳永十二時：淡籠煙月，蟾光如洗。

光如洗。

米 母禮切【菰米】蘇軾水龍吟：岸遙人靜，水多菰米。【一稊米】辛棄疾哨遍：從來天地一稊米。

底 典禮切【影底】姜夔水龍吟：留香小待、提攜影底。【燈光底】柳永金蕉葉：就中有個風流，暗向燈光底。【蓮步底】劉辰翁寶鼎現：習習香塵蓮步底。【春風舌底】吳文英杏花天：算却在、春風舌底。

啓 遣禮切【筵啓】晏殊鵲踏枝：畫堂筵啓。

薺 在禮切。春薺、香薺、荒薺、樹如薺、繁花薺。

陛 部禮切。丹陛、玉陛、翠陛、庭陛。

邸 典禮切。客邸、夜邸、舊邸。

體 士禮切。心體、百體、肌體、西崑體。

涕 掩涕、悲涕、銜涕、漣漣涕、遊子涕。

弟 待禮切。昆弟、髯弟、梅弟。

悌 和悌、愷悌。

禮 里弟切。愛禮、繁禮、先後禮、前輩禮。

醴 芳醴、花醴、春醴、凍醴、露醴。

蠡 彭蠡、范蠡。

濟子禮切 **泲** **擠** **瀰**母禮切 **氐**典禮切 **柢** **詆**

抵 **觝** **砥** **緹**壯禮切 **醍** **娣**待禮切 **遞**

澧里弟切 **鱧** **禰** **嬭** **泥** **昵** **棨**遣禮切

綮 **睨**吾禮切

（賄）

悔 虎猥切【追悔】柳永慢卷紬：到得如今，萬般追悔。【終不悔】柳永鳳棲梧：衣帶漸寬終不悔。

峞 苦猥切。磊峞、磥峞、峞峞。

罪 粗賄切。請罪、解罪、愚儒罪、嘲吟罪。

餒 弩罪切。荒餒、鷗餒、終日餒。

賄 虎猥切 傀 苦猥切 塊 匯 戶賄切 猥 鄔賄切 痿

琲 部浼切 浼 母罪切 每 痗 漼 取猥切 璀

腿 吐猥切 磊 魯猥切 瘰 蕾 儡

（寘） 以下去聲

翅 施智切【並翅】張先雨中花令：學雙燕、同栖還並翅。

啻 【寒不啻】馮延巳醉花間：曉風寒不啻。

瑞 樹僞切【呈瑞】柳永醉蓬萊：南極星中，有老人呈瑞。【嘉瑞】柳永玉樓春：鳳樓郁郁呈嘉瑞。【獻瑞】辛棄疾漁家傲：江裏石頭爭獻瑞。

睡 【先睡】柳永鬭百花：卻道你但先睡。【春睡】韋莊酒泉子：樓上美人春睡。柳永剔銀燈：有人伴，日高春睡。李清照訴衷情：酒醒熏破春睡。姜夔日上海棠：簾櫳靜悄，月上正貪春睡。【晝睡】秦觀蝶戀花：語燕飛來驚晝睡。【猶睡】溫庭筠木蘭花：籠中嬌鳥煖猶睡。柳永慢卷紬：抱著日高猶睡。【曉睡】歐陽修蝶戀花：粱燕語多驚曉睡。【濃睡】柳永殢人嬌：無分得、與你恣情濃睡。【和衣睡】柳永婆羅門令：昨宵裏，又恁和衣睡。【背燈睡】柳永夢還京：夜來匆匆飲散，欹枕背燈睡。【留人睡】范仲淹蘇幕遮：夜夜除非、好夢留人睡。【海棠睡】辛棄疾祝英臺近：百舌聲中，喚起海棠睡。【窗下睡】馮延巳酒泉子：一夜愁人窗下睡。【愁無睡】馮延巳采桑子：畫堂昨夜愁無睡。【還不睡】馮延巳應天長：覺來還不睡。

易 以豉切【太容易】柳永夢還京：追悔當初，綉閣話別太容易。

戲 香義切【兒戲】姜夔永遇樂：老來受用，肯教造物兒戲。【遊戲】姜夔翠樓吟：擁素雲，黃鶴與君遊戲。李珣漁歌子：棹水穿雲遊戲。【賓戲】辛棄疾念奴嬌：無多笑我，此篇聊當賓戲。【花上戲】秦觀蝶戀花：蛺蝶飛來花上戲。【孤鸞戲】張先碧牡丹：閒照孤鸞戲。【魚狂戲】柳永巫山一段雲：貪看海蟾狂戲。【魚龍戲】柳永破陣樂：繞金堤、曼衍魚龍戲。【閒遊戲】李珣南鄉子：避暑信船輕浪裏，閒遊戲。【蝴蝶戲】秦觀蝶戀花：綠草離離蝴蝶戲。【彩鴛雙戲】張先百媚眼：不放彩鴛雙戲。

寄

居義切【遠寄】韋莊歸國遙：淚珠難遠寄。【誰寄】張先慶春澤：寒梅落盡誰寄。柳永卜算子：離腸萬種，奈歸雲誰寄。【難寄】晏殊鳳銜盃：誰信道、兩情難寄。晏幾道清平樂：猶恨春心難寄。【無人寄】晏幾道蝶戀花：好枝長恨無人寄。【憑誰與寄】柳永定風波：縱寫香牋、憑誰與寄。【人生如寄】蘇軾西江月：須信人生如寄。

騎

奇寄切【千騎】辛棄疾西河：東方鼓生千騎。【歸騎】柳永望遠行：南陌春殘悄歸騎。

倚

於義切【相倚】柳永玉山枕：天外雲峯，數朶相倚。柳永早梅芳：金碧樓台相倚。柳永尉遲杯：深深處，瓊枝玉樹相倚。【獨倚】柳永佳人醉：漸曉雕闌獨倚。柳永望遠行：永日畫闌，沈吟獨倚。【靜倚】柳永訴衷情近：脈脈朱闌靜倚。【閒相倚】柳永木蘭花：風亭月榭閒相倚。

臂

卑義切【玉臂】周邦彥定風波：休訴金尊推玉臂。【瓊臂】歐陽修蕙香囊：橫枕瓊臂。

避

毗義切【歛避】周邦彥水龍吟：靈關遮路，殘紅歛避。【相廻避】范仲淹御街行：無計相廻避。

被

平義切【冬被】吳文英解語花：帳燭新啼，香潤殘冬被。【香被】柳永十二時：重諳雲雨，再整餘香被。【鴛被】韋莊歸國遙：羅幕繡幃鴛被。柳永玉女搖仙佩：今生斷不孤鴛被。柳永鬭百花：長是夜深，方肯入鴛被。柳永殢人嬌：歌筵罷，偶同鴛被。【繡被】歐陽修玉樓春：推倒屏山褰繡被。【香衾綉被】柳永長壽樂：仍携手，眷戀香衾綉被。【紅茵翠被】柳永慢卷紬：紅茵翠被，當時事，一一堪垂淚。【鳳枕鴛被】柳永尉遲杯：綢繆鳳枕鴛被。

刺

七賜切。竹刺、松刺、蓮刺、綠刺、寒刺。

漬

疾智切。雨漬、浸漬、遺香漬。

觜　決觜、兩觜、淚觜。

智　知義切。一智、夙智、殊智、出人智、徙　智。

縋　馳僞切。下縋、寒縋、千尋縋。

施　以豉切。大施、遺施、雲天施。

恚　於避切。忿恚、憂恚、解恚。

芰　奇寄切。荷芰、綠芰、弱芰、蘋芰、蘭芰、水中芰。

議　宜寄切。風議、清議、物議、時議、市井議、升平議。

誼　高誼、風誼、古人誼、交友誼。

爲　于僞切。有爲、誰爲。

比　毗義切。駢比、櫛比、鱗比。

帔　披義切。香帔、霞帔、蘂帔、翠帔。

寘（支義切）　忮　鱓　施（施智切）　豉（是義切）　吹（尺僞切）

惴（之瑞切）　倕（樹僞切）　諉（而睡切）　屣（爭義切）　賜（斯義切）

積（子智切、）　柴（疾智切）　詈（力智切）　離　槌（馳僞切）　錘

累（力僞切）　企（去智切）　跂　縊（於賜切）　觖（窺睡切）

踦（於義切）　義（宜寄切）　委（於僞切）　僞（危睡切）　譬（匹智切）

襞（卑義切）　賁（彼義切）　詖　陂　跛

（至）

至　脂利切【重至】姜夔解連環：筭如此溪山，甚時重至。【君不至】秦觀蝶戀花：日斷雲山君不至。【秋風至】晏殊連理枝：玉字秋風至。

二　而至切【愁鬢十二】姜夔徵招：似怨不來遊，擁愁鬢十二。【翠峰十二】柳永卜算子：望斷翠峰十二。【鳳樓十二】柳永望遠行：寂寞鳳樓十二。

翠

七醉切【天醉】姜夔虞美人：闌干表立蒼龍背，三面巉天翠。【空翠】吳文英齊天樂：就中決銀河，冷涵空翠。【飛翠】姜夔翠樓吟：看檻曲縈紅，簷牙飛翠。【拾翠】孫光憲八拍蠻：越女沙頭爭拾翠。【珠翠】韋莊怨王孫：錦里蠶市，滿街珠翠。柳永金蕉葉：惱徧兩行珠翠。【晚翠】辛棄疾浣溪沙：空山晚翠孰華余。【寒翠】吳文英燭影搖紅：夜吟不絕、松影闌干，月籠寒翠。【煙翠】柳永早梅芳：海霞紅、山煙翠。【暖翠】吳文英絳都春：螺屏暖翠。【翡翠】歐陽修瑞鶴仙：彩雲樓翡翠。秦觀調笑令：翡翠，好客止，誰使庸奴輕點綴。【翦翠】吳文英清平樂：柔柯翦翠。【橫翠】柳永少年遊：修眉斂黛，遙山橫翠。吳文英齊天樂：渺煙磧飛帆，暮山橫翠。【濃翠】周邦彥西河：未央宮闕已成灰，終南依舊濃翠。【聳翠】柳永訴衷情近：重疊暮山聳翠。【雙翠】晏幾道點絳唇：臨水顰雙翠。李珣南鄉子：暗裏迴眸深屬意，遺雙翠。【蘸翠】吳文英水龍吟：平煙蘸翠。【金翡翠】溫庭筠菩薩蠻：畫羅金翡翠。韋莊歸國遙：金翡翠，爲我南飛傳我意。【香房翠】歐陽修漁家傲：合歡枝上香房翠。【眉黛翠】蘇軾減字木蘭花：嬌眼橫波眉黛翠。【風擺翠】歐陽修漁家傲：露浥嬌黃風擺翠。【寒煙翠】范仲淹蘇幕遮：秋色連波、波上寒煙翠。【雙蛾翠】晏殊鵲踏枝：斂盡雙蛾翠。【匀紅補翠】柳永望遠行：無緒匀紅補翠。【尤紅殢翠】柳永長壽樂：尤紅殢翠，近日來、陡把狂心牽繫。【施朱描翠】柳永尉遲杯：天然嫩臉修蛾，不假施朱描翠。【敗紅衰翠】柳永卜算子：滿目敗紅衰翠。【尋芳訪翠】柳永荔枝香：甚處尋芳訪翠。【睠紅偎翠】柳永內家嬌：人人睠紅偎翠。【黛峯橫翠】張先碧牡丹：怨入眉頭，斂黛峯橫翠。【懸崖削翠】辛棄疾西江月：千丈懸崖削翠。

醉

將遂切【一醉】舒亶一落索：爲春一醉【心醉】馮延巳應天長：雙結解時心醉。【不醉】柳永玉樓春：不泛千鍾應不醉。【沈醉】韋莊菩薩蠻：勸君今夜須沈醉。馮延巳更漏子：歌罷不勝沈醉。辛棄疾鵲橋仙：花明柳媚，且引玉塵沈醉。【狂醉】柳永金蕉葉：未更闌，已盡狂醉。【倚醉】辛棄疾滿江紅：睡雨海棠猶倚醉。【惜醉】柳永長壽樂：任好從容痛飲，誰能惜醉。【買醉】柳永望遠行：但暗擲金釵買醉。【盡醉】柳永長壽樂：知幾度，密約秦樓盡醉。【醒醉】李珣漁歌子：不議人間醒醉。【心如醉】秦觀調笑令：裴郎一見心如醉。【心先醉】辛棄疾蝶戀花：銀鈎未見心先醉。【天如醉】辛棄疾蝶戀花：微風不動天如醉。【光如醉】柳永訴衷情近：未飲先如醉。【休惜醉】馮延巳謁金門：滿盞勸君休惜醉。【花下醉】韋莊歸國遙：幾年花下醉。【花前醉】秦觀醉蓬萊：日日花前醉。【花裏醉】晏幾道更漏子：柳間眼，花裏醉。【招晚醉】晏幾道留春令：玉蕊歌清招晚醉。【留人醉】李煜烏夜啼：胭脂淚，留人醉。【留客醉】晏殊更漏子：探花開，留客醉。【終夕醉】晏殊謁金門：莫辭終夕醉。【梅花醉】李清照清平樂：年年雪裏，常插梅花醉。【寄殘醉】吳文英金縷歌：懷此恨，寄殘醉。【莫辭醉】韋莊上行杯：珍重意，莫辭醉。【無由醉】范仲淹御街行：愁腸已斷無由醉。【催人醉】秦觀蝶戀花：香醪著意催人醉。【誰共醉】馮延巳南鄉子：簾捲曲房誰共醉。【圖一醉】歐陽修蝶戀花：也擬疏狂圖一醉。柳永鳳棲梧：擬把疏狂圖一醉。【濃侵醉】吳文英拜星月慢：蕩蘭煙，麝馥濃侵醉【醺醺醉】柳永婆羅門令：小飲歸來，初更過，醺醺醉。

穗

徐醉切【香作穗】溫庭筠更漏子：香作穗，蠟成淚。

顇

秦醉切【愁顇】周邦彥花犯：相逢似有恨，依依愁顇。

悴

【欲悴】晏殊睿恩新：向晚羣花欲悴。【愁悴】柳永郭郎兒近拍：愁悴。【憔悴】李煜謝新恩：雙鬢不整雲憔悴。姜夔月上海棠：惜芳菲，易成憔悴。吳文英惜秋華：自王郎去後，芳卿憔悴。【人憔悴】柳永望遠行：見纖腰，圖信人憔悴。柳永鳳棲梧：為伊消得人憔悴。舒亶一落索：花不似人憔悴。【成憔悴】馮延巳鵲踏枝：思量一夕成憔悴。柳永滿江紅：獨自個，贏得不成眠，成憔悴。【空憔悴】晏殊鳳銜盃：只恁空憔悴。【添憔悴】柳永定風波：算孟光爭得知我，繼日添憔悴。【閒憔悴】蘇軾醉落魄：惹得閒憔悴。【驚憔悴】馮延巳應天長：朱顏日日驚憔悴。

地

徒二切【恁地】柳永郭郎兒近：何事新來常恁地。【窣地】孫光憲思帝鄉：六幅羅裙窣地。【鄰地】姜夔永遇樂：柳花悲桓，松高對阮，未辨為鄰地。【蕪地】吳文英拜星月慢：碧霞籠夜，小立庭中蕪地。【隱地】葉夢得水調歌頭：寒聲隱地。【好生地】柳永長壽樂：好生地，臢與我兒利市。【孜孜地】柳永十二時：夜永有時，分明枕上，覷著孜孜地。【吹滿地】晏幾道蝶戀花：橫玉聲中吹滿地。【青落地】馮延巳更漏子：簾幕裏、青落地。【相思地】秦觀蝶戀花：南園正是相思地。【淒涼地】秦觀蝶戀花：楓葉蘆花，的是淒涼地。【黃葉地】范仲淹蘇幕遮：碧雲天，黃葉地。【笙歌地】晏殊鵲踏枝：別有笙歌地。【傷心地】周邦彥點絳唇：遼鶴歸來，故鄉多少傷心地。【經由地】馮延巳采桑子：起來點檢經由地，處處新愁。【携手地】馮延巳鵲踏枝：可惜舊歡携手地。【輕垂地】張先踏莎行：珠裙褶褶輕垂地。【厭厭地】柳永滿江紅：空只恁厭厭地。【蓬萊地】晏幾道踏莎行：尋芳誤入蓬萊地。【繁華地】柳永早梅芳：故都風景繁華地。【霜滿地】范仲淹漁家傲：羌管悠悠霜滿地。【歡遊地】柳永木蘭花：章街隋岸歡遊地。【冷清清地】柳永爪茉莉：金風動，冷清清地。【幕天席地】柳永金蕉葉：準擬幕天席地。【銀河垂地】范仲淹御街行：天淡銀河垂地。

致

陟利切【佳致】柳永剔銀燈：如斯佳致。【景致】秦觀蝶戀花：最是人間佳景致。

利

力至切【徵利】姜夔永遇樂：不學楊郎，南山種豆，十一徵徵利。【奔名競利】柳永定風波：人人奔名競利。

膩

女利切【春膩】吳文英拜星月慢：霧盎淺障青羅，洗湘娥春膩。【雲膩】吳文英解語花：花鬟愁，釵股籠寒，綵燕沾雲膩。【山枕膩】溫庭筠更漏子：山枕膩，錦衾寒。【金粉膩】歐陽修蝶戀花：一掬天和金粉膩。【花影膩】歐陽修漁家傲：美酒一杯花影膩。【骨香膩】歐陽修解仙珮：肌膚依舊骨香膩。【椒香膩】柳永玉樓春：保生酒勸椒香膩。【瓊枝膩】李清照漁家傲：寒梅點綴瓊枝膩。【雨膏煙膩】柳永剔銀燈：艷杏夭桃，垂楊芳草，各鬬雨膏煙膩。

墜

直類切【月墜】張先師師令：正是殘英和月墜。【香墜】李煜謝新恩：茱萸香墜。【飛墜】周邦彥夜遊宮：聽幾片，井桐飛墜。【斜墜】馮延巳謁金門：碧玉搔頭斜墜。【秋露墜】秋露墜，滴盡楚蘭紅淚。【珠淚墜】馮延巳鵲踏枝：蕭索清秋珠淚墜。【斜日墜】歐陽修玉樓春：望斷危樓斜日墜。【殘花墜】歐陽修蝶戀花：小檻臨窗，點點殘花墜。【疏雨墜】歐陽修漁家傲：昨夜蕭疏雨墜。【燕泥香墜】辛棄疾鵲橋仙：空有燕泥香墜。【雙鬟綠墜】蘇軾減字木蘭花：雙鬟綠墜，嬌眼橫波眉黛翠。

類

力遂切【長䣭類】歐陽修漁家傲：蓮子與人長䣭類。

淚

【下淚】柳永爪茉莉：石人也須下淚。【別淚】周邦彥蝶戀花：忽被驚風吹別淚。吳文英解語花：空點點年華別淚。【紅淚】晏殊謁金門：滴盡楚蘭紅淚。【垂淚】柳永滿江紅：無人處思量，幾度垂淚。柳永慢卷紬：當時事，一一堪垂淚。【粉淚】馮延巳南鄉子：惆悵秦樓彈粉淚。歐陽修踏莎行：盈盈粉淚。【珠淚】柳永望遠行：爭奈轉添珠淚。【清淚】李清照清平樂：贏得滿衣清淚。吳文英金縷歌：枝上露，濺清淚。吳文英喜遷鶯：翦殘枝，點點花心清淚。【燭淚】歐陽修滿路花：銅荷融燭淚。【雙淚】馮延巳三臺令：流水流水，中有傷心雙淚。【三尺淚】馮延巳應天長：紅綃三尺淚。【千行淚】柳永憶帝京：繫我一生心，負你千行淚。【行人淚】辛棄疾菩薩蠻：鬱孤台下清江水，中間多少行人淚。【先成淚】范仲淹御街行：酒未到，先成淚。【征夫淚】范仲淹漁家傲：將軍白髮征夫淚。【青衫淚】秦觀蝶戀花：一樽自濕青衫淚。【凭高淚】晏幾道留春令：有當月凭高淚。【花濺淚】辛棄疾酒泉子：三十六宮花濺淚。【相思淚】范仲淹蘇幕遮：化作相思淚。歐陽修蝶戀花：何妨解有相思淚。秦觀蝶戀花：如何制得相思淚。【英雄淚】辛棄疾水龍吟：喚取盈盈翠袖，搵英雄淚。【紅蠟淚】溫庭筠更漏子：玉爐香，紅蠟淚。【胭脂淚】李煜烏夜啼：胭脂淚，留人醉。【黃昏淚】周邦彥水龍吟：偏勾引，黃昏淚。【湘妃淚】辛棄疾最高樓：蒼梧雲外湘妃淚。【傷心淚】周邦彥玉樓春：玉琴虛下傷心淚。【銷成淚】溫庭筠菩薩蠻：香燭銷成淚。【離人淚】曹組青玉案：總是離人淚。【雙袖淚】晏幾道玉樓春：長帶粉痕雙袖淚。【雙臉淚】馮延巳酒泉子：九廻腸，雙臉淚，夕陽天。【蠟成淚】李煜更漏子：香作穗，蠟成淚。

棄

磬致切【拋棄】柳永十二時：祝告天發願，從今永無拋棄。【拚棄】柳永滿江紅：甚恁底死難拚棄。【頓棄】柳永內家嬌：奈好景難留，舊歡頓棄。【輕棄】柳永玉女搖仙珮：忍把光陰輕棄。

姜夔解連環：歎幽歡未足，何事輕棄。

愧

基位切【相愧】韋莊歸國遙：別後只知相愧。【須愧】韋莊上行杯：滿酌一盃勸和淚，須愧。

寐

蜜二切【不寐】劉克莊玉樓春　：紅燭呼盧宵不寐。【無寐】柳永爪茉莉：衾寒枕冷，夜迢迢，更無寐。柳永佳人醉：厭厭無寐。蘇軾謁金門：長漏伴人無寐。秦觀如夢令：無寐，無寐，門外馬嘶人起。【夢寐】晏殊謁金門：思量如夢寐。【人不寐】李煜擣練子令：無奈夜長人不寐。【情無寐】柳永夢還京：夢斷披衣重起悄無寐。【渾無寐】馮延巳鵲踏枝：枕簟微涼，展轉渾無寐。【難成寐】柳永慢卷紬：閒窗燭暗，孤幃夜永，攲枕難成寐。

轡

兵媚切【金轡】韋莊上行杯：白馬玉鞭金轡。【征轡】歐陽修踏莎行：草薰風暖搖征轡。

媚

明秘切【爭媚】張先雨中花令：好容艷，花枝爭媚。姜夔月上海棠：逞妖麗，如與人面爭麗。【明媚】柳永內家嬌：綉出芳郊明媚。柳永長壽樂：艷陽景，妝點神州明媚。柳永鬬百花：煦色韶光明媚。柳永笛家弄：韶光明媚。【嬌媚】柳永長壽樂：取次言談成嬌媚。柳永鬬百花：擧措多嬌媚。柳永尉遲杯：恣雅態，欲語先嬌媚。柳永夢還京：想嬌媚，那裏獨守鴛幃靜。【花明媚】舒亶一落索：試問此花明媚。【春妝媚】韋莊河傳：青娥殿腳春妝媚。【秋正媚】歐陽修蝶戀花：意密蓮深秋正媚。【新妝媚】歐陽修漁家傲：明霞拂臉新妝媚。【熏熏媚】歐陽修漁家傲：紅瓊共作熏熏媚。【花明柳媚】辛棄疾鵲橋仙：東君未老，花明柳媚。

肆

息利切。市肆、酒肆、恣肆、遠肆、入肆。

駟

良駟、鸞駟、隙駟。

恣

資四切。放恣、暴恣、荒恣、縱恣。

邃

雖遂切。谷邃、林邃、靜邃、林麓邃、仙階邃。

粹

溫粹、秀粹、養粹。

遂

徐醉切。百意遂、功名遂、計始遂。

隧

古隧、荒隧、寒隧、蹊隧、狹如隧。

穟 麥穟、含穟、香穟、雨穟、柳穟、黃金穟。

稚 直利切。村稚、童稚、嬌稚、髫稚。

遲 夕遲、登樓遲、臨江遲。

懟 直類切。怨懟、忿懟、衆懟。

遺 以醉切。巧遺、神遺、長鞭遺。

季 居悸切。月季、昆季、羣季。

驥 几利切。老驥、良驥、附驥、雲驥、駑驥、千里驥。

餽 基位切。佳餽、遠餽、盛餽。

秘 兵媚切。林秘、清秘、煙霞秘、蓬萊秘。

備 平秘切。雨備、畫備、文物備、音容備、德力備。

摯（脂利切）　贄　織　嗜（時利切）　視　示（神至切）　諡

貳（而至切）　出（尺類切）　帥（所類切）　率　四（息利切）　泗
次（七四切）　佽　自（疾二切）　誶（雖遂切）　祟　燧（徐醉切）
穟　篲　瘁（秦醉切）　質（陟利切）　躓　輊　緻（直利切）
治　雉　痢（力至切）　蒞　肆（羊至切）　廙　壝（以醉切）
悸（其季切）　痵　咥（虛器切）　器（去冀切）　冀（几利切）　覬
洎　暨（巨至切）　懿（乙冀切）　劓（魚器切）　位（于愧切）
喟（丘愧切）　匱（求位切）　櫃　簣　蕢　饋　畀（必至切）
庇　鼻（毗至切）　庳　祕（兵媚切）　毖　閟　泌
邲　費　濞（匹備切）　淠　魅（明秘切）

【對偶】

李煜更漏子：香作穗、蠟成淚。　歐陽修踏莎行：寸寸柔腸，盈盈粉淚。　柳永早梅芳：海霞紅，山煙翠。　辛棄疾金菊對芙蓉：遠水生光、遙山聳翠。

（志）

志
職吏切【高志】姜夔徵招：也孤負，幼輿高志。【逍遙志】李珣漁歌子：扁舟自得逍遙志。

試
式吏切【親試】柳永長壽樂：臨軒親試。

侍
時吏切【近侍】柳永玉樓春：重委外臺疏近侍。

事
仕吏切【往事】秦觀臨江仙：一曲琵琶思往事。【前事】馮延巳更漏子：歡娛地、思前事。【春事】秦觀踏莎行：鶯花著意摧春事。【無事】韋應物三臺令：朝來門閭無事。【閒事】歐陽修玉樓春：夜來枕上爭閒事。【心下事】歐陽修減字木蘭花：天上仙音心下事。【心裏事】溫庭筠夢江南：山月不知心裏事。【低眉事】晏幾道玉樓春：從來懶話低眉事。【明朝事】韋莊菩薩蠻：尊前莫話明朝事。【相思事】辛棄疾滿江紅：君若問相思事。【春殘事】晏幾道玉樓春：誰知錯管春殘事。【惆悵事】皇甫松夢江南：夢見秣陵惆悵事。【無限事】晏幾道清平樂：書得鳳牋無限事。【傷心事】馮延巳采桑子：昔年無限傷心事，依舊東風。【緣底事】閻選八拍蠻：憔悴不知緣底事。【興廢事】張昇離亭燕：多少六朝興廢事。

思
相吏切【秋思】溫庭筠更漏子：偏照畫堂秋思。柳永十二時：覺翠帳、涼生秋思。【意思】姜夔水龍吟：紅衣入槳，青燈搖浪，微涼意思。

寺
祥吏切【城南寺】秦觀踏莎行：一齊吹過城南寺。【霜鐘寺】辛棄疾點絳脣：竹外僧歸，路指霜鐘寺。

字
疾置切【眉成字】張先踏莎行：宿妝稀淡眉成字。【曼桃字】吳文英齊天樂：翠羽飛來，舞鸞曾賦曼桃字。【詩裏字】晏幾道蝶戀花：衣上酒痕詩裏字。

異
羊吏切【秀異】柳永永遇樂：今古江山秀異。【風景異】范仲淹漁家傲：塞下秋來風景異。

意
於記切【心意】溫庭筠更漏子：還似兩人心意。【用意】柳永剔銀燈：何事春工用意。【此意】柳永夢還京：永遲迢迢，也應暗同此意。【曲意】周邦彥玉樓春：只有文君知曲意。【秋意】晏殊睿恩新：放朵朵，似延秋意。晏殊點絳脣：井梧宮簟生秋意。【春意】張先師師令：粉色有、天然春意。周邦彥水龍吟：粉裳縞夜，不成春意。辛棄疾蝶戀花：看奴尊前、秋思如春意。【風意】晏幾道清平樂：閒卻畫闌風意。【情意】柳永十二時：睡覺來、披衣獨坐，萬種無憀情意。柳永鬬百花：怯雨羞雲情意。【得意】柳永木蘭花：一日三眠誇得意。【深意】柳永尉遲杯：月夕花朝，自有憐才深意。柳永殢人嬌：當日相逢，便有憐才深意。柳永慢卷紬：都來未盡，平生深意。秦觀調笑令：笑裏偸傳深意。【著意】韓元吉六州歌頭：東風著意。【觸意】秦觀蝶戀花：不必琵琶能觸意。秦觀蝶戀花：到眼物情都觸意。【歡意】周邦彥萬里春：老卻春風，莫無些歡意。【千古意】辛棄疾念奴嬌：一點淒涼千古意。【多少意】柳永滿江紅：可惜枕前多少意。【似郎意】劉禹錫竹枝：花紅易衰似郎意。【何限意】晏殊謁金門：往事舊歡何限意。【知我意】溫庭筠更漏子：知我意，感君憐。【凭闌意】柳永鳳棲梧：無言誰會凭闌意。歐陽修蝶戀花：草色山光殘照裏，無人會得凭闌意。【春工意】柳永木蘭花：翦裁用盡春工意。【春風意】歐陽修一落索：看花何事卻成愁，悄不會春風意。【直花意】舒亶一落索：悄不解看花意。【相思意】李之儀卜算子：定不負相思意。【相憐意】柳永婆羅門令：彼此空有相憐意。【書中意】辛棄疾王孫信：道無書，卻有書中意。【淒涼意】周邦彥點絳唇：憑仗桃根，說與淒涼意。【深深意】歐陽修蝶戀花：蓮子心中，自有深深意。【深屬意】李珣南鄉子：暗裏廻眸深屬意。【無限意】歐陽修減字木蘭花：怨花愁月無限意。【無留意】范仲淹漁家傲：衡陽雁去無留意。【傳我意】韋莊歸國遙：爲我南飛傳我意。【憑高意】柳永卜算子：儘無言，誰會憑高意。【紅情綠意】吳文英解語花：應翦斷紅情綠意。

誌

職吏切。名山誌、窮愁誌、記曆誌。

識

多識、鐫識、遺老識。

幟

風幟、彩幟、酒幟、漢幟。

餌

仍吏切。弄餌、芳餌、果餌、新餌、黃金餌。

珥

金珥、翠珥、墜珥、簪珥。

使 疏吏切。星使、驛使、雁使、青鳥使、饕餮使。

笥 相吏切。石笥、竹笥、綵笥、書笥、結笥。

值 直吏切。相值、對值、前值、不可值。

憙 許記切。可憙、有憙、心獨憙、嫣然憙。

記 居吏切。作記、相記、追記、長記、桃源記。

忌 渠吏切。俗忌、時忌、物忌、簡書忌。

痣 職吏切 **幟** 昌志切 **蒔** 時吏切 **時** **眲** 仍吏切

胾 側吏切 **駛** 疏吏切 **厠** 初吏切 **伺** 相吏切 **嗣** 祥吏切

飼 **孳** 疾置切 **置** 竹吏切 **植** 直吏切 **吏** 良志切

食 羊吏切 **亟** 去吏切 **意** 於記切

【對偶】

李清照玉樓春：不知醞藉幾多香，但見包藏無限意。

（未）

未 無沸切【尚未】姜夔水龍吟：屈指歸期尚未。【歸來未】辛棄疾西河：歲晚淵明歸來未。

味 【有味】柳永木蘭花：寒食初頭春有味。晏幾道蝶戀花：一捻年光春有味。【況味】柳永爪茉莉：每到秋來，轉添甚況味。柳永夢還京：日許時、猶阻歸計，甚況味。【風味】周邦彥花犯：梅花照眼依然舊風味。辛棄疾西河：對梅花，更消醉，有明年，調鼎風味。【眞味】蘇軾河滿子：琴書有眞味。【情味】柳永尉遲杯：別是惱人情味。辛棄疾賀新郎：把新詩，殷勤問我停雲情味。姜夔徵招：重相見，依依故人情味。【滋味】李煜烏夜啼：別是一般滋味。范仲淹御街行：諳盡孤眠滋味。柳永定風波：迺來諳盡宦遊滋味。柳永慢卷紬：對好景良辰，皺著眉兒，成甚滋味。【無味】柳永滿江紅：殘夢斷、酒醒孤館，夜長無味。【仙風味】姜夔卜算子：雲綠峨峨玉萬枝，別有仙風味。【新涼味】秦觀蝶戀花：楊柳芙蓉，已作新涼味。【還無味】柳永鳳棲梧：對酒當歌，強樂還無味。

沸　方未切【金尊沸】蘇軾木蘭花令：歌翻楊柳金尊沸。【笙歌沸】歐陽修漁家傲：直教耳熱笙歌沸。

氣　邱既切【天氣】柳永郭郎兒近拍：畏景天氣。舒亶一落索：正是看花天氣。【佳氣】柳永醉蓬萊：華闕中天，葱葱佳氣。【花氣】歐陽修一落索：滿簾籠花氣。【秋氣】柳永玉山枕：動簾幕，生秋氣。【英氣】姜夔翠樓吟：仗酒祓清愁，花銷英氣。【涼氣】晏殊連理枝：簾幕生涼氣。【豪氣】辛棄疾念奴嬌：湖海平生豪氣。【紫菊氣】李煜謝新恩：紫菊氣，飄庭戶，烟籠細細。【困人天氣】柳永內家嬌：那堪困人天氣。【暮秋天氣】柳永卜算子：楚客登臨，正是暮秋天氣。【讀書天氣】柳永剔銀燈：早晚是讀書天氣。

貴　歸謂切【金章貴】柳永玉樓春：星闈上笏金章貴。【萬金貴】馮延巳莫思歸：莫惜黃金貴。【銀瓶貴】辛棄疾念奴嬌：金貂頭上，未抵銀瓶貴。【樞庭貴】柳永早梅芳：峻陟樞庭貴。

既　居氣切。酒既、飡既、離尊既。

漑　沾漑、澆漑、甘雨漑。

胃　于貴切。心胃、肝胃、勞腎胃。

謂　誰謂、如有謂。

卉　訏貴切。奇卉、萬卉、翠卉、煙卉、含芳卉。

慰　紆胃切。少慰、相慰、親慰、誤慰。

畏　勞畏、愁畏、惴畏、簡書畏、臨淵畏。

蔚　岑蔚、映蔚、薈蔚、煙火蔚。

費芳未切　**髴**　**芾**　**費**父沸切　**翡**　**狒**　**蜚**

餼許既切　**塈**　**愾**　**衣**於既切　**毅**魚既切　**緯**于貴切

渭　**彙**　**蝟**　**諱**許貴切　**尉**紆胃切　**瑋**　**魏**虞貴切

（霽）

霽

子計切【雨霽】柳永佳人醉：暮春蕭蕭雨霽。姜夔解連環：西窗夜涼雨霽。【秋霽】姜夔翠樓吟：晚來還捲、一簾秋霽。曹組青玉案：碧山錦明樹秋霽。【清霽】歐陽修鵲橋仙：月波清霽。【新霽】柳永內家嬌：疏雨夜來新霽。柳永醉蓬萊：隴首雲飛，素秋新霽。吳文英掃花遊：舞西湖暗黃，虹臥新霽。吳文英鶯啼序：彩翼曳，扶搖宛轉，雲龍降尾交新霽。万俟詠訴衷情：夜來小雨霽。【新雨霽】歐陽修漁家傲：烏鵲橋邊新雨霽。【微雨霽】秦觀蝶戀花：池上晚來微雨霽。【星河浮霽】吳文英絳都春：正霧捲暮色，星河浮霽。

細

思計切【香細】晏殊殢人嬌：簾影動，鵲爐香細。【風細】柳永爪茉莉：深院靜，月明風細。柳永佳人醉：雲淡天高風細。柳永柳初新：杏園風細。蘇軾減字木蘭花：曉來風細。晏幾道留春令：戀小橋風細。【柳細】歐陽修踏莎行：溪橋柳細。【韻細】歐陽修蕙香囊：纖指轉絃韻細。【纖細】柳永鬬百花：滿搦宮腰纖細。【雙蛾細】顧敻虞美人：凭欄愁立雙蛾細。【東風細】吳文英絳都春：路幕遞香，街馬衝塵東風細。【金霞細】溫庭筠南歌子：臉上金霞細，眉間翠鈿深。【金縷細】柳永玉樓春：延壽帶垂金縷細。【春雨細】溫庭筠更漏子：柳絲長，春雨細。【春風細】姜夔卜算子：御苑街湖波，松下春風細。【春雲細】姜夔虞美人：葉翦春雲細。【風細細】柳永婆羅門令：霜天冷，風細細。柳永鳳棲梧：竚倚危樓風細細。歐陽修蝶戀花：獨倚危樓風細細。秦觀蝶戀花：今夜月明風細細。【風牽細】柳永木蘭花：黃金萬縷風牽細。【泉細細】歐陽修漁家傲：冰散綠池泉細細。【涼風細】秦觀蝶戀花：簾捲斜陽，雨後涼風細。【煙雨細】歐陽修蝶戀花：欲過清明煙雨細。【錦書細】晏殊鳳銜盃：彩箋長、錦書細。【香塵細細】柳永長壽樂：起通衢近遠，香塵細細。

壻

【佳壻】柳永鬬百花：未會先憐佳壻。

切

七計切【一聲怨切】蘇軾三部樂：唱金縷，一聲怨切。

砌

【芳砌】吳文英拜星月慢：翠參差，澹月平芳砌。【香砌】范仲淹御街行：紛紛醉葉飄香砌。

柳永醉蓬萊：近寶階香砌。【軒砌】柳永佳人醉：冷浸書帷夢斷，卻披衣重起臨軒砌。【瑤砌】馮延巳醉花間：金井臨瑤砌。【沈煙砌】張先碧牡丹：曉丹墮，沈煙砌。【紅落砌】秦觀蝶戀花：金鳳花開紅落砌。【紅疊砌】張先百媚娘：綠皺小池紅疊砌。

薺

才脂切【煙樹如薺】辛棄疾西河：傷心煙樹如薺。

閉

必計切【初閉】張先慶春澤：愁草樹依依，闌城初閉。【深閉】秦觀如夢令：風緊驛亭深閉。周邦彥水龍吟：如花風雨，長門深閉。【齊閉】柳永巫山一段雲：不道九關齊閉。【朱戶閉】柳永郭郎兒近拍：廢院沈沈朱戶閉。【孤城閉】范仲淹漁家傲：長煙落日孤城閉。【重門閉】馮延巳鵲踏枝：庭樹金風，悄悄重門閉。張先八寶裝：花陰轉，重門閉。【深院閉】馮延巳醉花間：日落霜繁深院閉。

蒂

丁計切【紅臘蒂】柳永木蘭花：紫玉枝梢紅臘蒂。

第

大計切【高第】柳永長壽樂：定然魁甲登高第。【平陽第】柳永金蕉葉：厭厭夜飲平陽第。【連邸第】劉辰翁寶鼎現：滉漾光連邸第。

睇

【凝睇】柳永內家嬌：斷魂一餉凝睇。柳永佳人醉：儘凝睇。吳文英惜秋華：驟玉驄過處，千嬌凝睇。王沂孫無悶：莫愁凝睇。【空凝睇】柳永訴衷情近：竟日空凝睇。

遞

【迢遞】溫庭筠更漏子：花外漏聲迢遞。柳永爪茉莉：巴巴望曉，怎生捱，更迢遞。柳永內家嬌：阻歸程迢遞。【空迢遞】秦觀踏莎行：暮雲目斷空迢遞。

麗

郎計切【多麗】劉辰翁寶鼎現：還轉盼沙河多麗。【佳麗】柳永內家嬌：正好恁攜佳麗。柳永金蕉葉：添銀燭，旋呼佳麗。柳永尉遲杯：想佳麗。周邦彥花犯：疑淨洗鉛華，無限佳麗。【姝麗】張先更漏子：侍宴美人姝麗。姜夔翠樓吟：人姝麗，粉香吹下，夜寒風細。【鮮麗】吳文英惜秋華：幻膩玉，腴紅鮮麗。【寵麗】歐陽修漁家傲：疑是楚宮歌舞妓，爭寵麗，臨風起舞誇腰細。

唳

【寥唳】蘇軾水龍吟：天外征鴻寥唳。

繫

胡計切【重繫】柳永望遠行：故故解放翠羽，輕裙重繫。【縈繫】柳永十二時：天怎知、當時一句，做得十分縈繫。【牽繫】柳永長壽樂：陡把狂心牽繫。柳永滿江紅：萬恨千愁，將年少，衷腸牽繫。柳永慢卷紬：又爭似從前，淡相看，免恁牽繫。柳永殢人嬌：良辰好景，恨浮名牽繫。【酒縈花繫】柳永如魚水：帝里疏散，數載酒縈花繫。

禊

【修禊】秦觀踏莎行：蘭亭修禊。

計

吉詣切【何計】柳永滿江紅：添傷感，將何計。【無計】柳永內家嬌：消遣無計。柳永望遠行：消遣離愁無計。【歸計】姜夔法曲獻仙音：過秋風，未成歸計。【難計】姜夔永遇樂：歲月幾何難計。【歡計】柳永剔銀燈：便好安排歡計。【阻歸計】柳永夢還京：日許時猶阻歸計。【相憐計】柳永婆羅門令：未有相憐計。【登庸計】柳永早梅芳：又作登庸計。【無好計】晏幾道蝶戀花：紅燭自憐無好計。【無情計】晏幾道玉樓春：東風又作無情計，艷粉嬌紅吹滿地。【爲春計】辛棄疾念奴嬌：風雨不爲春計。【新上計】柳永玉樓春：九歲國儲新上計。【歸無計】范仲淹漁家傲：燕然未勒歸無計。

繼

【相繼】柳永卜算子：新愁舊恨相繼。柳永長壽樂：算好把、夕雨朝雲相繼。【重繼】柳永殢人嬌：昨夜裡，方把舊歡重繼。【堪繼】柳永玉山枕：避炎熱，想風流堪繼。【難繼】柳永婆羅門令：雲雨夢，任攲枕難繼。【聲相繼】柳永金蕉葉：艷歌無間聲相繼。

髻

【梳髻】溫庭筠南歌子：鬌墮低梳髻，連娟細掃眉。【鳳髻】晏殊睿恩新：更裊裊，低臨鳳髻。【雙髻】柳永鬬百花：與合垂陽雙髻。【雲鬟髻】馮延巳酒泉子：玉釵斜插雲鬟髻。

桂

涓惠切【丹桂】馮延巳謁金門：聖明世，獨折一枝丹桂。周邦彥減字木蘭花：廣寒丹桂，豈是夭桃塵俗世。

濟

子計切。夕濟、輕濟、同舟濟。

嚌

才脂切。小嚌、深嚌、鮮堪嚌。

劑

烈劑、酒劑、千金劑。

帝 丁計切。木帝、望帝、春帝、禹帝。

替 他計切。淪替、虧替、山水替、儒風替。

戾 郎計切。風戾、霜戾、飄戾。

荔 赤荔、香荔、翠荔、晴荔、霜荔。

契 詰計切。心契、眞契、舊契、遐契、心先契、生死契、芝蘭契、風雲契、塵外契。

詣 研計切。心詣、偕詣、欣來詣。

睨 下睨、熟睨、傲睨。

慧 胡桂切。靈慧、聰慧、靜慧。

惠 懷惠、深惠、丘山惠、湛露惠、蒼生惠。

蕙 樹蕙、春蕙、霜蕙、風蕙、蘭蕙。

擠 子計切 隮 些 思計切 妻 六計切 齊 才詣切

媲 匹計切 睥 薜 蒲計切 謎 莫計切 諦 丁計切 嚏

螮 締 剃 他計切 涕 裼 屜 薙

弟 大計切 悌 娣 髢 禘 棣 杕

隸 郎計切 儷 沴 泥 乃計切 系 胡計切 係 盻

殢 顯計切 鍥 詰計切 薊 吉詣切 医 壹計切 翳 繄

嫕 殪 曀 羿 研計切 堄 霓 蟪 胡桂切

繐 嘒 呼惠切 噦 罣 涓惠切

【對偶】溫庭筠更漏子：柳絲長、春雨細。秦觀踏莎行：沂水行歌，蘭亭修禊。

（祭）

際 子例切 【天際】歐陽修蝶戀花：望極離愁，黯黯生天際。辛棄疾哨遍：望飛鴻冥冥天際。【此際】柳永內家嬌：風光當此際。【無際】柳永佳人醉：金波銀漢，瀲灩無際。韓縝鳳簫吟：鎖離愁，連綿無際。【空無際】張先河傳：晚碧空無際。秦觀蝶戀花：煙波一望空無際。【度天際】周邦彥西河：怒濤寂寞打孤城，風檣遙度天際。【晴天際】晏殊鳳銜盃：愁望晴天際。【愁無際】馮延巳謁金門：自古閑愁無際。柳永訴衷情近：愁無際。

歲

須銳切【千歲】吳文英燭影搖紅：莫唱陽關，但憑綵袖歌千歲。【度歲】柳永定風波：繡閣輕拋，錦字難逢，等閒度歲。柳永郭郎兒近拍：永晝厭厭如度歲。【笄歲】柳永鬬百花：年紀方當笄歲。【殘歲】柳永夢還京：旅館虛度殘歲。【萬歲】柳永玉樓春：齊共南山呼萬歲。【經歲】柳永殢人嬌：別來光景，看看經歲。【舊歲】歐陽修蝶戀花：新歲風光如舊歲。【千萬歲】馮延巳謁金門：願君千萬歲。【長如歲】柳永憶帝京：畢竟不成眠，一夜長如歲。蘇軾蝶戀花：那堪玉漏長如歲。【祇如歲】馮延巳應天長：枕上夜長祇如歲。

脆

此芮切【清脆】柳永醉蓬萊：度管絃清脆。【羌管脆】晏殊更漏子：蜀絃高，羌管脆。

世

始制切【人間世】辛棄疾念奴嬌：夢中蝴蝶，花底人間事。

製

征例切【新製】張先碧牡丹：緩板香檀，唱徹伊家新製。

誓

時制切【盟誓】柳永尉遲杯：況已斷，香雲爲盟誓。

逝

【隨水逝】晏殊鵲踏枝：門外落花隨水逝。

滯

直例切【凝滯】柳永傾杯：蘭州凝滯。

綴

株衞切【輕綴】周邦彥花犯：露痕輕綴，疑淨洗鉛華。【珠綴】晏殊點絳脣：一曲呈珠綴。【裝綴】吳文英燭影搖紅：霜花開盡錦屏空，紅葉新裝綴。【點綴】歐陽修鵲橋仙：鵲迎橋路接天津，映夾岸、星榆點綴。【輕點綴】秦觀調笑令：誰使庸奴輕點綴。【妙聲珠綴】晏殊殢人嬌：垂唱妙聲珠綴。【落紅誰綴】蘇軾水龍吟：恨西園，落紅難綴。

曳

以制切【搖曳】柳永婆羅門令：觸疏窗，閃閃燈搖曳。

裔

【四裔】柳永玉樓春：降聖覃恩延四裔。

藝 倪祭切【絕藝】蘇軾減字木蘭花：琵琶絕藝，年紀都來一十二。【多才多藝】柳永玉女搖仙佩：憐我多才多藝。

袂 彌蔽切【衣袂】周邦彥點絳脣：舊時衣袂，猶有東門淚。蘇軾蝶戀花：月上屛幃，冷透人衣袂。【香袂】晏殊更漏子：慢颭舞蛾香袂。【翠袂】歐陽修漁家傲：筵上佳人牽翠袂。【疑擧袂】劉禹錫憶江南：弱柳從風疑擧袂。【翦輕袂】吳文英瑞鶴仙：晴霞翦輕袂。

噬 時制切。啖噬、若噬、螻蟻噬。

稅 輸芮切。春稅、豚魚稅、單草稅。

帨 巾帨、練帨、細絲帨。

毳 充芮切。浮毳、鳥毳、斑毳、千羊毳、密如毳。

憩 去例切。泉憩、流憩、晚憩、獨憩、巖邊憩、依林憩、桑下憩。

偈 其例切。半偈、眞偈、雲山偈、蓮華偈。

厲 力制切。風厲、颼厲、凄厲、瘴厲、春水厲、鳴蟬厲、鶴聲厲。

勵 勉勵、山甫勵、情方勵。

礪 自礪、好礪、砥礪。

銳 俞芮切。伏銳、芒銳、山嶽銳、抽紅銳。

蔽 必袂切。黃雲蔽、山石蔽、丹霞蔽、單帷蔽。

敝 毗祭切。甑敝、廡衣敝、黑貂敝。

祭子例切 彗旋芮切 轊 貰始制切 勢 掣尺制切

制征例切 筮時制切 說輸芮切 涗 橇充芮切

贅朱芮切 惙丑芮切 汭儒稅切 芮 蚋 瘞於例切

揭去例切 罽居例切 衞于歲切 劌姑衞切 橛 蹶

鱖 彘直例切 例力制切 犡 蠣 糲 拽株衞切

洩 睿俞芮切 埶倪祭切 囈 幣匹曳切 斃 弊

【對偶】

晏殊更漏子：蜀紘高，羌管脆。

（太）

會 黃外切【幽會】秦觀調笑令：暗結城西幽會。【吳宮會】吳文英燭影搖紅：秋星入夢隔明朝，十載吳宮會。【風雲會】辛棄疾菩薩蠻：玉階方寺，好趁風雲會。【牽牛會】歐陽修漁家傲：猶嗟不及牽牛會。【無人會】辛棄疾滿江紅：寂寞淚彈秋，無人會。

外 五會切【斜陽外】范仲淹蘇幕遮：芳草無情，更在斜陽外。

貝 邦昧切。玉貝、紫貝、編貝、翠貝。

蛻 吐外切。委蛻、蟬蛻、離蛻、凡骨蛻。

霈 滂昧切。大霈、雨霈、霑霈。

沛 滂沛、漂沛、湅雨沛。

繪 黃外切。彩繪、粉繪、絺繪、繡繪、丹青繪。

膾 古外切。細膾、虀膾、寒膾、絲膾、秋風膾、鱸魚膾。

檜 孤檜、風檜、庭檜、霜檜、凌雲檜。

薈 烏外切。林薈、園薈、芳薈、叢薈。

茷邦昧切　**狽**　**兌**杜外切　**酹**郎外切　**旆**滂昧切

眛莫貝切　**沬**　**昧**　**最**祖外切　**翽**呼外切　**噦**　**濊**

儈古外切　**會**　**獪**

（隊）

隊 徒對切【行春隊】吳文英金鏤歌：遨頭小簇行春隊。【羣花隊】辛棄疾六么令：酒羣花隊，攀得短轅折。

對

都內切【空相對】秦觀千秋歲：碧雲暮合空相對。【前席對】柳永玉樓春：宣室夜思前席對。【遙相對】馮延巳虞美人：掩映遙相對。

退

吐內切【身先退】蘇軾千秋歲：未老身先退。【春寒退】秦觀千秋歲：城郭春寒退。

背

補妹切【紅燭背】李煜更漏子：紅燭背，綉帷垂。【蒼龍背】姜夔虞美人：闌干表立蒼龍背。【橫鼇背】吳文英絳都春：梅槎凌海橫鼇背。

佩

蒲妹切【蘭爲佩】蘇軾殢人嬌：明朝端午，待學紉蘭爲佩。

珮

【玉珮】韋莊訴衷情：垂玉佩，交帶裊纖腰。

碎

蘇對切【萍碎】蘇軾水龍吟：一池萍碎。【搖碎】周邦彥紅窗迥：花影被風搖碎。【金蕊碎】歐陽修漁家傲：雨擺風搖金蕊碎。【雨聲碎】張先碧牡丹：芭蕉寒，雨聲碎。【香紅碎】歐陽修一落索：小桃風撼香紅碎。【絃聲碎】晏幾道清平樂：意密絃聲碎。【寒聲碎】范仲淹御街行：夜寂靜，寒聲碎。【圓又碎】歐陽修蝶戀花：浪濺荷花圓又碎。【瓊苞碎】李清照玉樓春：紅酥肯放瓊苞碎。【鶯聲碎】秦觀千秋歲：花影亂，鶯聲碎。

悔

呼內切【休退悔】馮延巳醉花間：莫思量，休退悔。【空追悔】馮延巳應天長：人事放，空追悔。【終不悔】歐陽修蝶戀花：衣帶漸寬終不悔。

逮

徒對切。莫逮、追逮、坐逮、難逮。

內

奴對切。村內、海內、室內、塵內、方寸內、百年內。

輩

補妹切。我輩、兒輩、少年輩、桃李輩、浮華輩。

配

滂佩切。失配、巧配。

背

蒲妹切。田背、炙背、荷背、汗沾背、梅花背、遠帆背、斜日背。

潰

胡對切。悲潰、冰雪潰。

誨

呼內切。自誨、高誨。

晦

竹晦、野晦、霧晦、白日晦、百草晦、秋山晦、長煙晦。

配 滂佩切。失配、巧配。

錞徒對切 **瑇** **碓**都內切 **敦** **耒**盧對切 **背**補妹切

妃滂佩切 **琲**蒲妹切 **悖** **焙** **邶** **妹**莫佩切 **痗**

瑁 **誶**蘇對切 **倅**取內切 **淬** **晬**祖對切 **繢**

塊苦對切 **憒**古對切

【對偶】

韋莊訴衷情：倚蘭橈，垂玉珮。李煜更漏子：紅燭背，綉帷垂。

（廢）

廢 放吠切【都廢】柳永玉山枕：便爭奈，雅歌都廢。【盡廢】柳永郭郎兒近拍：新詩小闋，等閒都盡廢。

肺 芳廢切。心肺、肝肺、愁肺、詩肺。

吠 房廢切。哇吠、鳴吠、逐鞍吠、隔花吠。

祓放吠切 **乂**魚肺切 **刈** **穢**烏廢切 **濊** **喙**許穢切

第四部

平聲 九魚十虞十一模通用

（魚）

魚 牛居切【金魚】張先醉垂鞭：酒面灔金魚。【溪魚】辛棄疾行香子：白露園蔬，碧水溪魚。【雙魚】晏幾道生查子：深意託雙魚。【倒佩魚】孫光憲浣溪沙：烏帽斜欹倒佩魚。

虛 休居切【清虛】周邦彥鶴沖天：謝家池畔正清虛。【庭院虛】秦觀阮郎歸：深沉庭院虛。

歔 【欷歔】柳永木蘭花令：暗想歡遊，成往事，動欷歔。

居 斤於切【訪仙居】孫光憲浣溪沙：靜街偸步訪仙居。

渠 求於切【闕渠】辛棄疾水調歌頭：青衫畢竟升斗，此意正闕渠。【獨憐渠】辛棄疾水調歌頭：淚落獨憐渠。

蕖 【芙蕖】周邦彥鶴沖天：香散嫩芙蕖。

胥 新於切【華胥】周邦彥浣溪沙：早教幽夢到華胥。

疏 山於切【生疏】孫光憲浣溪沙：得人憐處且生疏。【扶疏】辛棄疾六州歌頭：食無魚，愛扶疏。【月疏疏】李清照浣溪沙：淡雲來往月疏疏。【故人疏】辛棄疾水調歌頭：二三子者愛我，此外故人疏。【語密情疏】辛棄疾漢宮春：歎相逢，語密情疏。【霜樹紅疏】柳永木蘭花慢：漸素景衰殘，風砧韻響，霜樹紅疏。

梳 【慵梳】柳永錦堂春：墜髻慵梳。【月犨瓊梳】吳文英醉蓬萊：月犨瓊梳，冰銷粉汗，南花薰透。

書 商居切【殘書】辛棄疾行香子：小窗高臥，風展殘書。【詩書】辛棄疾清平樂：男兒玉帶金魚，能消幾許詩書。【一行書】晁沖之臨江仙：別來不寄一行書。【古人書】辛棄疾水調歌頭：萬鍾於我何有？不負古人書。【阻音書】柳永木蘭花令：見新雁過，奈佳人自別阻音書。【報捷書】蘇軾南鄉子：喜子垂窗報捷書。【雁傳書】秦觀阮郎歸：衡陽猶有雁傳書。【數行書】辛棄疾江神子：今代故交新貴後，渾不寄，數行書。【種樹書】辛棄疾鷓鴣天：都將萬字平戎策，換得東家種樹書。【壁間書】孫光憲浣溪沙：低頭羞問壁間書。

舒

【待酒舒】晏幾道阮郎歸：愁腸待酒舒。

初

楚居切【不如初】晁沖之臨江仙：猶道不如初。【不似初】晏幾道生查子：只恐多時不似初。【乍晴初】周邦彥鶴沖天：梅雨乍晴初。【破寒初】秦觀阮郎歸：湘天風雨破寒初。【晚晴初】柳永木蘭花慢：倚危樓佇立，乍蕭索，晚晴初。【渡江初】辛棄疾鷓鴣天：錦襜突騎渡江初。【落梅初】李清照浣溪沙：晚風庭院落梅初。【斷腸初】秦觀阮郎歸：人人盡道斷腸初。

如

入余切【定何如】晁沖之臨江仙：相思休問定何如。【意何如】辛棄疾水調歌頭：別去意何如。【醉何如】辛棄疾西江月：昨夜松邊醉倒，問松我醉何如。

除

陳如切【驅除】秦觀玉樓春：閒愁多仗酒驅除。【歲又除】秦觀阮郎歸：崢嶸歲又除。

廬

凌如切【吾廬】辛棄疾行香子：聽風聽雨，吾愛吾廬。【茅廬】辛棄疾鷓鴣天：溪南修行有茅廬。【精廬】辛棄疾漢宮春：心似孤僧，更茂林修竹，山上精廬。【醉瓜廬】辛棄疾卜算子：夜雨醉瓜廬。

予

羊諸切【愁予】辛棄疾六州歌頭：只三事，太愁予。辛棄疾菩薩蠻：江晚正愁予。

歟

【悲歟】姜夔漢宮春：只今倚闌一笑，然則非歟。【歸歟】姜夔漢宮春：雲曰歸歟，縱垂天曳曳，終反衡廬。【賦歸歟】辛棄疾江神子：一自梅花開了後，長怕說賦歸歟。

輿

【籃輿】辛棄疾漢宮春：兒童認得，前度過者籃輿。

餘

【恨有餘】薛昭蘊浣溪沙：傾國傾城恨有餘。【春雨餘】秦觀阮郎歸：梨花春雨餘，【歲寒餘】辛棄疾水調歌頭：剩有四時柯葉，霜雪歲寒餘。

漁

牛居切。溪漁、樂漁、樵漁、觀漁、武陵漁、野老漁、溪可漁、漁父漁。

墟 丘於切。丘墟、村墟、林墟、故墟、郊墟、廢墟、牛斗墟、烏雀墟。

車 斤於切。戎車、同車、征車、香車、雲車、飛車、玉人車、故人車、雨隨車、遊春車。

蔬 山於切。山蔬、春蔬、珍蔬、野蔬、新蔬、園蔬、半畦蔬。

鋤 牀魚切。不鋤、自鋤、春鋤、烟鋤、荷鋤、雨後鋤、侵曉鋤、帶月鋤、踏雪鋤。

閭 凌如切。井閭、田閭、門閭、倚閭、鄉閭、舊閭。

驢 小驢、策驢、蹇驢、騎驢、繫驢、倒騎驢、雪中驢、踏雪驢、醉騎驢。

於衣虛切 淤 噓休居切 袪邱於切 胠 祛

据斤於切 裾 琚 蘧求於切 籧 鐻 璩

醵 湑新於切 稰 蝑 疽千餘切 蛆 雎

狙 趄 沮 岨 苴子余切 且 罝

徐詳余切 䟽山於切 紓 菹臻魚切 諸專於切 藷

耡牀魚切 駔 蜍常如切 茹入余切 洳 豬張如切

瀦 攄抽居切 摴 樗 儲陳如切 躇 滁

臚凌如切 櫚 余羊諸切 譽 妤 畬 璵

歟

【對偶】

歐陽修南歌子：鳳髻金泥帶，龍紋玉掌梳。歐陽修南歌子：弄筆偎人久，描花試手初。

（虞）

愚 元俱切【一味愚】蘇軾南鄉子：占得人間一味愚。

隅 【向隅】秦觀阮郎歸：有人偷向隅。【庭隅】辛棄疾六州歌頭：晨來問疾，有鶴止庭隅。

盂 雲俱切【盤盂】辛棄疾鷓鴣天：濃紫深紅一畫圖，中間更著玉盤盂。

竽 【鼓瑟吹竽】辛棄疾漢宮春：歲云暮矣，問何不鼓瑟吹竽。

汙 【塵汙】吳文英掃花遊：濺行裙更惜，鳳鈎塵汙。

盱 句于切【睢盱】蘇軾浣溪沙：黃童白叟聚睢盱。

紆 邕俱切【縈紆】柳永木蘭花慢：寸腸萬恨縈紆。

衢 其俱切【雲衢】柳永木蘭花慢：雲衢，見新雁過，奈佳人自別阻音書。

膚 風無切【雪肌膚】薛昭蘊浣溪沙：倚風凝睇雪肌膚。

夫 【工夫】柳永鬬百花：拋擲鬬草工夫。【擁萬夫】辛棄疾鷓鴣天：壯歲旌旗擁萬夫。

扶 馮無切【倩人扶】晏幾道虞美人：醉後滿身花影倩人扶。【紅袖爭扶】辛棄疾清平樂：料得今宵醉也，兩行紅袖爭扶。【憑仗相扶】蘇軾減字木蘭花：憑仗相扶，誤入仙家碧玉壺。

鳧 【水中鳧】辛棄疾水調歌頭：昂昂千里，泛泛不作水中鳧。

無 微夫切【去得無】蘇軾減字木蘭花：便逐鴟夷去得無。【任有無】馮延巳金錯刀：身外功名任有無。【和雁無】秦觀阮郎歸：郴陽和雁無。【書有無】辛棄疾菩薩蠻：木葉下平湖，雁來書有無。【腸已無】秦觀阮郎歸：那堪腸已無。【落花無】晁沖之臨江仙：管得落花無。

蕪 【平蕪】薛昭蘊浣溪沙：越王宮殿半平蕪。柳永木蘭花慢：縱凝望處，但斜陽暮靄滿平蕪。【煙蕪】柳永鬬百花：池塘淺蘸煙蕪。

鬚 相俞切【梅鬚】蘇軾浣溪沙：清香細細嚼梅鬚。【白髭鬚】辛棄疾鷓鴣天：春風不染白髭鬚。

萸 山芻切【茱萸】蘇軾西江月：酒闌不必看茱萸。

樞 昌朱切【紫樞】辛棄疾水調歌頭：左黃閣，右紫樞。

芻 窗俞切【青芻】辛棄疾行香子：白飯青芻。

珠 章俱切【綠珠】蘇軾南鄉子：一斛明珠換綠珠。【滄海珠】辛棄疾生查子：誰傾滄海珠。【萬斛珠】辛棄疾鷓鴣天：山上飛泉萬斛珠。【淚落如珠】柳永鬬百花：重陽淚落如珠。

襦 汝朱切【羅襦】周邦彥浣溪沙：不辭泥雨濺羅襦。【繡羅襦】溫庭筠菩薩蠻：新貼繡羅襦。

廚 重株切【紗廚】周邦彥鶴沖天：白角簟，碧紗廚。

躕 【踟躕】柳永木蘭花慢：凭闌盡日踟躕。秦觀阮郎歸：紅妝飲罷少踟躕。

榆 容朱切【桑榆】蘇軾浣溪沙：夢魂東去覓桑榆。

臾 【須臾】蘇軾瑞鷓鴣：獨求僧榻寄須臾。姜夔漢宮春：大夫仙去，笑人間，千古須臾。【花從臾】秦觀玉樓春：春思不禁花從臾。

娛 元俱切。可娛、自娛、相娛、淸娛、歡娛、入耳娛、山水娛、丘壑娛、松竹娛、林野娛、琴書娛、聲色娛。

驅 虧于切。先驅、長驅、並驅、馳驅、齊驅、日月驅、征馬驅、紅塵驅、絕塵驅。

符 馮無切。契符、桃符、祥符、嘉符、心相符、自然符、雨霽符、鬱壘符。

殊 慵朱切。不殊、性殊、事殊、萬殊、古今殊、仙凡殊、志業殊、風月殊、俯仰殊、寒暑殊。

株 追輸切。一株、千株、老株、枯株、幾株、萬株、兩三株、花滿株、傲霜株。

腴 容朱切。山腴、花腴、芳腴、珍腴、雲腴、詩腴、明月腴、美且腴、稻苗腴、曉露腴。

虞 元俱切 禺 嵎 喁 于 雲俱切 迂 雩

杅 訏 匈于切 吁 昫 姁 區 虧于切 嶇
摳 軀 拘 恭于切 眗 跔 俱 駒 峋
痀 約 劬 其俱切 癯 瞿 氍 枸
敷 芳無切 孚 麩 稃 桴 孚 俘 紨
痡 趺 風無切 玞 柎 苻 馮無切 芙 夫
泭 毋 微夫切 巫 誣 膴 須 相俞切 需
繻 趨 逡須切 諏 子于切 輸 式朱切 毹 山芻切
朱 章俱切 邾 侏 袾 硃 㑳 莊俱切 銖 慵朱切
殳 洙 雛 崇芻切 儒 汝朱切 濡 繻 嚅
孺 誅 追輸切 蛛 姝 貙 椿俱切 踰 㡏 重株切
婁 龍朱切 鏤 瘻 俞 容朱切 逾 渝 愉
覦 窬 瑜 瘐 諛

【對偶】
薛昭蘊浣溪沙：吳主山河空落日，越王宮殿半平蕪。　秦觀阮郎歸：揮玉筯，灑眞珠。

（模）

鋪 滂模切【水平鋪】秦觀阮郎歸：瀟湘門外水平鋪。

蘇 孫租切【泣姑蘇】薛昭蘊浣溪沙：幾多紅淚泣姑蘇。【臥流蘇】馮延巳金錯刀：高燒銀燭臥流蘇。【酒未蘇】辛棄疾鷓鴣天：國色朝酣酒未蘇。【麥未蘇】蘇軾浣溪沙：覆塊青青麥未蘇。【掩流蘇】李清照浣溪沙：朱櫻斗帳掩流蘇。

酥 【如酥】蘇軾減字木蘭花：微雨如酥。【香酥】蘇軾浣溪沙：自然冰玉照香酥。【染透酥】辛棄疾鷓鴣天：更點胭脂染透酥。

徂 昨胡切【清夜徂】秦觀阮郎歸：迢迢清夜徂。

途 同都切【歸途】柳永木蘭花慢：歸途，縱凝望處，但斜陽暮靄滿平蕪。

塗 【泥塗】辛棄疾六州歌頭：被山頭急雨，耕壟灌泥塗。

圖 【畫圖】辛棄疾鷓鴣天：濃紫深紅一畫圖。【百子圖】辛棄疾鷓鴣天：來看紅衫百子圖。【教陣圖】辛棄疾鷓鴣天：却似吳宮教陣圖。【輞川圖】辛棄疾行香子：看北山移、盤谷序、輞川圖。

屠 【浮屠】辛棄疾鷓鴣天：閒略彴，遠浮屠。

盧 落胡切【夜呼盧】晏幾道浣溪沙：牀前紅燭夜呼盧。

鑪 【鵲尾鑪】蘇軾瑞鷓鴣：夾岸青煙鵲尾鑪。

鱸 【烹鱸】辛棄疾漢宮春：荻花深處喚兒童，吹火烹鱸。

壺 洪孤切【碧玉壺】蘇軾減字木蘭花：誤入仙家碧玉壺。

糊 【錦模糊】辛棄疾鷓鴣天：香瀲灩，錦模糊。

湖 【平湖】辛棄疾菩薩蠻：木葉下平湖。【江湖】辛棄疾江神子：而今別恨滿江湖。晁沖之臨江仙：月明好渡江湖。【重湖】薛昭蘊浣溪沙：藕花菱蔓滿重湖。【月滿湖】蘇軾減字木蘭花：良夜清風月滿湖。

孤

攻乎切【征棹孤】秦觀阮郎歸：月寒征棹孤。【恁輕孤】柳永木蘭花慢：念對酒當歌，低幃並枕，翻恁輕孤。【旅魂孤】秦觀阮郎歸：鄉夢斷，旅魂孤。【鳳枕孤】晏幾道生查子：昨夜歸來鳳枕孤。【翠峯孤】張先醉垂鞭：平湖曉，翠峯孤。【與不孤】馮延巳金錯刀：鷗鷺何猜與不孤。

姑

【采桑姑】蘇軾浣溪沙：歸家說與采桑姑。【金僕姑】辛棄疾鷓鴣天：漢箭朝飛金僕姑。

鴣

【鷓鴣】辛棄疾菩薩蠻：江晚正愁予，山深聞鷓鴣。【金鷓鴣】溫庭筠菩薩蠻：雙雙金鷓鴣。溫庭筠更漏子：畫屏金鷓鴣。

枯

空胡切【未肯枯】李清照瑞鷓鴣：玉骨冰肌未肯枯。

呼

荒胡切【相呼】柳永夜半樂：更聞商旅相呼。姜夔漢宮春：扁舟夜泛，猶疑鳥相呼。【笑喧呼】馮延巳金錯刀：佳人歡飲笑喧呼。

吾

訛胡切【歎今吾】辛棄疾鷓鴣天：追往事，歎今吾。

鼯

【鼪鼯】辛棄疾鷓鴣天：懸崖千丈落鼪鼯。

烏

汪胡切【啼烏】蘇軾瑞鷓鴣：城頭月落尚啼烏。辛棄疾漢宮春：君不見，五亭謝館，冷煙寒樹啼烏。【起城烏】溫庭筠更漏子：驚塞雁，起城烏。

浮

房逋切【沈浮】張耒風流子：空恨碧雲離合，青鳥沈浮。【水紋浮】張先更漏子：簾額動，水紋浮。

蒲

薄胡切。江蒲、芳蒲、烟蒲、寒蒲、碧蒲、月映蒲、池中蒲、朝露蒲、漱清蒲。

艫

落胡切。千艫、行艫、舟艫、征艫、釣艫、舳艫、繫歸艫。

蘆

秋蘆、殘蘆、寒蘆、新蘆、舟繫蘆、雪色蘆、雪點蘆、雪覆蘆、雪灑蘆。

奴

農都切。念奴、花奴、美奴、仙家奴、名利奴、錦衣奴。

瑚

洪孤切。玉瑚、珊瑚。

酤

攻乎切。村酤、芳酤、清酤、舊酤、不用酤、夜夜酤、烏催酤。

沽 自沽、共沽、求沽、待沽、不須沽、有酒沽、待價沽、踏雪沽。

梧 訛胡切。井梧、秋梧、孤梧、高梧、庭梧、碧梧、朝陽梧、鳴鳳梧。

模蒙晡切 摹 謨 膜 嫫 獏 逋奔模切

晡 餔 莆薄胡切 麤聰徂切 租宗蘇切 殂昨胡切

阼 都東徒切 稌通都切 徒同都切 鍍 荼 瘏

菟 鑪落胡切 壚 顱 瀘 轤 鸕

拏農都切 帑 駑 笯 胡洪孤切 乎 瓠

葫 餬 醐 弧 狐 猢 鶘 辜攻乎切

觚 菰 呱 蛄 刳空胡切 骷 謼荒胡切

滹 吳訛胡切 鼯 蜈 洿汪胡切 杇 鴮

嗚 鄔

【對偶】

辛棄疾鷓鴣天：五花結隊香如霧，一朵傾城醉未蘇。 辛棄疾鷓鴣天：先裁翡翠裝成蓋，更點胭脂染透酥。 晏幾道浣溪沙：戶外綠楊春繫馬，牀前紅燭夜呼盧。 周邦彥解語花：風銷焰蠟，露浥烘爐。 辛棄疾鷓鴣天：香瀲灩，錦模糊。 蘇軾西江月：點點樓頭細雨，重重江外平湖。 秦觀阮郎歸：鄉夢斷，旅魂孤。 辛棄疾鷓鴣天：燕兵夜娖銀胡䩮，漢箭朝飛金僕姑。 溫庭筠更漏子：驚塞雁，起城烏。

仄聲 八語九噳十姥九御十遇十一暮通用

(語) 以下上聲

語 偶擧切【共語】廖世美燭影搖紅：記當日，朱欄共語。【好語】姜夔石湖仙：聞好語，明年定在槐村。【低語】柳永傾杯：頻耳畔低語。【言語】柳永甘草子：念粉郎言語。【私語】姜夔齊天樂：淒淒更聞私語。【夜語】張元幹賀新郎：回首對牀夜語。吳文英宴清都：暗殿鎖秋燈夜雨。【祕語】柳永玉樓春：萬乘凝旒聽祕語。【浪語】晁補之摸魚兒：功名浪語。【笑語】周邦彥瑞龍吟：盈盈笑語。【閑語】溫庭筠思帝鄉：迴面共人閑語。【無語】柳永竹馬子：贏得消魂無語。柳永鵲橋仙：慘愁顏、斷魂無語。【傳語】姜夔夜行船：倩誰傳語。【解語】姜夔醉吟商小品：一點芳心休訴，琵琶解語。【燕語】周邦彥垂絲釣：梁間燕語。【簷語】周邦彥蘇幕遮：侵曉窺簷語。【難語】姜夔清波引：故人知否？抱幽恨難語。【人無語】李煜菩薩蠻：畫堂晝寢人無語。【休謾語】馮延巳鵲踏枝：夜夜夢魂休謾語。【向人語】秦觀夜遊宮：巧燕呢喃向人語。【共花語】辛棄疾賀新郎：重喚酒，共花語。【共誰語】辛棄疾賀新郎：空壹鬱，共誰語。【同誰語】柳永采蓮令：萬般方寸，但飲恨，脈脈同誰語。【如簧語】柳永黃鶯兒：葉映如簧語。【低低語】李煜蝶戀花：誰在秋千笑裏低低語。【花下語】張先怨春風：今夜掩妝花下語。【花不語】歐陽修蝶戀花：淚眼問花花不語。【花解語】韋莊清平樂：雲解有情花解語。【花藏語】柳永木蘭花：玲瓏繡扇花藏語。【枝上語】辛棄疾玉樓春：聽取鳴禽枝上語。【青春語】吳文英生查子：夢想青春語。【夜深語】柳永過澗歇近：兩兩舟人夜深語。【哀絃語】晏幾道生查子：試託哀絃語。【呢喃語】辛棄疾生查子：今年燕子來，誰聽呢喃語。【春不語】辛棄疾摸魚兒：怨春不語。【春鶯語】歐陽修生查子：雁柱十三絃，一一春鶯語。【周遭語】李元膺鷓鴣天：燕驚午夢周遭語。【高人語】辛棄疾菩薩蠻：青山欲共高人語。【相思語】辛棄疾菩薩鑾：錦書誰寄相思語。【風前語】吳文英點絳脣：無限新愁，難對風前語。【留春語】馮延巳虞美人：宛轉留春語。晏幾道菩薩蠻：鸎啼似作留春語。【笑相語】柳永夜半樂：避行客，含羞笑相語。【鬥雙語】柳永夜半樂：度綺燕，流鶯鬥雙語。【黃鶯語】韋莊應天長：綠槐陰裏黃鶯語。韋莊菩薩蠻：絃上黃鶯語。【黃鸝語】韋莊清平樂：花折香枝黃鸝語。【羞人語】辛棄疾念奴嬌：欲笑還愁羞不語。【無人語】溫庭筠菩薩蠻：重門悄悄無人語。【琵琶語】吳文英燭影搖紅：夜深檐影琵琶語。【殘蛩語】吳文英霜葉飛：夜冷殘蛩語。【愁不語】馮延巳謁金門：翠娥愁不語。【愁獨語】歐陽修玉樓春：高樓把酒愁獨語。【慵不語】馮延巳南鄉子：閒蹙黛眉慵不語。【夢中語】辛棄疾祝英臺令：羅帳燈昏，嗚咽夢中語。【輕輕語】柳永祭天神：憶綉衾相向輕輕語。【撩亂語】馮延巳醉花間：林雀歸棲撩亂語。【嬌欲語】魏夫人菩薩蠻：荷花嬌欲語。晏幾道蝶戀花：照影弄妝嬌欲語。【嬌鶯語】秦觀念奴嬌：調弄嬌鶯語。【調嬌語】柳永女冠子：黃鸝葉底，羽毛重整，方調嬌語。【鴛鴦語】毛文錫應天長：平江波暖鴛鴦語。【頻獨語】馮延巳鵲踏枝：淚眼倚樓頻獨語。【還獨語】蘇軾謁金門：夜闌還獨語。【雙燕語】秦觀蝶戀花：曉日窺軒雙燕語。【騷人語】賀鑄芳心苦：依依似與騷人語。【鶯兒語】王安國清平樂：留春不住，費盡鶯兒語。【鶯解語】張先天仙子：有情寧不憶西園，鶯解語。【鶯燕語】柳永西平樂：台榭好，鶯燕語。【鶯鶯語】韋莊河傳：玉鞭魂斷煙霞路。鶯鶯語。【靈鵲語】馮延巳鵲踏枝，祇喜牆頭靈鵲語。

許

喜語切【如許】姜夔念奴嬌：我醉欲眠伊伴我，一枕涼生如許。【何許】韋莊歸國遙：南望去程何許。柳永擁鼻吟：回首不見高城，青樓更何許。姜夔點絳脣：今何許？凭闌懷古。【相許】柳永繫梧桐：定是都把平生相許。柳永迷仙引：席上尊前，王孫隨分相許。【曾許】柳永受恩深：要上金尊，惟有詩人曾許。【幾許】李清照永遇樂：春意知幾許。吳文英水龍吟：嚴更清夢，思懷幾許。【空自許】晏幾道蝶戀花：朝落暮開空自許。【花幾許】晏幾道蝶戀花：殘杏枝頭花幾許。【能幾許】馮延巳鵲踏枝：煩惱韶光能幾許。柳永思歸樂：晚歲光陰能幾許。周邦彥掃地花：春事能幾許。【深幾許】歐陽修蝶戀花：庭院深深深幾許。【都幾許】秦觀蝶戀花：屈指艷陽都幾許。賀鑄青玉案：試問閒愁都幾許。【悲如許】辛棄疾踏莎行：當年宋玉悲如許。【愁幾許】馮延巳醉花間：雙眉愁幾許。

擧

苟許切【先擧】柳永御街行：六樂舜韶先擧。【風擧】吳文英水龍吟：思飄颻，躍仙風擧。【袖擧】柳永夜半樂：絳綃袖擧。【高擧】柳永夜半樂：片帆高擧。【盛擧】柳永永遇樂：且乘閒，孫閣長開，融尊盛擧。【輕擧】毛文錫應天長：羅袂從風輕擧。柳永引駕行：西風片帆輕擧。周邦彥荔枝香近：心逐片帆輕擧。【遙擧】柳永洞仙歌：芳樹外，閃閃酒旗遙擧。【片帆擧】柳永迷神引：波急隋堤遠，片帆擧。【風荷擧】周邦彥蘇幕遮：水面清圓，一一風荷擧。【欲飛擧】張元幹賀新郎：風浩蕩，欲飛擧。【輕鷗擧】蘇軾漁父：漁父笑，輕鷗擧。【龍蟠鳳擧】蘇軾水龍吟：人間自有赤城居士，龍蟠鳳擧。

炬

臼許切【蜜炬】周邦彥荔枝香近：共剪西窗蜜炬。【寶炬】蘇軾殢人嬌：百子流蘇，千枝寶炬。【紅蜜炬】吳文英水龍吟：春葱剪，紅蜜炬。

醑

寫與切【香醑】柳永歸去來：餘酲更不禁香醑。【綠醑】蘇軾謁金門：孤負金尊綠醑。

序

象呂切【失序】吳文英永遇樂：捲沙風急，驚雁失序。【氣序】柳永訴衷情近：漸入清和氣序。【時序】柳永竹馬子：殘蟬噪晚，素商時序。

緒

【情緒】張先山亭宴：總莫似，當筵情緒。柳永雪梅香：動悲秋情緒。周邦彥芳草渡，似痴似醉，暗惱損，凭闌情緒。【無緒】柳永雨霖鈴：都門帳飲無緒。晏幾道解佩令：團扇無緒。【意緒】周邦彥瑞龍吟：傷離意緒。【愁緒】周邦彥南浦：煙波上，黃昏萬斛愁緒。陸游釵頭鳳：一懷愁緒。【離緒】柳永采蓮令：貪行色，豈知離緒。吳文英霜葉飛：斷煙離緒。【千萬緒】李煜蝶戀花：一片芳心千萬緒。【山無緒】歐陽修洛陽春：斂眉山無緒。【多情緒】晏幾道梁州令：南樓楊柳多情緒。【春蠶緒】張先怨春風：緜緜恨似春蠶緒。【春情緒】柳永西平樂：脈脈春情緒。【渾無緒】馮延巳鵲踏枝：香印成灰，起坐渾無緒。【無情緒】秦觀蝶戀花：起步花闌，更覺無情緒。【無意緒】毛滂惜分飛：斷雨殘雲無意緒。【傷心緒】秦觀夜遊宮：況是傷心緒。【千愁萬緒】柳永女冠子：無端惹起，千愁萬緒。【寸腸萬緒】柳永鵲橋仙：此際寸腸萬緒。【別愁紛緒】廖世美燭影搖紅：塞鴻難問，岸柳何窮，別愁紛緒。【盈盈無緒】柳永傾杯：慘黛蛾盈盈無緒。【離情別緒】柳永晝夜樂：何期小會幽歡，變作離情別緒。

嶼

嶼。

【驚島嶼】晁補之迷神引：猿鳥一時啼，驚島嶼。

阻

壯所切【睽阻】柳永女冠子：因循忍使睽阻。秦觀夜遊宮：念個人，又成睽阻。【千山阻】葉夢得賀新郎：送孤鴻，目斷千山阻。【向期阻】柳永迷神引：倏忽年華改，向期阻。【嗟久阻】柳永二郎神：應是星娥嗟久阻。【歸期阻】柳永夜半樂：慘離懷，空恨歲晚，歸期阻。【歸程阻】柳永洞仙歌：繁華地，歸程阻。

俎

【尊俎】姜夔法曲獻仙音：湖山盡入尊俎。【濺俎】周邦彥掃地花：淚珠濺俎。

楚

掓所切【翹楚】辛棄疾賀新郎：五郎健筆誇翹楚。【迢迢巴楚】李珣河傳：去去，何處迢迢巴楚。

暑

賞呂切【炎暑】柳永女冠子：遲遲永日炎暑。柳永過澗歇近：九衢塵裏，衣冠冒炎暑。【清暑】劉克莊賀新郎：午風清暑。【煩暑】柳永竹馬子：雄風拂檻，微收煩暑。【溽暑】周邦彥蘇幕遮：消溽暑。【偏宜暑】晁補之黃鶯兒：南園佳致偏宜暑。【催殘暑】張元幹賀新郎：涼生岸柳催殘暑。【澄襟暑】辛棄疾賀新郎：快江風，一瞬澄襟暑。【一年殘暑】蘇軾謁金門：斷送一年殘暑。【一簾煩暑】辛棄疾御街行：好風吹雨過山來，吹盡一簾煩暑。

鼠

【飢鼠】辛棄疾清平樂：遶牀飢鼠。

黍

【離黍】張元幹賀新郎：故宮離黍。【成炊黍】吳文英杏花天：幽歡一夢成炊黍。

渚

掌與切【汀渚】周邦彥南浦：衡皋迥，斜纖蕙蘭汀渚。【江渚】柳永夜半樂：扁舟一葉，乘興離江渚。葉夢得賀新郎：江南夢斷橫江渚。【別渚】辛棄疾鵲橋仙：白沙遠浦，青泥別渚。【煙渚】柳永竹馬子：登孤壘荒涼，危亭曠望，靜臨煙渚。張元幹賀新郎：月流煙渚。【遠渚】毛文錫應天長：漁燈明遠渚。【翠渚】吳文英宴清都：長虹夢入仙懷，便洗日、銅華翠渚。【光流渚】晁補之摸魚兒：一川夜月光流渚。【花滿渚】李煜漁父：花滿渚，酒滿甌。【凌雲渚】廖世美燭影搖紅：畫樓森聳凌雲渚。

杵

敞呂切【砧杵】賀鑄伴雲來：不眠思婦，齊應和幾聲砧杵。

佇

丈呂切【延佇】秦觀念奴嬌：倚闌半餉延佇。【凝佇】辛棄疾賀新郎：為徙倚，闌干凝佇。

苧

【侵半苧】吳文英鶯啼序：危亭望極，草色天涯，歎鬢侵半苧。【歌白苧】張先天仙子：清夜為君歌白苧。

杼

【機杼】姜夔齊天樂：正思婦無眠，起尋機杼。【河漢鳴杼】吳文英繞佛閣：星媛夜織，河漢鳴杼。

竚

【凝竚】柳永鵲橋仙：但黯然凝竚。柳永竹馬子：憑高盡入凝竚。【閒凝竚】柳永安公子：短檣吟倚閒凝竚。柳永夜半樂：芳郊澄朗閒凝竚。【黯凝竚】周邦彥瑞龍吟：黯凝竚，因念箇人痴小，乍窺門戶。

泞

【淡泞】柳永受恩深：黃花開淡泞。

膂

兩舉切【憑心膂】柳永永遇樂：漢守分麾，堯庭請瑞，方面憑心膂。

旅

【孤旅】周邦彥解蹀躞：夜寒霜月，飛來伴孤旅。【羈旅】柳永安公子：遊宦成羈旅。周邦彥南浦：甚頓作天涯，經歲羈旅。姜夔玲瓏四犯：漫贏得天涯羈旅。

侶

【仙侶】周邦彥芳草渡：昨夜裏，又再宿桃源，醉邀仙侶。【伴侶】柳永迷仙引：永棄却，煙花伴侶。柳永西平樂：奈阻隔，尋芳伴侶。【為侶】姜夔念奴嬌：記來時，嘗與鴛鴦為侶。【鴛侶】柳永傾杯：最苦正歡娛，便分鴛侶。周邦彥尉遲盃：有何人、念我無憀，夢魂凝想鴛侶。【儔侶】柳永思歸樂：想得盡、高陽儔侶。姜夔喜遷鶯慢：列仙更教誰做，一院雙成儔侶。【神仙侶】馮延巳采桑子：昭陽記得神仙侶。歐陽修玉樓春：聞琴解佩神仙侶。【無伴侶】韋莊歸國遙：單栖無伴侶。【愁無侶】柳永甘草子：池上凭闌愁無侶。【鴛鴦侶】歐陽修漁家傲：葉籠花罩鴛鴦侶。【羲皇侶】晁補之黃鶯兒：陶潛做得羲皇侶。【諧鴛侶】柳永女冠子：略曾諧鴛侶。【詩朋酒侶】柳永歸去來：持杯謝，酒朋詩侶。【彩鸞仙侶】蘇軾殢人嬌：元來便是，共彩鸞仙侶。

女

碾與切【春女】韋莊河傳：錦浦春女。【遊女】韋莊清平樂：何處遊女。柳永夜半樂：岸邊兩兩三三，浣溪遊女。【天台女】李煜菩薩蠻：蓬萊院閉天台女。【如花女】柳永歸去來：憑杖如花女。【沙上女】歐陽炯南鄉子：水上遊人沙上女。【吹簫女】李煜謝新恩：秦樓不見吹簫女。【河漢女】蘇軾漁家傲：皎皎牽牛河漢女。【凌波女】晏幾道蝶戀花：舊識凌波女。【採蓮女】毛文錫應天長：愁殺採蓮女。【清歌女】張先天仙子：清歌女，憑仗東風教點取。【深殿女】辛棄疾定風波：前殿羣臣深殿女。【誰家女】辛棄疾玉樓春：三三兩兩誰家女。

與

演女切【天與】柳永擊梧桐：雅格奇容天與。【付與】秦觀念奴嬌：儘把韶華付與。【容與】姜夔石湖仙：容與，看世間幾度今古。【寄與】賀鑄擁鼻吟：斷腸新句，粉碧羅牋，封淚寄與。【將與】姜夔卜算子：因向凌風臺下看，心事還將與。【說與】柳永浪淘沙：輕輕細說與。【漫與】姜夔齊天樂：別有傷心無數，豳詩漫與。【誰與】柳永迷神引：遙夜香衾暖，算誰與。【從嫁與】溫庭筠南歌子：不如從嫁與，作鴛鴦。【盡天與】柳永鶴沖天：細香明艷盡天與。【韶光與】柳永黃鶯兒：都把韶光與。

處

敞呂切。久處、客處、野處、偶處、棲處、靜處、獨處。

墅

上與切。山墅、村墅、故墅、幽墅、烟墅、野墅、溪墅、西山墅、處士墅、華亭墅。

齬偶舉切　圄　圉　禦　敔　滸喜語切　去口舉切

莒苟舉切　巨臼許切　拒　距　虡　鉅　詎

糈寫與切　湑　蝑　苴子與切　疽　敘象呂切　漵

鱮　咀在呂切　沮　所爽阻切　詛壯所切　礎

齭狀所切　紓上與切　抒　汝忍與切　茹　貯展呂切

著 楮丑呂切 褚 宁丈呂切 呂兩舉切 予演女切

（噳）

詡 火羽切【方煦】柳永迷神引：淡月映煙方煦。【春融日煦】張先山亭宴慢：藹和氣，春融日煦。

羽 玉矩切【如羽】吳文英喜遷鶯：輕送年華如羽。【迅羽】吳文英霜葉飛：縱玉勒，輕飛迅羽。【青羽】吳文英宴清都：隔江雲起，暗飛青羽。【蝶羽】周邦彥蝶戀花：芳遣郎身如蝶羽。【翠羽】周邦彥垂絲釣：縷金翠羽。【調羽】溫庭筠定西番：海燕欲飛調羽。【金翠羽】韋莊菩薩蠻：琵琶金翠羽。【憑鱗羽】柳永傾杯：從今盡把憑鱗羽。【雙翠羽】韋莊歸國遙：恨無雙翠羽。張先怨春風：但願羅衣，化作雙飛羽。【金風翠羽】吳文英古香慢：夢飛過，金風翠羽。

雨 【又雨】柳永西平樂：時節輕寒乍暖，天氣才晴又雨。【花雨】柳永鬥百花：空鎖滿庭花雨。周邦彥驀山溪：平康巷陌，往事如花雨。【紅雨】歐陽修桃源憶故人：寂寂花飄紅雨。【風雨】韋莊應天長：夜夜綠窗風雨。【春雨】韋莊清平樂：綠楊春雨。【香雨】蘇軾桃源憶故人：幾點薔薇香雨。【風雨】秦觀如夢令：簾外五更風雨。秦觀河傳：一霎薄情風雨。姜夔月下笛：梅花過了，夜來風雨。【紅雨】周邦彥蝶戀花：桃花幾度吹紅雨。【飛雨】周邦彥瑞龍吟：纖纖池塘飛雨。【秋雨】姜夔念奴嬌：此時歸去，爲君聽盡秋雨。【細雨】李清照聲聲慢：梧桐更兼細雨。【淚雨】辛棄疾品令：辛苦羅巾，搵取幾行淚雨。【帶雨】廖世美燭影搖紅：晚霽波聲帶雨。【雲雨】韋莊清平樂：蜀國多雲雨。晏幾道解佩令：輕如雲雨。【殘雨】柳永女冠子：斷雲殘雨。柳永引駕行：虹收殘雨。周邦彥點絳脣：快風一瞬收殘雨。【寒雨】柳永受恩深：免憔悴東籬，冷煙寒雨。【朝雨】秦觀念奴嬌：陌頭又過朝雨。【疏雨】賀鑄人南渡：半黃梅子，向晚一簾疏雨。周邦彥芳草渡：聽碧窗風快，珠簾半卷疏雨。【攲雨】姜夔石湖仙：見說胡兒，也學綸巾攲雨。【暗雨】姜夔齊天樂：西窗又吹暗雨，爲誰頻斷續。【煙雨】韋莊河傳：何處煙雨。陸游鵲橋仙：一蓑煙雨。姜夔清波引：何時共漁艇，莫負滄浪煙雨。【微雨】姜夔側犯：微雨，正繭栗梢頭弄詩句。【暮雨】柳永迷仙引：免教人見妾，朝雲暮雨。【避雨】周邦彥掃地花：駐馬河橋避雨。【三更雨】溫庭筠更漏子：梧桐樹，三更雨。李清照添字醜奴兒：傷心枕上三更雨。【天涯雨】李廌虞美人：渺渺天涯雨。【西邊雨】劉禹錫竹枝：東邊日出西邊雨。【江樓雨】馮延巳應天長：石城花落江樓雨。【西風雨】吳文英霜葉飛：半壺秋水薦黃花，香噀西風雨。【巫山雨】韋莊河傳：一望巫山雨。【狂風雨】柳永歸去來：一夜狂風雨。【弄煙雨】辛棄疾摸魚兒：一舸弄煙雨。【低風雨】辛棄疾卜算子：紅粉靚梳妝，翠蓋低風雨。【吹急雨】辛棄疾清平樂：屋上松風吹急雨。【芭蕉雨】歐陽修生查子：深院鎖黃昏，陣陣芭蕉雨。【枕前雨】周邦彥解蹀躞：秋宵枕前雨。【紅帶雨】韋莊歸國遙：滿地落花紅帶雨。【風和雨】毛文錫應天長：蘆洲一夜風和雨。【風兼雨】李煜烏夜啼：昨夜風兼雨。【春帶雨】柳永傾杯：梨花一枝春帶雨。【星如雨】辛棄疾青玉案：更吹落，星如雨。【紅杏雨】辛棄疾滿江紅：晝永暖翻紅杏雨。【值秋雨】馮延巳應天長：繡被微寒值秋雨。【時霎雨】歐陽修漁家傲：六月炎天時霎雨。【眞珠雨】柳永甘草子：亂灑衰荷，顆顆眞珠雨。【桃花雨】周邦彥一落索：任撲面，桃花雨。【清明雨】溫庭筠菩薩蠻：愁聞一霎清明雨。【梨花雨】韋莊清平樂：滿地梨花雨。歐陽修漁家傲：胭脂淚洒梨花雨。【淚如雨】柳永迷神引：重分飛，攜纖手，淚如雨。【黃昏雨】晏幾道御街行：幾度黃昏雨。辛棄疾生查子：不見捲簾人，一陣黃昏雨。姜夔點絳脣：數峯清苦，商略黃昏雨。【寒食雨】秦觀臨江仙：花外飛來寒食雨。【啼瘴雨】李珣南鄉子：愁聽猩猩啼瘴雨。【經微雨】溫庭筠菩薩蠻：牡丹一夜經微雨。【廉纖雨】晏幾道生查子：暗作廉纖雨。【當窗雨】周邦彥荔枝香近：細響當窗雨。【催花雨】李清照點絳脣：幾點催花雨。【菰蒲雨】姜夔念奴嬌：玉容銷酒，更灑菰蒲雨。【滄海雨】吳文英齊天樂：淨洗青紅，驟飛滄海雨。【龍池雨】溫庭筠楊柳枝：晚來更帶龍池雨。【蕭蕭雨】馮延巳醉花間：簾捲蕭蕭雨。晏殊漁家傲：黃昏更下蕭蕭雨。【篷背雨】蘇庠木蘭花：客夢不禁篷背雨。【鑑湖雨】姜夔越女鏡心：傍綺閣，輕陰度，飛來鑑湖雨。【驚微雨】晏殊漁家傲：池中短棹驚微雨。【驚風雨】辛棄疾永遇樂：尋芳較晚，捲地驚風雨。【竹煙槐雨】吳文英惜秋華：奈南牆冷落，竹煙槐雨。【吟船繫雨】吳文英水龍吟：朝回勝賞，墨池香潤，吟船繫雨。【林梢更雨】吳文英杏花天：梅黃後，林梢更雨。【飛毫海雨】吳文英水龍吟：星羅萬卷，雲驅千陣，飛毫海雨。【朝雲暮雨】辛棄疾賀新郎：畫棟珠簾當日事，不見朝雲暮雨。【幾番風雨】辛棄疾摸魚兒：更能消、幾番風雨。【蛟龍雲雨】辛棄疾賀新郎：咫尺蛟龍雲雨。【亂紅如雨】秦觀點絳脣：亂紅如雨，不記來時路。

宇

【杜宇】柳永思歸樂：共君把酒聽杜宇。柳永西平樂：可堪向晚，幾聲杜宇。陸游鵲橋仙：但月夜常啼杜宇。【眉宇】柳永御街行：八彩旋生眉宇。【庭宇】柳永受恩深：雅致裝庭宇。【院宇】辛棄疾踏莎行：夜月樓臺，秋香院宇。【聞杜宇】秦觀夜遊宮：連宵雨，更那堪，聞杜宇。

舞

罔甫切【飛舞】韋莊喜遷鶯：鸞飛遶身飛舞。【風舞】周邦彥解蹀躞：面旋隨風舞。【起舞】姜夔清波引：倩誰喚，玉妃起舞。【亂舞】周邦彥芳草渡：澹暮色，看盡棲鴉亂舞。【歌舞】柳永迷仙引：初綰雲鬟，便學歌舞。柳永木蘭花：心娘自小能歌舞。【翠舞】周邦彥尉遲盃：仍慣見，珠歌翠舞。辛棄疾賀新郎：夢想珠歌翠舞。【罷舞】吳文英齊天樂：霜紅罷舞。【醉舞】吳文英齊天樂：憑虛醉舞。【千帆舞】李清照漁家傲：星河欲轉千帆舞。【回風舞】晏幾道菩薩蠻：花飛門學回風舞，【金鳳舞】韋莊應天長：畫簾垂，金鳳舞。【長袖舞】張先鳳栖梧：紅翠鬭爲長袖舞。柳永思歸樂：皓齒善歌長袖舞。【空飛舞】秦觀一落索：楊花終日空飛舞。【浪花舞】辛棄疾摸魚兒：跳魚直上，蹙踏浪花舞。【魚龍舞】辛棄疾青玉案：鳳簫聲動，玉壺光轉，一夜魚龍舞。【參差舞】姜夔點絳脣：凭闌懷古，殘柳參差舞。【鬪雞舞】辛棄疾菩薩蠻：功名君自許，少日鬪雞舞。【蝶雙舞】溫庭筠菩薩蠻：釵上蝶雙舞。【塵鸞舞】馮延巳虞美人：拂鏡塵鸞舞。【翻燈舞】辛棄疾清平樂：蝙蝠翻燈舞。【雙燕舞】辛棄疾河瀆神：惆悵畫簷雙燕舞。【冷楓紅舞】姜夔法曲獻仙音：誰念我，重見冷楓紅舞。【垂楊自舞】葉夢得賀新郎：惟有垂楊自舞。【霧吟風舞】柳永黃鶯兒：終朝霧吟風舞。【鶯吟燕舞】姜夔杏花天：金陵路，鶯吟燕舞。

嫵

【眉嫵】周邦彥法曲獻仙音：京兆眉嫵。【翠嫵】吳文英掃花遊：半掩長蛾翠嫵。【秦眉嫵】吳文英燭影搖紅：越娥青鏡洗紅埃，山門秦眉嫵。

鵡

【鸚鵡】韋莊歸國遙：惆悵玉籠鸚鵡。周邦彥荔枝香近：小檻朱籠報鸚鵡。【共鸚鵡】柳永甘草子：却傍金籠共鸚鵡。【金鸚鵡】溫庭筠南歌子：手裏金鸚鵡。【調鸚鵡】馮延巳虞美人：玉鉤鸞柱調鸚鵡。

取

此主切【記取】姜夔喜遷鶯慢：玲瓏深處，居士，閒記取。【寫取】張先破陣樂：好作千騎行春，畫圖寫取。【平分取】毛滂惜分飛：此恨平分取。

主

腫庾切【爲主】柳永迷仙引：好與花爲主。【無主】柳永女冠子，恨花無主。【誰主】吳文英古香慢：殘照誰主。【花有主】歐陽修漁家傲：牆外有樓花有主。【花無主】秦觀調笑令：玉容寂寞花無主。【春誰主】柳永黃鶯兒：園林晴晝春誰主。【乾坤主】柳永御街行：常做乾坤主。【溪山主】辛棄疾賀新郎：算何如，且作溪山主。【誰是主】李璟攤破浣溪沙：風裏落花誰是主。秦觀調笑令：舊歡新愛誰是主。【繁華主】晏幾道蝶戀花：西風豈是繁華主。【芳菲有主】張先破陣樂：盡朋游同民樂，芳菲有主。

炷

【芙蓉炷】吳文英燭影搖紅：清磬風前，海沈宿焫芙蓉炷。【香一炷】歐陽修應天長：寂寞小屏香一炷。【香縈炷】晁補之黃鶯兒：一縷香縈炷。【殘蕙炷】歐陽修漁家傲：畏日亭亭殘蕙炷。【銷蘭炷】歐陽修洛陽春：蕙爐銷蘭炷。

乳

而主切【甘泉乳】辛棄疾歸朝歡：鏘然一滴甘泉乳。

柱

重主切【玉柱】馮延巳鵲踏枝：誰把細箏移玉柱。【冰柱】辛棄疾水龍吟：嶙峋冰柱。【紅柱】張先山亭宴慢：倚青空，畫闌紅柱。【雁柱】周邦彥垂絲釣：寄鳳絲雁柱。【箏柱】姜夔石湖仙：玉人金縷，緩移箏柱。【天一柱】辛棄疾玉樓春：忽見東南天一柱。【功紀柱】辛棄疾玉樓春：休說當年功紀柱。【星砥柱】辛棄疾玉樓春：遙見屹然星砥柱。【鴛鴦柱】吳文英宴清都：繡幄鴛鴦柱。【牆上柱】辛棄疾玉樓春：妙語來題牆上柱。

縷　力主切【千縷】韋莊清平樂：金線飄千縷。姜夔長亭怨慢：難剪離愁千縷。【金縷】韋莊河傳：錦浦春女，繡衣金縷。晏幾道梁州令：淚濕當年金縷。【千萬縷】馮延巳鵲踏枝：心若垂楊千萬縷。【低金縷】周邦彥瑞龍吟：官柳低金縷。【垂楊縷】歐陽修梁州令：離情別恨多少，條條結向垂楊縷。【抽翠縷】柳永玉樓春：百和焚香抽翠縷。【香雲縷】蘇軾蝶戀花：低眼佯行，笑整香雲縷。【閑縷縷】馮延巳鵲踏枝：屏上羅衣閑縷縷。【黃金縷】馮延巳鵲踏枝：楊柳風輕，展盡黃金縷。辛棄疾青玉案：蛾兒雪柳黃金縷。【堆金縷】秦觀念奴嬌：幾處堆金縷。【煙一縷】晏幾道蝶戀花：盡日沈香煙一縷。【愁千縷】李清照點絳脣：柔腸一寸愁千縷。【歌金縷】晏幾道虞美人：疏梅月下歌金縷。【盤金縷】溫庭筠菩薩蠻：鳳皇相對盤金縷。【風吹一縷】辛棄疾鵲橋仙：看頭上，風吹一縷。【翠霞金縷】溫庭筠定西番：雙髻翠霞金縷。【翠鍼金縷】吳文英醉蓬萊：翠鍼金縷，記倚牀同繡。【緣愁萬縷】吳文英霜葉飛：早白髮，緣愁萬縷。

府　匪父切。月府、心府、仙府、故府、洞府、幽府、靈府、芙蓉府、清虛府、將軍府、蛟龍府、臨江府。

斧　月斧、神斧、樵斧、伐木斧、斫桂斧。

侮　罔甫切。笑侮、慢侮、輕侮、戲侮、誰敢侮。

聚　在庾切。易聚、宴聚、偏聚、雲聚、暫聚、竹林聚、星離聚、紫煙聚、寒鴉聚、幾家聚、歸鳥聚、雙眉聚、蘭亭聚。

數　爽主切。不數、可數、閒數、暗數、向誰數、何須數、何曾數、青可數、聊共數。

麈　腫庾切。淡麈、揮麈。

噳五矩切　麌　傴委羽切　噢　嫗　詡火羽切　昫

姁　栩　訏　齲顆羽切　踽　矩果羽切　枸

窶郡羽切　禹王矩切　瑀　撫斐父切　拊　甫匪父切

俯　腑　脯　黼　簠　莆　父奉甫切　輔

釜　腐　武罔甫切　憮　廡　碔　豎上主切

樹　拄冢庚切　褸力主切　僂　簍　庾勇主切　愈

瘉　窳

【對偶】晏殊玉樓春：樓頭殘夢五更鐘，花底離愁三月雨。　姜夔慶宮春：雙槳蓴波，一蓑松雨。　歐陽修應天長：繡簾垂，金鳳舞。　秦觀喜遷鶯：華髮方歡，斑衣正舞。　溫庭筠南歌子：手裏金鸚鵡，胸前繡鳳凰。　晁補之黃鶯兒：數點茗浮花，一縷香縈炷。

（姥）

浦　頗五切【南浦】溫庭筠荷葉杯：楚女欲歸南浦。柳永傾杯：看看送行南浦。　【迷浦】姜夔清波引：冷雲迷浦。王沂孫高陽臺：殘寒迷浦。　【煙浦】姜夔石湖仙：松江煙浦。　【遠浦】辛棄疾鵲橋仙：白沙遠浦。　【蓮浦】周邦彥點絳脣：柳汀蓮浦。　【生綠浦】晏幾道蝶戀花：笑艷秋蓮生綠浦。　【江淹浦】歐陽修桃源憶故人：翠隔江淹浦。　【悲舊浦】皇甫松浪淘沙：宿露眠鷗非舊浦。　【來別浦】蘇軾謁金門：坐聽潮聲來別浦。　【清江浦】李廌虞美人：玉闌干外清江浦。　【芙蓉浦】周邦彥蘇幕遮：夢入芙蓉浦。　【過南浦】柳永夜半樂：泛畫鷁，翩翩過南浦。　【暗南浦】辛棄疾祝英臺令：煙柳暗南浦。劉辰翁蘭陵王：誰遣風沙暗南浦。　【蒹葭浦】柳永過澗歇近：孅棹蒹葭浦。柳永安公子：望幾點，漁燈掩映蒹葭浦。　【遮鴛浦】蘇庠木蘭花：江雲疊疊遮鴛浦。　【鴛鴦浦】柳永甘草子：冷徹鴛鴦浦。姜夔杏花天：絲絲低拂鴛鴦浦。　【歸極浦】毛文錫應天長：兩兩釣舡歸極浦。　【難歸浦】晏幾道生查子：流水難歸浦。　【斷船南浦】歐陽修夜行船：落花流水草連雲，看看是斷船南浦。

蒲　【曲几團蒲】辛棄疾漢宮春：行李溪頭，有釣車茶具，曲几團蒲。

譜　彼五切【花譜】姜夔側犯：寂寞劉郎，自修花譜。　【梨園譜】辛棄疾菩薩蠻：曲終嬌欲訴，定憶梨園譜。

圃

【瓜圃】晁補之摸魚兒：荒了邵平瓜圃。【南圃】吳文英杏花天：霜訊南圃。【荒圃】吳文英齊天樂：早柔綠迷津，亂莎荒圃。【桃花圃】柳永洞仙歌：曲岸垂楊，隱隱隔桃花圃。

部

伴姥切【詩酒部】辛棄疾玉樓春：剩按山中詩酒部。

祖

則古切【開山祖】辛棄疾水龍吟：只應白髮，是開山祖。

組

【光垂組】辛棄疾永遇樂：金印光垂組。

覩

董五切【無覩】柳永女冠子：莎階寂靜無覩。【愁覩】周邦彥芳草渡：愁覩，滿懷淚粉。

土

統五切【塵土】周邦彥黃鸝遶碧樹：這浮世，甚驅馳利祿，奔競塵土。【塵與土】岳飛滿江紅：三十功名塵與土。

吐

【初吐】歐陽修梁州令：紫萼香心初吐。【吞吐】辛棄疾摸魚兒：憑誰問，萬里長鯨吞吐。【爭吐】柳永女冠子：峻閣池塘，芰荷爭吐。【芳心吐】柳永受恩深：恁時盡把芳心吐。【花心吐】晏幾道菩薩蠻：春風未放花心吐。【新蕊吐】張先天仙子：花接舊枝新蕊吐。【榴花吐】劉克莊賀新郎：深院榴花吐。【黃花未吐】蘇軾西江月：莫恨黃花未吐。

肚

動五切【縈腸惹肚】秦觀河傳：莫怪爲伊，底死縈腸惹肚。

虜

郎古切【臣虜】李煜破陣子：一旦歸爲臣虜。【驕虜】張元幹賀新郎：氣吞驕虜。

櫓

【鳴櫓】辛棄疾賀新郎：波似箭，催鳴櫓。

艣

【柔艣】吳文英喜遷鶯：趁飛雁，又聽，數聲柔艣。【春江艣】辛棄疾蝶戀花：煙波萬頃春江艣。

虎

火五切【熊虎】姜夔永遇樂：有尊中酒差可飲，大旗盡繡熊虎。【貔虎】辛棄疾摸魚兒：鏖戰未收貔虎。【南山虎】辛棄疾水調歌頭：莫射南山虎。

苦

孔五切【正苦】溫庭筠更漏子：不道離情正苦。【良苦】姜夔清波引：況有清夜啼猿，怨人良苦。【怨苦】姜夔越女鏡心：羅扇小，空寫數行怨苦。【情苦】柳永采蓮令：西征客，此時情苦。秦觀調笑令：腸斷別離情苦。【清苦】姜夔點絳脣：數峯清苦，商略黃昏雨。【最苦】柳永洞仙歌：傷心最苦。【愁苦】秦觀河傳：離人愁苦。【此情苦】姜夔玲瓏四犯：百年身世，唯有此情苦。【些子苦】秦觀夜遊宮：何曾解，說伊家，些子苦。【芳心苦】賀鑄芳心苦：紅衣脫盡芳心苦。【相思苦】李煜謝新恩：何處相思苦。柳永歸去來：多情不慣相思苦。【秋吟苦】柳永女冠子：幽蛩切切秋吟苦。【風味苦】辛棄疾玉樓春：清到窮時風味苦。【情最苦】秦觀調笑令：始信別離情最苦。【寒氣苦】歐陽修漁家傲：律應黃鍾寒氣苦。【精誠苦】辛棄疾虞美人：人間不識精誠苦。【蓮心苦】辛棄疾卜算子：根底藕絲長，花裏蓮心苦。【離恨苦】晏殊鵲踏枝：明月不諳離恨苦。【離心苦】歐陽修漁家傲：胡笳不管離心苦。【離情苦】柳永安公子：剛腸斷，惹得離情苦。【離恨苦】周邦彥芳草渡：多少離恨苦。【秦箏聲苦】辛棄疾賀新郎：晚聽秦箏聲苦。

古

果五切【今古】蘇軾西江月：俯仰人間今古。辛棄疾河瀆神：斜陽門外今古。姜夔玲瓏四犯：倦遊歡意少，俯仰悲今古。【懷古】辛棄疾賀新郎：訪層城、空餘舊迹，黯然懷古。姜夔點絳脣：今何許，凭闌懷古。【文章古】辛棄疾玉樓春：學窺聖處文章古。【音韻古】辛棄疾賀新郎：一見蕭然音韻古。【荒臺古】吳文英霜葉飛：淒涼誰弔荒臺古。【懷今古】張元幹賀新郎：目盡青天懷今古。【鬢髯古】辛棄疾賀新郎：盡堂堂，八尺鬢髯古。

鼓

【津鼓】晁補之迷神引：聽津鼓。賀鑄擁鼻吟：山缺處，孤煙起，歷歷聞津鼓。【簫鼓】柳永迎新春：鼇山聳，喧天簫鼓。辛棄疾河瀆神：香火冷殘簫鼓。【鐘鼓】馮延巳謁金門：夢斷禁城鐘鼓。賀鑄件雲來：邐迤黃昏鐘鼓。周邦彥掃地花：徧城鐘鼓。【喧簫鼓】張先山亭宴慢：宴亭永晝喧簫鼓。【喧賽鼓】吳文英宴清都：岸鎖春船，畫旗喧賽鼓。【鳴鼉鼓】張元幹賀新郎：正人間鼻息鳴鼉鼓。【神鴉社鼓】辛棄疾永遇樂：可堪回首，佛狸祠下，一片神鴉社鼓。

股

【金作股】溫庭筠菩薩蠻：翠釵金作股。【瑤釵燕股】吳文英宴清都：東風睡足交枝，正夢枕瑤釵燕股。

戶

後五切【朱戶】張先破陣樂：幾許粉面，飛甍朱戶。馮延巳點絳脣：臨水開朱戶。晏殊鵲踏枝：

斜光到曉穿朱戶。周邦彥法曲獻仙音：桐陰半侵朱戶。歐陽修漁家傲：穿簾透幕尋朱戶。【門戶】周邦彥瑞龍吟：乍窺門戶。【庭戶】李煜謝新恩：紫菊氣，飄庭戶。秦觀調笑令：夢覺春風庭戶。【軒戶】柳永女冠子：灑微涼，生軒戶。【開戶】張先御街行：珠閣斜開戶。【窺戶】姜夔玲瓏四犯：有輕盈換馬，端正窺戶。【繡戶】吳文英鶯啼序：掩沈香繡戶。【金鎖戶】歐陽修漁家傲：腸斷樓南金鎖戶。【扃珠戶】馮延巳應天長：挑銀燈，扃珠戶，【扃繡戶】馮延巳醉花間：點寒燈，扃繡戶。【秋香戶】吳文英生查子：歌斷秋香戶。【斜敧戶】歐陽修御街行：朱閣斜敧戶。【楊柳戶】吳文英繞佛閣：長閉翠陰，幽坊楊柳戶。【歸繡戶】韋莊木蘭花：却斂細眉歸繡戶。【題繡戶】晏幾道木蘭花：彩筆閒來題繡戶。【千門萬戶】柳永迎新春：列華燈，千門萬戶。

隖

於五切【近隖】晁補之迷神引：幾點漁燈小，迷近隖。

五

阮古切【三五】溫庭筠定西番：樓上月明三五。柳永迎新春：慶嘉節，當三五。柳永歸去來：初過元宵三五。

午

【易午】吳文英掃花遊：艷晨易午。【春午】吳文英掃花遊：正燕子簾幃，影遲春午。【當午】溫庭筠菩薩蠻：夜來皓月纔當午。柳永迎新春：漸天如水，素月當午。【日正午】歐陽修應天長：深院無人日正午。【良宵午】吳文英喜遷鶯：紅燭畫堂，博簺良宵午。【春晝午】韋莊應天長：深院無人春晝午。【春庭月午】蘇軾減字木蘭花：春庭月午，搖蕩香醪光欲舞。

否

方古切【知否】姜夔清波引：好風景，長是暗度，故人知否？【人在否】馮延巳菩薩蠻：蘭閨人在否？【君信否】韋莊應天長：斷腸君信否。【花存否】辛棄疾賀新郎：問玄都，千樹花存否。【相思否】馮延巳鵲踏枝：珠簾錦帳相思否。張先山亭宴慢：試為挹飛雲，問解寄，相思否。【相逢否】馮延巳鵲踏枝：雙燕飛來，陌上相逢否。【記得否】柳永迷神引：知他深深約，記得否。【宮眉在否】吳文英杏花天：樓上宮眉在否。

母

忙補切【西王母】辛棄疾感皇恩：精神渾是個、西王母。

賈 果五切。大賈、書賈、商賈、善賈、富賈、遠賈、河東賈、洛陽賈、淮南賈。

伍 阮古切。失伍、戎伍、行伍、軍伍、陣伍、南山伍、猿鳥伍、燕雀伍、麋鹿伍。

姥滿補切 **莽** **牡** **普**頗五切 **溥** **補**彼五切

簿伴姥切 **睹**董五切 **堵** **杜**動五切 **魯**郎古切 **鹵**

怒暖五切 **弩** **努** **孥** **琥**火五切 **滸** **詁**果五切

瞽 **盬** **蠱** **罟** **牯** **羖** **估** **酤**

怙後五切 **祜** **扈** **鄠** **岵** **楛** **雇**

鄔於五切 **仵**阮古切 **迕** **缶**方古切 **某**忙補切 **畝**

【對偶】

賀鑄芳心苦：楊柳回塘，鴛鴦別浦。　秦觀念奴嬌：來往綺羅，喧闐簫鼓。

御 馭 去

（御）以下去聲

御 牛倨切【綵御】吳文英宴清都：臉擁湖船，三千綵御。

馭 【青鸞馭】蘇軾漁家傲：紅鸞驂乘青鸞馭。

去 丘倨切【又去】秦觀夜遊宮：何事東君又去。【西去】馮延巳應天長：杳杳蘭舟西去。【東去】柳永鵲橋仙：迢迢匹馬東去。【易去】姜夔側犯：恨春易去。【飛去】張先菊花新：輕化作、彩雲飛去。　姜夔喜遷鶯慢：且休將雞犬，雲中飛去。【南去】秦觀調笑令：目送征鴻南去。【暗去】晏幾道解佩令：年華暗去。【歸去】柳永夜半樂：殘日下，漁人鳴榔歸去。　柳永迎新春：爭忍獨醒歸去。　秦觀調笑令：精爽隨君歸去。　辛棄疾祝英臺令：却不解，將愁歸去。【人歸去】馮延巳采桑子：笙歌放散人歸去。【人來去】辛棄疾踏莎行：夜月樓臺，秋香院宇，笑吟吟地人來去。【天明去】張先御街行：來夜半，天明去。【行人去】馮延巳酒泉子：歸鴻飛，行人去。【行雲去】馮延巳菩薩蠻：金波遠逐行雲去。【好歸去】柳永歸去來：休惆悵，好

歸去。【同歸去】柳永迷仙引：萬里丹霄，何妨
攜手同歸去。【何處去】顧敻河傳：永夜抛人何
處去。馮延巳謁金門：嘶馬搖鞭何處去。馮延巳
鵲踏枝：幾日行雲何處去。柳永擊梧桐：行雲何
處去。蘇軾謁金門：明朝何處去。【君須去】柳
永傾杯：猶自再三問道君須去。【折花去】辛棄
疾唐河傳：晚雲做造些兒雨，折花去。【知何
去】柳永夜半樂：歎浪萍風梗知何去。【來還
去】秦觀蝶戀花：只有流雲冉冉來還去。【芳塵
去】賀鑄靑玉案：但目送芳塵去。吳文英杏花
天：竹西歌斷芳塵去。【郎邊去】李煜菩薩蠻：
今宵好向郎邊去。【秋千去】馮延巳鵲踏枝：亂
紅飛入秋千去。【思歸去】馮延巳抛球樂：且莫
思歸去。【春色去】秦觀河傳：暗掩將，春色
去。【春共去】張先偸聲木蘭花：流水滔滔春共
去。【春風去】晏幾道梁州令：悠揚便逐春風
去。辛棄疾菩薩蠻：馬踏春風去。【春夢去】
晏幾道木蘭花：應作襄王春夢去。【春將去】
賀鑄人南渡：斷魂分付與，春將去。【春還去】
馮延巳鵲踏枝：腸斷魂銷，看却春還去。【春
歸去】李煜臨江仙：櫻桃落盡春歸去。【飛花
去】晏幾道生查子：又逐飛花去。【看花去】秦
觀醉蓬萊：翰苑才人，貴家公子，都要看花去。
【孤鴻去】周邦彥瑞龍吟：事與孤鴻去。【風喚
去】周邦彥荔枝香近：照水殘紅零亂，風喚去。
【海門去】劉禹錫浪淘沙：須臾卻入海門去。【
乘鸞去】辛棄疾御街行：藕花都放，木犀開後，
待與乘鸞去。【乘雲去】辛棄疾玉樓春：靑山不
會乘雲去。【情又去】韋莊淸平樂：君不歸來情
又去。【淩波去】柳永采蓮令：一葉蘭舟，便凭
急槳淩波去。姜夔念奴嬌：情人不見，爭忍淩波
去。【從此去】秦觀蝶戀花：九派江分從此去。
【推山去】辛棄疾玉樓春：何人半夜推山去。【
雲來去】李煜蝶戀花：朦朧淡月雲來去。【尋蘭
去】辛棄疾生查子：我意不關渠，自要尋蘭去。
【遊蜂去】柳永黃鶯兒：又趁遊蜂去。【蜂已
去】柳永受恩深：粉蝶無情蜂已去。【暗香去】
辛棄疾靑玉案：笑語盈盈暗香去。【塞鴻去】劉
克莊賀新郎：空目送，塞鴻去。【溪邊去】魏夫
人菩薩蠻：早晚溪邊去。【催君去】舒亶菩薩
蠻：畫船槌鼓催君去。【嬉遊去】柳永西平樂：
雅稱嬉遊去。【溯回去】毛滂惜分飛：斷魂分付
溯回去。【隨馬去】張先木蘭花：雲月却能隨馬
去。【隨雲去】姜夔點絳脣：燕雁無心，太湖西

畔隨雲去。【雙飛去】晏殊鵲踏枝：燕子雙飛去。【瀟湘去】秦觀踏莎行：爲誰流下瀟湘去。【驚飛去】馮延巳鵲踏枝：穿簾海燕驚飛去。馮延巳鵲踏枝：捲簾雙鵲驚飛去。【指天涯去】柳永引駕行：獨自個，千山萬水，指天涯去。【飛來又去】柳永女冠子：流螢幾點，飛來又去。【夢魂來去】韋莊應天長：空有夢魂來去。【燕鴻歸去】馮延巳酒泉子：消息燕鴻歸去。【隨伊歸去】柳永晝夜樂：直恐好風光，盡隨伊歸去。

據

居御切【何據】柳永夜半樂：歎後約丁寧何據。【無據】柳永洞仙歌：空自歎當時，言約無據。【渾無據】馮延巳醉花間：鵲喜渾無據。

踞

【龍蟠虎踞】蘇軾臨江仙：千古龍蟠弄虎踞。

絮

息倨切【狂絮】柳永晝夜樂：對滿目，亂花狂絮。【柳絮】馮延巳鵲踏枝：撩亂春愁如柳絮。【飛絮】柳永西江月：好夢狂隨飛絮。晏幾道梁州令：人情却似飛絮。秦觀如夢令：滿目落花飛絮。【風絮】柳永鬥百花：簾幕閒垂風絮。周邦彥龍瑞吟：一簾風絮。【香絮】周邦彥虞美人：宜城酒泛浮香絮。【柳絮】周邦彥蝶戀花：欹倚闌干吹柳絮。【輕絮】溫庭筠菩薩蠻：南園滿地堆輕絮。張先慶春澤：人獨立東風，滿衣輕絮。【落絮】馮延巳鵲踏枝：滿眼游絲兼落絮。【泥上絮】辛棄疾玉樓春：未隨流落水邊花，且作飄零泥上絮。【春饒絮】晏幾道御街行：街南綠橋春饒絮。【風頭絮】晏幾道清平樂：輕似風頭絮。【風後絮】晏幾道木蘭花：門外綠楊風後絮。【雲如絮】歐陽修漁家傲：冰生玉水雲如絮。【惹飛絮】辛棄疾摸魚兒：畫簷蛛網，盡日惹飛絮。【黏地絮】周邦彥玉樓春：情似雨餘黏地絮。【飄香絮】秦觀念奴嬌：滿地飄香絮。

覷

七慮切【偷覷】蘇軾殢人嬌：向青瑣，隙中偷覷。【試覷】晁補之摸魚兒：君試覷。【慵覷】柳永迷仙引：酬一笑，便千金慵覷。【空相覷】毛滂惜分飛：更無言語空相覷。【無心覷】柳永迷神引：洞房閒掩，小屏空，無心覷。【鬢邊覷】辛棄疾祝英臺令：鬢邊覷，試把花卜心期。

庶

商署切【黎庶】柳永永遇樂：甘雨車行，仁風扇動，雅稱安黎庶。

處

昌倨切【何處】韋莊清平樂：玉勒雕鞍何處。馮延巳應天長：歲晚離人何處。晏幾道解佩令：飄零何處。秦觀調笑令：往日繁華何處。秦觀如夢令：池上春歸何處。【佳處】姜夔石湖仙：松江煙浦，是千古三高，遊衍佳處。【高處】姜夔法曲獻仙音：暮色偏憐高處。【望處】柳永訴衷情近：竚立江樓望處。【深處】柳永夜半樂：渡萬壑千巖，越溪深處。周邦彥尉遲盃：陰陰淡月籠沙，還宿河橋深處。【醒處】辛棄疾鵲橋仙：醉扶孤石看飛泉，又卻是前回醒處。【舊處】周邦彥瑞龍吟：歸來舊處。【分飛處】馮延巳虞美人：驚起分飛處。【生涼處】辛棄疾御街行：紗廚如霧，簟紋如水，別有生涼處。【安排處】李煜蝶戀花：人間沒個安排處。【在何處】柳永西平樂：空悵望，在何處。柳永引駕行：風煙蕭索在何處。【向甚處】姜夔杏花天：日暮更移舟，向甚處。【行雲處】姜夔側犯：紅橋二十四，總是行雲處。【私語處】柳永二郎神：鈿合金釵私語處。【知何處】馮延巳舞春風：少年薄倖知何處。晏殊鵲踏枝：山長水闊知何處。張元幹賀新郎：萬里江山知何處。廖世美燭影搖紅：舊來流水知何處。【披襟處】柳永過澗歇近：幸有散髮披襟處。【來何處】秦觀虞美人：紅舟艇子來何處。【林逋處】姜夔卜算子：憶別庚郎時，又過林逋處。【承恩處】吳文英宴清都：同心共結，向承恩處。【花深處】柳永黃鶯兒：別館花深處。秦觀點絳脣：信流引到花深處。【春知處】賀鑄青玉案：月臺花榭，瑣窗朱戶，惟有春知處。姜夔夜行船：屋角垂枝，船頭生影，算唯有春知處。【春歸處】周邦彥點絳脣：應是春歸處。【相逢處】張先漁家傲：巴山重疊相逢處。【相思處】歐陽修雨中花：且攜手留連，良辰美景，留作相思處。【重來處】秦觀調笑令：異時攜手重來處。【乘鸞處】李廌虞美人：臥想乘鸞處。【盈盈處】王觀卜算子：眉眼盈盈處。【追舊處】歐陽修漁家傲：卻憶歡爐追舊處。【冥濛處】姜夔虞美人：而今指點來時路，卻是冥濛處。【留人處】姜夔念奴嬌：蕉葉窗紗，荷花池館，別有留人處。【淘沙處】劉禹錫浪淘沙：君看渡口淘沙處。【深深處】柳永看花回：畫堂歌管深深處。晏幾道蝶戀花：人在深深處。【牽情處】柳永女冠子：暗想舊日牽情處。【無定處】韋莊應天長：碧天雲，無定處。【無尋處】馮延巳鵲踏枝：已知前事無尋處。馮延巳鵲踏枝：悠悠夢裏無尋處。馮延巳鵲踏枝：驚殘好夢無尋處。秦觀踏莎行：桃源望斷無尋處。辛棄疾永遇樂：悲歡夢裏，覺來總無尋處。【無問處】馮延巳鵲踏枝：開眼新愁無問處。歐陽修南鄉子：意在蓮心無問處。秦觀蝶戀花：流水落花無問處。【無端處】柳永尾犯：最無端處，總把良宵，祇凭孤眠卻。【無盡處】蘇庠木蘭花：只作深愁無盡處。【登臨處】李煜謝新恩：臺榭登臨處。【曾遊處】姜夔月下笛：曾遊處，但繫馬垂楊，認郎鸚鵡。【渺何處】姜夔清波引：自隨秋雁南來，望江國，渺何處。【腸絕處】溫庭筠楊柳枝：正是玉人腸絕處。【腸斷處】馮延巳應天長：宴罷蘭堂腸斷處。【遊冶處】歐陽修蝶戀花：玉勒雕鞍遊冶處。【傾玉處】歐陽修漁家傲：碧盌敲冰傾玉處。【魂消處】晏幾道梁州令：聞歌更在魂消處。【夢回處】秦觀夜遊宮：一覺相思夢回處。【嬉遊處】柳永歸去來：燈月闌珊嬉遊處。【凝合處】歐陽修應天長：碧雲凝合處。【闌珊處】辛棄疾青玉案：驀然回首，那人却在燈火闌珊處。【聲咽處】白居易竹枝：唱到竹枝聲咽處。【關情處】馮延巳點絳脣：柳徑春深，行到關情處。【臨歧處】柳永法曲獻仙音：每恨臨歧處。【斷腸處】辛棄疾摸魚兒：斜陽正在，煙柳斷腸處。【今宵何處】毛文錫應天長：蘭棹今宵何處。【未知何處】柳永滿朝歡：人面桃花，未知何處。【幽閨深處】柳永尾犯：甚時向，幽閨深處。【音塵何處】柳永佳人醉：杳隔音塵何處。【馬嘶何處】馮延巳酒泉子：隔岸馬嘶何處。【秦樓何處】柳永鵲橋仙：暮煙寒雨，望秦樓何處。【酒醒何處】柳永雨霖鈴：今宵酒醒何處。【朝雲何處】張先御街行：來如春夢不多時，去似朝雲何處。【啼鴉一處】辛棄疾清平樂：溪上行人相背去，惟有啼鴉一處。【暮鴉啼處】姜夔醉吟商小品：暮鴉啼處，夢逐金鞍去。【曉鶯啼處】晏幾道清平樂：過盡曉鶯啼處。【離人何處】馮延巳三臺令：翠鬢離人何處。【繫人心處】柳永晝夜樂：其奈風流端正外，更別有繫人心處。【藕花深處】李清照如夢令：誤入藕花深處。

翥

章恕切【驚鴻翥】張先鳳栖梧：香檀拍過驚鴻翥。

署

常恕切【嚴署】柳永永遇樂：向曉洞開嚴署。

曙

【天將曙】馮延巳虞美人：金籠鸚鵡天將曙。【天欲曙】馮延巳應天長：朦朧天欲曙。馮延巳鵲踏枝：花外寒雞天欲曙。晏殊紅窗聽：夢覺相思天欲曙。【星河曙】柳永御街行：燔柴煙斷星河曙。【霜天曙】柳永采蓮令：月華收，雲淡霜天曙。

箸

遲倨切【玉箸】秦觀調笑令：顧影偷彈玉箸。【玉箸】周邦彥如夢令：無緒，閒處偷垂玉箸。

慮

良倨切【思慮】柳永擊梧桐：易破難成，未免千般思慮。周邦彥黃鸝遶碧樹：且尋芳，更休思慮。

語牛倨切　飫依据切　瘀　菸　淤　倨居御切　鋸

鐻　据　遽其倨切　醵　狙七慮切　沮將豫切

疏所倨切　詛莊助切　俎　助牀倨切　恕商署切

茹如倨切　洳　著陟慮切　除遲倨切　宁　女尼倨切

豫羊茹切　預　譽　與　澦

【對偶】

晏幾道玉樓春：暗隨蘋末曉風來，直待柳梢斜月去。辛棄疾卜算子：只共梅花語，懶逐遊絲去。晏幾道木蘭花：牆頭丹杏雨餘花，門外綠楊風後絮。周邦彥玉樓春：人如風後入江雲，情似雨餘黏地絮。晏殊木蘭花：長於春夢幾多時，散似秋雲無覓處。歐陽修玉樓春：來如春夢幾多時，去似朝雲無覓處。

（遇）

遇

元具切【奇遇】柳永迎新春：更闌燭影花陰下，少年人，往往奇遇。柳永引駕行：謝閣連宵奇遇。【相遇】周邦彥垂絲釣：時時花徑相遇。【榮遇】柳永永遇樂：當世榮遇。【今復遇】秦觀調笑令：數年睽恨今復遇。【初相遇】柳永晝夜樂：洞房記得初相遇。

寓

【寰寓】柳永御街行：恩霈均寰寓。

煦

吁句切【春煦】柳永御街行：喜色成春煦。【輕煦】柳永迎新春：晴景回輕煦。

屨

俱遇切【杖屨】辛棄疾水龍吟：一花一草，一觴一詠，風流杖屨。【青屨】吳文英繞佛閣：短藜青屨。

句

【秀句】姜夔法曲獻仙音：象筆鸞牋，甚而今，不道秀句。【詩句】姜夔念奴嬌：嫣然搖動，冷香飛上詩句。【新句】吳文英喜遷鶯：空索綵桃新句。【聯句】辛棄疾玉樓春：南城東野應聯句。【吳江句】辛棄疾玉樓春：舊時楓葉吳江句。【相思句】辛棄疾鷓鴣天：愁邊剩有相思句。【飛花句】吳文英水龍吟：春城詠，飛花句。【新番句】辛棄疾賀新郎：唾花寒，唱我新番句。【燕臺句】周邦彥瑞龍吟：猶記燕臺句。【斷腸句】賀鑄青玉案：彩筆空題斷腸句。【繡芳句】吳文英繞佛閣：送幽夢與，人間繡芳句。【驚人句】李清照漁家傲：學詩謾有驚人句。【花邊得句】辛棄疾滿庭芳：柳外尋春，花邊得句。

付

方遇切【分付】蘇軾漁父：魚蟹一時分付。秦觀調笑令：啼笑兩難分付。【相付】賀鑄件雲來：謂東君以春相付。【輕分付】姜夔夜行船：花休道，輕分付。【把多情付】張先御街行：天把多情付。

賦

【吟愁賦】姜夔齊天樂：庾郎先自吟愁賦。【相如賦】辛棄疾摸魚兒：千金縱買相如賦。【善辭賦】柳永擊梧桐：多才多藝善辭賦。【揚雄賦】辛棄疾賀新郎：兒曹不料揚雄賦。【遠遊賦】辛棄疾山鬼謠：鞭笞鸞鳳，誦我遠遊賦。

霧

亡遇切【青霧】周邦彥蝶戀花：醉倒天瓢，笑語生青霧。【香霧】周邦彥荔枝香近：簾底吹香霧。【曉霧】李清照漁家傲：天接雲濤連曉霧。【和煙霧】馮延巳應天長：芳草岸，和煙霧。【花如霧】蘇軾生查子：淚溼花如霧。【昏如霧】辛棄疾菩薩蠻：江搖病眼昏如霧。【香如霧】辛棄疾鷓鴣天：五花結隊香如霧。【新薄霧】馮延巳謁金門：一點凝紅新薄霧。【輕非霧】歐陽修御街行：夭非華艷輕非霧。【塵如霧】秦觀虞美人：高城望斷塵如霧。【凝宿霧】馮延巳鵲踏枝：檐除高桐凝宿霧。【飄香霧】柳永御街行：赤霜袍爛飄香霧。【籠輕霧】李煜菩薩蠻：花明月暗籠輕霧。【籠瑞霧】柳永玉樓春：金殿霓旌籠瑞霧。【一枝紅霧】張先菊花新：瓊樹裊，一枝紅霧。【軟紅如霧】吳文英掃花遊：正長安，軟紅如霧。【樓臺霏霧】張先破陣樂：望故苑，樓臺霏霧。【嬌塵軟霧】吳文英鶯啼序：十載西湖，傍柳繫馬，趁嬌塵軟霧。

鷺

【落霞孤鷺】辛棄疾賀新郎：到如今，落霞孤鷺。

趣

逡遇切【眞趣】姜夔念奴嬌：象齒爲材，花籐作面，終是無眞趣。【淵明趣】辛棄疾驀山溪：一尊遐想，剩有淵明趣。

聚

從遇切【良聚】柳永迎新春：隨分良聚。【宴聚】柳永思歸樂：天幕清和堪宴聚。【萍聚】吳文英惜秋華：悵遇合，雲銷萍聚。【碧聚】毛滂惜分飛：愁到眉峯碧聚。【鎮聚】柳永傾杯：難使皎月長圓，彩雲鎮聚。【難聚】柳永竹馬子：新愁易積，故人難聚。【歡聚】周邦彥尉遲盃：長偎傍，疏材小檻歡聚。【長相聚】柳永女冠子：相思不得長相聚。柳永晝夜樂：便只合，長相聚。【孤歡聚】柳永安公子：自別後，風亭月榭孤歡聚。【眉兒聚】秦觀河傳：若說相思，佛也眉兒聚。【眉峯聚】王觀卜算子：水是眼波橫，山是眉峯聚。【眞香聚】辛棄疾御街行：冰肌不受鉛華汚，更旎旎，眞香聚。【煙蛾聚】張先木蘭花：紅裙空引煙蛾聚。【愁眉聚】柳永祭天神：聽空階和漏，碎聲鬥滴愁眉聚。【愁還聚】歐陽修漁家傲：風催酒力愁還聚。【厭歡聚】柳永歸去來：遊人盡、厭歡聚。【易分難聚】柳永鵲橋仙：嗟少年易分難聚。【幾時還聚】張先山亭宴慢：此會散，幾時還聚。

注

朱戍切【東注】晁補之迷神引：浩浩大江東注。

炷

【香一炷】韋莊應天長：寂寞繡屏香一炷。【香殘蕙炷】晏殊踏莎行：帶緩羅衣，香殘蕙炷。

樹

殊遇切【玉樹】周邦彥木蘭花令：鶯語清圓啼玉樹。辛棄疾賀新郎：靑葱玉樹。【江樹】周邦彥一落索：目斷隴雲江樹。【佳樹】柳永夜半樂：漸妝點亭臺，參差佳樹。【芳樹】柳永鬥百花：輕霧低籠芳樹。柳永黃鶯兒：黃鸝翩翩，乍遷芳樹。歐陽修雨中花：多少曲堤芳樹。【高樹】柳永女冠子：濃煙高樹。【庭樹】柳永女冠子：動清籟，蕭蕭庭樹。【桃樹】周邦彥瑞龍吟：試花桃樹。【深樹】周邦彥尉遲盃：漸日晚，密靄生深樹。【雲樹】秦觀釵頭鳳：滿川雲樹。【煙樹】柳永采蓮令：寒江天外，隱隱兩三煙樹。歐陽修桃源憶故人：目斷兩三煙樹。【碧樹】晏殊鵲踏枝：昨夜西風凋碧樹。【霜樹】柳永夜半樂：一簇煙村，數行霜樹。【瓊樹】周邦彥黃鸝遶碧樹：爭如盛飲流霞，醉偎瓊樹。【千萬樹】秦觀念奴嬌：掩映夕陽千萬樹。【西池樹】歐陽修御街行：參差漸辨西池樹。【花千樹】辛棄疾青玉案：東風夜放花千樹。【長亭樹】姜夔長亭怨慢：閱人多矣，誰得似，長亭樹。【珊瑚樹】馮延巳拋球樂：歌闌賞盡珊瑚樹。【相思樹】張先怨東風：願身不學相思樹。【偎碧樹】馮延巳鵲踏枝：六曲闌干偎碧樹。【梧桐樹】溫庭筠更漏子：梧桐樹，三更雨。【雲邊樹】秦觀蝶戀花：杳靄昏鴉，點點雲邊樹。【無窮樹】辛棄疾鷓鴣天：浮天水送無窮樹。【隔煙樹】柳永引駕行：想高城，隔煙樹。【鳴蟬樹】歐陽修玉樓春：樓前獨繞鳴蟬樹。【誰家樹】馮延巳鵲踏枝：香車繫在誰家樹。【霜滿樹】馮延巳謁金門：曉禽霜滿樹。【隱霜樹】吳文英霜葉飛：關心事，斜陽紅隱霜樹。【攀高樹】潘閬憶餘杭：白猿時見攀高樹。【籠碧樹】晏殊漁家傲：池上夕陽籠碧樹。【平蕪綠樹】張先謝池春慢：殘照裏，平蕪綠樹。【平蕪遠樹】柳永西平樂：煙光淡蕩，妝點平蕪遠樹。【柔絲千樹】吳文英水龍吟：看章臺走馬，長堤種取，柔絲千樹。【迷離紅樹】張先山亭宴：望遠山，迷離紅樹。【參差煙樹】廖世美燭影搖紅：芳草天涯，參差煙樹。

數

色句切【無數】柳永夜半樂：淺桃穠李夭夭，嫩紅無數。柳永歸去來：花英墜，碎紅無數。秦觀鵲橋仙：金風玉露一相逢，便勝却、人間無數。【凡花數】秦觀虞美人：不是凡花數。【山無數】秦觀點絳脣：山無數，亂紅如雨，不記來時路。辛棄疾賀新郎：黃陵祠下山無數。【狂無數】歐陽修玉樓春：輕無管繫狂數。【知無數】辛棄疾卜算子：幽徑無人獨自賞，此恨知無數。【來無數】辛棄疾菩薩蠻：聯翩萬馬來無數。【飛鴻數】辛棄疾菩薩蠻：天邊數遍飛鴻數。【痕無數】歐陽修漁家傲：爐灰剔盡痕無數。【無重數】柳永人南渡：回首舊游，山無重數。歐陽修蝶戀花：楊柳堆煙，簾幕無重數。秦觀踏莎行：砌成此恨無重數。【萍無數】張先木蘭花：青錢貼水萍無數。【愁無數】周邦彥蝶戀花：對花惹起愁無數。【鶯花數】辛棄疾菩薩蠻：尊前試點鶯花數。【屐痕無數】張先御街行：苔上屐痕無數。【傷心無數】姜夔齊天樂：離宮弔月，別有傷心無數。

駐　株遇切【深駐】晏幾道御街行：曾傍綠陰深駐。【難駐】柳永夜半樂：到此因念，綉閣輕拋，浪萍難駐。秦觀釵頭鳳：朱顏難駐。

住　廚遇切【留住】柳永晝夜樂：悔不當時留住。【衣上住】張先木蘭花：風慢落花衣上住。【和春住】王觀卜算子：千萬和春住。【林裏住】歐陽炯南鄉子：笑指芭蕉林裏住。【東畔住】柳永木蘭花：只在畫樓東畔住。【花間住】秦觀點絳脣：塵緣相誤，無計花間住。姜夔念奴嬌：高柳垂陰，老魚吹浪，留我花間住。【依舊住】辛棄疾玉樓春：老僧拍手笑相誇，且喜青山依舊住。【春不住】歐陽修漁家傲：强欲留春春不住。【留春雲住】吳文英絳都春：東風須惹春雲住。【留人住】蘇庠木蘭花：渚花不解留人住。【留不住】韋莊江城子：露冷月殘人未起，留不住。李煜謝新恩：冉冉秋光留不住。【留春住】歐陽修蝶戀花：門掩黃昏，無計留春住。【留花住】蘇軾桃源憶故人：暖風不解留春住。【留儂住】辛棄疾生查子：青山非不佳，未解留儂住。【留君住】舒亶菩薩蠻：高樓把酒留君住。【桃源住】馮延巳點絳脣：夢瓊家在桃源住。【深處住】馮延巳應天長：誰在綠楊深處住。【堤邊住】晏幾道生查子：碧柳堤邊住。【雲且住】秦觀蝶戀花：持酒勸雲雲且住。【縈不住】柳永歸去來：儘春殘縈不住。【流鶯聲住】辛棄疾祝英臺令：倩誰喚，流鶯聲住。

戍　春遇切。久戍、外戍、征戍、客戍、流戍、野戍、三秋戍、孤煙戍、雲間戍、邊陲戍。

禺 元具切　嫗 威遇切　昫 吁句切　酗　姁　呴

瞿 俱遇切　懼 其遇切　具　颶　芋 王遇切　雨

裕 俞戍切　諭　籲　覦　赴 芳遇切　訃　仆

傅 方遇切　附 符遇切　坿　祔　跗　賻　駙

鮒　務 亡遇切　婺　騖　娶 逡遇切　足 子句切

輸 春遇切　註 朱戍切　鑄　蛀　澍 殊遇切　孺 儒遇切

屨 良遇切

【對偶】

晏殊踏莎行：綺席凝塵，香閨掩霧。秦觀釵頭鳳：一洲煙草，滿川雲樹。秦觀釵頭鳳：青山雖好，朱顏難駐。張先木蘭花：泥新輕燕面前飛，風慢落花衣上住。晏幾道生查子：紅塵陌上游，碧柳堤邊住。

（暮）

暮

莫故切【日暮】韋應物調笑令：迷路，迷路，邊草無窮日暮。李清照如夢令：常記溪亭日暮。【春暮】韋莊河傳：隋堤春暮。【秋暮】周邦彥留客住：菊散餘香，看看又還春暮。【怨暮】吳文英杏花天：小池面，啼紅怨暮。【遲暮】廖世美燭影搖紅：惆悵相思遲暮。【鐘暮】吳文英夜行船：無人聽，數聲鐘暮。【三月暮】歐陽修蝶戀花：雨橫風狂三月暮。辛棄疾滿江紅：滿眼不堪三月暮。【天色暮】歐陽修漁家傲：月脚沈紅天色暮。【天欲暮】李珣南鄉子：行客待潮天欲暮。姜夔夜行船：回首江南天欲暮。【江欲暮】孫光憲竹枝：商女經過江欲暮。【江城暮】李煜竹馬子：暝鴉零亂，蕭索江城暮。【江山暮】辛棄疾卜算子：修竹翠羅寒，遲日江山暮。【初日暮】歐陽修玉樓春：又是天涯初日暮。【青草暮】張先漁家傲：巴子城頭青草暮。【長堤暮】李煜引駕行：蟬嘶敗柳長堤暮。【長門暮】劉辰翁蘭陵王：杜鵑聲裏長門暮。【春欲暮】韋莊木蘭花：獨上小樓春欲暮。【春色暮】李煜晝夜樂：正值闌珊春色暮。【春江暮】秦觀調笑令：蘭舟欲解春江暮。【春將暮】馮延巳鵲踏枝：忘却歸來，不道春將暮。秦觀蝶戀花：共惜春將暮。【紅葉暮】李煜謝新恩：滿階紅葉暮。【紅欲暮】周邦彥玉樓春：雁背夕陽紅欲暮。【重簾暮】馮延巳虞美人：碧波朱戶重簾暮。晏幾道木蘭花：鞦韆院落重簾暮。【重樓暮】馮延巳菩薩蠻：千里重樓暮。【秋光暮】柳永迷神引：紅板橋頭秋光暮。【流薄暮】蘇庠木蘭花：江水無情流薄暮。【斜陽暮】柳永夜半樂：空望極，回首斜陽暮。秦觀踏莎行：杜鵑聲裏斜陽暮。秦觀點絳脣：千里斜陽暮。【寒色暮】李煜望江梅：千里江山寒色暮。【雲雨暮】歐陽修玉樓春：信阻青禽雲雨暮。【傷春暮】李煜蝶戀花：乍過清明，早覺傷春暮。【愁春暮】晏幾道木蘭花：小顰若解愁春暮。【催薄暮】李清照浣溪沙：遠岫出山催薄暮。【塵欲暮】溫庭筠南歌子：九衢塵欲暮。【蘭芷暮】馮延巳應天長：雲隔長洲蘭芷暮。【紅朝翠暮】吳文英宴清都：敍舊期、不負青盟，紅朝翠暮。【朝朝暮暮】李煜擊梧桐：試與問，朝朝暮暮。秦觀鵲橋仙：又豈在、朝朝暮暮。【霧朝煙暮】吳文英宴清都：漫山色青青，霧朝煙暮。

慕

【相慕】秦觀調笑令：相慕，無雙女。【多感慕】歐陽修漁家傲：悔別情懷多感慕。【空倚慕】歐陽修漁家傲：千里鄉關空倚慕。

步

蒲故切【天步】柳永御街行：寶輦回天步。【閒步】周邦彥瑞龍吟：東城閒步。【微步】周邦彥解蹀躞：深念凌波微步。【蓮步】柳永腰枝輭：急趨蓮步。【獨步】柳永受恩深：擬買斷秋天，容易獨步。【生塵步】辛棄疾賀新郎：艇子飛來生塵步。【閒信步】李煜蝶戀花：遙夜亭皋閒信步。【雲襯步】柳永木蘭花：宛轉香茵雲襯步。【塵生步】賀鑄人南渡：羅襪塵生步。【羅襪步】辛棄疾南鄉子：漸見凌波羅襪步。

素

蘇故切【尺素】晏殊鵲踏枝：欲寄彩箋兼尺素。秦觀踏莎行：驛寄梅花，魚傳尺素。周邦彥一落索：難逢尺素。【丹素】柳永傾杯：知多少，他日深盟，平生丹素。【幽素】周邦彥掃地花：病傷幽素。【紈素】周邦彥法曲獻仙音：對徽容、空在紈素。【情素】周邦彥感皇恩：憑仗青鸞道情素。【清素】周邦彥夜遊宮：不謝鉛華更清素。【輕素】晏幾道解佩令：機中輕素。【橫素】周邦彥點絳脣：淡煙橫素。【凝素】周邦彥玉樓春：對寒梅照雪，淡煙凝素。【兩心素】馮延巳應天長：說盡從來兩心素。【腰束素】歐陽修漁家傲：沼上嫩蓮腰束素。【霓裳素】辛棄疾賀新郎：著厭霓裳素。【諸衷素】李煜菩薩蠻：來便諸衷素。

訴

【低訴】柳永黃鶯兒：似把芳心深意低訴。【誰訴】柳永鵲橋仙：傷心脈脈誰訴。【難訴】晏幾道解佩令：恨長難訴。【么絃訴】辛棄疾賀新郎：愁爲情，么絃訴。【嬌欲訴】辛棄疾菩薩蠻：曲終嬌欲訴。【憑誰訴】柳永晝夜樂：一場寂寞憑誰訴。【鶯自訴】蘇軾木蘭花令：花本無心鶯自訴。【芳心休訴】姜夔醉吟商小品：一點芳心休訴，琵琶解語。【哀音似訴】姜夔齊天樂：都是曾聽伊處，哀音似訴。【客情難訴】歐陽修桃源憶故人：少年行客情難訴。

妬

都故切【人莫妬】馮延巳應天長：雙栖人莫妬。【冰雪妒】歐陽修玉樓春：清瘦肌膚冰雪妒。【金錢妒】柳永受恩深：剛被金錢妒。【飛燕妒】柳永木蘭花：不怕掌中飛燕妒。【秋娘妒】晏幾道玉樓春：妝成儘任秋娘妒。【被花妬】周邦彥夜遊宮：莫是栽花被花妬。【無限妒】歐陽修玉樓春：多情翻卻似無情，贏得百花無限妒。【風姨浪妒】吳文英永遇樂：留連怕，風姨浪妒。【錦屏人妒】吳文英宴清都：芳樹兼倚，花梢鈿合，錦屏人妒。

兔

土故切【烏兔】周邦彥留客住：嗟烏兔，正茫茫，相催無定。

度

徒故切【千度】柳永晝夜樂：一日不思量，也攢眉千度。【風度】辛棄疾賀新郎：就錦屏一曲，種種斷腸風度。【時度】柳永女冠子：華星明滅，輕雲時度。【虛度】柳永迷仙引：光陰虛度。姜夔月下笛：怎知道誤了人，年少自恁虛度。【羞度】吳文英宴清都：蔆蟾冷落羞度。【態度】秦觀念奴嬌：逞盡娉婷態度。【暗度】柳永二郎神：極目處，微雲暗度。柳永西平樂：寂寞韶華暗度。秦觀鵲橋仙：銀漢迢迢暗度。【微度】柳永迎新春：徧九陌，羅綺香風微度。張元幹賀新郎：斷雲微度。【難度】柳永門百花：遠恨緜緜，淑景遲遲難度。【千百度】辛棄疾青玉案：衆裏尋他千百度。【光移度】辛棄疾玉樓春：三星昨夜光移度。【花裏度】晏幾道玉樓春：永日閒從花裏度。【風暗度】李煜蝶戀花：桃杏依依風暗度。【能幾度】張先天仙子：醉笑相逢能幾度。【等閒度】柳永夜半樂：忍良時，孤負少年等閒度。【窗外度】歐陽修玉樓春：愁聽雞聲窗外度。【雲橫度】辛棄疾玉樓春：西風瞥起雲橫度。【芳菲欲度】溫庭筠更漏子：正是芳菲欲度。

渡

【古渡】廖世美燭影搖紅：悄無人，舟橫古渡。【夜渡】張元幹賀新郎：未放扁舟夜渡。【津渡】秦觀踏莎行：霧失樓臺，月迷津渡。【人南渡】賀鑄人南渡：細風吹柳絮，人南渡。【芳草渡】蘇軾臨江仙：渺渺斜風吹細雨，芳草渡。【南鴻渡】歐陽修漁家傲：雙魚不食南鴻渡。【春江渡】辛棄疾御街行：年年送客，自喚春江渡。【桃根渡】吳文英鶯啼序：記當時，短楫桃根渡。【銀河渡】馮延巳菩薩蠻：疏星時作銀河渡。【歸帆渡】溫庭筠更漏子：京口路，歸帆渡。

路

魯故切【岐路】歐陽修桃源憶故人：碧草綠楊岐路。【尋路】周邦彥掃地花：掃花尋路。【無路】姜夔月下笛：朱門深閉，再見無路。【道路】孫光憲酒泉子：萬里陽關道路。【橫路】賀鑄人南渡：蘭芷滿芳洲，遊橫路。【歸路】秦觀如夢令：夢斷月堤歸路。秦觀鵲橋仙：忍顧鵲橋歸路。姜夔念奴嬌：田田多少，幾回沙際歸路。【千條路】溫庭筠楊柳枝：景陽樓畔千條路。【山下路】張先木蘭花：回認玉峯山下路。【天涯路】晏殊鵲踏枝：獨上高樓，望盡天涯路。【江南路】馮延巳鵲踏枝：一晌關情，憶遍江南路。【巫山路】馮延巳鵲踏枝：水闊花飛，夢斷巫山路。【巫峽路】馮延巳應天長：魂歸巫峽路。【林下路】張先破陣樂：雲際寺，林下路。【青泥路】辛棄疾御街行：門外青泥路。【青青路】姜夔卜算子：江左詠梅人，夢繞青青路。【長亭路】辛棄疾菩薩蠻：旌旗依舊長亭路。【芳草路】韋莊木蘭花：愁望玉關芳草路。歐陽修玉樓春：暮雲空闊不知音，惟有綠楊芳草路。【花飛路】歐陽修玉樓春：蝶飛芳草花飛路。【來時路】秦觀點絳脣：山無數，亂紅如雨，不記來時路。【垂楊路】張先菩薩蠻：馬啼何處垂楊路。【春水路】晏幾道清平樂：一棹碧濤春水路。【春歸路】秦觀蝶戀花：憑君礙斷春歸路。【香滿路】辛棄疾青玉案：寶馬雕車香滿路。【神州路】張元幹賀新郎：夢繞神州路。【神京路】柳永夜半樂：凝淚眼，杳杳神京路。【荒草路】辛棄疾歸朝歡：野煙荒草路。【桃源路】馮延巳酒泉子：隴頭雲，桃源路。【迷歸路】辛棄疾摸魚兒：天涯芳草迷歸路。【淸波路】辛棄疾賀新郎：柳暗淸波路。【章臺路】歐陽修蝶戀花：樓高不見章臺路。【堤下路】魏夫人菩薩蠻：綠楊堤下路。【寒食路】馮延巳鵲踏枝：百草千花寒食路。【尋春路】辛棄疾蝶戀花：應惜障泥，忘了尋春路。【雲根路】吳文英絳都春：碧沿蒼蘚雲根路。【黃葉路】周邦彥玉樓春：今日獨尋黃葉路。【隋堤路】周邦彥尉遲盃：隋堤路，漸日晚，密靄生深樹。【雲滿路】韋莊喜遷鶯：香滿衣，雲滿路。【無窮路】周邦彥驀山溪：樓前疏柳，柳外無窮路。【煙水路】晏幾道蝶戀花：夢入江南煙水路。【垂楊路】柳永迷神引：寒溪蘸碧，繞垂楊路。【煙霞路】韋莊河傳：玉鞭橫斷煙霞路。【蓬舟路】賀鑄芳心苦：萬綠萍漲斷蓬舟路。【蓬萊路】吳文英宴清都：萬壑蓬萊路。【橫塘路】張先偷聲木蘭花：畫橋淺映橫塘路。【橋下路】馮延巳酒泉子：柳映危橋橋下路。【關山路】李廌虞美人：青林枕上關山路。【還家路】歐陽修漁家傲：亂山衰草還家路。【歸來路】李清照點絳脣：望斷歸來路。【珠塵蘚路】吳文英古香慢：更腸斷，珠塵蘚路。【綺羅爭路】吳文英掃花遊：正笙簫競渡，綺羅爭路。

露

【風露】賀鑄伴雲來：共苦清秋風露。辛棄疾鵲橋仙：夜夜費，一天風露。吳文英宴清都：華清慣浴，春盎風露。【飮露】辛棄疾柳梢青：吸風飮露。【翠露】吳文英掃花遊：帶草春搖翠露。【花有露】歐陽修漁家傲：葉有清風花有露。【花梢露】晏幾道御街行，年光正似花梢露。【奇峯著露】毛滂惜分飛：淚溼闌干花著露。【紅衣露】歐陽修漁家傲：行雲湧出奇峯露。【風罙露】吳文英水龍吟：硯波尚溼紅衣露。【眞珠露】歐陽修玉樓春：朱闌夜夜風罙露。【眞珠露】柳永受恩深：助秀色堪餐，向曉自有眞珠露。周邦彥蝶戀花：折遍柔枝，滿手眞珠露。【朝來露】辛棄疾虞美人：羣花泣盡朝來露。【殘風露】吳文英生查子：愁影背闌干，素髮殘風露。【蘭泣露】晏殊鵲踏枝：檻菊愁煙蘭泣露。【天香染露】辛棄疾念奴嬌：天香染露，曉來衣冠誰整。【幽花怯露】晏殊踏莎行：細草愁煙，幽花怯露。【幽蘭啼露】張先山亭宴，翦煙花，幽蘭啼露。

鷺

【沈鷺】吳文英齊天樂：煙際沈鷺。【雪鷺】毛文錫應天長：飛起淺沙翹雪鷺。【鷗鷺】柳永安公子：拾翠汀洲人寂靜，立雙雙鷗鷺。李清照如夢令：驚起一灘鷗鷺。辛棄疾摸魚兒：望飛來，半空鷗鷺。【半汀鷺】吳文英齊天樂：晚風吹墮半汀鷺。

怒

奴故切【風怒】辛棄疾念奴嬌：江頭風怒。【蛟龍怒】辛棄疾摸魚兒：吳兒不怕蛟龍怒。

顧

古慕切【回顧】柳永采蓮令：斷腸爭忍回顧。秦觀調笑令：回顧，漢宮路。【君恩顧】柳永迷仙引：已受君恩顧。【空回顧】周邦彥點絳脣：空回顧，淡煙橫素。【周郎顧】辛棄疾惜分飛：最是周郎顧，尊前幾度歌聲誤。【笑相顧】姜夔側犯：無語，漸半脫宮衣，笑相顧。【偷相顧】秦觀虞美人：紅妝艇子來何處，蕩槳偷相顧。【輕回顧】柳永受恩深：陶令輕回顧。【幾番回顧】柳永鵲橋仙：和淚眼，片時幾番回顧。

故

【如故】周邦彥瑞龍吟：聲價如故。【時事故】馮延巳應天長：舊遊時事故。【韶容故】歐陽修漁家傲：東皇肯信韶容故。

固

【千秋鞏固】吳文英宴清都：南山壽石，東周寶鼎，千秋鞏固。

汙

烏故切【泥汙】辛棄疾一落索：莫待燕飛泥汙。

誤

五故切【身誤】晁補之摸魚兒：儒冠曾把身誤。【相誤】秦觀點絳脣：塵緣相誤。【輕誤】吳文英古香慢：夜約羽林輕誤。【全相誤】馮延巳點絳脣：不知青鳥全相誤。【秋風誤】賀鑄芳心苦：當年不肯嫁東風，無端却被秋風誤。【星星誤】辛棄疾玉樓春：鏡中已覺星星誤。【消魂誤】晏幾道蝶戀花：覺來惆悵消魂誤。【輕相誤】歐陽修梁州令：誰教薄倖輕相誤。【歌聲誤】辛棄疾惜分飛：尊前幾度歌聲誤。【歸燕誤】晏幾道蝶戀花：遠信還因歸燕誤。

負

方佈切【孤負】柳永祭天神：酒態花情頓孤負。柳永女冠子：想佳期，容易成孤負。柳永鵲橋仙：算密意幽歡，盡成孤負。【輕負】柳永擊梧桐：擬把前言輕負。

富

【繁富】柳永永遇樂：人煙繁富。

墓

莫故切。山墓、古墓、丘墓、陵墓、野墓、先人墓、花下墓、昭君墓、原上墓、將軍墓、誰家墓、鴛鴦墓。

護

胡故切。天護、回護、守護、佑護、慈護、山靈護、朱欄護、籓籬護。

悟

五故切。了悟、大悟、方悟、未悟、妙悟、愁悟、夢悟、漸悟、曉悟、有情悟、瞿然悟。

募（莫故切）　怖（普故切）　鋪　布（博故切）　佈　捕（蒲故切）

哺　餔　愬（蘇故切）　愫　溯　措（倉故切）　厝

錯　醋　作（宗祚切）　祚（存故切）　阼　胙　妒（都故切）

斁　蠹　吐（土故切）　鍍（徒故切）　輅（魯故切）　賂　璐

潞 笯（奴故切） 濩（胡故切） 瓠 互 冱 涸
護 謼（荒故切） 庫（苦故切） 袴 胯 雇（古慕切） 詁
錮 酤 痼 惡（烏故切） 杇 寤（五故切） 晤
捂 迕 忤 婦（方佈切） 阜 副

【對偶】

秦觀滿庭芳：碧水驚秋，黃雲凝暮。辛棄疾卜算子：脩竹翠羅寒，遲日江山暮。秦觀踏莎行：驛寄梅花，魚傳尺素。秦觀踏莎行：霧失樓臺，月迷津渡。周邦彥玉樓春：當時相候赤欄橋，今日獨尋黃葉路。晏殊踏莎行：細草愁煙，幽花怯露。李清照慶清朝：紫幄低張，彤闌巧護。賀鑄陌上郎：揮金陌上郎，化石山頭婦。

第五部

平聲 十三佳（半）十四皆十六咍通用

（佳）

佳 居膎切【雨來佳】李清照攤破浣溪沙：門前風景雨來佳。

街 【朱雀街】賀鑄掩蕭齋：落日蓬迎朱雀街。【走馬天街】張先宴春臺慢：探芳菲，走馬天街。

涯 宜佳切【天涯】蘇軾減字木蘭花：不似天涯，捲起楊花似雪花。【在天涯】溫庭筠夢江南：千萬恨，恨極在天涯。【繞天涯】顧敻虞美人：教人魂夢逐楊花，繞天涯。

釵 初佳切【金釵】柳永玉蝴蝶：三千珠履，十二金釵。【金鳳釵】歐陽修南鄉子：半嚲烏雲金鳳釵。【搖寶釵】張先定西番：翠蟬搖寶釵。

鞋 戶佳切【芒鞋】辛棄疾鷓鴣天：攜竹杖更芒鞋。【小繡鞋】歐陽修南鄉子：遺下弓弓小繡鞋。

崖 宜佳切。枯崖、迴崖、別崖、絕崖、幽崖、蒼崖、層崖、斷崖、懸崖。

牌 蒲街切。朱牌、彩牌、詩牌、圓牌、玉篆牌。

差 初佳切。官差、情差、請自差。

柴 鉏佳切。生柴、拾柴、茅柴、掩柴、薪柴。

膎戶佳切 **鮭** **厓**宜佳切 **睚** **捱** **箄**蒲街切

崽所佳切

（皆）

偕 居諧切【世難偕】柳永西施：苧蘿妖艷世難偕。

階 【閒階】馮延巳采桑子：葉透閒階，月透簾櫳遠夢回。柳永訴衷情近：榆錢飄滿閒階。【又翻階】辛棄疾西江月：看看紅藥又翻階。【細侵階】辛棄疾南歌子：涓涓流水細侵階。【蘚侵階】李煜浪淘沙：秋風庭院蘚侵階。

堦　【空堦】秦觀滿庭芳：敗葉零亂空堦。

挨　英皆切【暖相挨】秦觀浣溪沙：柳腰如醉暖相挨。

骸　雄皆切【形骸】辛棄疾浣溪沙：百無是處老形骸。

懷　乎乖切【君懷】柳永西施：善媚悅君懷。【情懷】李煜采桑子：可奈情懷。【幽懷】李清照浣溪沙：半牋嬌恨寄幽懷。【傷懷】秦觀滿庭芳：傷懷，增悵望。【舊情懷】辛棄疾浪淘沙：金玉舊情懷。

淮　【秦淮】李煜浪淘沙：想得玉樓瑤殿影，空照秦淮。

齋　莊皆切【行齋】辛棄疾沁園春：錦帆畫舫行齋。【幽齋】馮延巳采桑子：寒蟬欲報三秋候，寂靜幽齋。

排　蒲皆切【難排】李煜浪淘沙：往事只堪哀，對景難排。

埋　謨皆切【已沉埋】李煜浪淘沙：金劍已沉埋。

諧　雄皆切。不諧、和諧、情諧、意諧、詠諧、韻諧、一曲諧、何時諧、金石諧。

儕　牀皆切。同儕、朋儕、爾儕、非某儕、情無儕。

霾　謨皆切。昏霾、幽霾、陰霾、雲霾、苦霧霾、煙嵐霾。

楷 居諧切　**喈**　**揩** 邱皆切　**乖** 公懷切　**櫰** 乎乖切　**槐**

豺 牀皆切　**俳** 蒲皆切

（咍）

開　邱哀切【勻開】柳永拋球樂：艷杏暖，妝臉勻開。【烟開】溫庭筠河瀆神：楚山如畫烟開。【一笑開】秦觀浣溪沙：香靨凝羞一笑開。李清照浣溪沙：繡面芙蓉一笑開。【向人開】辛棄疾浣溪沙：只今何處向人開。【向湖開】潘閬憶餘杭：僧房四面向湖開。【水紋開】李珣南鄉子：蘭棹舉，水紋開。【月華開】李煜浪淘沙：晚涼天淨月華開。【江影開】辛棄疾沁園春：悵雪浪黏天江影開。【有花開】馮延巳憶江南：東風次第有花開。【菊花開】馮延巳抛球樂：茱萸微綻菊花開。辛棄疾浪淘沙：來歲菊花開。【揷天開】辛棄疾水調歌頭：千古老蟾口，雲洞揷天開。【時暫開】柳永采桑子：不放雙眉時暫開。【秋解開】馮延巳抛球樂：金菊年年秋解開。【野蒿開】辛棄疾鷓鴣天：朱朱粉粉野蒿開。【爲誰開】辛棄疾水調歌頭：黃菊爲誰開。秦觀滿庭芳：問籬邊黃菊，知爲誰開。秦觀南歌子：月屛風幌爲誰開。秦觀虞美人：可惜一枝如畫，爲誰開。【臨水開】辛棄疾沁園春：好都把軒窗臨水開。【禁城開】韋莊喜遷鶯：街鼓動，禁城開。【綺筵開】晏殊更漏子：新酒熟，綺筵開。【綠戶開】馮延巳采桑子：幾處香風綠戶開。【翠奩開】辛棄疾水調歌頭：千丈翠奩開。【曉雲開】張先喜朝天：曉雲開，睨仙館陵虛，步入蓬萊。【畫屛開】歐陽修浣溪沙：夕陽高處畫屛開。【畫圖開】辛棄疾鷓鴣天：溪山一片畫圖開。【臘前開】柳永瑞鷓鴣：乍驚繁杏臘前開。【向曉簾開】孫道絢清平樂：朱樓向曉簾開。【繡戶慵開】馮延巳采桑子：酒闌睡覺天香暖，繡戶慵開。

哀

於開切【只堪哀】李煜浪淘沙：往事只堪哀。【晚風笛中哀】蘇軾臨江仙：月明誰起笛中哀。【晚風哀】劉克莊風入松：遠林搖落晚風哀。【杜宇聲哀】秦觀沁園春：東風杜宇聲哀。

埃

【塵埃】柳永西施：羅綺旋變塵埃。柳永玉蝴蝶：夜來膏雨，一洒塵埃。周邦彥滿庭芳：笛聲吹徹，九萬里塵埃。辛棄疾柳梢青：白鳥相迎，相憐相笑，滿面塵埃。

臺

堂來切【池臺】辛棄疾鷓鴣天：古今興廢幾池臺。【空臺】姜夔水調歌頭：天外玉笙杳，子晋只空臺。辛棄疾水調歌頭：後日猶今視昔，歌舞只空臺。【亭臺】晏殊浣溪沙：去年天氣舊亭臺。【荒臺】柳永西施：當時月，但空照荒臺。【登臺】辛棄疾水調歌頭：抱病且登臺。【高臺】溫庭筠定西番：攀弱柳，折寒梅，上高臺。【琴臺】秦觀沁園春：淚洒琴臺。【陽臺】蘇軾南鄉子：暮雨暗陽臺。【樓臺】周邦彥滿庭芳：冰輪動，光滿樓臺。秦觀浣溪沙：日長春困下樓臺。【水樓臺】辛棄疾鷓鴣天：雲柱礎，水樓臺。【盡春臺】柳永玉蝴蝶：下車成宴盡春臺。

苔

【青苔】姜夔虞美人：沈香亭北又青苔。歐陽修清平樂：落花愁點青苔。【香苔】李煜菩薩蠻：剗襪步香苔。【莓苔】姜夔鷓鴣天：去年今日踏莓苔。【綠苔】蘇軾減字木蘭花：顛倒紅英間綠苔。【蒼苔】秦觀滿庭芳：百露點蒼苔。秦觀沁園春：立遍蒼苔。辛棄疾沁園春：庭中且莫踏破蒼苔。【翠苔】柳永瑞鷓鴣：絳雪紛紛落翠苔。【欲生苔】辛棄疾水調歌頭：短檠燈，長劍鋏，欲生苔。

來

郎才切【重來】柳永玉蝴蝶：鳳池歸去，那更重來。【飛來】姜夔虞美人：唯有當時蝴蝶自飛來。【誰來】李煜浪淘沙：一任珠簾閒不卷，終日誰來。【頻來】馮延巳清平樂：軒車莫厭頻來。【歸來】柳永祭天神：更深釣叟歸來。【人不來】溫庭筠定西番：雁來人不來。【入夢來】李煜采桑子：欲睡朦朧入夢來。辛棄疾菩薩蠻：一夜夢千回，梅花入夢來。【日影來】辛棄疾鷓鴣天：野水閒將日影來。【不歸來】溫庭筠菩薩蠻：音信不歸來。溫庭筠蕃女怨：雁門消息不歸來。【白衣來】辛棄疾水調歌頭：誰遣白衣來。【去還來】潘閬憶餘杭：輕棹去還來。【出門來】韋莊喜遷鶯：鳳銜金榜出門來。【趁蝶來】辛棄疾鷓鴣天：抱蕊黃鬚趁蝶來。【送愁來】秦觀踏莎行：楚山誰遣送愁來。【故人來】秦觀滿庭芳：疑是故人來。【逐風來】柳永瑞鷓鴣：誰恁吹羌管，逐風來。【却重來】馮延巳憶江南：恁時須約却重來。【採蓮來】李珣南鄉子：競攜藤籠採蓮來。【吼地來】劉禹錫浪淘沙：八月濤聲吼地來。【雁不來】辛棄疾減字木蘭花：立盡西風雁不來。【喚風來】辛棄疾鷓鴣天：催月上，喚風來。【幾時來】秦觀南歌子：只恐又拋人去，幾時來。【燕歸來】晏殊浣溪沙：似曾相識燕歸來。【蹴下來】辛棄疾鷓鴣天：時把瓊瑤蹴下來。【翡翠來】馮延巳拋球樂：簾幕煙寒翡翠來。【賽神來】溫庭筠河瀆神：銅鼓賽神來。【懶歸來】秦觀浣溪沙：眼邊牽繫懶歸來。

萊

【蒿萊】李煜浪淘沙：壯氣蒿萊。【蓬萊】張先喜朝天：睨仙館陵虛，步入蓬萊。柳永玉蝴蝶：雲中鼓吹，遊徧蓬萊。【見蓬萊】辛棄疾水調歌頭：雲氣見蓬萊。【浸蓬萊】周邦彥滿庭芳：弱水浸蓬萊。【漲荒萊】辛棄疾水調歌頭：野碧漲荒萊。

顋

桑才切【香顋】晏幾道于飛樂：睡痕猶占香顋。柳永瑞鷓鴣：凌晨酒入香顋。李清照浣溪沙：斜飛寶鴨襯香顋。【半暈顋】蘇軾定風波：兩兩輕紅半暈顋。【越女顋】晏幾道鷓鴣天：楚女腰肢越女顋。

猜

倉來切【暗猜】辛棄疾沁園春：君言病豈無媒，似壁上雕弓蛇暗猜。【嫌猜】柳永西施：後庭恃寵，盡使絕嫌猜。【難猜】秦觀滿庭芳：往事難猜。【驚猜】辛棄疾水調歌頭：往事莫驚猜。【百般猜】秦觀南歌子：天外不知音耗，百般猜。【苦相猜】蘇軾阮郎歸：佳人相問苦相猜。【被人猜】李清照浣溪沙：眼波纔動被人猜。

哉

將來切【美哉】辛棄疾沁園春：溪山美哉。【悠哉】姜夔水調歌頭：東望赤城近，吾與亦悠哉。

栽

【須栽】辛棄疾水調歌頭：東岸綠蔭少，楊柳更須栽。【趁時栽】辛棄疾水調歌頭：君要花滿縣，桃李趁時栽。【醒時栽】辛棄疾水調歌頭：白髮寧有種，一一醒時栽。

裁

墻來切【偷裁】辛棄疾減字木蘭花：錦字偷裁，立盡西風雁不來。【水玉裁】秦觀南歌子：嬌眸水玉裁。【細翦裁】柳永瑞鷓鴣：鮮染燕脂細翦裁。【露染風裁】柳永玉蝴蝶：滿目淺桃深杏，露染風裁。

才

【仙才】姜夔水調歌頭：倚闌干，二三子，總仙才。【詩才】張先喜朝天：野色對，江山助詩才。【百篇才】辛棄疾水調歌頭：五車書，千石飲，百篇才。【有俊才】馮延巳拋球樂：年少王孫有俊才。

孩

何開切。孤孩、棄孩、靈孩、心尚孩、色如孩。

材

墻來切。凡材、良材、異材、琴材、棟梁材、廊廟材。

財

天財、多財、和財、理財、家財、積財。

咍呼來切　**該**柯開切　**垓**　**陔**　**荄**　**咳**何開切　**頦**

侅　**唉**於開切　**娭**　**皚**魚開切　**獃**　**胎**湯來切　**駘**

駘堂來切 擡 能奴來切 徠郎才切 婡 崍 騋

鰓桑才切 偲倉來切 栽將來切 纔墻來切

仄聲

十二蟹十三駭十五海十四太（半）十五卦（半）十六怪十七夬十九代通用

（蟹）以下上聲

解 佳買切【吹不解】歐陽修玉樓春：閒愁一點心上來，算得東風吹不解。【冰初解】李煜虞美人：池面冰初解。【珠瑲解】馮延巳菩薩蠻：笑把珠瑲解。

罷 部買切【試罷】柳永柳初新：別有堯階試罷。【飲罷】辛棄疾水龍吟：滿懷芳乳，先生飲罷。【彈罷】韋莊清平樂：寶瑟誰家彈罷。

灑 所蟹切【柳花如灑】史達祖三姝媚：望晴檐多風，柳花如灑。

矮 倚蟹切。前足矮、松形矮。

擺 補買切。風擺、魚擺、柳擺、搖擺、金鈴擺。

買 母蟹切。多買、肯買、預買、競買、千金買、不用買。

蟹 下買切 **解** **獬** **澥** **枴** 古買切 **躧** 所蟹切 **纚**

廌 丈蟹切 **豸** **嬭** 女蟹切 **攞** 初買切

（駭）

駭 下楷切。神駭、鳥駭、澤駭、震駭、驚駭。

楷 口駭切。妙楷、模楷、後世楷。

絯 下楷切 **鍇** 口駭切 **挨** 倚駭切 **騃** 語駭切

（海）

海 許亥切【珠沉海】黃庭堅千秋歲：波濤萬頃珠沉海。【浮於海】蘇軾千秋歲：乘桴且恁浮於海。【愁如海】秦觀千秋歲：飛紅萬點愁如海。

改 己亥切【人事改】鹿虔扆臨江仙：煙月不知人事改。【朱顏改】李煜虞美人：雕闌玉砌應猶在，只是朱顏改。秦觀千秋歲：鏡裏朱顏改。【新聲改】蘇軾虞美人：幾度新聲改。

彩 簿亥切【髻鬟生彩】蘇軾殢人嬌：朱唇筯點，更髻鬟生彩。

在 昨宰切【異香在】辛棄疾洞仙歌：應是承恩，纖手重勻異香在。

采 此宰切。文采、光采、花采、風采、異采、神采、詩采。

採 可採、見採、獨採、競採、和枝採、牧童採、踏雲採。

綵 衣綵、春綵、紙綵、剪綵、綾綵、舞綵。

宰 子亥切。小宰、主宰、割宰。

待 蕩亥切。不待、久待、空待、坐待、相待、誰待、靜待。

怠 勿怠、忘怠、荒怠、惰怠、緩怠。

醢 許亥切　**愷** 可亥切　**凱**　**塏**　**闓**　**鎧**　**嘅**

亥 下改切　**閡**　**欸** 倚亥切　**毉**　**倍** 簿亥切　**痱**

茝 昌亥切　**迨** 蕩亥切　**殆**　**駘**　**紿**　**乃** 奴亥切　**鼐**

（太）半、以下去聲

帶 當蓋切【裙帶】蘇軾殢人嬌：尋一首好詩，要書裙帶。【柳帶】柳永定風波：鶯穿柳帶。【寬衣帶】秦觀千秋歲：離別寬衣帶。【溪山襟帶】辛棄疾清平樂：千里盤盤平世界，更著溪山裙帶。

賴 落蓋切【無聊賴】賀鑄薄倖：人間晝永無聊賴。

奈 乃帶切【無計奈】歐陽修漁家傲：愁倚畫樓無計奈。柳永迎春樂：良夜永，牽情無計奈。【嬌無奈】賀鑄薄倖：頻頻微笑嬌無奈。

靄 於蓋切【迷暮靄】孫道絢醉思仙：看山迷暮靄。

外 五泰切【島邊天外】蘇軾千秋歲：島邊天外，未老身先退。

太 他蓋切。永太、無已太。

泰 安泰、否泰、長泰、祥泰、豐泰、窮泰。

大 徒蓋切。細大、年大、崇大、葉大、江海大、湖海大。

籟 落蓋切。天籟、竹籟、夜籟、風籟、虛籟、寒籟、鳴籟、萬籟。

奈 乃帶切。不奈、無奈、莫予奈、無計奈、無處奈。

害 下蓋切。水害、妨害、損害、辭害、慮害。

蓋 居太切。白蓋、竹蓋、冠蓋、華蓋、翠蓋、霞蓋、軒蓋、煙蓋。

藹 於蓋切。和藹、芳藹、濃藹、藹藹。

忕 他蓋切　**癩** 落蓋切　**瀨**　**蔡** 七蓋切　**丐** 居太切

艾 牛蓋切

（卦）

債 側賣切【愁煩債】柳永迎春樂：我前生負你愁煩債。

懈 居隘切。自懈、怠懈、匪懈、無懈、筋力懈。

隘 烏懈切。巷隘、險隘、關隘、平野隘、波生隘、車馬隘、孤城隘。

派 滂賣切。一派、宗派、別派、清派、舊派、萬派。

賣 莫懈切。自賣、現賣、賤賣、難賣、千金賣。

曬 所賣切。日曬、洗曬、晴曬、曝曬、花上曬、紅榴曬、萬里曬。

廨 居隘切　**嶰**　**邂** 下懈切　**搤** 烏懈切　**稗** 邦賣切

瘥 楚懈切　**衩**　**砦** 仕懈切　**眦**

（怪）

怪 古壞切【人驚怪】柳永迎春樂：近來憔悴人驚怪。

界 居拜切【花世界】歐陽修玉樓春：酒美春濃花世界。【維摩境界】蘇軾殢人嬌：白髮蒼顏，正是維摩境界。

拜 布怪切【重拜】馮延巳壽山曲：侍臣舞蹈重拜。

簣 苦怪切。一簣、積簣、萬簣、覆簣。

塊 大塊、枕塊、破塊、累塊。

壞 胡怪切。山壞、不壞、折壞、屋壞、壁壞、梁木壞、顏色壞。

戒 居拜切。持戒、夙戒、破戒、垂戒、齋戒、儆戒。

誡 女誡、作誡、新誡、箴誡。

介 一介、耿介、媒介、賓介。

械 下介切。兵械、堅械、器械、雲梯械。

憊 步拜切。急憊、宿憊、疲憊、貧非憊、顏色憊。

蒯 苦怪切 **蕢** **簣** **喟** **聵** 五怪切 **价** **玠**

疥 **屆** **芥** **薤** 下介切 **瀣** **欸** 乙界切 **湃** 怖怪切

憊 步拜切 **鎩** 所介切 **殺** **祭** 側界切

（夬）

快 苦夬切。一快、不快、心快、自快、風快、生平快、當年快、事事快。

敗 薄邁切。成敗、佯敗、勝敗、潰敗、腐敗。

邁 莫敗切。行邁、英邁、逸邁、超邁、豪邁、遐邁、輕邁、山水邁、隨風邁。

夬 古邁切 **獪** **澮** **噲** 苦夬切 **餲** 於邁切 **唄** 薄邁切

勱 莫敗切 **寨** 士邁切 **嘬** 楚快切 **啐** 倉夬切 **蠆** 丑邁切

（代）

黛 待戴切【顰翠黛】馮延巳菩薩蠻：相逢顰翠黛。

態 他代切【嬌態】柳永迎春樂：恣意憐嬌態。【著人情態】蘇軾殢人嬌：好事心腸，著人情態。

在 昨代切【今何在】蘇軾虞美人：定場賀老今何在。【今誰在】秦觀千秋歲：攜手處，今誰在。【詞空在】黃庭堅千秋歲：人已去，詞空在。【尊前在】李煜虞美人：笙歌未散尊前在。【應猶在】李煜虞美人：雕闌玉砌應猶在。【餘香猶在】柳永迎春樂：錦被裏、餘香猶在。

愛 於代切【人間愛】蘇軾虞美人：禪心已斷人間愛。

礙 牛代切【青山礙】辛棄疾清平樂：清泉犇快，不管青山礙。【重簾礙】賀鑄薄倖：往來翻恨重簾礙。

袋 待戴切。甲袋、沙袋、琴袋、掉書袋、錦書袋。

戴 丁代切。負戴、相戴、推戴、感戴、翼戴。

耐 乃代切。不耐、且耐、臨事耐。

塞 先代切。古塞、西塞、沙塞、近塞、秋塞、荒塞、漠塞、絕塞、邊塞、窮塞。

賽 秋賽、迎賽、春賽、賭賽。

再 作代切。一再、不再、勿再、難再。

載 同載、並載、私載、厚載、負載、兼載、輕載、裝載、覆載。

慨 口嘅切。多慨、自慨、忠慨、深慨、悲慨、常慨、感慨、憤慨、慚慨。

溉 居代切。灌溉、滌溉、引泉溉、零雨溉。

槪 英槪、風槪、氣槪、義槪、節槪、異槪、勝槪、梗槪。

代待戴切 **岱** **逮** **埭** **玳** **貸**他代切 **襶**丁代切

徠洛代切 **睞** **鼐**乃代切 **儎** **再**作代切 **菜**倉代切

埰 **愾**口漑切 **嘅** **欬** **鎧** **靉**於代切 **曖**

瑷 **閡**牛代切

第六部

平聲十七真十八諄十九臻二十文二十一欣二十三魂二十四痕通用

〔眞〕

眞 之人切【天眞】馮延巳憶江南：粉消妝薄見天眞。蘇軾浣溪沙：攜壺藉草亦天眞。柳永少年遊：容態盡天眞。【淸眞】辛棄疾鷓鴣天：千載役，百篇存，更無一字不淸眞。【嬾是眞】辛棄疾南歌子：病笑春先老，閒憐嬾是眞。

身 升人切【腰身】柳永少年遊：輕細好腰身。【誤身】辛棄疾阮郎歸：儒冠多誤身。【一半身】秦觀南鄉子：只露牆頭一半身。【一竿身】李煜漁父：一壺酒，一竿身。【小腰身】蘇軾南歌子：輕盈紅臉小腰身。【玉似身】韋莊天仙子：金似衣裳玉似身。【有限身】晏殊浣溪沙：一向年光有限身。【老來身】姜夔鷓鴣天：梅花閒伴老來身。【惜腰身】辛棄疾臨江仙：沉思歡事惜腰身。【楚腰身】吳文英渡江雲三犯：腸漫回隔花時見，背面楚腰身。【縹緲身】姜夔鷓鴣天：籠鞋淺出鴉頭襪，知是淩波縹緲身。

紳 【搢紳】蘇軾減字木蘭花：猶把虛名玷搢紳。【簪紳】柳永少年遊：羅綺簇簪紳。

瞋 稱人切【嬌瞋】柳永少年遊：無箇事，愛嬌瞋。

辰 丞眞切【佳辰】辛棄疾臨江仙：明年此地慶佳辰。【芳辰】晏殊鳳銜杯：追往事，惜芳辰。【星辰】辛棄疾沁園春：只今劍履，快上星辰。

晨 【良晨】韋莊河傳：玉鞭金勒，尋勝馳驟塵，惜良晨。

神 乘人切【風神】張先感皇恩：玉樹瑩風神。【精神】辛棄疾臨江仙：仙家風骨精神。柳永浪淘沙令：飛燕精神。柳永少年遊：舉措好精神。【鬭精神】蘇軾南歌子：疊鼓忽催花拍，鬭精神。【筆如神】辛棄疾上西平：胷如海，人似玉，筆如神。

人

而鄉切【今人】秦觀木蘭花慢：千古行人舊恨，盡應分付今人。【天人】柳永臨江仙：旌幢擁下天人。【行人】馮延巳鵲踏枝：陌上行人、杳不傳芳信。溫庭筠楊柳枝：停梭垂淚憶行人。【故人】辛棄疾阮郎歸：瀟洒逢故人。【野人】辛棄疾菩薩蠻：低頭愧野人。【閑人】辛棄疾行香子：由來至樂，總屬閑人。【愁人】歐陽修虞美人：艷陽剛愛挫愁人。【動人】秦觀南鄉子：任是無情也動人。【遊人】秦觀踏莎行：東風不管倦遊人。秦觀臨江仙：一時留住遊人。韋莊河傳：錦城花滿，狂殺遊人。【懷人】辛棄疾浣溪沙：只今懷樹更懷人。【不見人】劉禹錫楊柳枝：飛入宮牆不見人。【不著人】歐陽修減字木蘭花：酒後清寒不著人。【不逢人】陳克菩薩蠻：醉眼不逢人。【去年人】張先燕歸梁：都不是去年人。【戍樓人】毛文錫醉花間：偏憶戍樓人。【多少人】劉禹錫浪淘沙：渡却人間多少人。【有幾人】李煜漁父：世上知儂有幾人。【有情人】歐陽修定風波：無情花對有情人。【別有人】溫庭筠新添聲楊柳枝：裏許元來別有人。【別與人】馮延巳采桑子：忽把金環別與人。【苦愁人】歐陽修少年遊：千里萬里，二月三月，行色苦愁人。【苦撩人】辛棄疾南歌子：百般啼鳥苦撩人。【送行人】晏幾道鷓鴣天：似留香蕊送行人。【洛陽人】劉禹錫憶江南：春去也，多謝洛陽人。【倚門人】姜夔小重山令：鵲報倚門人。【倚闌人】吳文英浣溪沙：花開空憶倚闌人。【快活人】辛棄疾卜算子：熟檢田間快活人。【似花人】姜夔虞美人：那日青樓曾見似花人。【看花人】李煜望江梅：愁殺看花人。【粉淚人】晏幾道采桑子：長記樓中粉淚人。【惜花人】辛棄疾定風波：記取，大都花屬惜花人。【異鄉人】韋莊荷葉杯：如今俱是異鄉人。【眼前人】晏殊浣溪沙：不如憐取眼前人。【意中人】柳永少年遊：世間尤物意中人。【探花人】張先少年遊：常記探花人。【絕代人】姜夔鷓鴣天：京洛風流絕代人。【探芳人】吳文英木蘭花慢：登臨總成去客，更輭紅，先有探花人。【賀年人】姜夔鷓鴣天：隔籬燈影賀年人。【捲簾人】辛棄疾生查子：不見捲簾人。【謫仙人】蘇軾浣溪沙：錦袍不見謫仙人。【醉鄉人】晏殊更漏子：君莫笑，醉鄉人。【蓬萊人】賀鑄行路難：白綸巾，撲芳塵，不知我輩，可是蓬萊人。【薄情人】溫庭筠菩薩蠻：看取薄情人。【殢香人】

姜夔鬲溪梅令：好花不與殢花人。

辛

斯人切【酸辛】秦觀南鄉子：往事已酸辛。

新

【尖新】柳永浪淘沙令：妙盡尖新。【愁新】辛棄疾臨江仙：玉笙嫋嫋愁新。【清新】辛棄疾臨江仙：爲渠著句清新。【一番新】辛棄疾浣溪沙：閒愁閒恨一番新。【不如新】溫庭筠新添聲楊柳枝：多生舊物不如新。【白髮新】辛棄疾鷓鴣天：別恨妝成白髮新。【事事新】姜夔鷓鴣天：柏綠椒紅事事新。【幾時新】歐陽修定風波：紅顏能得幾時新。【滿頭新】歐陽修定風波：年來白髮滿頭新。【曉妝新】李清照慶清朝：一翻風露曉妝新。【扇裏新】朱敦儒鷓鴣天：楚奏吳歌扇裏新。【燕泥新】辛棄疾浣溪沙：舊巢還有燕泥新。【覺尖新】晏殊鳳銜杯：到處裏，覺尖新。【逐年新】馮延巳虞美人：野花芳草逐年新。【意常新】韓縝鳳簫吟：向年年芳草意常新。

親

雌人切【情親】辛棄疾行香子：歲晚情親。

津

資辛切【迷津】吳文英渡江雲三犯：千絲怨碧，漸路入仙島迷津。【溪津】周邦彥南鄉子：小棹碧溪迷津，恰似江南第一春。【要路津】辛棄疾鷓鴣天：忠言句句唐虞際，便是人間要路津。

濱

卑民切【汴水濱】劉禹錫楊柳枝：煬帝行宮汴水濱。【寂寞濱】辛棄疾鷓鴣天：庾嶺逢梅寂寞濱。

頻

毗賓切【玉漏頻】和凝江城子：斗轉星移玉漏頻。【莫辭頻】晏殊浣溪沙：酒筵歌席莫辭頻。【笑語頻】辛棄疾糖多令：行步漸輕盈，行行笑語頻。【踏水頻】辛棄疾浣溪沙：北隴田高踏水頻。【雁空頻】柳永訴衷情：年漸晚，雁空頻。【宴遊頻】柳永少年遊：鈴齋無訟宴遊頻。【鶯語頻】溫庭筠楊柳枝：織錦機邊鶯語頻。

顰

【雙顰】柳永浪淘沙令：眉黛雙顰。【輕顰】辛棄疾浣溪沙：醉逢笑處却輕顰。【枕上顰】馮延巳菩薩蠻：雙蛾枕上顰。【綠能顰】晏幾道更漏子：紅解笑，綠能顰。【岫眉顰】吳文英木蘭花慢：紫騮嘶凍草，曉雲鎖，岫眉顰。【捧心顰】辛棄疾浣溪沙：青山却作捧心顰。【翠蛾顰】柳永少年遊：想得別來，舊家模樣，只是翠蛾顰。【翠眉顰】辛棄疾浣溪沙：柳因何事翠眉顰。【翠黛顰】秦觀南鄉子：誰記當年翠黛顰。

嚬

【含嚬】劉禹錫憶江南：獨笑亦含嚬。

蘋

【汀蘋】秦觀木蘭花慢：翠減汀蘋。【青蘋】吳文英夜飛鵲：渾似飛仙入夢，襪羅微步，流水青蘋。【幽蘋】黃庭堅滿庭芳：荷徑拾幽蘋。

珍

知鄰切【珠珍】蘇軾南歌子：但得周郎一顧勝珠珍。

陳

地鄰切【橫陳】姜夔鬲溪梅令：水橫陳，漫向孤山山下覓盈盈。

塵

【征塵】吳文英慶春宮：嘶騎征塵，祇付憑闌。【香塵】晏幾道兩同心：踏青路，暗惹香塵。柳永浪淘沙令：曲終獨立斂香塵。柳永臨江仙：馬搖金轡破香塵。【芳塵】辛棄疾新荷葉：綺羅陌上芳塵。【紅塵】蘇軾臨江仙：天涯踏盡紅塵。晏幾道采桑子：倦客紅塵。周邦彥滿庭芳：朝鐘暮鼓，千載紅塵。【風塵】柳永少年遊：不稱在風塵。【音塵】韋莊荷葉杯：從此隔音塵。【歌塵】晏幾道采桑子：長帶歌塵。【暗塵】陳克菩薩蠻：午香吹暗塵。【輕塵】韋莊荷葉杯：尋勝馳驟輕塵。李煜望江梅：滿城飛絮混輕塵。【窗塵】辛棄疾臨江仙：夕陽依舊倚窗塵。【無塵】蘇軾行香子：清夜無塵。柳永醉蓬萊：玉宇無塵。【纖塵】秦觀木蘭花慢：迥蕭洒，絕纖塵。【淨無塵】歐陽修浣溪沙：碧瑠璃滑淨無塵。【細於塵】辛棄疾浣溪沙：東風吹雨細於塵。【馬蹄塵】張先少年遊：帽檐風細馬蹄塵。【隙中塵】辛棄疾南歌子：靜看隙中塵。【鞍馬塵】辛棄疾阮郎歸：揮羽扇，整綸巾，少年鞍馬塵。【輦路塵】辛棄疾鷓鴣天：夢斷東風輦路塵。

粼

力珍切【粼粼】姜夔鬲溪梅令：好花不與殢香人，浪粼粼。

鱗

【纖鱗】辛棄疾浣溪沙：隔牆沽酒醉纖鱗。【碧如鱗】晏殊望仙門：玉池波浪碧如鱗。

因

伊眞切【更無因】韋莊荷葉杯：相見更無因。

裀

【華裀】柳永浪淘沙令：急鏘環佩上華裀。

茵

【香茵】晏幾道采桑子：試拂香茵。韓縝鳳簫吟：緩步香茵。【重茵】吳文英渡江雲三犯：晚風未落，片繡點重茵。

闉

【城闉】周邦彥南鄉子：秋氣遶城闉。

巾

居銀切【衣巾】張先南鄉子：天碧染衣巾。【紅巾】辛棄疾定風波：赭袍一點萬紅巾。【綸巾】辛棄疾阮郎歸：揮羽扇，整綸巾。【霑巾】劉禹錫憶江南：叢蘭裛露似霑巾。【小偃巾】蘇軾南歌子：雲攲小偃巾。【淚滿巾】朱敦儒鷓鴣天：側帽停杯淚滿巾。【赭羅巾】辛棄疾定風波：猩猩血染赭羅巾。

伸

升人切。不伸、求伸、志伸、長伸、屈伸、頻伸。

臣

丞眞切。外臣、近臣、良臣、使臣、老臣、虎臣、賢臣。

仁

而鄰切。友仁、安仁、利仁、成仁、堯仁、處仁、歸仁。

薪

斯人切。竹薪、采薪、束薪、炊薪、負薪、拾薪、乾薪、買薪、樵薪。

賓

卑民切。上賓、迎賓、衆賓、鄉賓、嘉賓、娛賓、往日賓、座上賓。

民

彌鄰切。采民、斯民、逸民、勞民、濟民。

貧

皮巾切。安貧、忘貧、淸貧、振貧、歲貧、不憂貧、白屋貧、陋巷貧、今始貧。

鄰

力珍切。比鄰、同鄰、結鄰、東鄰、睦鄰、擇鄰、舊鄰、天與鄰、自爲鄰、竹爲鄰、花滿鄰、與雲鄰。

昣（之人切）　甄　磌　振　袗　稹　縝

申（升人切）　娠　呻　嗔（稱人切）　宸（丞眞切）　莘（斯人切）

璡（資辛切）　秦（匠鄰切）　螓　繽（紕民切）　檳（卑民切）

嚬（毗賓切）　嬪　份（悲巾切）　彬　玢　邠　豳

珉（眉貧切）　岷　閩　緡　泯　嶙（力珍切）　磷

潾　璘　轔　麟　驎　燐　紉（尼鄰切）

姻（伊眞切）　諲　禋　絪　氤　陻　湮　駰

寅（夷眞切）　夤　螾　銀（魚巾切）　珢　誾　狺

垠

（諄）

春

樞倫切【同春】晏幾道少年遊：明媚欲同春。【爭】辛棄疾江神子：花意爭春。【青春】韓縝鳳簫吟：遍綠野，嬉遊醉眼，莫負青春。【似春】晏殊更漏子：熙熙長似春。【尋春】辛棄疾滿庭芳：柳外尋春。【殘春】歐陽修減字木蘭花：燕老鶯慵無覓處，說似殘春。【傷春】晏殊浣溪沙：落花風雨更傷春。【一年春】秦觀臨江仙：記取一年春。【一枝春】辛棄疾江城子：過盡東園桃與李，還見此，一枝春。【一城春】柳永臨江仙：壺漿盈路，歡動一城春。【一隊春】李煜漁父：桃花無言一隊春。【一甌春】李清照小重山：留晚夢，驚破一甌春。【又一春】姜夔鷓鴣天：詩鬢無端又一春。【不宜春】馮延巳江城子：每到花時，長是不宜春。閻選八拍蠻：遇人推道不宜春。【不勝春】劉禹錫楊柳枝：數株殘柳不勝春。【可憐春】姜夔鷓鴣天：與誰共度可憐春。【日日春】張先偸聲木蘭花：清雪千家日日春。【玉溪春】辛棄疾臨江仙：一枝先破玉溪春。【正芳春】李煜望江梅：閒夢遠，南國正芳春。【杏花春】柳永少年遊：紅臉杏花春。【奈何春】歐陽修浣溪沙：日斜歸去奈何春。【泣青春】馮延巳虞美人：薄羅依舊泣青春。【坐生春】辛棄疾浣溪沙：有人一笑坐生春。【春又春】韋莊小重山：一閉昭陽春又春。【趕上春】王觀卜算子：若到江南趕上春。【莫負春】歐陽修定風波：對酒追歡莫負春。【獨凭春】歐陽修少年遊：闌干十二獨凭春。【無限春】辛棄疾鷓鴣天：髮底青青無限春。【滿溪春】張先虞美人：畫船羅綺滿溪春。【瑣窗春】晏幾道浣溪沙：可憐虛度瑣窗春。【幾點春】晏幾道鷓鴣天：綠橘梢頭幾點春。【萬家春】蘇軾浣溪沙：雪花浮動萬家春。【鴨頭春】劉禹錫浪淘沙：清淮曉色鴨頭春。

脣

船倫切【朱脣】柳永少年遊：和笑掩朱脣。晏殊鳳銜杯：一曲細絲輕脆、倚朱脣。【絳脣】秦觀南鄉子：水剪雙眸點絳脣。秦觀南歌子：獨倚玉闌，無語點絳脣。【檀脣】蘇軾江城子：膩紅勻臉襯檀脣。【淺注脣】辛棄疾鷓鴣天：淡畫眉兒淺注脣。

巡

松倫切【兩三巡】秦觀臨江仙：村醪隨意兩三巡。

椿　敕倫切【靈椿】辛棄疾沁園春：君家裏，是幾枝丹桂，幾樹靈椿。

輪　力迍切【朱輪】歐陽修採桑子：平生只爲西湖好，來擁朱輪。【征輪】韓縝鳳簫吟：泣送征輪。【桂輪】張先燕歸梁：去年中秋玩桂輪。【畫輪】歐陽修浣溪沙：湖上朱橋響畫輪。蘇軾浣溪沙：桃李溪邊駐畫輪。

匀　俞倫切【輕匀】辛棄疾菩薩蠻：萬籟寫輕匀。李清照減字木蘭花：淚染輕匀。【日邊匀】李清照慶清朝：幾枝先近日邊匀。【雨水匀】辛棄疾浣溪沙：父老爭言雨水匀。【淡淡匀】秦觀南歌子：燕脂淡淡匀。【粉未匀】蘇軾阮郎歸：香頤粉未匀。【粉面匀】辛棄疾浣溪沙：花向今朝粉面匀。【粉難匀】閻選八拍蠻：淚飄紅臉粉難匀。

筠　于倫切【秋筠】蘇軾臨江仙：無波眞古井，有節是秋筠。

純　殊倫切。性純、純純、精純、德純。

醇　甘醇、芳醇、淸醇、醴醇。

詢　須倫切。咨詢、細詢、博詢、蒭蕘詢。

遵　踪倫切。永遵、恪遵、咸遵、知所遵。

循　松倫切。因循、奉循。

屯　株倫切。遇屯、變屯、艱屯。

倫　力迍切。天倫、同倫、超倫、異倫、世少倫、妙絕倫、冠帶倫。

綸　經綸、鈞綸、垂綸、彌綸、釣月綸、獨繭綸。

淪　夕淪、沈淪、淸淪、湖淪、深淪。

鈞　規倫切。千鈞、六鈞、天鈞、洪鈞、雲鈞。

均　不均、平均、夕漏均、風雨均、貴賤均、貧富均。

惇朱倫切　**肫**　**蒓**殊倫切　**蓴**　**錞**　**焞**　**鶉**

漘　**紃**　**犉**濡純切　**荀**須倫切　**恂**　**洵**　**郇**

峋　珣　逡七倫切　皴　旬松倫切　馴　迍株倫切

窀　掄力迍切　侖　輪　昀俞倫切　贇紆倫切　頵

蝹　囷區倫切　菌　箘　麕俱倫切

（臻）

臻　緇詵切。夕臻、日臻、並臻、來臻、雲臻、遠臻、甘露臻、自遠臻、妙境臻、雨露臻、佳賓臻、群英臻、福祿臻。

榛　披榛、荒榛、荆榛、開榛、深榛、殘榛、蒼榛、榛榛、叢榛、山有榛。

蓁　深蓁、蓁蓁。

莘　疏臻切。有莘、耕莘、莘莘。

溱緇詵切　姺疏臻切　侁　詵　甡

（文）

文　無分切【斯文】辛棄疾新荷葉：後之覽者，又將有感斯文。【虎眼文】劉禹錫浪淘沙：汴水東流虎眼文。

紋　【庭浪無紋】吳文英夜飛鵲：金規印遙漢，庭浪無紋。【劍水星紋】吳文英木蘭花慢：月明起看，劍水星紋。

聞　【不忍聞】辛棄疾鷓鴣天：客耳那堪不忍聞。【月中聞】柳永臨江仙：鳳簫依舊月中聞。【枕上聞】韋莊天仙子：天外鴻聲枕上聞。【信不聞】秦觀南鄉子：一向天涯信不聞。【雁先聞】秦觀木蘭花慢：蘆荻浦、雁先聞。【雪中聞】辛棄疾念奴嬌：江國幽香，曾向雪中聞。【舊知聞】辛棄疾定風波：杜鵑却是舊知聞。【舊曲重聞】蘇軾行香子：故人不見，舊曲重聞。

紛　敷文切【雨紛紛】歐陽修定風波：殘花飛絮雨紛紛。【樂紛紛】辛棄疾新荷葉：向來哀樂紛紛。【葉紛紛】韋莊天仙子：人寂寂，葉紛紛。【舞紛紛】魯逸仲南浦：正敲窗亂，葉舞紛紛。【飛絮紛紛】晏殊鳳銜杯：更那堪，飛絮紛紛。

分

方文切【夜不分】韋莊天仙子：蟾彩霜華夜不分。【征雁分】溫庭筠更漏子：雨行征雁分。【望烟分】韋莊天仙子：來洞口，望烟分。【滿十分】蘇軾行香子：酒斟時，須滿十分。【瘦一分】吳文英一剪梅：春到一分，花瘦一分。

氛

符分切【鼎香氛】辛棄疾鷓鴣天：爐燼冷，鼎香氛。

雲

玉分切【行雲】柳永少年遊：翻同雪、駐行雲。秦觀南歌子：亂山何處覓行雲。【冰雲】吳文英極相思：生綃淨翦、一片冰雲。【孤雲】韓縝鳳簫吟：更重重遠水孤雲。【朝雲】柳永滿朝歡：因念秦樓彩鳳，楚觀朝雲。【寒雲】魯逸仲南浦：嘹淚度寒雲。【一重雲】秦觀木蘭花慢：更一重煙水一重雲。【一溪雲】蘇軾行香子：對一張琴、一壺酒、一溪雲。【一縷雲】姜夔鷓鴣天：化作西樓一縷雲。【不成雲】馮延巳菩薩蠻：驚夢不成雲。【夢中雲】姜夔鬲溪梅令：木蘭雙槳夢中雲。【遏行雲】晏殊訴衷情：清唱遏行雲。【碧天雲】馮延巳臨江仙：徘徊飛盡碧天雲。【墜釵雲】馮延巳憶江南：玉人貪睡墜釵雲。【簇紅雲】秦觀臨江仙：牆頭遙見簇紅雲。【嶺頭雲】柳永臨江仙：荆玉魂夢，應認嶺頭雲。【亂如雲】周邦彥虞美人：相將羈思亂如雲。【鬢如雲】韋莊天仙子：眼如秋水鬢如雲。

熏

許云切【初熏】韓縝鳳簫吟：來時陌生上初熏。【徒熏】溫庭筠清平樂：鳳帳鴛被徒熏。【罷鑪熏】溫庭筠南歌子：羅帳罷鑪熏。

薰

【懶重薰】韋莊天仙子：繡衾香冷懶重薰。

曛

【日西曛】柳永訴衷情：一聲畫角日西曛。【春日曛】韋莊天仙子：劉阮不歸春日曛。

醺

【洗微醺】吳文英木蘭花慢：嵐翠冷、洗微醺。【酒半醺】歐陽修減字木蘭花：滿坐迷魂酒半醺。【酒初醺】晏幾道鷓鴣天：歌漸咽、酒初醺。【酒微醺】辛棄疾江城子：拼却日高呼不起，燈半滅、酒微醺。【酒醺醺】柳永御街行：歸來中夜酒醺醺。柳永祭天神：被連緜宿酒醺醺。【殢酒醺】張先南歌子：醉後和衣倒，愁來殢酒醺。

君 拘云切【明君】溫庭筠清平樂：爲妾將上明君。【東君】秦觀南鄉子：籬下黃花開遍了，東君。【不見君】李之儀卜算子：日日思君不見君。【玉華君】韋莊喜遷鶯：引見玉華君。【夢見君】韋莊天仙子：纔睡依前夢見君。

軍 【右軍】辛棄疾沁園春：筆勢駸駸更右軍。

群 渠云切【雁群】秦觀南鄉子：獨倚闌干看雁群。【一群群】韋莊天仙子：霞裙月帔一群群。

裙 【輕裙】柳永浪淘沙令：欹欹輕裙。韓縝鳳簫吟：曾行處、綠妒輕裙。【飄裙】蘇軾行香子：梅雪飄裙。【杏黃裙】秦觀南歌子：揉藍衫子杏黃裙。【綠如裙】吳文英浣溪沙：空庭春草綠如裙。【綠羅裙】魯逸仲南浦：愁損綠羅裙。牛希濟生查子：記得綠羅裙。【綺羅裙】辛棄疾臨江仙：金花湯沐誥，竹馬綺羅裙。【碎摺裙】張先南鄉子：血色輕羅碎摺裙。【翡翠裙】溫庭筠南歌子：懶拂鴛鴦枕，休縫翡翠裙。【鬱金裙】柳永少年遊：淡黃衫子鬱金裙。馮延巳江城子：碧羅衫子鬱金裙。

芬 敷文切。奇芬、清芬、翠芬、蘭芬、靈芬、爐芬、吐異芬、競芳芬、蕙露芬。

焚 符分切。自焚、先焚、林焚、燒焚、煙焚、玉石焚、帶月焚、蕙香焚。

墳 古墳、典墳、孤墳、新墳、荒墳、千里墳、弔此墳。

云 玉分切。云云、何云、多云、何是云、異所云。

耘 鉏耘、耕耘、歸耘、東皐耘、植牧耘。

氳 於云切。夕氳、氛氳、氤氳。

勳 許云切。元勳、世勳、名勳、奇勳、忠勳、高勳、垂勳、詩勳、文武勳、不朽勳。

玟（無分切）　汶　蚊　雯　雰（敷文切）　帉　棻

紛　汾（符分切）　枌　棼　賁　蕡　濆　幩

頒　鼢　芸（玉分切）　鄖　溳　澐　紜　沄

篔　熅（於云切）　縕　薰（許云切）　纁　獯　葷

焄

（欣）

殷 於斤切【雲殷】吳文英浪淘沙：過雨雲殷。

勤 巨斤切【殷勤】辛棄疾上西平：能幾字，盡殷勤。柳永傾杯：離宴殷勤。

欣 許斤切。自欣、欣欣、長欣、歡欣、向所欣、誰不欣、衆烏欣。

斤 舉欣切。千斤、運斤、盈斤、揮斤。

炘 許斤切 **訢** **昕** **慇** 於斤切 **筋** 舉欣切 **懃** 巨斤切

慬 **芹**

（魂）

魂 胡昆切【招魂】辛棄疾阮郎歸：如今憔悴賦招魂。【秋魂】吳文英夜飛鵲：怕雲槎來晚，流紅信杳，縈斷秋魂。【春魂】吳文英風流子：薰風轉，國色返春魂。【銷魂】韋莊清平樂：駐馬西望銷魂。秦觀木蘭花慢：便無情，到此地也銷魂。【詩魂】吳文英極相思：到思量猶斷詩魂。【斷魂】秦觀南鄉子：楓葉蘆花共斷魂。【已銷魂】柳永訴衷情：腸斷已銷魂。【不銷魂】魯逸仲南浦：到如今，無處不銷魂。【易銷魂】晏殊浣溪沙：等閒離別易銷魂。【海棠魂】辛棄疾定風波：空山招得海棠魂。【欲銷魂】秦觀玉樓春：倚樓無語欲銷魂。【暗銷魂】韋莊小重山：臥思陳事暗銷魂。韋莊河傳：鐘鼓正是黃昏暗銷魂。柳永木蘭花：坐中年少暗銷魂。【雪艷冰魂】辛棄疾醜奴兒：清詩冷落無人寄，雪艷冰魂。【黯然銷魂】柳永傾杯：共黯然銷魂，重攜纖手。

渾 【水清渾】張先南鄉子：潮上水清渾。

溫 烏昆切【春溫】蘇軾臨江仙：依然一笑作春溫。

昏 呼昆切【已黃昏】秦觀滿庭芳：燈火已黃昏。【月黃昏】蘇軾阮郎歸：暗香浮動月黃昏。辛棄疾臨江仙：醉中渾不記，歸路月黃昏。【倚黃昏】晏幾道浣溪沙：試將前事倚黃昏。魯逸仲南浦：

兩眉餘恨倚黃昏。【欲黃昏】溫庭筠菩薩蠻：時節欲黃昏。韋莊小重山：凝情立，宮殿欲黃昏。【烏烟昏】溫庭筠更漏子：堤柳動，烏烟昏。【照黃昏】馮延巳臨江仙：鳳城何處，明月照黃昏。【臥黃昏】蘇軾浣溪沙：道峯醉叟臥黃昏。【照黃昏】秦觀木蘭花慢：上樓來照黃昏。秦觀南歌子：又是一鈎新月照黃昏。【又是黃昏】柳永訴衷情：思心欲碎，愁恨難收，又是黃昏。【人立黃昏】吳文英極相思：香消影瘦，人立黃昏。【水殿黃昏】馮延巳采桑子：水殿黃昏，羅幕輕寒夜正春。【正是黃昏】韋莊河傳：歸時煙裏、鐘鼓正是黃昏。【門掩黃昏】馮延巳鵲踏枝：門掩黃昏，無計留春住。辛棄疾上西平：綠楊陰裏，聽陽關、門掩黃昏。【雨滴黃昏】歐陽修少年遊：那堪疏雨滴黃昏。【約略黃昏】晏幾道清平樂：去時約略黃昏。【啼雨黃昏】吳文英風流子：可憐憔悴，啼雨黃昏。【雞曉鐘昏】辛棄疾沁園春：都如夢，算能爭幾許，雞曉鐘昏。

閽

【隔重閽】韋莊小重山：歌吹隔重閽。

坤

枯昆切【整乾坤】辛棄疾六州歌頭：孫叉子，方談笑，整乾坤。

噴

鋪魂切【香喘噴】蘇軾減字木蘭花：笑倚人旁，香喘噴。

門

謨奔切【朱門】晏幾道清平樂：月華却到朱門。周邦彥虞美人：一雙燕子守朱門。【開門】姜夔鷓鴣天：慵對客，緩開門。【柴門】秦觀臨江仙：朝朝未扣柴門。【掩門】周邦彥南鄉子：暮角寒鴉未掩門。【譙門】秦觀滿庭芳：畫角聲斷譙門。魯逸仲南浦：聽單于三弄落譙門。【衡門】秦觀木蘭花慢：望斷衡門。【不二門】辛棄疾南歌子：玄入參同契，禪依不二門。【半掩門】秦觀南歌子：花飛半掩門。【月映門】張先南歌子：依然月映門。【月上門】和凝江城子：竹裏風生月上門。【空掩門】秦觀南鄉子：一榻凝塵空掩門。【倚長門】韋莊小重山：遶庭芳草綠、倚長門。【掩朱門】柳永訴衷情：催促掩朱門。【掩重門】朱敦儒朝中措：紅稀綠暗掩重門。【湧金門】蘇軾行香子：孤山寺，湧金門。【暮掩門】吳文英一翦梅：煙雨輕寒暮掩門。【獨倚門】溫庭筠菩薩蠻：無憀獨倚門。【壓重門】李清照小重山：花影壓重門。【花鎖千門】溫庭筠清平樂：寂寞花鎖千門。

孫 蘇昆切【王孫】馮延巳臨江仙：萋萋愁煞王孫。韋莊清平樂：盡日相望王孫。韓縝鳳簫吟：目斷王孫。【兒孫】辛棄疾行香子：把相牛經、種魚法教兒孫。

村 粗尊切【江村】蘇軾行香子：攜手江村。辛棄疾臨江仙：愛梅猶遶江村。【孤村】秦觀滿庭芳：流水遶孤村。【湖村】秦觀南鄉子：月色滿湖村。【竹邊村】辛棄疾浣溪沙：賣瓜聲過竹邊村。【浣花村】辛棄疾浣溪沙：恰如春入浣花村。【煙樹村】辛棄疾醜奴兒：雪艷冰魂，浮玉溪頭煙樹村。【幾家村】辛棄疾浣溪沙：遠林煙火幾家村。

尊 租昆切【金尊】歐陽修定風波：清歌一曲倒金尊。【清尊】蘇軾浣溪沙：鷓鴣聲裏倒清尊。【瑤尊】張先燕歸巢：今年江上共瑤尊。【離尊】秦觀滿庭芳：聊共引離尊。

樽 【芳樽】秦觀南鄉子：好箇霜天，堪把盞芳樽。

存 徂昆切【名存】秦觀滿庭芳：謾贏得，青樓薄倖名存。【仍存】柳永臨江仙：揚州曾是舊遊地，酒台花徑仍存。【猶存】馮延巳采桑子：舊約猶存，忽把金環別與人。

論 盧昆切【向誰論】韋莊小重山：萬般惆悵向誰論。【與誰論】秦觀南鄉子：此意與誰論。【事難論】馮延巳虞美人：野花芳草逐年新，事難論。

奔 逋昆切。追奔、夜奔、星奔、橫奔、競奔、驚奔、歸奔、駿奔、萬里奔、群山奔。

盆 步奔切。瓦盆、金盆、傾盆、橫盆、雨翻盆、寒泉盆。

餛胡昆切 昆公渾切 褌 崐 琨 錕 鯤

縕烏昆切 瘟 藴 婚呼昆切 惛 髡枯昆切

賁逋昆切 歕鋪魂切 湓步奔切 捫謨奔切 猻蘇昆切

蓀 飧 罇租昆切 存徂昆切 蹲 敦都昆切 墩

暾他昆切 燉 屯徒渾切 沌 飩 豚 臀

炖 囤 崙盧昆切

（痕）

痕 胡恩切【此痕】溫庭筠菩薩蠻：羅衣無此痕。【花痕】吳文英木蘭花慢：步荒苔，猶認瘞花痕。【秋痕】吳文英極相思：玉纖風透秋痕。【消痕】柳永古傾杯：凍水消痕。【淚痕】韋莊清平樂：塵滿衣上淚痕。【啼痕】馮延巳采桑子：如今別館添蕭索，滿面啼痕。韋莊小重山：羅衣濕，紅袂有啼痕。魯逸仲南浦：也相思，萬點付啼痕。晏幾道兩同心：無限啼痕。秦觀滿庭芳：襟袖上、空惹啼痕。【碧痕】王沂孫齊天樂：碧痕化作池塘草。【離痕】吳文英夜飛鵲：念梭懸愁結，蒂翦離痕。【月一痕】辛棄疾醜奴兒：疏影黃昏，香滿東風月一痕。【不留痕】晏幾道浣溪沙：夢雲歸去不留痕。【粉黛痕】張先南鄉子：猶有當時粉黛痕。【曉露痕】李清照減字木蘭花：猶帶彤霞曉霞痕。

恩 烏痕切【夢君恩】韋莊小重山：夜寒宮漏永，夢君恩。【獨自承恩】馮延巳采桑子：昭陽記得神仙侶，獨自承恩。

根 古痕切。生根、同根、竹根、枯根、孤根、霜根、籬根、不帶根、半出根。

呑 他根切。暗呑、吐呑、幷呑、波呑、魚呑、氣呑、噬呑、聲呑、一口呑、日月呑。

跟 古痕切

仄聲

十六軫十七準十八吻十九隱二十一混二十二很二十一震二十二稕二十三問二十四焮二十六慁二十七恨通用

（軫）以下上聲

忍

而軫切【猶未忍】歐陽修玉樓春：欲掃殘紅猶未忍。

盡

在忍切【初盡】馮延巳壽山曲：銅壺滴漏初盡。【春盡】溫庭筠思帝鄉：唯有阮郎春盡、不還家。辛棄疾念奴嬌：華屋金盤人未醒，燕子飛來春盡。【銷盡】李之儀謝池春：殘寒銷盡。【雪盡】万俟詠昭君怨：春到南樓雪盡。【傾盡】晁補之洞仙歌：投曉共流霞傾盡。【紅英盡】李煜采桑子：亭前春逐紅英盡。【春將盡】馮延巳采桑子：中庭雨過春將盡。【情未盡】柳永木蘭花：往往曲終情未盡。【須臾盡】劉禹錫楊柳枝：城東桃李須臾盡。【寒欲盡】馮延巳鵲踏枝：粉映牆頭寒欲盡。【燈火盡】蘇軾漁家傲：送客歸來燈火盡。【憔悴盡】溫庭筠南歌子：爲君憔悴盡、百花時。【愁不盡】歐陽修玉樓春：莫滿眼淒涼愁不盡。【攀折盡】歐陽修玉樓春：寄與待行人攀折盡。【鬢不盡】晏幾道玉樓春：寄與此秋鬢不盡。【紅英落盡】晏幾道清平樂：紅英落盡，未有相逢信。【韶華都盡】僧揮夏雲峯：起來韶華都盡。

緊

頸忍切【清風緊】柳永甘草子：飄散露華清風緊。【東風緊】吳文英水龍吟：澹雲籠月微黃，柳絲淺色東風緊。【春流緊】吳文英水龍吟：怕煙江渡後，桃花又汎，宮溝上，春流緊。【催拍緊】張先天仙子：密教持履恐仙飛，催拍緊。【蓮步緊】柳永木蘭花：畫鼓催聲蓮步緊。

引

以忍切【新桐初引】李清照念奴嬌：清露晨流，新桐初引。

憫

美隕切。悲憫、隱憫、憂憫、愛憫。

敏

才敏、不敏、沈敏、秀敏、警敏。

窘

巨隕切。困窘、家窘、寒窘、窮窘。

軫 止忍切

診 疹 畛 鬒 縝 賑 袗

紾　縝　眕　稹　矧（矢忍切）　哂　腎（是忍切）
蜃　訒（而軫切）　儘（子忍切）　藎（在忍切）　牝（婢忍切）　臏
泯（弭盡切）　黽　愍（美隕切）　慜　閔　紖（丈忍切）
靷　縯（以忍切）　磒（羽敏切）　殞　霣　溳　窘（巨隕切）
菌　箘

〔準〕

準　主尹切【無定準】蘇軾漁家傲：明日潮來無定準。

筍　思尹切【芽子筍】張先天仙子：十歲手如芽子筍。

尹　庾準切【令尹】蘇軾減字木蘭花：賢哉令尹。

蠢　尺尹切。愚蠢、窨蠢、蠢蠢。

允　庾準切。不允、平允、聽允。

賰（尺尹切）　盾（豎尹切）　吮　楯　輴　簨（思尹切）　隼
狁（庾準切）

〔吻〕

粉　府吻切【紅粉】柳永甘草子：葉翦紅綃，砌菊遺紅粉。【沁粉】周邦彥驀山溪：酒紅潮，香凝沁粉。【殘粉】馮延巳上行杯：落梅著雨消殘粉。辛棄疾賀新郎：待和淚，收殘粉。【啼妝粉】馮延巳鵲踏枝：羅衣印滿啼妝粉。【殘妝粉】秦觀點絳脣：拭盡殘妝粉。【輕於粉】歐陽修玉樓春：黃金弄色輕於粉。

搵　於粉切【偷搵】秦觀點絳脣：背燈偷搵。【和衣搵】歐陽修怨春郎：空把相思淚眼和衣搵。

吻　武粉切。怒吻、裂吻、喉吻、齒吻、饑吻。

憤　文吻切。心憤、百憤、幽憤、交憤、怒憤、愁憤、孤憤、淑憤、感憤。

抆武粉切　刎　忞　忿撫吻切　坋父吻切　惲於粉切

蘊　縕　韞　緼　醞

【隱】

隱　倚謹切。半隱、老隱、花隱、招隱、長隱、棲隱、潛隱、山隱隱、買山隱、青門隱。

謹　几隱切。不謹、自謹、細謹、廉謹、嚴謹、色愈謹。

近　巨堇切。日近、天近、心近、秋近、村近、山林近、星河近、關山近。

讔倚謹切　堇几隱切　巹　槿　瑾　齓初堇切

瘽巨堇切　听語近切

【混】

袞　古本切【催急袞】歐陽修玉樓春：拍碎香檀催急袞。

穩　鄔本切【牙牀穩】馮延巳賀聖朝：金絲帳暖牙牀穩。【春晴穩】劉辰翁虞美人：輕衫倚望春晴穩。【瓊肌穩】歐陽修玉樓春：紅條約束瓊肌穩。

損　鎖本切【低損】辛棄疾好事近：却笑遠山無數，被行雲低損。【愁損】歐陽修桃源憶故人：別後寸腸愁損。史達祖雙雙燕：愁損翠黛雙蛾。【香腮損】歐陽修漁家傲：蓮莖刺惹香腮損。【青梅損】劉辰翁虞美人：雨壓青梅損。【柔肌損】歐陽修漁家傲：裙腰減盡柔肌損。【僝僽損】辛棄疾賀新郎：煙雨淒迷僝僽損。【爲此忙損】辛棄疾水龍吟：幾許春風，朝薰暮染，爲此忙損。

混　戶袞切。色混、相混、始混、混混、影混、未嘗混。

本　補袞切。邦本、無本、棄本、歸本。

渾戶袞切　緷　焜　棍　梱苦本切　閫　壼

悃　綑　緄古本切　滾　錕　鯀　畚補袞切

笨　㶡母本切　忖取本切　撙祖本切　鱒粗本切

圂杜本切　盾　沌　遯

（很）

懇 口很切。忠懇、誠懇、勤懇、懇懇。

墾 不墾、開墾、勤墾、未盡墾。

很 下懇切　**齦** 口很切

（震）以下去聲

認 而忍切 【暗認】晏幾道玉樓春：微月簾櫳曾暗認。

鬢 必刃切 【雲鬢】秦觀蝶戀花：玉指纖纖，撚匣撩雲鬢。【綠鬢】晏幾道清平樂：可恨流年凋綠鬢。晏幾道玉樓春：幾點吳霜侵綠鬢。【蟬鬢】馮延巳鵲踏枝：東風盡日吹蟬鬢。【霜鬢】李清照永遇樂：風鬟霜鬢。【霧鬢】周邦彥減字木蘭花：風鬟霧鬢，便覺蓬萊三島近。【春風鬢】辛棄疾蝶戀花：整整韶華，爭上春風鬢。

信 思晉切 【花信】万俟詠昭君怨：驚動燈期花信。【音信】僧揮夏雲峰：待忘了餘香，時傳音信。【春信】周邦彥驀山溪：人去小徑夜空，有梅梢一枝春信。【秋信】姜夔湘月：暗柳簫，飛星冉冉，夜久知秋信。【江南信】晏幾道生查子：來報江南信。【雙魚信】晏幾道蝶戀花：望斷雙魚信。【開花信】歐陽修玉樓春：東風本是開花信。【東風信】晏殊蝶戀花：寒梅已作東風信。【催柳信】歐陽修玉樓春：三月東風催柳信。【寒梅信】歐陽修蝶戀花：東風已作寒梅信。【邊庭信】柳永甘草子：雁字一行來，還有邊庭信。【鴻雁信】李璟浣溪沙：沙上未聞鴻雁信。

燼 徐刃切 【蘭燭燼】馮延巳酒泉子：珠簾風，蘭燭燼，怨空閨。

趁 丑刃切 【相趁】毛文錫醉花間：鸂鶒還相趁。【隨步趁】張先天仙子：斜雁軋絃隨步趁。

陣 直刃切 【紅陣】辛棄疾念奴嬌：對花何似，似吳宮初教翠園紅陣。【雁陣】周邦彥丁香結：記試酒歸時，映月同看雁陣。【鴻陣】姜夔湘月：煙鬟霧鬢，理哀弦鴻陣。【香成陣】辛棄疾賀新郎：甚多情，爲我香成陣。晏幾道蝶戀花：墜粉飄紅，日日香成陣。【寒成陣】歐陽修千秋歲：

庭院晚，一簾風雨寒成陣。【寒一陣】毛文錫醉花間：臨明寒一陣。

印 伊刃切【香印】馮延巳采桑子：玉娥重起添香印。【香銷印】歐陽修玉樓春：珠簾半下香銷印。【紅袖印】歐陽修玉樓春：淚粉偷將紅袖印。

振 之刃切。玉振、有振、再振、金石振、氣益振、威聲振。

慎 時刃切。自慎、戒慎、篤慎、謹慎。

刄 而振切。白刄、遊刄、鋒刄、霜刄。

訊 思晉切。音訊、芳訊、問訊、嘉訊、故人訊。

進 即刃切。不進、少進、急進、勇進、新進、後進、難進。

櫬 初親切。冷櫬、背櫬、葉櫬、霞櫬、夕暉櫬。

震之刄切　賑　娠　袗　鬒　蜃時刄切　仞而振切

訒　軔　儐必刄切　殯　擯　迅思晉切　晉即刄切

縉　搢　璡　進　贐徐刄切　藎　櫬初覲切

儭　鎮陟刄切　瑱　疢丑刄切　診直刄切　吝良刄切

粦　藺　靷羊進切　菣去刄切　釁許慎切　僅渠吝切

覲　瑾　廑　墐　瘽　饉　殣　憖魚僅切

（稕）

瞬 輸閏切【都一瞬】晏殊蝶戀花：急景流年都一瞬。

潤 如順切【花潤】馮延巳賀聖朝：輕顰輕笑，汗珠微透，柳沾花潤。【衣潤】辛棄疾水龍吟：上林高選，匆匆又換，紫雲衣潤。【海潤】吳文英燭影搖紅：映蘿圖、星暉海潤。【青潤】晏幾道生查子：隴麥回青潤。【清潤】周邦彥丁香結：倍覺園林清潤。吳文英惜秋華：但望中，婺星清潤。【溫潤】柳永木蘭花：蟲娘舉措皆溫潤。【露潤】柳永古傾杯：遲遲淑景，煙和露潤。【梅雨潤】蘇軾木蘭花令：綠綺韵低梅雨潤。【銀臺潤】辛棄疾賀新郎：但金杯的皪銀臺潤。

峻 須閏切【簾額峻】歐陽修漁家傲：乳燕學飛簾額峻。

俊 租峻切【英俊】秦觀玉燭新：才信是人間英俊。【恃俊】柳永木蘭花：每到婆娑偏恃俊。

順 殊閏切。風順、慈順、柔順、歸順、王師順、寒暑順。

稕朱閏切 **諄** **舜**輸閏切 **閏**如順切 **濬**須閏切 **浚**

晙祖峻切 **餕** **駿** **晙** **駿** **殉**徐閏切 **徇**

（問）

問 文運切【人問】僧揮夏雲峰：厭厭意，終羞人問。馮延巳賀聖朝：半欹犀枕，亂纏珠被，轉羞人問。【相問】毛文錫醉花間：休相問，怕相問。【人不問】秦觀減字木蘭花：獨自淒涼人不問。【嗔不問】秦觀點絳脣：嗔不問，背燈偷搵。【溪邊問】晏幾道生查子：試向溪邊問。【把花枝問】辛棄疾水龍吟：算風流未減，年年醉裏，把花枝問。

暈 王問切【成暈】辛棄疾賀新郎：愛一點，嬌黃成暈。【蛾暈】晏幾道生查子：雨點愁蛾暈。【輕暈】僧揮夏雲峰：晚日寒生輕暈。【燈暈】周邦彥丁香結：夜寒燈暈。【涼生暈】蘇軾漁家傲：西樓淡月涼生暈。【煤生暈】歐陽修千秋歲：燈暗煤生暈。【秋蟾暈】歐陽修漁家傲：新霞點破秋蟾暈。【燈生暈】晏殊蝶戀花：爐香卷穗燈生暈。

韻 【成韻】吳文英惜秋華：聽露井梧桐、楚騷成韻。【風韻】柳永木蘭花：貪爲顧盼誇風韻。周邦彥驀山溪：洗妝勻，應更添風韻。【標韻】秦觀玉燭新：煙波境，貯此風流標韻。【敲秋韻】歐陽修玉樓春：夜深風竹敲秋韻。

慍 紆問切【佳人慍】蘇軾漁家傲：南風爲解佳人慍。【無喜慍】蘇軾減字木蘭花：三仕已之無喜慍。

忿 芳問切。忿忿、恚忿。

奮 方問切。自奮、迅奮、高奮、振奮、雷奮、士氣奮、鴻軍奮。

運 王問切。天運、啓運、財運、歲運、機運、廣運。

聞 文運切　**紊**　**絻**　**抆**　**汶**　**糞** 方問切　**拚**

濆　**僨**　**分** 符問切　**緷** 王問切　**韗**　**鄆**　**鶤**

訓 吁運切　**熏**　**捃** 俱運切　**郡** 具運切　**窘**　**醞** 紆問切

熅　**縕**　**薀**

（焮）

近 巨靳切【遠近】柳永木蘭花：爭問青鸞家遠近。【人相近】歐陽修玉樓春：腰柔乍怯人相近。【千里近】辛棄疾定風波：但使情親千里近。【山遠近】辛棄疾祝英臺近：水縱橫，山遠近。【芳非近】晏幾道生查子：屈指芳菲近。【消息近】晏幾道木蘭花：來報東風消息近。【重城近】蘇軾漁家傲：舟横渡口重城近。【清光近】張先雙韵子：清光近，歡聲竟。【清明近】馮延巳采桑子：風微簾幕清明近。【寒食近】李清照念奴嬌：寵柳嬌花寒食近。【黃昏近】晏幾道蝶戀花：斜陽只與黃昏近。【歸期近】辛棄疾菩薩蠻：西風都是行人恨，馬頭漸喜歸期近。【飄零近】辛棄疾蝶戀花：晚恨開遲、早又飄零近。

焮 香靳切　**靳** 居焮切　**隱** 於靳切　**檼**

（圂）

困 苦悶切【酒困】歐陽修玉樓春：紅日長時添酒困。趙令畤蝶戀花：新酒又添殘酒困。【嬌困】馮延巳賀聖朝：雲鬟斜墜，春應未已，不勝嬌困。【慵困】僧揮夏雲峰：都幾日陰沉，連霄慵困。【人乍困】歐陽修漁家傲：漏短日長人乍困。【人猶困】馮延巳鵲踏枝：宮漏長時，酒醒人猶困。【春心困】蘇軾瑤池燕：春心困，寸寸。【春先困】晏幾道生查子：玉枕春先困。【春將困】李煜謝新恩：櫻花落盡春將困。【消酒困】歐陽修蝶戀花：中夜夢餘消酒困。

奔 補悶切【驚鴻奔】張先天仙子：驚鴻奔，風袂飄飄無定準。

悶 莫困切【愁悶】蘇軾瑤池燕：別陽多少愁悶。【閒悶】歐陽修漁家傲：黃梅細雨多閒悶。【多少悶】歐陽修玉樓春：觸目淒涼多少悶。

寸 村困切【方寸】歐陽修蝶戀花：往事前歡，未免勞方寸。周邦彥丁香結：舊事勞方寸。吳文英惜秋華：度金鍼、漫牽方寸。【心一寸】歐陽修蝶戀花：悞惱風流心一寸。【秋一寸】趙令畤蝶戀花：惱亂橫波秋一寸。【橫一寸】晏幾道蝶戀花：惱亂層波橫一寸。【柔腸寸】秦觀點絳脣：清淚斑斑，揮斷柔腸寸。

頓 都困切【整頓】辛棄疾蝶戀花：不是離愁難整頓。柳永甘草子：中酒殘妝慵整頓。

嫩 奴困切【猶嫩】僧揮夏雲峰：朱門掩，鶯聲猶嫩。歐陽修桃源憶故人：梅梢弄粉香猶嫩。柳永甘草子：動翠幕，曉寒猶嫩。【山光嫩】蘇軾木蘭花慢：瓜頭綠染山光嫩。【如水嫩】歐陽修玉樓春：濯濯春條如水嫩。【香英嫩】晏幾道玉樓春：芳年正是香英嫩。【清香嫩】歐陽修漁家傲：初荷出水清香嫩。【輕寒嫩】歐陽修漁家傲：授衣時節輕寒嫩。【蘭芽嫩】歐陽修蝶戀花：雪霽牆陰，遍覺蘭芽嫩。

褪 吐困切【輕褪】柳永荔枝香：金縷霞衣輕褪。

遜 蘇困切。心遜、不遜、敬遜、恭遜、廉遜、謙遜。

鈍 徒困切。根鈍、利鈍、魯鈍、駑鈍、錐鈍。

遁 退遁、敗遁、驚遁、獸遁。

論 盧困切。定論、要論、異論、虛論、善論、閒論、餘論、置論、潤論。

圂 胡困切　**溷**　**惛** 呼困切　**搵** 烏困切　**諢** 吾困切

噴 普悶切　**坌** 蒲悶切　**巽** 蘇困切　**潠**　**焌** 祖寸切

鐏 徂悶切　**敦** 都困切

（恨）

恨 胡艮切【別恨】歐陽修訴衷情：迢迢別恨。【添恨】毛文錫醉花間：相問還添恨。【幽恨】僧揮夏雲峰：旋占得餘芳，已成幽恨。【新恨】歐陽修桃源憶故人：眉上萬重新恨。【飲恨】柳永采蓮令：萬般方寸但飲恨。【遺恨】吳文英惜秋華：宮漏未永，當時鈿釵遺恨。【舊恨】秦觀減字木蘭花：天涯舊恨。【離恨】陳與義虞美人：滿載一船離恨向衡州。【千萬恨】歐陽修玉樓春：把酒臨風千萬恨。溫庭筠夢江南：千萬恨，恨極在天涯。【千疊恨】歐陽修漁家傲：一撮眉尖千疊恨。【生離恨】晏殊木蘭花：驚鴻去後生離恨。【江淹恨】歐陽修千秋歲：歡笑地，轉頭都做江淹恨。【行人恨】辛棄疾菩薩蠻：西風都是行人恨。【皆是恨】歐陽修玉樓春：萬葉千聲皆是恨。【其他恨】辛棄疾蝶戀花：不是離愁難整頓，被他引惹其他恨。【重重恨】馮延巳拋球樂：白雲天遠重重恨。【留此恨】歐陽修玉樓春：未知何處有知音，常爲此情留此恨，【前春恨】晏幾道蝶戀花：今春不減前春恨。【春風恨】辛棄疾念奴嬌：沈香亭北，無限春風恨。【終堪恨】溫庭筠新添聲楊柳枝：合歡桃核終堪恨。【淒涼恨】辛棄疾水龍吟：笑舊家桃李，東塗西抹，有多少，淒涼恨。【傳素恨】晏幾道玉樓春：絃上豈堪傳素恨。【無限恨】馮延巳鵲踏枝：一點春心無限恨。【難破恨】晏幾道減字木蘭花：學得新聲難破恨。【傷別恨】歐陽修玉樓春：明月清風傷別恨。【懷沙恨】辛棄疾賀新郎：靈均千古懷沙恨。

艮 古恨切　**硍** 苦恨切　**隱** 於恨切

第七部

平聲二十二元二十五寒二十六桓二十七删二十八山一先二仙通用

（元）

原 愚袁切【川原】吳文英慶春宮：春屋圍花，秋池沿草，舊家錦藉川原。

源 【武陵源】秦觀臨江仙：疑入武陵源。

園 于元切【山園】辛棄疾減字木蘭花：西風梨棗山園。【南園】馮延巳春光好：飄飄輕絮滿南園。

湲 【潺湲】柳永合歡帶：溪水潺湲。柳永戚氏：行人淒楚，倦聽隴水潺湲。辛棄疾鷓鴣天：秋水長廊水石間，有誰來共聽潺湲。

喧 許元切【喧喧】柳永戚氏：正蟬吟敗葉，蛩響衰草，相應喧喧。【蜂喧】歐陽修采桑子：蝶亂蜂喧。

言 魚軒切【無言】歐陽修浪淘沙：水濶山高人不見，有淚無言。李煜虞美人：凭闌半日獨無言。【盟言】柳永浪淘沙：負佳人，幾許盟言。【鶴能言】辛棄疾浣溪沙：展成冢廓鶴能言。【桃李無言】張先相思兒令：春去幾時還，問桃李無言。辛棄疾八聲甘州：忽忽未識，桃李無言。

軒 虛言切【朱軒】馮延巳虞美人：梧桐雙影上朱軒。【庭軒】柳永戚氏：一霎微雨灑庭軒。【雲軒】柳永巫山一段雲：何處按雲軒。【當軒】秦觀滿庭芳：花驄弄，月影當軒。【兩眉軒】辛棄疾浣溪沙：主人席次兩眉軒。

翻 孚袁切【翩翻】周邦彥紅林檎近：漸看低竹翩翻。【小荷翻】蘇軾阮郎歸：微雨過，小荷翻。

幡 【春幡】辛棄疾漢宮秋：看美人頭上，裊裊春幡。

繁 符袁切【紅繁】歐陽修南鄉子：翠密紅繁。

元 愚袁切。上元、月元、時元、歲元。

援 于元切。牽援、攀援、不可援、溺可援。

垣 竹垣、粉垣、高垣、苔垣、荒垣。

轅 征轅、客轅、停轅、畫轅、歸轅。

猿 江猿、夜猿、啼猿、愁猿、斷腸猿。

暄 許元切。日暄、風暄、春暄、花暄、春意暄、寒谷暄、草色暄。

萱 芳萱、秋萱、堂萱、叢萱。

鴛 於袁切。青鴛、風鴛、孤鴛、戲鴛、雙鴛、波上鴛。

寃 生寃、煩寃、心中寃。

旛 孚袁切。風旛、花旛、雲旛、綵旛。

番 一番、幾番、數百番。

藩 方煩切。墻藩、蘆藩、道德藩。

樊 山樊、林樊、柳樊、塵樊、護花樊。

蕃 枝蕃、花蕃、露蕃、豚魚蕃、草木蕃、椒實蕃。

煩 符袁切。昏煩、滌煩、囂煩、征騎煩、解憂煩、莫解煩。

燔 炰燔、秦燔、朝燔、燒燔。

蘩 水蘩、綠蘩、蘋蘩。

沅愚袁切 嫄 杬 黿 蚖 袁于元切 爰

媛 諼許元切 諠 壎 貆 晅 咺

鵷於袁切 蜿 怨 眢 掀虛言切 騫 犍居言切

繙孚袁切 反 蠜符袁切 璠 礬 墦 蹯

膰 薠 樠模元切 璊 圈去爰切

【對偶】辛棄疾浣溪沙：筆墨今宵光有豔，管絃從此悄無言。

（寒）

寒

河干切【暮寒】周邦彥紅林檎近：水鄉增暮寒。【舊寒】李清照菩薩蠻：西風留舊寒。【一番寒】万俟詠昭君怨：小雨一番寒。【小桃寒】馮延巳酒泉子：小桃寒，垂楊晚，玉樓空。【小樓寒】李清照多麗：小樓寒，夜長簾幕低垂。【不勝寒】蘇軾水調歌頭：又恐瓊樓玉宇，高處不勝寒。【水雲寒】潘閬憶餘杭：思入水雲寒。【五更寒】李煜浪淘沙：羅衾不耐五更寒。【玉笙寒】李璟攤破浣溪沙：小樓吹徹玉笙寒。【玉爐寒】李清照孤雁兒：沈香斷續玉爐寒。【未是寒】歐陽修南鄉子：水國涼生未是寒。【江上寒】周邦彥菩薩蠻：深院捲簾看，應憐江上寒。【金井寒】秦觀菩薩蠻：鴉啼金井寒。【怯夜寒】馮延巳采桑子：添盡羅衣怯夜寒。【衾枕寒】溫庭筠更漏子：夜長衾枕寒。【春筍寒】蘇軾阮郎歸：捧甌春筍寒。【雪天寒】辛棄疾生查子：誰道雪天寒。【短篷寒】辛棄疾江神子：倦遊回首且加餐，短篷寒。【貼雲寒】舒亶虞美人：背飛雙燕貼雲寒。【貼體寒】馮延巳拋球樂：風入羅衣貼體寒。【煙浪寒】馮延巳菩薩蠻：翠屏煙浪寒。【錦衾寒】溫庭筠更漏子：山枕膩，錦衾寒。韋莊浣溪沙：想君思我錦衾寒。【曉霜寒】辛棄疾水調歌頭：城頭無限今古，落日曉霜寒。

看

邱寒切【閒看】辛棄疾清平樂：莫遣旁人驚去，老夫靜處閒看。【一杯看】辛棄疾水調歌頭：莫說西州路，且盡一杯看。【不堪看】李璟攤破浣溪沙：還與韶光共顦顇，不堪看。【倚闌看】舒亶虞美人：獨向小樓東畔，倚闌看。【畫闌看】潘閬憶餘杭：別來幾向畫闌看。【夢中看】潘閬憶餘杭：別來幾向夢中看。

干

居寒切【闌干】溫庭筠菩薩蠻：人遠淚闌干。韋莊浣溪沙：傷心明月凭闌干。李璟攤破浣溪沙：多少淚珠無限恨，倚闌干。李煜擣練子：爲誰和淚倚闌干。馮延巳拋球樂：雁飛秋色滿闌干。馮延巳菩薩蠻：燭淚欲闌干。晏殊清平樂：斜陽却照闌干。晏幾道鷓鴣天：野棠梨雨淚闌干。秦觀醜奴兒：愁倚闌干。【玉闌干】晏幾道慶春時：閒却玉闌干。【曲闌干】蘇軾江神子：畫堂新構近孤山，曲闌干。【赤闌干】孫光憲楊柳枝：閒人多凭赤闌干。【珠淚闌干】馮延巳采桑子：愁顏恰似燒殘燭，珠淚闌干。

乾

【雨聲乾】辛棄疾菩薩蠻：桐葉雨聲乾。【粉痕乾】周邦彥浣溪沙：預愁衣上粉痕乾。【淚不乾】晏幾道醜奴兒：雨打芙蓉淚不乾。【落花乾】孫光憲楊柳枝：閶門風暖落花乾。

竿

【日三竿】歐陽修滿路花：春禽飛下，簾外日三竿。【玉千竿】辛棄疾江神子：雲一縷，玉千竿。【把長竿】辛棄疾清平樂：兒童偷把長竿。【釣魚竿】潘閬憶餘杭：別來閒整釣魚竿。【筍成竿】辛棄疾江神子：待得來時春盡也，梅成子，筍成竿。

玕

【琅玕】周邦彥紅林檎近：簷牙挂琅玕。

安

於寒切【心安】柳永錦堂春：爭忍心安。【長安】韋莊浣溪沙：幾時携手入長安。賀鑄清平樂：忍話舊游新夢，三千里外長安。張舜民賣花聲：囘首夕陽紅盡處，應是長安。

鞍

【歸鞍】周邦彥浣溪沙：爲君門外脫歸鞍。【雕鞍】辛棄疾八聲甘州：長亭解雕鞍。

珊

相干切【珊珊】辛棄疾臨江仙：三更急雨珊珊。【闌珊】辛棄疾臨江仙：舞裙歌扇闌珊。李煜浪淘沙：簾外雨潺潺，春意闌珊。【事闌珊】柳永錦堂春：心緒是事闌珊。【酒闌珊】李煜阮郎歸：落花狼籍酒闌珊。【意緒闌珊】馮延巳臨江仙：青春意緒闌珊。

殘

財干切【妝殘】李煜搗練子：雲鬢亂，晚妝殘。李煜阮郎歸：珮聲悄，晚妝殘。馮延巳醉桃源：春睡覺，晚妝殘。秦觀滿庭芳：相對小妝殘。【春殘】韋莊浣溪沙：含嚬不語恨春殘。馮延巳采桑子：風微簾幕清明近，花落春殘。【香殘】吳文英醜奴兒：歌管重城醉花春，夢半香殘。【銷殘】周邦彥紅林檎近：纔喜門堆巷積，可惜迤邐銷殘。【夢殘】蘇軾沁園春：旅枕夢殘。【月初殘】晏幾道浣溪沙：那同分袂月初殘。【更漏殘】韋莊浣溪沙：夜夜相思更漏殘。李煜更漏子：覺來更漏殘。【春又殘】溫庭筠菩薩蠻：燕飛春又殘。晏幾道鷓鴣天：一醉醒來春又殘。【野梅殘】辛棄疾江神子：二月東湖湖上路，官柳嫩，野梅殘。【麥秋殘】歐陽修浪淘沙：五嶺麥秋殘。【菊花殘】馮延巳更漏子：瑤草短，菊花殘。【翠葉殘】李璟攤破浣溪沙：菡萏香銷翠葉殘。【數聲殘】柳永戚氏：漸嗚咽，畫角數聲殘。【興未殘】馮延巳拋球樂：盡日登高興未殘。

殘。【鬢雲殘】溫庭筠更漏子：眉翠薄，鬢雲殘。

灘

他干切【晴灘】蘇軾浣溪沙：淡煙疏柳媚晴灘。

檀

唐干切【點唇檀】歐陽修滿路花：小鬟無事須來喚，呵破點唇檀。【襯枕檀】晏幾道生查子：百解羅衣襯枕檀。

彈

【和淚彈】馮延巳菩薩蠻：玉箏和淚彈。【粉淚彈】晏幾道生查子：玉指偸將粉淚彈。【淚偸彈】蘇軾江神子：掩雙紈，淚偸彈。

闌

郎干切【已闌】辛棄疾南鄉子：欲說還休夢已闌。【未闌】馮延巳抛球樂：酒罷歌餘興未闌。【玉闌】馮延巳抛球樂：滿面春風凭玉闌。【危闌】柳永訴衷情：不堪更倚危闌。晏幾道虞美人：倩誰橫笛倚危闌。【朱闌】韋莊浣溪沙：日高猶有凭朱闌。歐陽修清平樂：黃昏獨倚朱闌。【更闌】柳永戚氏：風露漸變，悄悄至更闌。辛棄疾菩薩蠻：軟語到更闌。【凭闌】周邦彥醜奴兒：今夜凭闌，不似釵頭子細看。【倚闌】李煜阮郎歸：黃昏獨倚闌。【將闌】馮延巳醉花間：漏聲看却夜將闌。【畫闌】晏幾道生查子：待得清霜滿畫闌。【歌闌】柳永浪淘沙：幾度飲散歌闌。【雕闌】柳永御街行：端門羽衞簇雕闌。【玉爲闌】辛棄疾江神子：瓊作樹，玉爲闌。【倚朱闌】蘇軾江神子：攜翠袖，倚朱闌。【畫勾闌】張先繫裙腰：朦朧影，畫勾闌。

蘭

【芳蘭】蘇軾浣溪沙：明朝端午浴芳蘭。

瀾

【波瀾】蘇軾西江月：使君才氣卷波瀾。【秋瀾】辛棄疾水調歌頭：對酒歌翻水調，醉墨捲秋瀾。【微瀾】周邦彥紅林檎近：清池漲微瀾。【翠瀾】姜夔滿江紅：千頃翠瀾。

難

那肝切【出來難】李煜菩薩蠻：奴爲出來難。【行路難】辛棄疾鷓鴣天：別有人間行路難。【見時難】李煜浪淘沙令：別時容易見時難。【會面難】晏殊破陣子：離別常多會面難。【爾許難】顧敻醉公子：相逢爾許難。

翰

河干切。風翰、秋翰、彩翰、霜翰、露翰。

刋

邱寒切。不刋、鑱刋。

肝　居寒切。肺肝、胸肝、壯士肝。

單　多寒切。衣單、形單、影單、晨衿單、羅袖單。

殫　疲殫、心力殫、鉼粟殫、筋力殫。

丹　林丹、流丹、涵丹、楓丹、杏初丹、映日丹、醉臉丹。

簞　豆簞、空簞、瓢簞、不盈簞。

壇　唐干切。月壇、泥壇、花壇、琴壇、荒壇。

韓河干切　汗　頇虛干切　鼾　杆居寒切　豻俄干切

跚相干切　姍　餐千安切　鄲多寒切　攤他干切　嘆

⿸疒亶唐干切　癉　鱣　讕郎干切　欄

【對偶】李煜更漏子：山枕膩，錦衾寒。　辛棄疾西江月：一柱中擎遠碧，兩峯旁倚高寒。　李璟攤破浣溪沙：細雨夢回雞塞遠，小樓吹徹玉笙寒。　周邦彥紅林檎近：樹杪墮飛羽，簷牙挂琅玕。　李煜阮郎歸：珮聲悄，晚妝殘。

（桓）

桓　胡官切【盤桓】馮延巳拋球樂：紅樓人散獨盤桓。馮延巳拋球樂：小橋秋水共盤桓。

丸　【水晶丸】歐陽修浪淘沙：緯紗囊裏水晶丸。

紈　【雙紈】蘇軾江神子：翠蛾羞黛怯人看，掩雙紈。

歡　呼官切【多歡】柳永透碧霄：太平時，朝野多歡。柳永早梅芳：宴館多歡。【同歡】柳永錦堂春：纏綉衾，不與同歡。【前歡】歐陽修浪淘沙：舊約前歡。晏幾道浣溪沙：綠窗紅豆憶前歡。【留歡】馮延巳采桑子：尊酒留歡，添盡羅衣怯夜寒。【清歡】蘇軾江神子：從此去，少清歡。【貪歡】李煜浪淘沙：一晌貪歡。【朝歡】柳永戚氏：暮宴朝歡。【此夕歡】馮延巳拋球樂：須盡笙歌此夕歡。【昨夜歡】馮延巳拋球樂：猶憶笙歌昨夜歡。

寬　枯官切【寸寬】吳文英慶春宮：繫船香斗寸寬。【衣寬】柳永錦堂春：覺新來憔悴，金縷衣寬。【水天寬】吳文英鷓鴣天：鄉夢窄，水天寬。【水雲寬】辛棄疾江神子：望重歡，水雲寬。【酒杯寬】辛棄疾鷓鴣天：人間路窄酒杯寬。【帶羅寬】辛棄疾江神子：幾悲歡，帶羅寬。

官

古丸切【新官】蘇軾西江月：舊官何物與新官。

冠

【怒髮衝冠】岳飛滿江紅：怒髮衝冠，憑闌處。

觀

【空花觀】蘇軾點絳脣：總作空花觀。【凌飛觀】柳永傾杯樂：連雲複道凌飛觀。

潘

鋪官切【鬢成潘】吳文英木蘭花慢：腰艷楚，鬢成潘。

拚

【難拚】秦觀醜奴兒：佳人別後青塵悄，瘦盡難拚。

盤

蒲官切【玉盤】蘇軾陽關曲：銀漢無聲轉玉盤。辛棄疾菩薩蠻：桐葉雨聲乾，珍珠落玉盤。【冰盤】周邦彥紅林檎近：梅花耐冷，亭亭來入冰盤。【瑞雲盤】吳文英朝中措：晚妝慵理瑞雲盤。

磐

【空磐】吳文英木蘭花：歎寶匳瘞久，青萍共化，裂石空磐。

漫

謨官切【漫漫】蘇軾浣溪沙：入淮清路漸漫漫。

酸

蘇官切【梅酸】王沂孫高陽台：殘萼梅酸。

攢

祖官切【翠蛾攢】顧敻醉公子：斂袖翠蛾攢。

端

多官切【無端】馮延巳醉花間：離人心緒自無端。蘇軾減字木蘭花：風力無端。秦觀醜奴兒：明月無端。

團

徒官切【月團團】辛棄疾臨江仙：好天良夜月團團。【細沙團】辛棄疾臨江仙：交情莫作細沙團。

漙

【漙漙】蘇軾沁園春：雲山摛錦，朝露漙漙。

鸞

盧丸切【青鸞】吳文英醜奴兒慢：鏡舞青鸞。【蒼鸞】辛棄疾水調歌頭：碧霧翳蒼鸞。【驂鸞】辛棄疾江神子：玉簫聲遠憶驂鸞。【小雙鸞】王觀慶清朝慢：平頭鞋子小雙鸞。【鬢驚鸞】辛棄疾江神子：寶釵飛鳳鬢驚鸞。

巒

【峯巒】潘閬憶餘杭：終是欠峯巒。【蒼巒】吳文英木蘭花慢：寒松瘦倚蒼巒。

完 胡官切。身名完、城郭完、破鏡完。
讙 呼官切。笑讙、蛙讙、百夫讙。
瘢 蒲官切。去瘢、雨瘢、新瘢。
蟠 龍蟠、石林蟠、喬松蟠、萬竹蟠。
鑽 祖官切。研鑽、椎鑽、雕鑽、鐵鑿鑽。
湍 他官切。回湍、江湍、松湍、怒湍、清湍、碧湍、驚湍。
摶 徒官切。上摶、扶摶、風摶。
峘 胡官切 **洹** **汍** **芄** **莞** **萑** **脘** **皖**
驩 呼官切 **貛** **倌** 古丸切 **棺** **剜** 烏丸切 **岏** 吾官切
般 逋潘切 **槃** 蒲官切 **般** **蹣** **胖** **媻** **鞶**
磻 **瞞** 謨官切 **謾** **顢** **蹣** **墁** **曼** **饅**
鏝 **鰻** **痠** 蘇官切 **欑** 徂丸切 **耑** 多官切 **糰** 徒官切
鑾 盧丸切 **欒** **圝** **孌**

（刪）

潸 師姦切【餘潸】蘇軾江神子：閔新鰥，拭餘潸。

關 古還切【九關】柳永巫山一段雲：琪樹籠三殿，金龍抱九關。【江關】柳永戚氏：望江關。【京關】秦觀滿庭芳：名動萬里京關。【門關】蘇軾江神子：水雲間，掩門關。【花關】馮延巳浣溪沙：謝家門戶約花關。【深關】柳永錦堂春：幾時歸來，香閣深關。【陽關】張舜民賣花聲：休唱陽關。【臨關】辛棄疾水調歌頭：猶記紅旗清夜，千騎月臨關。

彎 烏關切【眉彎】晏幾道慶春時：涼月還似眉彎。馮延巳虞美人：不知今夜月眉彎。【素蟾彎】晏幾道浣溪沙：一鉤羅襪素蟾彎。

還 戶關切【初還】馮延巳浣溪沙：畫堂雙燕語初還。【春還】王觀慶清朝慢：東君分付春還。【

鴉還】吳文英西江月：千林日落鴉還。【采菱還】張先武陵春：風棹采菱還。【得生還】張舜民賣花聲：何人此路得生還。【雁先還】辛棄疾漢宮春：生怕見，花開花落，朝來塞雁先還。【帶夕陽還】吳文英鷓鴣天：棲鴉常帶夕陽還。

環

戶關切【佩環】姜夔滿江紅：無聞佩環。【連環】辛棄疾江神子：綺窗閒，夢連環。【彎環】馮延巳菩薩蠻：殘月尙彎環。【玉連環】溫庭筠蕃女怨：玉連環，金鏃箭。【玉垂環】辛棄疾江神子：珮聲閒，玉垂環。

寰

【塵寰】蘇軾戚氏：動歸思，廻首塵寰。

鬟

【低鬟】吳文英醜奴兒慢：遙望翠凹，隔江時見，越女低鬟。【雲鬟】柳永錦堂春：甚當初賺我，偸翦雲鬟。蘇軾江神子：香霧著雲鬟。吳文英慶春宮：粉消莫染，猶是秦宮，綠擾雲鬟。【翠鬟】溫庭筠南歌子：撲蕊添黃子，呵花滿翠鬟。李煜阮郎歸：憑誰整翠鬟。馮延巳醉桃源：無人整翠鬟。【嬌鬟】秦觀滿庭芳：嬌鬟，宜美盼，雙擎翠袖，穩步紅蓮。

顏

牛姦切【天顏】辛棄疾水調歌頭：靑氈劍履舊物，玉立侍天顏。【朱顏】晏幾道鷓鴣天：莫敎離恨損朱顏。晏殊醉桃源：流連光景惜朱顏。辛棄疾漢宮春：閒時又來鏡裡，轉變朱顏。【君顏】蘇軾浣溪沙：杏花依舊駐君顏。【芳顏】溫庭筠南歌子：月明三五夜，對芳顏。【花顏】張舜民賣花聲：十分斟酒斂花顏。【愁顏】柳永戚氏：追往事，空慘愁顏。【韶顏】周邦彥醜奴兒：江南風味依然在，玉貌韶顏。

班

逋還切【紫宸班】辛棄疾太常引：便令押，紫宸班。

斑

【淚痕斑】辛棄疾江神子：湘筠簾捲淚痕斑。【幾行斑】王觀慶清朝慢：香泥斜沁幾行斑。【錦翅斑】歐陽修南鄉子：冷潑鴛鴦錦翅斑。【鬢雲斑】辛棄疾江神子：吳霜應點鬢雲斑。

般

【萬般】馮延巳采桑子：爭耐相逢情萬般。【許多般】王觀慶清朝慢：餖飣得天氣，有許多般。

蠻

莫還切。【征蠻】柳永早梅芳：自從破虜征蠻。【緜蠻】柳永黃鶯兒：曉來枝上緜蠻。

刪

師姦切。及秋刪、世慮刪、逐年刪、藥苗刪。

灣 烏關切。水灣、花灣、晴灣、青蘋灣、楊柳灣、落木灣、落照灣。

闤 戶關切。市闤、世闤。

姦 居顏切。除姦、照姦。

菅 枯菅、芳菅、霜菅。

攀 披班切。仰攀、孤攀、追攀、和雲攀、翠樹攀、叢枝攀。

擐 古還切 **鐶** 戶關切 **鍰** **轘** **澴** **圜** **頒** 逋還切

玢 **朌** 披班切 **蔓** 莫還切

【對偶】辛棄疾鷓鴣天：香噴瑞獸金三尺，人揷雲梳月一彎。 吳文英西江月：一鏡波平鷗去，千林日落鴉還。 晏幾道鷓鴣天：玉笙聲裡鸞空怨，羅幕香中燕未還。 歐陽修滿路花：銅荷融燭淚，金獸齧扉環。 溫庭筠南歌子：撲蕊添黃子，呵花滿翠鬟。

（山）

山 師間切【空山】蘇軾行香子：何人無事，宴坐空山。【孤山】潘閬憶餘杭：長憶孤山。【眉山】王觀慶清朝慢：盡收翠綠，吹在眉山。 吳文英采桑子：秋入眉山。【晴山】周邦彥少年遊：南都石黛掃晴山。【登山】柳永戚氏：向此臨水與登山。【頹山】秦觀滿庭芳：醉玉頹山。【一半山】辛棄疾鷓鴣天：帶雨雲埋一半山。【千萬山】馮延巳拋球樂：坐對高樓千萬山。【小屏山】辛棄疾江神子：和淚看，小屏山。【下君山】張舜民賣花聲：木葉下君山。【日銜山】李煜阮郎歸：東風吹水日銜山。【臥看山】陸游鷓鴣天：卷罷黃庭臥看山。【映屏山】溫庭筠南歌子：鴛枕映屏山。【笑溪山】辛棄疾江神子：笑溪山，幾時閒。【酒醒山】馮延巳浣溪沙：曉屏一枕酒醒山。【短長山】辛棄疾西江月：橫陳削就短長山。【幾點山】晏幾道浣溪沙：牀上銀屏幾點山。【無限江山】李煜浪淘沙：獨自莫凭闌，無限江山。【萬里江山】辛棄疾清平樂：布被秋宵夢覺，眼前萬里江山。

潺　鉏山切【水潺潺】潘閬憶餘杭：處處水潺潺。辛棄疾江神子：亂雲擾擾水潺潺。【雨潺潺】李煜浪淘沙：簾外雨潺潺。

閑　何閒切【閑】張舜民賣花聲：天淡雲閑。【簾幕閑】馮延巳浣溪沙：桃李相逢簾幕閑。

慳　邱閑切。【天慳】辛棄疾西江月：我望雲煙目斷，人言風景天慳。

閒　【春閒】晏幾道浣溪沙：小雲雙枕恨春閒。【清閒】蘇軾行香子：澹娟娟，玉宇清閒。【等閒】陸游鷓鴣天：老却英雄似等閒。【赤松閒】辛棄疾太常引：問公何事，早伴赤松閒。【長是閒】李煜阮郎歸：春來長是閒。【釣磯閒】辛棄疾玉樓春：身如溪上釣磯閒。【懶方閒】辛棄疾鷓鴣天：窮自樂，懶方閒。

間　居閑切【夕陽間】柳永戚氏：飛雲黯淡夕陽間。【水雲間】李煜玉樓春：鳳簫吹斷水雲間。【五雲間】柳永巫山一段雲：朝拜五雲間。【有無間】王觀慶清朝慢：望中秀色，如有無間。【綠波間】李璟攤破浣溪沙：西風愁起綠波間。【翠微間】潘閬憶餘杭：萬家掩映翠微間。【落照間】陸游鷓鴣天：家住蒼煙落照間。【履聲間】辛棄疾太常引：君王著意履聲間。【醉夢間】馮延巳醉桃源：笙歌醉夢間。【夢魂間】馮延巳浣溪沙：却疑身是夢魂間。【簾影間】姜夔滿江紅：又怎知，人在小紅樓，簾影間。【天上人間】李煜浪淘沙：流水落花春去也，天上人間。

艱　居閑切。辛艱、阻艱、世網艱、道路艱。

殷　於閑切。青殷、夕陽殷、酒色殷、葉更殷、曉日殷。

頑　五鰥切。桃頑、驁頑、癡頑、莓苔頑、稚子頑。

疝師閑切　**訕**　**孱**鉏山切　**僝**　**斕**力閑切　**嫺**何閒切

癲　**掔**邱閑切　**蕑**居閑切　**黰**於閑切　**鰥**姑頑切　**綸**

【對偶】吳文英西江月：江山桃花流水，天涯芳草青山。　辛棄疾鷓鴣天：浮天水送無窮樹，帶雨雲埋一半山。　辛棄疾鷓鴣天：羨君人物東西晉，分我詩名大小山。　辛棄疾鷓鴣天：窮自樂，懶方閒。

（先）

先
蘇前切【爭先】蘇軾一叢花：小桃杏，應已爭先。

千
倉先切【十千】柳永看花回：任旗亭斗酒十千。【當千】柳永透碧霄：帝居壯麗，皇家熙盛，寶運當千。【臥秋千】馮延巳菩薩蠻：花影臥秋千。【濕秋千】李清照浣溪沙：黃昏疏雨濕秋千。【草芊芊】馮延巳金錯刀：日融融，草芊芊。

牋
將先切【花牋】周邦彥鶴沖天：慢搖紈扇訴花牋。【香牋】柳永玉蝴蝶：親持犀管，旋疊香牋。

前
才先切【窗前】顧敻虞美人：杏林如畫倚輕煙，鎖窗前。柳永減字木蘭花：綠鎖窗前。【尊前】柳永看花回：賞心何處好，惟有尊前。【燈前】辛棄疾木蘭花慢：夜深兒女燈前。【立尊前】柳永玉蝴蝶：殢人含笑立尊前。【玉尊前】晏殊浣溪沙：不辭清唱玉尊前。【後庭前】李煜後庭花破子：玉樹後庭前。【越臺前】李珣南鄉子：刺桐花下越臺前。【啼林前】馮延巳金錯刀：黃鶯求友啼林前。【畫堂前】韋莊浣溪沙：捲簾直出畫堂前。【綠窗前】有時攜手閑坐，偎倚綠窗前。【綺窗前】晏幾道臨江仙：玉樓清處綺窗前。【鳳樓前】溫庭筠女冠子：雪胸鸞鏡裡，琪樹鳳樓前。【十二峯前】李珣河傳：依舊十二峯前。【暗想從前】柳永戚氏：夜永對景，那堪屈指，暗想從前。【獨立花前】馮延巳采桑子：更聽笙歌滿畫船，獨立花前。

邊
卑眠切【愁邊】秦觀滿庭芳：降春睡，開拓愁邊。【曲江邊】辛棄疾最高樓：杜陵酒債曲江邊。【老江邊】蘇軾南歌子：莫忘故人憔悴，老江邊。【粧鏡】李煜後庭花破子：瑤草粧鏡邊。【綠楊邊】顧敻醉公子：家住綠楊邊。【碧山邊】馮延巳酒泉子：歸鴻飛，行人去，碧山邊。【螢雪邊】辛棄疾菩薩蠻：聖處一燈傳，工夫螢雪邊。【春水橋邊】韋莊清平樂：門臨春水橋邊。【楊柳橋邊】馮延巳采桑子：楊柳橋邊，落日高樓酒旆懸。

眠
民堅切【無眠】柳永戚氏：對閒窗畔，停燈向曉，抱影無眠。【醉眠】辛棄疾南鄉子：貪聽咿啞聒醉眠。【人不眠】馮延巳菩薩蠻：更長人不眠。【小窗眠】辛棄疾西江月：聽風小窗眠。【

不成眠】柳永御街行：和衣擁被不成眠。秦觀菩薩蠻：畢竟不成眠。秦觀浣溪沙：燈前重看不成眠。【日高眠】柳永促拍滿路花：鳳幃夜短，偏愛日高眠。【任醉眠】歐陽修采桑子：穩泛平坡任醉眠。【秋水眠】辛棄疾菩薩蠻：高樹莫鳴蟬，晚涼秋水眠。【草芊眠】馮延巳春光好：牆下草芊眠。【聽雨眠】韋莊菩薩蠻：畫船聽雨眠。【兩處孤眠】柳永臨江仙引：今宵怎向漏永，頓成兩處孤眠。

顛

多年切【華顛】黃庭堅定風波：幾人黃菊上華顛。

天

他年切【中天】柳永透碧霄：端門清晝，觚稜照月，雙闕中天。【九重天】晏殊浣溪沙：使星歸覲九重天。【夕陽天】馮延巳酒泉子：九廻腸，雙臉淚，夕陽天。【四垂天】歐陽修浣溪沙：拍堤春水四垂天。【吹上天】辛棄疾唐河傳：那岸邊，柳綿，被風吹上天。【別有天】歐陽修采桑子：疑是湖中別有天。【冶遊天】晏幾道浣溪沙：落英飛絮冶遊天。【奈何天】張先燕歸梁：缺多圓少奈何天。【物外天】柳永巫山一段雲：三三物外天。【雪漫天】辛棄疾臨江仙：楊花榆莢雪漫天。【晚秋天】柳永戚氏：晚秋天，一霎微雨灑庭軒。【晚涼天】辛棄疾臨江仙：清風一枕晚涼天。【晚晴天】李珣南鄉子：相見處，晚晴天。【殘月天】溫庭筠菩薩蠻：雁飛殘月天。【須問天】溫庭筠更漏子：此情須問天。【寒食天】韋莊浣溪沙：清曉粧成寒食天。李清照浣溪沙：淡蕩春光寒食天。【碧於天】韋莊菩薩蠻：春水碧於天。【碧連天】辛棄疾鷓鴣天：東湖春水碧連天。【賞心天】辛棄疾好事近：花月賞心天。【落花天】柳永促拍滿路花：畫堂春過，悄悄落花天。【落梅天】晏幾道臨江仙：歌罷落梅天。【鶴冲天】韋莊喜遷鶯：爭看鶴冲天。【艷陽天】晏幾道菩薩蠻：占取艷陽天。【白鷺青天】辛棄疾清平樂：誰似先生高舉，一行白鷺青天。【目斷遙天】馮延巳采桑子：舊仇新恨知多少，目斷遙天。【忍負良天】柳永玉蝴蝶：鳳衾鴛枕，忍負良天。【芳草連天】劉辰翁蘭陵王：鞦韆外，芳草連天。

田

亭年切【芝田】蘇軾戚氏：八馬戲芝田。【瓊田】歐陽修采桑子：一片瓊田。

鈿

【金鈿】韋莊清平樂：妝成不整金鈿。【花鈿】韋莊浣溪沙：柳毬斜裊間花鈿。李清照浣溪沙：

夢囘山枕隱花鈿。

年

奴顚切【三年】柳永玉蝴蝶：粉牆曾恁，窺宋三年。【少年】馮延巳金錯刀：惱煞東風誤少年。【流年】辛棄疾木蘭花慢：對別酒，怯流年。晏幾道浪淘沙：行子惜流年。【芳年】柳永看花囘：忍負芳年。【笄年】柳永迷仙引：才過笄年。柳永促拍滿路花：楚腰纖細正笄年。【殘年】辛棄疾八聲甘州：看風流慷慨，談笑過殘年。【新年】蘇軾南歌子：問駕綵鸞歸去，趁新年。【似去年】顧敻醉公子：魂銷似去年。【似當年】李煜虞美人：依舊竹聲新月似當年。【長少年】李煜後庭花破子：天教長少年。【度日如年】柳永戚氏：孤館度日如年。【度歲經年】柳永傾杯樂：爲伊牽繫，度歲經年。

蓮

落賢切【采蓮】溫庭筠河傳：仙景箇女采蓮。【叢蓮】張先武陵春：語近隔叢蓮。【欲披蓮】晏殊浣溪沙：黃蜂金蕊欲披蓮。【濕紅蓮】晏殊浣溪沙：夜來清露濕紅蓮。

憐

【誰憐】柳永減字木蘭花：慵困誰憐。【正堪憐】晏幾道臨江仙：綠嬌紅小正堪憐。【恣意憐】李煜菩薩蠻：教君恣意憐。【感君憐】李煜更漏子：知我意，感君憐。【儘人憐】柳永促拍滿路花：溫柔情態儘人憐。

堅

經天切【竹瘦松堅】辛棄疾清平樂：十分竹瘦松堅。

牽

輕烟切【情牽】柳永玉蝴蝶：憶情牽。【縈牽】姜夔浣溪沙：些兒閒事莫縈牽。【暗絲牽】張先定風波：兩心俱被暗絲牽。

賢

胡千切。【思賢】辛棄疾木蘭花慢：玉殿正思賢。【群賢】秦觀滿庭芳：一觴一詠，賓有群賢。

弦

【響驚弦】辛棄疾八聲甘州：射虎山橫一騎，裂石響驚弦。

絃

【剩絃】晏殊破陣子：謾道秦箏有剩絃。【管絃】王建宮中調笑：誰復商量管絃。【十四絃】辛棄疾醜奴兒：腸斷西風十四絃。【入管絃】辛棄疾鷓鴣天：莫放離歌入管絃。【入舊絃】晏幾道鷓鴣天：試寫離聲入夢絃。【倚危絃】晏幾道醜奴兒：清唱倚危絃。【動朱絃】晏殊燕歸梁：

陽春一曲動朱絃。【悲斷絃】馮延巳菩薩蠻：寶箏悲斷絃。【琴斷絃】辛棄疾菩薩蠻：夢中琴斷絃。【廢管絃】柳永減字木蘭花：幾日春愁廢管絃。【續斷絃】辛棄疾鷓鴣天：明朝再作東陽約，肯把鸞膠續斷絃。【響空絃】辛棄疾木蘭花慢：醉來時響空絃。【急管繁絃】柳永看花回：正萬家急管繁絃。【脆管鳴絃】蘇軾戚氏：肆華筵，間作脆管鳴絃。

烟

因蓮切【生煙】晏殊破陣子：熏爐盡日生煙。【春煙】柳永玉蝴蝶：綠鬢亸，濃染春煙。【秋煙】柳永促拍滿路花：香靨融春雪，翠鬢亸秋煙。【愁煙】柳永臨江仙引：見岸花啼露，對堤柳愁煙。【曉煙】晏殊浣溪沙：綠葉紅花媚曉煙。【入疏煙】晏殊喜遷鶯：餘韻入疏煙。【又秋煙】吳文英浪淘沙：離亭春草又秋煙。【上淩煙】秦觀滿庭芳：粉身碎骨，功合上淩煙。【柳如烟】溫庭筠菩薩蠻：江上柳如烟。【倚輕烟】顧夐虞美人：杏林如畫倚輕烟。【起祥煙】柳永透碧霄：萬年芳樹起祥煙。【起瑞煙】晏殊燕歸梁：金鴨香爐起瑞煙。【帶疏烟】馮延巳春光好：霧濛濛，風淅淅，楊柳帶疏烟。【畫燭煙】辛棄疾醜奴兒：堂上風斜畫燭煙。【貼寒煙】晏殊拂霓裳：數行新燕貼寒煙。【裊青煙】柳永晝夜樂：金爐麝裊青煙。【惹殘煙】柳永戚氏：井梧零亂惹殘煙。

咽

因蓮切【歌聲咽】辛棄疾踏歌：問春宵，因甚歌聲咽。

妍

五堅切【春妍】蘇軾戚氏：依稀柳色，翠點春妍。蘇軾一叢花：冰雪破春妍。【芳妍】顧夐虞美人：黃鸝嬌囀泣芳妍。【增妍】柳永玉蝴蝶：想舊意，波臉增妍。

懸

胡涓切【酒旆懸】馮延巳采桑子：落日高樓酒旆懸。

阡

倉先切。林阡、高阡、斜阡、新阡、遠阡。

箋

將先切。吟箋、素箋、寄箋、詩箋、錦箋。

編

卑眠切。奇編、韋編、舊編、百家編。

巔

多年切。危巔、雲巔、綠巔、碧峯巔、萬尋巔。

塡

亭年切。堆塡、車馬塡、荆杞塡、薄粉塡。

研 五堅切。攻研、亘硯研、平自研、詩書研。
涓 圭淵切。洄涓、涓涓、細涓。
鵑 杜鵑、春鵑、啼鵑、愁鵑。
淵 縈年切。青淵、深淵、百仞淵、學有淵。

跣 蘇前切　**韉** 將先切　**濺**　**戔**　**籩** 卑眠切　**蕭**
蹁 蒲眠切　**褊**　**胼**　**駢**　**癲** 多年切　**滇**　**佃** 亭年切
畋　**闐**　**磌**　**零** 落賢切　**肩** 經天切　**鈃**　**豣**
鰹　**肻**　**岍** 輕烟切　**汧**　**舷** 胡千切　**燕** 因蓮切　**湮**
趼 五堅切　**鐫** 圭淵切　**蜎**　**狷**

【對偶】溫庭筠女冠子：雪胸鸞鏡裏，琪樹鳳樓前。　晏殊浣溪沙：可惜異香珠箔外，不辭清唱玉尊前。　韋莊清平樂：住在綠槐陰裏，門臨春水橋邊。　秦觀浣溪沙：枕上忽收疑是夢，燈前重看不成眠。　秦觀滿庭芳：雙擎翠袖，穩步紅蓮。　辛棄疾菩薩蠻：山上咽飛泉，夢中琴斷絃。　周邦彥訴衷情：風翻酒幔，寒凝茶煙。　柳永促拍滿庭花：香靨融春雪，翠鬢彈秋煙。　溫庭筠女冠子：寒玉簪秋水，輕紗捲碧烟。　晏殊破陣子：蠟燭到明垂淚，熏爐盡日生煙。　晏殊浣溪沙：為別莫辭金盞酒，入朝須近玉爐煙。

（仙）

仙 相然切【求仙】溫庭筠女冠子：寄語青娥伴，早求仙。【神仙】韋莊喜遷鶯：家家樓上簇神仙。
柳永透雲霄…鈞天歌吹，閬苑神仙。【群仙】柳永巫山一段雲：上清眞籍總群仙。【水中仙】蘇軾浣溪沙：畫簾重見水中仙。【飲中仙】辛棄疾玉樓春：十千一斗飲中仙。

鮮 【澄鮮】歐陽修采桑子：空水澄鮮。【曉妝鮮】溫庭筠河傳：江畔相喚曉妝鮮。

遷 親然切【鶯已遷】韋莊喜遷鶯：鶯已遷，龍已化。

躚 【蹁躚】蘇軾減字木蘭花：妙舞蹁躚。【鞦韆】韋莊清平樂：含羞待月鞦韆。柳永鬭百花：黃昏乍拆鞦韆。

涎

徐蓮切【龍涎】秦觀浣溪沙：惱人香爇是龍涎。

錢

財仙切【青錢】辛棄疾鷓鴣天：紫綠帶，點青錢。【榆錢】蘇軾雨中花：但有綠苔芳草，柳絮榆錢。

氈

諸延切【錦氈】馮延巳金錯刀：花蕊茸茸簇錦氈。

蟬

時連切【如蟬】溫庭筠女冠子：鬢如蟬。【梳蟬】蘇軾訴衷情：膚瑩玉鬢梳蟬。【貂蟬】辛棄疾最高樓：莫教頭上欠貂蟬。【新蟬】蘇軾阮郎歸：綠槐高柳咽新蟬。【鳴蟬】辛棄疾西江月：清風半夜鳴蟬。【暮蟬】晏殊浣溪沙：湖上西風急暮蟬。

然

如延切【依然】柳永透碧霄：樂遊雅戲，平康豔質，應也依然。蘇軾雨中花：秋向晚，一枝何事，向我依然。辛棄疾木蘭花慢：道尋常，泥酒只依然。【淒然】柳永臨江仙引：物情人意，向此觸目，無處不淒然。【偶然】辛棄疾鷓鴣天：聚散忽忽不偶然。【燕然】辛棄疾菩薩蠻：萬里勒燕然。【翩然】朱敦儒水龍吟：北客翩然。【蕭然】馮延巳酒泉子：風微煙澹雨蕭然。

纏

澄延切【雙纏】蘇軾浣溪沙：曲終紅袖落雙纏。

連

陵延切【留連】蘇軾戚氏：命雙成、奏曲醉留連。柳永玉蝴蝶：苦留連。柳永戚氏：遇當歌、對酒競留連。【流連】秦觀滿庭芳：欲去且流連。【翠黛連】秦觀浣溪沙：霜縞同心翠黛連。

嫣

虛延切【柳暗花嫣】馮延巳三臺令：日斜柳暗花嫣。

延

夷然切【遷延】柳永戚氏：未名未祿，綺陌紅樓，往往經歲遷延。

筵

【華筵】蘇軾戚氏：肆華筵，間作脆管鳴絃。【歌筵】晏幾道浣溪沙：東城涼月照歌筵。晏殊浣溪沙：少留歸騎促歌筵。【離筵】柳永臨江仙引：停飛蓋，促離筵。

褰

邱虔切【珠箔微褰】柳永玉蝴蝶：畫檐深處，珠箔微褰。

鞭

卑連切【鳴鞭】蘇軾戚氏：杏花風，數里響鳴鞭。【楊柳鞭】晏幾道浣溪沙：白紵春衫楊柳鞭。【醉帽吟鞭】辛棄疾雨中花慢：馬上三年，醉帽吟鞭。

翩 紕延切【翩翩】馮延巳金錯刀：狂蜂浪蝶相翩翩。蘇軾戚氏：畫樓隱隱，翠鳥翩翩。【兩翩翩】歐陽修瑞鷓鴣：落花飛絮兩翩翩。

緜 武延切【芊緜】蘇軾戚氏：玄圃清寂，瓊草芊緜。【綿綿】歐陽修浪淘沙：萬恨苦綿綿。馮延巳采桑子：馬嘶人語春風岸，芳草綿綿。李清照怨王孫：恨綿綿。柳永臨江仙引：長安古道緜緜。柳永戚氏：思緜緜。【纏綿】歐陽修錦香囊：春繭纏綿。【柳生棉】李清照浣溪沙：江海已過柳生棉。

旋 旬宣切【紅亂旋】歐陽修玉樓春：從頭歌韻響錚鏦，入破舞腰紅亂旋。

泉 從緣切【香泉】秦觀滿庭芳：開餅試一品香泉。【飛泉】辛棄疾菩薩蠻：山上咽飛泉。【流泉】蘇軾醉翁操：醉翁嘯詠，聲如流泉。【寒泉】蘇軾戚氏：雲璈韻響瀉寒泉。

穿 昌緣切【一線穿】歐陽修減字木蘭花：百琲明珠一線穿。【不喜穿】柳永減字木蘭花：繡線金針不喜穿。

川 【長川】馮延巳酒泉子：芳草長川。【斜川】張炎高陽臺：草暗斜川。【逝水移川】吳文英齊天樂：逝水移川，高陵變谷，那識當時神禹。

船 食川切【同船】晏殊浣溪沙：水風深處懶同船。【金船】晏幾道臨江仙：流霞淺酌金船。【客船】李珣河傳：猿聲到客船。【郎船】姜夔浣溪沙：擬將裙帶繫郎船。【畫船】歐陽修浣溪沙：堤上遊人逐畫船。馮延巳采桑子：更聽笙歌滿畫船。【滿船】辛棄疾鷓鴣天：後夜相思月滿船。溫庭筠河傳：好花新滿船。【歸船】蘇軾浣溪沙：秋風南浦送歸船。【蘭船】晏幾道清平樂：月明昨夜蘭船。【木蘭船】魏夫人菩薩蠻：蕩漾木蘭船。【月滿船】辛棄疾鷓鴣天：後夜相思月滿船。【雨中船】吳文英浪淘沙：燈火雨中船。【逐畫船】歐陽修浣溪沙：堤上遊人逐畫船。

傳 重緣切【已傳】歐陽修歸自謠：眼色相看意已傳。【細傳】晏殊破陣子：何曾爲細傳。【催傳】歐陽修采桑子：玉盞催傳。【頻傳】歐陽修浣溪沙：六么催拍盞頻傳。【一燈傳】辛棄疾菩薩蠻：聖處一燈傳。【密意傳】張先武陵春：波上逢郎密意傳。

緣 余專切【因緣】秦觀浣溪沙：又還一段惡因緣。

娟 於緣切【娟娟】辛棄疾水調歌頭：有美人可語，秋水隔娟娟。【嬋娟】晏幾道虞美人：素雲凝澹月嬋娟。柳永玉蝴蝶：羅綺叢中，偶認舊識嬋娟。柳永戚氏：長天淨，絳河清淺，皓月嬋娟。蘇軾水調歌頭：千里共嬋娟。【舞嬋娟】辛棄疾最高樓：問何如，歌窈窕，舞嬋娟。

圓 于權切【又圓】李煜後庭花破子：今年月又圓。【初圓】柳永傾杯樂：皓月初圓。【清圓】歐陽修減字木蘭花：柔潤清圓。【不成圓】馮延巳菩薩蠻：玉露不成圓。【枕痕圓】歐陽修虞美人：睡容初起枕痕圓。【倩誰圓】辛棄疾臨江仙：此夢倩誰圓。【照人圓】辛棄疾木蘭花慢：十分好月，不照人圓。【綠苔圓】辛棄疾臨江仙：從今花影下，只看綠苔圓。【獨自圓】辛棄疾南鄉子：不管人愁獨自圓。【露珠圓】晏殊拂霓裳：晚荷花綴露珠圓。蘇軾阮郎歸：雪浪淺，露珠圓。【好月常圓】晏殊破陣子：人間好月常圓。

煎 子仙切。烹煎、愁煎、百慮煎、洗頭煎、寒暑煎、離別煎、鶗鴂煎。

禪 時蓮切。坐禪、夜禪、一覺禪、竹菴禪、林下禪。

躔 澄延切。夕躔、星躔、日月躔。

廛 山廛、市廛、芝廛、僧廛。

聯 陵延切。接聯、水雲聯、夜床聯、雁行聯。

漣 風漣、清漣、碧漣、微漣、涕泗漣。

愆 邱虔切。不愆、前愆、無愆。

騫 秋草騫、風雲騫、歸軫騫。

虔 渠焉切。思虔、敬虔、一念虔、夙夜虔。

篇 紕延切。千篇、佳篇、詩篇、瑤篇、止酒篇、秋水篇。

偏 夕陽偏、月輪偏、晝燭偏、翠麓偏、雁陣偏。

宣 旬宣切。五教宣、金石宣、憤懣宣、聲詩宣。

筌 此緣切。忘筌、言筌、眞筌、漁筌。

鐫 子泉切。細鐫、雕鐫、磨鐫、鬼斧鐫、新樣鐫。

還 旬宣切。師還、鶴還、須臾還、歲暮還。

全 從緣切。天全、璧全、色香全、幾人全、景物全。

專 朱遄切。獨專、志慮專、農事專、興已專。

甎 青甎、花甎、薜生甎。

椽 重緣切。一椽、古椽、松椽、翠椽、簷椽。

沿 余專切。東沿、旁沿、土花沿。

鉛 丹鉛、紅鉛。

捐 相捐、笑捐、煩慮捐、歲月捐、諸妄捐。

鳶 孤鳶、紙鳶、晴鳶、寒鳶、鷲鳶、投村鳶。

悁 於緣切。悲悁、煩悁、中心悁。

權 逵員切。青權、詩權、斯文權、筆創權。

拳 如拳、秀結拳、砌千拳。

躚相然切　秈　湔子仙切　羶尸連切　扇　煽

饘諸延切　旃　鸇　嬋時連切　邅張連切　鱣

鏈陵延切　鰱　甄居延切　綖夷然切　鋋　焉尤虔切

焉於虔切　鄢　搴邱虔切　乾渠焉切　犍　鍵

扁紕延切　便毗連切　平　棉武延切　緡　詮此緣切

銓　拴　痊　佺　悛　荃　璿旬宣切　璇

漩　顓朱遄切　遄紬沿切　孿閒員切　翾許緣切

儇　嬛　員于權切　卷驅員切　惓　顴　踡

蜷　鬈

【對偶】

晏幾道浣溪沙：南陌暖風吹舞樹，東城涼月照歌筵。　馮延巳金錯刀：柳條裊裊拕金線，花蕊茸茸簇錦氈。　晏幾道臨江仙：莫如雲易散，須似月頻圓。　歐陽修瑞鷓鴣：隴禽有恨猶能說，江月無情也解圓。

仄聲

二十阮二十三旱二十四緩二十五潸二十六產二十七銑二十八獮二十五願二十八翰二十九換三十諫三十一襇三十二霰三十三線通用

（阮）以下上聲

晼 委遠切【騷晼】吳文英瑣窗寒：返魂騷晼，遺芳掩色，眞姿凝澹。

苑 【吳苑】吳文英瑞鶴仙：垂陽暗吳苑。【空苑】晏殊玉堂春：御柳暗遮空苑。【故苑】張先傾杯：芳菲故苑。【南苑】溫庭筠河傳：煙靄南苑。【秋苑】吳文英水龍吟：古陰冷翠成秋苑。【梁苑】吳文英宴清都：翠羽飛梁苑。【茂苑】吳文英瑞鶴仙：初圓此夕，應共嬋娟茂苑。【閬苑】柳永傾杯樂：翠華宵幸，是處層城閬苑。【瓊苑】吳文英絳都春：旋翦露痕，移得春嬌，栽瓊苑。

遠 雨阮切【行遠】姜夔踏莎行：離魂暗逐郎行遠。【長遠】柳永秋夜月：不免收心，共伊長遠。周邦彥歸去難：如今信我，委的論長遠。【幽遠】周邦彥遶佛閣：閒步露草，偏愛幽遠。【俱遠】秦觀如夢令：人共楚天俱遠。【眺遠】周邦彥齊天樂：凭高眺遠。【雲遠】周邦彥荔枝香近：回顧，始覺驚鴻去雲遠。【荒遠】周邦彥夜遊宮：明日前村更荒遠。【意遠】辛棄疾醉太平：態濃意遠。【路遠】溫庭筠清平樂：爭奈長安路遠。【迢遠】姜夔眉嫵：悵斷魂，煙水迢遠。【漸遠】晏幾道撲蝴蝶：恨如秋水空長，事與行雲漸遠。秦觀漁家傲：回首家山雲漸遠。【夢遠】周邦彥秋蕊香：寶釵落枕春夢遠。【歸遠】柳永破陣樂：爭收翠羽，相將歸遠。【引情遠】溫庭筠河傳：天際雲鳥引情遠。【天涯遠】馮延巳菩薩蠻：玉佩天涯遠。晏幾道蝶戀花：相思一夜天涯遠。周邦彥燭影搖紅：當時誰會唱陽關，離恨天涯遠。辛棄疾蝶戀花：喚回曉夢天涯遠。【行人遠】馮延巳菩薩蠻：秋期正與行人遠。【吳宮遠】溫庭筠菩薩蠻：故國吳宮遠。【青山遠】僧揮南柯子：十里青山遠。【青樓遠】韋莊怨王孫：日斜歸去人難見，青樓遠。【東南遠】歐陽修漁家傲：香蛾有恨東南遠。【春山遠】馮延巳鵲踏枝：雙眉斂恨春山遠。【春尙遠】歐陽修漁家傲：臘近探春春尙遠。【音容遠】秦觀調笑令：將軍一去音容遠。【香塵遠】柳永鬭百花：鸞輅香塵遠。【前期遠】柳永燕歸梁：幽歡已散前期遠。【幽夢遠】吳文英謁金門：一沈午醒幽夢遠。【飛鸞遠】馮延巳虞美人：銀屏夢與飛鸞遠。【珠宮遠】歐陽修漁家傲：夢魂怎奈珠宮遠。【家鄉遠】吳文英生查子：寒夢家鄉遠。【芳草遠】顧敻醉公子：馬嘶芳草遠。【笑聲遠】秦觀調笑令：扁舟日暮笑聲遠。【偏宜遠】歐陽修漁家傲：天寒山色偏宜遠。【寒色遠】晏殊望江海：千里江山寒色遠。【悲鄉遠】吳文英瑣窗寒：冷蕙沁骨悲鄉遠。【滄波遠】吳文英水龍吟：把閒愁換與，樓前晚色，棹滄波遠。【煙村遠】柳永河傳：急槳煙村遠。【菱唱遠】吳文英齊天樂：望極愁生，暮天菱唱遠。【蓑夢遠】吳文英二部樂：傍釣蓑夢遠。【隨春遠】晏幾道臨江仙：流水便隨春遠。【歸棹遠】溫庭筠河傳：蕩子天涯歸棹遠。歐陽修蝶戀花：隱隱歌聲歸棹遠。【斷雲遠】柳永迷神引：佳人無消息，斷雲遠。【離人遠】秦觀虞美人：只恨離人遠。【水遙山遠】柳永陽台路：愁見水遙山遠。【天深信遠】吳文英燭影搖紅：素娥愁，天深信遠。【地遙天遠】柳永鳳歸雲：却是恨雨愁雲，地遙天遠。【枕孤人遠】歐陽修清商怨：夜又永，枕孤人遠。【眉山碧遠】吳文英水龍吟：夜寒舊事，春期新恨，眉山碧遠。【暗香平遠】吳文英解桂花：蕩千里，暗香平遠。【傷懷念遠】柳永卜算子：對晚景，傷懷念遠。【翠屏平遠】辛棄疾錦帳春：恨重簾不捲，翠屏平遠。

綣

苦遠切【繾綣】柳永菊花新：欲掩香幃論繾綣。

卷

【書卷】吳文英水龍吟：牛涼生，蘭檠書卷。【詩卷】吳文英齊天樂：畫船應不載，坡靜詩卷。【忽忽卷】歐陽修漁家傲：鸞琴鳳樂忽忽卷。【閒不卷】李煜浪淘沙：一任珠簾閒不卷。【犀軸卷】柳永鳳銜杯：錦囊收，犀軸卷。【雲不卷】歐陽修漁家傲：獵獵寒威雲不卷。【雲幔卷】歐陽修漁家傲：乞巧樓頭雲幔卷。【輕帆卷】柳永迷神引：一葉扁舟輕帆卷。【簾高卷】柳永傾杯樂：鳳額繡簾高卷。

偃

於幰切【新月偃】王安石菩薩蠻：梢梢新月偃。

晚

武遠切【向晚】晏殊清平樂：秋光向晚。【風晚】歐陽修應天長：燕度蒹葭風晚。【弄晚】吳文英解語花：飛霙弄晚。【春晚】溫庭筠定西番：細雨曉鶯春晚。溫庭筠清平樂：上陽春晚，宮女愁蛾淺。【秋晚】周邦彥齊天樂：殊鄉又逢秋晚。辛棄疾昭君怨：長記瀟湘秋晚。吳文英瑣窗寒：離煙恨水，夢杳南天秋晚。【送晚】吳文英鳳棲梧：高樹數聲蟬送晚。吳文英宴清都：對玉露，金風送晚。【唱晚】吳文英謁金門：雞唱晚。【煙晚】歐陽修清平樂：雨晴煙晚。【年光晚】柳永迷神引：覺客程勞年光晚。【何太晚】柳永河傳：相逢何太晚。【秋光晚】晏殊菩薩蠻：高梧葉下秋光晚。【秋意晚】晏幾道碧牡丹：悵望秋意晚。【春又晚】晏幾道蝶戀花：碧草池塘春又晚。【春已晚】溫庭筠河傳：春已晚，鶯語空腸斷。【春色晚】秦觀調笑令：燕子樓空春色晚。【春欲晚】韋莊歸國遙：春欲晚，戲蝶遊蜂花爛熳。【春事晚】馮延巳酒泉子：月照妝樓春事晚。【春歸晚】李煜子夜歌：禁苑春歸晚。【紅日晚】蘇軾蝶戀花：午醉未醒紅日晚。晏幾道菩薩蠻：一曲霓裳紅日晚。【相逢晚】柳永洞仙歌：算國艷仙材，翻恨相逢晚。【相識晚】張先定風波：可恨黃鶯相識晚。【垂楊晚】馮延巳酒泉子：小桃寒，垂陽晚。【黃葉晚】馮延巳更漏子：秋水平，黃葉晚。【梧桐晚】李煜采桑子：轆轤金井梧桐晚。【楚天晚】柳永陽台路：楚天晚，墜冷楓敗葉，疏紅零亂。【歸去晚】柳永荔枝香：甚處尋芳訪翠，歸去晚。【歸來晚】辛棄疾蝶戀花：柳困花慵，見說歸來晚。【江邊日晚】柳永曲玉管：隴首雲飛，江邊日晚。【雨晴煙晚】馮延巳清平樂：雨晴煙晚，綠水新池滿。【秋色將晚】柳永鬬百花：滿庭秋色將晚。【洞天日晚】柳永破陣樂：漸覺雲海沉沉，洞天日晚。【歲華遲晚】吳文英瑞鶴仙：問蓴鱸、今幾西風，未覺歲華遲晚。【蒹葭風晚】馮延巳應天長：忍淚蒹葭風晚。

婉

委遠切。婉婉、靜婉、和景婉、語未婉。

幰

許偃切。行幰、珠幰、翠幰、歸幰。

巘

語偃切。林巘、晴巘、絕巘、翠巘、層巘。

堰

於幰切。梅堰、斜堰、新堰、百丈堰。

反 甫遠切。自反、相反。

返 未返、忘返、何時返、秋雁返、征騎返、樵唱返。

阮 五遠切 **沅** **宛** 委遠切 **琬** **菀** **蜿** **咺** 火遠切

愃 **諼** **暄** **煊** **圈** 苦遠切 **犍** 紀偃切 **甗** 語偃切

匽 於幰切 **鄢** **鶠** **鼴** **軓** 甫遠切 **笲** 父遠切 **鴘**

挽 武遠切 **娩**

【對偶】晏幾道撲蝴蝶：恨如去水空長，事與行雲漸遠。柳永曲玉管：隴首雲飛，江邊日晚。

（旱）

散 蘇旱切【吹散】秦觀河傳：早被東風吹散。【雲散】秦觀踏莎行：風流舊事嗟雲散。

懶 落旱切【春懶】辛棄疾杏花天：病來自是於春懶。【嬌懶】周邦彥粉蝶兒慢：豔初弄秀，倚東風嬌懶。辛棄疾錦帳春：幾許風流，幾般嬌懶。【興懶】辛棄疾玉樓春：長恐扁舟乘興懶。【驚懶】辛棄疾醉太平：欲上鞦韆不驚懶。【春筍懶】李煜搗練子：斜託香腮春筍懶。【情猶懶】馮延巳鵲踏枝：偷整羅衣，欲唱情猶懶。【情緒懶】馮延巳應天長：倚樓情緒懶。【鶯似懶】柳永清平樂：翠減紅稀鶯似懶。

旱 下罕切。天旱、防旱、逢旱。

罕 許旱切。一飽罕、人跡罕、知音罕。

傘 蘇旱切。火傘、竹傘、繡傘、山似傘、荷葉傘。

坦 他但切。夷坦、八荒坦、眞意坦。

誕 蕩旱切。怪誕、奇誕、荒誕。

厂 許旱切 **熯** **侃** 可旱切 **衎** **笴** 古旱切 **稈**

繖 蘇旱切 **饊** **趲** 子旱切 **瓚** 在坦切 **亶** 多旱切

但蕩旱切 袒 蜑 讕落旱切

（緩）

緩 戶管切【尋春緩】張先傾杯：史君莫放尋春緩。【歌聲緩】晏幾道鳳孤飛：宛轉歌聲緩。【羅帶緩】歐陽修蝶戀花：瘦覺玉肌羅帶緩。

盌 烏管切【玻璃盌】辛棄疾菩薩蠻：香浮乳酪玻璃盌。

管 古緩切【玉管】辛棄疾菩薩蠻：臨風橫玉管。【羌管】秦觀漁家傲：平原落日吟羌管。【絃管】晏幾道撲蝴蝶：淒涼數聲絃管。王建宮中調笑：絃管，絃管，春草昭陽路斷。韋莊上行杯：柳煙深，滿樓絃管。柳永鳳銜杯：賞煙花，聽絃管。【絲管】柳永破陣樂：喧天絲管。【歌管】晏幾道玉樓春：露桃宮裏隨歌管。【翠管】吳文英瑞鶴仙：銀罌翠管。【暮管】吳文英燭影搖紅：又晴霞驚飛暮管。【難管】晏幾道鳳孤飛：秦歸雲難管。秦觀虞美人：不道春難管。【蠹管】吳文英霜葉飛：塵牋蠹管。【天不管】秦觀河傳：悶損人，天不管。【東風管】蘇軾蝶戀花：楊花猶有東風管。【秋不管】馮延巳鵲踏枝：悔恨年年秋不管。【無人管】姜夔踏莎行：淮南皓月冷千山，冥冥歸去無人管。

琯 【翠琯】歐陽修漁家傲：正月新陽生翠琯。

滿 母伴切【正滿】晏幾道撲蝴蝶：陌上飛花正滿。【光滿】柳永傾杯樂：都門十二，元宵三五，銀蟾光滿。【花滿】韋莊河傳：風暖錦城花滿。【書滿】晏幾道蝶戀花：淚痕早已先書滿。【飲滿】辛棄疾玉樓春：却道達人須飲滿。【綠滿】晏幾道減字木蘭花：綠滿當年攜手處。【還滿】李煜清平樂：拂了一身還滿。【冰澌滿】歐陽修漁家傲：玉壺一夜冰澌滿。【江天滿】辛棄疾菩薩蠻：臨風橫玉管，聲散江天滿。【車載滿】辛棄疾玉樓春：頗覺斗量車載滿。【空牀滿】歐陽修一斛珠：酒醒明月空牀滿。【空階滿】辛棄疾東坡引：但桂影，空階滿。【依前滿】柳永滿江紅：惟有枕前相思淚，背燈彈了依前滿。【金杯滿】辛棄疾生查子：雪兒偏解歌，只要金杯滿。

【金盃滿】韋莊菩薩蠻：莫訴金盃滿。【金盞滿】馮延巳鵲踏枝：醉裏不辭金盞滿。【秋聲滿】張先塞垣春：野樹秋聲滿。【芳尊滿】歐陽修漁家傲：芳尊滿，挼花吹在流霞面。【花月滿】張先木蘭花：人意共憐花月滿。【脂粉滿】李清照蝶戀花：淚濕羅衣脂粉滿。【清光滿】吳文英燭影搖紅：未須十日便中秋，爭看清光滿。【珠淚滿】歐陽修漁家傲：脈脈橫波珠淚滿。【蛛絲滿】陳師道菩薩蠻：爐煙未斷蛛絲滿。【啼痕滿】馮延巳鵲踏枝：晚來雙臉啼痕滿。【殘照滿】柳永迷神引：芳草連空濶，殘照滿。【楊花滿】晏幾道蝶戀花：珠簾繡戶楊花滿。【榆錢滿】辛棄疾醉太平：紅香徑裏榆錢滿。【暗香滿】蘇軾洞仙歌：水殿風來暗香滿。【莫辭滿】韋莊上行杯：珍重意、莫辭滿。【新池滿】馮延巳清平樂：雨晴煙晚，綠水新池滿。【黃葉滿】辛棄疾玉樓春：渭水西風黃葉滿。【銀鉤滿】柳永鳳銜杯：漸玉箸、銀鉤滿。【輕船滿】柳永河傳：采多漸覺輕船滿。【殘陽紅滿】秦觀如夢令：樓外殘陽紅滿。

伴

部滿切【春風伴】辛棄疾菩薩蠻：朱紘調未慣，笑倩春風伴。

拌

【高拌】馮延巳采桑子：也欲高拌，爭奈相逢情萬般。

短

覩緩切【才思短】辛棄疾蝶戀花：畢竟啼鳴才思短。【良宵短】歐陽修漁家傲：良宵短，人間不合催銀箭。【青猶短】歐陽修漁家傲：江邊春色青猶短。【春漏短】韋莊菩薩蠻：須愁春漏短。【秋光短】吳文英絳都春：花露晨晞秋光短。【衫袖短】辛棄疾玉樓春：欲舞還憐衫袖短。【花心短】吳文英塞垣春：換蜜炬，花心短。【花前短】周邦彥虞美人：金閨平帖春雲暖，晝漏花前短。【寒日短】張先木蘭花：蠻榼未空寒日短。【猶自短】晏幾道清商怨：天涯猶自短。【愁緣又短】晏幾道木蘭花：只恐來生緣又短。【嫌更夜短】柳永菊花新：先斂雙蛾愁夜短。【嫌更短】柳永滿江紅：怎忘得，香閣共伊時，嫌更短。【瑤草短】馮延巳鵲踏枝：霜落小園瑤草短。馮延巳更漏子：瑤草短，菊花殘。【歡計短】歐陽修漁家傲：別恨長長歡計短。

暖

乃管切【水暖】周邦彥秋蕊香：乳鴨池塘水暖。吳文英瑞鶴仙：梅清水暖。【生暖】柳永古傾杯：曉風生暖。【自暖】李元膺洞仙歌：醉紅自暖。【先暖】晏幾道清商怨：最玉樓先暖。【地暖】張先傾杯：正是草長蘋老，江南地暖。【波暖】柳永破陣樂：靈沼波暖。【夜暖】吳文英解語花：酥瑩雲容夜暖。【春暖】晏殊玉堂春：帝城春暖。【風暖】溫庭筠河傳：紅袖搖曳逐風暖。韋莊河傳：春晚，風暖，錦城花滿。【雲暖】周邦彥虞美人：金閨平帖春雲暖。【微暖】姜夔眉嫵：月地雲階裏，愛良夜微暖。【圖暖】柳永菊花新：先去睡，鴛衾圖暖。【天香暖】馮延巳采桑子：酒闌睡覺天香暖，繡戶慵開。【金杯暖】歐陽修定風波：莫待金杯暖。【金鴨暖】秦觀木蘭花：紅袖時籠金鴨暖。【紅日暖】歐陽修漁家傲：天氣養花紅日暖。【香肌暖】歐陽修一斛珠：翠被重重，不似香肌暖。【春水暖】辛棄疾清平樂：鸂鶒不知春水暖。【春光暖】辛棄疾蝶戀花：翠園特地春光暖。【烘爐暖】吳文英塞垣春：潤鼓借，烘爐暖。【貪睡暖】歐陽修漁家傲：錦帳美人貪睡暖。【晴照暖】歐陽修玉樓春：柳色溪光晴照暖。【闌干暖】辛棄疾生查子：誰道雪天寒，翠袖闌干暖。【風和煙暖】晏殊玉堂春：二月風和煙暖。【倚香偎暖】柳永陽台路：正恁鳳幃，倚香偎暖。【桃花浪暖】柳永柳初新：杏園風細，桃花浪暖。【偎香倚暖】柳永慢卷軸：怎生得依前，似恁偎香倚暖。【瑞香霧暖】吳文英絳都春：並禽飛上金沙，瑞香霧暖。【蕙風布暖】柳永傾杯樂：禁漏花深，繡工日永，蕙風布暖。

濣　巨管切。濯濣、客塵濣、衆女濣。

款　苦緩切。懇款、林下款、風雨款、情意款、歸情款。

盌　古緩切。清盌、晨盌、梳盌、衣新盌、淨如盌、臨池盌。

懣　母伴切。愁懣、憤懣、千日懣。

卵　魯管切。拾卵、秋卵、雛卵。

捖戶管切　綄　梡　莞　捖烏管切　窾苦緩切

痯古緩切　逭　脘　纂祖管切　纘　酇　斷覩緩切

疃士緩切　緞杜管切

（潸）

板 補綰切【檀板】柳永腰肢軟：逞盈盈，漸摧檀板。

赧 乃板切。愧赧、歎赧、顏赧。

版 補綰切。瓊版、懸版、柎木版。

阪 部板切。林阪、秋阪、峻阪、絕阪、遠阪。

潸 數板切　**撰** 雛綰切　**饌**　**僩** 下赧切　**睅** 戶板切　**皖**

綰 鄔板切　**捾**　**鈑** 補綰切

（產）

剗 楚限切【羅襪剗】秦觀河傳：鬢雲鬆，羅襪剗。

琖 阻限切【金蕉琖】晏幾道玉樓春：華羅歌扇金蕉琖。【浮梅琖】吳文英塞垣春：殢綠窗，細呪浮梅琖。【瑠璃琖】柳永鳳棲梧：梁塵暗落瑠璃琖。【雙金琖】吳文英燭影搖紅：笑從王母摘仙桃，瓊醴雙金琖。

盞 【金縷盞】韋莊上行杯：紅樓玉盤金縷盞。【玻璃盞】辛棄疾杏花天：蛛絲網遍玻璃盞。【梨花盞】歐陽修玉樓春：美人爭勸梨花盞。【琉璃盞】歐陽修蝶戀花：梁塵暗落琉璃盞。

限 下簡切【何限】柳永戚氏：煙水程何限。【知何限】歐陽修漁家傲：新歡往恨知何限。秦觀調笑令：紅綃粉淚知何限。【青無限】秦觀踏莎行：夕陽回首青無限。【春無限】吳文英絳都春：繡畔晝遲，花底天寬春無限。【情何限】歐陽修玉樓春：當時負我情何限。李煜子夜歌：銷魂獨我情何限。秦觀虞美人：輕寒細雨情何限。【情無限】晏殊踏莎行：人生有限情無限。蘇軾一斛珠：關山有限情無限。【愁無限】馮延巳鵲踏枝：酒醒添得愁無限。柳永御街行：惹起舊愁無限。【嬌無限】秦觀河傳：丁香笑吐嬌無限。【春心無限】馮延巳應天長：惆悵春心無限。【清景無限】蘇軾永遇樂：好風如水，清景無限。【落英無限】秦觀如夢令：回首落英無限。

簡 賈限切【長簡】柳永鳳銜杯：千里寄，小詩長簡。【書簡】辛棄疾永遇樂：起欲題書簡。

眼 語限切【心眼】蘇軾殢人嬌：閒君終日，怎安排心眼。【狂眼】柳永河傳：特地驚狂眼。【青眼】李元膺洞仙歌：楊柳于人便青眼。【波眼】周邦彥燭影搖紅：風流天付與精神，全在嬌波眼。【柳眼】柳永減字木蘭花：花心柳眼。【淚眼】張先蝶戀花：有箇離人凝淚眼。柳永陽台路：望帝里，難收淚眼。柳永秋夜月：盈盈淚眼。【窗眼】周邦彥秋蕊香：午妝粉指印窗眼。【愁眼】柳永迷神引：異鄉風物，忍蕭索，當愁眼。【嬌眼】柳永荔枝香：笑整金翹，一點芳心在嬌眼。【醉眼】秦觀河傳：恨眉醉眼。【擡眼】周邦彥玲瓏四犯：誰更會擡眼。【雙眼】柳永鳳歸雲：未嘗輕負，寸心雙眼。【未歸眼】姜夔眉嫵：杜若侵沙，愁損未歸眼。【相思眼】歐陽修漁家傲：樓頭望斷相思眼。【長在眼】歐陽修玉樓春：欲使妝痕長在眼。【慵擡眼】柳永鳳銜杯：奈獨自，慵擡眼。【關河眼】吳文英宴清都：萬里關河眼。

產 所簡切。出產、珍產、千金產。

摌 所簡切　**汕**　**鏟** 楚限切　**羼**　**醆** 阻限切　**棧** 仕限切

柬 賈限切　**揀**

【對偶】秦觀水龍吟：月下瓊巵，花前金盞。秦觀念奴嬌：玉洞花光，金城柳眼。

（銑）

眄 彌殄切【回眄】歐陽修鵲踏枝：千金不直雙回眄。【顧眄】周邦彥燭影搖紅：向尊前頻頻顧眄。

繭 吉典切【瑩繭】吳文英瑞鶴仙：藕心抽瑩繭。

泫 胡犬切【露微泫】周邦彥荔枝香近：夜來寒侵酒席，露微泫。

撚 泥殄切【攏撚】歐陽修玉樓春：春葱指甲輕攏撚。

跣 蘇典切。祖跣、村婦跣。

典 多殄切。五典、聖典、舊典。

覥 他典切。愧覥、慙覥、心容覥。

殄 徒典切。暴殄、姦宄殄。

顯 呼典切。昭顯、榮顯、才名顯、文章顯、清節顯。

峴 胡典切。古峴、江峴、陟峴、聯峴。

犬 苦泫切。走犬、巷犬、馴犬、鷹犬、穿林犬、隔林犬。

畎 古泫切。長畎、陰畎、濬畎。

銑 蘇典切　**洗**　**扁** 補典切　**匾**　**緶**　**萹**　**辮** 婢典切

腆 他典切　**餮** 徒典切　**蜓**　**沴**　**蜆** 呼典切　**睍** 胡典切

蜎 於泫切　**狷** 古泫切　**鉉** 胡犬切　**琄**

（獮）

淺 此演切【妝淺】周邦彥燭影搖紅：芳臉勻紅，黛眉巧畫宮妝淺。【非淺】柳永洞仙歌：況少年彼此，風情非淺。【香淺】周邦彥粉蝶兒慢：數枝新，比昨朝，又早紅稀香淺。【紅淺】柳永河傳：翠深紅淺。柳永醉蓬萊：拒霜紅淺。【笑淺】李元膺洞仙歌：約略顰輕笑淺。【深淺】馮延巳鵲踏枝：暮春煙深淺。柳永河傳：圓荷向背，芙蓉深淺。周邦彥歸去難：惡會稱停事，看深淺。【清淺】晏殊更漏子：秋入銀河清淺。柳永破陣樂：望中似覩，蓬萊清淺。【翠淺】周邦彥秋蕊香：曲裡長眉翠淺。【人情淺】辛棄疾杏花天：楊花也笑人情淺。【山翠淺】晏殊更漏子：舜華濃，山翠淺。【仙浪淺】歐陽修漁家傲：喜鵲填河仙浪淺。【春水淺】晏幾道菩薩蠻：染作江南春水淺。【春猶淺】歐陽修漁家傲：花苞柳色春猶淺。【秋色淺】溫庭筠菩薩蠻：藕絲秋色淺。【桃花淺】歐陽修蝶戀花：燕子雙飛，柳軟桃花淺。【情終淺】吳文英絳都春：舊色舊香，閑雨閑雲情終淺。【閑處淺】柳永木蘭花：欲綻紅深閑處淺。【愁蛾淺】溫庭筠清平樂：宮女愁蛾淺。【愁黛淺】溫庭筠菩薩蠻：兩蛾愁黛淺。【塵香淺】吳文英塞垣春：南陌又燈火，繡囊塵香淺。【燈波淺】歐陽修踏莎行慢：新月照，燈波淺。【燕支淺】歐陽修玉樓春：芙蓉鬭暈燕支淺。【黛眉淺】柳永迷神引：天際遙，山小眉黛淺。【眉顰笑淺】辛棄疾醉太平：態濃意遠，眉顰笑淺。【愁深酒淺】劉過賀新郎：無奈愁深酒淺。

翦

子淺切【刀翦】柳永河傳：愁蛾黛蹙，嬌波刀翦。【似翦】秦觀木蘭花：草上霜花匀似翦。【如翦】吳文英解語花：暮寒如翦。【偷翦】柳永洞仙歌：記得翠雲偷翦。【暗翦】晏幾道清商怨：回紋錦字暗翦。【裁翦】秦觀調笑令：謝郎巧思詩裁翦。【玲瓏翦】張先菩薩蠻：釵頭秋葉玲瓏翦。

剪

【如剪】晏殊更漏子：一寸秋波如剪。【利剪】秦觀漁家傲：霜坼凍髭如利剪。【裁剪】周邦彥齊天樂：深閨時聞裁剪。【參差剪】溫庭筠菩薩蠻：人勝參差剪。

選

須兗切【妙選】柳永鳳歸雲：向玳筵，一一皆妙選。【爭選】柳永腰肢輭：綺堂筵會，是處千金爭選。柳永河傳：不似少年時節，千金爭選。

輭

乳兗切【紅輭】吳文英瑞鶴仙：想車塵纔踏，東華紅輭。【風輭】辛棄疾醉太平：薄羅衣窄絮風輭。【塵輭】吳文英瑞鶴仙：兩玉鳧飛上，繡紱塵輭。【嬌輭】姜夔踏莎行：燕燕輕盈，鶯鶯嬌輭。李元膺洞仙歌：小艷疏香最嬌輭。【輕輭】辛棄疾鵲橋仙：從今更憶，中夜笑語輕輭。【纖輭】蘇軾殢人嬌：於中更、一枝纖輭。【春絮輭】吳文英謁金門：素衾春絮輭。【琉璃輭】歐陽修漁家傲：東風吹水琉璃輭。【腰肢輭】柳永柳腰輕：英英妙舞腰肢輭。

辨

平兗切【可辨】張先傾杯：寒魚夜汛，游鱗可辨。

免

美辨切【何能免】李煜子夜歌：人生愁恨何能免。

娩

【婉娩】歐陽修漁家傲：三月清明天婉娩。

展

知輦切【斜展】張先清平樂：屏山斜展。【舒展】周邦彥遶佛閣：兩眉愁，向誰舒展。【吹不展】秦觀減字木蘭花：任是春風吹不展。【幽心展】吳文英瑣窗寒：渺征槎、去乘閬風，占香上國幽心展。【無意展】晏幾道菩薩蠻：小字香箋無意展。【畫屏展】柳永迷神引：煙斂寒林簇，畫屏展。

輦　力展切【同輦】溫庭筠清平樂：新歲清平思同輦。【金輦】王沂孫獻仙子：翠屏金輦。【迴輦】吳文英瑞鶴仙：金門從迴輦。【鳳輦】柳永傾杯樂：願歲歲，天仗裡，常瞻鳳輦。【辭輦】柳永鬬百花：當初怪妾辭輦。

轉　陟兗切【宛轉】柳永破陣樂：罄歡娛，歌魚藻，徘徊宛轉。周邦彥齊天樂：空憶詩情宛轉。吳文英瑞鶴仙：曳天香，春風宛轉。晏幾道清平樂：笙歌宛轉。【車輪轉】秦觀漁家傲：離腸暗逐車輪轉。【游絲轉】晏殊踏莎行：爐香靜逐游絲轉。【歲華轉】吳文英瑞鶴仙：天邊歲華轉。【旗影轉】張先天仙子：檣竿漸向望中疏，旗影轉。【簾影轉】吳文英塞垣春：漸街簾影轉。【玉壺光轉】辛棄疾青玉案：鳳簫聲動，玉壺光轉。【玉繩低轉】蘇軾洞仙歌：金波淡，玉繩低轉。【羊腸車轉】吳文英水龍吟：煮銀鉼，羊腸車轉。【參橫月轉】吳文英絳都春：正溪上，參橫月轉。

篆　柱兗切【紋如篆】蘇軾一斛珠：小池輕浪紋如篆。

遣　去演切【消遣】周邦彥荔枝香近：此懷何處消遣。柳永陽臺路：夜厭厭，憑何消遣。【莫遣】秦觀漁家傲：情莫遣。【銷遣】歐陽修踏莎行慢：今夜裡，厭厭離緒難銷遣。

卷　古轉切【低卷】晏幾道更漏子：宿醒畫簾低卷。【初卷】溫庭筠定西番：羅幙翠簾初卷。【書卷】周邦彥齊天樂：露螢清夜照書卷。【萬卷】辛棄疾清平樂：詩書萬卷。【簾卷】周邦彥荔枝香近：但怪燈偏簾卷。【芭蕉卷】陳克菩薩蠻：中庭日淡芭蕉卷。

捲　【空捲】吳文英絳都春：又燈暈夜涼，疏簾空捲。【高捲】馮延巳清平樂：小閣畫簾高捲。【愁捲】吳文英惜秋華：澹野色山容愁捲。【翠捲】辛棄疾醉太平：鬢雲欺翠捲。吳文英齊天樂：波簾翠捲。【簾捲】吳文英燭影搖紅：酒困香殘，春陰簾捲。【西簾捲】吳文英燭影搖紅：晚鉤斜挂西簾捲。【香不捲】秦觀木蘭花：風壓繡簾香不捲。【珠簾捲】馮延巳采桑子：玉堂春暖珠簾捲。張先蝶戀花：十二闌干，盡日珠簾捲。【連天捲】秦觀漁家傲：飛沙四面連天捲。

【簾半捲】顧夐醉公子：高樓簾半捲。【簾攏捲】馮延巳采桑子：畫堂燈煖簾攏捲。【簾幕捲】馮延巳舞春風：燕燕巢時簾幕捲。

鮮 息淺切。千古鮮、知音鮮、良會鮮、歡情鮮。

蘚 山蘚、石蘚、苔蘚、綠蘚、蒼蘚、竹間蘚、香徑蘚。

踐 在演切。登踐、重踐、蹈踐、攀踐。

闡 昌善切。化闡、恢闡、推闡。

舛 尺兗切。命舛、蹇舛、心迹舛。

喘 吁喘、殘喘、號喘、嬌喘、餘喘。

褊 俾緬切。地褊、寬褊、家貧褊。

辯 平免切。英辯、高辯、鴻辯、波濤辯、縱橫辯、懸河辯。

勉 美辨切。自勉、嘉勉、黽勉。

冕 紱冕、軒冕、貂冕、纓冕。

演 以淺切。深演、涵演、游演、游縯。

衍 紛衍、曼衍、游衍、素景衍。

蹇 九件切。屯蹇、貧蹇、寒蹇、數蹇、世路蹇。

獮 息淺切 **燹** **癬** **譾** 子淺切 **俴** 在演切 **餞**

雋 粗兗切 **吮** **顫** 旨善切 **饘** **善** 上演切 **嬗** **墠**

蝡 乳兗切 **譔** 士免切 **僎** **緬** 彌兗切 **愐** **湎** **沔**

輾 知輦切 **蕆** 尹展切 **邅** 丈善切 **璉** 力展切 **瑑** 柱兗切

臠 力轉切 **孌** **繾** 去演切 **縯** 以淺切 **蠉** 香兗切 **兗** 以轉切

謇 九件切 **搴** **鍵** 巨展切 **件** **讞** 語蹇切

【對偶】

歐陽修玉樓春：畫時橫接媚霞長，印處雙沾愁黛淺。 晏幾道玉樓春：纖成雲外雁行斜，染作江南春水淺。秦觀水龍吟：綺陌花香，芳郊塵軟。

願

（願）以下去聲

魚怨切【深願】柳永鳳銜杯：追悔當初孤深願。【于飛願】柳永安公子：雖後約、的有于飛願。【平日願】辛棄疾蝶戀花：傾蓋未償平日願。【功名願】辛棄疾清平樂：此身長健，還却功名願。【重發願】歐陽修減字木蘭花：把酒沾花重發願。【深深願】柳永洞仙歌：況已結深深願。【陳三願】馮延巳長命女：再拜陳三願。【還却願】柳永木蘭花令：不如聞早還却願。

勸

區願切【宜勸】吳文英燭影搖紅：喜回天上，紫府開筵，瑤池宜勸。【須勸】韋莊上行杯：紅樓玉盤金縷盞，須勸。【金觥勸】馮延巳拋球樂：款舉金觥勸。【勞客勸】歐陽修漁家傲：對酒當歌勞客勸。

怨

紆願切【春怨】吳文英解語花：無語暗中春怨。【秋怨】晏幾道蝶戀花：誰家蘆管吹秋怨。【幽怨】馮延巳虞美人：塞管吹幽怨。柳永秋夜怨：漫向我耳邊，作萬般幽怨。柳永鳳銜杯：經年價，兩成幽怨。秦觀調笑令：水調空傳幽怨。【恩怨】辛棄疾蝶戀花：人間兒女空恩怨。【寫怨】晏殊踏莎行：修蛾寫怨。【深怨】秦觀調笑令：空鎖樓中深怨。【遺怨】秦觀調笑令：萬谷空傳遺怨。【舊怨】辛棄疾東坡引：玉纖彈舊怨。【鶴怨】吳文英水龍吟：鴻漸重來，夜深華表，露零鶴怨。【江妃怨】辛棄疾生查子：主人情意深，不管江妃怨。【西風怨】吳文英瑣窗寒：最傷情，送客咸陽，佩結西風怨。【含春怨】晏幾道虞美人：樓中翠黛含春怨。【羌笛怨】馮延巳芳草渡：燕鴻遠，羌笛怨。馮延巳鵲踏枝：蠟燭淚流羌笛怨。【孤鳳怨】柳永棲梧：桐樹花深孤鳳怨。【相思怨】辛棄疾蝶戀花：新詞擾斷相思怨。【胡笳怨】柳永迷神引：孤城暮角，引胡笳怨。【梅笛怨】李清照永遇樂：吹梅笛怨。

【清商怨】晏幾道生查子…一曲清商怨。

【殘梅怨】吳文英燭影搖紅：翠屏不照殘梅怨。【瑤瑟怨】劉禹錫瀟湘神：楚客欲聽瑤瑟怨。【舊歡新怨】蘇軾永遇樂：何嘗夢覺，但有舊歡新怨。【鶯愁蝶怨】辛棄疾杏花天：有多少，鶯愁蝶怨。

獻 許建切【珍獻】蘇軾減字木蘭花：閩溪珍獻。

健 渠建切【凌雲筆健】辛棄疾鵲橋仙：問東湖，帶得幾多春，且看凌雲筆健。

券 區願切。丹券、酒券、鐵券、藥券。

綣 繾綣、纏綣。

憲 許建切。風憲、邦憲、韋憲。

建 居萬切。新建、肇建、功業建。

販 方願切。百販、商販。

飯 扶萬切。村飯、香飯、野飯、蔬飯、麤飯、一簞飯、田家飯、魚羹飯、盤中飯。

萬 無販切。逾萬、億萬、一敵萬、日食萬。

曼 秀曼、曼曼、蛾眉曼。

蔓 香蔓、柳蔓、荒蔓、翠蔓、藤蔓、水雲蔓、緣草蔓、緣溪蔓。

愿 魚怨切 **遠** 于願切 **瑗** **媛** **楦** 呼願切 **圈** 具願切

楗 渠建切 **鍵** **堰** 於建切 **畈** 方願切 **万** 無販切 **輓**

【對偶】秦觀風流子：斜日半山，暝煙兩岸。

（翰）

翰 侯旰切【香翰】姜夔眉嫵：有暗藏弓履，偷寄香翰。【染翰】柳永鳳銜杯：有美瑤卿能染翰。

汗 【無汗】蘇軾洞仙歌：冰肌玉骨，自清涼無汗。【鸞綃汗】吳文英齊天樂：餘香纔潤鸞綃汗，秋風夜來先起。

漢 虛旰切【天漢】馮延巳鵲踏枝：牆外遙山，隱隱連天漢。【河漢】蘇軾戚氏：浩歌暢飲，斜月低河漢。【星漢】柳永傾杯樂：龍鳳燭交光星漢。【凌漢】吳文英水龍吟：新棟晴翬凌漢。【雲漢】秦觀調笑令：湖面樓臺侵雲漢。【銀漢】吳文英瑞鶴仙：乘槎上銀漢。【霄漢】李煜破陣子：鳳閣龍樓連霄漢。

看

苦旰切【看看】柳永古傾杯：想帝里看看。【何處看】蘇軾陽關曲：明月明年何處看。【春色看】張先木蘭花：圖得洛陽春色看。【時時看】柳永鳳銜杯：置之懷袖時時看。【頻頻看】柳永鳳銜杯：强拈書信頻頻看。【夢中看】潘閬憶餘杭：別來幾向夢中看。【擡眼看】張先木蘭花：能得幾時擡眼看。【舊書看】韋莊浣溪沙：憶來唯把舊書看。【繞瓊筵看】柳永荔枝香：緩步羅襪生塵，來繞瓊筵看。

幹

居案切【聳秋井幹】吳文英瑞鶴仙：願年年，玉兎長生，聳秋井幹。

岸

魚旰切【河岸】周邦彥遶佛閣：望中迤邐，城陰度河岸。【春岸】韋莊上行杯：芳草灞陵春岸。【南岸】柳永迷神引：暫泊楚江南岸。【遙岸】柳永破陣樂：繫彩舫龍舟遙岸。【隔岸】辛棄疾東坡引：黃昏淚眼，青山隔岸。【江南岸】溫庭筠菩薩蠻：芳草江南岸。晏幾道撲蝴蝶：綠徧江南岸。【秋江岸】晏殊漁家傲：勝如落盡秋江岸。【紅蓮岸】歐陽修漁家傲：衰蘭敗芷紅蓮岸。【斜陽岸】張先蝶戀花：階下殘花，門外斜陽岸。【灞橋岸】吳文英塞垣春：迎路柳絲裙，看爭拜東風，盈灞橋岸。【垂陽春岸】辛棄疾清平樂：猶傍垂陽春岸。

散

先旰切【人散】辛棄疾永遇樂：夜闌酒空人散。【分散】柳永陽台路：又豈知，前翻雲雨分散。【未散】馮延巳應天長：宿雨初收雲未散。柳永傾杯樂：向曉色，都人未散。【吹散】周邦彥拜星月：眷戀雨潤雲溫，苦驚風吹散。【雲散】馮延巳更漏子：落日渡頭雲散。【疏散】姜夔眉嫵：無限，風流疏散。【飲散】柳永夢還京：夜來匆匆飲散。【聚散】柳永秋夜月：當初聚散。【歌散】柳永御街行：悔放笙歌散。【霧散】吳文英瑞鶴仙：任眞珠裝綴，春申客屨，今日風流霧散。【飄散】柳永傾杯樂：暮雲飄散。【驚散】柳永迷神引：水茫茫，平沙雁，旋驚散。【人又散】張先木蘭花：花好月圓人又散。【行雲散】韋莊怨王孫：隊隊行雲散。柳永鳳棲梧：漸遏遙天，不放行雲散。【容易散】馮延巳鵲踏枝：昨夜笙歌容易散。【笙歌散】馮延巳采桑子：洞房深夜笙歌散。【淸香散】歐陽修漁家傲：酴醾壓架淸香散。【雲雨散】韋莊歸國遙：

畫屏雲雨散。蘇軾一斛珠：自惜風流雲雨散。【漁市散】李珣南鄉子：漁市散，渡船稀。

粲 蒼案切【笑粲】李煜子夜歌：何妨頻笑粲。

歎 他案切【長歎】韋莊歸國遙：閑倚博山長歎。柳永御街行：惟有畫梁，新來雙燕，微曙聞長歎。【堪歎】柳永安公子：堪恨還堪歎。【秋蟲歎】周邦彥拜星月：重門閉，敗壁秋蟲歎。

爛 郎旰切【光爛】周邦彥拜星月：似覺瓊枝玉樹，暖日明霞光爛。【錦爛】柳永清平樂：繁華錦爛。【霞爛】柳永破陣樂：競奪錦標霞爛。【星月爛】陳師道菩薩蠻：行雲過盡星河爛。

悍 侯旰切。猛悍、精悍、茶力悍。

瀚 浩瀚、葱瀚、瀚瀚。

按 於旰切。低按、催按、新按、歌按。

案 几案、風案、倚案、窺案、螢案。

璨 蒼案切。璀璨、璨璨、北斗璨。

燦 明燦、高星燦、霞光燦。

贊 則旰切。光贊、幽贊、人紳贊、畢力贊。

讚 美讚、盛讚、同聲讚、詞人讚。

旦 得案切。旦旦、旭旦、昏旦、春旦、昧旦、暮旦、霧旦。

炭 他案切。寸炭、冬炭、冰炭、煨炭、夜無炭。

憚 徒案切。畏憚、憂憚。

彈 徒案切。珠彈、飛彈、橘彈。

難 乃旦切。多難、排難、患難、寇難、戡難、國難。

扞侯旰切 閈 暵虛旰切 厈 侃苦旰切 衎

旰居案切 榦 頇魚旰切 喭 繖先旰切 趲則旰切

瓚 酇 疸得案切 但徒案切 爛郎旰切 讕

【對偶】

李煜破陣子：鳳閣龍樓連霄漢，玉樹瓊枝作烟蘿。

（換）

換　胡玩切【春換】吳文英齊天樂：歌蟬晴驚春換。【偷換】蘇軾洞仙歌：又不道，流年暗中偷換。【都換】周邦彥玲瓏四犯：歎畫闌玉砌都換。【暗換】歐陽修蝶戀花：風月無情人暗換。【沈香換】吳文英絳都春：繡被夢輕，金屋妝深沈香換。【芳時換】馮延巳鵲踏枝：瘦葉和風，惆悵芳時換。【流年換】晏幾道蝶戀花：紅顏暗與流年換。

喚　呼玩切【相喚】柳永滿江紅：對人相並聲相喚。【鶯聲喚】秦觀虞美人：枝上鶯聲喚。

煥　【初煥】吳文英瑞鶴仙：正畫堂凝香，璇奎初煥。

館　古玩切【山館】柳永陽台路：今宵又、依前寄宿，甚處葦村山館。【池館】韋莊歸國遙：日落謝家池館。張先卜算子慢：水影橫池館。【亭館】姜夔玉梅令：春寒鎖，舊家亭館。【孤館】周邦彥遶佛閣：樓觀迥出，高映孤館。李清照蝶戀花：蕭蕭微雨聞孤館。【前村館】柳永滿江紅：人是宿，前村館。

惋　烏貫切【悽惋】吳文英瑣窗寒：蠻腥未洗，海客一懷悽惋。

腕　【玉腕】溫庭筠河傳：紅袖搖曳逐風暖，垂玉腕。歐陽修漁家傲：罷採金英收玉腕。【冰腕】吳文英玉漏遲：露冷闌干，定怯藕絲冰腕。【皓腕】韋莊歸國遙：淚流沾皓腕。

婉　【柔婉】吳文英解語花：伴蘭翹清瘦，簫鳳柔婉。【清婉】周邦彥遶佛閣：傳愛幽遠，花氣清婉。

玩　五換切【吟玩】柳永鳳銜杯：常珍重，小齋吟玩。【堪玩】馮延巳金錯刀：春光堪賞還堪玩。【堪遊玩】柳永鳳銜杯：似屏如障堪遊玩。

半　博漫切【一半】李元膺洞仙歌：已失春風一半。【山半】柳永滿江紅：望斜日西照，漸沉山半。【月半】辛棄疾蝶戀花：小小華年才月半。【春半】李煜清平樂：別來春半。【相半】蘇軾點絳肩：蘭菊紛相半。【將半】秦觀虞美人：陌頭柳色春將半。秦觀如夢令：春入柳條將半。【過半】蘇軾蝶戀花：蝶懶鶯慵春過半。【山銜半】蘇軾點絳脣：落日山銜半。【清宵半】柳永安公子：夢覺清宵半。

絆

【惹絆】柳永減字木蘭花：郎似遊絲常惹絆。【縈絆】柳永鳳歸雲：長是因酒沉迷，被花縈絆。柳永戚氏：念名利，憔悴長縈絆。【繫絆】蘇軾蝶戀花：未信此情難繫絆。【長條絆】晁補之梁州令疊韻：多情楊柳，爲把長條絆。【無情絆】歐陽修漁家傲：東風回晚無情絆。

畔

薄半切【西畔】秦觀河傳：常記那回，小曲闌干西畔。【谷畔】柳永滿江紅：搖征轡，溪邊谷畔。【酒畔】吳文英瑞鶴仙：惹相思，春根酒畔。【無畔】張先傾杯：明河淺，天無畔。【紅窗畔】柳永鳳銜杯：旋揮翠管紅窗畔。【香階畔】歐陽修玉樓春：玉鉤簾下香階畔。【星橋畔】歐陽修漁家傲：雲輧早在星橋畔。【秋水畔】歐陽修蝶戀花：越女採蓮秋水畔。晏幾道留春令：一抹濃檀秋水畔。【瑤臺畔】周邦彥拜星月：誰知道，自到瑤臺畔。【橫塘畔】秦觀虞美人：行行信馬橫塘畔。【簾幃畔】柳永荔枝香：擬回首，又竚立，簾幃畔。

伴

【失伴】王建宮中調笑：鷓鴣夜飛失伴。【相伴】柳永安公子：惟有牀前殘淚燭，啼紅相伴。【芳伴】蘇軾一斛珠：待君重見尋芳伴。【花伴】吳文英永遇樂：離巾拭淚，征袍染醉，強作酒朋花伴。【娉婷伴】吳文英絳都春：當時明月娉婷伴。【茱萸伴】歐陽修漁家傲：年年自作茱萸伴。【歌舞伴】馮延巳鵲踏枝：忽憶當年歌舞伴。【鴛鴦伴】柳永御街行：爭奈不是鴛鴦伴。

幔

莫半切【書幔】周邦彥遶佛閣：厭聞夜久，籤聲動書幔。【雲幔】吳文英玉漏遲：萬里嬋娟，幾許霧屏雲幔。【翠幔】秦觀菩薩蠻：陰風翻翠幔。【塵幔】吳文英永遇樂：聯題在，頻經翠袖，勝隔紺紗塵幔。【繡幔】張先夢仙鄉：華燈繡幔。

漫

【汗漫】辛棄疾定風波：湖海早知身汗漫。【漫漫】韋應物調笑令：河漢，河漢，曉挂秋城漫漫。張舜民賣花聲：空水漫漫。【爛漫】張先蝶戀花：綠水波平花爛漫。柳永滿朝歡：帝里風光爛漫。辛棄疾臨江仙：鼓子花開春爛漫。【春泉漫】秦觀踏莎行：畦塍處處春泉漫。【雲容漫】

歐陽修漁家傲：江天空濶雲容漫。

熳

【花爛熳】韋莊歸國遙：戲蝶遊蜂花爛熳。

攢

徂畔切【遠岫攢】李煜擣練子：帶恨眉兒遠岫攢。

斷

都玩切【目斷】晏殊撼庭秋：樓高目斷。【香斷】吳文英惜秋華：移暮影，照越鏡，意銷香斷。【絃斷】馮延巳酒泉子：籠畔玉箏絃斷。【腸斷】溫庭筠荷葉杯：綠莖紅艷兩相亂，腸斷，水風涼。柳永荔枝香：王孫空恁腸斷。秦觀調笑令：對此令人腸斷。姜夔驀山溪：陽關去也，方表人腸斷。【路斷】王建宮中調笑：絃管，絃管，春草昭陽路斷。【遮斷】柳永河傳：隱隱棹歌，漸被蒹葭遮斷。吳文英水龍吟：吳娃黠黛，江妃擁髻，空濛遮斷。【夢斷】柳永佳人醉：冷浸書帷夢斷。【聲斷】張先水龍吟：子規聲斷。【驚斷】柳永御街行：欲夢還驚斷。【寸寸斷】韋莊上行杯：一曲離腸寸寸斷。【危腸斷】歐陽修漁家傲：鄉關千里危腸斷。【金縷斷】韋莊歸國遙：柳絲金縷斷。【星橋斷】歐陽修漁家傲：離腸便逐星橋斷。【空腸斷】馮延巳鵲踏枝：朦朧如夢空腸斷。【柳絲斷】溫庭筠河傳：腸向柳絲斷。【音信斷】溫庭筠菩薩蠻：畫樓音信斷。【芳信斷】歐陽修蝶戀花：望極不來芳信斷。【芳音斷】李煜采桑子：綠窗冷靜芳音斷。【芳英斷】歐陽修漁家傲：隴梅暗落芳英斷。【幽夢斷】張先木蘭花：往事過如幽夢斷。【牽引斷】蘭花令：風流腸肚不堅牢，祇恐被伊牽引斷。【柳永木剪不斷】李煜烏夜啼：剪不斷，理還亂，是離愁。【愁腸斷】李煜清平樂：觸目愁腸斷。【腸先斷】馮延巳鵲踏枝：陽關一曲腸先斷。柳永鳳棲梧：玉山未倒腸先斷。【腸自斷】劉禹錫竹枝：箇裏愁人腸自斷。【腸欲斷】歐陽修應天長：水濶山遙腸欲斷。【夢向斜陽斷】吳文英鳳棲梧：歸家夢向斜陽斷。

段

徒玩切【好身段】柳永荔枝香：遙認，衆裏盈盈好身段。【新錦段】柳永木蘭花：洗出都城新錦段。

亂

盧玩切【鬢亂】蘇軾洞仙歌：人未寢，欹枕釵橫鬢亂。【紅影亂】張先木蘭花：草樹爭春紅影亂。

渙 呼玩切。散渙、烟雲渙、晴川渙、陽氣渙。

貫 古玩切。珠貫、魚貫、赤心貫、清歌貫。

冠 弱冠、文采冠、雄詞冠、儒風冠。

觀 山觀、寺觀、松觀、野觀、樓觀、巖觀。

灌 下灌、交灌、浸灌、手自灌、引流灌、秋霖灌。

判 普半切。書判、芳臭判、漁樵判。

算 蘇貫切。妙算、暗算、遐算、去日算、廻首算、燭下算。

竄 七亂切。伏竄、南竄、蛟龍竄、荒阜竄。

爨 夕爨、炊爨、竹裏爨。

鍛 都玩切。千鍛、百鍛。

逭 胡玩切 **奐** 呼玩切 **祼** 古玩切 **瓘** **爟** **鑵** **盥**

鸛 **翫** 五換切 **泮** 普半切 **叛** 薄半切 **縵** 莫半切 **槾**

墁 **蒜** 蘇貫切 **攛** 七亂切 **鑽** 祖算切 **彖** 吐玩切

緞 徒玩切 **偄** 奴亂切

【對偶】

秦觀念奴嬌：薄暮煙扉，高空日煥。姜夔念奴嬌：蕉萊窗紗，荷花池館。歐陽修玉樓春：雪香濃透紫檀槽，胡語急隨紅玉腕。李煜烏夜啼：剪不斷，理還亂。李煜喜遷鶯：啼鶯散，餘花亂。辛棄疾錦帳春：燕飛忙，鶯語亂。秦觀滿庭芳：紅蓼花繁，黃蘆葉亂。吳文英踏莎行：榴心空疊舞裙紅，艾枝應壓愁鬟亂。

（諫）

晏 於諫切【龍山晏】蘇軾點絳脣：古來誰似龍山晏。

雁 魚諫切【凍雁】辛棄疾滿江紅：吟凍雁。【塞雁】溫庭筠更漏子：驚塞雁，起城烏。【落雁】秦觀踏莎行：晴洲落雁。【歸雁】馮延巳應天長：南去櫂，北歸雁。晁沖之漢宮春：惟足有，南來歸雁。陳亮水龍吟：向南樓一聲歸雁。【西風雁】辛棄疾東坡引：清歌目送西風雁。【斜飛雁】晏幾道菩薩蠻：玉柱斜飛雁。【銀箏雁】秦觀木蘭花：玉纖慵整銀箏雁。

慣

古患切【見慣】蘇軾殢人嬌：須信道，司空自來見慣。【新慣】辛棄疾菩薩蠻：年年醉裏嘗新慣。【心緒慣】晏幾道玉樓春：記得尋芳新緒慣。【何曾慣】秦觀河傳：道我何曾慣。【風流慣】柳永河傳：坐中醉客風流慣。【留心慣】柳永洞仙歌：佳景留心慣。【閑來慣】晁補之梁州令疊韻：田野閑來慣。【渾未慣】辛棄疾蝶戀花：勸客持觴渾未慣。【嬉遊慣】柳永陽台路：倚香偎暖，嬉遊慣。【聽不慣】柳永鳳棲梧：坐上少年聽不慣。

宦

胡慣切【名宦】柳永鳳歸雲：算浮生事，瞬息光陰，錙珠名宦。【遊宦】柳永迷神引：舊賞輕拋，到此成遊宦。

慢

莫晏切【星眼慢】歐陽修漁家傲：貪探嫩香星眼慢。【秋水慢】晏幾道菩薩蠻：當筵秋水慢。【裙縷慢】歐陽修玉樓春：舞困玉腰裙縷慢。【嬌波慢】歐陽修漁家傲：酒侵花臉嬌波慢。

諫 居晏切。忠諫、勸諫、直言諫。

鷃 於諫切。斥鷃、蜩鷃、籬鷃。

患 胡慣切。時患、慮患、憂患、一朝患。

棧 仕諫切。曲棧、朽棧、危棧、虹棧、欹傾棧。

綰 烏患切。手綰、帶綰、烏雲綰。

贗魚澗切　**丱**古患切　**患**胡慣切　**轘**　**繯**　**豢**

襻普患切　**販**　**嫚**莫晏切　**謾**　**訕**所晏切　**汕**　**疝**

鏟初諫切　**棧**仕諫切　**輚**　**篡**初患切

【對偶】

馮延巳應天長：南去櫂，北歸雁。周邦彥雙頭蓮：一抹殘霞，幾行新雁。周邦彥氐卅第一：亂葉翻鴉，驚風破雁。秦觀踏莎行：曉樹啼鶯，晴州落雁。

（襇）

襇　居莧切【野襇】秦觀踏莎行：尋芳野襇。

盼　普莧切【嬌盼】辛棄疾蝶戀花：傍人瞥見同嬌盼。【凝盼】吳文英絳都春：秋娘乍識，似人處，最在雙波凝盼。【蕙盼】吳文英瑞鶴仙：蘭情蕙盼。

間　居莧切。有間、無間、山川間、青紅間。

幻　胡辦切。百幻、虛幻、夢幻、誕幻、碧海幻。

瓣　皮莧切。一瓣、瓜瓣、蓮花瓣。

辦　誰辦、難辦、三歲辦、無計辦。

襇居莧切　**莧**侯襇切　**扮**博幻切　**袒**直莧切　**羼**初莧切

【對偶】秦觀踏莎行：踏翠郊原，尋芳野襇。

（霰）

霰　先見切【似霰】歐陽修玉樓春：洛城春色待君來，莫到落花飛似霰。蘇軾減字木蘭花：歸去東園花似霰。

蒨　倉甸切【葱蒨】周邦彥玲瓏四犯：醉眠葱蒨。柳永傾杯樂：聳皇居麗，嘉氣瑞煙葱蒨。吳文英絳都春：新腔按徹，背燈暗，共倚篔屏葱蒨。【晨妝蒨】吳文英燭影搖紅：花滿河陽，爲君羞褪，晨妝蒨。【舞葱歌蒨】吳文英水龍吟：嬉遊是處，風光無際，舞葱歌蒨。

薦　作甸切【香羅薦】周邦彥玲瓏四犯：夜深偷展香羅薦。

殿　丁練切【水殿】柳永破陣樂：千步虹橋，參差雁齒，直趨水殿。【燕殿】吳文英瑞鶴仙：待宣供，禹步宸遊，退朝燕殿。【鸞殿】張先離亭宴：此去濟南非久，唯有鳳池鸞殿。【蓬萊小殿】吳文英瑞鶴仙：寶香飛，蓬萊小殿。

甸　堂練切【禹甸】蘇軾點絳脣：秦山禹甸。【芳甸】周邦彥蝶戀花：夢爲蝴蝶留芳甸。【海甸】

蘇軾點絳脣：江村海甸。

練

郎甸切【如練】晏幾道蝶戀花：粉塘煙水澄如練。晁冲之漢宮春：清淺小溪如練。【似練】王安石桂枝香：千里澄江似練。張炎清平樂：月落平江似練。

見

經甸切【少見】歐陽修鵲踏枝：直至情多緣少見。【不見】柳永采蓮令：更回首，重城不見。柳永河傳：曲終人不見。【未見】晏殊蝶戀花：心事一春猶未見。蘇軾殢人嬌：盡是劉郎未見。【忽見】辛棄疾西江月：路轉溪橋忽見。【相見】韋莊應天長：難相見，易相別。李煜更漏子：花裏暫時相見。柳永鳳銜杯：又爭似，親相見。柳永木蘭花令：爲甚夢中頻相見。柳永洞仙歌：願人間天上，暮雲朝雨長相見。【重見】周邦彥玲瓏四犯：纔始有緣重見。【稀見】周邦彥拜星月：木眄蘭情，總平生稀見。【微見】柳永荔枝香：素臉紅眉，時揭蓋頭微見。【難見】韋莊怨王孫：日斜歸去人難見。柳永秋夜月：奈何百家心下，有事難見。【爭如見】歐陽修蝶戀花：音書縱有爭如見。【南畔見】李煜菩薩蠻：畫堂南畔見。【無人見】辛棄疾蝶戀花：羅幕春風，幸自無人見。【尊前見】柳永河傳：尊前見，特地驚狂眼。【當時見】馮延巳鵲踏枝：此夕相逢，却勝當時見。【遙相見】李珣南鄉子：廻塘深處遙相見。【蘭昌見】吳文英解語花：端正看，瓊樹三枝，總似蘭昌見。

宴

伊甸切【侍宴】吳文英瑞鶴仙：絲絢侍宴。【清宴】柳永鳳歸雲：俊遊清宴。吳文英瑞鶴仙：丹心白髮，露滴研朱，雅陪清宴。【祖宴】歐陽修玉樓春：暫解吳鈎登祖宴。【密宴】柳永減字木蘭花：深房密宴。【飲宴】馮延巳鵲踏枝：幾度鳳棲同飲宴。【雅宴】歐陽修減字木蘭花：畫堂雅宴。【傳宴】吳文英瑞鶴仙：向九重春近，仙桃傳宴。【陪宴】柳永巫山一段雲：春夜廡姑陪宴。【鎬宴】柳永破陣樂：臨翠水，開鎬宴。【離宴】周邦彥荔枝香近：開離宴。【歡宴】柳永秋夜月：近日來，不期而會重歡宴。【重陽宴】晏幾道蝶戀花：已近重陽宴。【樓上宴】張先木蘭花：樓下雪飛樓上宴。【連宵宴】馮延巳虞美人：高樓何處連宵宴。【瓊林宴】吳文英絳都春：仙郎驕馬瓊林宴。【離亭宴】晏幾道木蘭花：念奴初唱離亭宴。【離歌宴】蘇軾一斛珠：

燭下花前，曾醉離歌宴。【簾外宴】歐陽修蝶戀花：簾下清歌簾外宴。

讌

【開讌】晏殊清平樂：小閣初開讌。

燕

【飛燕】柳永鬬百花：却道昭陽飛燕。【梁燕】辛棄疾蝶戀花：舊日詩名，曾道空梁燕。【宿燕】馮延巳酒泉子：深院空幃，廊下風簾驚宿燕。【遲燕】吳文英塞垣春：髻落寶釵寒，恨花勝遲燕。【雙燕】馮延巳鶴沖天：春態淺，來雙燕。【于飛燕】柳永洞仙歌：和鳴彩鳳于飛燕。【分釵燕】吳文英生查子：往事分釵燕。【昭陽燕】柳永柳腰輕：章台柳，昭陽燕。【梁上燕】馮延巳長命女：三願如同梁上燕。【催歸燕】晏幾道碧牡丹：涼葉催歸燕。【樓中燕】蘇軾永遇樂：佳人何在，空鎖樓中燕。【雙雙燕】姜夔驀山溪：青青官柳，飛過雙雙燕。【簾間燕】馮延巳采桑子：林間戲蝶簾間燕，各自雙雙。

硯

倪甸切【凍硯】辛棄疾念奴嬌：自與詩翁磨凍硯。

罥

扃縣切【雙罥】吳文英宴清都：塵街墮珥，瑤扉乍鑰，採繩雙罥。

遍

卑見切【行遍】蘇軾永遇樂：覺來小園行遍。【依遍】歐陽修蝶戀花：百尺朱樓閒依遍。【促遍】柳永柳腰輕：乍入霓裳促遍。【倚遍】秦觀調笑令：十二闌干倚遍。【欲遍】晏幾道清平樂：蓮開欲遍。【綠遍】晏殊踏莎行：小徑紅稀，芳郊綠遍。【凝遍】吳文英燭影搖紅：橫斜無分照溪光，珠網空凝遍。【繞遍】晏幾道減字木蘭花：芳菲繞遍。【千餘遍】柳永安公子：從臥來，展轉千餘遍。【匀未遍】柳永木蘭花：點滴燕脂匀未遍。【池塘遍】周邦彥虞美人：廉纖小雨池塘遍。【思量遍】馮延巳鵲踏枝：鮫綃掩淚思量遍。【紅芳遍】晁補之梁州令疊韻：細雨紅芳遍。【尋思遍】晏殊踏莎行：天涯地角尋思遍。【新裝遍】歐陽修漁家傲：紅樓畫閣新裝遍。【歌一遍】馮延巳長命女：春日宴，綠酒一杯歌一遍。

片

匹見切【一片】馮延巳芳草渡：渺渺澄江一片。張孝祥西江月：飛起沙鷗一片。辛棄疾西江月：聽起蛙聲一片。【千片】蘇軾點絳脣：濃睡起，驚飛亂紅千片。【成片】吳文英瑞鶴仙：引翠鉞行處，冰蘭成片。【雪片】姜夔玉梅令：疏疏雪片，散入溪南苑。【幾片】張先離亭宴：三月花飛幾片。【千千片】歐陽修漁家傲：梅花落盡千千片。【千萬片】馮延巳鵲踏枝：梅花繁枝千萬片。【桃花片】馮延巳臨江仙：冷紅飄起桃花片。

綻 治見切【已綻】張先木蘭花：歸到月陂梅已綻。【欲綻】晏殊漁家傲：嫩綠堪裁紅欲綻。【初綻】晏幾道玉樓春：輕風拂柳冰初綻。【桃花綻】馮延巳應天長：石城山下桃花綻。【梅蕊綻】歐陽修蝶戀花：臘雪初銷梅蕊綻。【畬蓮綻】吳文英水龍吟：紫霄承露掌，搖池蔭密，蟠桃秀，畬蓮綻。

倩 倉甸切。盼倩、倩倩、巧笑倩。

電 堂練切。迅電、春電、過電、驚電、山際電、風摧電。

奠 客奠、清奠、野奠、牲酒奠。

鈿 粉鈿、釵鈿、翠鈿、寶鈿。

鍊 郎甸切。百鍊、陶鍊、鍛鍊、鎔鍊、風霜鍊、黃金鍊。

醼 伊甸切。夕醼、春醼、甘泉醼、清明醼、清觴醼。

縣 黃練切。山縣、古縣、山水縣。

眩 目眩、水眩、眄眩、紅綠眩、晨露眩。

炫 火輪炫、榴火炫、露華炫。

絢 許縣切。芬絢、蒨絢、丹青絢、朝陽絢。

先先見切　茜倉甸切　綪　荐才甸切　洊　瑱他甸切

殿堂練切　畋　佃　澱　靛　闐　塡

湅郎甸切　楝　蕑　見形甸切　現　韅呼甸切

俔輕甸切　蜆　咽伊甸切　嬿　趼倪甸切　研

衒黃練切　泫　眴局縣切　麵莫甸切　瞑　眄　巘

【對偶】

辛棄疾生查子：百花頭上開，冰雪寒中見。晏殊踏莎行：翠葉藏鶯，朱簾隔燕。晏殊踏莎行：綠樹歸鶯，雕梁別燕。秦觀水龍吟：檀板歌鶯，霓裳舞燕。　晏殊踏莎行：小徑紅稀，芳郊綠徧。

（線）

線

私箭切【一線】馮延巳鶴冲天：紅日初長一線。柳永浪淘沙：夢覺透窗風一線。吳文英惜秋華：瞰滄波，靜銜秋痕一線。吳文英水龍吟：鈿車催去急，珠囊袖冷愁如海，情一線。【如線】溫庭筠楊柳枝：春來幸自長如線。【金線】馮延巳金錯刀：柳條裊裊拕金線。顧敻醉公子：岸柳垂金線。歐陽修賀明朝：偸撚雙鳳金線。【柳線】周邦彥遶佛閣：倦容最蕭索，醉倚斜橋穿柳線。【宮線】歐陽修漁家傲：黃鍾應管添宮線。【針線】姜夔踏莎行：別後書辭，別時針線。【舞線】吳文英絳都春：情黏舞線。【鍼線】柳永菊花新：須臾放了殘鍼線。【牽紅線】歐陽修漁家傲：雙眸望月牽紅線。

箭

子賤切【一箭】吳文英水龍吟：錦帆一箭。【如箭】吳文英絳都春：冰灘鳴佩舟如箭。【似箭】蘇軾減字木蘭花：過海雲帆來似箭。【畫箭】馮延巳菩薩蠻：錦壺催畫箭。【催箭】吳文英宴清都：歸來笑折仙桃，瓊樓宴萼，金漏催箭。【銀箭】歐陽修漁家傲：人間不合催銀箭。李清照長壽樂：漏殘銀箭。【金壺箭】歐陽修踏莎行：看看擲盡金壺箭。【金鏃箭】溫庭筠蕃女怨：玉連環，金鏃箭。

濺

【歌淚濺】張先天仙子：障扇欲收歌淚濺。

羨

似面切【堪羨】柳永木蘭花令：有箇人人眞堪羨。

扇

式戰切【紈扇】晏幾道秋蕊香：翠袖疏紈扇。吳文英齊天樂：傍柳追涼，暫疏懷袖負紈扇。【畫扇】晏殊蝶戀花：一霎秋風驚畫扇。歐陽修鵲踏枝：一曲尊前開畫扇。【綠扇】晏幾道蝶戀花：日日露荷凋綠扇。【歌扇】馮延巳菩薩蠻：西風嫋嫋凌歌扇。張先玉連環：淚霑歌扇。歐陽修玉樓春：春山斂黛低歌扇。【團扇】王建宮中調笑：團扇團扇，美人病來遮面。【金雀扇】溫庭筠蕃女怨：鈿蟬箏，金雀扇。【秋風扇】辛棄疾蝶戀花：怕君喚作秋風扇。【歌塵凝扇】吳文英瑞鶴仙：歌塵凝扇，待憑信，拌分鈿。

戰 之膳切【征戰】溫庭筠蕃女怨：年年征戰。【金鳳戰】歐陽修玉樓春：入破錚鏦金鳳戰。

顫 【微顫】柳永柳腰輕：顧香砌，絲管初調，倚輕風，佩環微顫。【和鳳顫】柳永木蘭花：美人纖手摘芳枝，揷在釵頭和鳳顫。【偎人顫】李煜菩薩蠻：一向偎人顫。【聲韻顫】張先木蘭花：歌咽笙簧聲韻顫。

囀 株戀切【百囀】溫庭筠南歌子：隔簾鶯百囀，感君心。【鶯囀】吳文英塞垣春：藏鉤怯冷，畫雞臨曉，鄰語鶯囀。

轉 【千轉】柳永御街行：一枕萬回千轉。【千百轉】辛棄疾蝶戀花：涼夜愁腸千百轉。【秋聲轉】晏幾道清平樂：一夜秋聲轉。【雲影轉】晏幾道蝶戀花：幾點護霜雲影轉。【楊花轉】陳克菩薩蠻：寶奩楊花轉。

戀 力眷切【留戀】周邦彥虞美人：燈前欲去仍留戀。【眷戀】周邦彥粉蝶兒慢：眷戀，重來倚檻。柳永洞仙歌：情眷戀。【戀戀】秦觀調笑令：戀戀，樓中燕。

院 于眷切【庭院】柳永洞仙歌：有笙歌巷陌，綺羅庭院。晏幾道碧牡丹：月痕依舊庭院。【深院】李煜喜遷鶯：寂寞畫堂深院。李煜烏夜啼：寂寞梧桐深院。【滿院】晏殊清平樂：雨後青苔滿院。張先清平樂：風度楊花滿院。【青苔院】晏殊蝶戀花：餘花落盡青苔院。【春庭院】柳永御街行：前時小飲春庭院。【垂柳院】馮延巳清平樂：雙燕飛來垂柳院。【芙蓉院】秦觀木蘭花：秋容老盡芙蓉院。【深深院】晏殊踏莎行：斜陽却照深深院。【晴池院】李元膺洞仙歌：放曉晴池院。【殘陽院】柳永木蘭花：霏微雨罷殘陽院。

眷 古倦切【眷眷】歐陽修漁家傲：情眷眷。

睠 【宸睠】張先木蘭花：慶門奕世隆宸睠。

倦 逵眷切【春遊倦】柳永荔枝香：似覺春遊倦。【魚鳥倦】辛棄疾玉樓春：只怕頻頻魚鳥倦。

面 彌箭切【四面】馮延巳鵲踏枝：樓上春山寒四面。【伊面】柳永秋夜月：便喚作，無由再逢伊面。【迎面】周邦彥秋蕊香：風緊柳花迎面。【花面】辛棄疾生查子：人面不如花面。【滿面】馮延巳應天長：欲歸愁滿面。【嬌面】周邦彥鳳來朝：逗曉看嬌面。【撲面】辛棄疾杏花天：楊花也笑人情淺，故故沾衣撲面。【萍面】周邦彥虞美人：廉纖小雨池塘遍，細點看萍面。【遮面】王建宮中調笑：團扇團扇，美人病來遮面。【轉面】馮延巳鵲踏枝：低語前歡頻轉面。【千嬌面】柳永木蘭花：東風吹落千嬌面。柳永鳳銜杯：似頻見，千嬌面。【如花面】柳永御街行：朦朧暗想如花面。柳永洞仙歌：傾城巧笑如花面。【冰雪面】辛棄疾蝶戀花：錦繡心胸冰雪面。【低粉面】辛棄疾蝶戀花：剛道羞郎低粉面。【初識面】歐陽修賀明朝：憶昔花間初識面。【春風面】周邦彥拜星月：畫圖中，舊識春風面。辛棄疾生查子：霜月定相知，先識春風面。【紅上面】李珣南鄉子：綠酒一卮紅上面。【紅粉面】李煜更漏子：金雀釵，紅粉面。【花似面】歐陽修蝶戀花：照影摘花花似面。【花與面】柳永河傳：難分花與面。【流霞面】歐陽修漁家傲：援花吹在流霞面。【梅花面】吳文英生查子：鏡裡梅花面。【新妝面】秦觀調笑令：盈盈日照新妝面。【酣酒面】張先南歌子：薄霞衣，酣酒面。【嚴妝面】歐陽修漁家傲：浮花催洗嚴妝面。【繡屏面】辛棄疾東坡引：玉纖彈舊怨，還敲繡屏面。

變

彼眷切【千變】柳永柳腰輕：進退奇容千變。【易變】蘇軾殢人嬌：密意難得，羞容易變。【情變】秦觀調笑令：莫遣思遷情變。【秋槎變】吳文英燭影搖紅：雲根直下是銀河，客老秋槎變。【風景變】秦觀漁家傲：剛過淮流風景變。

抃

皮變切【鼇抃】柳永傾杯樂：盈萬井，山呼鼇抃。

串

尺絹切【珠一串】柳永鳳棲梧：牙板數敲珠一串。

賤

才線切。色賤、酒賤、衰賤、輕賤、魚米賤、樵牧賤。

選

須絹切。時選、高選、新選、山水選、文章選。

漩

隨戀切。回漩、浪成漩。

旋

回旋、枯蓬旋、香塵旋、風吹旋。

膳　時戰切。宿膳、朝膳、晨昏膳。

饌　七戀切。香饌、珍饌、酒饌、野饌、曉饌、豐饌。

傳　柱戀切。古傳、經傳、史傳、先賢傳。

譴　詰戰切。呵譴、罪譴、憂譴、才名譴、百年譴。

絹　規椽切。白絹、素絹、細絹、敗絹、綠絹。

彥　魚戰切。邦彥、俊彥、群彥、天下彥、希世彥。

唁　冬唁、堪唁、慰唁。

便　毗面切。安便、利便、東風便、登眺便、樵風便、歸雲便、鵬擧便。

弁　皮變切。小弁、醉弁、蟬弁。

煎（子賤切）　餞　潩（須絹切）　線（取絹切）　煽（式戰切）

繕（時戰切）　禪　嬗　擅　單　墠　釧（尺絹切）

穿　玔　堧（儒囀切）　譔（七戀切）　僎　撰　纏（直碾切）

邅　輾（女箭切）　碾　瑑（柱戀切）　衍（延面切）　延　涎

掾（俞絹切）　緣　蝝　狷（規椽切）　悁　諺（魚戰切）　甗

讞　瑗（于眷切）　援　媛　鋑　楥　偭（彌箭切）

卞（皮變切）　汴　忭

【對偶】

溫庭筠蕃女怨：玉連環，金鏃箭。又鈿蟬箏，金雀扇。歐陽修踏莎行：碧蘚廻廊，綠榕深院。

第八部

平聲三蕭四宵五爻六豪通用

（蕭）

蕭 先彫切【雨蕭蕭】皇甫松夢江南：夜舡吹笛雨蕭蕭。【冷蕭蕭】柳永少年遊：簾垂深院冷蕭蕭。【馬蕭蕭】辛棄疾鷓鴣天：人歷歷，馬蕭蕭。

簫 【玉簫】晏幾道鷓鴣天：小令尊前見玉簫。【吹簫】柳永合歡帶：鳳樓深處吹簫。辛棄疾婆羅門引：更鳴鼉擊鼓，噴玉吹簫。【笙簫】張先清平樂：西園一片笙簫。【瓊簫】吳文英惜黃花慢：仙人鳳咽瓊簫。

瀟 【瀟瀟】溫庭筠河瀆神：西陵風雨瀟瀟。柳永臨江仙：冷風淅淅，疏雨瀟瀟。

貂 丁聊切【重貂】秦觀臨江仙：霜氣入重貂。

凋 【半凋】柳永卜算子：汀蕙半凋。【霜凋】馮延巳酒泉子：庭樹霜凋，一夜愁人窗下睡。

迢 田聊切【迢迢】歐陽修惜黃花慢：離亭黯黯，恨水迢迢。晏幾道鷓鴣天：春悄悄，夜迢迢。柳永少年遊：魂夢去迢迢。柳永鳳歸雲：漸分山路迢迢。

條 【千條】溫庭筠河瀆神：淚流玉筯千條。【長條】溫庭筠楊柳枝：宜春苑外最長條。【柳條】溫庭筠酒泉子：花映柳條，閑向綠萍池上。【風條】辛棄疾烏夜啼：晚花露葉風條。【萬條】溫庭筠楊柳枝：蘇小門前柳萬條。【蕭條】柳永臨江仙：蕭條，牽情繫恨，爭向年少偏饒。【柳迷條】歐陽修浪淘沙：柔桑蔽日柳迷條。【幾條條】張先南鄉子：綠楊輕絮幾條條。

聊 落蕭切【無聊】柳永臨江仙：還經歲，問怎生禁得，如許無聊。柳永燕歸梁：匆匆草草難留戀，還歸去，又無聊。

寥 【寂寥】周邦彥南鄉子：淡月疏星共寂寥。

憀 【無憀】顧敻河傳：倚蘭橈，獨無憀。柳永少年遊：試向伊家，阿誰心緒，禁得恁無憀。【情憀】柳永西施：更憑錦字，字字說情憀。

嬈 裹聊切【妖嬈】晏幾道鷓鴣天：銀燈一曲太妖嬈。柳永合歡帶：身材兒，早是妖嬈。

雕 丁聊切。玉雕、龍雕、蟲雕、翡翠雕、璞已雕。

鵰 怒鵰、射鵰、落鵰、夜鳴鵰、雷外鵰、遶雲鵰。

刁 夜刁、鳴刁、調刁。

彫 荷彫、霜彫、草木彫、翠幄彫、蘇半彫。

挑 他雕切。心挑、閒挑、玉筋挑、把劍挑、秋燈挑。

跳 田聊切。魚跳、驚跳、白雨跳、泥蛙跳、萬丸跳。

髫 玄髫、垂髫、髦髫、雙髫。

調 手調、絲調、玉柱調、曲新調、風雨調、乳鶯調。

苕 青苕、煙苕、翠苕、蘭苕、溪上苕。

蜩 秋蜩、寒蜩、殘蜩、蟬蜩、風引調、聒耳調。

僚 落蕭切。同僚、英僚、清僚、群僚、曳裾僚。

寮 松寮、茅寮、風寮、雲寮、窗寮、綺寮。

遼 幽遼、途遼、百年遼、江海遼、事已遼、鶴歸遼。

撩 相撩、歌撩、百遍撩、物華撩、愁思撩。

驍 古堯切。驍驍、士卒驍、萬人驍。

梟 宿梟、鳴梟、鴟梟、竹上梟。

澆 泉澆、酒澆、深澆、百盞澆、雨景澆、翠如澆。

幺 伊堯切。六幺、絃幺。

堯 倪幺切。帝堯、紹堯、歌堯、慕堯。

嶢 岧嶢、崔嶢、崔嶢、嶕嶢。

箾先彫切 **琱**丁聊切 **貂** **祧**他雕切 **朓** **佻**田聊切

齠 **岧** **怊** **瞭**落蕭切 **嘹** **廖** **繚** **潦**

嘵許么切 **蹺**牽么切 **蹻** **僥**倪么切

（宵）

宵 思邀切【良宵】柳永巫山一段雲：相將何處寄良宵。【長宵】馮延巳酒泉子：金籠鸚鵡怨長宵。【春宵】溫庭筠南歌子：憶君腸欲斷，恨春宵。溫庭筠酒泉子：掩雲屏，垂翠箔，度春宵。【清宵】柳永西施：便獨處清宵。柳永臨江仙：無端處，是綉衾鴛枕，閒過清宵。【連宵】辛棄疾卜算子：一飲動連宵。【可憐宵】蘇軾西江月：莫教空度可憐宵。辛棄疾婆羅門引：記風月，可憐宵。

消【香消】柳永少年遊。鴛鴦被，半香消。【魂消】馮延巳酒泉子：隴頭雲，桃源路，兩魂消。晏幾道武陵春：一曲一魂消。柳永燕歸梁：乍得見，兩魂消。秦觀臨江仙：擧頭一望魂消。【聲消】柳永合歡帶：自相逢，便覺韓娥價減，飛燕聲消。【酒未消】李清照菩薩蠻：香消酒未消。【客魂消】辛棄疾菩薩蠻：醉裏客魂消。【等閒消】柳永鳳歸雲：狎玩塵土，壯節等閒消。【魂欲消】溫庭筠菩薩蠻：凭闌魂欲消。【暖凝消】歐陽修少年遊：銀屏春過衣初減，香雪暖凝消。【豔紅消】周邦彥虞美人：玉顏酒解豔紅消。

霄【微霄】蘇軾西江月：橫空曖曖微霄。【銀霄】吳文英惜黃花慢：歌雲載恨，飛上銀霄。【層霄】辛棄疾婆羅門引：一天寶焰下層霄。

綃【絳綃】柳永燕歸梁：輕躡羅鞋掩絳綃。【鮫綃】歐陽修訴衷情：天氣怯鮫綃。晏幾道武陵春：紅淚滿鮫綃。蘇軾西江月：不妨單着鮫綃。【霜綃】柳永西施：將憔悴，寫霜綃。

銷　【魂銷】歐陽修浪淘沙：過盡長亭人更遠，特地魂銷。【水沈銷】辛棄疾鷓鴣天：香篝漸覺水沈銷。【香暗銷】韋莊訴衷情：越羅香暗銷。【愁不銷】溫庭筠河傳：謝娘翠娥愁不銷。

焦　玆消切【香欲焦】顧夐河傳：小鑪香欲焦。【熏麝焦】賀鑄愁風月：心將熏麝焦。

蕉　【暗紅蕉】皇甫松夢江南：蘭燼落，屏上暗紅蕉。

樵　慈焦切【老漁樵】柳永鳳歸雲：會須歸去老漁樵。

颷　卑遙切【涼颷】柳永鳳歸雲：陌上夜闌，襟袖起涼颷。

標　【風標】柳永合歡帶：檀郎幸有，凌雲辭賦，擲果風標。柳永臨江仙：覺新來，憔悴舊日風標。

飄　紕招切【狂飄】柳永臨江仙：綺窗外，秋聲落葉狂飄。【飄飄】歐陽修浪淘沙：帆影飄飄。【井桐飄】周邦彥南鄉子：戶外井桐飄。【暗香飄】蘇軾臨江仙：望湖樓外暗香飄。

描　眉儦切【難描】柳永合歡帶：算風措，實難描。

燒　尸昭切【空燒】柳永臨江仙：孤幃悄，淚燭空燒。

招　之遙切【紅袖招】韋莊菩薩蠻：滿樓紅袖招。【苦相招】柳永燕歸梁：傳音耗，苦相招。【暗相招】溫庭筠南歌子：花裏暗相招。

饒　如招切【偏饒】柳永臨江仙：牽情繫恨，爭向年少偏饒。柳永黃鶯兒：此際海燕偏饒。

橈　【停橈】歐陽炯南鄉子：畫舸停橈。【蘭橈】韋莊訴衷情：碧沼紅芳煙雨靜，倚蘭橈。溫庭筠河瀆神：謝娘惆悵倚蘭橈。柳永少年遊：獨自凭蘭橈。吳文英惜黃花慢：沈郎舊日，曾繫蘭橈。【木蘭橈】晏幾道武陵春：愁送木蘭橈。

朝　陟遙切【明朝】周邦彥一翦梅：銀漏如何，且慢明朝。【雲朝】柳永燕歸梁：若諧雨夕與雲朝。柳永西江月：不成雨暮與雲朝。

朝　馳遙切【前朝】柳永少年遊：風流盡前朝。

潮　【危潮】劉辰翁八聲甘州：便錦纜危潮。【青潮】晏幾道生查子：綠水帶青潮。【寒潮】溫庭筠河瀆神：孤廟對寒潮。【晚潮】溫庭筠河傳：夢魂迷晚潮。【早晚潮】周邦彥南鄉子：爲問江頭早晚潮。

遙

餘招切【雲遙】張先虞美人：一帆秋色共雲遙。【路遙】溫庭筠河傳：烟浦花橋路遙。【遙遙】張先南鄉子：春水一篙殘照濶，遙遙。【去路遙】辛棄疾鷓鴣天：撲面征塵去路遙。【夢遙遙】馮延巳酒泉子：繡緯風，蘭燭焰，夢遙遙。【楚宮遙】晏幾道鷓鴣天：碧雲天共楚宮遙。【漏聲遙】柳永少年遊：花外漏聲遙。

搖

【心搖】柳永臨江仙：綺窗外，秋聲敗葉狂飄，心搖。【頻搖】柳永西江月：獸鐶朱戶頻搖。【步步搖】辛棄疾鷓鴣天：見說吟鞭步步搖。【影空搖】歐陽修浣溪沙：日斜深院影空搖。

瑤

【瓊瑤】蘇軾西江月：可惜一溪明月，莫教踏破瓊瑤。

腰

伊消切【柳腰】溫庭筠南歌子：轉盼如波眼，娉婷似柳腰。【舞腰】溫庭筠楊柳枝：閒裊春風伴舞腰。【纖腰】韋莊訴衷情：垂玉珮，交帶，裊纖腰。柳永合歡帶：柳妒纖腰。周邦彥南鄉子：羅帶束纖腰。【女兒腰】辛棄疾婆羅門引：東風搖蕩，似楊柳、十五女兒腰。【洛城腰】歐陽修少年遊：漢妃束素，小蠻垂柳，都占洛城腰。【細柳腰】張先醉紅妝：薄雲裳，細柳腰。【楚宮腰】柳永少年遊：憔悴楚宮腰。

翹

渠遙切【花翹】韋莊訴衷情：越羅香暗銷，墜花翹。【金翹】歐陽修少年遊：綠雲雙嚲插金翹。柳永荔枝香：笑整金翹。【鳳翹】周邦彥南鄉子：掉下鬢心與鳳翹。

囂

虛嬌切【囂囂】柳永燕歸梁：得似箇，有囂囂。

驕

居妖切【玉驄驕】蘇軾西江月：障泥未解玉驄驕。

嬌

【千嬌】柳永合歡帶：更都來，占了千嬌。【花嬌】張先西江月：弄妝人惜花嬌。【不成嬌】柳永燕歸梁：語聲猶顫不成嬌。【分外嬌】辛棄疾鷓鴣天：花不知名分外嬌。【爲誰嬌】歐陽修少年遊：試問當筵眼波恨，滴滴爲誰嬌。

喬

巨嬌切【大小喬】辛棄疾菩薩蠻：春風大小喬。

嶠

【古嶠】吳文英瑞鶴仙：亂雲生古嶠。

橋　【平橋】溫庭筠楊柳枝：毵毵金線拂平橋。【星橋】韋莊訴衷情：鴛夢隔星橋。【斜橋】韋莊菩薩蠻：騎馬倚斜橋。【畫橋】晏幾道武陵春：記得來時倚畫橋。張先南鄉子：有個多情倚畫橋。辛棄疾婆羅門引：曲江畫橋。【溪橋】溫庭筠菩薩蠻：春水渡溪橋。【謝橋】晏幾道鷓鴣天：又踏楊花過謝橋。【斷橋】劉辰翁摸魚兒：但細雨斷橋。【小紅橋】辛棄疾鷓鴣天：旌旗又過小紅橋。【竹橫橋】歐陽炯南鄉子：槿花籬外竹橫橋。【百花橋】柳永西施：自從同步百花橋。【赤欄橋】溫庭筠楊柳枝：一渠春水赤欄橋。【綠楊橋】歐陽修訴衷情：紫絲障，綠楊橋。【灞陵橋】柳永少年遊：參差煙樹灞陵橋。【驛邊橋】皇甫松夢江南：人語驛邊橋。

燋　妶消切。乾燋、蛾燋、山木燋、玉華燋。

椒　芳椒、春椒、紅椒、頌椒、眼如椒、連蒂椒。

杓　玉杓、移杓、龍杓、璿杓。

漂　紕招切。浮漂、萍漂、風雨漂、香氣漂、雲海漂。

瓢　毗霄切。天瓢、酒瓢、寒瓢、擧瓢、簞瓢、綠玉瓢。

鑣　悲嬌切。行鑣、征鑣、停鑣、解鑣、輕鑣、玉飾鑣、塵外鑣。

苗　眉儦切。月苗、秋苗、菊苗、綠苗、雨潤苗、草長苗、葡萄苗。

昭　之遙切。白日昭、景昭昭、德音昭、勳烈昭。

韶　時饒切。仙韶、雅韶、鳳韶、紅顏韶、氣方韶、清如韶。

軺　飛軺、雲軺、馳軺、輕軺。

超　敕宵切。心超、高超、境超、翻超、神理超、道藝超、萬仞超。

姚　餘招切。陶姚、飄姚、霍嫖姚。

謠　吟謠、風謠、楚謠、別離謠、醉中謠、隴上謠。

要　伊消切。招要、千鍾要、良可要、遠塗要、蔬飧要。

葽　草先葽、草葽葽。

妖 於喬切。山妖、水妖、小桃妖、海棠妖。

夭 夭夭、含夭、桃夭。

硝 思邀切 翛 憔 慈焦切 猋 卑遙切 剽 摽

嫖 紕沼切 貓 眉儦切 釗 之遙切 蕘 如招切 颾 敕宵切

鼂 馳遙切 媱 餘招切 繇 飄 窯 陶 洮

猺 喓 伊消切 鴞 于嬌切 枵 虛嬌切 憍 居妖切 撟

矯 僑 巨嬌切

【對偶】

韋莊訴衷情：倚蘭橈，垂玉佩。 蘇軾西江月：雲鬢風前綠卷，玉顏醉裏紅潮。 柳永西江月：鳳凰綉簾高卷， 獸環朱戶頻搖。 辛棄疾鷓鴣天：遙知醉帽時時落，見說吟鞭步步搖。 溫庭筠南歌子：轉盼如波眼，娉婷似柳腰。

（爻）

郊 居肴切【西郊】柳永鳳歸雲：向深秋，雨餘爽氣肅西郊。

苞 班交切【丹苞】秦觀滿庭芳：東風初破丹苞。

拋 披交切【把人拋】蔣捷一翦梅：流光容易把人拋。【等閒拋】柳永西施：鳳衾鴛枕，何事等閒拋。

茅 謨交切【三茅】柳永巫山一段雲：還去訪三茅。

梢 師交切【林梢】柳永鳳歸雲：流電未滅，閃閃隔林梢。秦觀臨江仙：村鷄啼月林梢。【花梢】柳永西江月：兩竿紅日上花梢。【春梢】柳永西施：但看丁香樹，漸結盡春梢。【眉梢】周邦彥一翦梅：斜插梅枝，略點眉梢。吳文英惜黃花慢：鎖殘柳眉梢。【碧玉梢】辛棄疾鷓鴣天：搖斷吟鞭碧玉梢。【梟花梢】辛棄疾婆羅門引：紅粉梟花梢。

巢 鉏交切【銜巢】馮延巳醉花間：高枝鵲銜巢。【燕巢】周邦彥南鄉子：自折長條撥燕巢。

肴 何交切。山肴、珍肴、酒肴、蕙肴、山海肴。

交 居肴切。神交、論交、竹陰交、百慮交、風雨交、草欲交、樹影交。

膠 松膠、香膠、鸞膠、雨後膠、續弦膠。

蛟 寒蛟、龍蛟、洪澤蛟。

鮫 文鮫、河鮫、珠鮫。

敲 邱交切。雨敲、寒敲、玉壺敲、風竹敲、桂楫敲、桐葉敲。

哮 虛交切。咆哮、噉哮、餓虎哮。

坳 於交切。深坳、塘坳、簷坳、青林坳、碧苔坳、翠嶺坳。

包 班交切。香包、荔包、橘包、丹青包、流霞包。

胞 民胞、魚胞、菡萏胞。

泡 披交切。雨泡、流泡、砌下泡。

庖 蒲交切。行庖、良庖、親庖、竹外庖。

炮 山炮、自炮、行炮。

匏 青匏、烟匏、霜匏。

鞘 師交切。鳴鞘、鞦鞘、鞭鞘、靫似鞘。

嘲 陟交切。吟嘲、解嘲、歌嘲、山林嘲、杞菊嘲、煙雲嘲、猿鶴嘲。

爻(何交切)　姣　殽　筊　崤　淆　教(居肴切)

咬　轇　嘐　茭　磽(邱交切)　墝　窅(於交切)

凹　聱(牛交切)　咆(蒲交切)　跑　媌(謨交切)　蝥

艄(師交切)　捎　弰　抓(莊交切)　啁(陟交切)　鐃(尼交切)

呶　譊　撓

（豪）

毫 乎刀切【彩毫】周邦彥南鄉子：自剪燈花試彩毫。

高 居勞切【孤高】秦觀滿庭芳：芳叢裡，便覺孤高。【風高】辛棄疾念奴嬌：露冷風高。【彩柱高】歐陽修浣溪沙：雲曳香綿彩柱高。【漫相高】柳永鳳歸雲：畢竟成何事，漫相高。【積漸高】辛棄疾鷓鴣天：石壁虛雲積漸高。【燕飛高】辛棄疾烏夜啼：晚花露葉風條，燕飛高。

皋 【蘅皋】柳永少年遊：離思滿蘅皋。

鼇 牛刀切【仙鼇】辛棄疾婆羅門引：人間疊作仙鼇。【金鼇】柳永巫山一段雲：彷彿見金鼇。

袍 蒲褒切【青袍】秦觀滿庭芳：冷蕊向青袍。【去時袍】張先菩薩蠻：綠似去時袍。【草如袍】歐陽修賀聖朝影：垂楊慢舞綠絲條，草如袍。

毛 莫袍切：【錐毛】辛棄疾鷓鴣天：乾玉唾，禿錐毛。

騷 蘇遭切【風騷】秦觀滿庭芳：趣在風騷。

條 他刀切【綠絲條】歐陽修賀聖朝影：垂楊慢舞綠絲條。

滔 【滔滔】張先南鄉子：不管離心千疊恨，滔滔。

濤 徒刀切【寒濤】吳文英惜黃花慢：素秋不解隨船去，敗紅趁，一葉寒濤。【雲濤】柳永巫山一段雲：幾同山脚弄雲濤。【煙濤】秦觀滿庭芳：佇立看煙濤。

桃 【夭桃】秦觀滿庭芳：錯認是夭桃。【櫻桃】辛棄疾烏夜啼：更把一杯重勸，摘櫻桃。【紅粉桃】歐陽修賀聖朝影：白雲梨花粉桃。

勞 郎刀切【不辭勞】秦觀臨江仙：問君何時不辭勞。

醪 【香醪】柳永西江月：悶愁濃勝香醪。秦觀滿庭芳：和羹事，且付香醪。

壕 乎刀切。沙壕、空壕、秋壕、古柳壕。

蒿 呼高切。春蒿、野蒿、蓬蒿、一柱蒿、一徑蒿。

羔 居勞切。土羔、烹羔、豚羔。

膏 甘膏、荼膏、銀膏、瓊膏。

餻 花餻、買餻、赤棗餻。

篙 半篙、竹篙、輕篙、蘭篙、水沒篙。

遨 牛刀切。酣遨、嬉遨、八表遨、雲中遨、浣花遨。

螯 兩螯、海螯、烹螯、溪螯。

髦 莫袍切。英髦、雋髦、群髦、賢髦。

旄 羽旄、擁旄、纓旄。

操 倉刀切。手操、白雲操、耒耜操、哀弦操。

遭 作曹切。一遭、周遭、千萬遭、夢寐遭。

曹 財勞切。人曹、吾曹、朋曹、爾曹、嵇阮曹、鳳凰曹。

槽 香槽、茶槽、相思槽、琵琶槽。

刀 都勞切。弓刀、銀刀、霜刀、纖刀。

舠 行舠、征舠、酒舠、輕舠、漁舠、木蘭舠。

陶 徒刀切。和陶、鬱陶、五柳陶、酒自陶、醉陶陶。

逃 騰逃、世外逃、世網逃。

萄 乾萄、葡萄。

牢 郎刀切。塵牢、牙齒牢、根株牢、崖石牢。

猱 奴刀切。山猱、哀猱、飛猱、木升猱。

號（乎刀切） 嗥 濠 鏖（於刀切） 敖（牛刀切） 嗷 熬

鰲 褒（博毛切） 搔（蘇遭切） 臊 艘 糟（作遭切）

嘈（財勞切） 漕 饕（他刀切） 叨 慆 韜 淘（徒刀切）

掏 檮 綯 幬 嘮（郎刀切） 撈 癆

仄聲

二十九篠三十小三十一巧三十二晧三十四嘯三十五笑三十六效三十七號通用

（篠）以下上聲

鳥 丁了切【孤鳥】張先熙州慢：但目送游雲孤鳥。【飛鳥】周邦彥隔蒲蓮：夏果收新脆，金丸落，驚飛鳥。辛棄疾水龍吟：功名相避，去如飛鳥。張先玉樹後庭花。青驄一騎來飛鳥。【宿鳥】秦觀臨江仙：鸞聲驚宿鳥。【魚鳥】辛棄疾賀新郎：煙雨外，幾魚鳥。【棲鳥】柳永輪臺子：過霜林，漸覺驚棲鳥。【啼鳥】柳永留客住：是誰家綠樹，數聲啼鳥。歐陽修桃源憶故人：枝上數聲啼鳥。秦觀念奴嬌：閒聽山畔啼鳥。秦觀臨江仙：朝來枝上聞啼鳥。姜夔點絳唇：數聲啼鳥，也學相思調。【沙外鳥】秦觀臨江仙：寒煙沙外鳥。

窕 徒了切【窈窕】溫庭筠女冠子：宿翠殘紅窈窕。歐陽修定風波：粉面麗姝歌窈窕。歐陽修漁家傲：南陌採桑何窈窕。吳文英鳳棲梧：惆悵來遲羞窈窕。

了 朗鳥切【人散了】張先蘇幕遮：去塵濃，人散了。【行未了】辛棄疾定風波：無限江山行未了。【因緣了】辛棄疾醉花陰：滄海飛塵，人世因緣了。【何時了】辛棄疾感皇恩：江河流日夜，何時了。【春又了】梅堯臣蘇幕遮：落盡梨花春又了。【春歸了】晏幾道清平樂：送得春歸了。【春到了】秦觀漁家傲：遙憶故園春到了。【恨未了】姜夔秋宵吟：淚灑單衣，今夕何夕恨未了。【情未了】牛希濟生查子：語已多，情未了。【乾坤了】辛棄疾千秋歲：從容帳幄去，整頓乾坤了。【歌未了】晏幾道蝶戀花：小調聲長歌未了。辛棄疾蝶戀花：喚起湘纍歌未了。【濃妝了】張先賀聖朝：淡黃衫子濃妝了。

裊 乃了切【煙裊】柳永兩同心：飲散玉鑪煙裊。【花裊裊】歐陽修漁家傲：暖日遲遲花裊裊。【煙裊裊】馮延巳菩薩蠻：金鑪煙裊裊。【腰肢裊】歐陽修漁家傲：吳娘搗練腰肢裊。柳永木蘭花：酥娘一搦腰肢裊。

嬝

【斜嬝】秦觀念奴嬌：酒旗茅屋斜嬝。

嫋

【風嫋】蘇軾水龍吟：月明風嫋。【天風嫋】吳文英水龍吟：笙吹鳳女，驂飛乘，天風嫋。【風嫋嫋】歐陽修漁家傲：落葉西園風嫋嫋。【腰肢嫋】晏幾道生查子：細柳腰肢嫋。

杳

伊鳥切【杳杳】柳永留客住：離魂杳杳。柳永古傾杯：江天杳杳。【漸杳】柳永輪臺子：歎斷梗難停，暮雲漸杳。【天杳杳】晏殊漁家傲：綠水悠悠天杳杳。歐陽修漁家傲：箭漏初長天杳杳。【仙夢杳】蘇軾踏青遊：仙夢杳，良宵又過了。【幽夢杳】姜夔秋宵吟：嫩約無憑，幽夢又杳。【凌波杳】吳文英鳳棲梧：西風日送凌波杳。【湖山杳】吳文英青玉案：亂雲深處，目斷湖山杳。【煙墅杳】梅堯臣蘇幕遮：露隄平，煙墅杳。【歸路杳】周邦彥早梅芳：謾回頭，更堪歸路杳。【吳雲雁杳】吳文英天香：遠信難封，吳雲雁杳。【銀浪聲杳】吳文英繞佛閣：夜空似水，橫漢靜立，銀浪聲杳。

窈

【深窈】周邦彥隔浦蓮：曲徑通深窈。吳文英掃花遊：醉深窈，愛綠葉翠圓，勝看花好。吳文英掃花遊：恨凌波路鑰，小庭深窈。【紅深翠窈】吳文英瑞鶴仙：想重來新雁，傷心湖上，銷減紅深翠窈。

曉

馨鳥切【未曉】柳永輪臺子：楚天闊，望中未曉。【向曉】辛棄疾清平樂：東園向曉。【春曉】蘇軾西江月：杜宇一聲春曉。【秋曉】吳文英水龍吟：障空雲蓋，沈沈秋曉。辛棄疾清平樂：月明秋曉。【清曉】牛希濟生查子：別淚臨清曉。晏殊迎春樂：被啼鶯語燕催清曉。歐陽修漁家傲：那堪夜雨催清曉。周邦彥隔浦蓮：困臥北窗清曉。辛棄疾賀新郎：瑞氣籠清曉。吳文英掃花遊：怪翠被佳人，困迷清曉。【啼曉】張先熙州慢：倚翠樓煙靄，清猿啼曉。【窗曉】秦觀添春色：衾冷夢寒窗曉。【催曉】姜夔秋宵吟：漸漏水丁丁，箭壺催曉。【難曉】柳永傾杯：此夜厭厭，就中難曉。【江天曉】梅堯臣蘇幕遮：雨後江天曉。【東風曉】歐陽修桃源憶故人：碧紗影弄東風曉。【東池曉】晏幾道蝶戀花：掌中杯盡東池曉。【松風曉】辛棄疾蝶戀花：石龍舞罷松風曉。【匆匆曉】歐陽修漁家傲：鴛鴦相語匆匆曉。【紗窗曉】馮延巳菩薩蠻：燭暗紗窗曉。【啼鶯曉】吳文英青玉案：舊寒猶在，歸夢啼鶯曉。【霜天曉】蘇軾水龍吟：爲使君洗盡，蠻風瘴雨，作霜天曉。辛棄疾蝶戀花：斷腸明月霜天曉。【翠罌汲曉】吳文英三部樂：翠罌汲曉，欸乃一聲秋曲。

皎 吉了切【墜月皎】姜夔秋宵吟：古簾空，墜月皎。

篠 先了切。松篠、弱篠、烟篠、翠篠、篁篠、叢篠、臨潭篠。

掉 徒了切。心掉、擺掉、手足掉。

繚 朗鳥切。青繚、縈繚。

蓼 汀蓼、香蓼、秋蓼、野蓼、葵蓼、垂岸蓼。

窅 伊鳥切。杳窅、幽窅、窅窅、天地窅。

皦 吉了切。月皦、光皦、天漸皦。

謏 先了切　**蔦** 丁了切　**朓** 土了切　**挑** 徒了切　**瞭** 朗鳥切

嬲 乃了切　**嬈**　**蔞** 伊鳥切　**窔**　**磽** 倪了切　**繳** 吉了切

僥

【對偶】

辛棄疾念奴嬌：柳外斜陽，水邊歸鳥。柳永留客住：遠信沈沈，離魂杳杳。秦觀念奴嬌：乍暖扶春，輕寒弄曉。

（小）

小 思兆切【人間小】秦觀添春色：醉鄉廣大人間小。【心腸小】柳永梁州令：憐深定是心腸小。【身段小】柳永木蘭花：羅袖迎風身段小。【金錢小】歐陽修漁家傲：東籬菊放金錢小。【青梅小】歐陽修漁家傲：綠蔭滿地青梅小。【杯盤小】柳永小鎮西犯：儘杯盤小，歌祓禊，聲聲皆楚調。【青杏小】蘇軾蝶戀花，花褪殘紅青杏小。【紅裳小】張先蘇幕遮：回首旗亭，漸漸紅裳小。【香徑小】吳文英青玉案：認得踏青香徑小。【稀星小】牛希濟生查子：天淡稀星小。【

圓斜小】歐陽修漁家傲：寶釘密綴圓斜小。【雙鳳小】晏幾道蝶戀花：碾玉釵頭雙鳳小。【鶯聲小】周邦彥早梅芳：淚多羅袖重，意密鶯聲小。【月高山小】辛棄疾念奴嬌：茅舍疏籬江上路，清夜月高山小。【杳青梅小】晏幾道清平樂：葉底杳青梅小。

悄

七小切【人悄】秦觀添春色：喚起一聲人悄。姜夔秋宵吟：坐久西窗人悄。【悄悄】柳永滿朝歡：但掩朱扉悄悄。柳永鬬百花：長門深鎖悄悄。【悽悄】周邦彥霜葉飛：正倍添悽悄。【何悄悄】歐陽修漁家傲：四月芳林何悄悄。【重門悄】柳永隔簾聽：鰕鬚窣地重門悄。秦觀解語花：深院重門悄。【旅情悄】柳永留客住：旅情悄，遠信沈沈，離魂杳杳。【閒情悄】柳永訴衷情近：閒情悄，綺陌遊人漸少。【街語悄】吳文英繞佛閣：還記暗螢，穿簾街語悄。【闌干悄】吳文英鳳棲梧：一霎留連，相伴闌干悄。【歸心悄悄】柳永傾杯：愁衾半擁，萬里歸心悄悄。

少

始紹切【多少】柳永傾杯：往事追思多少。柳永古傾杯：別後暗負，光陰多少。【漸少】柳永訴衷情近：綺陌遊人漸少。【人蹤少】秦觀念奴嬌：是處人蹤少。【知多少】李煜虞美人：往事知多少。馮延巳采桑子：舊愁新恨知多少。秦觀迎春樂：菖蒲葉葉知多少。【到頭少】柳永法曲第二：怎生向，人間好事到頭少。【爭多少】晏幾道蝶戀花：人面爭多少。【知音少】辛棄疾蝶戀花：朱絲弦斷知音少。【秋多少】蘇軾水龍吟：知孤負，秋多少。【紅漸少】晏幾道清平樂：拾蕊人稀紅漸少。【春風少】辛棄疾蝶戀花：西園人去春風少。【故人少】辛棄疾感皇恩：白髮多時故人少。【情多少】柳永梁州令：一生惆悵情多少。【添多少】秦觀添春色：春色又添多少。【愁多少】歐陽修桃源憶故人：妝點愁多少。【歡會少】馮延巳醉花間：離別多，歡會少。【歡娛少】宋祁玉樓春：浮生長恨歡娛少。【春心多少】歐陽修洞天春：燕蝶輕狂，柳絲撩亂，春心多少。【霜絲多少】吳文英夜遊宮：細織就，霜絲多少。【離多歡少】柳永輪臺子：惜芳年壯歲，離多歡少。

沼

止少切【池沼】周邦彥隔浦蓮：驟雨鳴池沼。【林沼】吳文英齊天樂：竹深不放斜陽度，横波澹墨林沼。【清沼】周邦彥早梅芳：宴席臨清沼。【碧沼】馮延巳清平樂：冰散漪瀾生碧沼。【翠沼】柳永訴衷情近：蓮葉嫩生翠沼。

繞 而沼切【縈繞】姜夔秋宵吟：衞娘何在，宋玉歸來，兩地暗縈繞。【叢竹繞】周邦彥早梅芳：繚牆深，叢竹繞。

矯 居夭切【孤矯】辛棄疾賀新郎：更風流，羊裘澤畔，精神孤矯。

渺 弭沼切【共渺】秦觀念奴嬌：心與長天共渺。【浩渺】柳永留客住：潮平波浩渺。【煙波渺】晏幾道點絳脣：煙波渺，暮雲稀少。【楚天渺】晏幾道泛清波摘徧：楚天渺，歸思正如亂雲，短夢未成芳草。

杪 【春杪】柳永滿朝歡：帝里風光爛漫，偏愛春杪。【秋杪】柳永傾杯：客館更堪秋杪。王沂孫水龍吟：渭水風生，洞庭波起，幾番秋杪。【雪杪】秦觀解語花：畫樓雪杪，誰家笛，弄徹梅花新調。【雲杪】蘇軾水龍吟：一聲雲杪。【紅樹杪】張先卜算子：樓臺紅樹杪。【煙樹杪】歐陽修蝶戀花：露和啼血染花紅，恨過千家煙樹杪。

緲 【縹緲】辛棄疾如夢令：韻勝仙風縹緲。【春縹緲】吳文英掃花遊，心事春縹緲。【歌縹緲】吳文英瑞鶴仙：吹臺高，霜歌縹緲。

表 彼小切【江表】張先八聲甘州：短夢依然江表。【林表】周邦彥霜葉飛：涼蟾低下林表。【雲表】周邦彥倒犯：玉斝邀雲表。【誰表】柳永留客住：度日無言誰表。【情難表】秦觀念奴嬌：此際情難表。【素心纔表】吳文英水龍吟：待凌霄謝了，山深歲晚，素心纔表。

擾 而沼切。寂無擾、無外擾、蛛絲擾、魂夢擾。

兆 直紹切。新兆、機兆、昇平兆、豐年兆。

眇 弭沼切。杳眇、雲眇、霧眇、山川眇、關塞眇。

勦 子小切　**紹** 市沼切　**肇** 直紹切　**晁**　**旐**　**夭** 於兆切

殀　**撟** 居夭切　**蹻**　**縹** 匹沼切　**摽** 婢小切　**淼** 弭沼切

藐　**秒**　**殍** 被表切

【對偶】

歐陽修踏莎行：雲母屏低，流蘇帳小。　周邦彥早梅芳：淚多羅袖重，意密鶯聲小。

（巧）

巧 苦絞切【爭巧】張先熙州慢：詠畫爭巧。【輕巧】柳永隔簾聽：逞如簧、再三輕巧。【纖巧】歐陽修蝶戀花：金刀剪裁呈纖巧。吳文英天香：初試宮黃澹薄，偷分壽陽纖巧。【天機巧】周邦彥玉樓春：裁金簇翠天機巧。【爭祈巧】歐陽修漁家傲：人間綵縷爭祈巧。【音塵巧】晏幾道醜奴兒：佳人別後音塵巧。【宮眉巧】晏幾道蝶戀花：畫得宮眉巧。【蛾眉巧】辛棄疾蝶戀花：空谷無人，自怨蛾眉巧。

攪 吉巧切。征塵攪、春風攪、春寒攪、幽事攪、詩腸攪。

飽 博巧切。雨飽、風飽、夢飽、田宅飽、朝飧飽、鴻雁飽。

爪 側絞切。細爪、雪爪、新爪、風生爪。

絞吉巧切　**狡**　**筊**　**姣**　**佼**　**咬**　**拗**於絞切

齩五巧切　**飽**部巧切　**鞄**　**卯**莫飽切　**媌**　**稍**山巧切

炒楚絞切　**抓**側絞切　**獠**竹狡切

（晧）

好 許晧切【朱顏好】歐陽修踏莎行：佳期須及朱顏好。【西風好】辛棄疾清平樂：陣陣西風好。【明月好】秦觀蝶戀花：今歲元宵明月好。【花面好】李清照減字木蘭花：奴面不如花面好。【秋正好】馮延巳更漏子：風帶寒，秋正好。【風景好】馮延巳醉花間：山川風景好。【風月好】蘇軾減字木蘭花：醉倚闌干風月好。【風煙好】秦觀念奴嬌：一路風煙好。【春光好】韋莊菩薩蠻：洛陽城裏春光好。宋祁玉樓春：東城漸覺春光好。【春衫好】晏幾道蝶戀花：鴛鴦繡字春衫好。【春雨好】辛棄疾浣溪沙：微有寒些春雨好。【高臺好】辛棄疾賀新郎：望桐江，千丈高臺好。【閒處好】李清照攤破浣溪沙：枕上詩書閒處好。【清夢好】李清照臨江仙：夜來清夢好。【園林好】柳永訴衷情近：山掩孤村，是處園林好。【橫斜好】辛棄疾念奴嬌：一枝最愛，竹外橫斜好。【蘭佩好】辛棄疾蝶戀花：九畹芳菲蘭佩好。【鶯花好】柳永古傾杯：爛漫鶯花好。【春風長好】馮延巳春光好：拂面春風長好。【踏青去好】王觀慶清朝慢：結伴踏青去好。

媪

烏浩切【翁媪】辛棄疾清平樂：白髮誰家翁媪。

葆

補抱切【翠葆】周邦彥隔浦蓮：新皇搖動翠葆。

抱

薄浩切【閒抱】柳永隔簾聽：琵琶閒抱。【愁抱】秦觀解語花：却又惹，許多愁抱。周邦彥霜葉飛：奈五更愁抱。【懷抱】柳永滿朝歡：盡日竚立無言，贏得淒涼懷抱。柳永古傾杯：動幾許，傷春懷抱。吳文英瑞鶴仙：歎如今搖落，暗驚懷抱。【縈懷抱】辛棄疾滿江紅：空有恨，縈懷抱。【傷懷離抱】歐陽修減字木蘭花：傷懷離抱，天若有情天亦老。

埽

蘇老切【眉黛埽】晏殊清平樂：總把千山眉黛埽。

掃

【重掃】歐陽修桃源憶故人：眉黛不忺重掃。【莫掃】韋莊清平樂：去路香塵莫掃。【淡掃】柳永古傾杯，妝眉淡掃。【亂掃】柳永傾杯：颯颯聲乾，狂風亂掃。【輕掃】柳永兩同心：嫩臉修蛾，淡勻輕掃。【紅淡掃】歐陽修玉樓春：學畫蛾眉紅淡掃。【閒不掃】溫庭筠木蘭花：簾外落花閒不掃。【煙如掃】歐陽修漁家傲：百蟲啼晚煙如掃。

草

采早切【芳草】溫庭筠木蘭花：乳燕雙雙拂芳草。牛希濟生查子：處處憐芳草。馮延巳臨江仙：夕陽千里連芳草。歐陽修洞天春：露點眞珠遍芳草。柳永小鎮西犯：家何處，落日眠芳草。柳永訴衷情近：天涯目斷，暮雲芳草。柳永古傾杯：偏繞長堤芳草。柳永滿朝歡：香塵染惹，垂楊芳草。晏幾道泛清波摘徧：短夢未成芳草。辛棄疾賀新郎：馬如龍，綠綬欺芳草。辛棄疾蝶戀花：水滿汀洲，何處尋芳草。【花草】秦觀念奴嬌：一水閒縈花草。【岸草】周邦彥隔浦蓮：濃靄迷岸草。【春草】李煜清平樂：離恨恰如春草。【秋草】馮延巳菩薩蠻：回廊遠砌生秋草。晏殊清平樂：春花秋草。周邦彥玉樓春：別來人事如秋草。辛棄疾千秋歲：塞垣秋草，又報平安好。【門草】吳文英燭影搖紅：背東風，偷閒門草。【草草】柳永法曲第二：自覺當初草草。李清照蝶戀花：隨意杯盤雖草草。【衰草】蘇軾減字木蘭花：連天衰草。周邦彥霜葉飛：露迷衰草。【寒草】馮延巳醉花間：斜月明寒草。【新草】馮延巳清平樂：西園春早，夾徑抽新草。【萱草】歐陽修清平樂：碧砌紅萱草。【煙草】姜夔秋宵吟：因嗟念，似去國情懷，暮帆煙草。【蕙草】歐陽修踏莎行：困殢榴花，香添蕙草。【遺草】辛棄疾感皇恩：子雲何在，應有玄經遺草。【三春草】蘇軾虞美人：歸心正似三春草。【王孫草】歐陽修漁家傲：江頭又綠王孫草。【俱草草】秦觀漁家傲：看鏡依劉俱草草。【渾草草】秦觀臨江仙：客路光陰渾草草。【無芳草】蘇軾蝶戀花：天涯何處無芳草。【斷腸草】吳文英瑞鶴仙：人生斷腸草。【千花百草】晏幾道清平樂：千花百草，送得春歸了。【蘋花汀草】李清照怨王孫：青露洗，蘋花汀草。

早

子皓切【不早】秦觀解語花：惟恨相逢不早。【春早】馮延巳清平樂，西園春早，夾徑抽新草。【偏早】柳永古傾杯，念何處，韶陽偏早。【生秋早】晏殊連理枝：金井生秋早。【先春早】李煜子夜歌：尋春須是先春早。【江楓早】姜夔秋宵吟：搖落江楓早。【芳意早】歐陽修玉樓春：綠樹依依芳意早。晏幾道蝶戀花：三月露桃芳意早。【春雞早】溫庭筠木蘭花：流蘇帳曉春雞早。【春歸早】晏殊迎春樂：長安紫陌春歸早。【風露早】歐陽修漁家傲：七月新秋風露早。【秋聲早】晏幾道虞美人：葉上秋聲早。【門春早】晏幾道泛清波摘徧：儘有狂情鬥春早。【梅自早】馮延巳醉花間：池邊梅自早。【梳妝早】柳永隔簾聽：梳妝早，琵琶閒抱。【寒生早】柳永傾杯：灑蒹葭，露結寒生早。【蛩聲早】吳文英夜遊宮：雨外蛩聲早。【鶯語早】韋莊清平樂：柳吐金絲鶯語早。【高山白早】蘇軾減字木蘭花：高山白早，瑩骨冰肌那解老。

藻

【蕙藻】歐陽修蝶戀花：旋暖金爐薰蕙藻。

倒

覩老切【傾倒】蘇軾減字木蘭花：雲鬢傾倒。【潦倒】秦觀漁家傲：看潦倒，醉來唱個漁家傲。【玉山倒】柳永小鎮西犯：酩酊誰家年少，信玉山倒。【玉壺倒】辛棄疾感皇恩：一醉何妨玉壺倒。【金尊倒】辛棄疾千秋歲：莫惜金尊倒。

禱

【自禱】秦觀念奴嬌：暗把心期自禱。

島

【煙島】秦觀解語花：曾過雲山煙島。【蓬萊島】辛棄疾滿江紅：問不知，何處著君侯，蓬萊島。

道

杜皓切【向道】柳永法曲第二：以此縈牽，等伊來，自家向道。【重道】牛希濟生查子：迴首猶重道。【遠道】梅堯臣蘇幕遮：接長亭，迷遠道。周邦彥倒犯：緜緜思遠道。【塡道】秦觀蝶戀花：想見家山，車馬應塡道。【吹笙道】姜夔點絳脣：金谷人歸，綠楊低掃吹笙道。【往來道】溫庭筠木蘭花：家臨長信往來道。【金陵道】馮延巳醉花間：自古金陵道，少年看却老。【青門道】馮延巳菩薩蠻：夢魂千里青門道。張先蘇幕遮：馬足重重，又近青門道。【東郊道】柳永古傾杯：春滿東郊道。【長安道】舒亶虞美人：雪滿長安道。柳永輪臺子：自古淒涼長安道。晏幾道秋蕊香：紅塵自古長安道。【咸陽道】賀鑄行路難：衰蘭送客咸陽道。【關山道】韋莊清平樂：寂寞關山道。

纛

杜皓切【旄纛】辛棄疾滿江紅：記江湖十載，厭持旄纛。

老

魯皓切【又老】柳永留客住：後約無憑，看看春又老。【不老】李煜後庭花破子：去年花不老，今年月又圓。【未老】柳永小鎭西犯：水鄉初禁火，青春未老。【先老】馮延巳更漏子：蘭蕙無端先老。馮延巳清平樂：寒在梅花先老。晏幾道清平樂：一夜紅梅先老。辛棄疾南歌子：病笑春先老。【空老】李煜謝新恩：春光鎭在人空老。【易老】柳永梁州令：月不長圓，春色易老。【春老】歐陽修桃源憶故人：薄倖不來春老。歐陽修憶漢月：酒闌難罷不成歸，腸斷月斜春老。柳永訴衷情近：少年風韻，自覺隨春老。【俱老】秦觀迎春樂：更春共，斜陽俱老。【衰老】周邦彥倒犯，奈何人自衰老。【偕老】柳永八六子：永諧同心偕老。柳永兩同心：那人人，昨夜分明，許伊偕老。【暗老】韋莊清平樂：惆悵香閨暗老。【頓老】姜夔秋宵吟：帶眼銷磨，爲近日，愁多頓老。【漸老】柳永玉蝴蝶：水風輕，蘋花漸老。柳永卜算子：江楓漸老。柳永尾犯：秋漸老，蛩聲漸苦。【難老】辛棄疾千秋歲：春近也，梅花得似人難老。【天亦老】歐陽修減字木蘭花：天若有情天亦老。【他鄉老】韋莊菩薩蠻：洛陽才子他鄉老。【行人老】吳文英青玉案：梅花似惜行人老。【吳霜老】歐陽修漁家傲：亂絲滿腹吳霜老。【花枝老】李煜子夜歌：看花莫待花枝老。歐陽修漁家傲：玉容長笑花枝老。【和煙老】梅堯臣蘇幕遮：翠色和煙老。【春光老】歐陽修玉樓春：江南三月春光老。【秋光老】柳永少年遊：夕陽閒淡秋光老。辛棄疾醉花陰：黃花謾說年年好，也趁秋光老。【秋香老】晏幾道點絳脣：露花啼處秋香老。【庭梧老】歐陽修漁家傲：渚蓮尚拆庭梧老。【容顏老】蘇軾卜算子：應是容顏老。【情中老】歐陽修踏莎行：莫言多病爲多情，此身甘向情中老。【荷葉老】李清照怨王孫：蓮子已成荷葉老。【催人老】晏殊清平樂：只是催人老。【催鬢老】秦觀蝶戀花：何事霜華催鬢老。【樽前老】舒亶虞美人：浮生只合樽前老。【還自老】晏幾道菩薩蠻：煙光還自老。【霜顏老】吳文英水龍吟：有人獨立空山，翠髯未覺霜顏老。【鏡中老】溫庭筠木蘭花：似惜紅顏鏡中老。【鶯聲老】晏殊連理枝：綠樹鶯聲老。

惱　乃老切【成惱】秦觀解語花：倚几沈吟，好景都成惱。【煩惱】柳永傳花枝：道人生，但不須煩惱。歐陽修蝶戀花：酒入橫波，困不禁煩惱。【成煩惱】柳永法曲第二：細追思，恨從前容易，致得恩愛成煩惱。【恁煩惱】柳永隔簾聽：恁煩惱，除非共伊知道。【被花惱】辛棄疾念奴嬌：芬芳一世，料君長被花惱。【蝶憐蜂惱】歐陽修憶漢月：倚煙啼露爲誰嬌，故惹蝶憐蜂惱。【舊情相惱】蘇軾踏青遊：今困天涯，何限舊情相惱。

昊　下老切。穹昊、秋昊、清昊、晴昊、蒼昊。

顥　蒼顥、霄顥。

皓　月皓、首皓、髮皓。

浩　浩浩、風埃浩、歸思浩。

藁　古老切。詩藁、謄藁、牀頭藁。

寶　補抱切。家寶、瓌寶、連城寶。

堡 城堡、春堡、荒堡、霜堡、狼烟堡。

保 共保、自保、相保。

澡 子皓切。沐澡、灌澡、江山澡、清可澡。

棗 打棗、梨棗、霜棗、出籬棗。

造 在早切。天造、玄造、再造、新造、隨意造。

擣 覩老切。如擣、兎擣、細擣、和露擣。

討 土皓切。舌討、征討、幽討、探討、搜討。

稻 杜皓切。雨稻、香稻、秧稻、晚稻、山下稻、千頃稻、平沙稻。

潦 魯皓切。行潦、雨潦、秋潦、海潦、殘潦。

腦 乃老切。肝腦、菊腦、冷入腦。

皓下老切 **鎬** **拷**苦浩切 **栲** **杲**古老切 **槁**

燠烏浩切 **襖** **懊** **鴇**補抱切 **褓** **嫂**蘇老切

蚤子皓切 **繅** **繰** **皁**在早切 **瑙**乃老切

【對偶】

柳永兩同心：錦帳裏、低語偏濃，銀燭下、細看俱好。　秦觀滿庭芳：山抹微雲，天黏衰草。

周邦彥宴清都：淮山夜月，金城暮草。　吳文英卜算子：來雁帶書遲，別燕歸程早。　李煜子夜歌：尋春須是先春早，看花莫待花枝老。　馮延巳春光好：燕初飛，鶯已老。　姜夔一萼紅：池面冰膠，牆腰雪老。

（嘯）以下去聲

嘯 先弔切【長嘯】吳文英水龍吟：故人南嶺，倚天長嘯。【舒嘯】秦觀漁家傲：且對芳尊舒一嘯。

釣 多嘯切【垂釣】辛棄疾賀新郎：濮上看垂釣。

眺 他弔切【迥眺】柳永古傾杯：閒倚危牆迥眺。【登眺】周邦彥早梅芳：異鄉淹歲月，醉眼迷登眺。

調 徒弔切【古調】吳文英水龍吟：皺鱗細雨，層陰藏月，朱絃古調。【同調】秦觀蝶戀花：更許誰同調。【郢調】吳文英掃花遊：凍澀瓊簫，漸入東郢調。【楚調】柳永小鎮西犯：歌祓禊，聲聲諧楚調。【新調】秦觀解語花：弄徹梅花新調。【千古調】辛棄疾蝶戀花：寶瑟泠泠千古調。【江南調】張先蘇幕遮：鏤板音清，淺發江南調。【花引調】辛棄疾蝶戀花，蜂蝶不禁花引調。【相思調】柳永隔簾聽：愛品相思調。周邦彥霜葉飛：無心重理相思調。【高山調】秦觀漁家傲：不須更鼓高山調。【風流才調】柳永傳花枝：平生自負，風流才調。

料 力弔切【計料】柳永八六子：漸作分飛計料。

叫 吉弔切【悲叫】柳永傾杯：知送誰家歸信，穿雲悲叫。

弔 多嘯切。月弔、長弔、詩弔、中心弔、行客弔、形影弔。

掉 徒弔切。手掉、蕩掉、擺掉、手足掉。

窵 詰弔切。山窵、石窵、萬窵、隙窵。

徼 吉弔切。深徼、遐徼、邊徼。

糶他弔切　**頫**　**蓧**徒弔切　**藋**　**跳**　**嘹**力弔切　**鐐**

廖　**尿**奴弔切　**噭**　**窔**一叫切

（笑）

笑 仙妙切【巧笑】歐陽修漁家傲：妾解輕歌並巧笑。【花笑】張先熙州慢：併行樂，免有花愁花笑。【喧笑】柳永小鎮西犯：引遊人，競來喧笑。【買笑】柳永古傾杯：繼日恁、把酒聽歌，量金買笑。柳永傳花枝：當美景，追歡買笑。【微笑】秦觀添春色：杜甕釀成微笑。【輕笑】張先謝池春慢：秀豔過施粉，多媚生輕笑。【歌笑】柳永滿朝歡：往昔曾迷歌笑。【談笑】柳永兩同心：偏能做、文人談笑。【嬉笑】周邦彥早梅芳：微呈纖履，故隱烘簾自嬉笑。【歡笑】柳永法曲第二：便輕許相將，平生歡笑。【千金笑】柳永輪臺子：又爭似，却返瑤京，重買千金笑。【同歡笑】柳永八六子：爭克罷，同歡笑。【行人笑】辛棄疾鷓鴣天：倦途却被行人笑。【花莫笑】李清照蝶戀花：醉莫插花花莫笑。【梅花笑】秦觀漁家傲：年年落得梅花笑。【強語笑】柳永隔簾聽：強語笑，逞如簧，再三輕巧。【偎伴笑】李珣南鄉子：游女帶香偎伴笑。【惟解笑】歐陽修玉樓春：盡人言語盡人憐，不解此情惟解笑。【酬一笑】柳永木蘭花：只要千金酬一笑。【輕一笑】宋祁玉樓春：肯愛千金輕一笑。【謀一笑】歐陽修蝶戀花：且趁餘花謀一笑。【臨水笑】辛棄疾臨江仙：小陸未須臨水笑。

峭

七肖切【料峭】歐陽修蝶戀花：簾幕東風寒料峭。【清峭】周邦彥紅林檎近：暮雪助清峭。【雨聲初峭】吳文英掃花遊：水雲共色，漸斷岸飛花，雨聲初峭。【表裏都峭】柳永傳花枝：解刷扮，能哄嗽，表裏都峭。

俏

【行動俏】歐陽修玉樓春：穩着舞衣行動俏。

少

失照切【年少】溫庭筠清平樂：愁殺平原年少。柳永小鎮西犯：酩酊誰家年少。柳永古傾杯：追思往昔年少。

照

之笑切【同照】張先熙州慢：寒潮弄月，亂峯同照。【返照】周邦彥傷情怨：又是黃昏，閉門收返照。【空照】柳永梁州令：殘燈掩然空照。【相照】梅堯臣蘇幕遮：嫩色宜相照。李清照蝶戀花：花光月影宜相照。【閑照】柳永傾杯：蛩響幽窗，鼠窺寒硯，一點銀釭閑照。【晚照】宋祁玉樓春：且向花間留晚照。李珣南鄉子：競折團荷遮晚照。吳文英鳳棲梧：妝鏡明星爭晚照。【殘照】柳永訴衷情近：竚立空殘照。柳永留客住：望仙鄉，隱隱斷霞殘照。周邦彥氏州第一：微微殘照。吳文英青玉案：不忍輕飛送殘照。【孤鸞照】張先卜算子：但自學，孤鸞照。【空相照】秦觀蝶戀花：清光千里空相照。【閑相照】張先謝池春慢：日長風靜，花影閑相照。【寒燈凝照】秦觀解語花：寒燈凝照，見錦帳，雙鸞翔繞。

繞

人要切【情繞】周邦彥氏州第一：思牽情繞。【翔繞】秦觀解語花：見錦帳，雙鸞翔繞。【縈繞】歐陽修蝶戀花：況有笙歌，豔態相縈繞。【繚繞】柳永小鎭西犯：路繚繞。野橋新市裏，花穠妓好。【雕欄繞】歐陽修漁家傲：黃花萬蕊雕欄繞。【暗流空繞】王沂孫水龍吟：溯宮溝，暗流空繞。【綠叢千繞】歐陽修憶漢月：多情遊賞處，留戀向、綠叢千繞。

妙 彌少切。【輕妙】柳永兩同心：舞筵歌雲，別有輕妙。蘇軾踏青遊：腰支佩蘭輕妙。周邦彥早梅芳：看鴻驚鳳翥，滿座歎輕妙。【盡妙】柳永木蘭花：回雪縈塵皆盡妙。

肖 仙妙切。天肖、賢肖、冠佩肖。

釂 子肖切。自釂、飲釂、不忍釂、不思釂。

誚 才笑切。嗤誚、訶誚、曲士誚、時流誚、陶公誚。

燒 失照切。秋燒、野燒、晚燒、日如燒、寒林燒。

燎 力照切。夕燎、松燎、香燎、桂燎、野燎。

燿 弋笑切。熠燿、螢燿、晨曦燿。

曜 光曜、秋曜、晨曜、照曜。

耀 日耀、月耀、晶耀、霜耀。

要 一笑切。祕要、道要、勢要、卜身要。

嶠 渠廟切。山嶠、危嶠、春嶠、風嶠、荒嶠、峭嶠、層嶠。

轎 山轎、來轎、過轎。

廟 眉召切。山廟、神廟、荒廟、野廟。

鞘仙妙切　**悄**七肖切　**哨**　**帩**　**醮**子肖切　**嚼**

譙才笑切　**邵**時照切　**劭**　**饒**人要切　**召**直笑切

療力照切　**獠**　**鷂**弋笑切　**剽**西妙切　**漂**　**驃**毗召切

票　**裱**彼廟切

【對偶】周邦彥雙頭蓮：門掩西風，橋橫斜照。

（效）

覺 居效切【喚覺】柳永輪臺子：可惜被鄰雞喚覺。【睡覺】柳永西江月：春睡厭厭難睡覺。

貌 眉敎切【花貌】柳永八六子：如花貌，當來便約，永結同心偕老。【塵土貌】周邦彥玉樓春：滿頭聊插片時狂，頓減十年塵土貌。

櫂 直敎切【客櫂】宋祁玉樓春：縠皺波紋迎客櫂。

棹 【飛棹】柳永早梅芳：蘭舟飛棹。【鴟夷棹】吳文英燭影搖紅：西子湖，賦情合載鴟夷棹。【柳絲繫棹】吳文英掃花遊：柳絲繫棹。問閶門自古，送春多少。

鬧 奴敎切【蜂鬧】吳文英天香：記得短亭歸馬，暮衙蜂鬧。【春意鬧】宋祁玉樓春：紅杏枝頭春意鬧。【蛙聲鬧】周邦彥隔浦蓮：蛙聲鬧，驟雨鳴池沼。

效 後敎切。傚效、涓毫效。

孝 許敎切。忠孝、勸孝、子孫孝、曾子孝。

校 居效切。初校、讎校。

窖 丹窖、石窖、木窖。

樂 五敎切。仁智樂。

磽 口敎切　**敎** 居效切　**較**　**挍**　**絞**　**豹** 巴校切　**爆**

炮 披敎切　**礮**　**泡** 皮敎切　**稍** 所敎切　**鈔** 初敎切

抓 阻敎切　**罩** 陟敎切　**踔** 丑敎切　**橈** 奴敎切

（號）

秏 虛到切【音秏】柳永八六子：空遠時傳音秏。柳永法曲第二：心下事千種，盡憑音秏。

告 居号切【芳心告】柳永隔簾聽：聲聲似把芳心告。

懊 於到切【悔懊】柳永法曲第二：怎生向、人間好事到頭少，漫悔懊。

傲 五倒切【漁家傲】秦觀漁家傲：醉來唱個漁家傲。

報　博号切【殷勤報】秦觀解語花：算此情，除是青禽，爲我殷勤報。【衢鼓報】歐陽修漁家傲：丹禁漏聲衢鼓報。

暴　薄報切【曉風力暴】秦觀迎春樂：早是被、曉風力暴。

帽　莫到切【烏帽】吳文英惜秋華：新鴻喚淒涼，漸入紅萸烏帽。【花枝壓帽】吳文英燭影搖紅：顧春如舊，柳帶同心，花枝壓帽。【故人衰帽】吳文英瑞鶴仙：想西風，此處留情，肯著故人衰帽。

噪　先到切【枝上噪】辛棄疾江神子：斜日綠陰枝上噪。

到　刀号切【重到】柳永滿朝歡：別來歲久，偶憶歡盟重到。姜夔點絳脣：淮南好，甚時重到。【頻到】李煜烏夜啼：醉鄉路穩宜頻到。【人未到】秦觀漁家傲：春到故園人未到。【功不到】柳永木蘭花：一輩舞童功不到。【明月到】吳文英鳳棲梧：今夜西池明月到。【春未到】馮延巳醉花間：晴雪小園春未到。【飛不到】秦觀蝶戀花：路遠夢魂飛不到。【涼乍到】歐陽修漁家傲：萬葉敲聲涼乍到。【無人到】馮延巳采桑子：小堂深靜無人到。【啼鶯到】張先謝池春慢：繚牆重院，時聞有、啼鶯到。【無因到】柳永隔簾聽：欲去無因到。【隨風到】吳文英青玉案：帶春去、隨春到。

倒　【顛倒】周邦彥隔浦蓮：簾花簷影顛倒。柳永傳花枝：唱新詞，改難令，總知顛倒。

號　後到切。癡號、山翁號、仙人號。

好　虛到切。喜好、嗜好、平生好。

燥　先到切。舌燥、紅燥、葉燥、林木燥、酒不燥、淚無燥。

譟　助譟、讙譟、猛士譟、鼓曲譟、萬旅譟。

操　七到切。君子操、思歸操、凌雲操、歲寒操。

盜　大到切。患盜、寇盜。

悼　自悼、憫悼、中心悼、生死悼。

蹈 自蹈、足蹈、高蹈、騰蹈。

勞 郎到切。相勞、田間勞、斗酒勞。

犒口到切 靠 誥居号切 奧於到切 隩 燠

鰲五到切 冒莫到切 瑁 耄 眊 造七到切

慥 糙 竈則到切 躁 漕在到切 韜叨号切

套 導大到切 潦郎到切

第九部

平聲 七歌八戈通用

（歌）

歌 居何切【高歌】馮延巳春光好：相逢攜手且高歌。辛棄疾江神子：傾美酒，聽高歌。【笙歌】李珣南鄉子：閑邀女伴簇笙歌。張先南歌子：賴有西園明月，照笙歌。辛棄疾西江月：駐春亭上笙歌。【齊歌】辛棄疾鷓鴣天：主人起舞客齊歌。【大風歌】辛棄疾西江月：都人齊和大風歌。【天女歌】辛棄疾菩薩蠻：說與病維摩，而今天女歌。【陌上歌】辛棄疾減字木蘭花：却聽農家陌上歌。【別離歌】李煜破陣子：教坊猶奏別離歌。【楚語吳歌】蘇軾滿庭芳：兒童盡、楚語吳歌。

柯【柔柯】蘇軾滿庭芳：應念我、莫翦柔柯。

何 胡歌切【人奈何】李煜長相思：夜長人奈何。【奈春何】韋莊清平樂：傷心不奈春何。史達祖臨江仙：舊時不奈春何。【奈情何】歐陽修定風波：惜紅愁粉奈情何。【奈伊何】柳永西施：空憐愛，奈伊何。【奈病何】辛棄疾鷓鴣天：明日醒時奈病何。【能幾何】韋莊天仙子：長道人生能幾何。【得幾何】馮延巳春光好：人生得幾何。

河【山河】李煜破陣子：三千里地山河。辛棄疾太常引：長空萬里，直下看山河。【星河】葉夢得臨江仙：檐影挂星河。【銀河】辛棄疾西江月：靈槎準擬泛銀河。【關河】辛棄疾清平樂：有人夢斷關河。【雪練傾河】辛棄疾沁園春：崩騰決去，雪練傾河。

荷【風荷】葉夢得臨江仙：蕭蕭疎雨亂風荷。【圓荷】晏殊浣溪沙：幾回疏雨滴圓荷。【新荷】蘇軾鷓鴣天：圓綠卷新荷。周邦彥鶴沖天：小臺園榭遠池波，魚戲動新荷。【團荷】孫光憲思帝鄉：看盡滿地疎雨打團荷。【洗金荷】辛棄疾鷓鴣天：明畫燭，洗金荷。

娥
牛何切【宮娥】李煜破陣子：垂淚對宮娥。【素娥】辛棄疾水調歌頭：二三子，問丹桂，倩素娥。【湘娥】辛棄疾清平樂：淚痕滴盡湘娥。【羲娥】辛棄疾江神子：擬倩何人，天上勸羲娥。【瓊娥】柳永西施：盡讓美瓊娥。

峨
【嵯峨】蘇軾滿庭芳：清溪無底，上有千仞嵯峨。辛棄疾沁園春：長松誰剪嵯峨。

蛾
【雙蛾】柳永西施：自有天然態，愛淺畫雙蛾。【斂雙蛾】周邦彥望江南：無箇事，因甚斂雙蛾。【斂羞蛾】孫光憲思帝鄉：永日水精簾下斂羞蛾。

娑
桑何切【婆娑】周邦彥望江南：惺忪言語勝聞歌，何況會婆娑。史達祖臨江仙：猶見柳婆娑。

多
當何切【情多】柳永西江月：香香於我情多。【夕陽多】蘇軾滿庭芳：畫樓東畔，天遠夕陽多。【白髮多】辛棄疾鷓鴣天：却恨歸來白髮多。【好花多】柳永西施：柳燈街市好花多。【秋風多】李煜長相思：秋風多，雨相和。【怨別多】張先南歌子：勞生怨別多。【得愁多】晏殊浣溪沙：酒醒人散得愁多。【等閒多】歐陽修定風波：無情風雨等閒多。

跎
唐何切【蹉跎】辛棄疾水調歌頭：莫恨春風看盡，花柳自蹉跎。

酡
【醉顏酡】張先南歌子：相逢休惜醉顏酡。歐陽修定風波：對花何吝醉顏酡。

羅
良何切【香羅】周邦彥望江南：繡巾柔膩掩香羅。【薄羅】李煜長相思：淡淡衫兒薄薄羅。【纖羅】辛棄疾太常引：仙機似欲織纖羅。

蘿
【烟蘿】李煜破陣子：玉樹瓊枝作烟蘿。【薜蘿】辛棄疾鷓鴣天：翠竹千尋上薜蘿。

哥
居何切。八哥、鸚哥。

訶
虎何切。譏訶、鬼神訶、誰能訶、親友訶。

苛
胡歌切。殘苛、無苛、禮教苛。

莪
牛何切。青莪、蒿莪。

哦
吟哦、醉哦、獨哦、松間哦、臨風哦。

鵝
白鵝、桑鵝、野鵝、養鵝。

磋 倉何切。切磋、相磋。

駝 唐何切。晚駝、蒼駝、橐駝、腰半駝。

佗 靡佗、聽佗、一任佗、惱亂佗。

沱 江沱、滂沱、大雨沱。

陀 佛陀、逶陀、盤陀。

籮 良何切。飯籮、藥籮。

牁 居何切　**軻** 邱何切　**阿** 於何切　**痾**　**俄** 牛何切

些 桑何切　**搓** 倉何切　**瘥** 手何切　**嵯**　**拖** 湯何切

馱 唐何切　**鮀**　**鼉**　**囉** 良何切　**邏**　**鑼**　**纙**

那 諾何切　**挪**

【對偶】

李煜破陣子：四十年來國家，三千里地山河。

辛棄疾西江月：此日樓臺鼎鼐，他時劍履山河。

晏殊浣溪沙：一霎好風生翠幕，幾回疏雨滴圓荷。　李煜破陣子：鳳閣龍樓連霄漢，玉樹瓊枝作烟蘿。

（戈）

戈 古禾切【干戈】李煜破陣子：幾曾識干戈。辛棄疾鷓鴣天：門前蠻觸日干戈。

緺 【雲一緺】李煜長相思：雲一緺，玉一梭。

窠 苦禾切【雙窠】韋莊清平樂：鴛鴦愁繡雙窠。【三兩窠】李煜長相思：簾外芭蕉三兩窠。【詩酒窠】辛棄疾鷓鴣天：拋却山中詩酒窠。

和 胡戈切【清和】蘇軾少年遊：萬花釀酒，天氣尙清和。【夕陽和】蘇軾浣溪沙：畫樓南畔夕陽和。【雨相和】李煜長相思：秋風多，雨相和。【麝蘭和】韋莊天仙子：醺醺酒氣麝蘭和。

波 逋禾切【平波】葉夢得臨江仙：明月墮平波。【生波】辛棄疾水調歌頭：誰識年來心事，古井不生波。【回波】秦觀浣溪沙：見人無語但回波。【池波】周邦彥鶴沖天：小園臺榭遠池波。【金波】辛棄疾太常引：一輪秋影轉金波。【秋波】晏幾道采桑子：一寸秋波。【春波】辛棄疾洞仙歌：十里漲春波。【風波】辛棄疾太常引：世路苦風波。【涼波】晏殊浣溪沙：曲闌干影入涼波。【淺波】張先南歌子：蓮開淺淺波。【清波】蘇軾滿庭芳：待閒看、秋風洛水清波。【煙波】韋莊清平樂：夢魂飛斷煙波。晏殊相思兒令：遲日滿煙波。柳永雨霖鈴：念去去，千里煙波。【碧波】孫光憲思帝鄉：微行曳碧波。【層波】柳永西施：萬嬌千媚，的的在層波。【綠波】辛棄疾鷓鴣天：水荇參差動綠波。【橫波】晏幾道浣溪沙：一春愁思近橫波。周邦彥望江南：歌席上，無賴是橫波。【渺似波】歐陽修減字木蘭花：細似輕絲渺似波。

坡

滂禾切【平坡】蘇軾滿庭芳：長風萬里，歸馬駐平坡。【綠竹緣坡】辛棄疾沁園春：還知否，欠菖蒲攢港，綠竹緣坡。

磨

眉波切【多磨】柳永西江月：幸自倉皇未款，新詞寫處多磨。【重磨】辛棄疾太常引：一輪秋影轉金波，飛鏡又重磨。【消磨】李煜破陣子：沈腰潘鬢消磨。蘇軾浣溪沙：天氣乍涼人寂寞，光陰須得酒消磨。【新磨】辛棄疾水調歌頭：今夕且歡笑，明月鏡新磨。

蓑

蘇和切【漁蓑】蘇軾滿庭芳：江南父老，時與曬漁蓑。

莎

【庭莎】晏殊浣溪沙：晚花紅片落庭莎。

梭

【如梭】柳永戚氏：別來迅景如梭。蘇軾減字木蘭花：歲月如梭。【金梭】辛棄疾太常引：髣髴度金梭。【玉一梭】李煜長相思：雲一緺，玉一梭。

螺

落戈切【紅螺】李煜南鄉子：傾綠蟻，泛紅螺。【雙黛螺】李煜長相思：輕顰雙黛螺。

挼

奴禾切【重挼】柳永西江月：幾回扯了又重挼。

科

苦禾切。金科、桂科、催科、榮科、綠科、蓬科。

渦

烏禾切。清渦、微渦、銀渦、紅透渦、萬丈渦、亂絲渦。

窩

一窩、吟窩、萬窩、雪成窩、翠雲窩。

訛 吾禾切。一牛訛、俗化訛、餘風訛、簡編訛。

鍋古禾切　**蝌**苦禾切　**倭**烏禾切　**吪**吾禾切　**番**逋和切

頗滂禾切　**陂**　**婆**蒲波切　**鄱**　**唆**蘇禾切　**矬**徂禾切

銼　**堶**都戈切　**瘸**巨韡切　**伽**求迦切　**茄**　**迦**居伽切

【對偶】

張先南歌子：蟬抱高高柳，蓮開淺淺波。

仄聲 三十三哿三十四果三十八箇三十九過通用

（哿） 以下上聲

舸 賈我切【畫舸】柳永祭天神：背孤城，幾舍煙村停畫舸。

可 口我切【可可】柳永定風波：芳心是事可可。【殷色可】李煜一斛珠：羅袖裛殘殷色可。

我 五可切【和我】柳永定風波：針線閒拈伴伊坐，和我。【怪我】柳永尾犯：佳人應怪我。【惱我】李煜謝新恩：東風惱我，才發一襟香。

左 子我切【章臺左】周邦彥滿路花：如今多病、寂寞章臺左。

嚲 【相拋嚲】柳永鶴沖天：何況經歲月，相拋嚲。【翠雲嚲】歐陽修惜芳時：因依蘭臺翠雲嚲。【輕拋嚲】柳永祭天神：歎笑筵歌席輕拋嚲。【膩雲嚲】柳永定風波：暖酥消，膩雲嚲。【鸞釵嚲】馮延巳莫思歸：秋千風暖鸞釵嚲。

娜 乃可切【裊娜】歐陽修醉蓬萊：素腰裊娜。

荷 下可切。仰荷、感荷、恩獨荷。

柁 待可切。風柁、遠柁、轉柁、下江柁、木蘭柁。

砢 朗可切。嵬砢、磊砢。

那 乃可切。無那。

哿賈我切 笴 菏 軻口我切 坷 椏倚可切 婀

硪 哆典何切 癉 姼 拕待可切 爹 舵

邏郎可切 袲乃可切 娑想可切 瑳此我切

（果）

果 古火切【玉果】蘇軾減字木蘭花：犀錢玉果。【蔬果】周邦彥浣溪沙慢：水竹舊除落，櫻筍新蔬果。

裹 【梳裹】柳永定風波：終日厭厭倦梳裹。

顆 苦果切【丁香顆】李煜一斛珠：向人微露丁香顆。

火 虎果切【雲火】蘇軾行香子：顆珠揮汗凝雲火。【殘火】周邦彥滿路花：冰壺防飲渴，培殘火。【榴火】周邦彥浣溪沙慢：嫩英翠幄，紅杏交榴火。【孤燈火】蘇軾蝶戀花：繫攬漁村，月暗孤燈火。【殘燈火】柳永鶴沖天：悄悄下簾幕，殘燈火。柳永祭天神：數點殘燈火。

麼 母果切【恁麼】柳永定風波：早知恁麼。

鎖 損果切【金鎖】馮延巳壽山曲：催啓五門金鎖。【深鎖】周邦彥滿路花：黃昏風弄雪，門深鎖。【朱門鎖】馮延巳菩薩蠻：繡簾時拂朱門鎖。【重門鎖】蘇軾蝶戀花：月籠雲暗重門鎖。【愁腸鎖】柳永鶴沖天：離魂亂，愁腸鎖。【雕鞍鎖】柳永定風波：悔當初，不把雕鞍鎖。

坐 粗果切【獨坐】馮延巳更漏子：雁孤飛，人獨坐。韋莊清平樂：空把金針獨坐。【伴伊坐】柳永定風波：針線閒拈伴伊坐。【沈吟坐】柳永鶴沖天：無語沈吟坐。【披衣坐】柳永祭天神：到處厭厭，向曉披衣坐。

朶 丁果切【雙朶】周邦彥浣溪沙慢：心事暗卜，葉底尋雙朶。

躲 【抛躲】柳永定風波：鎮相隨，莫抛躲。

墮 杜果切【雲影墮】秦觀漁家傲：水木細將秋色做，雲影墮。【霜華墮】柳永鶴沖天：閒窗漏永，月冷霜華墮。

禍 戶果切。延禍、逃禍、暗禍、福禍、遺禍。

夥 繁夥、驚夥、安用夥、所見夥。

跛 布火切。馬跛、蹇跛、羸跛。

簸 波簸、揚簸、翻簸、飄簸。

瑣 損果切。細瑣、碎瑣、飛花瑣。

妥 吐火切。安妥、風妥、煙妥、百花妥、桐陰妥。

惰 杜果切。疎惰、頹惰、癡惰、百骸惰、百事惰。

螺古火切　**蜾**　**婐**烏果切　**姽**五果切　**播**布火切

頗普火切　**叵**　**脞**取果切　**挅**丁果切　**鬌**　**埵**

裸郎果切　**卵**　**臝**

〔箇〕以下去聲

箇 居賀切【一箇】柳永西江月：四箇打成一箇。【則箇】柳永鶴沖天：好天好景，未省展眉則箇。【箇箇】秦觀王觀慶清朝慢：晴則箇，陰則箇。漁家傲：沙嘴漁舟來箇箇。【無箇】柳永定風波：恨薄情一去，音書無箇。【些兒箇】李煜一斛珠：沈檀輕注些兒箇。

那 乃箇切。【閒不那】秦觀漁家傲：閒不那，茅簷獨對青山坐。【嬌無那】李煜一斛珠：繡牀斜凭嬌無那。

坷 口箇切。困坷、山徑坷。

賀 何佐切。千里賀、四方賀、天下賀、華筵賀、閭里賀。

餓 五个切。殍餓、寒餓、飢餓、首陽餓。

佐 則个切。王佐、君臣佐、承平佐、股肱佐、歲事佐。

作 前生作、樂事作、慵懶作。

个居賀切　**個**　**呵**許个切　**呼**　**些**四箇切　**磋**千个切

左則箇切　**癉**丁賀切　**馱**唐佐切　**邏**郎佐切

（過）

過 古臥切【空過】馮延巳更漏子：看却一秋空過。【初過】李煜一斛珠：晚粧初過。【虛過】柳永定風波：免使年少，光陰虛過。秦觀虞美人：少年撫景漸虛過。【花邊過】馮延巳拋球樂：谷鶯語軟花邊過。【新雨過】秦觀漁家傲：門外平湖新雨過。【煙汀雨過】柳永安公子：一霎煙汀雨過。

課 苦臥切【吟課】柳永定風波：拘束教吟課。

涴 烏臥切【香醪涴】李煜一斛珠：杯深旋被香醪涴。【胭脂涴】蘇軾蝶戀花：淡紅褪白胭脂涴。

臥 吾貨切【同臥】周邦彥滿路花：日上三竿，殢人猶要同臥。【香衾臥】柳永定風波：猶壓香衾臥。【重衾臥】柳永祭天神：寂寞擁、重衾臥。【燈前臥】馮延巳采桑子：朦朧却向燈前臥。

破 普過切【飛破】秦觀漁家傲：碧煙一抹鷗飛破。【驚破】李煜祭天神：好夢還驚破。李清照孤雁兒：笛裏三弄，梅心驚破。【春欲破】晏殊木蘭花：寒食清明春欲破。晏幾道減字木蘭花：半鏡流年春欲破。【香蕾破】蘇軾蝶戀花：杏子梢頭香蕾破。【橫雲破】蘇軾蝶戀花：山青一點橫雲破。【櫻桃破】李煜一斛珠：一曲清歌，暫引櫻桃破。

挫 則臥切【折挫】蘇軾蝶戀花：苦被多情相折挫。【摧挫】柳永鶴沖天：迢迢良夜，自家只恁摧挫。辛棄疾卜算子：剛者不堅牢，柔者難摧挫。

坐 徂臥切【青山坐】秦觀漁家傲：茅簷獨對青山坐。【看花坐】秦觀虞美人：終日看花坐。

唾 吐臥切【檀郎唾】李煜一斛珠：爛嚼紅茸，笑向檀郎唾。

糯 乃臥切【香糯】秦觀漁家傲：霜鱗入膾炊香糯。

貨 呼臥切。江貨、家貨、海貨。

播 補過切。弘播、遠播、苦雨播、流水播、惠澤播、遺芳播。

磨 莫臥切。臼磨、空磨、鐵磨、風雷磨。

剉 寸臥切。粉剉、細剉、摧剉。

懦 乃臥切。老懦、衰懦、庸懦、兒女懦。

裹 古臥切　皤　頗 普過切　摩 莫臥切　銼 寸臥切

座 徂臥切　剁 都唾切　蜕 吐臥切　惰 徒臥切　媠

挼 盧臥切　縛 符臥切

【對偶】周邦彥滿路花：簾烘淚雨乾，酒壓愁城破。

第十部

平聲十三佳（半）九麻通用

（佳）

涯 宜佳切【天涯】秦觀風流子：淡草天涯。僧揮柳梢青：行人一棹天涯。【生涯】辛棄疾江神子：只此地，是生涯。【無涯】柳永望海潮：怒濤捲霜雪，天塹無涯。【水無涯】万俟詠訴衷情：山不盡，水無涯。【在天涯】僧揮南柯子：又是淒涼時候、在天涯。【近天涯】呂本中清平樂：暮雲恐近天涯。【到天涯】秦觀望海潮：暗隨流水到天涯。【極天涯】馮延巳浣溪沙：小屏狂夢極天涯。【遍天涯】歐陽修越溪春：春色遍天涯。【夢天涯】辛棄疾江神子：醉眠些，夢天涯。【繞天涯】顧敻虞美人：教人魂夢逐楊花，繞天涯。【明日天涯】張先浪淘沙：今日畫堂歌舞地，明日天涯。

娃 於佳切【蓮娃】柳永望海潮：嬉嬉釣叟蓮娃。

蛙 烏媧切【群蛙】辛棄疾鷓鴣天：一池蛇影噤群蛙。【鳴蛙】辛棄疾江神子：一枕驚同，水底沸鳴蛙。

鞋 戶佳切【金縷鞋】李煜菩薩蠻：手提金縷鞋。

佳 居涯切。幽佳、清佳、山川佳、夕陽佳、分外佳、物色佳、春事佳、風姿佳、笛正佳、園亭佳。

哇 於佳切 **洼** **媧** 公蛙切 **騧** **蝸**

（麻）

麻 謨加切【桑麻】辛棄疾鷓鴣天：牛欄西畔有桑麻。【疏麻】辛棄疾玉蝴蝶：記離恨，應折疏麻。

旐。

些

思嗟切【太狂些】辛棄疾玉蝴蝶：夜來豪飲太狂些。【晚寒些】辛棄疾江神子：晚寒些，怎禁他。【醉眠些】辛棄疾江神子：簟舖湘竹帳垂紗，醉眠些。

嗟

咨邪切【咨嗟】蘇軾望江南：酒醒却咨嗟。【堪嗟】秦觀望海潮：重來是事堪嗟。周邦彥渡江雲：堪嗟。清江東注，畫舸西流，指長安日下。辛棄疾江神子：似塵沙，未必堅牢，剗地事堪嗟。

斜

徐嗟切【月斜】晏幾道阮郎歸：香屏掩月斜。【西斜】秦觀浣溪沙：覺來紅日又西斜。【初斜】李清照怨王孫：人靜皎月初斜。【烟斜】僧揮柳梢青：吳王故苑，柳裊烟斜。【斜斜】蘇軾望江南：春未老，風細柳斜斜。【攲斜】周邦彥西平樂：臨路攲斜。【橫斜】辛棄疾江神子：一川松竹任橫斜。【小艇斜】孫光憲竹枝：岸上無人小艇斜。【山月斜】韋莊浣溪沙：惆悵夢餘山月斜。【夕陽斜】辛棄疾唐河傳：覺來村巷夕陽斜。【日西斜】晏殊浣溪沙：一場春夢日西斜。【玉鉤斜】溫庭筠南歌子：簾捲玉鉤斜。【金鳳斜】溫庭筠思帝鄉：戰篦金鳳斜。【柳風斜】溫庭筠更漏子：蘭露重，柳風斜。【逐風斜】張先浪淘沙：雪球搖曳逐風斜。【酒旗斜】秦觀望海潮：煙暝酒旗斜。【等閒斜】歐陽修臨江仙：孤城寒日等閒斜。【碧雲斜】溫庭筠夢江南：搖曳碧雲斜。【綠楊斜】馮延巳浣溪沙：檻前無力綠楊斜。【舞風斜】万俟詠訴衷情：雙燕舞風斜。【柳細風斜】歐陽修越溪春：有時三點兩點雨霽，朱門柳細風斜。

奢

詩車切【豪奢】柳永望海潮：市列珠璣，戶盈羅綺，競豪奢。

賒

【須賒】辛棄疾江神子：旗亭有酒徑須賒。【恨正賒】馮延巳浣溪沙：春色迷人恨正賒。【酒易賒】辛棄疾鷓鴣天：晚日青帘酒易賒。【望中賒】万俟詠訴衷情：山不盡，水無涯，望中賒。

車

昌遮切【香車】溫庭筠思帝鄉：羅袖畫簾腸斷，卓香車。溫庭筠南歌子：九衢塵欲暮，逐香車。秦觀憶秦娥：茸茸細草承香車。【紫雲車】蘇軾臨江仙：十年不見紫雲車。【翠蓋香車】秦觀風流子：曾過翠蓋香車。

遮

之奢切【頻遮】辛棄疾玉蝴蝶：空使兒曹，馬上羞面頻遮。【白雲遮】姜夔虞美人：花樹扶疏一半、白雲遮。【被雲遮】辛棄疾江神子：有人家，被雲遮。【處處遮】劉禹錫楊柳枝：無榭妝樓處處遮。【暮雲遮】万俟詠昭君怨：何處是京華，暮雲遮。【錦雲遮】秦觀憶秦娥：宜春十里錦雲遮。

沙

師加切【平沙】秦觀望海潮：新晴細履平沙。周邦彥渡江雲：陣勢起平沙。僧揮柳梢青：岸草平沙。【胡沙】葉夢得水調歌頭：談笑淨胡沙。辛棄疾水調歌頭：要挽銀河仙浪，西北洗胡沙。【堤沙】柳永望海潮：雲樹繞堤沙。【晴沙】秦觀風流子：渚鴨睡晴沙。【寒沙】辛棄疾玉蝴蝶：疏疏翠竹，陰陰綠樹，淺淺寒沙。【塵沙】周邦彥西平樂：佇立塵沙。

砂

【丹砂】蘇軾臨江仙：鉛鼎養丹砂。

紗

【垂紗】辛棄疾江神子：簟鋪湘竹帳垂紗。【烏紗】周邦彥渡江雲：潮濺烏紗。【窗紗】文天祥滿江紅：最無端、蕉影上窗紗。李清照攤破浣溪沙：臥看殘月上窗紗。【輕紗】晏幾道清平樂：雪香微透輕紗。【弄窗紗】晏幾道阮郎歸：來時紅日弄窗紗。【透窗紗】歐陽修越溪春：銀箭透窗紗。李清照轉調滿庭芳：晚晴寒透窗紗。

茶

直加切【新茶】蘇軾望江南：且將新火試新茶。【煎茶】辛棄疾上西平：凍吟應笑，羔兒無分謾煎茶。

霞

何加切【彤霞】柳永巫山一段雲：今齋瑤檢降彤霞。【流霞】張先浪淘沙：行人灑淚滴流霞。辛棄疾水調歌頭：一觴爲飲千歲，江海吸流霞。万俟詠訴衷情：宿醉困流霞。【連霞】歐陽修臨江仙：離愁難盡，紅樹遠連霞。【晚霞】溫庭筠菩薩蠻：秋波浸晚霞。【朝霞】韋莊浣溪沙：滿身春霧簇朝霞。【烟霞】歐陽修越溪春：越溪閬苑繁華地，傍禁垣，珠翠煙霞。柳永望海潮：乘醉聽簫鼓，吟賞烟霞。【睡霞】晏幾道阮郎歸：春紅入睡霞。【暮霞】秦觀浣溪沙：錦帳重重捲暮霞。【曉霞】僧揮南歌子：清風散曉霞。【九光霞】柳永巫山一段雲：踏碎九光霞。【紅似霞】溫庭筠思帝鄉：花花、滿枝紅似霞。【臉邊霞】晏殊浣溪沙：酒紅初上臉邊霞。

嘉　居牙切【清嘉】柳永望海潮：重湖疊巘清嘉。

加　【交加】秦觀望海潮：正絮翻蝶舞，芳思交加。【先加】辛棄疾西江月：十里芬芳未足，一亭風露先加。

笳　【胡笳】葉夢得水調歌頭：邊馬怨胡笳。

家　【人家】劉禹錫竹枝：雲間煙火是人家。柳永望海潮：參差十萬人家。秦觀望海潮：亂分春色到人家。辛棄疾鷓鴣天：青旗沽酒有人家。【仙家】辛棄疾西江月：西眞人醉憶仙家。【誰家】張先浪淘沙：容易著人容易去，飛過誰家。僧揮柳梢青：門外秋千，牆頭紅粉，深院誰家。【還家】顧敻虞美人：玉郎還是不還家。馮延巳浣溪沙：可堪浪子不還家。万俟詠訴衷情：一鞭清曉喜還家。【離家】秦觀浣溪沙：恨人何事苦離家。【早歸家】韋莊菩薩蠻：勸我早歸家。【兩三家】魏夫人菩薩蠻：隔岸兩三家。【帝王家】辛棄疾水調歌頭：千里渥洼種，名動帝王家。【落誰家】劉禹錫楊柳枝：隨風好去落誰家。【漢皇家】柳永巫山一段雲：重到漢皇家。【謝娘家】韋莊浣溪沙：小樓高閣謝娘家。

葭　【蒹葭】周邦彥渡江雲：傍水驛，深艤蒹葭。王沂孫高陽臺：春容淺入蒹葭。

鴉　於加切【神鴉】孫光憲竹枝：散抛殘食飼神鴉。【栖鴉】呂本中清平樂：夕陽又送栖鴉。【棲鴉】晏幾道阮郎歸：去時庭樹欲棲鴉。秦觀望海潮：但倚樓極目，時見棲鴉。【啼鴉】辛棄疾玉蝴蝶：苦無多，一條垂柳兩啼鴉。陳亮虞美人：黃昏庭院柳啼鴉。【群鴉】辛棄疾鷓鴣天：新耕雨後落群鴉。【亂鴉】僧揮柳梢青：酒醒處殘陽亂鴉。【暮鴉】周邦彥醉桃源：倚門聽暮鴉。辛棄疾鷓鴣天：斜日寒林點暮鴉。【歸鴉】辛棄疾玉蝴蝶：暮雲多，佳人何處，數盡歸鴉。【藏鴉】周邦彥渡江雲：漸漸可藏鴉。【鬢方鴉】辛棄疾水調歌頭：等待江山都老，教看鬢方鴉。

牙　五加切【紅牙】秦觀憶秦娥：歌板紅牙。秦觀浣溪沙：屏風曲鬪紅牙。【高牙】柳永望海潮：千騎擁高牙。

芽　【初破芽】辛棄疾鷓鴣天：陌上柔條初破芽。

華

胡瓜切【年華】劉禹錫楊柳枝：輕盈嫋娜占年華。蘇軾望江南：詩酒趁年華。秦觀望海潮：東風暗換年華。秦觀憶秦娥：金鞍玉勒爭年華。僧揮南柯子：數聲啼鳥怨年華。【妍華】周邦彥渡江雲：盛粉飾，爭作妍華。【京華】万俟詠昭君怨：何處是京華。【昭華】馮延巳相見歡：曉窗夢到昭華。【朝華】溫庭筠菩薩蠻：春露浥朝華。【鉛華】辛棄疾西江月：杏腮桃臉費鉛華。【韶華】張先浪淘沙：腸斷送韶華。晏幾道清平樂：當筵獨占韶華。【綠華】辛棄疾水調歌頭：喚雙成，歌弄玉，舞綠華。【繁華】柳永望海潮：錢塘自古繁華。【瓊華】辛棄疾上西平：問誰解，愛惜瓊華。【鬢華】李清照攤破浣溪沙：病起蕭蕭兩鬢華。【鬢雙華】葉夢得水調歌頭：拚却鬢雙華。

譁

呼瓜切【雨聲譁】張炎朝中措：清明時節雨聲譁。【盡醉譁】吳文英思佳客：無限妝樓盡醉譁。

花

【匡花】姜夔虞美人：玉盤搖動半匡花。【穿花】晏幾道踏莎行：綠徑穿花。【飛花】晏幾道玉樓春：鳳城寒盡又飛花。辛棄疾玉蝴蝶：貴賤偶然，渾似隨風簾幌，籬落飛花。呂本中清平樂：傍人幾點飛花。【雪花】溫庭筠南歌子：似帶如絲柳，團酥握雪花。【梨花】馮延巳浣溪沙：細雨輕露著梨花。僧揮柳梢青：風前香軟在梨花。【荷花】柳永望海潮：有三秋桂子，十里荷花。僧揮南柯子：綠楊堤畔問荷花。【梅花】韋莊浣溪沙：一枝春雪凍梅花。呂本中踏莎行：雪似梅花。【殘花】秦觀浣溪沙：滿庭芳草襯殘花。辛棄疾玉蝴蝶：古道行人來去，香紅滿樹，風雨殘花。【落花】溫庭筠更漏子：滿庭堆落花。【楊花】顧敻虞美人：教人魂夢逐楊花。張先浪淘沙：腸斷送韶華，爲惜楊花。万俟詠訴衷情：念遠情懷，分付楊花。【燈花】周邦彥渡江雲：自剔燈花。【蘋花】秦觀風流子：空採蘋花。【一城花】蘇軾望江南：半壕春水一城花。【人似花】韋莊菩薩蠻：綠窗人似花。【兩三花】辛棄疾江神子：雪後疏梅，時見兩三花。【白蘋花】孫光憲竹枝：門前春水白蘋花。【白楡花】柳永巫山一段雲：醺酣爭撼白楡花。【曲江花】秦觀憶秦娥：曲江花，宜春十里錦雲遮。【桃李花】劉禹錫竹枝：山上層層桃李花。【紅杏花】辛棄疾唐河傳：幾家，短牆紅杏花。魏夫人菩薩蠻：出牆紅杏花。【散天花】辛棄疾江神子：掃地燒香，且看散天花。【野薺花】辛棄疾鷓鴣天：春在溪頭野薺花。【醉黃花】辛棄疾水調歌頭：莫管錢流地，且擬醉黃花。【壓秋花】辛棄疾西江月：宮粉壓塗嬌額，濃妝要壓秋花。【碎月搖花】周密曲遊春：正滿湖碎月搖花。

蟆 謨加切。蝦蟆、聞蟆、月中蟆。

葩 披巴切。天葩、丹葩、金葩、荷葩、殘葩、霜葩、春剝葩、顏如葩。

爬 蒲巴切。輕爬、搜爬、醉爬、仙爪爬。

邪 徐嗟切。昏邪、忠邪、滌邪、思無邪。

叉 初加切。魚叉、長叉、擧叉。

差 不差、無差、相差。

撾 張瓜切。連撾、鼓撾、漁陽撾。

拏 女加切。紛拏、俯拏、猛拏。

遐 何加切。千里遐、山川遐、道路遐、歲月遐。

蝦 紅蝦、魚蝦、龍蝦、蟲蝦。

瑕 無瑕、微瑕、瑜瑕、刻鏤瑕、毫髮瑕。

岈 虛加切。峆岈、巖岈。

呀 喘呀、歡呀、驚呀、相笑呀、嬰兒呀。

椏 於加切。青椏、蔓菁椏。

衙 五加切。官衙、槐衙、蜂衙、石排衙。

誇 枯瓜切。自誇、矜誇、堪誇、浪誇、海內誇、野老誇、戚里誇。

瓜 姑華切。甘瓜、秋瓜、匏瓜、碧瓜、水晶瓜、東陵瓜。

窪 烏瓜切。低窪、坳窪、屐齒窪、塵生窪。

巴邦加切　羓　芭　笆　鈀　疤　杷蒲巴切

琶　罝咨邪切　硨昌遮切　佘時遮切　裟師加切　鯊

杈初加切　槎莊加切　渣　查鉏加切　楂　爹陟邪切

檛張瓜切　侘敕加切　笯女加切　耶余遮切　琊　揶

椰　珈居牙切　袈　跏　痂　瘕　枷　迦

豭　丫於加切　齖五加切　枒　驊胡瓜切　划

夸枯瓜切　姱　胯　窊烏瓜切　汙　呱　靴許茹切

【對偶】

溫庭筠更漏子：蘭露重，柳風斜。　李清照轉調滿庭芳：生香薰袖，活火分茶。　晏殊浣溪沙：鬢嚲欲迎眉際月，酒紅初上臉邊霞。　辛棄疾西江月：十里芬芳未足，一亭風露先加。　秦觀憶秦娥：水邊院落，山下人家。　辛棄疾鷓鴣天：平岡細草鳴黃犢，斜日寒林點暮鴉。　秦觀憶秦娥：酒樓青旆，歌板紅牙。　溫庭筠夢江南：山月不知心裏事，水風空落眼前花。　賀鑄浣溪沙：弄影西廂侵戶月，分香東畔拂牆花。　趙令時烏夜啼：樓上縈簾弱絮，牆頭礙月低花。　秦觀望海潮：華燈礙月，飛蓋妨花。　辛棄疾鷓鴣天：因風野鶴飢猶舞，積雨山梔病不花。

仄聲三十五馬十五卦（半）四十禡通用

（馬）以下上聲

馬 母下切【車馬】韋莊喜遷鶯：一夜滿城車馬。【走馬】姜夔探春慢：拂雪金鞭，欺寒茸帽，還記章臺走馬。【秋馬】辛棄疾卜算子：夜雨醉瓜廬，春水行秋馬。【野馬】辛棄疾水龍吟：囘頭落日，蒼茫萬里，塵埃野馬。【蓄馬】馮延巳相見歡：細草平沙蓄馬。【寶馬】柳永拋毬樂：競羈寶馬。【繫馬】辛棄疾念奴嬌：曲岸持觴，垂楊繫馬。【驕馬】柳永柳初新：驟香塵，寶鞍驕馬。【青驄馬】晏幾道生查子：去躍青驄馬。【胡兒馬】辛棄疾卜算子：千古李將軍，奪得胡兒馬。

把 補下切【一把】歐陽修漁家傲：天與多情絲一把。

寫 洗野切【難寫】姜夔探春慢：誰念飄零久，漫贏得、幽懷難寫。

瀉 【詞源瀉】辛棄疾水龍吟：倒流三峽詞源瀉。【瓊珠瀉】辛棄疾水龍吟：放泉簷外瓊珠瀉。

捨 始野切【輕捨】柳永甘州令：好時節，怎生輕捨。

舍 【茅舍】張昪離亭燕：掩映竹籬茅舍。【蓬舍】李珣漁歌子：水爲鄉，蓬作舍。【行藏用舍】辛棄疾水龍吟：古來誰會、行藏用舍。

者 止野切【使者】柳永巫山一段雲：急喚天書使者。【長貧者】辛棄疾水龍吟：人間豈有，如孺子，長貧者。【栖栖者】辛棄疾水龍吟：何爲是、栖栖者。

社 常者切【西湖社】辛棄疾賀新郎：詩人例入西湖社。【農桑社】蘇軾蝶戀花：擊鼓吹簫，乍入農桑社。【漁樵社】辛棄疾賀新郎：雞豚舊日漁樵社。

惹 人者切【沾惹】李清照怨王孫：多情自是多沾惹。

灑 所下切【輕灑】柳永二郎神：過暮雨，芳塵輕灑。柳永拋毬樂：曉來天氣濃淡，微雨輕灑。【

瀟灑】柳永望遠行：泛小棹，越溪瀟灑。柳永甘州令：豔陽天，正明媚，却成瀟灑。周邦彥塞垣春：更物象，供瀟灑。辛棄疾醜奴兒：松窗竹戶，萬千瀟灑。張昪離亭燕：風物向秋瀟灑。

野

以者切【平野】周邦彥塞垣春：暮色分平野。辛棄疾賀新郎：翠浪吞平野。【桑野】辛棄疾賀新郎：碧海成桑野。【寒野】柳永望遠行：皓鶴奪鮮，白鷴失素，千里廣鋪寒野。【綠野】柳永甘州令：凍雲深，淑氣淺，寒欺綠野。柳永拋毬樂：少年馳騁，芳郊綠野。

也

【春來也】柳永柳初新：報帝里，春來也。【春去也】李煜浪淘沙令：流水落花春去也。【常湌也】李珣漁歌子：魚羹稻飯常湌也。【花謝也】溫庭筠遐方怨：海棠花謝也。【綠蔭成也】辛棄疾賀新郎：記風流，重來手種，綠蔭成也。【賢哉回也】辛棄疾水龍吟：一瓢自樂，賢哉回也。

冶

【遊冶】柳永甘州令：素光裏，更堪遊冶。周邦彥解語花，望千門如晝，嬉笑遊冶。【豔冶】柳永一寸金：輕裘俊，靚妝豔冶。

雅

五下切【和雅】柳永拋毬樂：奏脆管，繁絃聲和雅。【品雅】柳永洞仙歌：奈傅粉英俊，夢蘭品雅。【幽雅】柳永望遠行：幽雅。乘興最宜訪戴，泛小棹，越溪瀟灑。【淡雅】周邦彥解語花：衣裳淡雅。【閑雅】柳永二郎神：閑雅，須知此景，古今無價。【嫻雅】周邦彥塞垣春：風韻嫻雅。

瓦

【流瓦】周邦彥解語花：桂華流瓦。【新瓦】辛棄疾卜算子：芸草去陳根，筧竹添新瓦。【鴛瓦】柳永鬪百花：颯颯霜鴛瓦。柳永望遠行：密灑歌樓，迤邐漸迷鴛瓦。【翻瓦】辛棄疾卜算子：山鳥哢窺簷，野鼠飢翻瓦。【飄瓦】辛棄疾卜算子：江海任虛舟，風雨從飄瓦。【珠踏瓦】辛棄疾卜算子：野水玉鳴渠，急雨珠踏瓦。【銅臺瓦】辛棄疾卜算子：禿盡兎毫錐，磨透銅臺瓦。

鮓

側下切。山鮓、魚鮓、新鮓。

下

亥雅切。月下、林下、籬下、百代下、牡丹下、長楸下、松柏下、寒星下、銀燭下。

廈

高廈、千間廈。

寡 古瓦切。風力寡、姮娥寡、案牘寡、聞見寡。

瑪 母下切　笆 補下切　且 七也切　姐 子野切　捨 始野切

撦 齒者切　赭 止野切　若 人者切　喏　槎 仕下切

奼 丑下切　賈 古馬切　斝　假　椵　檟　婭 倚下切

踝 戶瓦切　粿　剮 古瓦切　打 當雅切　耍 霜馬切

那 奴打切

【對偶】辛棄疾卜算子：水浸淺深簷，山壓高低瓦。

（卦）以下去聲

挂 古畫切【高挂】張昪離亭燕：雲際客帆高挂。【遙挂】柳永二郎神：爽天如水，玉鉤遙挂。【將心挂】李珣漁歌子：名利不將心挂。

掛 【紅綃掛】歐陽修漁家傲：花輕疑是紅綃掛。【鞦韆掛】歐陽修蝶戀花：綠楊深處鞦韆掛。

畫 胡卦切【如畫】張昪離亭燕：一帶江山如畫。【屏畫】李珣漁歌子：橘洲佳景如屏畫。【彩畫】歐陽修漁家傲：兩筆露牋勻彩畫。【堪畫】柳永望遠行：江山晚來堪畫。【圖畫】柳永拋毬樂：煙草池塘，盡堪圖畫。辛棄疾醜奴兒：風景怎生圖畫。【嬾畫】柳永錦堂春：愁蛾嬾畫。【難畫】辛棄疾賀新郎：是一色，空濛難畫。【景如畫】柳永一寸金：浣花溪畔景如畫。

卦 古畫切。問卦、霾卦。

罣 古畫切　絓 胡卦切

（禡）

罷 必駕切【初罷】李珣漁歌子：小艇垂綸初罷。

卸 四夜切【帆卸】周邦彥塞垣春：傍葦岸，征帆卸。

瀉 【高瀉】柳永二郎神：耿耿銀河高瀉。

借

子夜切【可借】晏幾道蝶戀花：路隔銀河猶可借。

謝

詞夜切【衰謝】周邦彥解語花：唯只見、舊情衰謝。【飄謝】柳永甘州令：輕雲令、早梅飄謝。【花欲謝】韋莊訴衷情：燭燼香殘簾未捲，夢初驚，花欲謝。【炎火謝】柳永二郎神：炎火謝，過暮雨，芳塵輕灑。【香紅謝】歐陽修蝶戀花：杏花零落香紅謝。【梨花謝】晏幾道生查子：寒食梨花謝。【鶯花謝】柳永拋毬樂：看未足，已覺鶯花謝。

樹

【水樹】張先菩薩蠻：花香聞水樹。【芳樹】柳永柳初新：妝點層臺芳樹。【亭樹】辛棄疾賀新郎：千騎而今白髮，忘却滄浪亭樹。【煙樹】辛棄疾賀新郎：爲愛瑠璃三萬頃，正臥水亭煙樹。【臺樹】柳永甘州令：賣花巷陌，放燈臺樹。辛棄疾賀新郎：陌上游人誇故國，十里水晶臺樹。【舞樹】柳永一寸金：簇簇歌臺舞樹。【瓊樹】柳永望遠行：別有瑤臺瓊樹。

射

神夜切【相射】張昪離亭燕：霽色冷光相射。

麝

【香麝】周邦彥解語花：滿路飄香麝。【蘭麝】歐陽修漁家傲：日爐風炭薰蘭麝。

姹

丑亞切【紅姹】柳永柳初新：漸覺綠嬌紅姹。【燕姹】柳永拋毬樂：彷彿鶯嬌燕姹。

夜

羊謝切【今夜】韋莊怨王孫：不知今夜，何處深鎖蘭房。柳永二郎神：願天上人間，占得歡娛，年年今夜。【良夜】柳永甘州令：賴和風，蕩霽靄，廓清良夜。【春夜】姜夔探春慢：甚日歸來，梅花零亂春夜。【深夜】韋莊荷葉杯：記得那年花下，深夜。【清夜】柳永望遠行：放一輪明月，交光清夜。【遙夜】史達祖三姝媚：惆悵南樓遙夜。【三五夜】溫庭筠南歌子：月明三五夜，對芳顏。【天香夜】辛棄疾最高樓：風斜畫燭天香夜。【岑寂夜】蘇軾定風波：記得小軒岑寂夜。【春寒夜】晏幾道生查子：繡被春寒夜。【風雨夜】辛棄疾臨江仙：託取小窗風雨夜。【瀟湘夜】李珣漁歌子：荻花秋，瀟湘夜。

暇

玄駕切【多暇】柳永一寸金：夢應三刀，橋名萬里，中和政多暇。【閒暇】辛棄疾醜奴兒：野鳥飛來，又是一般閒暇。

下

【山下】韋應物調笑令：胡馬，胡馬，遠放燕支山下。【西下】張昪離亭燕：寒日無言西下。【

初下】柳永望遠行：寒風翦，淅淅瑤花初下。【花下】李珣河傳：想佳人，花下。韋莊荷葉杯：記得那年花下。【亭下】蘇軾減字木蘭花：春光亭下。【影下】柳永拋毬樂，就芳樹綠蔭紅影下。柳永二郎神：算誰在回廊影下。辛棄疾西江月：杏腮桃臉費鉛華，終慣秋蟬影下。【牛羊下】辛棄疾踏莎行：日之夕矣牛羊下。【花陰下】馮延巳三臺令：夢到亭花陰下。【明月下】李珣漁歌子：碧煙中，明月下。【紗窗下】李煜謝新恩：徹曉紗窗下。【寒燈下】周邦彥塞垣春：沈吟向寂寥寒燈下。【霜露下】蘇軾蝶戀花：火冷燈稀霜露下。

夏

【西夏】柳永一寸金：井絡天開，劍嶺雲橫控西夏。【長夏】辛棄疾賀新郎：堂上燕，又長夏。【綠陰夏】辛棄疾賀新郎：蟬噪也，綠陰夏。

駕

居訝切【命駕】柳永一寸金：方鎮靜，又思命駕。【欲駕】柳永二郎神：敍舊約，飆輪欲駕。【鳳駕】晏幾道蝶戀花：喜鵲橋成催鳳駕。

架

【滿架】李珣漁歌子：酒盈杯，書滿架。【鞦韆架】柳永拋毬樂：手簇鞦韆架。

價

【非價】柳永洞仙歌：算一笑，百琲明珠非價。【高價】柳永甘州令：玉人歌，畫樓酒，對此景，驟增高價。【酒價】柳永望遠行：滿長安，高却旗亭酒價。【無價】柳永拋毬樂：爭似此，濃歡無價。柳永二郎神：須知此景，古人無價。柳永柳初新：運神功，丹青無價。【一霎時價】辛棄疾醜奴兒：千峯雲起，驟雨一霎時價。

嫁

【雨婚煙嫁】辛棄疾賀新郎：自是三山顏色好，更着雨婚煙嫁。

亞

衣駕切【低亞】張昪離亭燕：煙外酒旗低亞。柳永拋毬樂：弱柳困，宮腰低亞。【相亞】柳永二郎神：擡粉面，雲鬟相亞。【門掩亞】歐陽修蝶戀花：小院深深門掩亞。【青玉亞】歐陽修漁家傲：葉重如將青玉亞。【星杓亞】柳永柳初新：東郊向曉星杓亞。【銀屏亞】柳永洞仙歌：金絲帳暖銀屏亞。

訝

魚駕切【猜訝】柳永洞仙歌：從來嬌縱多猜訝。

話

胡化切【閑話】張昪離亭燕：盡入漁樵閑話。【情話】姜夔探春慢：故人清沔相逢，小窗閒共情話。【嘉話】柳永一寸金：空遺愛，兩蜀三川，異日成嘉話。

化 火跨切【羽化】辛棄疾西江月：飛珮丹霞羽化。【風化】柳永一寸金：高掩武侯勳業，文翁風化。【景化】柳永拋毬樂：且樂唐虞景化。【鱗化】柳永柳初新：競喜羽遷鱗化。【龍已化】韋莊喜遷鶯：鶯已遷，龍已化。

怕 普駕切。休怕、夢怕、驚怕、騎馬怕。

藉 慈夜切。蘭藉、柔草藉、軟可藉。

舍 式夜切。山舍、田舍、村舍、客舍、草舍、書舍、茅竹舍、漁樵舍。

咤 陟嫁切。感咤、歎咤、驚咤、良可咤。

罅 虛訝切。松罅、雲罅、樹罅、竹林罅。

稼 居訝切。禾稼、秋稼、野稼、新稼、如雲稼、芒芒稼。

跨 枯化切。足跨、橫跨、千尋跨、征鞍跨。

禡（莫駕切）　罵　覇（必駕切）　壩　灞　靶　杷（步化切）

蝑（四夜切）　唶（子夜切）　赦（式夜切）　柘（之夜切）　蔗　炙

鷓　嗄（所嫁切）　詐（側架切）　乍（鉏駕切）　蜡　詫（丑亞切）

侘　偌（人夜切）　嚇（虛訝切）　假（居迓切）　婭（衣駕切）　啞

迓（魚駕切）　華（胡化切）　樺　胯（枯化切）　杈（楚嫁切）

【對偶】

柳永訴衷情：夢初驚，花欲謝。　姜夔一萼紅：野老林泉，故王臺榭。　李珣漁歌子：荻花秋，瀟湘夜。　李珣漁歌子：酒盈杯，書滿架。　柳永拋毬樂：豔杏暖、妝臉勻開，弱柳困、宮腰低亞。　韋莊喜遷鶯：鶯已遷，龍已化。　李珣漁歌子：水為鄉，蓬作舍。

第十一部

平聲

十二庚十三耕十四清十五青十六蒸十七登通用

（庚）

更　居行切【三更】周邦彥少年遊：城上已三更。張元幹浣溪沙：水晶樓下欲三更。【長更】李煜三臺令：不寐倦長更。馮延巳菩薩蠻：鵾鷄怨長更。【一更更】万俟詠長相思：一聲聲，一更更。

行　何庚切【堪行】辛棄疾江神子：春到處，總堪行。【臨行】柳永傾杯：重攜纖手，話別臨行。【不堪行】李煜烏夜啼：此外不堪行。【伴君行】辛棄疾臨江仙：問誰千里伴君行。【宛約行】孫光憲浣溪沙：半踏長裙宛約行。【柳邊行】辛棄疾臨江仙：溪邊喚渡柳邊行。【重行行】柳永引駕行：別來千里重行行。【短歌行】辛棄疾水調歌頭：長恨復長恨，短歌行。【照影行】辛棄疾御街行：溪邊照影行。【漸人行】秦觀南歌子：水邊燈火漸人行。【遶階行】薛昭蘊小重山：手挼裙帶遶階行。【醉中行】辛棄疾臨江仙：今宵依舊醉中行。【遶花行】辛棄疾江神子：還獨自，遶花行。【斂袂行】辛棄疾南鄉子：隔戶語春鶯，才掛簾兒斂袂行。

橫　胡盲切【縱橫】柳永木蘭花慢：遺簪墮珥，珠翠縱橫。【小溪橫】辛棄疾江神子：晚山明，小溪橫。【小窗橫】辛棄疾浣溪沙：青山恰對小窗橫。【舟自橫】歐陽修採桑子：野岸無人舟自橫。【金鏁橫】馮延巳菩薩蠻：碧籠金鏁橫。【淡粉山橫】溫庭筠遐方怨：宿妝眉淺粉山橫。【淡淡橫】秦觀南歌子：銀潢淡淡橫。【淚縱橫】辛棄疾江神子：月朧明，淚縱橫。【亂山橫】蘇軾南鄉子：回首亂山橫。【墮釵橫】歐陽修臨江仙：水精雙枕，傍有墮釵橫。【暮山橫】万俟詠長相思：暮雲平，暮山橫。【鵲橋橫】溫庭筠更漏子：宮樹暗，鵲橋橫。

觥　姑橫切【金觥】歐陽修採桑子：鬢華雖改心無改，試把金觥。晏殊浣溪沙：芰荷香裏勸金觥。

【瑤觥】晏殊長生樂：賜與流霞滿瑤觥。

兵

晡明切【言兵】姜夔揚州慢：廢池喬木，猶厭言兵。【秋點兵】辛棄疾破陣子：沙場秋點兵。

平

蒲兵切【沙平】歐陽烱南鄉子：遠岸沙平。【江水平】劉禹錫竹枝詞：楊柳青青江水平。【岸草平】歐陽烱江城子：晚日金陵岸草平。【風浪平】辛棄疾破陣子：小塘風浪平。【莽然平】張孝祥六州歌頭：關塞莽然平。【暗潮平】張先定風波令：畫船齊岸暗潮平。【綠波平】晏殊相思兒令：湖上綠波平。【潮欲平】舒亶菩薩蠻：西江潮欲平。【暮雲平】万俟詠長相思：暮雲平，暮山橫。【縠紋平】蘇軾臨江仙：夜闌風靜縠紋平。【簟紋平】歐陽修臨江仙：涼波不動簟紋平。【丹鵲橋平】辛棄疾綠頭鴨：飛光淺，青童語款，丹鵲橋平。

明

眉兵切【清明】韋莊河傳：時節正是清明。馮延巳江城子：飛絮落花，時節近清明。【澄明】周邦彥長相思：夜色澄明，天街如水。【一川明】張孝祥六州歌頭：騎火一川明。【一燈明】辛棄疾菩薩蠻：法似一燈明。【月溪明】蘇軾行香子：霜溪冷，月溪明。【月朧明】薛昭蘊小重山：玉階華露滴，月朧明。溫庭筠菩薩蠻：燈右月朧明。【見分明】孫光憲浣溪沙：晚簾疏處見分明。【初報明】溫庭筠更漏子：玉籤初報明。【洗清明】柳永木蘭花慢：乍疏雨，洗清明。【候淵明】辛棄疾臨江仙：試尋殘菊處，中路候淵明。【粉艷明】張先長相思：粉艷明，秋水盈。【海空明】吳文英木蘭花慢：鈎捲愁絲，冷浮虹氣海空明。【晚山明】辛棄疾江神子：晚山明，小溪橫。【晚霞明】歐陽烱南鄉子：日斜歸路晚霞明。【鳳釵明】李清照菩薩蠻：燭底鳳釵明。【滴到明】溫庭筠更漏子：一葉葉，一聲聲，空階滴到明。【燈半明】溫庭筠菩薩蠻：背窗燈半明。【錦繡明】李璟望遠行：玉砌花光錦繡明。【霜月明】辛棄疾生查子：一天霜月明。【臉邊明】牛希濟生查子：殘月臉邊明。【斷虹明】歐陽修臨江仙：小樓西角斷虹明。【鏡華明】吳文英木蘭花慢：最無定處，被浮雲，多翳鏡華明。【蠟炬明】辛棄疾南鄉子：莫放籠紗蠟炬明。

盟

【深盟】周邦彥長相思：但連環不解，流水長東，難負深盟。【白鷗盟】辛棄疾水調歌頭：富貴非吾事，歸與白鷗盟。

鳴

【雷鳴】蘇軾臨江仙：家童鼻息已雷鳴。【江艣鳴】張先長相思：寒江平，江艣鳴。【朝馬鳴】吳文英滿江紅：宮漏靜，朝馬鳴。【錦雞鳴】韋莊望遠行：謝家庭樹錦雞鳴。【雙鳳鳴】辛棄疾菩薩蠻：莫作別離聲，且聽雙鳳鳴。【蟪蛄鳴】馮延巳更漏子：鸚鵡睡，蟪蛄鳴。【鵻鴣鳴】蘇軾望江南：柘林深處鵻鴣鳴。

生

師庚切【平生】辛棄疾臨江仙：只消閒處過平生。【浮生】李煜烏夜啼：算來一夢浮生。【寒生】馮延巳采桑子：雨罷寒生，一夜西窗夢不成。【新生】張先偸聲木蘭花：海月新生。【餘生】蘇軾臨江仙：小舟從此逝，江海寄餘生。【還生】李煜清平樂：離恨恰如春草，更行更遠還生。【一暈生】万俟詠長相思：樓外凉蟾一暈生。【月華生】歐陽修臨江仙：闌干倚處，待得月華生。柳永甘草子：雨過月華生。【太寒生】辛棄疾臨江仙：四更霜月太寒生。【太遲生】和凝江城子：今夜約，太遲生。【白髮生】辛棄疾破陣子：可憐白髮生。【百媚生】辛棄疾南鄉子：隨笑隨顰百媚生。【坐中生】柳永少年遊：百媚坐中生。【波浪生】晏殊更漏子：綠池波浪生。【昧平生】孫光憲浣溪沙：此時堪恨昧平生。【看月生】馮延巳抛球樂：相共凭闌看月生。【晚煙生】吳文英木蘭花慢：舞鷗慣下，又漁歌、忽斷晚煙生。【野蠶生】辛棄疾臨江仙：花飛蝴蝶亂，桑嫩野蠶生。【寒風生】馮延巳酒泉子：寒風生，羅衣薄，萬般心。【暗塵生】薛昭蘊小重山：思君切，羅幌暗塵生。【滿塘生】毛文錫醉花間：春水滿塘生。【塵暗生】韋莊訴衷情：舞衣塵暗生。【嫵媚生】辛棄疾沁園春：似爲我歸來嫵媚生。【雙靨生】張先長相思：笑前雙靨生。

笙

【吹笙】皇甫松夢江南：雙髻坐吹笙。【調笙】周邦彥少年遊：相對坐調笙。

京

居卿切【玉京】辛棄疾菩薩蠻：指日按新聲，主人朝玉京。【還京】姜夔小重山令：天恩許，春盡可還京。

荆

【荒荆】吳文英木蘭花慢：恨賦筆分携，江山委秀，桃李荒荆。吳文英木蘭花慢：自越棹輕飛，秋蓴歸後，杞菊荒荆。

驚

【心驚】辛棄疾臨江仙：壯懷酒醒心驚。【休驚】辛棄疾臨江仙：人間寵辱休驚。【堪驚】秦觀滿庭芳：十年夢，屈指堪驚。【暗驚】秦觀八六字：愴然暗驚。【鴻驚】蘇軾行香子：雙槳鴻驚。【忽然驚】李煜望遠行：黃金窗下忽然驚。【夢初驚】韋莊訴衷情：燭燼香殘簾未捲，夢初驚。

卿

邱京切【公卿】姜夔小重山令：爭迎處，堂下拜公卿。【仙卿】柳永巫山一段雲：高會盡仙卿。

擎

渠京切【親擎】姜夔小重山令：安輿扶上了，更親擎。【玉柔擎】李煜子夜歌：縹色玉柔擎。

迎

魚京切【相迎】柳永長相思：嬌波艷冶，巧笑依然，有意相迎。【逢迎】周邦彥慶春宮：華堂舊日逢迎。柳永少年遊：特地快逢迎。柳永木蘭花慢：人艷冶，遞逢迎。辛棄疾鷓鴣天：却教山寺厭逢迎。【下階迎】和凝江城子：斜斂手，下階迎。

英

於京切【紅英】秦觀滿庭芳：古台芳榭，飛燕蹴紅英。晏殊破陣子：荷花落盡紅英。【梅英】蘇軾浪淘沙：料想春光先到處，吹綻梅英。

榮

于平切【錦衣榮】張先定風波令：南牀吏部錦衣榮。

嶸

【崢嶸】辛棄疾沁園春：青山意氣崢嶸。

瑩

【紅玉瑩】柳永紅窗聽：如削肌膚紅玉瑩。

兄

呼榮切【好弟兄】辛棄疾鷓鴣天：山鳥山花好弟兄。柳永巫山一段雲：茅家好弟兄。

庚

居行切。長庚、倉庚、春庚、同庚。

羹

菜羹、野羹、旅羹、新羹、春羹、百歲羹、漂母羹。

坑

邱庚切。長坑、滿坑、小坑、清坑、長平坑、萬丈坑。

衡

何庚切。玉衡、平衡、權衡、宰衡、懸衡、天衡。

烹

披庚切。割烹、待烹、就烹、新烹、晨烹、夕烹、走狗烹、小鮮烹、對客烹。

棚

蒲庚切。凉棚、長棚、竹棚、秋棚、豆棚、瓜棚、蓮花棚。

盲

眉庚切。目盲、心盲、牛盲、昏盲、使人盲、左丘盲。

評 蒲兵切。詩評、譏評、書評、定評、細評、閑評、題評。

坪 寒坪、荷坪、楊坪、綠坪。

賡居行切 秔 鶊 亨虛庚切 珩何庚切 桁 蘅

黌胡盲切 祊晡橫切 磞披庚切 泙 澎 彭蒲庚切

膨 蝱眉庚切 撐中庚切 瞠抽庚切 棖除庚切 振

枰蒲兵切 苹 甥師庚切 牲 狌 鼪 鎗楚庚切

槍 鐺 傖鋤庚切 鯨渠京切 檠 鯨 瑛於京切

禜于平切

【對偶】

秦觀南歌子：玉漏迢迢盡，銀潢淡淡橫。　溫庭筠更漏子：宮樹暗，鵲橋橫。　辛棄疾南歌子：月到愁邊白，雞先遠處鳴。　李清照攤破浣溪沙：梅蕊重重何俗甚，丁香千結苦麤生。　韋莊訴衷情：夢初驚，花欲謝。　辛棄疾鷓鴣天：一松一竹眞朋友，山鳥山花好弟兄。

（耕）

耕

古莖切【催耕】蘇軾望江南：微雨過，何處不催耕。【歸耕】辛棄疾沁園春：清溪上，被山靈却笑，白髮歸耕。【正宜耕】秦觀踏莎行：山田過雨正宜耕。

鶯

於莖切【春鶯】辛棄疾南鄉子：隔戶語春鶯。【啼鶯】薛昭蘊小重山：宮漏促，簾外曉啼鶯。【棲鶯】和凝江城子：已三更，對棲鶯。【聞曉鶯】溫庭筠遐方怨：未卷珠簾，夢殘惆悵，聞曉鶯。

莖

何耕切【金莖】柳永長相思：風傳銀箭，露靉金莖。

箏

甾莖切【弄哀箏】蘇軾江神子：忽聞江上弄哀箏。【理秦箏】和凝江城子：理秦箏，對雲屏。【鈿蟬箏】溫庭筠蕃女怨：鈿蟬箏，金雀扇。

櫻

於莖切。山櫻、珠櫻、春櫻、紅櫻、寒櫻、早櫻、殘櫻、庭櫻、新櫻。

轟

呼宏切。鏗轟、砰轟、喧轟、轟轟、雷轟。

爭 甾莖切。分爭、力爭、龍爭、交爭、好爭、落花爭、與春爭。

丁 中莖切。丁丁、登丁。

橙 除耕切。霜橙、香橙、黃橙、秋橙、山橙、新橙。

萌 謨耕切。初萌、春萌、早萌、新萌、始萌、草木萌、侈心萌、寒綠萌。

鏗邱耕切 **硜** **牼** **罌**於莖切 **罃** **嚶** **鸚**

宏乎萌切 **閎** **紘** **竑** **泓**烏宏切 **訇**呼宏切 **渹**

琤初耕切 **錚** **猙** **崢**鉏耕切 **瞪**除耕切 **獰**尼耕切

繃悲萌切 **怦**披耕切 **伻** **姘** **砰** **弸**蒲萌切

甍謨耕切 **吰** **氓**

〔清〕

清 親盈切【河清】柳永巫山一段雲：人間三度見河清。【笙清】周邦彥慶春宮：夜深簧暖笙清。【氣清】周邦彥南柯子：露下天如水，風來夜氣清。【淒清】周邦彥綺寮怨：舊曲淒清。【秋更清】万俟詠長相思：雨餘秋更清。【酒泉清】張先定風波令：綵花千數酒泉清。【楚江清】秦觀滿庭芳：雲淡楚江清。【盞面清】李煜子夜歌：醅浮盞面清。【露華清】秦觀臨江仙：月高風定露華清。【胡蝶夢清】吳文英滿江紅：又呼起，胡蝶夢清。

旌 咨盈切【彩旌】晏殊浣溪沙：楊柳陰中駐彩旌。【簾旌】歐陽修臨江仙：玉鉤垂下簾旌。周邦彥長相思：天街如水，風力微冷簾旌。皇甫松夢江南：樓上寢，殘月下簾旌。

情 慈盈切【多情】馮延巳鵲踏枝：猶自多情。柳永少年遊：不準擬，恁多情。【有情】韋應物三臺：晚下高齋有情。馮延巳拋球樂：誰是當筵最有情。【含情】秦觀踏莎行：而今臨水漫含情。馮延巳采桑子：不語含情。【風情】柳永卜算子：含兩處風情。柳永長相思：年來減盡風情。【柔情】秦觀八六子。春風十里柔情。辛棄疾西江月：何處嬌魂瘦影，向來軟語柔情。【春情】蘇軾浪淘沙：昨日出東城，試探春情。【牽情】柳永引駕行：說如此牽情。【留情】周邦彥慶春宮：一餉留情。【幽情】吳文英木蘭花慢：夢繞浮觴，流水畔，敍幽情。【淺情】晏幾道減字木蘭花：彈指東風太淺情。【深情】姜夔揚州慢：青樓夢好，難賦深情。【陳情】姜夔小重山令：玉階端笏細陳情。【無情】秦觀南鄉子：盡道有些堪恨處，無情。馮延巳拋球樂：眼前風物可無情。吳文英醜奴兒慢：天澹無情。【傳情】李璟望遠行：不傳消息但傳情。【鍾情】辛棄疾臨江仙：山林我輩鍾情。【千里情】張先長相思：回頭千里情。【不勝情】薛昭蘊小重山：紅粧流宿淚，不勝情。【水無情】歐陽炯江城子：落霞明，水無情。【古今情】秦觀臨江仙：新聲含盡古今情。辛棄疾水調歌頭：兒女古今情。【正關情】溫庭筠菩薩蠻：春夢正關情。溫庭筠菩薩蠻：春恨正關情。【玉關情】晏幾道少年遊：總是玉關情。【別是情】柳永巫山一段雲：嬉遊別是情。【負春情】韋莊訴衷情：舞衣塵暗生，負春情。【動雄情】辛棄疾鷓鴣天：添爽氣，動雄情。【無限情】李煜菩薩蠻：相看無限情。【暗傷情】韋莊望遠行：含恨暗傷情。【繫人情】晏殊浣溪沙：雨條煙葉繫人情。【萬恨千情】辛棄疾採桑子：萬恨千情，各自無聊各自鳴。

晴

【初晴】劉辰翁永遇樂：碧月初晴。【弄晴】張元幹蘭陵王：闌干外，煙柳弄晴。【無晴】蘇軾定風波：也無風雨也無晴。【還晴】秦觀滿庭芳：驟雨才過還晴。【籠晴】秦觀八六子：濛濛殘雨籠晴。【半開晴】辛棄疾臨江仙：半開微雨半開晴。【弄陰晴】辛棄疾江神子：朧雲殘日弄陰晴。【弄微晴】周邦彥浣溪沙：柳梢殘日弄微晴。【雨未晴】馮延巳拋球樂：逐勝歸來雨未晴。【雨初晴】蘇軾江神子：鳳凰山下雨初晴。韋莊河傳：時節正是清明，雨初晴。【看新晴】陳與義臨江仙：閒登小閣看新晴。【晚來晴】辛棄疾江神子：梨花着雨晚來晴。【淚不晴】蘇軾南鄉子：秋雨晴時淚不晴。【綠煙晴】晏幾道更漏子：紅日淡，綠煙晴。【還有晴】劉禹錫竹枝詞：道是無晴還有晴。【洗雨烘晴】辛棄疾採桑子：煙迷露麥荒池柳，洗雨烘晴。

名

武幷切【最難名】蘇軾南歌子：此樂無聲無味，最難名。【詩酒功名】辛棄疾臨江仙：綠野先生閒袖手，却尋詩酒功名。

聲

書盈切【江聲】蘇軾臨江仙：倚杖聽江聲。【泉聲】周邦彥六么令：歌韻巧共泉聲。【秋聲】周邦彥慶春宮：動人一片秋聲。李煜烏夜啼：簾幃颯颯秋聲。【新聲】辛棄疾南鄉子：著意聽新聲。柳永木蘭花慢：萬家競奏新聲。【離聲】晏幾道臨江仙：陽關疊裏離聲。【簷聲】辛棄疾行香子：小窗坐地，側聽簷聲。【一聲聲】溫庭筠更漏子：一葉葉，一聲聲，空階滴到明。【吹笛聲】馮延巳采桑子：水調何人吹笛聲。【和雁聲】万俟詠長相思：幾葉秋聲和雁聲。【夜窗聲】李煜三臺令：風切夜窗聲。【咽寒聲】李煜謝新恩：嘹嚦新雁咽寒聲。【按歌聲】韋莊訴衷情：何處按歌聲。【馬嘶聲】和凝江城子：恐亂馬嘶聲。【逝波聲】歐陽炯江城子：暗逐逝波聲。【唱歌聲】劉禹錫竹枝詞：聞郎江上唱歌聲。【殘點聲】溫庭筠菩薩蠻：畫樓殘點聲。【紫簫聲】薛昭蘊小重山：東風吹斷紫簫聲。【細無聲】辛棄疾臨江仙：小渠春浪細無聲。【楚狂聲】辛棄疾水調歌頭：何人爲我楚舞，聽我楚狂聲。【塞外聲】辛棄疾破陣子：五十絃翻塞外聲。【管絃聲】辛棄疾小重山：中年懷抱管絃聲。【鳳簫聲】辛棄疾江神子：繡閣香濃，深鎖鳳簫聲。【斷腸聲】辛棄疾江神子：枝上綿蠻，休作斷腸聲。

征

諸盈切【西征】柳永引駕行：迢迢匹馬西征。

成

時征切【幾時成】蘇軾望江南：春已老，春服幾時成。【寒未成】馮延巳更漏子：西風寒未成。【寢難成】李璟望遠行：夜寒不去寢難成。【夢不成】馮延巳采桑子：一夜西窗夢不成。【夢難成】李煜清平樂：路遙歸夢難成。溫庭筠菩薩蠻：相憶夢難成。薛昭蘊小重山：愁極夢難成。

城

【江城】皇甫松夢江南：桃花柳絮滿江城。歐陽炯江城子：如西子鏡、照江城。【空城】姜夔揚州慢：清角吹寒，都在空城。【孤城】周邦彥慶春宮：路回漸轉孤城。【帝城】姜夔小重山令：寒食飛紅滿帝城。【連城】辛棄疾小重山：商量詩價重連城。【傾城】周邦彥浣溪沙：早收燈火夢傾城。吳文英慶春宮：別岸圍紅，千豔傾城。柳永少年遊：一笑一傾城。【愁城】辛棄疾江神子：酒兵昨夜壓愁城。【層城】柳永巫山一段雲：羽輪飆駕赴層城。【蕪城】秦觀滿庭芳：寂寞下蕪城。辛棄疾江神子：當年綵筆賦蕪城。【邊城】韋莊望遠行：殘月落邊城。【九重城】晏幾道臨江仙：煙霧九重城。【波撼城】張元幹浣溪沙：山繞平湖波撼城。

誠

【深誠】柳永長相思：慢遲留，難得深誠。【隔年誠】辛棄疾綠頭鴨：素杼冷，臨風休織，深訴隔年誠。

程

馳貞切【行程】姜夔小重山令：看花携樂緩行程。【回程】柳永引駕行：屈指已算回程。【初程】晏幾道清平樂：萬里雲水初程。姜夔揚州慢：解鞍少駐初程。【兼程】周邦彥浣溪沙：地遙人倦莫兼程。【路程】周邦彥綺寮怨：去去倦尋路程。【歸程】李白菩薩蠻：何處是歸程。晏幾道臨江仙：曉霜紅葉舞歸程。【兩三程】辛棄疾小重山：儘教清夢去，兩三程。

酲

【春酲】柳永木蘭花慢：畫堂一枕春酲。

盈

冶成切【盈盈】姜夔鬲溪梅令：孤山山下覓盈盈。柳永引駕行：淚眼溼，蓮臉盈盈。【輕盈】周邦彥長相思：共數流螢，細語輕盈。辛棄疾糖多令：行步漸輕盈。柳永長相思：認得依稀舊日，雅態輕盈。【秋水盈】張先長相思：粉豔明，秋水盈。【秋思盈】周邦彥綺寮怨：徘徊久，歎息秋思盈。【笑盈盈】李煜菩薩蠻：慢臉笑盈盈。辛棄疾烏夜啼：春寂寂，嬌滴滴，笑盈盈。【淚尚盈】秦觀南歌子：襟間淚尚盈。

瀛

【蓬瀛】辛棄疾綠頭鴨：遺恨滿蓬瀛。

贏

【鬥草贏】歐陽修破陣子：疑怪昨宵春夢好，元是今朝鬥草贏。

輕

去盈切【雲輕】韋莊河傳：露薄雲輕。【花樣輕】張先長相思：柳樣纖柔花樣輕。【拂面輕】辛棄疾糖多令：淑景鬥清明，和風拂面輕。【春睡輕】陳克菩薩蠻：綠窗春睡輕。【柳風輕】辛棄疾烏夜啼：江頭三月清明，柳風輕。【草煙輕】馮延巳拋球樂：樓前風重草煙輕。【馬蹄輕】蘇軾南歌子：細草軟沙溪路，馬蹄輕。【翅羽輕】晏殊破陣子：海燕辭巢翅羽輕。【萬點輕】李清照攤破浣溪沙：揉破黃金萬點輕。【落梅輕】吳文英醉桃源：春風無定落梅輕。【醉雲輕】吳文英花上月令：秋夢淺，醉雲輕。【曉寒輕】宋祁玉樓春：綠陽煙外曉寒輕。【蟬鬢輕】溫庭筠菩薩蠻：鏡中蟬鬢輕。【繡羅輕】溫庭筠遐方怨：約鬢鸞鏡裏，繡羅輕。【一葉舟輕】蘇軾行香子：一葉舟輕，雙槳鴻驚。【會重離輕】吳文英木蘭花慢：得意東風去棹，怎憐會重離輕。【楊柳風輕】馮延巳鵲踏枝：楊柳風輕，展盡黃金縷。

纓 伊盈切【濯吾纓】辛棄疾水調歌頭：門外滄浪水，可以濯吾纓。

營 維傾切【連營】辛棄疾破陣子：夢回吹角連營。【營營】蘇軾臨江仙：何時忘却營營。

傾 去營切【玉山傾】辛棄疾江神子：花底夜深寒色重，須拚却、玉山傾。【淚珠傾】周邦彥浣溪沙：新荷跳雨淚珠傾。【錦囊傾】辛棄疾江神子：看醉裏，錦囊傾。

縈 娟營切【牽縈】周邦彥慶春宮：離思牽縈。柳永歸朝歡：愁雲恨雨兩牽縈。

精 咨盈切。養精、筆精、聚精、刀筆精、不厭精、耳目精、道心精。

晶 水晶、秋晶、晶晶、翠晶、天氣晶、金天晶、凝寒晶、凝餘晶。

菁 芳菁、林菁、華菁、菁菁、蕪菁。

睛 定睛、青睛、廻睛、斜睛、圓睛、點睛、耀睛。

貞 知盈切。永貞、忠貞、孤貞、堅貞。

楹 冶成切。丹楹、曲楹、疏楹、彩楹、窗楹、層楹、畫楹、雕楹。

嬰 伊盈切。女嬰、育嬰、孩嬰、養嬰。

蜻 咨盈切　**錫** 徐盈切　**騂** 思營切　**拼** 卑盈切　**正** 諸盈切

鉦　**怔**　**盛** 時征切　**晟**　**禎** 知盈切　**楨**　**檉** 丑貞切

赬　**呈** 馳貞切　**裎**　**令** 呂貞切　**嬴** 冶成切　**櫻** 伊盈切

癭　**瑩** 維傾切　**瓊** 葵盈切　**煢**　**惸**　**縈** 娟營切

【對偶】

秦觀八六子：夜月一簾幽夢，春風十里柔情。吳文英滿江紅：蓮蕩折花香未晚，野舟橫渡水初晴。溫庭筠遐方怨：花半拆，雨初晴。秦觀八六子：片片飛花弄晚，濛濛殘雨籠晴。晏幾道臨江仙：淥酒尊前清淚，陽關疊裏離聲。晏殊破陣子：池上碧苔三四點，葉底黃鸝一兩聲。孫光憲浣溪沙：早是銷魂殘燭影，更愁聞著品絃聲。辛棄疾鷓鴣天：已驚並水鷗無色，更怪行沙蟹有聲。李清照臨江仙：春歸秣陵樹，人客遠安城。秦觀南歌子：臂上妝猶在，襟間淚尚盈。秦觀滿庭芳：酒空金榼，花困蓬瀛。晏殊破陣子：金菊滿叢珠顆細，海燕辭巢翅羽輕。秦觀滿庭芳：珠鈿翠蓋，玉轡紅纓。

（青）

青

倉經切【丹青】辛棄疾臨江仙：平原一片丹青。【柳青青】姜夔小重山令：慈烏相對立，柳青青。【春草青】薛昭蘊小重山令：春到長門春草青。【漫山青】張元幹浣溪沙：湖光倒影漫山青。【遠山青】吳文英朝中措：江碧遠山青。【曉山青】蘇軾行香子：但遠山長，雲山亂，曉山青。【數峯青】蘇軾江神子：人不見，數峯青。【轆轤青】辛棄疾臨江仙：井牀聽夜雨，出辥轆轤青。【楊柳青青】晏幾道清平樂：渡頭楊柳青青。【薺麥青青】姜夔揚州慢：過春風十里，盡薺麥青青。

星

桑經切【疏星】辛棄疾清平樂：一川淡月疏星。【寒星】汪藻小重山：隨波處，點點亂寒星。【雙星】辛棄疾綠頭鴨：冷冷一水會雙星。【一天星】秦觀臨江仙：波澄不動，冷浸一天星。【一潭星】秦觀滿庭芳：絲綸慢捲，牽動一潭星。【帶三星】秦觀南歌子：天外一鉤殘月，帶三星。【燦繁星】柳永玉樓春：九枝擎燭燦繁星。

醒

【微醒】秦觀滿庭芳：枕上酒微醒。【未全醒】秦觀南歌子：夢回宿醒未全醒。【酒面醒】歐陽修採桑子：水面風來酒面醒。

屏

旁經切【孤屏】馮延巳采桑子：玉娥重起添香印，回倚孤屏。【雲屏】辛棄疾臨江仙：彊扶殘醉遶雲屏。【畫屏】晏殊拂霓裳：微涼入畫屏。韋莊望遠行：欲別無言倚畫屏。【翠屏】辛棄疾沁園春：千丈晴虹，十里翠屏。【銀屏】汪藻小重山：夜來秋氣入銀屏。【羅屏】吳文英朝中措：金鑪燼暖，眞色羅屏。【小山屏】顧敻醉公子：枕倚小山屏。【曲曲如屏】蘇軾行香子：重重似畫，曲曲如屏。

萍

【流萍】馮延巳菩薩蠻：顧景約流萍。【飄萍】秦觀滿庭芳：任人笑天涯，泛梗飄萍。

冥 忙經切【青冥】蘇軾水調歌頭：飛絮攪青冥。

丁 當經切【禁漏丁丁】馮延巳采桑子：畫堂燈煖簾櫳捲，禁漏丁丁。

聽 湯丁切【誰聽】秦觀滿庭芳：塵勞事，有耳誰聽。【遣誰聽】蘇軾江神子：苦含情，遣誰聽。

汀 【沙汀】秦觀滿庭芳：悠悠過、煙渚沙汀。【煙汀】蘇軾行香子：魚翻藻鑑，鷺點煙汀。【蓼汀】汪藻小重山：月下潮生紅蓼汀。【蘋汀】歐陽修採桑子：花塢蘋汀。蘇軾南歌子：小園幽榭枕蘋汀。

庭 唐丁切【中庭】馮延巳江城子：曲闌干外小中庭。辛棄疾綠頭鴨：燭搖秋扇坐中庭。【後庭】馮延巳拋球樂：梅落新春入後庭。

亭 【池亭】周邦彥浣溪沙：曲闌斜轉小池亭。【危亭】秦觀八六子：倚危亭。【長亭】晏幾道臨江仙：秋夢短長亭。晏幾道浣溪沙：柳含春意短長亭。柳永引駕行：路隱映，搖鞭時過長亭。汪藻小重山：如今能間隔、幾長亭。【津亭】周邦彥綺寮怨：垂楊裏，乍見津亭。【風亭】張先菩薩蠻：翠幕動風亭。【亭亭】李璟望遠行：爐香煙冷自亭亭。【短亭】李白菩薩蠻：長亭連短亭。吳文英醉桃源：斷鴻長短亭。辛棄疾破陣子：萬石溪頭長短亭。【蘭亭】辛棄疾新荷葉：爭似羣賢，茂林脩竹蘭亭。【柳邊亭】辛棄疾小重山：陽關先畫出，柳邊亭。

婷 【娉婷】秦觀八六子：無端天與娉婷。吳文英慶春宮：菱花乍失娉婷。辛棄疾清平樂：浣沙人影娉婷。周密夷則商國香慢：瘦影娉婷。

零 郎丁切【初零】秦觀滿庭芳：夜深玉露初零。【凋零】歐陽修採桑子：憂患凋零，老去光陰速可驚。【飄零】周邦彥慶春宮：香霧飄零。辛棄疾行香子：花絮飄零。【疏雨零】蘇軾菩薩蠻：曉簷疏雨零。

泠 【西泠】張炎高陽臺：萬綠西泠。【泠泠】秦觀臨江仙：遙聞妃瑟泠泠。

櫺 【疏櫺】辛棄疾臨江仙：一枝風露溼，花重入疏櫺。【薄綺疎櫺】黃庭堅滿庭芳：紅粧映，薄綺疎櫺。

經　古零切【曾經】秦觀臨江仙：蘭橈昔日曾經。【翻經】辛棄疾浣溪沙：老依香火苦翻經。

形　乎經切【忘形】秦觀滿庭芳：清風皓月，相與忘形。

熒　戶扃切【熒熒】蘇軾南鄉子：今夜殘燈斜照處，熒熒。柳永長相思：鳳燭熒熒。

螢　【流螢】周邦彥長相思：映雕闌修竹，共數流螢。汪藻小重山：柳梢風急墮流螢。

扃　涓熒切【長扃】李璟望遠行：朱扉長日鎮長扃。【晚扃】顧敻醉公子：金鋪向晚扃。【深扃】吳文英慶春宮：雲影搖寒，波塵銷膩，翠房人去深扃。

坰　【郊坰】蘇軾南歌子：夜來微雨洗郊坰。柳永木蘭花慢：盡尋勝去，驟雕鞍紺幰出郊坰。

腥　桑經切。血腥、草腥、氣腥、餘腥、羶腥。

瓶　傍丁切。玉瓶、半瓶、空瓶、新瓶、滿瓶、銀瓶、餘瓶、畫瓶、琉璃瓶。

銘　忙經切。西銘、車銘、鼎銘、盤銘、座右銘、陋室銘。

釘　當經切。寶釘、簾釘、水晶釘。

仃　伶仃。

廳　湯丁切。古廳、松廳、寒廳。

廷　唐丁切。天廷、外廷、明廷、朝廷、曉廷。

停　小停、不停、久停、無停、暫停、柳邊停、素琴停、鳳吹停、樹影停。

靈　郎丁切。生靈、空靈、英靈、性靈、湘靈。

伶　小伶、女伶、老伶、優伶。

聆　佇聆、俯聆、靜聆。

鈴　玉鈴、門鈴、風鈴、金鈴、鳴鈴、鐸鈴、鸞鈴。

玲　玲玲、珮玲。

馨　呼刑切。芳馨、幽馨、含馨、遠馨、溫馨、濃馨、透體馨、草木馨、澄酒馨。

刑　乎經切。秋刑、峻刑、常刑。

型 典型、儀型。

陘 井陘、涼陘、絕陘。

惺 桑經切 **猩** **俜** 傍丁切 **溟** 忙經切 **蓂** **螟**

玎 當經切 **疔** **叮** **町** 湯丁切 **渟** 唐丁切 **霆** **蜓**

齡 郎丁切 **囹** **瓴** **舲** **軨** **苓** **羚** **鴒**

翎 **蛉** **嚀** 奴丁切 **涇** 古零切 **硎** 乎經切 **鉶** **邢**

駉

【對偶】

晏殊拂霓裳：宿露霑羅幕，微涼入畫屏。　吳文英木蘭花慢：雪浪間銷釣石，冷楓頻落江汀。　晏幾道浣溪沙：衣化客塵今古道，柳含春意短長亭。　辛棄疾浣溪沙：病怯盃盤甘止酒，老依香火苦翻經。

（蒸）

冰 悲陵切【玉壺冰】辛棄疾臨江仙：酒滿玉壺冰。【夜裁冰】辛棄疾臨江仙：詩句夜裁冰。【素骨凝冰】吳文英齊天樂：素骨凝冰，柔蔥蘸雪。【瘦骨侵冰】吳文英齊天樂：瘦骨侵冰，怕驚紋簟夜深冷。

凭 皮冰切【畫闌獨凭】史達祖雙雙燕：日日畫闌獨凭。

憑 【音信無憑】李煜清平樂：雁來音信無憑。

繒 慈陵切【畫繒】周邦彥浣溪沙：寶扇輕圓淺畫繒。

陵 閭承切【虛老嚴陵】蘇軾行香子：算當年，虛老嚴陵。

膺 於陵切【氣填膺】張孝祥六州歌頭：忠憤氣填膺。

凝 魚陵切【消凝】柳永笛家弄：空遺恨，望仙鄉，一餉消凝。【雲凝】吳文英尉遲杯：雨潤雲凝。【霜凝】柳永過澗歇近：夜永清寒，翠瓦霜凝。

蒸 諸仍切。炎蒸、雲蒸、氣蒸、煙蒸、鬱蒸。

承 辰陵切。仰承、欣承、曲承、幸承、師承、奉承、躬承、意承、難承。

繩 神陵切。玉繩、朱繩、金繩、結繩、準繩。

升 書蒸切。日升、初升、東升、雲升、氣升、華燈升、畫舫升。

稱 蚩承切。見稱、殊稱、嗟稱、羞稱、舊稱、屢稱、謾稱。

徵 知陵切。足徵、罕徵、奇徵、有徵、明徵、廣徵、無徵、事徵、難徵。

澄 時陵切。波澄、清澄、酒澄、碧澄。

綾 閭承切。文綾、紅綾、綺綾、細綾。

蠅 余陵切。青蠅、飛蠅、蒼蠅、夏蠅、撲蠅、朝蠅、字如蠅、案頭蠅。

鷹 於陵切。飛鷹、飢鷹、野鷹、蒼鷹、雛鷹、畫鷹、歸鷹。

興 虛陵切。方興、代興、夙興、雲興、勃興、晨興。

烝 諸仍切　丞 辰陵切　乘 神陵切　澠　塍　昇 書蒸切

陞　勝　僜 蚩承切　仍 如蒸切　礽　掤 悲陵切

淜 披冰切　凴 皮冰切　嶒 慈陵切　癥 知陵切　懲 時陵切

淩 閭承切　菱　崚　應 於陵切　磳 七冰切　兢 居陵切

矜

【對偶】辛棄疾臨江仙：被翻紅錦浪，酒滿玉壺冰。

（登）

登 都滕切【豐登】蘇軾臨江仙：願聞吳越報豐登。

燈 【青燈】劉辰翁柳梢青：那堪獨坐青燈。【愁燈】吳文英慶春宮：重洗清杯，同追深夜，豆花寒落愁燈。【窗裏燈】万俟詠長相思：窗外芭蕉窗裏燈。

層 徂棱切【葉層層】李清照攤破浣溪沙：剪成碧玉葉層層。【巫山幾層】吳文英慶春宮：近歡成夢，斷雲隔、巫山幾層。

騰 徒登切。沸騰、泉騰、浮騰、奔騰、飛騰、龍騰、翻騰。

藤 小藤、古藤、老藤、曲藤、枯藤、長藤、寒藤、野藤、蔓藤。

能 奴登切。任能、逞能、爭能、害能、矜能、無能。

崩 悲朋切。土崩、石崩、沙崩、岸崩、城崩、雲崩。

朋 蒲登切。良朋、高朋、結朋、羣朋、親朋、燕朋、賓朋、舊朋、遊朋、歡朋。

僧 思登切。山僧、寺僧、詩僧、野僧、孤僧。

增 作滕切。日增、年增、添增、新增。

恆 胡登切。不恆、有恆、無恆。

滕(徒登切) **膯** **縢** **籐** **棱**(盧登切) **楞** **鵬**(蒲登切)

曾(作滕切) **憎** **矰** **罾**(徂棱切) **薨**(呼肱切) **肱**(古薨切)

仄聲

三十八梗三十九耿四十靜四十一迥四十二拯四十三等四十三映四十四諍四十五勁四十六徑四十七證四十八隥通用

（梗）以下上聲

荇 下梗切【藻荇】黃庭堅滿庭芳：嫛姍藻荇。

冷 魯打切【水冷】辛棄疾清平樂：十里薔薇水冷。【冰冷】柳永過澗歇近：展轉無眠，粲枕冰冷。【洲冷】姜夔湘月：歸禽時度，月上汀洲冷。【夜冷】姜夔摸魚兒：天風夜冷，自織錦人歸。【官冷】辛棄疾水龍吟：儒冠曾誤，平生官冷。【香冷】辛棄疾念奴嬌：夜深花睡香冷。【淒冷】周邦彥關河令：秋陰時晴向暝，變一庭淒冷。【塵冷】史達祖雙雙燕：去年塵冷。【輕冷】張先青門引：乍暖還輕冷。【凝冷】溫庭筠荷葉杯：一點露珠凝冷，波影。【霜冷】柳永傾杯：漏殘霜冷。【山花冷】辛棄疾菩薩蠻：松篁通一徑，噤嘇山花冷。【衣裳冷】辛棄疾賀新郎：雲臥衣裳冷。【竹露冷】吳文英尉遲杯：棋聲竹露冷。【吳江冷】蘇軾卜算子：楓落吳江冷。【波面冷】朱敦儒念奴嬌：帆卷垂虹波面冷。【秋竹冷】李煜三臺令：月寒秋竹冷。【風頭冷】歐陽修少年遊：寒輕貼體風頭冷。【庭除冷】溫庭筠菩薩蠻：竹風輕動庭除冷。【新粧冷】蘇軾菩薩蠻：井桐雙照新粧冷。【簾櫳冷】馮延巳采桑子：西風半夜簾櫳冷。【玉虹腰冷】吳文英十二郎：倚歌平遠，亭上玉虹腰冷。

省 所景切【記省】姜夔摸魚兒：間記省，又還是、斜河舊約今再整。【誰省】張先翦牡丹：彈出今古幽思，誰省。【空記省】張先天仙子：往事後期空記省。【無人省】蘇軾卜算子：有恨無人省。

影 於境切【共影】張孝祥念奴嬌：明河共影。【並影】姜夔摸魚兒：漫說道、年年野鵲曾並影。【花影】張先歸朝歡：嬌柔懶起，簾壓卷花影。曹組如夢令：風動一枝花影。【移影】柳永過澗歇近：洞戶銀蟾移影。【秋影】周邦彥六么令：池光靜橫秋影。【幽影】辛棄疾賀新郎：風前月下，水邊幽影。【流影】吳文英水龍吟：飛來天上，銀河流影。【倒影】柳永早梅芳：映虹橋倒影。【疏影】周邦彥品令：月痕寄，梅梢疏影。【無影】張先翦牡丹：柔柳搖搖，墜輕絮無影。張先木蘭花：無數楊花過無影。【雁影】周邦彥關河令：佇聽寒聲，雲深無雁影。【碎影】柳永傾杯：又是立盡梧桐碎影。【槐影】周邦彥側犯：追涼就槐影。【舞影】吳文英水龍吟：玉簫吹斷，霜絲舞影。【燈影】周邦彥虞美人：又是一窗燈影。【舊影】秦觀玉燭新：爭傳麒麟舊影。【天搖影】張先虞美人：苕水天搖影。【弄妝影】吳文英尉遲杯：銅華弄妝影。【空弔影】張元幹賀新郎：悵望關河空弔影。【花弄影】張先天仙子：雲破月來花弄影。【孤鴻影】蘇軾卜算子：縹緲孤鴻影。辛棄疾蝶戀花：不算飄零，天外孤鴻影。【秋千影】張先青門引：那堪更被明月，隔牆送過秋千影。【風花影】秦觀蝶戀花：雪貌戲撲風花影。【春風影】姜夔卜算子：花下鋪氈把一杯，緩飲春風影。【玲瓏影】周邦彥虞美人：窗鎖玲瓏影。溫庭筠菩薩蠻：珠簾月上玲瓏影。【高樹影】辛棄疾清平樂：明月團圓高樹影。【殘燭影】晏幾道清平樂：背照畫簾殘燭影。【瑤殿影】李煜浪淘沙：想得玉樓瑤殿影。【搖紅影】柳永晝夜樂：鳳帳燭搖紅影。【橫斜影】晏幾道胡搗練：水漾橫斜影。【雙紅影】歐陽修漁家傲：雙苞雙蕊雙紅影。【籠月影】歐陽修定風波：黯淡梨花籠月影。

景

舉影切【風景】姜夔卜算子：又見水沈亭，舉目悲風景。【流景】張先天仙子：臨晚鏡，傷流景。【清景】姜夔湘月：五湖舊約，問經年底事，長負清景。【嘉景】柳永晝夜樂：這歡娛，漸入嘉景。

永

于憬切【不永】柳永晝夜樂：猶自怨鄰雞，道秋宵不永。【夜永】柳永慢卷紬：閑窗燭暗，孤幃夜永。【漏永】柳永浪淘沙：恰到如今，天長漏永。【年華永】柳永巫山一段雲：良夜年華永。【更漏永】馮延巳酒泉子：屏幃深，更漏永，夢魂迷。【良夜永】柳永紅窗聽：別後無非良夜永。【春宮永】張先雙韻子：升瑞日，春宮永。【秋夜永】王沂孫齊天樂：更堪秋夜永。【宮漏永】韋莊小重山：夜寒宮漏永。【清宵永】柳永傾杯：金風淡蕩，漸秋光老，清宵永。

梗

古杏切。枯梗、強梗、孤梗、荒梗、細梗、艱梗。

哽 悲哽、慚哽、喉如哽。

綆 汲綆、短綆、修綆、垂綆、纖綆、轆轤綆。

杏 下梗切。小杏、文杏、紅杏、青杏、溪杏、銀杏、繁杏、連蒂杏。

猛 母梗切。兇猛、勁猛、粗猛、雄猛、勇猛、剛猛。

打 都冷切。風打、雨打、拳打、閑打、輕打、撲打、潮打、難打、鞭打。

炳 百猛切。文炳、彪炳、藻炳、丹青炳、夜光炳。

皿 眉永切。金皿、器皿。

境 舉影切。幻境、妙境、遠境、清境、幽境、絕境、夢境、塵境。

警 戒警、夜警、機警、邊警、風塵警、詩文警。

鯁 古杏切 **骾** **埂** **礦** 古猛切 **艋** 母梗切 **蜢**

丙 補永切 **昺** **邴** **秉** **眚** 所景切 **璟** 於境切

璥 舉影切 **儆** **憬** 俱永切 **冏**

【對偶】秦觀念奴嬌：繡帳香銷，畫屏燭冷。李清照失調名：瑞腦烟殘，沈香火冷。

（耿）

耿 古幸切【耿耿】柳永女冠子：空恁無眠耿耿。【心耿耿】柳永傾杯：慘咽，翻成心耿耿。

倖 下耿切【薄倖】柳永紅窗聽：算伊心裏，却冤成薄倖。

幸 下耿切。入幸、近幸、佞幸、私幸、得幸、薄幸、以倡幸、今日幸。

悻 下耿切 **黽** 母耿切

（靜）

靜 疾郢切【人靜】周邦彥品令：夜闌人靜，月痕寄。【春靜】秦觀玉燭新：轅門春靜。【寂靜】

周邦彥側犯：酒壚寂靜。【晝靜】吳文英水龍吟：紅塵晝靜。【人初靜】蘇軾卜算子：漏斷人初靜。【池院靜】張先木蘭花：已放笙歌池院靜。【重門靜】張先靑門引：入夜重門靜。【重簾靜】李璟應天長：重簾靜，層樓迥。【荒苑靜】鹿虔扆臨江仙：金鎖重門荒苑靜。【深院靜】歐陽修漁家傲：珠箔初褰深院靜。秦觀蝶戀花：紫燕雙飛深院靜。李煜搗練子令：深院靜，小庭空。【碧天靜】葉夢得水調歌頭：霜降碧天靜。【簾幃靜】柳永晝夜樂：洞房飲散簾幃靜。【鴛幃靜】柳永夢還京：那裏獨守鴛幃靜。【玉屏人靜】馮延巳憶仙姿：愁掩玉屏人靜。【江空月靜】張先翦牡丹：盡漢妃一曲，江空月靜。

省

息井切【重省】柳永傾杯：那堪細把、舊約前歡重省。

井

子郢切【玉井】吳文英齊天樂：芙蓉心上三更露，茸香漱泉玉井。【金井】周邦彥蝶戀花：更漏將殘，轣轆牽金井。韋莊更漏子：月照古桐金井。馮延巳應天長：何處轆轤金井。李璟應天長：夢斷轆轤金井。【苔井】周邦彥側犯：藻池苔井。【萬井】柳永早梅芳：譙門畫戟，下臨萬井。【藻井】秦觀蝶戀花：一線碧煙縈藻井。史達祖雙雙燕：還相雕梁藻井。【露井】張先歸朝歡：聲轉轆轤聞露井。

整

之逞切【旋整】吳文英水龍吟：春霖繡筆，鶯邊淸曉，金狨旋整。【重衾整】柳永過澗歇近：香紏煙斷，是誰與把重衾整。【慵不整】歐陽修應天長：雲鬟鳳釵慵不整。李璟應天長：蟬鬢鳳釵慵不整。【不堪重整】馮延巳憶仙姿：鳳髻不堪重整。

逞

丑郢切【當筵逞】柳永晝夜樂：愛把歌喉當筵逞。

領

里郢切【管領】秦觀玉燭新：又摧把、經綸管領。【雲墜領】張先歸朝歡：月枕橫釵雲墜領。

頸

居郢切【素頸】柳永晝夜樂：膩玉圓搓素頸。

頃

犬潁切【千頃】姜夔摸魚兒：銀波相望千頃。晁補之洞仙歌：素秋千頃。曹組如夢令：門外綠陰千頃。【萬頃】辛棄疾賀新郎：湯沐煙江萬頃。

屏

必郢切【銀屏】柳永引駕行：花朝月夕，最苦冷落銀屏。

靖 疾郢切。文靖、自靖、弗靖、安靖、恬靖、莊靖。

請 七靜切。固請、自請、堅請、虛請、陳請、屢請、懇請、不敢請、無路請。

嶺 里郢切。半嶺、松嶺、峻嶺、葱嶺、孤嶺、溪嶺、雲嶺、絕嶺、回雁嶺、紅葉嶺、猿愁嶺。

穎 庾頃切。秀穎、脫穎、新穎、鋒穎、出囊穎。

餅 必郢切。小餅、涼餅、香餅、卷餅、新餅、五福餅、四色餅、薄如餅。

併 吞併、輕併、榮辱併。

阱 疾郢切　**猙**　**靚**　**惺** 息井切　**渻**　**裎** 之逞切

騁 丑郢切　**癭** 於郢切　**郢** 以井切　**潁** 庾頃切

【對偶】

秦觀念奴嬌：上苑風和，瑣窗晝靜。　姜夔喜遷鶯慢：覓句堂深，寫經窗靜。　李璟應天長：重簾靜，層樓迥。　李煜搗練子令：深院靜，小庭空。　姜夔齊天樂：露濕銅鋪，苔侵石井。

（迥）

迥 戶茗切【千掌迥】歐陽修漁家傲：天外奇峯千掌迥。【吳波迥】姜夔卜算子：月上海雲沈，鷗去吳波迥。【雲路迥】姜夔摸魚兒：瓜果爲伊三請，雲路迥。

炯 【炯炯】姜夔摸魚兒：空贏得、今古三星炯炯。

並 部迥切【相並】歐陽修漁家傲：花無恩愛猶相並。【難並】秦觀玉燭新：古來難並。【才堪並】柳永晝夜樂：算神仙，才堪並。【游女並】張先木蘭花：筍柱秋千游女並。

茗 母迥切【松泉薦茗】吳文英水龍吟：西園已負，林亭移酒，松泉薦茗。

醒 銑挺切【未醒】周邦彥綺寮怨：上馬人扶殘醉，曉風吹未醒。【易醒】柳永夢還京：酒力全輕，醉魂易醒。【酒醒】蘇軾定風波：料峭春風吹酒醒。馮延巳應天長：昨夜更闌酒醒。【風吹醒】張先青門引：樓頭畫角風吹醒。【愁未醒】張先天仙子：午醉醒來愁未醒。

鼎 都鋌切【鐘鼎】秦觀玉燭新：誰得似、占了山林鐘鼎。【天香分鼎】吳文英水龍吟：紺玉鉤簾處，橫犀麈，天香分鼎。

酊 【長酩酊】韋莊天仙子：深夜歸來長酩酊。

艇 待鼎切【煙艇】張炎梅子黃時雨：猶繫煙艇。

脛 下頂切。寸脛、沒脛、叩脛、膝脛、鶴脛、三尺脛、不掩脛。

頂 都鋌切。尖頂、松頂、雲頂、雪頂、峭頂、崖頂、峰頂、華頂、絕頂、圓頂。

町 他頂切。竹町。

挺 待鼎切。英挺、秀挺、勁挺、筆挺。

褧 犬迴切　**頲**　**婞** 下頂切　**涬**　**謦** 去挺切　**剄** 古頂切

酩 母迴切　**溟**　**冥**　**珽** 他頂切　**鋌**　**梃** 待鼎切

濘 乃梃切

（拯）

拯 之慶切。不拯、匡拯、援拯。

（等）

等 得肯切。何等、差等、殊等、降等、異等、齊等、躐等。

肯 苦等切。不肯、豈肯。

（映） 以下去聲

映 於敬切【隱映】韋莊河傳：香塵隱映，遙望翠檻紅樓。【交相映】溫庭筠菩薩蠻：花面交相映。【紅相映】歐陽修漁家傲：海榴灼灼紅相映。歐陽修漁家傲：烘林敗葉紅相映。

竟 居慶切【歡聲竟】張先雙韻子：清光近，歡聲竟。

鏡

【青鏡】馮延巳更漏子：垂蓬鬢，塵青鏡。【明鏡】晏幾道木蘭花：夜涼水月鋪明鏡。【清鏡】姜夔湘月：中流容與，畫橈不點清鏡。【晚鏡】晏幾道菩薩蠻：一樓斜紅臨晚鏡。【粧鏡】李璟應天長：一鉤初月臨粧鏡。【寶鏡】秦觀蝶戀花：拂拭菱花看寶鏡。【鸞鏡】歐陽修應天長：一彎初月臨鸞鏡。馮延巳應天長：一鉤新月臨鸞鏡。馮延巳憶仙姿：塵拂玉臺鸞鏡。【水如鏡】張先木蘭花：天碧秋池水如鏡。【青銅鏡】吳文英水龍吟：望春樓外滄波，舊年照眼青銅鏡。【前後鏡】溫庭筠菩薩蠻：照花前後鏡。【雪面波鏡】吳文英齊天樂：當時湖上載酒，翠雲開處，共雪面波鏡。

病

皮命切【多病】柳永法曲獻仙音：饒心性，鎮厭厭多病。【長似病】柳永過澗歇近：怎向心緒，近日厭厭長似病。【相思病】歐陽修漁家傲：因花又染相思病。【兼如病】馮延巳采桑子：愁心似醉兼如病，欲語還慵。【勝卻病】馮延巳應天長：春愁勝卻病。【新來病】辛棄疾蝶戀花：萬縷千絲，何況新來病。【嬌如病】秦觀蝶戀花：睡起嬌如病。【翻成病】歐陽修卜算子：極得醉中眠，迤邐翻成病。

命

眉疲切【薄命】馮延巳更漏子：已分今生薄命。

競

渠映切【花草競】張先定風波令：妝樣巧將花草競。

敬

居慶切。自敬、持敬、深敬、崇敬、雅敬、篤敬、不足敬、有餘敬、鄉黨敬。

更

居孟切。相見更、時難更。

硬

魚孟切。生硬、老硬、苦硬、枯硬、堅硬。

行

下孟切。品行、俠行、素行、操行、學行、懿行。

柄

陂病切。文柄、斗柄、長柄、談柄、羽扇柄、殺生柄。

慶

邱敬切。同慶、吉慶、榮慶、國慶、餘慶、文運慶、萬邦慶、積善慶、豐年慶。

迎

魚敬切。賓迎、將迎、親迎、誰迎。

詠

爲命切。行詠、吟詠、絃詠、流詠、清詠、閒詠、舞詠、月下詠、思歸詠、登樓詠。

泳 迴泳、涵泳、游泳、潛泳。

璥居慶切 **獍** **橫**戶孟切 **孟**莫更切 **蜢** **倀**猪孟切

偵 **幀** **炳**陂病切 **儆**渠映切 **檠** **縈**爲命切

【對偶】周邦彥過秦樓：鬢怯瓊梳，客銷金鏡。

（諍）

諍 側迸切。苦諍、廷諍、面諍、紛諍、諫諍。

迸 北諍切。飛迸、珠迸、波迸、流迸、奔迸、遠迸、驚迸、滑欲迸。

（勁）

勁 堅正切【風又勁】歐陽修漁家傲：新雁一聲風又勁。【風霜勁】吳文英虞美人影：黃包先著風霜勁。【春風勁】吳文英水龍吟：曲江畔，春風勁。

性 息正切【閒心性】張先木蘭花：弄妝俱學閒心性。

淨 疾正切【淡淨】晏幾道玉樓春：淺注輕勻長淡淨。

靚 【朱嬌翠靚】吳文英尉遲杯：小小蓬萊香一掬，愁不到朱嬌翠靚。

正 之盛切【端正】柳永紅窗聽：舉措有、許多端正。

併 卑正切。合併、兼併、頻併、百福併。

聘 匹正切。待聘、相聘、歸聘、應聘、禮聘。

姓 息正切。同姓、宗姓、百姓、易姓、賜姓。

聖 式正切。至聖、明聖、往聖、神聖、詩聖、書聖。

政 之盛切。仁政、任政、苛政、從政、參政、舊政、聽政。

盛 時正切。美盛、茂盛、春盛、衆盛、隆盛、熾盛、繁盛、衣冠盛、風物盛。

令 力正切。手令、春令、酒令、禁令、號令、辭令、憲令。

輕 牽正切　**敻** 虛政切　**摒** 卑正切　**娉** 匹正切　**婧** 七正切

倩　**瀞** 疾正切　**請**　**証** 之盛切　**偵** 丑正切　**鄭** 直正切

（徑）

徑 古定切【一徑】柳永女冠子：疏篁一徑。【行徑】周邦彥虞美人：別來新翠迷行徑。【花徑】周邦彥側犯：秉燭遊花徑。吳文英齊天樂：雪煙鎖藍橋花徑。【柳徑】歐陽修應天長：綠煙低柳徑。【香徑】晏幾道玉樓春：手挼梅蕊尋香徑。【幽徑】柳永訴衷情近：遙認斷橋幽徑。【翠徑】秦觀蝶戀花：閒折海榴過翠徑。【垂楊徑】吳文英尉遲杯：垂楊徑，洞鑰啓。【低柳徑】馮延巳應天長：綠煙低柳徑。【芳草徑】李璟應天長：柳堤芳草徑。【紅成徑】張先歸朝歡：叢英飄墜紅成徑。【桃花徑】柳永晝夜樂：秀香家住桃花徑。

瑩 烏定切【冰膚瑩】歐陽修漁家傲：絳綃衣窄冰膚瑩。【清泉瑩】周邦彥側犯：雪藕清泉瑩。

暝 莫定切【吹暝】張炎梅子黃時雨：一行柳鏡吹暝。【春暝】張先翦牡丹：如解淩波，泊煙渚春暝。【池上暝】張先天仙子：沙上並禽池上暝。【樓閣暝】韋莊更漏子：鐘鼓寒，樓閣暝。【黛愁山暝】吳文英十二郎：暮雪飛花幾點，黛愁山暝。

聽 他定切【堪聽】柳永晝夜樂：言語似嬌鶯，一聲聲堪聽。【池上聽】晏幾道木蘭花：憶在雙蓮池上聽。【轉愁聽】柳永過澗歇近：漏聲隱隱，飄來轉愁聽。

定 徒徑切【風定】張先翦牡丹：宿繡屏畫船風定。【意定】蘇軾減字木蘭花：神閒意定。【霜定】晏幾道清平樂：曉陌飛霜定。【汀風定】張先虞美人：苕花飛天汀風定。【香無定】柳永過澗歇近：佳期杳無定。【風不定】馮延巳應天長：惆悵落花風不定。【風未定】辛棄疾定風波：卷盡殘花風未定。【風色定】歐陽修漁家傲：雨勢斷來風色定。【晴未定】歐陽修漁家傲：曉日陰陰晴未定。【行雲無定】馮延巳憶仙姿：自是行雲無定。【歸期未定】柳永紅窗聽：如何向，名牽利役，歸期未定。

罄 詰定切。告罄、瓶罄、情罄、酒罄、歡罄。

佞 乃定切。不佞、巧佞、邪佞、柔佞、便佞、貪佞、諛佞、讒佞。

逕古定切　**陘**　**剄**　**謦**詰定切　**罄**　**脛**形定切

暝莫定切　**釘**丁定切　**訂**　**飣**　**庭**他定切　**錠**徒徑切

寗乃定切　**濘**

〔證〕

勝 詩證切【名勝】姜夔湘月：玉塵談玄，歎坐客、多少風流名勝。【春勝】蘇軾減字木蘭花：春幡春勝，一陣春風吹酒醒。

稱 昌孕切【歡心稱】柳永晝夜樂：擁香衾，歡心稱。

賸 石證切【羅帶賸】晏幾道玉樓春：瘦損宮腰羅帶賸。

興 許應切【秋興】吳文英齊天樂：但偷覓孤歡，強寬秋興。【酒興】歐陽修漁家傲：睡起日高堆酒興。柳永晝夜樂：無限狂心乘酒興。【晚興】吳文英水龍吟：午朝同，吟生晚興。【乘興】姜夔湘月：暝入西山，漸喚我、一葉夷猶乘興。【歸興】晏幾道胡搗練：惹起江南歸興。吳文英水龍吟：薄絮秋雲，澹蛾山色，宦情歸興。

應 於證切【相應】曹組如夢令：兩兩黃鸝相應。

凝 牛孕切【愁凝】柳永晝夜樂：遏天邊，亂雲愁凝。【殘痕凝】張先歸朝歡：蓮臺香蠟殘痕凝。

證 諸應切。佐證、見證、指證、誣證、誤證、辯證。

孕 以證切。含孕、育孕、孳孕、山林孕、天地孕、夢熊孕。

烝諸應切　**乘**石證切　**甸**　**甑**子孕切　**凭**皮孕切

瞪丈證切　淩里孕切　媵以證切

〔隥〕

凳丁鄧切。低凳、矮凳、薦凳。

贈作亘切。厚贈、致贈、持贈、新贈、寵贈、折柳贈、美人贈、清風贈、華衮贈。

亘居鄧切。綿亘、雲亘、遠亘、橫亘、聯亘、蟠亘、翠微亘。

隥丁鄧切　嶝　磴　鐙　鄧唐亘切　蹬　蹭七鄧切

緪居鄧切

第十二部

平聲 十八尤十九侯二十幽通用

（尤）

休 虛尤切【休休】辛棄疾鷓鴣天：書咄咄，且休休。【春休】王雱眼兒媚：海棠未雨，梨花先雪，一半春休。【無休】柳永雙聲子：圖王取霸無休。【還休】李清照鳳凰臺上憶吹簫：多少事，欲說還休。【一春休】辛棄疾武陵春：好趁春晴連夜賞，雨便一春休。【物華休】柳永八聲甘州：是處紅衰翠減，冉冉物華休。【幾時休】張先慶佳節：我心事，幾時休。辛棄疾浣溪沙：天風吹樹幾時休。【戰未休】辛棄疾南鄉子：坐斷東南戰未休。【醉歸休】辛棄疾西江月：城鴉喚我醉歸休。

貅 【貔貅】辛棄疾水調歌頭：笳鼓萬貔貅。

丘 祛尤切【荒丘】柳永雙聲子：香徑沒，徒有荒丘。【蓬丘】柳永瑞鷓鴣：瑤臺絳闕，依約蓬丘。

求 渠尤切【何求】柳永如魚水：算除此外何求。

裘 【貂裘】辛棄疾水調歌頭：季子正年少，匹馬黑貂裘。張炎八聲甘州：寒氣脆貂裘。

毬 【柳花毬】蘇軾臨江仙：風轉柳花毬。

牛 魚尤切【已食牛】蘇軾減字木蘭花：未滿三朝已食牛。【喘月吳牛】辛棄疾雨中花慢：身如喘月吳牛。

憂 於求切【動離憂】秦觀江城子：動離憂，淚難收。

呦 【呦呦】柳永雙聲子：惟聞麋鹿呦呦。

由 夷周切【不自由】姜夔憶王孫：零落江南不自由。辛棄疾鷓鴣天：頻倚闌干不自由。【得自由】李煜漁父：萬頃波中得自由。

遊

【冶遊】柳永柳初新：偏九陌，相將冶遊。【狂遊】柳永如魚水：九陌狂遊。【東遊】柳永雙聲子：乘興蘭棹東遊。【少年遊】柳永少年遊：貪迷戀，少年遊。【好追遊】晏殊浣溪沙：小船輕舫好追遊。【更重遊】白居易憶江南：何日更重遊。【恣嬉遊】僧揮訴衷情：晴日暖，淡烟浮，恣嬉遊。【感舊遊】李煜柳枝：到處芳魂感舊遊。【憶舊遊】周邦彥長相思：黯凝眸，憶舊遊。張泌浣溪沙：馬上凝情憶舊遊。【憶歡遊】張先慶佳節：偏使我憶歡遊。【爛熳遊】辛棄疾武陵春：喚取笙歌爛熳遊。

悠

【水悠悠】溫庭筠夢江南：斜暉脈脈水悠悠。【去悠悠】辛棄疾水調歌頭：白鳥去悠悠。【自悠悠】辛棄疾水調歌頭：雲影自悠悠。【恨悠悠】秦觀江城子：恨悠悠，幾時休。【思悠悠】李珣巫山一段雲：往事思悠悠。李廌虞美人：碧蕪千里思悠悠。李璟攤破浣溪沙：風裏落花誰是主，思悠悠。【夢悠悠】歐陽修聖無憂：多少舊歡新恨，書杳杳，夢悠悠。

稠

陳留切【夾岸稠】晏殊浣溪沙：紅蓼花香夾岸稠。【綺羅稠】秦觀虞美人：客遊繞日綺羅稠。

籌

【觥籌】晏殊浣溪沙：整鬟凝思捧觥籌。【酒令詩籌】辛棄疾聲聲慢：剩安排酒令詩籌。

留

力求切【淹留】秦觀夢揚州：十載因誰淹留。【遲留】晏殊浣溪沙：欲歸臨別強遲留。【難留】柳永瑞鷓鴣：當恁時，沙堤路穩，歸去難留。【少年留】秦觀江城子：韶華不爲少年留。【玉人留】秦觀虞美人：獨愁不見玉人留。【阻淹留】柳永木蘭花慢：況虛位久，遇名都勝景，阻淹留。【苦淹留】柳永八聲甘州：歎年來蹤迹，何事苦淹留。【晚雲留】蘇軾南歌子：聲繞碧山飛去，晚雲留。【楚雲留】張孝祥水調歌頭：風約楚雲留。【影不留】辛棄疾鷓鴣天：人似浮雲影不留。

流

【水流】馮延巳三臺令：依舊樓前水流。【東流】馮延巳采桑子：憑仗東流，將取離心過橘洲。【爭流】秦觀望海潮：千巖萬壑爭流。【風流】歐陽修浪淘沙：縱使花時常病酒，也是風流。秦觀臨江仙：當年多少風流。晏殊浣溪沙：此時情緒悔風流。李清照滿庭霜：良宵淡月，疏影尙風流。【淸流】秦觀長相思：曲檻俯淸流。【入江流】皇甫松浪淘沙：寒沙細細入江流。【大江流】朱敦儒相見歡：萬里夕陽垂地，大江流。【小溪流】張泌浣溪沙：照花淹竹小溪流。【天外流】馮延巳更漏子：寒江天外流。【不西流】秦觀虞美人：爭奈無情江水，不西流。【不泝流】李煜采桑子：九曲寒波不泝流。【水自流】李淸照一翦梅：花自飄零水自流。【水空流】秦觀江城子：人不見，水空流。【玉溪流】辛棄疾水調歌頭：石打玉溪流。【占風流】秦觀虞美人：洞府空教燕子，占風流。【正風流】晏幾道武陵春：金蕊正風流。【向東流】晏殊浣溪沙：綠波春水向東流。李煜虞美人：恰似一江春水向東流。【自名流】辛棄疾鷓鴣天：看逸韻，自名流。【自東流】辛棄疾水調歌頭：君看簷外江水，滾滾自東流。【更風流】僧揮訴衷情：寒食更風流。【枕碧流】李珣巫山一段雲：行宮枕碧流。【拍山流】劉禹錫竹枝詞：蜀江春水拍山流。【眼波流】辛棄疾鷓鴣天：眉黛斂，眼波流。【接天流】李璟攤破浣溪沙：回首綠波三楚暮，接天流。【淸淚流】辛棄疾菩薩蠻：且莫上蘭舟，怕人淸淚流。【袞袞流】辛棄疾南鄉子：不盡長江袞袞流。【淚先流】李淸照武陵春：欲語淚先流。【橫欲流】李煜菩薩蠻：秋波橫欲流。【車馬如流】辛棄疾聲聲慢：看取弓刀，陌上車馬如流。【無語東流】柳永八聲甘州：惟有長江水，無語東流。

脩

思留切【靈脩】辛棄疾木蘭花慢：種成香草，冥怨靈脩。

羞

【不能羞】韋莊思帝鄉：縱被無情棄，不能羞。【月華羞】蘇軾江城子：月華羞，捧金甌。【半日羞】皇甫松採蓮子：遙被人知半日羞。【見春羞】李煜後庭花破子：風情漸老見春羞。【野花羞】辛棄疾浣溪沙：朦朧避路野花羞。【菊應羞】李淸照鷓鴣天：梅定妒，菊應羞。

秋

雌由切【中秋】李淸照鷓鴣天：畫闌開處冠中秋。【生秋】秦觀望海潮：依稀風韻生秋。【如秋】秦觀夢揚州：惻惻輕寒如秋。【淸秋】柳永曲玉管：立望關河蕭索，千里淸秋。【晩秋】王安石桂枝香：正故國晩秋。【悲秋】秦觀長相思：不應同是悲秋。李淸照鳳凰臺上憶吹簫：非干病酒，不是悲秋。【窮秋】秦觀浣溪沙：曉陰無賴似窮秋。【橫秋】蘇軾減字木蘭花：壯氣橫秋。【驚秋】李煜采桑子：幾樹驚秋。【又經秋】馮延巳浣溪沙：可堪分袂又經秋。【巳驚秋】葉夢得臨江仙：碧樹巳驚秋。【不耐秋】晏幾道鷓鴣天：爭向朱顏不耐秋。【心上秋】吳文英唐多令：離人心上秋。【冷欲秋】辛棄疾鷓鴣天：枕簟溪堂冷欲秋。【玉簟秋】李淸照一翦梅：紅藕香殘玉簟秋。【正淸秋】李煜望江梅：閒夢遠，南國正淸秋。潘閬憶餘杭：島嶼正淸秋。【似淸秋】潘閬憶餘杭：三伏似淸秋。【洗淸秋】柳永八聲甘州：一番洗淸秋。【春復秋】李珣巫山一段雲：煙花春復秋。【風露秋】晏殊浣溪沙：閬苑瑤臺風露秋。【欲生秋】晏幾道浣溪沙：水邊風裏欲生秋。【野艇秋】皇甫松浪淘沙：蒲雨松風野艇秋。【野花秋】辛棄疾瑞鷓鴣：停雲堂下野花秋。【擣衣秋】張耒風流子：木葉亭皐下，重陽近，又是擣衣秋。【對高秋】晏幾道少年遊：閒臥對高秋。【蓼花秋】歐陽修芳草渡：梧桐落，蓼花秋。馮延巳芳草渡：梧桐葉，蓼花秋。【露中秋】劉禹錫瀟湘神：零陵香草露中秋。【灩灩秋】皇甫松採蓮子：舡動湖光灩灩秋。

楸

【松楸】蘇軾浣溪沙：故山空復夢松楸。

收

尸周切【初收】柳永雙聲子：牢落暮靄初收。柳永滿江紅：暮雨初收。【難收】柳永八聲甘州：望故鄉渺邈，歸思難收。【吹旋收】歐陽修聖無憂：煙雨濛濛如畫，輕風吹旋收。【雨才收】馮延巳芳草渡：煙初冷，雨才收。【淚難收】秦觀江城子：動離憂，淚難收。辛棄疾鷓鴣天：腸已斷，淚難收。【晚來收】辛棄疾鷓鴣天：斷雲依水晚來收。【晚雲收】秦觀夢揚州：晚雲收，正柳塘、煙雨初休。【晚煙收】柳永瑞鷓鴣：遙認南朝路，晚煙收。【煙欲收】牛希濟生查子：春山煙欲收。【暮雲收】馮延巳浣溪沙：遠山廻合暮雲收。【月上雲收】馮延巳采桑子：月上雲收，一半珠簾挂玉鉤。【風月新收】辛棄疾雨中花慢：悵溪山舊管，風月新收。

周

之由切【莊周】辛棄疾水調歌頭：君欲計歲月，當試問莊周。

州

【江州】秦觀臨江仙：青衫淚滿江州。【杭州】白居易憶江南：江南憶，最憶是杭州。【神州】辛棄疾聲聲慢：凭欄望，有東南佳氣，西北神州。【揚州】秦觀長相思：依然燈火揚州。【滄州】蘇軾水調歌頭：遺恨寄滄州。辛棄疾滿庭芳：君知我，從來雅意，未老已滄州。【邊州】辛棄疾水調歌頭：縱得封侯萬里，憔悴老邊州。【十三州】柳永瑞鷓鴣：雄壓十三州。【帝王州】柳永木蘭花慢：古繁華茂苑，是當日、帝王州。【夢到南州】馮延巳虞美人：惟有雲時凉夢到南州。

洲

【汀洲】柳永如魚水：乍雨過，蘭芷汀洲。柳永曲玉管：斷雁無憑，冉冉飛下汀洲。【芳洲】柳永瑞鷓鴣：盡來拾翠芳洲。【小瀛洲】僧揮訴衷情：湧金門外小瀛洲。【白蘋洲】溫庭筠夢江南：腸斷白蘋洲。

舟

【孤舟】李珣巫山一段雲：啼猿何必近孤舟。【扁舟】柳永雙聲子：翻輸范蠡扁舟。辛棄疾水調歌頭：此事君自了，千古一扁舟。【輕舟】歐陽修浪淘沙：漾漾輕舟。【歸舟】周邦彥菩薩蠻：何處是歸舟。柳永八聲甘州：誤幾回、天際識歸舟。【蘭舟】秦觀長相思：想花陰，誰繫蘭舟。李清照一翦梅：輕解羅裳，獨上蘭舟。【鷁舟】周邦彥長相思：林葉陰陰映鷁舟。【一葉舟】柳永瑞鷓鴣：千里滄江一葉舟。李煜漁父：一櫂清風一葉舟。【木蘭舟】馮延巳喜遷鶯：波上木蘭舟。【共一舟】姜夔憶王孫：長與行雲共一舟。【泊孤舟】李煜望江梅：蘆花深處泊孤舟。【泛輕舟】李清照武陵春：聞說雙溪春尚好，也擬泛輕舟。【送歸舟】秦觀虞美人：只有柳花無數，送歸舟。【釣魚舟】潘閬憶餘杭：三三兩兩釣魚舟。【舴艋舟】李清照武陵春：只恐雙溪舴艋舟，載不動許多愁。【繫行舟】吳文英唐多令：漫長是、繫行舟。

酬

時流切【須酬】柳永如魚水：時會高志須酬。

柔

而由切【花柔】晏幾道采桑子：玉膩花柔。【風柔】晏幾道泛清波摘徧：著柳風柔。李清照滿庭霜：不耐風柔。【兩相柔】歐陽修望江南：江南花柳兩相柔。【弄春柔】秦觀江城子：西城楊柳弄春柔。【柳條柔】歐陽修浪淘沙：波光瀲灩柳條柔。【舞溫柔】辛棄疾水調歌頭：歌窈窕，舞溫柔。【櫓聲柔】周邦彥青房並蒂蓮：望去帆一派湖光，棹聲咿啞櫓聲柔。

颼

鳩蒐切【颼颼】蘇軾南鄉子：酒力漸消，風力軟颼颼。

篘 初尤切【酒新篘】蘇軾江城子：花未落，酒新篘。

愁 士尤切【如愁】李煜采桑子：晝雨如愁。【春愁】秦觀夢揚州：鷓鴣啼破春愁。【莫愁】周邦彥長相思：艇子扁舟來莫愁。【閒愁】秦觀望海潮：苧蘿村冷起閒愁。柳永如魚水：莫閒愁。柳永尾犯：一片閒愁。李清照一翦梅：一種相思，兩處閒愁。【新愁】馮延巳采桑子：起來點檢經由地，處處新愁。馮延巳鵲踏枝：爲問新愁，何事年年有。李清照鳳凰臺上憶吹簫：從今更添，幾段新愁。【遺愁】柳永雙聲子：盡成千古遺愁。【避愁】辛棄疾鷓鴣天：欲上高樓去避愁。【凝愁】秦觀長相思：相望幾許凝愁。柳永八聲甘州：爭知我，倚闌干處，正恁凝愁。【濃愁】李清照滿庭霜：更誰家橫笛，吹動濃愁。【離愁】李煜浪淘沙：剪不斷，理還亂，是離愁。【一片愁】辛棄疾鷓鴣天：晚日寒鴉一片愁。【千萬愁】辛棄疾菩薩蠻：心事莫驚鷗，人間千萬愁。【不無愁】秦觀虞美人：鴛鴦驚起不無愁。【不勝愁】馮延巳浣溪沙：晚風斜日不勝愁。張泌浣溪沙：晚風斜日不勝愁。【正堪愁】馮延巳芳草渡：蕭條風物正堪愁。【古今愁】韋莊河傳：江都宮闕，清淮月映迷樓，古今愁。【自多愁】李珣巫山一段雲：行客自多愁。【至今愁】劉禹錫瀟湘神：九疑雲物至今愁。【字字愁】秦觀減字木蘭花：過盡飛鴻字字愁。辛棄疾菩薩蠻：試上小紅樓，飛鴻字字愁。【似儂愁】劉禹錫竹枝詞：水流無限似儂愁。【夜夜愁】姜夔憶王孫：料得吟鸞夜夜愁。【使人愁】秦觀臨江仙：高樓重上使人愁。【定自愁】辛棄疾鷓鴣天：白鳥無言定自愁。【雨中愁】李璟攤破浣溪沙：丁香空結雨中愁。【兩眉愁】晏殊浣溪沙：酒闌空得兩眉愁。【起新愁】晏幾道浣溪沙：落英飄去起新愁。【倚闌愁】周邦彥少年遊：更無人問，獨自倚闌愁。【許多愁】秦觀江城子：流不盡許多愁。李清照武陵春：載不動許多愁。【細如愁】秦觀浣溪沙：無邊絲雨細如愁。【强說愁】辛棄疾醜奴兒：爲賦新詞强說愁。【結春愁】柳永少年遊：相對結春愁。【幾多愁】李煜虞美人：問君能有幾多愁。【煙雲愁】周邦彥長相思：煙雲愁，簫鼓休。【惹香愁】溫庭筠楊柳枝：六宮眉黛惹香愁。【載離愁】辛棄疾水調歌頭：明夜扁舟去，和月載離愁。【滿鏡愁】周邦彥南鄉子：兩點春山滿鏡愁。【管絃愁】歐陽修浣溪沙：新聲難逐管絃愁。【樓上愁】李白菩薩蠻：有人樓上愁。【翠黛愁】晏幾道采桑子：歌扇風流，遮盡歸時翠黛愁。【暮雲愁】歐陽修聖無憂：珠簾捲，暮雲愁。【織成愁】王雱眼兒媚：烟縷織成愁。【隴雲愁】孫光憲酒泉子：人去去，隴雲愁。【雨恨雲愁】柳永曲玉管：翻成雨恨雲愁。

浮　房尤切【沉浮】辛棄疾木蘭花慢：問云何玉兎解沉浮。【浪擁雲浮】辛棄疾聲聲慢：指點簷牙高處，浪擁雲浮。

謀　迷浮切【孫仲謀】辛棄疾南鄉子：生子當如孫仲謀。【稻粱謀】辛棄疾水調歌頭：平生丘壑，歲晚也作稻粱謀。【與君謀】辛棄疾水調歌頭：萬卷詩書事業，嘗試與君謀。

眸　【星眸】蘇軾江城子：美人微笑轉星眸。【凝眸】秦觀望海潮：何人覽古凝眸。李清照鳳凰臺上憶吹簫：應念我，終日凝眸。

尤　予求切。多尤、效尤、怨尤、悔尤、寡尤、古所尤、義所尤。

郵　外郵、行郵、客郵、亭郵、傳郵、邊郵。

仇　渠尤切。同仇、多仇、雪仇、避仇、解仇、心身仇、親與仇。

球　小球、玉球、清球、鳴球。

猷　夷周切。大猷、光猷、帝猷、謀猷、嘉猷、鴻猷、聲猷。

油　燈油、香油、綠油、油油、膏油、酒瀉油、鬱金油。

抽　丑鳩切。芽抽、春抽、麥抽、新抽、旁抽、葉抽、競抽、碧玉抽、聲欲抽。

儔　陳留切。同儔、失儔、良儔、朋儔、寡儔、伊呂儔、管樂儔。

裯　敝裯、衾裯、鴛鴦裯。

疇　田疇、林疇、良疇、新疇、盈疇、蘭疇。

榴　力求切。山榴、石榴、丹榴、珠榴、五月榴、並蒂榴。

囚　眞由切。自囚、幽囚、楚囚、孤囚、情囚、詩囚、縱囚、羈囚、白首囚、自拘囚。

遒　字秋切。力遒、句遒、詩興遒。

揉 而由切。風揉、紛揉、矯揉、香可揉、暖手揉。

搜 踈鳩切。旁搜、冥搜、窮搜、遐搜、枯腸搜。

侔 迷浮切。功侔、相侔、德侔、日月侔、手足侔、造化侔。

矛 弓矛、長矛、曳矛、蛇矛、楯矛、舞矛。

疣（于求切）　庥（虛尤切）　咻　髹　邱（袪尤切）　蚯

惆（尼猷切）　鳩（居尤切）　俅（渠尤切）　逑　釚　優（於求切）

麀　櫌　揄（夷周切）　卣　繇　猶　攸

輶　儵　輈（張流切）　啁　譸　盩　侜

妯（丑鳩切）　瘳　疇（陳留切）　幬　紬　綢　檮

劉（力求切）　懰　瘤　鏐　旒　斿　琉　硫

瀏　騮　鞦（雌留切）　鶖　湫　鰍　愀

啾（將由切）　泅（徐由切）　酋（字秋切）　蝤　犨（蚩周切）

賙（之由切）　讎（時流切）　洲　蹂（而由切）　廋（疎鳩切）　蒐

叟　溲　搊（初尤切）　掫　謅　鄒（側鳩切）　鄹

陬　緅　菆　棷　騶　桴（房尤切）　芣　罘

蜉　牟（迷浮切）　麰　鍪　蝥

【對偶】

辛棄疾雨中花慢：心似傷弓塞雁，身如喘月吳牛。辛棄疾雨中花慢：石臥山前認虎，蟻喧牀下聞牛。秦觀風流子：北隨雲黯黯，東逐水悠悠。辛棄疾雨中花慢：明便關河杳杳，去應日月悠悠。辛棄疾鷓鴣天：事如芳草春長在，人似浮雲影不留。辛棄疾浣溪沙：突兀趁人山石狠，朦朧避路野花羞。李珣巫山一段雲：雲雨朝還暮，煙花春復秋。張泌浣溪沙：早是出門長帶月，可堪分袂又經秋。辛棄疾瑞鷓鴣：秋水觀中山月夜，停雲堂下菊花秋。歐陽修芳草渡：煙初冷，雨纔收。李清照滿庭霜：難堪雨藉，不耐風柔。秦觀浣溪沙：自在飛花輕似夢，無邊絲雨細如愁。李璟攤破浣溪沙：青鳥不傳雲外信，丁香空結雨中愁。晏殊浣溪沙：月好謾成孤枕夢，酒闌空得兩眉愁。晏幾道浣溪沙：腰自細來多態度，臉因紅處轉風流。蘇軾南歌子：山與歌眉斂，波同醉眼流。李珣巫山一段雲：古廟依青嶂，行宮枕碧流。李清照一翦梅：一種相思，兩處閒愁。

（侯）

侯

胡溝切【富民侯】辛棄疾水調歌頭：直覓富民侯。【萬戶侯】辛棄疾菩薩蠻：他日赤松游，依然萬戶侯。

喉

【歌喉】蘇軾減字木蘭花：響亮歌喉。

謳

烏侯切【清謳】蘇軾浣溪沙：老魚跳檻識清謳。【民謳】柳永瑞鷓鴣：襦溫袴暖，已扇民謳。

甌

【瓊甌】柳永如魚水：勸瓊甌。【酌金甌】歐陽修浪淘沙：勸君滿滿酌金甌。【酒滿甌】李煜漁父：花滿渚，酒滿甌。【動金甌】辛棄疾水調歌頭：快上星辰去，名姓動金甌。【捧金甌】蘇軾江城子：月華羞，捧金甌。

鷗

【笑沙鷗】辛棄疾菩薩蠻：拍手笑沙鷗，一牛都是愁。【莫驚鷗】辛棄疾菩薩蠻：心事莫驚鷗。

鉤

居侯切【玉鉤】李煜采桑子：百尺蝦鬚在玉鉤。【金鉤】秦觀夢揚州：望翠樓簾捲金鉤。【銀鉤】周邦彥少年遊：涼月掛銀鉤。【簾鉤】李清照鳳凰臺上憶吹簫：任寶匳閒掩，日上簾鉤。【一輕鉤】李煜漁父：一綸繭縷一輕鉤。【上玉鉤】李璟攤破浣溪沙：手卷眞珠上玉鉤。【上簾鉤】秦觀臨江仙：依舊上簾鉤。【下簾鉤】李清照滿庭霜：日影下簾鉤。【小銀鉤】秦觀浣溪沙：寶簾閒挂小銀鉤。【月如鉤】馮延巳芳草渡：山如黛，月如鉤。李煜烏夜啼：無言獨上西樓，月如鉤。【玉簾鉤】蘇軾菩薩蠻：遙認玉簾鉤。【挂玉鉤】馮延巳采桑子：一半珠簾挂玉鉤。【復如鉤】歐陽修望江南：江南月，如鏡復如鉤。【暗相鉤】李煜菩薩蠻：眼色暗相鉤。【新月如鉤】晏幾道清平樂：幾回新月如鉤。

溝

【碧瓦溝】溫庭筠楊柳枝：金縷毿毿碧瓦溝。

頭

徒侯切【山頭】柳永瑞鷓鴣：人煙好，高下水際山頭。【心頭】柳永如魚水：是非莫挂心頭。【白頭】辛棄疾鷓鴣天：不信人間有白頭。【雲頭】僧揮訴衷情：三千粉黛，十二闌干，一片雲頭。【歌頭】蘇軾南歌子：誰家水調唱歌頭。【樓頭】辛棄疾水龍吟：落日樓頭。【上心頭】李清照一翦梅：才下眉頭，却上心頭。【古渡頭】柳永瑞鷓鴣：兩三人家古渡頭。【玉搔頭】張泌浣溪沙：鈿事羅幕玉搔頭。【在心頭】李煜烏夜啼：別是一般滋味在心頭。馮延巳芳草渡：人去後，多少恨在心頭。【吹滿頭】韋莊思帝鄉：杏花吹滿頭。【長江頭】李之儀卜算子：我住長江頭。【卻回頭】晏殊浣溪沙：鴛鴦飛去卻回頭。秦觀虞美人：柳外一雙飛去卻回頭。【看潮頭】白居易憶江南：郡亭枕上看潮頭。【拂人頭】李煜柳枝：强垂烟穗拂人頭。【滿上頭】劉禹錫竹枝詞：山桃紅花滿上頭。【懶梳頭】柳永少年遊：日高花榭懶梳頭。【白了人頭】歐陽修浪淘沙：如此春來春又去，白了人頭。【豆蔻梢頭】王雱眼兒媚：相思只在，丁香枝上、豆蔻梢頭。

樓

郎侯切【小樓】秦觀浣溪沙：漠漠輕寒上小樓。【朱樓】秦觀虞美人：紫陌東風絃管，咽朱樓。柳永木蘭花慢：萬家綠水朱樓。【西樓】張耒風流子：雁橫南浦，人倚西樓。李煜烏夜啼：無言獨上西樓。【江樓】馮延巳采桑子：笙歌放散人歸去，獨宿江樓。【危樓】秦觀減字木蘭花：困倚危樓。【妝樓】周邦彥南鄉子：晨色動妝樓。【青樓】歐陽修聖無憂：垂楊暗鎖青樓。秦觀虞美人：欲將幽事寄青樓。【孤樓】吳文英瑞鶴仙：缺月孤樓。【紅樓】韋莊河傳：遙望翠檻紅樓。【高樓】僧揮訴衷情：花外有高樓。【登樓】秦觀江城子：飛絮落花時候一登樓。李清照滿庭芳：臨水登樓。【層樓】秦觀長相思：干雲十二層樓。【入高樓】李白菩薩蠻：暝色入高樓。【小紅樓】辛棄疾鷓鴣天：相思重上小紅樓。【上高樓】馮延巳更漏子：將遠恨，上高樓。【下層樓】柳永曲玉管：永日無言，卻下層樓。【月明樓】李煜望江梅：笛在月明樓。【月當樓】晏幾道菩薩蠻：前夜月當樓。【月滿樓】晏幾道鷓鴣天：采罷江邊月滿樓。張先慶佳節：花滿南園月滿樓。【半入樓】溫庭筠楊柳枝：半拂闌干半入樓。【出畫樓】晏幾道采桑子：擕得清風出畫樓。【江上樓】周邦彥菩薩蠻：何處是歸舟，夕陽江上樓。【百尺樓】辛棄疾浣溪沙：寸步人間百尺樓。【倚危樓】辛棄疾摸魚兒：休去倚危樓。【倚江樓】馮延巳喜遷鶯：石城花雨倚江樓。【倚妝樓】柳永少年遊：無語倚妝樓。【倚高樓】辛棄疾菩薩蠻：從今日日倚高樓。【望江樓】溫庭筠夢江南：梳洗罷，獨倚望江樓。【獨倚樓】馮延巳浣溪沙：醉憶春山獨倚樓。【鎖重樓】李璟攤破浣溪沙：依前春恨鎖重樓。【懶上樓】辛棄疾鷓鴣天：但覺新來懶上樓。【月滿西樓】李清照一翦梅：雁字回時，月滿西樓。【玉殿瓊樓】辛棄疾木蘭花慢：怕萬里長鯨，縱橫觸破，玉殿瓊樓。【雲鎖重樓】李清照鳳凰臺上憶吹簫：念武陵春晚，雲鎖重樓。【殘照當樓】柳永八聲甘州：漸霜風淒緊，關河冷落，殘照當樓。

猴 胡溝切。冠猴、棘猴、猿猴、獮猴、狀如猴。

勾 居侯切。相勾、管勾、垂勾。

偷 他侯切。身偸、强偸、未易偸、懶且偸。

投 徒侯切。空投、自投、依投、相投、暗投、情投、暮投、歸投、知音投、兩心投、氣味投。

摟 郎侯切。挽摟。

簍 竹簍、半簍、滿簍。

嘔烏侯切 **歐** **漚** **區** **彄**墟侯切 **摳** **冓**居侯切

篝 **抔**蒲侯切 **瓿** **踣** **掊** **裒** **涑**先侯切

諏將侯切 **兜**當侯切 **媮**他侯切 **婁**郎侯切 **塿** **僂**

髏 **褸** **螻**

【對偶】

歐陽修望江南：花片落時黏酒盞，柳條低處拂人頭。歐陽修望江南：似鏡不侵紅粉面，似鈎不掛畫簾頭。張耒風流子：白蘋煙盡處，紅蓼水邊頭。李清照一翦梅：才下眉頭，却上心頭。辛棄疾鷓鴣天：若教眼底無離恨，不信人間有白頭。秦觀風流子：斷腸南陌，回首西樓。晏幾道鷓鴣天：來時浦口雲隨棹，采罷江邊月滿樓。

（幽）

幽 於虬切【深幽】李清照滿庭霜：畫堂無限深幽。【清幽】柳永如魚水：絳脣啓，歌發清幽。【物華幽】辛棄疾水調歌頭：天宇迥，物華幽。【畫屏幽】秦觀浣溪沙：淡煙流水畫屏幽。

繆 亡幽切【綢繆】蘇軾浣溪沙：三星當戶照綢繆。姜夔憶王孫：零落江南不自由，兩綢繆。

彪 必幽切。文彪、炳彪、彪彪。

糾 居虯切。紛糾、結糾、競糾、纆糾。

虯 渠幽切。玉虯、蛟虯、怒虯、潛虯。

呦 於虯切　**髟** 必幽切　**滮** 平幽切　**樛** 居虯切　**鬮**

璆 渠幽切

仄聲

四十四有四十五厚四十六黝四十九宥五十候五十一幼通用

（有） 以下上聲

有 云九切【年年有】馮延巳鵲踏枝：爲問新愁，何事年年有。【蜂兒有】柳永紅窗迥：花心偏向蜂兒有。【欲無還有】秦觀水龍吟：破暖輕風，弄晴微雨，欲無還有。

友 【三友】辛棄疾念奴嬌：松篁佳韻，倩君添做三友。【山中友】辛棄疾一枝花：那時閒說向，山中友。【花前友】姜夔角招：問誰識，曲中心，花前友。

九 己有切【重九】辛棄疾賀新郎：到君家，悠然細說，淵明重九。

久 【沈吟久】秦觀滿園花：一向沈吟久。【凭闌久】柳永傾杯樂：追舊事，一餉凭闌久。柳永曲玉管：煙波滿目凭闌久。【拋擲久】馮延巳鵲踏枝：誰道閑情拋擲久。【相望久】溫庭筠菩薩鸞：畫樓相望久。【相憶久】溫庭筠更漏子：相見稀，相憶久。【凝望久】晏殊漁家傲：倚徧朱闌凝望久。【天長地久】吳文英天香：花酒年華，天長地久。辛棄疾瑞鶴仙：天長地久，歲歲上、酒翁壽。

韭 【春韭】辛棄疾昭君怨：夜雨剪殘春韭。

牖 以九切【亭牖】周邦彥蝶戀花：暗葉藏鴉，苒苒垂亭牖。【疏牖】周邦彥蝶戀花：翠幕褰風，燭影搖疏牖。【窗牖】周邦彥蝶戀花：柳眼星星，漸欲穿窗牖。

否 俯九切【圓否】蘇軾謁金門：來歲今宵圓否。【賢愚否】辛棄疾一枝花：看丘隴牛羊，更辨賢愚否。

酒 子酉切【如酒】秦觀如夢令：春色着人如酒，姜夔角招：蕩一點，春心如酒。【別酒】周邦彥蝶戀花：不待長亭傾別酒。【芳酒】晏幾道秋蕊香：誰共一杯芳酒。【沽酒】張先玉樹後庭花：寶釵沽酒。【拂酒】周邦彥蝶戀花：不見長條低拂酒。【送酒】秦觀摸魚兒：何人送酒。【春酒】辛棄疾水調歌頭：頻上玉巵春酒。【桂酒】吳文英宴清都，對小弦，月掛南樓，涼浮桂酒。【淡酒】李清照聲聲慢：三盃兩盞淡酒。【殘酒】秦觀御街行：岸柳微風吹殘酒。柳永傾杯樂：漸消盡，醺醺殘酒。李清照如夢令：濃睡不消殘酒。【著酒】周邦彥漁家傲：拂面紅如著酒。【暈酒】辛棄疾鵲橋仙：朱顏暈酒。【碧酒】柳永巫山一段雲：倒盡金壺碧酒。【一壺酒】李煜漁父：一壺酒，一竿身。【多釀酒】辛棄疾蝶戀花：點檢笙歌多釀酒。【長安酒】吳文英燭影搖紅：去年溪上牡丹時，還試長安酒。【常病酒】馮延巳鵲踏枝：日日花前常病酒。【濃如酒】李之儀謝池春：眞箇濃如酒。【臨邛酒】韋莊河傳：翠娥爭勸臨邛酒。【勸君酒】辛棄疾感皇恩：喚得笙歌勸君酒。

首

始九切【回首】秦觀青門引：前事空勞回首。姜夔角招：過三十六離宮，遺遊人回首。【別首】周邦彥蝶戀花：莫話揚鞭回別首。【皓首】周邦彥木蘭花：可惜朱顏成皓首。【搔首】蘇軾醉蓬萊：華髮蕭蕭，對荒園搔首。辛棄疾賀新郎：把萬事，無言搔首。【鶴首】周邦彥蝶戀花：記得長條垂鶴首。【空回首】辛棄疾一枝花：白髮空回首。【空搔首】秦觀摸魚兒：寒雲滿目空搔首。【羣仙首】辛棄疾惜奴嬌：風骨蕭然，稱獨立、羣仙首。【蛾眉螓首】吳文英玉燭新：總未比蛾眉螓首。

手

【招手】秦觀御街行：借寶瑟，輕輕招手。【攜手】周邦彥迎春樂：憶筵上，偷攜手。【纖手】柳永笛家弄：往往攜纖手。【攜素手】韓縝鳳簫吟：恁時攜素手。【纖纖手】韋莊河傳：翠娥爭勸臨邛酒，纖纖手。辛棄疾惜奴嬌：小樣香檀，映朗玉，纖纖手。【玉葱手】吳文英青玉案：還憶鞦韆玉葱手。【重攜手】辛棄疾蝶戀花：覺來小院重攜手。【琵琶手】辛棄疾菩薩蠻：玉纖初試琵琶手。【傳杯手】秦觀摸魚兒：霜天閒却傳杯手。【擎天手】辛棄疾一枝花：千丈擎天手。

守

【株守】秦觀摸魚兒：休株守。【癡心守】秦觀滿園花：行徠癡心守。

受

是酉切【生受】秦觀如夢令：這般姻緣生受。【何曾相受】蘇軾如夢令：水垢何曾相受。

肘

陟柳切【揮肘】蘇軾如夢令：盡日勞君揮肘。

柳　力九切【如柳】溫庭筠更漏子：眉淺淡煙如柳。【垂柳】姜夔角招：爲春瘦，何堪更繞西湖，盡是垂柳。【眉柳】吳文英玉燭新：應數歸舟，愁凝畫闌眉柳。【春柳】周邦彥迎春樂：人人花豔明春柳。【宮柳】周邦彥如夢令：初暖綺羅輕，腰勝武昌宮柳。【細柳】周邦彥瑞鶴仙：暖煙籠細柳。【疏柳】秦觀如夢令：繞岸夕陽疏柳。【煙柳】張先轉聲虞美人：猶有東城煙柳。【楊柳】秦觀青門引：章台楊柳。秦觀如夢令：門外鴉啼楊柳。張先勸金船：休更再歌楊柳。【翠柳】朱敦儒念奴嬌：揷天翠柳。【江頭柳】辛棄疾菩薩蠻：無情最是江頭柳。【如絲柳】溫庭筠南歌子：似帶如絲柳。【長亭柳】吳文英青玉案：短亭芳草長亭柳。【明花柳】辛棄疾蝶戀花：蝴蝶西園，暖日明花柳。【花共柳】柳永紅窗迥：小園東，花共柳。【亭前柳】周邦彥漁家傲：風流萬縷亭前柳。【穿細柳】朱敦儒念奴嬌：誰做秋聲穿細柳。【垂絲柳】韋莊河傳：拂面垂絲柳。溫庭筠菩薩蠻：闌外垂絲柳。【庭前柳】李之儀謝池春：且將此恨，分付庭前柳。【尋花柳】柳永笛家弄：醉裏不尋花柳。【堤上柳】馮延巳鵲踏枝：河畔青蕪堤上柳。【煙著柳】晏殊更漏子：雪藏梅，煙著柳。【輕似柳】晏幾道清平樂：嬌妙如花輕似柳。【覷花柳】柳永傾杯樂：偸眼覷，也不忍覷花柳。【攀弱柳】溫庭筠定西番：攀弱柳，折寒梅。

朽　許久切。不朽、枯朽、衰朽、骨朽、腐朽。

臼　巨九切。井臼、玉臼、石臼、杵臼、茶臼、舂臼、楓臼、霜臼、眼如臼、硯空臼。

咎　引咎、自咎、受咎、委咎、殃咎、怨咎、歸咎。

缶　俯九切。土缶、玉缶、碧缶、盈缶、擊缶。

婦　扶缶切。小婦、妒婦、思婦、征婦、嫠婦、新婦、愁婦、棄婦、戲婦、艷婦、織婦。

負　心負、自負、空負、抱負、荷負、孤負、擔負。

阜　大阜、民阜、高阜、林阜、殷阜、華阜、翠阜、層阜。

帚　止酉切。奉帚、敝帚、箕帚、掃花帚、掃愁帚。

綬　是酉切。朱綬、印綬、佩綬、結綬、黃綬、紫綬、懸綬。

壽 永壽、祈壽、延壽、眉壽。

蹂 忍九切。馬蹂、踐蹂、深踐、騰蹂。

紐 女九切。門紐、結紐、鐵紐、關紐。

右云九切 **玖**己有切 **舅**巨九切 **酉**以九切 **羑** **誘** **卣** **琇** **莠** **滫**息有切 **湫**子酉切 **醜**齒九切 **授**是酉切 **揉**忍九切 **溲**所九切 **丑**敕九切 **紂**文九切 **綹**力九切 **瀏** **忸**女九切 **鈕** **扭** **狃**

【對偶】溫庭筠更漏子：相見稀，相憶久。秦觀念奴嬌：亂舞斑衣，齊傾壽酒。晏殊更漏子：雪藏梅，煙著柳。

（厚）

口 去厚切【笑口】秦觀摸魚兒：塵世難逢笑口。【渡口】王建宮中調笑：日暮白沙渡口。【暫開口】柳永傾杯樂：未曾略展雙眉、暫開口。【懸河口】辛棄疾一枝花：千丈擎天手，萬卷懸河口。

垢 擧后切【本來無垢】蘇軾如夢令：居士本來無垢。

狗 【馬如狗】賀鑄行路難：車如雞棲馬如狗。

偶 於口切【人未偶】李之儀謝池春：天不老，人未偶。【初命偶】歐陽修蝶戀花：昨夜佳人初命偶。【孤歡偶】柳永傾杯樂：如何媚客艷態，抵死孤歡偶。【時難偶】馮延巳金錯刀：麒麟欲畫時難偶。【終難偶】柳永曲玉管：別來錦字終難偶。【難重偶】柳永笛家弄：豈知秦樓，玉簫聲斷，前事難重偶。【難歡偶】晏幾道秋蕊香：眼中人去難歡偶。

剖 彼口切【伸剖】柳永傾杯樂：算到頭，誰與伸剖。

畝 莫後切【千畝】姜夔角招：早亂落，香紅千畝。

斗 當口切【刁斗】吳文英宴清都：正虎落、馬靜晨嘶，連營夜沈刁斗。【牛斗】李清照菩薩蠻：曙色回牛斗。【北斗】張孝祥念奴嬌：細斟北斗。【如斗】辛棄疾水龍吟：金印明年如斗。【金斗】秦觀如夢令：玉腕不勝金斗。【香斗】吳文英天香：紅蓮並蔕，荷塘水暖香斗。【山銜斗】汪藻點絳脣：夜寒江靜山銜斗。【文章山斗】辛棄疾水龍吟：況有文章山斗。【杓回搖斗】李清照長壽樂：漏殘銀箭，杓回搖斗。

厚 很口切。自厚、恩厚、敦厚、情厚、深厚、溫厚、篤厚、自養厚、恩義厚。

后 人后、川后、天后、神后。

吼 許后切。風吼、夜吼、雷吼、猿吼、獅吼、潮吼

叩 去厚切。面叩、拜叩、強叩、深叩、瞻叩、辭叩。

扣 杖扣、空扣、謾扣、緩扣。

藕 語口切。玉藕、折藕、金藕、秋藕、雪藕。

培 薄口切。蟆培。

母 莫後切。孟母、救母、漂母、賢母、慰母。

莽 草莽、榛莽。

藪 蘇后切。山藪、林藪、花藪、幽藪、荒藪、春藪、淵藪。

抖 當口切。發抖、顫抖。

走 子口切。奔走、疾走、爭走、夜走、陸走、馳走、間道走。

後（很口切）　釦（去厚切）　詬（翠后切）　苟　笱　枸

歐（於口切）　嘔　耦（語口切）　掊（彼口切）　蔀（普后切）

部（薄口切）　瓿　拇（莫後切）　某　牡　姆　叟（蘇后切）

嗾　擻　籔　趣（此苟切）　走（子口切）　陡　蚪

鋀（徒口切）　塿（朗口切）　嘍　簍

（黝）

黝 於糾切。昏黝、深黝、黝黝。

糾 居黝切 赳 鬮

（宥）以下去聲

又 尤救切【難又】秦觀摸魚兒：青春過了難又。【風雨又】辛棄疾蝶戀花：可惜春殘風雨又。

齅 許救切【紅蕊齅】歐陽修漁家傲：醉折嫩房紅蕊齅。【梅枝齅】吳文英青玉案：翠陰曾摘梅枝齅。【青梅齅】李清照點絳唇：倚門回首，卻把青梅齅。

舊 巨救切【依舊】周邦彥蝶戀花：別離情味還依舊。朱淑眞生查子：月與燈依舊。秦觀青門引：雖夢斷春歸，相思依舊。秦觀御街行：斷腸時，至今依舊。【似舊】姜夔角招：而今時候，傷春似舊。【思舊】周邦彥蝶戀花：路長人倦空思舊。【感舊】柳永笛家弄：觸目傷懷，盡成感舊。【金縷舊】溫庭筠酒泉子：淚痕新，金縷舊。【長依舊】馮延巳憶江南：人非風日長依舊。張先轉聲虞美人：青蔭長依舊。【皆如舊】晏幾道秋蕊香：朱闌碧砌皆如舊。【還依舊】馮延巳鵲踏枝：每到春來，惆悵還依舊。李之儀謝池春：見了還依舊。【還感舊】歐陽修玉樓春：無奈醒來還感舊。【青青如舊】辛棄疾水龍吟：桐陰閣道，青青如舊。【海棠依舊】李清照如夢令：却道海棠依舊。【傷今感舊】辛棄疾賀新郎：謾贏得、傷今感舊。

秀 息救切【雨秀】周邦彥玉燭新：風嬌雨秀。【明秀】周邦彥蝶戀花：客舍青青，特地添明秀。【奇秀】周邦彥蝶戀花：小樹危樓，處處添奇秀。【爭秀】周邦彥蝶戀花：過盡冰霜，便與春爭秀。張先勸金船：並照與艷妝爭秀。【梅秀】辛棄疾惜奴嬌：春江雪，一枝梅秀。【蕙秀】吳文英玉燭新：蘭清蕙秀。【金枝秀】柳永永遇樂：蘿圖薦祉，累慶金枝秀。【重重秀】辛棄疾賀新郎：青山幸自重重秀。

繡 【文繡】周邦彥如夢令：塵滿一絣文繡。【如繡】柳永笛家弄：銀塘似染，金堤如繡。【刺繡】周邦彥迎春樂：比目香囊新刺繡。【餘繡】秦觀青門引：孤衾長閑餘繡。【花如繡】姜夔點絳脣：畫堂深映花如繡。【閒春繡】吳文英青玉案：滿池閒春繡。【霑裀繡】歐陽修蝶戀花：淒涼暮雨霑裀繡。

鏽

【鋪鏽】王雱倦尋芳：驚下亂紅鋪鏽。

岫

似就切【雲出岫】辛棄疾浣溪沙：山上朝來雲出岫。【煙外岫】姜夔角招：自看煙外岫，記得與君，湖上攜手。【千巖萬岫】辛棄疾賀新郎：總被西風都瘦損，依舊千巖萬岫。【遊雲出岫】吳文英醉蓬萊：靜中閒看，倦羽飛還，遊雲出岫。

袖

【紅袖】姜夔點絳脣：兩行紅袖，齊勸長生酒。辛棄疾瑞鶴仙：向水沈煙裏，兩行紅袖。【盈袖】李清照醉花陰：有暗香盈袖。【障袖】姜夔角招：畫船障袖，青樓倚扇，相映人爭秀。【霑袖】秦觀如夢令：妝粉亂痕霑袖。【霞袖】柳永腰肢輭：慢垂霞袖。【襟袖】周邦彥玉燭新：濃香暗沾襟袖。柳水傾杯樂：危閣迥，凉生襟袖。【薰袖】李清照轉調滿庭芳：生香薰袖。【香沾袖】辛棄疾念奴嬌：嫩寒清曉，只欠香沾袖。【香盈袖】歐陽修蝶戀花：臂上殘妝，印得香盈袖。【沾衣袖】周邦彥漁家傲：循堦竹粉沾衣袖。【沾襟袖】李之儀謝池春：飛絮沾襟袖。【春衫袖】朱淑眞生查子：淚濕春衫袖。【風滿袖】馮延巳鵲踏枝：獨立小橋風滿袖。【盈襟袖】秦觀滿園花：淚珠盈襟袖。【滿衫袖】秦觀摸魚兒：香霧滿衫袖。【雲生袖】歐陽修蝶戀花：綏髻輕攏，一朵雲生袖。【淚痕盈袖】吳文英醉蓬萊：望碧天書斷，寶枕香留，淚痕盈袖。

就

疾僦切【未就】晁補之水龍吟：壅培未就。【吟纔就】姜夔卜算子：涼觀酒初醒，竹閣吟纔就。【新妝就】歐陽修玉樓春：佳人向晚新妝就。【誰描就】歐陽修漁家傲：文君膩臉誰描就。

獸

舒救切【金獸】李清照醉花陰：瑞腦消金獸。【香獸】秦觀青門引：一夜薰爐，添盡香獸。【添香獸】李煜浣溪沙：金爐次第添香獸。【聯寶獸】張先偸聲木蘭花：外院重扉聯寶獸。【香飄金獸】張耒秋蕊香：一線香飄金獸。

咒

職救切【輕咒】秦觀青門引：怎忍辜、耳邊輕咒。

綬 承咒切【羅綬】辛棄疾菩薩蠻：阮琴斜挂香羅綬。【金章綠綬】李清照長壽樂：文步紫禁，一一金章綠綬。

壽 【功名壽】辛棄疾虞美人：一盃莫落吾人後，富貴功名壽。【南山壽】歐陽修漁家傲：玉階遙獻南山壽。【伴莊椿壽】辛棄疾水龍吟：痛飲八千餘歲，伴莊椿壽。【松椿比壽】李清照長壽樂：祝千齡，借指松椿比壽。【雲謠爲壽】柳永巫山一段雲：一曲雲謠爲壽。

瘦 所救切【玉瘦】李清照多麗：漸秋闌、雪消玉瘦。【花瘦】秦觀如夢令：無奈玉銷花瘦。【春瘦】晏幾道點絳脣：又成春瘦。【消瘦】周邦彥大有：見傍人，驚怪消瘦。秦觀御街行：鏡中消瘦。王雱倦尋芳：對東風，盡成消瘦。【清瘦】歐陽修鹽角兒：兩個相見，管取一雙清瘦。【山樣瘦】歐陽修蝶戀花：寶琢珊瑚山樣瘦。【元自瘦】歐陽修漁家傲：楚國細腰元自瘦。【朱顏瘦】馮延巳鵲踏枝：不辭鏡裏朱顏瘦。【成春瘦】陳亮虞美人：依舊成春瘦。【和他瘦】辛棄疾蝶戀花：腰肢近日和他瘦。【爲春瘦】姜夔角招：爲春瘦，何堪更繞西湖，盡是垂柳。【梅花瘦】張先偷聲木蘭花：雪籠瓊苑梅花瘦。【梅邊瘦】吳文英青玉案：醉魂和夢，化作梅邊瘦。【添清瘦】柳永傾杯樂：朝思暮想，自家空恁添清瘦。【黃花瘦】李清照醉花陰：人比黃花瘦。【殘瘦香】吳文英青玉案：故園胡蝶，粉薄殘香瘦。【榆柳瘦】周邦彥木蘭花：古道塵消榆柳瘦。【傷春瘦】歐陽修玉樓春：也知自爲傷春瘦。【經年瘦】馮延巳憶江南：一夢經年瘦。【橫窗瘦】汪藻點絳脣：梅影橫窗瘦。【瓊枝瘦】晏幾道采桑子：花時惱得瓊枝瘦。【冰姿清瘦】辛棄疾念奴嬌：姑射冰姿清瘦。【竹清松瘦】辛棄疾感皇恩：席上看君，竹清松瘦。【和天也瘦】秦觀水龍吟：天還知道，和天也瘦。【雪殘香瘦】晏殊秋蕊香：梅蕊雪殘香瘦。【啼春漫瘦】吳文英燭影搖紅：笑流鶯，啼春漫瘦。【畫眉人瘦】秦觀青門引：誰念畫眉人瘦。【綠肥紅瘦】李清照如夢令：知否，知否，應是綠肥紅瘦。

縐 側救切【紅縐】辛棄疾粉蝶兒：向園林，鋪作地衣紅縐。【隨步縐】李煜浣溪沙：紅錦地衣隨步縐。

皺

【長皺】王雱倦尋芳：買斷兩眉長皺。【紅皺】周邦彥如夢令：淚濕領巾紅皺。【眉皺】秦觀滿園花：拂地須眉皺。【碧皺】晏幾道清平樂：波紋碧皺。【風捲皺】歐陽修玉樓春：池面綠蘿風捲皺。【紅浪皺】歐陽修蝶戀花：幾疊鴛衾紅浪皺。【雙蛾皺】李煜采桑子：璚窗春斷雙蛾皺。【隨步皺】歐陽修玉樓春：舞急香茵隨步皺。【羅裙皺】晏幾道生查子：昨夜羅裙皺。【一點春皺】蘇軾洞仙歌：便吹散眉間，一點春皺。【帕綃紅皺】吳文英醉蓬萊：臂約痕深，帕綃紅皺。

驟

鉏救切【風驟】吳文英西江月：高處花驚風驟。【馳驟】晁補之水龍吟：帳風件雨如馳驟。【雨疏風驟】李清照如夢令：昨夜雨疏風驟。

僽

【僝僽】秦觀滿園花：倒把人來僝僽。秦觀御街行：那人知後，弄你來僝僽。辛棄疾蝶戀花：收拾情懷，長把詩僝僽。【雨僝風僽】辛棄疾粉蝶兒：甚無情，便下得、雨僝風僽。

晝

陟救切【永晝】周邦彥漁家傲：灰暖香融銷永晝。【長晝】周邦彥如夢令：長晝，困臥午窗中酒。【閒晝】王雱倦尋芳：小院閒晝。【晴晝】周邦彥花心動：東風暖，楊花亂飄晴晝。【如晴晝】柳永傾杯樂：分明夜色如晴晝。【弄晴晝】蘇軾洞仙歌：惟見金絲弄晴晝。【眠永晝】辛棄疾蝶戀花：醉倒東風眠永晝。【愁永晝】李清照醉花陰：薄霧濃雲愁永晝。【燈如晝】朱淑眞生查子：花市燈如晝。【籠晴晝】歐陽修玉樓春：陰陰樹色籠晴晝。【酒中延晝】吳文英玉燭新：向夢裏銷春，酒中延晝。【閒窗鎖晝】李清照滿庭霜：小閣藏春，閒窗鎖晝。【滿庭清晝】辛棄疾水龍吟：對桐陰，滿庭清晝。【棋消永晝】吳文英燭影搖紅：更明朝，棋消永晝。【錦衣行晝】辛棄疾水龍吟：向中州，錦衣行晝。

冑

直祐切【貴冑】李清照長壽樂：晝錦滿堂貴冑。

酎

【一江春酎】辛棄疾粉蝶兒：把春波，都釀作一江春酎。【蘭羞玉酎】李清照長壽樂：看綵衣爭獻，蘭羞玉酎。

溜

力救切【光欲溜】周邦彥漁家傲：日照釵梁光欲溜。【金釵溜】李煜浣溪沙：佳人舞點金釵溜。【珠欲溜】歐陽修玉樓春：圓膩歌喉珠欲溜。【銀盤溜】歐陽修漁家傲：櫻桃色照銀盤溜。【橫波溜】歐陽修蝶戀花：春嬌入眼橫波溜。

宥 尤救切。乞宥、自宥、厚宥、寬宥。

右 左右、推右、豪右。

佑 保佑、相佑、神佑、陰佑、常佑。

囿 古囿、池囿、郊囿、鹿囿、情囿、詩囿、蘭囿、繁囿。

救 居又切。弗救、自救、赴救、相救、扶救、遣救、馳救、謀救。

究 根究、詳究、察究、精究、靡究、窮究。

疚 內疚、心疚、如疚、怨疚、昏疚。

廄 苑廄、車廄、馬廄、敝廄。

仆 敷救切。不仆、顛仆。

富 方副切。奇富、民富、侈富、待富、殷富、虛富、饒富、繁富、百官富、晉楚富。

復 扶富切。不復、再復、無復。

臭 逐臭、魚臭、酒臭、氣臭、聲臭、如蘭臭、鮑肆臭。

授 承咒切。口授、天授、手授、初授、相授、面授、拜授、虛授、造化授。

售 自售、奇售、疾售、得售、喜且售。

肉 如又切。庖肉、炙肉、骨肉、乾肉、宿肉、割肉、鼎肉、花映肉、俎上肉。

畜 丑救切。人畜、六畜、市畜、禽畜、靈畜。

祐（尤救切）　**侑**　**灸**（居又切）　**柩**　**鼬**（余救切）　**柚**

副（敷救切）　**覆**　**琇**（息救切）　**宿**　**鷲**（疾僦切）　**狩**（舒救切）

守　**首**　**臭**（尺救切）　**蹂**（如又切）　**甃**（側救切）　**宙**（直祐切）

霤（力救切）　**餾**　**瘤**　**糅**（女救切）　**狃**

【對偶】柳永笛家弄：銀塘似染，金堤如繡。李清照滿庭霜：小閣藏春，閒窗鎖晝。

（候）

候

下遘切【相候】辛棄疾粉蝶兒：約清愁，楊柳岸邊相候。【時候】秦觀摸魚兒：橘綠橙黃時候。秦觀如夢令：還是褪花時候。晏殊更漏子：依約上春時候。柳永永遇樂：晝景清和，新霽時候。【三秋候】馮延巳采桑子：寒蟬欲報三秋候。【添氣候】歐陽修漁家傲：風雨時時添氣候。【銀燭候】歐陽修玉樓春：歸騎休交銀燭候。

堠

【亭堠】周邦彥虞美人：添衣策馬尋亭堠。

後

【人散後】李煜臨江仙：門巷寂寞人散後。【人歸後】馮延巳鵲踏枝：平林新月人歸後。李煜謝新恩：庭空客散人歸後。【三竺後】潘閬憶餘杭：靈隱寺前三竺後。【清明後】李之儀謝池春：殘寒銷盡，疏雨過，清明後。柳永笛家弄：乍晴輕暖清明後。【疏雨後】晏殊漁家傲：昨日小池疏雨後。【黃昏後】李清照醉花陰：東籬把酒黃昏後。朱淑眞生查子：人約黃昏後。【擁前後】辛棄疾感皇恩：妙舞清歌擁前後。【離別後】辛棄疾蝶戀花：楊柳見人離別後。【新雪後】周邦彥蝶戀花：愛日輕明新雪後。【雕鞍歸後】張先玉樹後庭花：曉蟾殘漏心情，恨雕鞍歸後。

厚

【霜筠厚】歐陽修漁家傲：成行新筍霜筠厚。

奏

則候切【自奏】姜夔角招：春心如酒，寫入吳絲自奏。【細奏】吳文英玉燭新：春簧細奏。【飛捷奏】歐陽修漁家傲：戰勝歸來飛捷奏。【笙簫奏】張先勸金船：隔障笙簫奏。【韶音奏】姜夔點絳脣：一點台星，化作人間秀，韶音奏。【簫鼓奏】李煜浣溪沙：別殿遙聞簫鼓奏。

鬭

丁候切【齊鬭】周邦彥大有：柳無言，雙眉盡日齊鬭。【謾鬭】周邦彥玉燭新：壽陽謾鬭，終不似，照水一枝清瘦。【羣雀鬭】周邦彥漁家傲：曲角欄干羣雀鬭。

透

他候切【香透】秦觀御街行：花帶雨，冰肌香透。【輕透】秦觀青門引：窗外曉寒輕透。【薰透】周邦彥迎春樂：連隔座，一時薰透。【三丈透】李煜浣溪沙：紅日已高三丈透。【紅煙透】歐陽修玉樓春：金花盞面紅煙透。【香汗透】歐陽修蝶戀花：酒力融融香汗透。【香風透】姜夔點絳脣：瑞烟噴獸，簾幕香風透。【春心透】姜夔卜算子：猶恨幽香作許慳，小遲春心透。【胭脂透】王雱倦尋芳：海棠著雨胭脂透。【凉初透】李清照醉花陰：半夜凉初透。【清香透】歐陽修漁家傲：天絲不斷清香透。【笙簫透】吳文英燭影搖紅：彩雲林外笙簫透。【斜日透】周邦彥蝶戀花：雨過朦朧斜日透。【輕寒微透】晏殊秋蕊香：羅幕輕寒微透。柳永鬬百花：翠幕輕寒微透。

豆 大透切【紅豆】溫庭筠酒泉子：猶繫別時紅豆。【安紅豆】溫庭筠新添聲楊柳枝：玲瓏骰子安紅豆。【青如豆】歐陽修漁家傲：葉間梅子青如豆。

漏 郎豆切【輕漏】周邦彥玉燭新：暈酥砌玉芳英嫩，故把春心輕漏。【曉漏】李清照菩薩蠻：角聲催曉漏。

詬 許候切。尤詬、含詬、忍詬、訶詬、嘲詬、厲聲詬。

寇 邱候切。山寇、召寇、平寇、逆寇、防寇、自寇、邊寇、禦寇。

構 居候切。亘構、宏構、堂構、築構、華構、雲構、層構。

購 前購、官購、急購、懸購。

陋 郎豆切。固陋、狹陋、頑陋、側陋、儉陋、鄙陋、簡陋、醜陋、薄陋、不爲陋、紅粉陋、室巷陋。

逅下遘切　后　吼許候切　蔻　扣邱候切　釦

冓居候切　遘　覯　媾　姤　句　彀　雊

韝　鷇　搆　漚於候切　戊莫候切　茂　袤

楙　瞀　姆　貿　漱先奏切　嗽　嗾

湊千候切　輳　鏃　腠　蔟　走候切　餖大透切

逗　竇　窬　荳　讀　鏤郎豆切　耨乃豆切

（幼）

幼　伊謬切。扶幼、孤幼、恤幼、慈幼、稚幼、童幼、心不幼、靈照幼。

柚　綠柚、湘柚、霜柚、橘柚、雲夢柚。

繆　靡幼切。不繆、乖繆、紕繆、相繆、荒繆。

謬　靡幼切

第十三部

平聲二十一侵獨用

（侵）

侵 千尋切【交侵】柳永夏雲峰：筵上笑歌間發，舄履交侵。【一塵侵】辛棄疾西江月：胸中不受一塵侵。【白髮侵】辛棄疾鷓鴣天：綠鬢都無白髮侵。【歲月侵】辛棄疾鷓鴣天：老病那堪歲月侵。

駸【駸駸】蘇軾臨江仙：淒風寒雨是駸駸。

浸【花期浸】歐陽修恨春遲：歸燕來時花期浸。【浮清浸】歐陽修玉樓春：晚潮去棹浮清浸。

心 思林切【江心】皇甫松浪淘沙：去年沙觜是江心。【同心】韋莊清平樂：羅帶悔結同心。【初心】歐陽修恨春遲：如何消遣初心。【愁心】晏幾道采桑子：一寸愁心。【傷心】姜夔一萼紅：南去北來何事，蕩湘雲楚水，目極傷心。【歸心】歐陽修訴衷情：脈脈歸心。【一般心】柳永少年遊：孤棹煙波，小樓風月，兩處一般心。【小庭心】吳文英思佳客：寒香深閉小庭心。【月中心】吳文英朝中措：花在月中心。【不到心】晏幾道鷓鴣天：九日悲秋不到心。【五陵心】柳永瑞鷓鴣：時恁迴眸斂黛，空役五陵心。【主人心】韋莊菩薩蠻：珍重主人心。【本無心】辛棄疾西江月：白鷗來往本無心。【百年心】辛棄疾水調歌頭：時序百年心。【似我心】李之儀卜算子：只願君心似我心。【見蓮心】孫光憲竹枝：藕花落盡見蓮心。【幾般心】馮延巳臨江仙：徘徊一晌幾般心。【紫檀心】晏殊浣溪沙：向誰分付紫檀心。【結同心】溫庭筠更漏子：重翠幕，結同心。【感君心】溫庭筠南歌子：隔簾鶯百囀，感君心。【換我心】顧敻訴衷情：換我心，為你心。【萬般心】馮延巳酒泉子：寒風生，羅衣薄，萬般心。【蕩子心】溫庭筠楊柳枝：可惜牽纏蕩子心。【獨傷心】馮延巳憶江南：空餘枕淚獨傷心。【舊時心】柳永燕歸梁：恐冷落，舊時心。【蕙質蘭心】柳永離別難：有天然、蕙質蘭心。【蘭態蕙心】柳永夏雲峰：越娥蘭態蕙心。

尋

徐心切【長尋】孫光憲竹枝：越羅萬丈表長尋。【侵尋】姜夔一萼紅：金盤簇燕，空歎時序侵尋。【追尋】蘇軾臨江仙：紫雲無路追尋。【難尋】柳永離別難：縱洪都方士也難尋。吳文英朝中措：人間仙影難尋。【不相尋】顧敻訴衷情：爭忍不相尋。【何處尋】姜夔鬲溪梅令：玉鈿何處尋。【杳難尋】馮延巳虞美人：舊歡拋棄杳難尋。姜夔虞美人：惆悵歸來屐，而今仙迹杳難尋。

潯

【清潯】柳永夏雲峰：花洞彩舟泛斝，坐繞清潯。

深

式針切【思深】韋莊清平樂：獨凭朱闌思深。【春深】姜夔一萼紅：待得歸鞍到時，只怕春深。【秋深】吳文英朝中措：冷煙疏雨秋深。【黃深】柳永宣清：嫩菊黃深。【煙深】馮延巳臨江仙：雨晴芳草煙深。【春色深】李清照浣溪沙：小院閒窗春色深。【柳淺深】吳文英思佳客：但看樓前柳淺深。【相憶深】顧敻訴衷情：換我心，為你心，始知相憶深。【酒盃深】晏殊浣溪沙：有情須滯酒盃深。【酒淺深】辛棄疾水調歌頭：歡多少，歌長短，酒淺深。【笑靨深】晏幾道鷓鴣天：露染黃花笑靨深。【絆人深】孫光憲竹枝：亂絨千結絆人深。【情亦深】韋莊菩薩蠻：酒深情亦深。【偶情深】柳永少年遊：當日偶情深。【畫屏深】韋莊酒泉子：綠雲傾，金枕膩，畫屏深。【畫堂深】賀鑄浣溪沙：燕飛人靜畫堂深。【畫樓深】李煜虞美人：燭明香暗畫樓深。【著意深】晏幾道采桑子：猶憶西樓著意深。【歲月深】馮延巳南鄉子：挹恨還同歲月深。【落花深】李清照好事近：風定落花深。【翠鈿深】溫庭筠南歌子：臉上金霞細，眉間翠鈿深。【暮雲深】柳永離別難：千古暮雲深。【寫意深】柳永燕歸梁：織錦裁編寫意深。

斟

諸深切【酒孤斟】吳文英思佳客：愁自遣，酒孤斟。

任

如林切【勝任】柳永離別難：纖綿香體，都不勝任。【難任】柳永瑞鷓鴣：動象板數聲，怨思難任。【思難任】韋莊酒泉子：柳煙輕，花露重，思難任。

簪

側吟切【瓶簪】柳永離別難：中路委瓶簪。【瑤簪】柳永瑞鷓鴣：寶髻瑤簪。【蓬簪】吳文英木蘭花慢：人營燕壘，霜滿蓬簪。【倩誰簪】辛棄疾水調歌頭：白髮短如許，黃髮倩誰簪。【雲岫如簪】辛棄疾行香子：雲岫如簪，野漲挼藍。

砧

知林切【寒砧】吳文英木蘭花慢：問楊瓊，往事到寒砧。【已聞砧】晏幾道鷓鴣天：初見雁，已聞砧。【夜夜砧】晏幾道采桑子：日日寒蟬夜夜砧。【秣陵砧】李璟望遠行：殘月秣陵砧。

沈

持林切【低沈】柳永夏雲峰：軒楹雨，輕壓暑氣低沈。柳永瑞鷓鴣：嘹亮處，迴壓絃管低沈。【沈沈】歐陽修恨春遲：音息沈沈。吳文英木蘭花慢：鴻飛渺渺，天色沈沈。【星沈】韋莊酒泉子：月落星沈。【半欲沈】皇甫松浪淘沙：浪惡罾船半欲沈。【任浮沈】辛棄疾鷓鴣天：隨巧拙，任浮沈。【夜沈沈】馮延巳酒泉子，早梅香殘雪白，夜沈沈。柳永離別難：人悄悄，夜沈沈。【恨沈沈】馮延巳虞美人：舊歡拋棄杳難尋，恨沈沈。【信沈沈】柳永少年遊：魂杳杳，信沈沈。【馬嘶沈】馮延巳臨江仙：路邊人去馬嘶沈。【雁沈沈】辛棄疾最高樓：魚沒雁沈沈。【影沈沈】李清照浣溪沙：重簾未捲影沈沈。【曉夢沈】吳文英思佳客：迷蝶無蹤曉夢沈。

林

黎鍼切【上林】晏殊浣溪沙：三月和風滿上林。【笑林】辛棄疾鷓鴣天：要寫行藏入笑林。【疎林】皇甫松浪淘沙：灘頭細草接疎林。【園林】柳永鳳歸雲：戀帝里，金谷園林。

臨

【登臨】晏幾道采桑子：長負登臨。姜夔一萼紅：故王臺榭，呼喚登臨。

淫

夷鍼切【書史淫】辛棄疾鷓鴣天：百藥難治書史淫。

霪

【霖霪】李清照添字醜奴兒：點滴霖霪。

愔

伊淫切【愔愔】張炎長亭怨：門巷愔愔。

音

於金切【知音】柳永瑞鷓鴣：須修道，緣情寄意，別有知音。辛棄疾最高樓：流水外，有知音。【清音】辛棄疾水調歌頭：誰要卿料理，山水有清音。【新音】柳永夏雲峰：坐久覺，疏絃翠管，時換新音。【遺音】柳永離別難：尊前歡笑，空想遺音。【寄芳音】柳永燕歸來：密憑歸雁寄芳音。【動芳音】溫庭筠楊柳枝：裊枝啼露動芳音。【絕來音】顧敻訴衷情：永夜拋人何處去，絕來音。

陰

【光陰】柳永夏雲峰：向此免，名韁利鎖，虛費光陰。柳永離別難：嗟年少光陰。【成陰】柳永瑞鷓鴣：傾訴處，王孫帝子，鶴蓋成陰。【又春陰】晏殊浣溪沙：惱人天氣又春陰。【竹樹陰】辛棄疾卜算子：靜掃瓢泉竹樹蔭。【弄輕陰】李清照浣溪沙：細風吹雨弄輕陰。【綠成蔭】姜夔鬲溪梅令：又恐春風歸去綠成陰。【颭花陰】馮延巳憶江南：今宵簾幕颭花陰。【鎖雲陰】吳文英朝中措：海東明月鎖雲陰。【繡簾陰】蘇軾江城子：淡煙籠月繡簾陰。

吟

魚音切【高吟】柳永夏雲峰：醉鄉歸處，須盡興，滿酌高吟。【謳吟】柳永瑞鷓鴣：綺羅叢裏，獨逞謳吟。【一愁吟】柳永燕歸梁：一回披玩一愁吟。【不勝吟】歐陽修望江南：鶯嫌枝嫩不勝吟。【燕同吟】吳文英思佳客：一簾芳景燕同吟。【低唱微吟】蘇軾臨江仙：何妨低唱微吟。

衾

袪音切【孤衾】馮延巳南鄉子：玉枕擁孤衾。【鴛衾】柳永離別難：開香閨，永垂鴛衾。柳永少年遊：燈殘香暖，好事盡鴛衾。【繡衾】溫庭筠更漏子：待郎熏繡衾。

今

居吟切【而今】柳永燕歸梁：無聊賴，是而今。【如今】賀鑄浣溪沙：隔簾無處說春心，一從燈夜到如今。

金

【千金】柳永燕歸梁：字値千金。柳永離別難：美韶容，何啻値千金。辛棄疾鷓鴣天：霎時光景値千金。【鎔金】李清照永遇樂：落日鎔金。【水鎔金】廖世美好事近：落日水鎔金。【色似金】溫庭筠楊柳枝：兩兩黃鸝色似金。【萬枝金】馮延巳臨江仙：青帘斜挂，新柳萬枝金。

襟

【披襟】柳永夏雲峰：楚臺風快，湘簟冷，永日披襟。【香襟】晏幾道清平樂：微涼暗入香襟。【風襟】晏幾道采桑子：月幌風襟。【掩霞襟】柳永瑞鷓鴣：凝態掩霞襟。【淚盈襟】柳永燕歸梁：腸成結，淚盈襟。【淚滿襟】馮延巳更漏子：前歡淚滿襟。【獨沾襟】臨江仙：凝恨獨沾襟。

禁

【難禁】柳永夏雲峰：逞妖艷，昵歡邀寵難禁。【思難禁】李煜虞美人：滿鬢清霜殘雪思難禁。

琴 巨金切【鳴琴】韋莊清平樂：小窗風觸鳴琴。【倚瑤琴】馮延巳更漏子：搴繡幌，倚瑤琴。【綠綺琴】晏幾道采桑子：絃斷相如綠綺琴。

禽 【雙禽】馮延巳臨江仙：隔江何處吹橫笛，沙頭驚起雙禽。【臥沙禽】姜夔一萼紅：漸笑語、驚起臥沙禽。【變鳴禽】辛棄疾水調歌頭：池塘春暖未歇，高樹變鳴禽。

森 所今切。陰森、清森、林森、疏森、蕭森、夏木森、衆星森。

參 見參、識參、月映參、商與參。

岑 鉏鍼切。孤岑、高岑、雪岑、寒岑、遙岑、碧岑、千萬岑、青霄岑、海中岑、雪盈岑、雲雨岑、翡翠岑。

淋 犂鍼切。水淋、雨淋、露淋、雨中淋、雨初淋。

欽 祛音切。久欽、可欽、夙欽、天下欽、四海欽、無不欽。

祲 咨林切 **梫** **燖** 徐心切 **鍼** 諸深切 **箴** **諶** 時任切

忱 **湛** **壬** 如林切 **妊** **紝** **滲** 所今切 **摻**

涔 鉏鍼切 **椹** 知林切 **琛** 丑林切 **琳** 犂鍼切 **霖**

蟫 夷鍼切 **瘖** 於金切 **崟** 魚音切 **歆** 虛金切 **廞**

嶔 祛音切 **衿** 居吟切 **擒** 巨金切 **黔** **檎**

【對偶】

晏殊浣溪沙：爲我轉回紅臉面，向誰分付紫檀心。吳文英朝中措：天外幽香輕漏，人間仙影難尋。溫庭筠南歌子：臉上金霞細，眉間翠鈿深。晏幾道鷓鴣天：風凋碧柳愁眉淡，露染黃花笑靨深。吳文英思佳客：欲知湖上春多少，但看樓前柳淺深。

仄聲 四十七寑五十二沁通用

（寑）以下上聲

寑 七稔切【鴛寑】柳永宣清：更相將，鳳幃鴛寑。【同鴛寑】柳永紅窗聽：二年三歲同鴛寑。

枕 章荏切【一枕】柳永宣清：離愁一枕。【攲枕】姜夔摸魚兒：湘竹最宜攲枕。【花近枕】歐陽修玉樓春：月近珠簾花近枕。【珊瑚枕】溫庭筠菩薩蠻：水精簾裏珊瑚枕。【頻攲枕】李煜烏夜啼：燭殘漏滴頻攲枕。【驚秋枕】秦觀菩薩蠻：蟲聲泣露驚秋枕。

甚 食荏切【轉甚】柳永宣清：至更闌，疏狂轉甚。【惆悵甚】歐陽修定風波：把酒送香惆悵甚。【蕭索甚】歐陽修玉樓春：古岸平蕪蕭索甚。【興亡則甚】辛棄疾西江月：閒管興亡則甚。

恁 忍甚切【重恁】柳永宣清：這歡娛，甚時重恁。【長恁恁】歐陽修玉樓春：不放鴛鴦長恁恁。

品 丕錦切【流品】柳永宣清：盡是神品流品。

凜 力錦切【凜凜】柳永宣清：歸來輕寒凜凜。

錦 居飲切【鴛鴦錦】溫庭筠菩薩蠻：暖香惹夢鴛鴦錦。秦觀菩薩蠻：羅幃淚濕鴛鴦錦。【風物如錦】柳永宣清：神京風物如錦。

噤 渠飲切【猶噤】柳永宣清：擁重衾，醉魄猶噤。

飲 於錦切【清飲】姜夔摸魚兒：疏簾自捲，微月照清飲。【痛飲】柳永宣清：當時曾痛飲。辛棄疾蝶戀花：幾許淒涼須痛飲。【池上飲】晁沖之臨江仙：憶昔西北池上飲。【連夜飲】辛棄疾賀新郎：與客携壺連夜飲。

稔 忍甚切。一稔、多稔、再稔、常稔、歲稔、禾苗稔、萬實稔。

稟 筆錦切。天稟、夙稟、異稟、聖稟、夙所稟、衆生稟。

浸 七稔切 **鋟** **梫** **蕈** 慈荏切 **審** 式荏切 **諗** **沈**

嬸　瀋昌枕切　葚食荏切　飪忍甚切　袵　荏

朕直稔切　膰　黮　廩力錦切　懍　噤渠飲切

怎子飲切

【對偶】溫庭筠南歌子：懶拂鴛鴦枕，休縫翡翠裙。辛棄疾念奴嬌：就火添衣，移香傍枕。

（沁）以下去聲

沁　七鴆切【淚痕紅沁】歐陽修夜行船：揮眉尖，淚痕紅沁。

禁　居蔭切【漏移清禁】歐陽修夜行船：花時良夜不歸來，忍頻聽，漏移清禁。

浸　子鴆切。水浸、沈浸、雪浸、涵浸、漸浸、甘泉浸、江海浸、波流浸。

枕　之任切。曲枕、愁枕、曲肱枕、流可枕。

任　如鴆切。久任、高任、閒任、遠任、寵任、千里任、爲已任。

蔭　於禁切。交蔭、庇蔭、美蔭、垂蔭、茂蔭、嘉蔭、餘蔭、子有蔭、垂楊蔭。

祲子鴆切　甚時鴆切　姙如鴆切　衽　紝　恁

滲所禁切　讖楚譖切　譖側禁切　揕知鴆切　鴆直禁切

臨力鴆切　賃獎禁切　噤巨禁切　飲於禁切　深式禁切

吟宜禁切　森所禁切

【對偶】歐陽修玉樓春：銀缸照客酒方酣，玉漏催人街已禁。

第十四部

平聲

二十二覃二十三談二十四鹽二十五沾二十六咸二十七銜二十八嚴二十九凡通用

〔覃〕

南 那含切【憶江南】白居易憶江南：能不憶江南。

毿 蘇含切【柳毿毿】賀鑄夢江南：九曲池頭三月三，柳毿毿。

鬖 【鬖鬖】辛棄疾行香子：岸輕烏，白髮鬖鬖。【柳鬖鬖】黃庭堅訴衷情：小桃灼灼柳鬖鬖。

驂 倉含切【舊停驂】辛棄疾水調歌頭：衡陽石鼓城下，記我舊停驂。

蠶 徂含切【耕蠶】辛棄疾水調歌頭：文字起騷雅，刀劍化耕蠶。

諳 烏含切【舊曾諳】白居易憶江南：江南好，風景舊曾諳。

潭 徒南切。月潭、古潭、江潭、空潭、春潭、幽潭、清潭、寒潭、綠潭、玉鏡潭、百花潭、琉璃潭、萬丈潭。

嵐 盧含切。夕嵐、山嵐、晴嵐、煙嵐、溪嵐、翠嵐、層嵐、曉嵐、百尺嵐、雨洗嵐、滿袖嵐、霽後嵐。

男 那含切。多男、奇男、宜男、得男、添男。

參 倉含切。久參、交參、早參、相參、面壁參、萬木參、翠色參。

堪 枯含切。不堪、何堪、那堪、不能堪、非所堪、意難堪。

含 胡南切。半含、虛含、深含、意含、煙含、五色含、香氣含、密樹含。

涵 波涵、氣涵、渾涵、煙涵、露涵、金碧涵、秋影涵、皎鏡涵。

庵 烏含切。一庵、花庵、茅庵、遠庵、蓬庵、清靜庵、處士庵、紫雲庵。

覃 徒南切　譚　橝　蟫　鐔　醰　曇

貪他含切　探　耽丁含切　酖　湛　眈　婪盧含切

楠那含切　諵　慘蘇含切　簪祖含切　撍　唅呼含切

唅　龕枯含切　戡　弇姑南切　函胡南切　頷　菡

媕烏含切　盦　菴

（談）

藍　盧甘切【綠如藍】白居易憶江南：春來江水綠如藍。【野漲挼藍】辛棄疾行香子：雲岫如簪，野漲挼藍。

三　蘇甘切【影成三】辛棄疾水調歌頭：君去我誰飲，明月影成三。

酣　胡甘切【正醺酣】黃庭堅訴衷情：天氣正醺酣。【綠醒紅酣】辛棄疾行香子：向春闌，綠醒紅酣。

籃　盧甘切。水籃、半籃、花籃、滿籃、籐籃、不擕籃、花一籃。

慙　昨甘切。一慚、久慚、心慚、憂慚、懷慚、素餐慚、對花慚。

甘　沽三切。言甘、食甘、酒甘、茶甘、餘甘、露甘、雨留甘、藜藿甘。

談徒甘切　惔　痰　錟　聃他甘切　儋都甘切　擔

濫盧甘切　蹔昨甘切　蚶呼甘切　憨　坩枯甘切　柑

疳　邯胡甘切　笘七甘切

（鹽）

檐　余廉切【下重檐】馮延巳菩薩蠻：月影下重檐。

厭　一檐切【夜厭厭】張先江城子：夜厭厭，下重簾。【病厭厭】歐陽修燕歸梁：空惹得病厭厭。

纖　思廉切【玉尖纖】晏幾道阮郎歸：粉痕閒印玉尖纖。【自纖纖】李煜謝新恩：小樓新月，回首自纖纖。【雨纖纖】蘇軾江城子：黃昏猶是雨纖纖。

第十四部 平聲 鹽 沾

尖 子廉切【眉尖】張先江城子：曲屏斜燭，心事入眉尖。【雲尖】吳文英聲聲慢：趁西風，不響雲尖。【兩眉尖】辛棄疾南鄉子：別後兩眉尖。

潛 昨檐切【憶陶潛】蘇軾江神子：手把梅花，東望憶陶潛。

蟾 之廉切【弄涼蟾】晏幾道阮郎歸：箇人鞭影弄涼蟾。【一掬清蟾】歐陽修于飛樂：寶奩開，美鑑靜，一掬清蟾。

匳 力檐切【傍晚匳】晏幾道阮郎歸：啼紅傍晚匳。

簾 【珠簾】李煜謝新恩：畫堂半掩珠簾。歐陽修定風波：楊花繚亂拂珠簾。【雨如簾】李廌虞美人：好風如扇雨如簾。【花滿簾】馮延巳菩薩蠻：輕風花滿簾。

廉 力檐切。不廉、立廉、守廉、清廉、養廉、伯夷廉、頑夫廉。

炎 于廉切。炎炎、殘炎、寒炎、趨炎、如湯炎、覆手炎。

鹽 余廉切 **閻** **阽** **棪** **壓** 一檐切 **銛** 思廉切 **綅**

孅 **纖** **暹** **殲** **籤** 七廉切 **簽** **僉** **憸**

鋟 子廉切 **漸** **熸** **蘄** **鬵** 昨檐切 **燂** **燖**

苫 詩廉切 **襜** 處占切 **幨** **詹** 之廉切 **瞻** **占** **沾**

薝 **噡** **棎** 時占切 **髥** 如占切 **袡** **枏** **霑** 知廉切

覘 丑廉切 **帘** 力檐切 **鎌** **黏** 尼占切 **鲇** **淹** 央炎切

閹 **崦** **噞** 牛廉切 **嶮** **箝** 其淹切 **拑** **鉗**

鈐 **鍼** **黚** **砭** 悲廉切

（沾）

添 他兼切【待雪添】晏幾道阮郎歸：梅疏待雪添。【漲痕添】李廌虞美人：時見岸花汀草漲痕添。

恬 徒兼切【晚風恬】賀鑄夢江南：閶門煙水晚風恬。

拈 奴兼切【靜慵拈】張先江城子：小圓珠串靜慵拈。

兼 堅嫌切【尚相兼】晏幾道阮郎歸：舊寒新暖尚相兼。

沾 他兼切。不沾、淚沾、旣沾、普沾、頻沾、水花沾、風雨沾。

謙 苦兼切。守謙、尙謙、謙謙、彌謙、禮賢謙。

𩬞 丁兼切　甜 徒兼切　餂　拿 勒兼切　鮎 奴兼切

縑 許兼切　鶼　蒹　嫌 戶兼切

（嚴）

嚴 魚杴切　杴 虛嚴切　忺　㶩 邱嚴切　𡾋　醃 於嚴切

腌

（咸）

喃 尼咸切【呢喃】辛棄疾行香子：聽小綿蠻，新格磔，舊呢喃。

函 胡讒切。玉函、珍函、新函、寶函、鯉魚函。

咸 胡讒切　鹹　葴　瑊　椷　緘 居咸切　喦 魚咸切

攕 師咸切　摲　讒 士咸切　儳　纔　饞　獑

詀 知咸切

（銜）

銜 乎監切【湅相銜】蘇軾滿庭芳：窮途坐守，船尾湅相銜。【鳳凰銜】辛棄疾水調歌頭：歸詔鳳凰銜。【噴金銜】賀鑄夢江南：香塵撲馬噴金銜。

巖 五銜切【空巖】蘇軾滿庭芳：層樓翠壁，古寺空巖。【崁巖】辛棄疾行香子：拄杖彎環，過眼崁巖。

衫 所銜切【老青衫】蘇軾滿庭芳：憔悴老青衫。【擁春衫】辛棄疾水調歌頭：寒食不小住，千騎擁春衫。

杉【松杉】蘇軾滿庭芳：歸步繞松杉。

攙 初銜切【雲海相攙】蘇軾滿庭芳：紫望眼，雲海相攙。

巉 徂銜切【巉巉】蘇軾滿庭芳：巉巉，淮浦外，層樓翠壁，古寺空巖。

嵌 邱銜切。山嵌、空嵌、穹嵌、湖嵌。

監 居銜切 **縿** 所銜切 **彡** **髟** **芟** **欃** 初銜切

鑱 鉏銜切 **劖**

（凡）

凡 符芝切【塵凡】蘇軾滿庭芳：君何事，奔走塵凡。

帆【雲帆】蘇軾滿庭芳：萬里煙浪雲帆。

颿 符芝切 **芝** 甫凡切

仄聲

四十八感四十九敢五十琰五十一忝五十二儼五十三豏五十四檻五十五范五十三勘五十四闞五十五豔五十六㮇五十七驗五十八陷五十九鑑六十梵通用

【感】以下上聲

感 古禫切【傷感】柳永滿江紅：中心事，多傷感。

慘 七感切【魚龍慘】辛棄疾水龍吟：凭欄却怕，風雷怒，魚龍慘。【煙易慘】閻選八拍蠻：愁鎖黛眉煙易慘。

萏 徒感切【紅菡萏】歐陽修漁家傲：願妾身爲紅菡萏。

頷 戶感切。虎頷、笑頷、黃頷、燕頷、龍頷、豐頷、首不頷。

撼 可撼、波撼、風撼、頓撼、搖撼、輕撼、震撼、聲撼、不足撼、金鐸撼、蚍蜉撼。

礹古禫切 **灨** **坎**苦感切 **轗** **欿** **顑**戶感切

菡 **晻**鄔感切 **黤** **唵** **闇** **糝**桑感切 **槮**

憯七感切 **噆** **黲** **黕**都感切 **眈** **紞** **紞**

襑他感切 **肬** **禫**徒感切 **髧** **醰** **嘾** **黮**

湳乃感切

【敢】

敢 古覽切【嬌羞未敢】張先踏莎行：密意欲傳，嬌羞未敢。

覽 魯敢切【登覽】辛棄疾水龍吟：千古興亡，百年悲笑，一時登覽。

攬 魯敢切。手攬、四攬、可攬、收攬、坐攬、風攬、笑攬。

橄古覽切 **喊**虎覽切 **澉**胡敢切 **槧**在敢切 **嵌**

膽覩敢切 **磹** **菼**吐敢切 **毯** **裧** **啖**杜敢切 **澹**

淡 **憺** **欖**魯敢切

（琰）

饜 於琰切【花饜】溫庭筠歸國遙：粉心黃蕊花饜。【香饜】張先踏莎行：盈盈笑動籠香饜。

颭 職琰切【芳條颭】歐陽修梁州令：翠樹芳條颭。

染 而琰切【青如染】柳永安公子：芳草青如染。【花如染】歐陽修歸自謠：柳絲如剪花如染。【秋色染】溫庭筠歸國遙：藕絲秋色染。【相思染】姜夔踏莎行：春初早被相思染。【宮樣染】晏幾道菩薩蠻：旋織舞衣宮樣染。【緇塵染】秦觀漁家傲：素衣一任緇塵染。【裙腰初染】歐陽修梁州令：的的裙腰初染。

苒 【荏苒】張炎解連環：誰憐旅愁荏苒。【風苒苒】歐陽修漁家傲：蟬樹無情風苒苒。

斂 力冉切【長斂】秦觀減字木蘭花：黛蛾長斂。【風斂】溫庭筠歸國遙：舞衣無力風斂。

險 虛檢切【天門險】賀鑄天門謠：牛渚天門險。

臉 居奄切【煙臉】周邦彥玲瓏四犯：自別河陽，長負露房煙臉。【露臉】柳永兩同心：花勻露臉。【勻睡臉】溫庭筠菩薩蠻：無言勻睡臉。【金壓臉】溫庭筠菩薩蠻：翠鈿金壓臉。【胭脂臉】馮延巳歸自謠：淚珠滴破胭脂臉。【凋嫩臉】溫庭筠玉蝴蝶：芙蓉凋嫩臉。【留醉臉】秦觀木蘭花：獨有春紅留醉臉。【霞分膩臉】張先踏莎行：波湛橫眸，霞分膩臉。

掩 衣檢切【斜掩】溫庭筠歸國遙：錦帳繡幃斜掩。秦觀調笑令：風月朱扉斜掩。【靜掩】周邦彥齊天樂：雲窗靜掩。【門半掩】馮延巳歸自謠：香閨寂寂門半掩。【屏山掩】溫庭筠菩薩蠻：枕上屏山掩。【香閨掩】溫庭筠菩薩蠻：寂寞香閨掩。【香閣掩】顧敻訴衷情：香閣掩，眉斂，月將沈。

揜 【珠簾揜】歐陽修漁家傲：燕歸碧海珠簾揜。

閃 失冉切。日閃、波閃、風閃、閃閃、倏閃、電閃、池影閃、金光閃、風帷閃。

冉 而琰切。冉冉、漸冉。

檢 居奄切。拘檢、紫檢、尋檢、瑞檢、翠檢、靜檢。

儉巨儉切。好儉、尚儉、崇儉、清儉、淳儉、貴儉、廉儉、世風儉、民生儉、家世儉、書閣儉。

貶悲檢切。自貶、見貶、抑貶、流貶、褒貶、不可貶、片言貶、筆舌貶。

琰以冉切　剡　錟　棪　黶於琰切　魘　擫

厭　塹七漸切　憸　漸疾染切　蔪　㴸失冉切

睒　陝　枏而琰切　諂丑琰切　斂力冉切　瀲

嶮虛檢切　譣　玁　獫　顩邱檢切　鎌　撿居奄切

芡巨險切　奄衣檢切　弇　裺　閹　晻　崦

疺悲檢切

（忝）

點多忝切【一點】柳永安公子：遙指漁燈一點。周邦彥玲瓏四犯：但認取、芳心一點。【幾點】柳永安公子：流螢幾點。【三四點】馮延巳歸自謠：江上晚山三四點。【山兩點】溫庭筠歸國遙：黛眉山兩點。【山數點】辛棄疾滿江紅：極目煙橫山數點。【深紅點】歐陽修梁州令：靑苔雨後深紅點。【雲鬟點】張先踏莎行：佯佯不覷雲鬟點。【鴉點點】秦觀漁家傲：古木荒煙鴉點點。【聽漏點】辛棄疾蝶戀花：莫向城頭聽漏點。【篆香才點】僧揮訴衷情：鐘聲已過，篆香才點。

簟徒點切【枕簟】柳永鳳歸雲：更可惜，淑景亭臺，暑天枕簟。【花簟】周邦彥齊天樂：頓疏花簟。【涼簟】辛棄疾水龍吟：元龍老矣，不妨高臥，冰壺涼簟。【清曉簟】溫庭筠歸國遙：露珠清曉簟。【魚鱗簟】歐陽修繫裙腰：方牀遍展魚鱗簟。【雙紋簟】歐陽修涼州令：佳人攜手弄芳非，綠陰紅影，共展雙紋簟。

歉苦店切。內歉、欲歉、腹歉、豐歉、吾何歉。

忝他點切　餂　銛　玷多忝切　居徒點切　溓盧忝切

嗛下忝切　慊苦居切

（儼）

儼 魚埯切。玉山儼、煥且儼、龍樓儼。

曮 魚埯切　**嬐**　**噞**　**埯** 倚广切

（豏）

減 古斬切【乍清減】柳永法曲獻仙音：早是乍清減。【芳容減】歐陽修涼州令：只恐芳容減。【風流減】張先塞垣春：歎樊川，風流減。【潘鬢減】歐陽修漁家傲：沈臂冒霜潘鬢減。【清香未減】晁冲之漢宮春：空自倚，清香未減。

黯 乙減切【雲黯】晏殊撼庭秋：天遙雲黯。【黯黯】柳永安公子：望處曠野沈沈，暮雲黯黯。歐陽修漁家傲：愁黯黯，年年此夕多悲感。【一場清黯】柳永曲玉管：每登山臨水，惹起平生心事，一場清黯。

斬 阻減切。水斬、陸斬、劍斬、利刃斬、躍馬斬。

豏 下斬切　**鹻** 古斬切　**摻** 所斬切　**摲**　**瀺** 士減切　**巉**

湛 丈減切

（檻）

檻 戶黤切【朱檻】歐陽修涼州令：重來却尋朱檻。【香侵檻】顧夐醉公子：紅藕香侵檻。【風滿檻】賀鑄天門謠：風滿檻，歷歷數，西州更點。【憑繡檻】溫庭筠遐方怨：憑繡檻，解羅幃。【應凭檻】歐陽修漁家傲：故人千里應凭檻。

艦 戶黤切。船艦、遠艦、萬艦、戰艦、凌波艦、潮迎艦。

闞 虎檻切　**㺂**　**黤** 倚檻切

【對偶】

秦觀念奴嬌：月榭花臺，珠簾畫檻。

（范）

範 父鋄切。光範、軌範、垂範、風範、師範、淑範、德範、儀範、徽範、千年範、言可範。

犯 不犯、有犯、無犯、輕犯、難犯、不可犯、四時犯。

范 父鋄切

（勘） 以下去聲

暗 烏紺切【斗暗】辛棄疾永遇樂：催詩雨急，片雲斗暗。【月暗】周邦彥拜星月：淸塵收露，小曲幽坊月暗。【柳暗】韋莊河傳：花深柳暗，時節正是淸明。【蒼暗】吳文英慶春宮：亂篁蒼暗。【燈花暗】秦觀菩薩蠻：雨濕燈花暗。【華燭暗】辛棄疾滿江紅：珠淚爭垂華燭暗。【霞尾暗】歐陽修漁家傲：街鼓黃昏霞尾暗。

憾 胡紺切。何憾、素憾、無憾、釋憾。

勘苦紺切　唅胡紺切　紺古暗切　黕　淦　贛
闇烏紺切　暗　謲七紺切　參　眈丁紺切　鴆
探他紺切　醰徒紺切

（闞）

淡 徒濫切【村煙淡】秦觀踏莎行：酒旗風颭村煙淡。【秋光淡】歐陽修漁家傲：金盤露洗秋光淡。【秋雲淡】顧敻醉公子：漠漠秋雲淡。【殘花淡】歐陽修燕歸梁：髻雲謾嚲殘花淡。【月明星淡】辛棄疾水龍吟：潭空水冷，月明星淡。【花疏天淡】范成大霜天曉角：脈脈花疏天淡。

澹 【遠澹】劉辰翁永遇樂：黛雲遠澹。

濫 盧瞰切【新阿濫】賀鑄天門謠：塞管輕吹新阿濫。

纜 【春纜】姜夔眉嫵：湘江上，催人還解春纜。【斜陽纜】辛棄疾水龍吟：問何人又卸，片帆沙岸，繫斜陽纜。

暫　昨濫切。迹猶暫、時光暫。

闞苦濫切　瞰　嵌　憨下瞰切　三蘇暫切　蹔昨濫切

擔都濫切　憺徒濫切　啗　㦨盧瞰切

（豔）

豔　以贍切【春豔】周邦彥玲瓏四犯：親試春豔。【花妒豔】辛棄疾定風波：柳妒腰肢花妒豔。【金颭豔】溫庭筠歸國遙：小鳳戰篦金颭豔。【春豔豔】馮延巳歸自謠：春豔豔，江上晚山三四點。【傾國豔】辛棄疾念奴嬌：收拾瑤池傾國豔。

焰　【光焰】辛棄疾水龍吟：夜深長見，斗牛光焰。【蘭燭焰】馮延巳酒泉子：繡幃風，蘭燭焰。

灩　【波瀲灩】柳永安公子：長川波瀲灩。歐陽修漁家傲：波瀲灩，故人千里應凭檻。

厭　於焰切【心情厭】柳永安公子：行役心情厭。

占　章焰切【豪占】賀鑄天門謠：限南北，七雄豪占。

漸　子焰切。日漸、防漸、微漸、漸漸、積漸、教化漸。

燄以贍切　鹽　饜於焰切　俺於贍切　槧七焰切

閃舒贍切　掞　襜昌焰切　蹭　贍時焰切　髯而焰切

覘丑焰切

（㮇）

店　都念切【村店】柳永安公子：又是急槳投村店。

念　奴店切。百念、佇念、客念、俗念、息念、遙念、塵念、旦夕念、平生念、泉石念、眞如念、蒼生念。

忝他念切　點都念切　墊　唸　玷　淰奴店切

⿰石韱先念切　僭子念切

(驗)

斂 力驗切【四斂】周邦彥遶佛閣：暗塵四斂。【微斂】周邦彥鳳來朝：說夢雙蛾微斂。【煙斂】李清照念奴嬌：日高煙斂。【眉空斂】馮延巳涼州令：人非事往眉空斂。【清霧斂】賀鑄天門謠：清霧斂，與閒人登覽。【愁眉斂】馮延巳歸自謠：愁眉斂，淚珠滴破胭脂臉。【歌眉斂】張先踏莎行：無憀愛把歌眉斂。【黛眉低斂】晏幾道憶悶令：長黛眉低斂。

劍 居欠切【長劍】辛棄疾水龍吟：倚天萬里須長劍。【書劍】柳永鵲橋仙：屆征途，攜書劍。柳永安公子：驅驅攜書劍。【挑燈看劍】辛棄疾破陣子：醉裏挑燈看劍。

驗 魚窆切。有驗、明驗、夢驗、顯驗、太平驗、豐年驗。

瀲 力驗切。紅瀲、微瀲、碧瀲、翠瀲、瀲瀲。

釅 魚窆切 **噞** **窆** 陂驗切 **砭** **殮** 力驗切 **獫**

脅 虛欠切 **欠** 去劍切

【對偶】

姜夔少年遊：雙螺未合、雙蛾先斂。

(陷)

賺 直陷切【佳期賺】歐陽修涼州令：誰把佳期賺。

陷 乎韽切。已陷、淪陷、隱陷、難陷、不可陷、馬足陷、屐齒陷。

臽 乎韽切 **錎** **蘸** 莊陷切 **站** 陟陷切

(⿱監瓦)

鑑 居儳切【開寶鑑】歐陽修漁家傲：池上月華開寶鑑。

監 居儳切。外監、老監、空監、狗監、馬監、神祇監。

⿱監瓦 胡儳切 **鑱** 士儳切

（梵一）

梵 扶泛切。仙梵、夜梵、幽梵、香梵、清梵、曉梵。

泛 孚梵切。共泛、秋泛、旅泛、閒泛、遠泛、醉泛、獨泛、飄泛、江上泛、波濤泛、滄海泛、綠池泛、隨浪泛。

帆 扶泛切 **汎** 孚梵切 **氾**

第十五部

入聲一屋二沃三燭通用

（屋）

屋 烏谷切【金屋】周邦彥滿江紅：想秦箏依舊，尚鳴金屋。吳文英三部樂：詠情吟思，不在秦箏金屋。【茅屋】秦觀石州慢：湖邊茅屋。【草屋】秦觀滿江紅：湖上芒鞋草屋。【華屋】蘇軾賀新郎：乳燕飛華屋。【漁屋】吳文英一寸金：笠簑有約，蓴洲漁屋。【書滿屋】辛棄疾歸朝歡：萬里康成走西蜀，藥市船歸書滿屋。【巖中屋】辛棄疾菩薩蠻：游人占却巖中屋。【波浪翻屋】辛棄疾念奴嬌：江頭風怒，朝來波浪翻屋。【黃昏雪屋】辛棄疾清平樂：路繞清溪三百里，香滿黃昏雪屋。

穀 古祿切【新穀】辛棄疾滿江紅：春雨滿，秧新穀。

轂 【車轂】周邦彥大酺：最先念，流潦妨車轂。【繡轂】歐陽修御帶花：雕輪繡轂。辛棄疾滿江紅：紫陌飛塵，望十里雕鞍繡轂。

縠 胡谷切【如縠】歐陽修摸魚兒：向晚水紋如縠。

斛 【萬斛】吳文英三部樂：鼓春波，載花萬斛。【愁千斛】辛棄疾念奴嬌：上危樓，贏得愁千斛。【蟠龍斛】辛棄疾滿江紅：枝夭嫋，蟠龍斛。

卜 博木切【寸心卜】吳文英醉落魄：偷擲金錢，重把寸心卜。【猶未卜】周邦彥滿江紅：重會面，猶未卜。

沐 莫卜切【新沐】周邦彥六么令：岸柳如新沐。【際空如沐】吳文英三部樂：江鯇初飛，蕩萬里素雲，際空如沐。

鶩 【孤鶩】周邦彥蕙蘭芳引：斷霞孤鶩。

速　蘇谷切【春去速】吳文英夢行雲：那愁春去速。【南飛速】張先憶秦娥：秋雁南飛速。【歸意速】周邦彥大酺：行人歸意速。【飄零速】辛棄疾歸朝歡：問誰風雨飄零速。

蔌　【兩蔌蔌】蘇軾賀新郎：共粉淚，兩蔌蔌。【塵蔌蔌】柳永木蘭花：文杏梁高塵蔌蔌。【聲蔌蔌】秦觀漁家傲：葉落楓林聲蔌蔌。

簇　千木切【花鈿簇】柳永木蘭花：佳娘捧板花鈿簇。【春雲簇】歐陽修玉樓春：雪雲乍變春雲簇。【紅簇簇】白居易竹枝：水蓼冷花紅簇簇。【煙樹簇】韋莊謁金門：雲淡水平煙樹簇。秦觀漁家傲：煙樹簇，移舟旋傍漁燈宿。【雪堆疊簇】辛棄疾滿江紅：看雲連麥隴，雪堆疊簇。【亂山屏簇】蘇軾滿江紅：巫峽夢，至今空有，亂山屏簇。【翠峯如簇】王安石桂枝香：千里澄江似鍊，翠峯如簇。

犢　徒谷切【黃犢】秦觀滿江紅：一簑煙雨耕黃犢。辛棄疾滿江紅：閒日永，眠黃犢。

讀　【君休讀】蘇軾滿江紅：江表傳，君休讀。【雲窗讀】辛棄疾歸朝歡：有朋只就雲窗讀。

獨　【幽獨】蘇軾賀新郎：待浮花、浪蕊都盡，伴君幽獨。周邦彥大酺：夢輕難記，自憐幽獨。吳文英一寸金：良宵愛幽獨。

碌　盧谷切【勞碌】秦觀滿江紅：謾回首，青山無數，笑人勞碌。

轆　【金轆轆】歐陽修蝶戀花：紫陌閒隨金轆轆。

幅　方六切【橫幅】姜夔疏影：重覓幽香，已入小窗橫幅。【空盈幅】辛棄疾滿江紅：相思字，空盈幅。

伏　房六切【群艷伏】柳永木蘭花：唱出新聲群艷伏。

馥　【膏馥】辛棄疾滿江紅：詩句好，餘香馥。

目　莫六切【遠目】周邦彥蕙蘭芳引：但勞遠目。【滿目】辛棄疾念奴嬌：只有興亡滿目。【凝目】秦觀石州慢：凝目，鄉關何處。【千里目】韋莊謁金門：寸心千里目。【花滿目】馮延巳鵲踏枝：芳草滿園花滿目。【空凝目】秦觀滿江紅：悵東風，相望渺天涯，空凝目。【晴滿目】歐陽修蝶戀花：翠苑紅芳晴滿目。【堪縱目】馮延巳玉樓春：漸覺年華堪縱目。【窮遠目】張先憶秦娥：西北有樓窮遠目。【凝遠目】歐陽修摸魚兒：凝遠目，恨人去寂寂，鳳枕孤難宿。【離人目】辛棄疾滿江紅：垂楊只礙離人目。

肅

息六切【休迎肅】辛棄疾滿江紅：門前有客休迎肅。【天氣初肅】王安石桂枝香：正故國晚秋，天氣初肅。

宿

【同宿】姜夔疏影：有翠禽小小，枝上同宿。【孤宿】周邦彥滿江紅：寶香薰被成孤宿。【幽宿】吳文英三部樂：鷺汀幽宿。【白雲宿】辛棄疾歸朝歡：莫怨歌，夜深巖下，驚動白雲宿。【沙上宿】張先憶秦娥：應下溪頭沙上宿。【芙蓉宿】吳文英一寸金：霜被芙蓉宿。【孤難宿】歐陽修摸魚兒：恨人去寂寂，鳳枕孤難宿。【畫堂宿】晏幾道六么令：借取歸雲畫堂宿。【雲間宿】蘇軾滿江紅：便相將，左手抱琴書，雲間宿。【漁燈宿】秦觀漁家傲：移舟旋傍漁燈宿。【鴛鴦宿】吳文英醉落魄：翠深不礙鴛鴦宿。

蹙

子六切【目蹙】辛棄疾東坡引：鳴禽破夢，雲偏目蹙。【眉黛蹙】馮延巳玉樓春：莫爲傷春眉黛蹙。

蹴

【無心蹴】辛棄疾滿江紅：但羈懷，空自倚鞦韆，無心蹴。

熟

神六切【初熟】辛棄疾清平樂：白酒牀頭初熟。【清熟】蘇軾賀新郎：漸困倚，孤眠清熟。【醅熟】周邦彥六么令：聞道宣城酒美，昨日新醅熟。【花緣熟】辛棄疾滿江紅：兩三杯後花緣熟。【枇杷熟】辛棄疾滿江紅：被野老，相扶入東園，枇杷熟。【春睡熟】辛棄疾東坡引：有人春睡熟。【清夢熟】辛棄疾歸朝歡：憶君清夢熟。【朝炊熟】吳文英夢行雲：朝炊熟，眠未足。【鱸魚熟】辛棄疾鷓鴣天：短篷炊飯鱸魚熟。

肉

而六切【社肉】辛棄疾清平樂：拄杖東家分社肉。

矗

初六切【斜矗】王安石桂枝香：背西風，酒旗斜矗。

竹

張六切【松竹】辛棄疾清平樂：連雲松竹，萬事從今足。【孤竹】張先菩薩蠻：纖纖玉，笛橫孤竹。【風竹】周邦彥蕙蘭芳引：盡日空疑風竹。【修竹】辛棄疾清平樂：斷崖修竹。姜夔疏影：客裏相逢，籬角黃昏，無言自倚修竹。【紫竹】秦觀漁家傲：風外何人吹紫竹。【寒竹】李煜菩薩蠻：銅簧韵脆鏘寒竹。【翠竹】辛棄疾滿江紅：紗窗外，風搖翠竹。【霜竹】辛棄疾念奴嬌：片帆西去，一聲誰噴霜竹。【簾竹】周邦彥大酺：蟲網吹黏簾竹。【行穿竹】陸游鷓鴣天：斟殘玉瀣行穿竹。【風撼竹】韋莊謁金門：一夜簾前風撼竹。【風敲竹】蘇軾賀新郎：又却是、風敲竹。【迷煙竹】秦觀石州慢：青楓路遠迷煙竹。【參差竹】張先憶秦娥：參差竹，吹斷相思曲。【繁花竹】秦觀滿江紅：想小園寂寞鎖柴扉，繁花竹。【籠庭竹】馮延巳鵲踏枝：簾外微微，細雨籠庭竹。

逐

竹六切【相逐】周邦彥六幺令：輕鑣相逐。【競逐】王安石桂枝香：念往昔，繁華競逐。【爭可逐】柳永木蘭花：管裂絃焦爭可逐。【長相逐】歐陽修蝶戀花：綺席流鶯，上下長相逐。【銀笙逐】晏幾道六幺令：更暖銀笙逐。

軸

【高軸】韋莊謁金門：樓外翠簾高軸。

六

力竹切【三十六】孫光憲謁金門：却羨鴛鴦三十六。

陸

【番沈陸】辛棄疾滿江紅：歎詩書、萬卷致君人，番沈陸。

掬

居六切【可掬】吳文英三部樂：帆鬣轉，銀河可掬。【盈掬】辛棄疾滿江紅：滴羅襟點點，淚珠盈掬。

菊

【荒菊】秦觀石州慢：一叢荒菊。【黃菊】蘇軾千秋歲：玉手簪黃菊。【半開菊】周邦彥六幺令：來折東籬半開菊。【青露菊】吳文英一寸金：疏籬下，試覓重陽，醉擘青露菊。

燠

乙六切【溫燠】周邦彥蕙蘭芳引：是處溫燠。【殘燠】周邦彥六幺令：亭館清殘燠。【情緒燠】秦觀漁家傲：江上涼颸情緒燠。

哭

空谷切。巷哭、神哭、鬼哭、莫哭、鳥哭、啼哭、猿哭、旦夕哭、仰天哭、抱玉哭、杜鵑哭、秦庭哭、湘靈哭、賈誼哭、窮途哭、攔道哭。

谷　古祿切。山谷、出谷、空谷、幽谷、深谷、野谷、陵谷、寒谷、翠谷、滿谷、澗谷、窮谷、谿谷、巖谷、千仞谷、丹霞谷、雲迷谷、錦繡谷、鶴鳴谷。

樸　博木切。反樸、守樸、抱樸、尚樸、純樸、素樸、質樸、太渾樸、布衣樸、百姓樸、嬰兒樸。

撲　普木切。傾撲、輕撲、環撲、花心撲、青黛撲、粉蝶撲。

僕　步木切。村僕、門僕、健僕、頑僕、僕僕、仙者僕、爲人僕。

木　莫卜切。一木、大木、巨木、卉木、古木、抱木、花木、神木、風木、草木、庭木、珍木、梁木、喬木、落木、嘉木、擇木、獨木、叢木、十年木、千尋木、含抱木、青葱木、相思木、凌雲木、常春木。

族　昨木切。水族、仙族、百族、同族、邦族、群族、萬族、舉族、衣冠族、軒冕族、鳳凰族、蟲魚族、鐘鼎族。

禿　他谷切。牛禿、筆禿、頭禿、樹禿、鬢禿、山頂禿、千樹禿、梧桐禿。

牘　徒谷切。尺牘、抱牘、案牘、累牘、詩牘、翰牘、三千牘、公府牘。

祿　盧谷切。干祿、天祿、百祿、受祿、宜祿、食祿、美祿、逃祿、貴祿、貪祿、微祿、榮祿、輕祿、祿爵、千鍾祿、不言祿、不義祿、五斗祿、折腰祿、何用祿、萬鍾祿。

麓　千麓、山麓、林麓、南麓、寒麓、蒼麓、翠麓、層麓、嶽麓、太行麓、雲歸麓、蓬萊麓。

角　牛角、吹角、眉角、海角、畫角、寒角、聞角、樓角、暮角、蝸角、曉角、總角、簷角、鬢角、風天角、洞庭角、梅花角、雲夢角、嗚嗚角、霜天角。

鹿　仙鹿、花鹿、奔鹿、野鹿、逐鹿、群鹿、麋鹿、千古鹿、林間鹿、雪色鹿、梅花鹿。

福　方六切。千福、天福、百福、全福、多福、有福、求福、受福、降福、得福、景福、逢福、餘福、履福、天下福、平安福、松喬福、清淨福、無疆福。

復　房六切。可復、必復、匡復、興復、歸復、天地復、河山復。

穆　莫六切。和穆、雍穆、澄穆、穆穆、和氣穆、東風穆、家國穆。

祝 之六切。祈祝、野祝、遙祝、默祝、千秋祝、仰天祝、殷勤祝。

淑 神六切。私淑、貞淑、嘉淑、賢淑、德彌淑。

縮 所六切。水縮、羞縮、寒縮、愧縮、驚縮、南浦縮、秋濤縮。

築 張六切。卜築、小築、幽築、搆築、新築、營築、舊築、歸築、一簣築、燕臺築。

蓄 勑六切。心蓄、旨蓄、含蓄、家蓄、餘蓄、儲蓄、寶蓄。

畜 池畜、家畜、豢畜、難畜、四靈畜、龍作畜。

育 余六切。天育、化育、仁育、養育、蕃育、鞠育、覆育、草木育、雲雨育、萬物育。

䵦烏谷切 熇呼木切 穀古祿切 𤞑 觳胡谷切 嚳

濮博木切 轐 𡠋 扑普木切 醭 朴 暴步木切

瀑 匐 霂 毣 餗蘇谷切 涑 蔌 觫

蔟千木切 䃚 鏃作木切 𧩤他谷切 𢫬 鵚

黷徒谷切 嬻 匵 櫝 瀆 瓄 彔盧谷切

漉 盝 琭 簏 簶 娽 摝 樚 騼

腹方六切 複 蝠 輻 輹 楅 覆 葍

蝮芳六切 虙房六切 服 絥 茯 箙 栿

菔 鵩 睦莫六切 繆 牧 苜 夙息六切

蓿 踧子六切 噈 菽式竹切 叔 儵 倏

儵 俶昌六切 琡 粥之六切 柷 孰神六切 塾

衄而六切 莤所六切 謖 竺張六切 筑 茿

搐勅六切 妯佇六切 柚 舳 蓫 蚰 蓼力竹切

勠 戮 朒女六切 恧 毓余六切 昱 煜

鬻 𦂥 堉 蜟 畜許六切 麴邱六切 匊居六切

踘 鞠 𧍐 彧乙六切 郁 澳 噢 薁

鵴 椈 國古六切

【對偶】

秦觀滿江紅：萬頃水雲翻白鳥，一簑煙雨耕黃犢。辛棄疾滿江紅：且置請纓封萬戶，竟須賣劍酬黃犢。辛棄疾滿江紅：芳草不迷行客路，垂楊只礙離人目。

（沃）

鵠 胡沃切【黃鵠】秦觀石州慢：借秋風黃鵠。【清如鵠】辛棄疾滿江紅：兩翁相對清如鵠。【騎黃鵠】秦觀漁家傲：明朝相約騎黃鵠。

沃 烏酷切。衍沃、啓沃、膏沃、饒沃、山如沃、清泉沃。

酷 枯沃切。加酷、香酷、深酷、嚴酷、風霜酷、酸辛酷。

篤 都毒切。仁篤、情篤、醇篤、彌篤、忠孝篤、信道篤、情好篤。

嚳 胡沃切 **熇** 呼酷切 **臛** **焅** 枯沃切 **硞** **礐**

告 姑沃切 **牿** **梏** **郜** **襮** 逋沃切 **犦** **鏷** 蒲沃切

樸 **雹** **督** 都毒切 **毒** 徒沃切 **纛** **北** 逋沃切

（燭）

燭 朱欲切【夜燭】柳永笛家弄：蘭堂夜燭。【秉燭】周邦彥大酺：夜遊共誰秉燭。【紅燭】馮延巳拋球樂：重待燒紅燭。【紅燭】晏幾道六么令：翠幕遮紅燭。【殘燭】溫庭筠歸國遙：畫堂照簾殘燭。韋莊謁金門：春漏促、金燼暗，挑殘燭。馮延巳采桑子：愁顏恰似燒殘燭。【銀燭】周邦彥醜奴兒：尋花不用持銀燭。【紅蠟燭】馮延巳更漏子：紅蠟燭，半棋局。【銀屏燭】吳文英醉落魄：夜香燒短銀屏燭。【龍銜燭】辛棄疾滿江紅：記五更、聯句失彌明，龍銜燭。【低簾籠燭】吳文英三部樂：那知暖袍挾錦，低簾籠燭。

束 輸玉切【似束】蘇軾賀新郎：芳心千重似束。【妝束】周邦彥滿江紅：未炊妝束。【腰如束】辛棄疾歸朝歡：夢中人似玉，覺來更憶腰如束。【瘦如束】吳文英一寸金：秋壓更長，看見姮娥瘦如束。【澹妝束】吳文英醉落魄：一葉波心，明滅澹妝束。【難拘束】歐陽修摸魚兒：況伊家年少，多情未已難拘束。

觸 樞玉切【相觸】周邦彥大酺：洗鉛霜都盡，嫩梢相觸。【幽興觸】秦觀漁家傲：幽興觸，明朝相約騎黃鵠。【羈懷觸】秦觀石州慢：孤吟祇把羈懷觸。

辱 儒欲切【卑辱】蘇軾滿江紅：文君壻知否，笑君卑辱。

粟 須玉切【金粟】溫庭筠歸國遙：鈿筐交勝金粟。【黃金粟】辛棄疾踏莎行：枝枝點點黃金粟。

促 趨玉切【年華促】辛棄疾滿江紅：休感歎，年華促。【更漏促】溫庭筠歸國遙：夢餘更漏促。【時光促】晏幾道生查子：莫歎時光促。【相催促】馮延巳鵲踏枝：斜陽不用相催促。【春漏促】韋莊謁金門：春漏促，金燼暗，挑殘燭。【春夢促】歐陽修蝶戀花：一覺年華，春夢促。

足 縱玉切【睡足】周邦彥滿江紅：春帷睡足。【爭鼎足】秦觀蝶戀花：厭見兵戈爭鼎足。【紅未足】辛棄疾東坡引：花梢紅未足。【春雨足】韋莊謁金門：春雨足，染就一溪新綠。【清涼足】辛棄疾踏莎行：一秋風露清涼足。【清歡足】蘇軾滿江紅：簞瓢未足清歡足。【猶未足】馮延巳鵲踏枝：公子歡筵猶未足。【尋思足】歐陽修蝶戀花：往事悠悠，百種尋思足。【無處足】馮延巳玉樓春：自是情多無處足。【嬌眠足】晏幾道六么令：慣得嬌眠足。【春泥沒足】秦觀滿江紅：長塗上，春泥沒足。【畫圖難足】王安石桂枝香：綵舟雲淡，星河鷺起，畫圖難足。

續 松玉切【山斷續】溫庭筠歸國遙：曉屏山斷續。歐陽修蝶戀花：煙雨滿樓山斷續。【長相續】馮延巳玉樓春：芳菲次第長相續。【春相續】李煜虞美人：柳眼春相續。【相斷續】韋莊謁金門：夢魂相斷續。【清相續】柳永木蘭花：鸞吟鳳嘯清相續。【誰可續】秦觀蝶戀花：閨閣風流誰可續。【憑他續】蘇軾滿江紅：腸斷處，憑他續。

俗 【異俗】周邦彥玉團兒：好風韻，天然異俗。【舊俗】秦觀蝶戀花：江左百年傳舊俗。

躅 廚玉切【遺編躅】秦觀蝶戀花：尋芳共把遺編躅。

綠 力玉切【低綠】晏幾道六么令：黛蛾低綠。【始綠】韋應物三臺詞：冰泮寒塘始綠。【波綠】周邦彥菩薩蠻：浴鳧飛鷺澄波綠。【雲綠】姜夔好事近：涼夜摘花鈿，苒苒動搖雲綠。【寒綠】吳文英三部樂：風定浪息，蒼茫外，天浸寒綠。【新綠】韋莊謁金門：春雨足，染就一溪新綠。【

搖綠】秦觀石州慢：含霜冷蕊，全無佳思，向人搖綠。【蛾綠】姜夔疏影：猶記深宮舊事，那人正睡裏，飛近蛾綠。【凝綠】王安石桂枝香：但寒煙芳草凝綠。【千山綠】辛棄疾滿江紅：舉頭已覺千山綠。【年年綠】張先菩薩蠻：樓前芳草年年綠。【江面綠】李煜望江梅：船上管絃江面綠。【如酒綠】馮延巳玉樓春：南浦波紋如酒綠。【池塘綠】晏幾道生查子：芳草池塘綠。【杯中綠】辛棄疾念奴嬌：碧雲將暮，誰勸杯中綠。【芳草綠】溫庭筠菩薩蠻：小園芳草綠。【波枝猶綠】馮延巳舞春風：蕙蘭有恨枝猶綠。【波搖綠】秦觀滿江紅：渡頭淼淼波搖綠。【芭蕉綠】秦觀蝶戀花：鬢角參差，分映芭蕉綠。【春水綠】溫庭筠歸國遙：越羅春水綠。【春郊綠】歐陽修蝶戀花：馬蹄踏遍春郊綠。【春煙綠】趙令時菩薩蠻：雙雙飛破春煙綠。【眉沁綠】晏幾道臨江仙：靚妝眉沁綠。【眉黛綠】韋莊謁金門：遠山眉黛綠。【柳搖綠】馮延巳壽山曲：階前御柳搖綠。【相與綠】秦觀漁家傲：水色山光相與綠。【庭蕪綠】李煜虞美人：風回小院庭蕪綠。【添新綠】歐陽修摸魚兒：一霎雨添新綠。【遠山綠】溫庭筠菩薩蠻：眉黛遠山綠。【嬌鴉綠】吳文英醉落魄：纖衣學翦嬌鴉綠。【驚新綠】辛棄疾東坡引：花梢紅未足，條破驚新綠。【一江春綠】蘇軾滿江紅：風雨過，一江春綠。【一泓澄綠】辛棄疾滿江紅：幾個輕鷗，來點破一泓澄綠。【淺霜侵綠】蘇軾采桑子：淺霜侵綠。【畫屏山綠】馮延巳更漏子：牀上畫屏山綠。【澗紅山綠】辛棄疾滿江紅：雲來鳥去，澗紅山綠。

淥

【澹淥】周邦彥玉樓春：畫舸亭亭浮澹淥。【春水淥】韋莊菩薩蠻：桃花春水淥。【偏照醽淥】黃庭堅念奴嬌：爲誰偏照醽淥。

浴

愈玉切【爭浴】辛棄疾滿江紅：更何處，一雙鸂鶒故來爭浴。【新浴】蘇軾賀新郎：晚涼新浴。【相對浴】韋莊謁金門：柳外飛來雙羽玉，弄晴相對浴。【飛鳧浴】辛棄疾滿江紅：巖泉上，飛鳧浴。【鴛鴦浴】韋莊菩薩蠻：水上鴛鴦浴。馮延巳鵲踏枝：碧池波綯鴛鴦浴。

曲

區玉切【心曲】蘇軾滿江紅：幽夢裏，傳心曲。【中曲】秦觀石州慢：有誰知中曲。【哀曲】周邦彥大酺：雙淚落，笛中哀曲。【秋曲】吳文英三部樂：欸乃一聲秋曲。【新曲】秦觀蝶戀花：

後宮只解呈新曲。【舊曲】周邦彥蕙蘭芳引：猶寫寄情舊曲。【顧曲】周邦彥玉樓春：座上有人能顧曲。【八風曲】辛棄疾歸朝歡：倚危樓，人間何處，掃地八風曲。【金屈曲】韋莊菩薩蠻：翠屏金屈曲。【相思曲】張先憶秦娥：參差行，吹斷相思曲。【垂陽曲】歐陽修摸魚兒：那堪更趁涼景，追尋甚處垂陽曲。【哀箏曲】辛棄疾念奴嬌：東山歲晚，淚落哀箏曲。【飛鸞曲】秦觀漁家傲：夢中聽是飛鸞曲。【梁州曲】馮延巳拋球樂：髣髴梁州曲，吹在誰家玉笛中。【連溪曲】魏夫人菩薩蠻：紅樓斜倚連溪曲。【理秋曲】吳文英夢行雲：嬌筆微韻，晚蟬理秋曲。【雲和曲】馮延巳鵲踏枝：絃管泠泠，齊奏雲和曲。【越溪曲】溫庭筠菩薩蠻：家住越溪曲。【尋舊曲】韋莊謁金門：閑抱琵琶尋舊曲。【陽春曲】辛棄疾滿江紅：笑君侯，陪酒又陪歌，陽春曲。【陽關曲】晏幾道梁州令：莫唱陽關曲。【當時曲】吳文英醉落魄：采菱誰記當時曲。【新翻曲】馮延巳采桑子：昭陽殿裏，新翻曲，未有人知。【歌一曲】柳永木蘭花：飛上九天歌一曲。【層樓曲】張先菩薩蠻：憶郎還上層樓曲。【瑤臺曲】蘇軾賀新郎：枉教人，夢斷瑤臺曲。【雕闌曲】秦觀滿江紅：綺樓疊，雕闌曲。【闌干曲】歐陽修蝶戀花：人閒依遍闌干曲。晏幾道生查子：日過闌干曲。辛棄疾滿江紅：最苦是，立盡月黃昏，闌干曲。【後庭遺曲】王安石桂枝香：至今商女，時時猶唱，後庭遺曲。【無限心曲】溫庭筠歸國謠：謝娘無限心曲。【闌干幾曲】韋莊謁金門：倚遍闌干幾曲。

局

渠玉切【棋局】周邦彥滿江紅：背畫欄，脈脈悄無言，尋棋局。辛棄疾念奴嬌：兒輩功名都付與，長日惟消棋局。【半棋局】馮延巳更漏子：紅蠟燭，半棋局。

玉

魚欲切【冰玉】辛棄疾清平樂：竹裏藏冰玉。【香玉】吳文英一寸金：繡幌金圓挂香玉。【寒玉】周邦彥迎春樂：沿翠蘚，封寒玉。【寒玉】辛棄疾好事近：日日過西湖，冷浸一天寒玉。【綴玉】姜夔疏影：苔枝綴玉。【敲玉】吳文英三部樂：句清敲玉。【潤玉】吳文英瑣窗寒：清顋潤玉。【層玉】姜夔好事近：釵頭罣層玉。【纖玉】李煜菩薩蠻：新聲慢奏移纖玉。【生蘭玉】蘇軾滿江紅：漸粲然，光彩照階庭，生蘭玉。【明團玉】秦觀漁家傲：片雲消盡明團玉。【清似玉】歐陽修南鄉子：月裏仙郎清似玉。【斜墜玉】吳文英夢行雲：搔頭斜墜玉。【涵頳玉】周邦彥玉樓春：平波落照涵頳玉。【渾似玉】柳永合歡帶：一個肌膚渾似玉。【透清玉】張先憶秦娥：憶苕溪，寒影透清玉。【琮琤玉】周邦彥六么令：歌韵巧共泉聲，間雜琮琤玉。【凝寒玉】魏夫人菩薩蠻：樓前溪水凝寒玉。【顏似玉】馮延巳鵲踏枝：窈窕人家顏如玉。【雙羽玉】韋莊謁金門：柳外飛來雙羽玉。【鏘鳴玉】秦觀滿江紅：曳文履，鏘鳴玉。【嬌嬈如玉】韋莊謁金門：有個嬌嬈如玉。

簌

【垂簏簌】溫庭筠菩薩蠻：繡簾垂簏簌。溫庭筠歸國遙：翠鳳寶釵垂簏簌。【珠簏簌】馮延巳鵲踏枝：楊柳千條珠簏簌。

屬 朱欲切。心屬、天屬、相屬、賢屬、如有屬、青氣屬。

錄 力玉切。天錄、手錄、兩錄、鬼錄、不足錄、君子錄、忠可錄、幽明錄、英雄錄。

欲 愈玉切。多欲、利欲、無欲、寡欲、不滿欲、情勝欲。

旭 吁玉切。天旭、方旭、初旭、紅旭、朝旭、陽春旭、晴光旭。

獄 魚欲切。下獄、牢獄、探獄、滿獄、羅織獄。

囑朱欲切　矚　歜樞玉切　臅　蜀珠玉切　蠋　屬

鐲　欘　贖神蜀切　蓐儒欲切　褥　縟　溽

鄏　趣趨玉切　數　哫縱玉切　㒒逢玉切　斸珠玉切

欘　豖　梀丑玉切　籙力玉切　逯　醁　騄

菉　慾愈玉切　𤞞　鵒　頊吁玉切　苖區玉切　跫

𦥑拘玉切　挶　跼渠玉切　侷

【對偶】

晏幾道生查子：君貌不長紅，我鬢無重綠。秦觀滿江紅：山下紛紛梅落粉，渡頭淼淼波搖綠。秦觀風流子：梅吐舊英，柳搖新綠。

第十六部

入聲 四覺十八藥十九鐸通用

（覺）

覺

訖岳切【夢覺】辛棄疾清平樂：布被秋宵夢覺。【春眠覺】張先玉樹後庭花：寶牀香重春眠覺。【梅先覺】辛棄疾驀山溪：一枝開，春事梅先覺。【新夢覺】李清照念奴嬌：被冷香消新夢覺。【梅殘夢覺】吳文英杏花天：霜絲換，梅殘夢覺。

角

【天角】周邦彥解連環：人在天角。【吹角】姜夔淒涼犯：人歸甚處，戍樓吹角。【亭角】周邦彥丹鳳吟：殘照猶在亭角。【畫角】張元幹賀新郎：連營畫角。辛棄疾瑞鶴仙：但傷心，冷落黃昏，數聲畫角。【聞角】李清照憶秦娥：棲鴉歸後，暮天聞角。【曉角】姜夔淡黃柳：空城曉角，吹入垂楊陌。【譙角】秦觀水龍吟：牆外一聲譙角。【欄角】周邦彥瑞鶴仙：斂餘紅，猶戀孤城欄角。【吹梅角】吳文英醉落魄：寒更唱徧吹梅角。【闌干角】柳永鳳凰閣：斷腸人在闌干角。張先醉落魄：朱脣淺破桃花萼，倚樓誰在闌干角。秦觀蝶戀花：樓上佳人，癡倚闌干角。辛棄疾賀新郎：任蟾光，飛上闌干角。【舊闌角】晏幾道六么令：月在庭花舊闌角。

學

胡角切【平生學】辛棄疾六么令：不負平生學。【滄浪學】辛棄疾六么令：手把竹竿未穩，長向滄浪學。

握

乙角切【重握】周邦彥丹鳳吟：問何時重握。

幄

【雲幄】周邦彥醉落魄：花染嬌荑，羞映翠雲幄。吳文英金琖子：殿秋尙有餘花，鎖烟窗雲幄。

邈

莫角切【遼邈】周邦彥解連環：信音遼邈。

嶽

逆角切。五嶽、山嶽、海嶽、南嶽、靈嶽、名嶽、仙嶽、蒼嶽、千仞嶽、雲開嶽。

朔 色角切。河朔、正朔、撲朔、龍朔、海朔、新朔、奉朔、甲子朔、風多朔、三月朔、孟冬朔、東方朔。

數 頻數、夢數、疏數、來數、不可數、不宜數、朋友數、卜筮數、苦雨數、征伐數、征戍數、啼痕數、登臨數、裁書數、傷心數。

捉 側角切。手捉、守捉、坐捉、把捉、追捉、尋捉、水中捉、何不捉、詩須捉、猿難捉。

琢 竹角切。不琢、手琢、句琢、巧琢、吟琢、追琢、細琢、新琢、玉人琢、良工琢。

卓 卓卓、奇卓、英卓、殊卓、超卓、生材卓、高節卓。

濁 直角切。五濁、世濁、氣濁、清濁、衆濁、河濁、渾濁、激濁、聲濁、心源濁、浮蟻濁、瓊漿濁。

濯 一濯、百濯、洗濯、浣濯、靜濯、濯濯、汗如濯、江漢濯、再三濯、寒泉濯、滄浪濯。

擢 並擢、秀擢、超擢、登擢、榮擢、賞擢、識擢、高雲擢、桂枝擢、嘉木擢。

捔託岳切 **桷** **榷** **較** **傕** **玨** **嗃**黑角切

搉克角切 **慤** **確** **确** **鷽**胡角切 **嶨** **确**

渥乙角切 **媉** **偓** **喔** **齷** **剝**北角切 **駮**

駁 **爆** **璞**匹角切 **樸** **擈** **雹**弼角切 **暴**

邈莫角切 **眊** **藐** **槊**色角切 **搠** **娖**測角切 **齪**

浞仕角切 **汋** **鷟** **斲**竹角切 **椓** **倬** **逴**

諑 **啄** **涿** **躅**直角切 **鐲** **鸐** **搦**昵解切

犖力角切 **硞**

【對偶】

秦觀念奴嬌：夜氣沉寥，湖光曠邈。

（藥）

藥 弋灼切【花藥】辛棄疾賀新郎：新種得，幾花藥。【紅藥】周邦彥解連環：手種紅藥。【映紅藥】張元幹蘭陵王：芳草侵階映紅藥。

躍

【魚躍】柳永滿江紅：繞嚴陵灘畔，鷺飛魚躍。辛棄疾蘭陵王：看天闊鳶飛，淵靜魚躍。【萍綠魚躍】柳永女冠子：波暖銀塘，漲新萍綠魚躍。

縛

伏約切【紅絲縛】秦觀一斛珠：有意東君，故把紅絲縛。

削

息約切【山如削】柳永滿江紅：波似染，山如削。【肌如削】馮延巳思越人：金縷褪玉肌如削。【肌膚如削】柳永鳳凰閣：教我行思坐想，肌膚如削。【翠巖誰削】辛棄疾滿江紅：問千丈，翠巖誰削。

鵲

七約切【烏鵲】秦觀水龍吟：信傳青鳥，橋通烏鵲。曹沮品令：月轉驚飛烏鵲。【喜鵲】蘇軾謁金門：半驚鴉喜鵲。【簷鵲】秦觀水龍吟：幾番誤喜，燈花簷鵲。【驚鵲】辛棄疾西江月：明月別枝驚鵲。【啁飢鵲】辛棄疾滿江紅：吟凍雁，啁飢鵲。

雀

即約切【金雀】韋莊怨王孫：玉蟬金雀。

鑠

式灼切【消鑠】周邦彥丹鳳吟：無計消鑠。

勺

之若切【一勺】辛棄疾賀新郎：爲儵魚，從容分得，清泉一勺。【簫勺】辛棄疾賀新郎：對東風，洞庭張樂，滿空簫勺。

酌

【孤酌】秦觀水龍吟：引盃孤酌。張元幹滿江紅：倚篷窗無寐，引杯孤酌。【春酌】周邦彥瑞鶴仙：重解繡鞍，緩引春酌。【斟酌】秦觀水龍吟：與誰斟酌。【深深酌】馮延巳鵲踏枝：手舉金罍，憑仗深深酌。晏幾道醉落魄：霞觴且共深深酌。【流霞共酌】柳永尾犯：按新詞，流霞共酌。

杓

市若切【鷗鷺杓】辛棄疾驀山溪：病來止酒，辜負鷗鷺杓。

弱

日灼切【步弱】周邦彥瑞鶴仙：凌波步弱。【柳弱】張先醉落魄：雲輕柳弱。

若

【杜若】周邦彥解連環：汀洲漸生杜若。辛棄疾蘭陵王：紉蘭結佩帶杜若。

著

直略切【道著】周邦彥丹鳳吟：長怕人道著。【繫著】姜夔淒涼犯：漫寫羊裙，等新雁來時繫著。【驚著】辛棄疾念奴嬌：北窗高臥，莫教啼鳥驚著。【花迷著】張先滿江紅：拚從前爛醉，被花迷著。【思量著】王安石千秋歲引：夢闌時，酒醒後，思量著。【閒處著】蘇軾謁金門：如教閒處著。【愁難著】張元幹滿江紅：腸欲斷，愁難著。

略

力灼切【疏略】蘇軾謁金門：似與世人疏略。

掠

【梳掠】周邦彥醉落魄：一枝雲鬢巧梳掠。辛棄疾一絡索：倩人梳掠。【青絲掠】秦觀一斛珠：懶把青絲掠。【新梳掠】張先醉落魄：家髻要新梳掠。【雲梳風掠】辛棄疾清平樂：想見廣寒宮殿，正雲梳風掠。

卻

乞約切【拋卻】柳永鳳凰閣：霎時雲雨人拋卻。【忘卻】張先滿江紅：愁和悶，都忘卻。【閑卻】王安石千秋歲引：可惜風流總閑卻。【過卻】馮延巳思越人：寒食過卻，海棠零落。【休辭卻】蘇軾醉落魄：尊前一笑休辭卻。【孤眠卻】柳永尾犯：祇恁孤眠卻。【渾拋卻】馮延巳鵲踏枝：幾度思量，眞擬渾拋卻。【漂流卻】姜夔卜算子：下竺橋邊淺立時，香已漂流卻。

却

【孤却】辛棄疾一絡索：羞見鑑鸞孤却。【春閒却】晏幾道醉落魄：莫放春閒却。【都過却】張元幹滿江紅：寒食清明都過却。

脚

訖約切【山腳】周邦彥一寸金：晴風吹草，青搖山腳。【雙懶腳】蘇軾謁金門：一片懶心雙懶腳。

約

乙却切【依約】吳文英解連環：楚山依約。【爲約】柳永尾犯：記得當年，翦香雲爲約。【後約】姜夔淒涼犯：怕匆匆，不肯寄與，誤後約。【素約】周邦彥瑞鶴仙：過短亭，何用素約。【舊約】柳永鳳凰閣：恨只恨，相違舊約。【三章約】辛棄疾賀新郎：聽我三章約。【平生約】蘇軾醉落魄：故山猶負平生約。【西窗約】吳文英醉落魄：燭痕猶刻西窗約。【東山約】辛棄疾賀新郎：曾與東山約。【秦樓約】王安石千秋歲引：當初謾留華表語，而今誤我秦樓約。【雲泉約】柳永滿江紅：平生況有雲泉約。【曾偷約】張先滿江紅：記畫橋深處，水邊亭，曾偷約。【當初約】馮延巳鵲踏枝：怎生負得當初約。【花期酒約】辛棄疾滿江紅：老子當年，飽經慣花期酒約。【秋千期約】馮延巳思越人：覺來失秋千期約。

攫 居縛切【烏攫】辛棄疾賀新郎：便休論，人間腥腐，紛紛烏攫。【高攫】辛棄疾賀新郎：俯人間，塵埃野馬，孤撐高攫。

爵 即約切。好爵、貴爵、天爵、人爵、羽爵、受爵、加爵、辭爵、瑤爵、舉爵、封爵、榮爵、讓爵、名爵、千乘爵、大夫爵、不待爵。

爍 式灼切。日爍、爍爍、閃爍、炳爍、朱曦爍、海水爍。

虐 逆約切。不虐、無虐、苛虐、爲虐、酷虐、肆虐、餘暑虐、秋更虐。

礿弋灼切 瀹 爚 龠 籥 鑰 碏七約切

踖 皵 皭疾雀切 嚼 爝 灼之若切 焯

妁 彴 禚 斫 犳 趵 綽尺約切 婥

仢市若切 汋 嫋日灼切 蒻 箬 芍陟略切

逴敕略切 躇 婼 謔迄却切 屩訖約切 噱極虐切

醵 蹻 葯乙却切 箹 瘧逆約切 瞜悦縛切 讙

躩屈縛切 矍居縛切 钁 艧憂縛切 嬳

【對偶】

柳永滿江紅：波似染，山如削。

（鐸）

鐸 達各切【簷下鐸】潘閬憶餘杭：閣上清聲簷下鐸。

託 他各切【無託】周邦彥解連環：怨懷無託。【難託】柳永鳳凰閣：山遠水遠人遠，音信難託。陸游釵頭鳳：山盟雖在，錦書難託。

落 歷各切【村落】柳永滿江紅：盡載燈火歸村落。【花落】周邦彥丹鳳吟：簌簌半簷花落。辛棄疾念奴嬌：野棠花落。【雨落】柳永鳳凰閣：相思成病，那更瀟瀟雨落。【叕落】秦觀蝶戀花：對花珠淚叕落。【院落】柳永女冠子：鶯花謝，清和院落。【淚落】秦觀水龍吟：對鏡時淚落。周邦彥解連環：爲伊淚落。【零落】馮延巳思越人：寒食過却，海棠零落。【搖落】辛棄疾滿江紅：萬事到秋來，都搖落。【寥落】馮延巳更漏子：不獨堪悲寥落。【籬落】辛棄疾朝中措：白水東邊籬落。【花又落】溫庭筠酒泉子：草初齊，花又落。【金鈿落】張先菩薩蠻：鬢搖金鈿落。【風中落】秦觀一斛珠：紛紛木葉風中落。【香未落】馮延巳鵲踏枝：新結同心香未落。【眞珠落】溫庭筠菩薩蠻：玉纖彈處眞珠落。【梧桐落】李清照憶秦娥：西風催襯梧桐落。【煙中落】張元幹滿江紅：楚帆帶雨煙中落。【傷淪落】蘇軾醉落魄：天涯同是傷淪落。【縣冰落】姜夔卜算子：摘蕊暝禽飛，倚樹縣冰落。【驚梅落】張先醉落魄：聲入霜林，簌簌驚梅落。【巖花落】秦觀釵頭鳳：汀蘭寂寞巖花落。【玉繩西落】吳文英解連環：夢遠雙成鳳笙杳，玉繩西落。【燈花旋落】柳永尾犯：夜將闌，燈花旋落。【征帆夜落】柳永滿江紅：長川靜，征帆夜落。【萬花羞落】辛棄疾瑞鶴仙：倚東風，一笑嫣然，轉盼萬花羞落。【翠凋紅落】姜夔淒涼犯：舊遊在否，想如今翠凋紅落。【燕飛落落】溫庭筠河瀆神：青麥燕飛落落。

絡

【繡鞍金絡】辛棄疾滿江紅：行樂處，輕裘緩帶，繡鞍金絡。

樂

【自樂】周邦彥瑞鶴仙：猶喜洞天自樂。【行樂】姜夔淒涼犯：小舫攜歌，晚花行樂。【娛樂】秦觀水龍吟：當年娛樂。【遊樂】秦觀水龍吟：正堪遊樂。【江南樂】韋莊菩薩蠻：如今却憶江南樂。【成歡樂】柳永女冠子：雅歌艷舞，盡成歡樂。【長歡樂】馮延巳鵲踏枝：與君保取長歡樂。【思歸樂】溫庭筠河瀆神：暮天愁聽思歸樂。【從軍樂】柳永滿江紅：歸去來，一曲仲宣吟，從軍樂。【漁釣樂】周邦彥一寸金：冶葉倡條，便入漁釣樂。

諾

匿各切【忍輕諾】柳永女冠子：以文會友，沈李浮瓜忍輕諾。【寡信輕諾】柳永尾犯：別後寡信輕諾。

博

伯各切【珠珍博】柳永尾犯：肯把金玉珠珍博。

薄

【太薄】柳永鳳凰閣：匆匆相見，懊惱恩情太薄。【妝薄】溫庭筠河瀆神：玉容惆悵妝薄。【淡薄】姜夔淒涼犯：情懷正惡，更衰草寒煙淡薄。【涼薄】吳文英解連環：暮檐涼薄。【雲薄】周邦彥解連環：霧輕雲薄。【輕薄】秦觀水龍吟：無奈楊輕薄。周邦彥丹鳳吟：杏靨夭斜，榆錢輕薄。【飄薄】柳永女冠子：淡煙飄薄。【征衫薄】辛棄疾滿江紅：山風吹雨征衫薄。【春雨薄】韋莊更漏子：煙柳重，春霧薄。【春衫薄】韋莊菩薩蠻：如今却憶江南樂，當時年少春衫薄。蘇軾菩薩蠻：落花閒院春衫薄。秦觀水龍吟：越羅初試春衫薄。【春寒薄】張先滿江紅：雛鶯弄舌春寒薄。【秋光薄】辛棄疾醜奴兒：晚來雲淡秋光薄。【郎情薄】辛棄疾一絡索：怕酒似，郎情薄。【前歡薄】晏幾道醉落魄：後期休似前歡薄。【眉翠薄】溫庭筠更漏子：眉翠薄，鬢雲殘。【香霧薄】溫庭筠更漏子：香霧薄，透簾幕。【衾偏薄】張元幹滿江紅：寒猶在，衾偏薄。【雲影薄】溫庭筠酒泉子：千里雲影薄。【煙光薄】李清照憶秦娥：亂山平野煙光薄。【煙澹薄】馮延巳思越人：乍倚遍闌干煙澹薄。【鉛華薄】溫庭筠菩薩蠻：流多暗濕鉛華薄。【舊眉薄】溫庭筠菩薩蠻：粧淺舊眉薄。【羅衣薄】馮延巳酒泉子：寒風生，羅衣薄。秦觀一斛珠：悲秋自怯羅衣薄。【羅衫薄】秦觀蝶戀花：餘寒猶泥羅衫薄。【櫻脣薄】張先菩薩蠻：髻搖金鈿落，惜恐櫻脣薄。

泊

白各切【漂泊】周邦彥一寸金：經年何事，京華信飄泊。張元幹蘭陵王：燈夜初過早共約，又爭信飄泊。【萍飄泊】蘇軾醉落魄：人生到處萍飄泊。【傷漂泊】柳永滿江紅：遣行客，當此念回程，傷漂泊。

箔

【珠箔】辛棄疾一絡索：行遶翠簾珠箔。【垂珠箔】馮延巳虞美人：深夜垂珠箔。【垂翠箔】溫庭筠酒泉子：掩銀屏，垂翠箔。【懸珠箔】馮延巳拋球樂：一鉤冷霧懸珠箔。

幕

末各切【動幕】周邦彥瑞鶴仙：驚飇動幕。【翠幕】柳永女冠子：披襟處，波翻翠幕。【羅幕】曹沮品令：夜久寒生羅幕。【簾幕】周邦彥丹鳳吟：飛絮亂投簾幕。張先滿江紅：水明山秀，暖生簾幕。【天垂幕】張先醉落魄：橫管孤吹，月淡天垂幕。【明錦幕】秦觀蝶戀花：斜日高樓明錦幕。【透重幕】李煜更漏子：香霧薄，透重幕。【透簾幕】溫庭筠更漏子：香霧薄，透簾幕。【搴羅幕】馮延巳更漏子：搴羅幕，凭朱閣。【褰翠幕】溫庭筠菩薩蠻：玉鉤褰翠幕。【

繞羅幕】吳文英醉落魄：留夢繞羅幕 。【辭簾幕】秦觀一斛珠：別巢燕子辭簾幕。

漠

【沙漠】姜夔淒涼犯：將軍部曲，迤邐度沙漠。【漠漠】周邦彥瑞鶴仙：客去車塵漠漠。吳文英金琖子：霧雨漠漠。【煙漠漠】柳永滿江紅：桐江好，煙漠漠。秦觀蝶戀花：新草池塘煙漠漠。

寞

【寂寞】姜夔驀山溪：一亭寂寞。【人寂寞】柳永輪台子：孤村望處人寂寞。【乍寂寞】曹沮品令：乍寂寞，簾櫳靜。【空寂寞】溫庭筠酒泉子：洞房空寂寞。【情索寞】馮延巳鵲踏枝：休向尊前情索寞。

索

昔各切【絃索】秦觀水龍吟：懶親絃索。周邦彥解連環：一牀絃索。【鈴索】秦觀水龍吟：風吹鈴索。【離索】陸游釵頭鳳：一懷愁緒，幾年離索。【蕭索】柳永滿江紅：葦風蕭索。【怕人索】辛棄疾好事近：老無情味到篇章，詩債怕人索。【兩疏索】溫庭筠酒泉子：近來音信兩疏索。【空蕭索】溫庭筠河瀆神：離別艣聲空蕭索。【秋索索】歐陽修減字木蘭花：楓葉荻花秋索索。【情蕭索】馮延巳虞美人：畫堂新霽情蕭索。秦觀一斛珠：倚闌悵望情離索。【添蕭索】馮延巳采桑子：如今別館添蕭索。【猶蕭索】溫庭筠楊柳枝：塞門三月猶蕭索。【琵琶索】蘇軾菩薩蠻：相思撥斷琵琶索。【鞦韆索】辛棄疾滿江紅：梨花院落鞦韆索。【兩情蕭索】溫庭筠河瀆神：迴首兩情蕭索。

作

即各切【時一作】秦觀蝶戀花：驟雨隔簾時一作。【相鬭作】馮延巳鵲踏枝：莫作等閑相鬭作。【晚風還作】張元幹滿江紅：雲乍起，遠山遮盡，晚風還作。

昨

疾各切【今非昨】秦觀一斛珠：江山滿眼今非昨。【今猶昨】張先滿江紅：多少恨，今猶昨。【長恨昨】晏幾道醉落魄：心心口口長恨昨。【分攜如昨】蘇軾醉落魄：分攜如昨，人生到處萍飄泊。

鶴

曷各切【黃鶴】秦觀釵頭鳳：閒吹玉笛招黃鶴。【猿鶴】辛棄疾滿江紅：且丁寧休負，北山猿鶴。【乘軒鶴】辛棄疾賀新郎：倩何人，說與乘軒鶴。【揚州鶴】辛棄疾滿江紅：待羔兒，酒罷又烹茶，揚州鶴。【歸飛鶴】蘇軾醉落魄：西望峨嵋，長羨歸飛鶴。【雙黃鶴】辛棄疾賀新郎：

是誰言，聽取雙黃鶴。

壑

黑各切【丹壑】秦觀釵頭鳳：臨丹壑，憑高閣。【邱壑】辛棄疾念奴嬌：此心閒處，不應長藉邱壑。【雲壑】辛棄疾賀新郎：推翠影，浸雲壑。

閣

古落切【乍閣】張元幹蘭陵王：朝雨輕陰乍閣。【池閣】溫庭筠更漏子：惆悵謝家池閣。【朱閣】周邦彥瑞鶴仙：醒眠朱閣。【竹閣】辛棄疾賀新郎：多少松窗竹閣。【投閣】辛棄疾賀新郎：識字子雲投閣。【珠閣】溫庭筠河瀆神：卷簾愁對珠閣。【高閣】韋莊更漏子：燈背水窗高閣。秦觀水龍吟：遠凭高閣。【畫閣】馮延巳思越人：翠幕簾櫳畫閣。【遊閣】周邦彥丹鳳吟：黃蜂遊閣。【擔閣】王安石千秋歲引：無奈被它情擔閣。【分層閣】辛棄疾滿江紅：月臨屋角分層閣。【倚高閣】溫庭筠酒泉子：宿妝惆悵倚高閣。【連雲閣】潘閬憶餘杭：芰荷香噴連雲閣。【圍朱閣】秦觀水龍吟：重重綠樹圍朱閣。【憑高閣】秦觀釵頭鳳：臨丹壑，憑高閣。【繞香閣】晏幾道六么令：飛絮繞香閣。【臨高閣】李清照憶秦娥：臨高閣，亂山平野煙光薄。【嫩苔生閣】柳永女冠子：想端憂多暇，陳王是日，嫩苔生閣。

格

【標格】辛棄疾念奴嬌：漂泊天涯空瘦損，猶有當年標格。

惡

烏各切【又惡】柳永鳳凰閣：這滋味，黃昏又惡。周邦彥瑞鶴仙：東風何事又惡。【正惡】姜夔淒涼犯：戍樓吹角，情懷正惡。【風惡】張元幹滿江紅：桃花浪，幾番風惡。【心緒惡】周邦彥丹鳳吟：坐來但覺心緒惡。【東風惡】張先滿江紅：但只愁，錦繡鬧妝時，東風惡。辛棄疾一絡索：甚夜夜，東風惡。【波濤惡】秦觀釵頭鳳：江風作，波濤惡。【春寒惡】姜夔卜算子：空徑晚煙平，古寺春寒惡。【雨聲惡】辛棄疾清平樂：夜深休更喚笙歌，簷頭雨聲惡。【情懷惡】馮延巳思越人：酒醒情懷惡。李清照憶秦娥：斷香殘酒情懷惡。【緣底惡】秦觀蝶戀花：心事不知緣底惡。

蕚

逆各切【梅蕚】周邦彥解連環：望寄我，江南梅蕚。【嫩蕚】張元幹蘭陵王：吹落梢頭嫩蕚。【夭桃蕚】秦觀蝶戀花：一夜輕雷，拆破夭桃蕚。【桃花蕚】張先醉落魄：朱脣淺破，桃花蕚。【

梅花半萼】吳文英杏花天：吹老梅花半萼。【褪花墜萼】吳文英解連環：記湘娥，絳綃暗解，褪花墜萼。

鶚

【孤鶚】辛棄疾賀新郎：當年衆鳥看孤鶚。【秋鶚】辛棄疾賀新郎：山頭怪石蹲秋鶚。【橫空鶚】辛棄疾賀新郎：勸君且作橫空鶚。

廓

苦郭切【寥廓】王安石千秋歲引：孤城畫角，一派秋聲入寥廓。辛棄疾念奴嬌：一點淒涼千古意，獨倚西風寥廓。

郭

古博切【南郭】辛棄疾滿江紅：西風白馬，北村南郭。【城郭】周邦彥一寸金：州夾蒼崖，下枕江山是城郭。【帶郭】周邦彥瑞鶴仙：悄郊原帶郭。【香滿山郭】溫庭筠河瀆神：早梅香滿山郭。

度

達各切。自度、忖度、預度、臆度、不可度、如所度、常情度、聖賢度。

洛

歷各切。伊洛、汝洛、京洛、河洛、渡洛。

搏 伯各切。手搏、自搏、虎搏、相搏、善搏。

錯 倉各切。交錯、紛錯、盤錯、鑄錯、千計錯、五色錯、忙裏錯、折腰錯、剛柔錯、陵谷錯、萬事錯、觥籌錯、錯錯錯。

怍 疾各切。不怍、心怍、羞怍、餘怍、醒後怍。

[忄度]達各切　踱　澤　橐他各切　柝　柘　托

跅　魄　蘀　籜　飥　酪歷各切　輅　珞

挌　烙　轢　駱　絡　雒　洛　髆伯各切

襮　禣　鎛　爆　猼　膊　粕匹各切

薄白各切　簙　礡　鉑　亳　莫末各切　塻

膜　摸　瘼　鏌　摖昔各切　剒倉各切　柞即各切

酢疾各切　鑿　[糸乍]　貉曷各切　涸　矐　臛黑各切

鄗　郝　嗃　熇　恪克各切　各古落切　堊烏各切

咢逆各切　噩　諤　鄂　鍔　鱷　矱黃郭切

鑊 濩 韄 擭 爗 霍忽郭切 藿

擴苦郭切 槨古博切 彍 蠖屋郭切 艧烏郭切 陌末各切

【對偶】

王安石千秋歲引：東歸燕從海上去，南來雁向沙頭落。 姜夔卜算子：摘蕊暝禽飛，倚樹懸冰落。辛棄疾滿江紅：海水連天凝望遠，山風吹雨征衫薄。 辛棄疾滿江紅：似整復斜僧屋亂，欲吞還吐林煙薄。 辛棄疾滿江紅：明月樓臺簫鼓夜，梨花院落鞦韆索。 辛棄疾滿江紅：雲破林梢添遠岫，月臨屋角分層閣。

第十七部

入聲 五質六術七櫛二十陌二十一麥二十二昔二十三錫二十四職二十五德二十六緝通用

（質）

室 式質切【瓊室】辛棄疾蘇武慢：探梅得句，人在玉樓瓊室。【維摩室】辛棄疾滿江紅：散花更滿維摩室。

日 入質切【如日】辛棄疾滿江紅：舊盟如日。【閑日】辛棄疾虞美人：問誰分我漁樵席，江海消閑日。【殘日】辛棄疾滿江紅：更天涯，芳草最關情，烘殘日。【曉日】馮延巳壽山曲：鴛瓦數行曉日。【初去日】孫光憲謁金門：揚州初去日。【知何日】秦觀滿江紅：寶釵落枕知何日。【長安日】辛棄疾虞美人：咫尺長安日。【空落日】薛昭蘊浣溪沙：吳主山河空落日。【梅熟日】皇甫松夢江南：閑夢江南梅熟日。【無多日】蘇軾滿江紅：風雨外，無多日。【辭廟日】李煜破陣子：最是倉皇辭廟日。

疾 昨悉切【風疾】孫光憲謁金門：江上滿帆風疾。【飄零疾】歐陽修漁家傲：却憂風雨飄零疾。

畢 壁吉切【何時畢】蘇軾滿江紅：官裏事，何時畢。

筆 逼密切【子雲筆】辛棄疾歸朝歡：欲重吟、青葱玉樹，須倩子雲筆。【江山筆】辛棄疾滿江紅：詩酒社，江山筆。【如椽筆】辛棄疾滿江紅：把功名、收拾付君侯，如椽筆。【供吟筆】吳文英滿江紅：有花香、竹色賦閒情，供吟筆。【凌雲筆】劉克莊賀新郎：少年自負凌雲筆。【詞筆】姜夔暗香：都忘却，春風詞筆。

密 莫筆切【昌杏密】歐陽修漁家傲：二月春耕昌杏密。【清陰密】辛棄疾滿江紅：園林漸覺清陰密。

逸 弋質切【豪逸】蘇軾滿江紅：當時坐上皆豪逸。

溢　【却溢】蘇軾滿江紅：新堤固，漣漪却溢。

一　益悉切【第一】秦觀滿江紅：占天上、人間第一。【三之一】蘇軾滿江紅：猶有幾多春，三之一。

乙　億姞切【飛乙】歐陽修漁家傲：雙雙款語憐飛乙。

失　式質切。兩失、相失、如失、遺失、缺失。

實　食質切。故實、情實、竹實、米實、秋實。

膝　息七切。擁膝、枕膝、抱膝、容膝、促膝、蔽膝、照膝、當膝。

漆　戚悉切。丹漆、膠漆、如漆、黠漆、抹漆。

蜜　覓畢切。如蜜、崖蜜、野蜜、食蜜、索蜜。

謐　清謐、寧謐、夜謐、星謐、四郊謐、世囂謐。

秩　直質切。高秩、厚秩、散秩、名秩、勳秩。

帙　書帙、緗帙。

吉　居質切。卜吉、衆吉、咎吉、休吉。

質之日切　鑕　晊　桎　櫍　礩　郅　騭

蛭　躓　叱尺栗切　率朔律切　帥　蟀　悉息七切

蟋　七戚悉切　榛　聖子悉切　唧　嫉昨悉切　蒺

必壁古切　滭　滭　珌　蹕　蓽　四僻吉切

鵯　邲毗必切　怭　佖　飶　苾　鉍

宓覓畢切　弼薄宓切　佛　汐莫筆切　窒陟栗切　庢

挃　銍　抶勅栗切　咥　紩直質切　袟　姪

栗力質切　慄　搮　溧　凓　鷅　飅

暱尼質切　昵　㥾　尼　詄弋質切　佚　佾

軼　泆　鎰　駃　妷　故閭吉切　佶

恄　咭　詰喫吉切　劼　蛣　拮居質切　郜

猪　壹益悉切　肸黑乙切　姞巨乙切　佶

捖越筆切 汩 耋地一切 垤 獝休必切

【對偶】辛棄疾滿江紅：種柳已成陶令宅，散花更滿維摩室。 秦觀滿江紅：金縷和杯曾有分，寶釵落枕知何日。 辛棄疾滿江紅：流水漸隨紅粉去，園林漸覺清陰密。

(術)

出 尺律切【爭出】蘇軾滿江紅：相將泛曲水，滿城爭出。【爭先出】歐陽修漁家傲：百花次第爭先出。

述 食律切。祖述、能述、縷述、贊述、難述、纂述。

律 劣戌切。六律、古律、竹律、風律、秋律、格律、新律。

術食律切 沭 秫 邺雪律切 恤 戌 珬

卒節律切 啐 崒昨律切 捽 誶 柮竹律切 窋

茁 黜勅律切 詘 怵 朮直律切 率劣戌切 壘

聿允律切 遹 矞 潏 鴥 鷸 驈 鱊

橘訣律切

(櫛)

瑟 色櫛切【鳴瑟】辛棄疾賀新郎：重進酒，喚鳴瑟。【調瑟】辛棄疾賀新郎：金屋冷，夜調瑟。【錦瑟】秦觀玉樓春：怨入青塵愁錦瑟。【蕭瑟】蘇軾菩薩蠻：洞天冷落秋蕭瑟。 蘇軾滿江紅：空洲對鸚鵡、葦花蕭瑟。辛棄疾賀新郎：兩三雁，也蕭瑟。 劉克莊賀新郎：春花落盡，滿懷蕭瑟。

櫛側瑟切 蝨色櫛切

（陌）

陌　莫白切【水陌】姜夔惜紅衣：虹梁水陌，魚浪吹香。【坊陌】姜夔霓裳中序第一：笛裏關山，柳下坊陌。【芳陌】吳文英應天長：麗花鬬靨，清麝濺塵，春聲徧滿芳陌。【巷陌】李淸照怨王孫：秋千巷陌。【南陌】韋莊淸平樂：春愁南陌，故國音書隔。【香陌】柳永兩同心：蟾彩迥，夜遊香陌。【柳陌】周邦彥六醜：亂點桃蹊，輕翻柳陌。【紫陌】吳文英杏花天：夜寒重，長安紫陌。【煙陌】尹鶚菩薩蠻：俯窗獨坐窺煙陌。【綺陌】柳永玉樓香：特地風光盈綺陌。【翠陌】陳亮水龍吟：春歸翠陌。【長楸陌】柳永少年遊：王孫走馬長楸陌。【垂楊陌】姜夔淡黃柳：空城曉角，吹入垂楊陌。【錦街天陌】歐陽修御帶花：錦街天陌。

拍　四陌切【拍拍】廖世美好事近：聽波聲拍拍。【暗拍】曹組憶少年：把闌干暗拍。

魄　【魂魄】柳永輪臺子：花開柳折傷魂魄。

百　博陌切【不滿百】柳永尾犯：念浮生，不滿百。

白　薄陌切【月白】周邦彥浪濤沙：見隱隱，雲邊新月白。【寒白】秦觀雨中花：正天風吹落，滿空寒白。【釀白】蘇軾減字木蘭花：輕紅釀白。【鬢白】吳文英瑞鶴仙：看飛雪，蘋底蘆梢，未如鬢白。【千里白】孫光憲酒泉子：胡霜千里白。【汀蘋白】張先惜瓊花：汀蘋白。【江濤白】辛棄疾霜天曉角：望牛磯岸赤，直下江濤白。【泛香白】辛棄疾好事近：山僧欲看醉魂醒，茗椀泛香白。【沙洲白】辛棄疾菩薩蠻：霜落沙洲白。【和霜白】柳永歸朝歡：溪橋殘月和霜白。【香英白】晏幾道六么令：月底香英白。【秋天白】尹鶚菩薩蠻：隴雲暗合秋天白。【野雲白】辛棄疾好事近：黃鸝何處故飛來，點破野雲白。【梅花白】晏幾道菩薩蠻：江南未雪梅花白。【梨花白】溫庭筠菩薩蠻：滿宮明月梨花白。韋莊淸平樂：細雨霏霏梨花白。【殘雪白】馮延巳酒泉子：早梅香雪，殘白，夜沉沉。【酥胸白】秦觀滿江紅：玉纖嫩，酥胸白。【當心白】馮延巳拋球樂：波搖梅蕊當心白。【滄溟白】劉克莊滿江紅：垂釣處，滄溟白。【愁中白】辛棄疾菩薩蠻：人言頭上髮，總向愁中白。【頭先白】辛棄疾念奴嬌：青山一夜，對我頭先白。【龍煙白】

歐陽修虞美人：爐香晝永龍煙白。【霜月白】歐陽修歸自謠：蘆花千里霜月白。【瓊膚白】張先菩薩蠻：衫輕不礙瓊膚白。【飄紅白】辛棄疾滿江紅：可堪風雨飄紅白。【鬢邊白】晏殊滴滴金：不覺星霜鬢邊白。

坼

恥格切【微坼】柳永尾犯：冰澌微坼。

拆

【離拆】柳永法曲獻仙音：正攜手，翻成雲雨離拆。柳永征部樂：好好憐伊，更不輕離拆。【東南拆】辛棄疾滿江紅：吳楚地，東南拆。

宅

直格切【神仙宅】柳永玉樓春：鳳樓十二神仙宅。【陶潛宅】辛棄疾生查子：醉倒却歸來，松菊陶潛宅。【揚雄宅】辛棄疾生查子：收拾錦囊詩，要寄揚雄宅。

澤

【香澤】周邦彥六醜：釵鈿墮處遺香澤。【震澤】蘇軾歸朝歡：我夢扁舟浮震澤。【陶彭澤】辛棄疾念奴嬌：高情千載，只有陶彭澤。

搦

昵格切【腰搦】柳永兩同心：別有眼長腰搦。

客

乞格切【三客】蘇軾念奴嬌：舉杯邀月，對影成三客。【好客】蘇軾減字木蘭花：鄭莊好客。【行客】周邦彥六醜：長條故惹行客。晁補之憶少年：無情畫舸，無根行客。【狂客】秦觀滿江紅：自覺愁腸攪亂，坐中狂客。【孤客】周邦彥月下笛：寒燈陋館，最感平陽孤客。【眞客】柳永巫山一段雲：留宴鼇峰眞客。【倦客】周邦彥蘭陵王：誰識，京華倦客。【詞客】柳永兩同心：憶當時，酒戀花迷，役損詞客。【詩客】姜夔惜紅衣：牆頭喚酒，誰問訊城南詩客。【天涯客】吳文英玉樓春：闌干獨倚天涯客。【江海客】馮延巳謁金門：年年江海客。【身是客】李煜浪淘沙令：夢裏不知身是客。【利名客】柳永歸朝歡：往來人，隻輪雙槳，盡是利名客。【長安客】辛棄疾念奴嬌：炙手炎來，掉頭冷去，無限長安客。【幽素客】吳文英丹鳳吟：軟紅滿路，誰聘幽素客。【秦樓客】秦觀玉樓春：豈知一夕秦樓客。【桃源客】辛棄疾滿江紅：怕他年，重到路應迷，桃源客。【眞閑客】辛棄疾念奴嬌：和雲種樹，喚做眞閑客。【詞賦客】吳文英應天長：芙蓉鏡，詞賦客。【尊前客】辛棄疾念奴嬌：西風也會，點檢尊前客。【燈下客】馮延巳憶秦娥：窗外芭蕉燈下客。【龍韜客】辛棄疾滿江紅：三萬卷，龍韜客。【鵷鷺客】柳永玉樓春：珠履三千鵷鷺客。【瀟湘客】歐陽修歸自謠：扁舟遠送瀟湘客。【鑾坡客】辛棄疾滿江紅：算人人，合與共乘鑾，鑾坡客。

格

各額切【俊格】柳永惜春郎：屬和新詞多俊格。【標格】柳永滿江紅：就中有，天真妖麗，自然標格。

額

五陌切【金額】韋莊清平樂：燕拂畫簾金額。【宮額】辛棄疾永遇樂：對花臨鏡，學作半妝宮額。【羅額】吳文英瑞鶴仙：最無聊，燕去堂空，舊幕暗塵羅額。【金鸞額】歐陽修虞美人：風動金鸞額。【當山額】溫庭筠菩薩蠻：蕊黃無限當山額。

碧

筆戟切【山碧】溫庭筠酒泉子：金鴨小屏山碧。【甘碧】姜夔惜紅衣：細灑冰泉，並刀破甘碧。【自碧】姜夔淡黃柳：問春何在，唯有池塘自碧。【弄碧】周邦彥蘭陵王：柳陰直，煙裏絲絲弄碧。【空碧】馮延巳菩薩蠻：行雲半夜凝空碧。辛棄疾滿江紅：快晚風吹贈，滿懷空碧。辛

棄疾滿江紅：凭畫欄，一線數飛鴻，沈空碧。【金碧】歐陽修御帶花：萬重繒綵，構一屏峯嶺，半空金碧。【堆碧】蘇軾滿江紅：臥紅堆碧。【深碧】蘇軾滿江紅：高樓下，蒲萄深碧。【寒碧】姜夔暗香：千樹壓，西湖寒碧。【啼碧】吳文英好事近：葉葉怨梧啼碧。【暗碧】周邦彥六醜：東園岑寂，漸蒙籠暗碧。【新碧】辛棄疾滿江紅：看書尋舊錦，衫裁新碧。【溜碧】姜夔霓裳中序第一：漫暗水，涓涓溜碧。【愁碧】吳文英瑞鶴仙：對小山不迭，寸眉愁碧。【輕碧】柳永尾犯：漸東郊芳草，染成輕碧。【澄碧】周邦彥雙頭蓮：隱約望中，點破晚空澄碧。【凝碧】柳永傾杯：空目斷，遠峰凝碧。辛棄疾滿江紅：暮雲凝碧。【籠碧】朱敦儒好事近：江上晚煙籠碧。【蘸碧】柳永破陣樂：煙蕪蘸碧。【纖碧】吳文英丹鳳吟：自采秋芸薰染，香汎纖碧。【天水碧】歐陽修漁家傲：夜雨染成天水碧。【吳山碧】溫庭筠菩薩蠻：沈香閣上吳山碧。【芳草碧】韋莊謁金門：斷腸芳草碧。【波澄碧】辛棄疾滿江紅：且歸來，談笑護長江，波澄碧。【春池碧】溫庭筠菩薩蠻：水紋細起春池碧。【苔鬱碧】辛棄疾臨江仙：葉紅苔鬱碧。【晚煙碧】辛

棄疾瑞鶴仙：飛鳥外，晚煙碧。【殘雲碧】李清照菩薩蠻：歸鴻聲斷殘雲碧。【寒水碧】歐陽修歸自謠：寒水碧。【幾絲碧】晏幾道六么令：楊柳幾絲碧。【週遭碧】辛棄疾鷓鴣天：山無重數週遭碧。【傷心碧】李白菩薩蠻：寒山一帶傷心碧。【溪光碧】柳永六么令：淡煙殘照，搖曳溪光碧。【溪紺碧】晁補之憶少年：罨畫園林溪紺碧。【藍光碧】柳永輪臺子：霧斂澄江，煙消藍光碧。

索　色窄切【離索】陸游釵頭鳳：一懷愁緒，幾年離索。姜夔淒涼犯：綠楊巷陌，秋風起，邊城一片離索。

窄　側格切【寬窄】辛棄疾念奴嬌：望湖樓下，水與雲寬窄。【水雲窄】吳文英好事近：夢濶水雲窄。【戎衣窄】孫光憲酒泉子：香貂舊製戎衣窄。

隙　乞逆切【過隙】姜夔霓裳中序第一：流水過隙，歎杏梁、雙燕如客。

戟　訖逆切【劍戟】辛棄疾瑞鶴仙：似三峽風濤，嵯峨劍戟。【蒼髯如戟】辛棄疾滿江紅：湖海平生，算不負、蒼髯如戟。

屐　竭戟切【破屐】吳文英瑞鶴仙：西風破屐。【雲烟屐】辛棄疾滿江紅：松菊徑，雲烟屐。【歸來屐】姜夔虞美人：盈盈相望無由摘，惆悵歸來屐。

迫　博陌切。脅迫、飢迫、窘迫、逼迫。

帛　薄陌切。尺帛、竹帛、采帛、青帛、秋帛、煙帛、緝帛。

擇　直格切。先擇、無擇、詳擇、錯擇、何能擇。

赫　郝格切。炎赫、赫赫、輝赫、顯赫。

劇　竭戟切。花劇、笑劇、博劇、譃劇、竹馬劇、兒童劇、承歡劇。

逆　仡戟切。不逆、風逆、悖逆、莫逆。

袹莫白切　**貊**　**貘**　**驀**　**霸**四陌切　**珀**　**伯**博陌切

佰　**舶**薄陌切　**磔**陟格切　**檡**直格切　**踖**昵格切

垎胡格切 **輅** **嚇**郝格切 **喀**乞格切 **假**各額切 **挌**

骼 **觡** **鵅** **蛒** **啞**乙格切 **謋**虎伯切 **砉**

湱 **剨** **虢**古伯切 **擭**一虢切 **彠** **濩** **迮**側格切

岝 **笮** **蚱** **舴** **唶** **郤**迄逆切 **戟**訖逆切

【對偶】周邦彥六醜：亂點桃蹊，輕翻柳陌。　辛棄疾滿江紅：樓觀才成人已去，旌旗未卷頭先白。

（麥）

脈 莫獲切【情脈脈】馮延巳歸自謠：何處笛，深夜夢回情脈脈。歐陽修漁家傲：對面不言情脈脈，煙水隔。

擘 博厄切【纖手擘】蘇軾減字木蘭花：雅稱佳人纖手擘。

策 測革切【長策】柳永尾犯：圖利祿，殆非長策。

幘 側革切【巾幘】周邦彥六醜：殘英小，强簪巾幘。【墮幘】蘇軾減字木蘭花：容我尊前先墮幘。

摘 陟革切【忍摘】張先木蘭花：青蕊如梅終忍摘。【輕摘】張先好事近：前夜雪清梅瘦，已不禁輕摘。【攀摘】姜夔暗香：喚起玉人，不管清寒與攀摘。【連枝摘】李清照瑞鷓鴣：誰教並蒂連枝摘。

隔 各核切【阻隔】柳永輪臺子：翻思故國，恨因循阻隔。【乖隔】周邦彥雙頭蓮：合有人相識，歎乖隔。【疏隔】柳永浪淘沙：無端自家疏隔。【窗隔】周邦彥六醜：但蜂媒蝶使，時叩窗隔。【雲隔】吳文英丹鳳吟：吟壺大小，不覺翠蓬雲隔。【路隔】周邦彥浪淘沙：藍橋約，悵恨路隔。【千山隔】柳永六么令：咫尺千山隔。【仙凡隔】辛棄疾滿江紅：玉階不信仙凡隔。【芳信隔】秦觀玉樓春：煙樹重重芳信隔。【音書隔】韋莊清平樂：故國音書隔。【紗窗隔】溫庭筠菩薩蠻：宿妝隱笑紗窗隔。【烟霞隔】溫庭筠酒泉子：故鄉春，烟霞隔。【終天隔】柳永秋蕊香引：這回望斷，永作終天隔。【雲山隔】蘇軾滿江紅：恐異時，杯酒忽相思，雲山隔。【寒窗隔】歐陽修歸自謠：竹風簷雨寒窗隔。【煙水隔】柳永歸朝歡：一望鄉關煙水隔。【魂夢隔】孫光憲酒泉子：綺羅心，魂夢隔。【關山隔】歐陽修歸自謠：來朝便是關山隔。

麥 莫獲切。秀麥、枯麥、野麥、新麥、瑞麥、蕎麥。

册 測革切。琴册、禪册。

柵 山柵、古柵、竹柵、夜柵、營柵、雞柵、籬柵。

謫 陟革切。流謫、遠謫、遷謫、譴謫。

核 下革切。桃核、殘核、丁香核、不結核。

革 各核切。虎革、鼎革。

薜博厄切 **檗** **繴**蒲切切 **棟**色責切 **摵** **愬** **涑**

筴測革切 **責**側革切 **嘖** **簀** **賾**士革切 **摵**率摑切

覈下革切 **翮** **膈**各核切 **鬲** **槅** **嗝** **厄**乙革切

阨 **軛** **搤** **扼** **軶** **嗌** **畫**胡麥切

劃 **嫿** **繣** **獲** **馘**古獲切 **漍** **幗** **摑**

啯 **蟈** **剨**口獲切

(昔)

昔 思積切【疇昔】辛棄疾念奴嬌：松竹已非疇昔。

惜 【共惜】歐陽修漁家傲：欲落又開人共惜。【相惜】柳永浪淘沙：殢雲尤雨，有萬般千種，相憐相惜。【追惜】周邦彥六醜：多情爲誰追惜。【深惜】柳永兩同心：痛憐深惜。【堪惜】蘇軾滿江紅：狂處士，眞堪惜。柳永滿江紅：細追想處，皆堪惜。【愛惜】晁沖之漢宮春：東君也不愛惜。【誰惜】姜夔虞美人：娉娉嫋嫋教誰惜。【憐惜】秦觀品令：見了無限憐惜。【得人惜】秦觀品令：衠倚賴臉兒得人惜。【還自惜】溫庭筠菩薩蠻：當年還自惜。

磧　七迹切【砂磧】周邦彥浪淘沙：秋聲露結，雁度砂磧。【霜磧】柳永尾犯：幾行斷雁，旋次第，歸霜磧。【灘磧】柳永六么令：昨夜扁舟泊處，枕底當灘磧。

積　資昔切【初積】姜夔暗香：歎寄與路遙，夜雪初積。【堆積】李清照聲聲慢：滿地黃花堆積，憔悴損，有誰堪摘。柳永滿江紅：自別後，幽怨與閒愁，成堆積。【愁如積】辛棄疾滿江紅：恨不盡，愁如積。

迹　【雨迹】柳永玉樓春：狂殺雲蹤並雨迹。【浪迹】姜夔霓裳中序第一：清愁似織，沈思年少浪迹。【陳迹】蘇軾滿江紅：到如今，修竹滿山陰，空陳迹。曹沮憶少年：想前歡，盡成陳迹。【無迹】馮延巳謁金門：寶馬嘶空無迹。【舊迹】柳永征部樂：每追念，狂蹤舊迹。【蹤迹】柳永傾杯：寂寞狂蹤迹。

跡　【書跡】韋莊謁金門：不忍把君書跡。【蹤跡】周邦彥迎春樂：桃蹊柳曲閒蹤跡。

席　祥亦切【挂席】蘇軾歸朝歡：明日西風還挂席。【瑤席】張先好事近：妝光艷瑤席。姜夔暗香：竹外疏花，香冷入瑤席。【歌席】柳永惜春郎：好壯觀歌席。【離席】周邦彥蘭陵王：又酒趁哀絃，燈照離席。【笙歌席】辛棄疾念奴嬌：遊魚吹浪，慣趁笙歌席。【寒侵席】辛棄疾虞美人：四更山月寒侵席。【蟠桃席】辛棄疾虞美人：今宵池上蟠桃席。

夕　【何夕】柳永玉樓春：皇都今夕知何夕。蘇軾念奴嬌：今夕不知何夕。【良夕】柳永六么令：好天良夕。【秋夕】張先惜瓊花：螢火而今，飛破秋夕。【朝夕】柳永征部樂：長祇恁，愁悶朝夕。辛棄疾滿江紅：花遠近，雲朝夕。【醉今夕】辛棄疾念奴嬌：臨風一笑，請翁同醉今夕。

汐　【潮汐】周邦彥六醜：漂流處，莫趁潮汐。吳文英解連環：片葉愁紅，趁一舸、西風潮汐。

藉　秦昔切【狼藉】姜夔惜紅衣：魚浪吹香，紅衣半狼藉。辛棄疾滿江紅：一番風雨，一番狼藉。【醞藉】李清照多麗：微風起，清芬醞藉，不減酴醾。

釋　施隻切【消釋】周邦彥浪淘沙：脈脈，旅情暗自消釋。

尺　昌石切【千尺】周邦彥蘭陵王：年去歲來，應折柔條過千尺。【咫尺】辛棄疾瑞鶴仙：望一點須臾，去天咫尺。【翦尺】吳文英瑞鶴仙：暮砧催，銀屏翦尺。

隻

之石切【一隻】孫光憲謁金門：孤鸞還一隻。【三兩隻】柳永歸朝歡：別岸扁舟三兩隻。

石

常隻切【金石】辛棄疾滿江紅：勸人間，且住五千年，如金石。【泉石】蘇軾滿江紅：我應歸去耽泉石。辛棄疾瑞鶴仙：正遐想，幽人泉石。【峯頭石】姜夔虞美人：摩挲紫蓋峯頭石，上歐蒼厓立。

擲

直炙切【拋擲】孫光憲謁金門：輕別離，甘拋擲。辛棄疾杏花天：莫虛把，千金拋擲。【似擲】吳文英解連環：杯前寸陰似擲。【虛擲】周邦彥六醜：恨客裏，光陰虛擲。【輕擲】柳永法曲獻仙音：前事頓輕擲。【飛梭擲】蘇軾歸朝歡：夢中遊，覺來淸賞，同作飛梭擲。【虛拋擲】柳永征部樂：良辰可惜虛拋擲。

益

伊昔切【何益】柳永尾犯：雖照人軒晃，潤屋珠金，於身何益。柳永歸朝歡：浪萍風梗誠何益。【無益】孫光憲謁金門：留不得，留得也，應無益。【終無益】柳永輪臺子：千名利祿終無益。

驛

夷益切【山驛】柳永傾杯：小楫夜泊，宿葦村山驛。辛棄疾減字木蘭花：水村山驛。【南塘驛】辛棄疾滿江紅：湘浦岸，南塘驛。【臨水驛】孫光憲楊柳枝：獨有晚來臨水驛。

易

【容易】張先碧牡丹：思量去時容易。

役

營隻切【行役】柳永六么令：展轉翻成無寐，因此傷行役。柳永歸朝歡：路遙山遠多行役。【牽役】柳永輪臺子：利名牽役。

壁

必益切【浮壁】周邦彥月下笛：小雨收塵，涼蟾瑩徹，水光浮壁。【碎壁】吳文英瑞鶴仙：淚荷拋碎壁。【蒼壁】辛棄疾念奴嬌：聲亂明珠蒼壁。

脊

資昔切。山脊、石脊、亭脊、浪脊、劍脊、嶺脊。

斥

昌石切。充斥、見斥、退斥、排斥、黜斥。

射

食亦切。夜射、暗射、噴射、擊射。

繹

夷益切。細繹、尋繹、絡繹。

液 玉液、香液、桂液、清液、銀液、融液。

僻 匹辟切。地僻、冷僻、林僻、幽僻、荒僻、靜僻、隱僻。

闢 毗亦切。門闢、路闢、天地闢、田野闢。

腊 思積切 **焟** **舄** **磶** **猎** **潟** **刺** 七迹切

踖 **積** 資昔切 **踳** **嵴** **蟦** **鯽** **蓆** 祥亦切

穸 **籍** 秦昔切 **瘠** **適** 施隻切 **奭** **螫** **赤** 昌石切

摭 之石切 **蹠** **跖** **炙** **碩** 常隻切 **鼫** **躑** 直炙切

嗌 伊昔切 **睪** 夷益切 **襗** **掖** **腋** **亦** **奕**

弈 **帟** **懌** **斁** **射** **譯** **嶧** **埸** **燡**

蜴 **疫** 營隻切 **辟** 必益切 **襞** **癖** 匹辟切 **澼**

擗 毗亦切 **躃**

（錫）

淅 先的切【接淅】蘇軾歸朝歡：此生長接淅。【風淅淅】柳永歸朝歡：葭葦蕭蕭風淅淅。歐陽修漁家傲：誰傍暗香輕採摘，風淅淅。

戚 倉歷切【憂戚】柳永浪淘沙：便忍把，從前歡會，陡頓翻成憂戚。

寂 前歷切【岑寂】周邦彥六醜：東園岑寂。劉克莊賀新郎：怕黃花也笑人岑寂。【幽寂】姜夔霓裳中序第一：幽寂，亂蛩吟壁。【深寂】周邦彥瑞鶴仙：黃昏淡月，院宇深寂。吳文英丹鳳吟：麗景長安人海，避影繁華，結廬深寂。【寂寂】歐陽修御帶花：漏聲寂寂。辛棄疾滿江紅：恨苦遭，鄧禹笑人來，長寂寂。【愁寂】柳永法曲獻仙音：別後忍教愁寂。【春寂寂】韋莊謁金門：滿院落花春寂寂。【簾戶寂】吳文英應天長：淩波恨，簾戶寂。

壁 必歷切【青壁】蘇軾歸朝歡：倚天無數開青壁。辛棄疾滿江紅：傍湖千尺開青壁。【絕壁】辛棄疾念奴嬌：踏碎鐵鞋三百緉，不在危峯絕壁。【耿塵壁】吳文英應天長：向暮巷空人絕，殘燈耿壓壁。【鴉棲壁】辛棄疾滿江紅：筆端醉墨鴉棲壁。【虛牀挂壁】吳文英瑞鶴仙：有陳蕃，虛牀挂壁。

覓

莫狄切【尋覓】柳永滿江紅：夢魂斷，難尋覓。張先木蘭花：歸來故苑重尋覓。秦觀促拍滿路花：夢回無處尋覓。【何處覓】韋莊木蘭花：魂夢欲教何處覓。韋莊謁金門：寄書何處覓。【花衢覓】柳永征部樂：憑誰去，花衢覓。【尋尋覓覓】李清照聲聲慢：尋尋覓覓，冷冷清清，淒淒慘慘戚戚。

冪

【冪冪】柳永尾犯：晴煙冪冪。

的

丁歷切【端的】柳永秋蕊香引：驗前事端的。晏幾道六么令：錦字無端的。

鏑

【鋒鏑】辛棄疾滿江紅：把詩書馬上，笑驅鋒鏑。

滴

【如滴】晏殊睿恩新：金蕊綻，粉紅如滴。【休滴】辛棄疾滿江紅：兒女淚，君休滴。【涓滴】周邦彥漁家傲：簾前重露成涓滴。【偷滴】李平帝臺春：淚暗拭，又偷滴。【疏滴】吳文英應天長：竚立久，雨暗河橋，譙漏疏滴。【頻滴】柳永浪淘沙：那堪酒醒，又聞空階，夜雨頻滴。【紅淚滴】韋莊木蘭花：羅袂溼斑紅淚滴。【泉長滴】辛棄疾滿江紅：清可漱，泉長滴。【淚暗滴】周邦彥蘭陵王：沈思前事，似夢裏，淚暗滴。【清漏滴】周邦彥月下笛：雁啼甚哀，片雲盡卷清漏滴。【清露滴】歐陽修漁家傲：珠淚暗和清露滴。【寒窗滴】馮延巳歸自謠：竹風檐雨寒窗滴。【華露滴】薛昭蘊浣溪沙：玉階華露滴。【瓊珠滴】辛棄疾滿江紅：秋露下，瓊珠滴。【點點滴滴】李清照聲聲慢：梧桐更兼細雨，到黃昏點點滴滴。

敵

亭歷切【勍敵】柳永惜春郎：敢共勍敵。

笛

【玉笛】馮延巳歸自謠：江上何人吹玉笛。馮延巳謁金門：愛君吹玉笛。【吹笛】韋莊清平樂：誰向橋邊吹笛，駐馬西望銷魂。辛棄疾瑞鶴仙：問誰憐舊日，南樓老子，最愛月明吹笛。姜夔暗香：算幾番照我，梅邊吹笛。【羌笛】李煜謝新恩：一聲羌笛，驚起醉怡容。柳永輪臺子：聞釣叟，甚處一聲羌笛。【長笛】廖世美好事近：鴛鴦相對浴紅衣，短棹弄長笛。吳文英應天長：聽怨寫墮梅長笛。【夜笛】姜夔驀山溪：萬綠正迷人，更愁入山陽夜笛。吳文英瑞鶴仙：念寒蛩殘夢，歸鴻心事，那聽江村夜笛。【聞笛】周邦彥蘭陵王：念月榭攜手，露橋聞笛。【樓笛】周邦彥浪淘沙：聽數聲何處倚樓笛。【橫笛】馮延巳臨江仙：隔江何處吹橫笛，沙頭驚起雙禽。蘇軾念奴嬌：一聲吹斷橫笛。【青溪笛】辛棄疾滿江紅：依然畫舫青溪笛。【穿雲笛】辛棄疾生查子：人間無鳳凰，空費穿雲笛。【誰家笛】馮延巳菩薩蠻：梅花吹入誰家笛。【關山笛】辛棄疾生查子：今宵醉裏歸，明月關山笛。【臨風笛】晏幾道六公令：付與臨風笛。

歷　狼狄切【遊歷】姜夔惜紅衣：可惜渚邊沙外，不共美人遊歷。

晳　先的切。白晳、肌晳。

析　剖析、割析、辨析、離析、疑義析。

績　則歷切。夜績、紡績、敗績、偉績、嘉績。

滌　亭歷切。洗滌、浚滌、時滌、清滌、蕩滌。

礫　狼狄切。瓦礫、玉礫、沙礫、珠礫、碎礫。

溺　乃歷切。不溺、自溺、危溺、沈溺、陷溺、援溺。

擊　吉歷切。水擊、目擊、交擊、夜擊、突擊、遠擊、奮擊、橫擊、鷹擊。

錫（先的切）　裼　晰　蜥　鏚（倉歷切）　慼　鼜

勣（則歷切）　霹（匹歷切）　劈　甓（蒲歷切）　幎（莫狄切）　幦

汨　弔（丁歷切）　適　嫡　蹢　玓　樀　啇

逖（他歷切）　逿　趯　踢　倜　惕　剔　鬄

狄（亭歷切）　踧　迪　糴　荻　翟　妯

靂（狼狄切）　瓅　皪　鬲　轢　櫪　瀝　濼

瀝　櫟　惄（乃歷切）　檄（刑狄切）　覡　鬩（許激切）　赦

喫（詰歷切）　激（吉歷切）　噭　譤　鷁（倪歷切）　霓　艗

闃 苦臭切 **鼳** 古闃切 **鶪**

【對偶】辛棄疾滿江紅：東北看驚諸葛表，西南更草相如檄。 辛棄疾滿江紅：料想寶香黃閣夢，依然畫舫青溪笛。

〔職〕

織 質力切【如織】李白菩薩蠻：平林漠漠煙如織。柳永傾杯：聞岸草，切切蛩吟如織。 劉克莊賀新郎：亂愁如織。

識 設職切【不識】韋莊謁金門：天上嫦娥人不識。蘇軾江城子：縱使相逢應不識，塵滿面，鬢如霜。【未識】馮延巳謁金門：新著荷衣人未識。【沾識】秦觀品令：人前強不欲相沾識。【相識】柳永征部樂：但願我，蟲蟲心下，把人看待，長似初相識。秦觀滿江紅：笑從來、到處只聞名，今相識。周邦彥念奴嬌：桃花永巷，恰似初相識。吳文英瑞鶴仙：西園有分，斷柳淒花，似曾相識。

飾【朱粉飾】張先木蘭花：綠蜡密緘朱粉飾。【新妝飾】柳永惜春郎：玉肌瓊艷新妝飾。

食 乘力切【寒食】周邦彥蘭陵王：梨花榆火催寒食。辛棄疾滿江紅：又過了，清明寒食。【佳眠食】辛棄疾滿江紅：記功名，萬里要吾身，佳眠食。

側 札色切【攲側】周邦彥六醜：釵頭顫裊，向人攲側。【灘側】柳永輪臺子：芙蓉渡頭，鴛鴦灘側。【花鈿側】文天祥滿江紅：淚珠斜透花鈿側。【胡姬側】周邦彥迎春樂：頻醉臥，胡姬側。【紗巾側】姜夔虞美人：娉娉嫋嫋教誰惜，空壓紗巾側。【酒壚側】姜夔霓裳中序第一：漂零久，而今何意，醉臥酒壚側。【黃河側】蘇軾滿江紅：一尊酒，黃河側。

仄【長亭仄】辛棄疾滿江紅：白首路，長亭仄。

色 殺測切【一色】朱敦儒好事近：千里水天一色。【山色】辛棄疾滿江紅：還記得，眉來眼去，水光山色。【月色】姜夔暗香：舊時月色，算幾番照我，梅邊吹笛。【秀色】周邦彥倒犯：愛秀色，初娟好。辛棄疾臨江仙：膾向空山餐秀色。【春色】蘇軾滿江紅：錦江春色。秦觀好事近：春路雨添花，花動一山春色。辛棄疾滿江紅：折盡荼蘼，尙留得，一分春色。周密曲遊春：閒却半湖春色。【秋色】柳永傾杯：分明畫出秋色。吳文英瑞鶴仙：林聲怨秋色。【風色】辛棄疾好事近：一點暗紅猶在，正不禁風色。【添色】柳永輪臺子：斑竹作，血痕添色。【曙色】柳永歸朝歡：漸漸分曙色。【顏色】姜夔霓裳中序第一：人何在，一簾淡月，彷彿照顏色。【霞色】吳文英應天長：竟路障空雲幕，冰壺浸霞色。【艷色】柳永滿江紅：訪雨尋雲，無非是，奇容艷色。【如雪色】孫光憲謁金門：白紵春衫如雪色。【傷行色】歐陽修歸自謠：傷行色。【傾城色】辛棄疾菩薩蠻：翠羅蓋底傾城色。【胭脂色】歐陽修漁家傲：朝陽借出胭脂色。【燒曉色】柳永玉樓春：蠟炬蘭燈燒曉色。【霜秋色】晏殊睿恩新：芙蓉一朶霜秋色。

測

察色切【測測】周邦彥漁家傲：幾日輕陰寒測測。

惻

【悽惻】周邦彥蘭陵王：悽惻，恨惻堆積。【惻】姜夔淡黃柳：馬上單衣寒惻惻。

息

悉卽切【吹息】柳永浪淘沙：寒燈吹息。【信息】姜夔霓裳中序第一：柳下坊陌，墜紅無信息。【消息】韋莊謁金門：空相憶，無計得傳消息。溫庭筠定西番：腸斷塞門消息。柳永輪臺子：路久沈消息。姜夔惜紅衣：高柳晚蟬，說西風消息。【將息】李淸照聲聲慢：乍暖還寒時候，最難將息。【歎息】韋莊木蘭花：坐看落花空歎息。周邦彥六醜：靜遶珍叢底，成歎息。【瞬息】柳永歸朝歡：新春殘臘相催逼，歲華都瞬息。【天籟息】周邦彥月下笛：黯凝魂，但覺龍吟萬壑天籟息。

鶒

恥力切【金鸂鶒】溫庭筠菩薩蠻：寶函鈿雀金鸂鶒。【雙鸂鶒】溫庭筠菩薩蠻：翠翹金縷雙鸂鶒。【雙雞鶒】歐陽修漁家傲：船頭觸散雙雞鶒。

直

逐力切【柳陰直】周邦彥蘭陵王：柳陰直，暗裏絲絲弄碧。【香街直】陳克菩薩蠻：赤欄橋盡香街直。

力

六直切【心力】柳永浪淘沙：豈暫時疏散，費伊心力。柳永尾犯：一種勞心力。【無力】韋莊謁金門：新睡覺來無力。溫庭筠菩薩蠻：柳絲嫋娜春無力。辛棄疾蘇武慢：喚吳姬學舞，風流輕轉，弄嬌無力。【筆力】辛棄疾滿江紅：天與文章，看萬斛、龍文筆力。【春工力】辛棄疾念奴嬌：雪裏溫柔，水邊明秀，不借春工力。【垂楊力】辛棄疾滿江紅：風晴扶起垂楊力。【無氣力】馮延巳謁金門：起舞不辭無氣力。姜夔霓裳中序第一：多病卻無氣力。【嬌無力】柳永法曲獻仙音：柳腰花態嬌無力。秦觀滿江紅：柳柔花媚嬌無力。陳克菩薩蠻：赤闌橋盡香街直，籠街細柳嬌無力。

匿

昵力切【日西匿】劉克莊賀新郎：鴻北去，日西匿。

翼

逸織切【比翼】柳永法曲獻仙音：當年便約于飛比翼。【羽翼】柳永歸朝歡：轉覺歸心生羽翼。【過翼】周邦彥六醜：願春暫留，春歸如過翼。【憑鱗翼】柳永傾杯：何計憑鱗翼。

憶

乙力切【相憶】溫庭筠菩薩蠻：玉樓明月長相憶。柳永征部樂：役夢勞魂苦相憶。姜夔驀山溪：放船同，月下空相憶。歐陽修歸自謠：不眠特地重相憶。【思憶】柳永浪淘沙：江鄉夜夜，數寒更思憶。【思憶】周邦彥念奴嬌：奈有離拆，瑤臺月下，回首頻思憶。【春憶】張先好事近：多情爲春憶。【那堪憶】溫庭筠菩薩蠻：往事那堪憶。【空成憶】秦觀滿江紅：一點在心頭，空成憶。【尋常憶】秦觀促拍滿路花：不似尋常憶。【暗相憶】柳永六么令：鴛帷寂寞，算得也應暗相憶。

臆

【胸臆】周邦彥念奴嬌：重愁疊恨，萬般都在胸臆。

抑

【怨抑】周邦彥月下笛：誰知怨抑，靜倚官橋吹笛。

極

竭憶切【望極】周邦彥浪淘沙：歎往事，一一堪傷，曠望極。【愁極】周邦彥瑞鶴仙：院宇深寂，愁極。【青山極】張先惜瓊花：斷雲孤鶩青山極。

域

越逼切【塵域】秦觀雨中花：何若自淹塵域。

逼

筆力切【催逼】柳永尾犯：似此光陰催逼。柳永歸朝歡：新春殘臘相催逼。周邦彥念奴嬌：池塘芳草，又還淑景催逼。【秋氣逼】晏殊漁家傲：秋氣逼，盤中已見新蓮菂。

職質力切。久職、天職、卑職、要職、閑職。

式設職切。永式、典式、矜式、垂式、常式。

植丞職切。手植、孤植、栽植、新植、對植、橫植、繁植。

職質力切　樴　軾設職切　拭　栻　寔丞職切　湜

埴　蝕乘力切　昃札色切　嗇殺測切　穡　濇

畟察色切　則士力切　熄悉即切　即節力切　稷

陟竹力切　稙　敕恥力切　飭　鷘　値逐力切

弋逸織切　杙　翊　翌　殛訖力切　亟　㥛

棘　蕀　僰　赩迄力切　億乙力切　檍　嶷鄂力切

薿　淢越逼切　罭　棫　閾　魊　洫忽城切

堛拍逼切　畐　副　愊　楅筆力切　幅　湢

愎弼力切

【對偶】

辛棄疾滿江紅：萬事莫侵閑鬢髮，百年正要佳眠食。　辛棄疾滿江紅：倦客不相身近遠，佳人已卜歸消息。　吳文英滿江紅：杯面寒香蜂共汎，籬根秋訊蛩催織。

（德）

得的則切【了得】李清照聲聲慢：這次第，怎一個愁字了得。【休得】柳永滿江紅：儘思量，休又怎生休得。【忘得】馮延巳憶秦娥：一句枕前爭忘得。【消得】柳永惜春郎：潘妃寶釧，阿嬌金屋，應也消得。柳永尾犯：除是恁、點檢笙歌，訪尋羅綺消得。【難得】韋莊荷葉杯：絕代佳人難得。【聽得】柳永輪臺子：聞野猿啼愁聽得。【幸自得】秦觀品令：幸自得，一分索强，教人難喫。【留不得】劉禹錫楊柳枝：春盡絮飛留不得。柳永秋蕊香引：留不得，光陰催促。【容易得】舒亶菩薩蠻：江潮容易得。【眠不得】秦觀玉樓春：春色惱人眠不得。【欺他得】辛棄疾念奴嬌：萬里風煙，一溪霜月，未怕欺他得。【歸不得】柳永六么令：驚同好夢，夢裏欲歸歸不得。【難再得】曹組憶少年：念過眼光陰難再得。

勒　歷德切【金勒】韋莊河傳：玉鞭金勒，尋勝馳驟輕塵。【遊勒】周密曲遊春：堤上遊勒。

北　必墨切【天北】周邦彥蘭陵王：望人在天北，悽惻，恨堆積。【江北】姜夔疏影：昭君不慣胡沙遠，但暗憶江南江北。【南北】舒亶菩薩蠻：只是人南北。秦觀好事近：了不知南北。【沈香亭北】辛棄疾杏花天：漁陽鼙鼓邊風急，人在沈香亭北。

黑　迄得切【得黑】李清照聲聲慢：守着窗兒，獨自怎生得黑。【長空黑】劉克莊賀新郎：湛湛長空黑。【連雲黑】馮延巳憶秦娥：風淅淅，夜雨連雲黑。

刻　乞得切【頃刻】柳永秋蕊香引：奈芳蘭歇、好花謝，惟頃刻。

國　骨或切【亡國】鹿虔扆臨江仙：暗傷亡國，清露泣香紅。【江國】姜夔暗香：江國，正寂寂。【南國】柳永兩同心：竚立東風，魂斷南國。【故國】張元幹賀新郎：愁生故國。姜夔惜紅衣：維舟試望故國，眇天北。【家國】李煜破陣子：四十年來家國。【鄉國】馮延巳憶秦娥：除非魂夢到鄉國。【傾國】辛棄疾滿江紅：絕代佳人，曾一笑，傾城傾國。【芳非國】張先木蘭花：去年春入芳非國。【清涼國】蘇軾念奴嬌：乘鸞來去，人在清涼國。

德　的則切。才德、文德、令德、恩德、酒德、陰德、盛德、舊德。

特　敵得切。奇特、秀特、英特、峻特、千人特、百夫特。

墨　密北切。文墨、研墨、揮墨、翰墨、繩墨。

默　沈默、冥默、語默、默默、隱默。

塞　悉則切。茅塞、路塞、霧塞、鬱塞。

則　即得切。人則、文則、法則、帝則。

賊　疾則切。山賊、無賊、漢賊、蟊賊。

惑 胡國切。不惑、狐惑、迷惑、惶惑、誑惑。

忒 惕得切 **慝** **肋** 歷德切 **扐** **仂** **泐** **菔** 蒲北切

匐 **踣** **纆** 密北切 **劾** 紇則切 **克** 乞得切 **剋**

勊 **或** 胡國切 **冒** 亡北切

【對偶】

李煜破陣子：四十年來家國，三千里地山河。

（緝）

檝 卽入切【畫檝】柳永破陣樂：兩兩輕舠飛畫檝。

集 籍入切【雅集】吳文英宴清都：別來良朋雅集，空歎蓬轉。

濕 失入切【春蕪濕】牛嶠望江怨：馬嘶殘雨春蕪濕。【船頭濕】皇甫松採蓮子：晚來弄水船頭濕。【羅衣濕】韋莊小重山：羅衣濕，紅袂有啼痕。

溼 【青衫溼】辛棄疾滿江紅：笑江州、司馬太多情，青衫溼。【香泥溼】辛棄疾滿江紅：問誰家，却有雁歸來，香泥溼。【雲煙溼】辛棄疾歸朝歡：記當時，長編筆硯，日日雲煙溼。【琅玕溼】辛棄疾滿江紅：山木潤，琅玕溼。【旌旗溼】辛棄疾滿江紅：風雨暗，旌旗溼。

執 質入切【手頻執】牛嶠望江怨：惜別花時手頻執。

立 力入切【佇立】李白菩薩蠻：玉梯空佇立。【拱立】辛棄疾滿江紅：直節堂堂，看夾道冠纓拱立。【竚立】柳永采蓮令：千嬌面，盈盈竚立。【獨立】辛棄疾滿江紅：恨絕代，幽人獨立。【寒汀立】朱敦儒卜算子：獨下寒汀立。【蒼厓立】姜夔虞美人：上瞰蒼厓立。【濤頭立】潘閬酒泉子：弄濤兒向濤頭立。【巖巖立】辛棄疾蘭陵王：望夫江上巖巖立。

泣 乞及切【易泣】姜夔暗香：夜雪初積，翠尊易泣。【怨泣】辛棄疾霜天曉角：玉人還佇立，綠窗生怨泣。【和淚泣】牛嶠望江怨：粉香和淚泣。【魚龍泣】辛棄疾滿江紅：浩歌莫遣魚龍泣。【銅瓶泣】辛棄疾滿江紅：團龍試碾銅瓶泣。

急 訖立切【風急】李淸照聲聲慢：三盃兩盞淡酒，怎敵他晚來風急。辛棄疾霜天曉角：暮山層碧，掠岸西風急。【飛急】李白菩薩蠻：宿鳥歸飛急。辛棄疾滿江紅：雍容千騎，羽觴飛急。【聲急】辛棄疾滿江紅：羣仙東下，珮環聲急。【哀鳴急】朱敦儒卜算子：誰聽哀鳴急。【捷書急】辛棄疾滿江紅：早紅塵，一騎落平岡，捷書急。【催歸急】辛棄疾滿江紅：飛詔下天來，催歸急。

輯 七入切。和輯、綴輯。

習 席入切。私習、習習、宿習、博習、莫能習。

襲 因襲、世襲、夜襲、掩襲、寒襲、蹈襲。

汁 質入切。花汁、雨汁、香汁、殘汁、墨汁、露汁。

拾 寔入切。收拾、俯拾、採拾、香難拾、魚可拾、瑤草拾。

粒 力入切。玉粒、汗粒、新粒、餘粒、古松粒、鸚鵡粒。

笠 竹笠、荷笠、蓑笠、圓笠、蓬笠、戴笠。

吸 迄及切。晨吸、噓吸、潛吸、鯨吸、長虹吸。

給 訖立切。日給、自給、供給、官給、不暇給。

級 千級、石級、拾級、階級、層級。

邑 乙及切。小邑、田邑、名邑、村邑、新邑、豐邑。

緝 七入切 **葺** **靸** 息入切 **鈒** **湒** 即入切 **謵** 席入切

褶 **霫** **隰** **鷚** **十** 實入切 **什** **入** 日執切

廿 **澀** 色入切 **戢** 側立切 **濈** **蟄** 直立切 **籋** 昵立切

揖 一入切 **挹** **熠** 弋入切 **煜** 域及切 **歙** 迄及切 **翕**

噏 **湆** 乞及切 **伋** 訖立切 **汲** **芨** **跲** **及** 極入切

笈 **浥** 乙及切 **悒** **裛** **媳** **唈** **厭**

岌 逆及切 **圾**

【對偶】

辛棄疾滿江紅：白羽風生貔虎譟，青溪路斷猩鼯泣。

第十八部

入聲

八勿九迄十月十一沒十二曷十三末十四黠十五鎋十六屑十七薛二十九葉三十帖通用

（勿）

物 文弗切【心上物】溫庭筠菩薩蠻：風流心上物。【杯中物】辛棄疾念奴嬌：翁還肯道，何必杯中物。【胸中物】辛棄疾念奴嬌：醉中顛倒，丘壑胸中物。【風流人物】蘇軾念奴嬌：浪淘盡，千古風流人物。

拂 敷勿切【紅絲拂】溫庭筠菩薩蠻：萬枝香嫋紅絲拂。

沸 分物切【騰沸】柳永長壽樂：絃管新聲騰沸。【簫鼓沸】柳永玉樓春：公讌凌晨簫鼓沸。

黦 紆勿切【紅袖黦】韋莊應天長：淚沾紅袖黦。

佛 符勿切。千佛、仙佛、如佛、向佛、好佛、見佛、求佛、成佛、念佛、奉佛、參佛、談佛、訣佛、禮佛、一丈佛、十方佛、三世佛、西方佛、無相佛、彌勒佛、釋迦佛、觀音佛。

屈 曲勿切。不屈、太屈、弔屈、自屈、抱屈、負屈、受屈、盤屈、不可屈、天才屈、無所屈、誰肯屈。

鬱 紆勿切。久鬱、沈鬱、幽鬱、蒼鬱、蓊鬱、憂鬱、鬱鬱、天地鬱、百卉鬱、松林鬱、草木鬱、精氣鬱。

勿文弗切　沕　芴　髴敷勿切　祓　茀　弗分物切

不　韍　黻　紱　綍　紼　沷　颰

咈符勿切　怫　岪　炥　詘曲勿切　⿰犭屈九勿切　⿰糹屈

屈　厥　倔渠勿切　掘　⿰衤屈　⿰木屈　崛

菀紆勿切　蔚　尉

（迄）

乞 欺訖切。行乞、自乞、求乞、堅乞、屢乞、人來乞、不可乞、不容乞、將詩乞。

屹 魚迄切。屹屹、昂屹、千山屹、叢巖屹。

迄 許訖切　**肸**　**汔**　**契** 欺訖切　**訖** 居迄切　**吃**

疙 魚迄切　**仡**

（月）

月 魚厥切【日月】孫光憲漁歌子：盡屬儂家日月。【江月】蘇軾念奴嬌：一尊還酹江月。【弄月】秦觀念奴嬌：草堂醉倒明月。周邦彥玉燭新：想弄月，黃昏時候。【明月】秦觀念奴嬌：草堂醉倒明月。周邦彥三部樂：夜窗垂練，何用交光明月。【秋月】溫庭筠荷葉杯：鏡水夜來秋月，如雪，采蓮時。秦觀喜遷鶯：二十四橋秋月。【風月】周邦彥無悶：要無悶，除是擁爐對酒，共譚風月。陸游鵲橋仙：一竿風月。【孤月】文天祥酹江月：秦淮應是孤月。【索月】辛棄疾賀新郎：夜半更邀索月。【修月】辛棄疾念奴嬌：等閒折盡，玉斧重倩修月。【流月】蘇軾好事近：溪風漾流月。【斜月】韋莊清平樂：夢覺半床斜月。晏幾道醉落魄：滿街斜月。【帶月】姜夔洞仙歌：留得箇，嫋嫋垂香帶月。【涼月】張元幹石州慢：暮天涼月。辛棄疾喜遷鶯：暑風涼月。【淡月】秦觀蘭陵王：簾卷一鉤淡月。李清照小重山：疏簾鋪淡月。【殘月】韋莊清平樂：鶯啼殘月。周邦彥浪濤沙：憑斷雲留取，西樓殘月。【皓月】秦觀念奴嬌：對此一輪皓月。【煙月】韋莊應天長：惆悵夜來煙月。【新月】李煜謝新恩：小樓新月，回首自纖纖。【人似月】韋莊菩薩蠻：壚邊人似月。【三更月】辛棄疾滿江紅：銅鞮陌上三更月。【千山月】辛棄疾踏莎行：不妨橫管小樓中，夜闌吹斷千山月。【千明月】辛棄疾生查子：簸弄千明月。【山吐月】辛棄疾謁金門：山吐月，畫燭從教風滅。【山陰月】秦觀念奴嬌：獨棹山陰月。【山頭月】李之儀憶秦娥：霜風洗出山頭月。【中庭月】溫庭筠菩薩蠻：綠楊滿院中庭月。【半牀月】吳文英霜天曉角：桃花夢，半牀月。【共明月】寇準陽關引：自此共明月。【西窗月】辛棄疾賀新郎：記當時，只有西窗月。【低曉月】歐陽修玉樓春：一任樓低曉月。【星又月】馮延巳醉花間：獨立階前星又月。【看晚月】馮延巳鵲踏枝：回首西南看晚月。【長帶月】張泌浣溪沙：早是出門長帶月。【風與月】歐陽修玉樓春：此恨不關風與月。歐陽修玉樓春：惆悵畫橋風與月。【春閨月】辛棄疾踏歌：秋被夢，春閨月。【孤館月】歐陽修玉樓春：今宵誰肯相隨，惟有寂寥孤館月。【玲瓏月】溫庭筠菩薩蠻：雨晴夜合玲瓏月。【城上月】溫庭筠更漏子：城上月，白如雪。【高樓月】馮延巳虞美人：鳳笙何處高樓月。秦觀滿江紅：誰家敲落高樓月。【清夜月】李煜玉樓春：待踏馬蹄清夜月。歐陽修玉樓春：禁斷六街清夜月。【淡黃月】范成大醉落魄：滿地淡黃月。【雲度月】張元幹浣溪沙：霧柳暗時雲度月。【尊前月】辛棄疾念奴嬌：試教騎鶴，去約尊前月。【閒看月】姜夔八歸：下了珠簾，玲瓏閒看月。【評風月】吳文英滿江紅：閒問字，評風月。【階下月】馮延巳酒泉子：堂上孤燈階下月。【階前月】李煜謝新恩：櫻花落盡階前月。【傷心月】辛棄疾賀新郎：對古來，

一片傷心月。【新風月】辛棄疾菩薩蠻：帶湖買得新風月。【臺上月】歐陽炯江城子：空有姑蘇臺上月。【樓上月】馮延巳憶江南：去歲迎春樓上月。【敲殘月】柳永塞孤：金燈冷，敲殘月。【澄霜月】馮延巳菩薩蠻：雲斷澄霜月。【醉明月】辛棄疾賀新郎：誰共我，醉明月。【闌干月】晏幾道點絳脣：倚處闌干月。【簾映月】柳永玉樓春：窗隔殘煙簾映月。【臨海月】溫庭筠更漏子：背江樓，臨海月。【朦朧月】晏殊蝶戀花：朱簾一夜朦朧月。歐陽修蝶戀花：珠簾夜夜朦朧月。【纖纖月】辛棄疾念奴嬌：行人長見，簾底纖纖月。【一枝風月】辛棄疾浣溪沙：三分蘭菊十分梅，鬭合就一枝風月。【一窗殘月】馮延巳更漏子：夢斷一窗殘月。【一溪霜月】辛棄疾念奴嬌：萬里風煙，一溪霜月。【半窗殘月】柳永小樓西：空有半窗殘月。【知心明月】万俟詠憶少年：有知心明月。【飛觴趕月】吳文英宴清都：揮毫記燭，飛觴趕月。【浮雲遮月】辛棄疾滿江紅：怕天放，浮雲遮月。【梅窗沈月】吳文英喜遷鶯：任鴉林催曉，梅窗沈月。【落星沈月】歐陽修御街行：乳雞酒燕，落星沈月。【曉風殘月】柳永雨霖鈴：楊柳岸，曉風殘月。【曉

鶯殘月】溫庭筠更漏子：星斗稀，鐘鼓歇，簾外曉鶯殘月。韋莊荷葉杯：惆悵曉鶯殘月，相別，從此隔音塵。

越

王伐切【路隔越】秦觀蘭陵王：又恐煙波路隔越。

樾

【度林樾】秦觀蘭陵王：冉冉纖雲度林樾。

闕

邱月切【金闕】辛棄疾賀新郎：更長門，翠輦辭金闕。【宮闕】韋莊河傳：江都宮闕，清淮月映迷樓。【城闕】秦觀滿江紅：棲鴉城闕。【銀闕】柳永玉樓春：閬風歧路連銀闕。秦觀憶秦娥：瑤臺銀闕。【瑤闕】秦觀念奴嬌：天青海碧，枉教望斷瑤闕。【瓊闕】朱敦儒念奴嬌：飛入瑤臺瓊闕。辛棄疾念奴嬌：倚巖千樹，玉龍飛上瓊闕。【歌一闋】寇準陽關引：更盡一杯酒，歌一闋。【銅華闕】吳文英滿江紅：揚州無夢銅華闕。【遮銀闕】辛棄疾滿江紅：何人張幕遮銀闕。【玉堂金闕】蘇軾勸金船：此去翺翔，遍賞玉堂金闕。【漢家陵闕】李白憶秦娥：西風殘照，漢家陵闕。

歇

許竭切【乍歇】柳永傾杯：暮雨乍歇。姜夔八歸：疏桐吹綠，庭院暗雨乍歇。【初歇】柳永雨霖鈴：對長亭晚，驟雨初歇。【頓歇】周邦彥浪濤沙：舊香頓歇。【何曾歇】馮延巳醉花間：凝恨何曾歇。【芳草歇】溫庭筠酒泉子：綠陰濃，芳草歇。馮延巳鵲踏枝：繞砌蟲聲芳草歇。蘇軾蝶戀花：春事闌珊芳草歇。【征塵歇】晏幾道醉落魄：短長亭下征塵歇。【音書歇】歐陽修千秋歲：風流難管束，一去音書歇。【啼不歇】溫庭筠河瀆神：何處杜鵑啼不歇。【猶未歇】柳永玉樓春：爭奈餘香猶未歇。【殘更歇】柳永塞孤：一聲雞，又報殘更歇。【繁華歇】辛棄疾賀新郎：想沈香亭北繁華歇。【蟬韻歇】晏殊蝶戀花：梨葉疏紅蟬韻歇。【鐘鼓歇】溫庭筠更漏子：星斗稀，鐘鼓歇。【鶯聲歇】溫庭筠菩薩蠻：牡丹花謝鶯聲歇。

髮

方伐切【華髮】秦觀念奴嬌：細思往事，祇添鏡裏華髮。辛棄疾念奴嬌：也應驚問，近來多少華髮。【黏髮】周邦彥三部樂：膠梳黏髮。【濯髮】辛棄疾賀新郎：更直上，崑崙濯髮。【周公髮】辛棄疾念奴嬌：寄食王孫，喪家公子，誰握周公髮。【青絲髮】馮延巳更漏子：金翦刀，青絲髮。【星星髮】辛棄疾念奴嬌：多情易感，愁點星星髮。【姮娥髮】辛棄疾念奴嬌：多情更要，簪滿姮娥髮。【愁如髮】辛棄疾滿江紅：更如今，不聽塵談，清愁如髮。【千鈞如髮】辛棄疾賀新郎：笑富貴，千鈞如髮。【衰顏華髮】蘇軾好事近：朱檻俯窺寒鑑，照衰顏華髮。

發

【花發】辛棄疾滿江紅：故園桃李，待君花發。【逸發】秦觀念奴嬌：使我吟懷逸發。【催發】柳永塞孤：秣馬巾車催發。柳永雨霖鈴：方留戀處，蘭舟催發。【花未發】馮延巳憶江南：今日相逢花未發。【征鞍發】寇準陽關引：春朝雨霽，輕塵斂，征鞍發。【相間發】歐陽修玉樓春：穠豔清香相間發。【紅霞發】張先少年游慢：酒臉紅霞發。【留夜發】歐陽修玉樓春：一曲行人留夜發。【宮漏發】歐陽修玉樓春：花外遲遲宮漏發。【少年花發】蘇軾三部樂：且惜取，少年花發。【梨花發】馮延巳采桑子：櫻桃謝了，梨花發。

韤

勿發切【素韤】姜夔慶宮春：正凝想，明璫素韤。【綉韤】王觀慶清朝慢：不道吳綾綉韤。【羅韤】姜夔八歸：想文君望久，倚竹愁生步羅韤。

揭 居竭切。風揭、掀揭、開揭、簾揭、斗杓揭、東風揭、酒旗揭。

竭 其謁切。力竭、不竭、先竭、衰竭、窮竭、江湖竭、金樽竭、精華竭。

碣 千碣、古碣、立碣、斷碣。

伐 房越切。久伐、北伐、先伐、自伐、征伐、討伐、誅伐、遠伐、林木伐、斧斤伐、率師伐。

罰 天罰、不罰、百罰、誅罰、十分罰、作酒罰。

閥 功閥、世閥、門閥、軍閥。

刖 魚厥切　軏　鉞 王伐切　曰　粵　紙　颰 許月切

狘　𥗪 居月切　獗　橛　蹶　蕨　蟨　鱖

撅 其月切　噦 於月切　钀 語訐切　紇 恨竭切　蠍 許竭切

猲　訐 居竭切　羯　楬 其謁切　謁 於歇居　茷 房越切

筏

【對偶】

溫庭筠更漏子：背江樓，臨海月。張先木蘭花：牆頭簌簌暗飛花，山外陰陰初落日。秦觀滿江紅：幾處搗殘深院日，誰家敲落高樓月。秦觀喜遷鶯：三十六湖春水，二十四橋明月。李清照小重山：花影壓重門，疏簾鋪淡月。岳飛滿江紅：三十功名塵與土，八千里路雲和月。辛棄疾滿江紅：赤壁磯頭千古浪，銅鞮陌上三更月。秦觀滿江紅：歸鴻簾幕，棲鴉城闕。

（沒）

沒 莫勃切【孤鴻沒】辛棄疾賀新郎：望昭陽、宮殿孤鴻沒。【半篙初沒】蘇軾好事近：秋水半篙初沒。

忽 呼骨切【倏忽】柳永離別難：花謝水流倏忽。【飄忽】蘇軾滿江紅：曹公黃祖俱飄忽。

窟 苦骨切【蟾窟】張先少年游慢：梯漢同登蟾窟。【蟾蜍窟】秦觀憶秦娥：桂花香滿蟾蜍窟。

骨 古忽切【枯骨】辛棄疾卜算子：簡冊寫虛名，螻蟻侵枯骨。【戰骨】辛棄疾賀新郎：白日銷殘戰骨。【駿骨】辛棄疾賀新郎：千里空收駿骨。【生仙骨】張先少年游慢：玉殿初宣，銀袍齊脫，生仙骨。【封侯骨】辛棄疾滿江紅：治國手、封侯骨。

兀 五忽切【突兀】辛棄疾歸朝歡：一堂眞石空，空庭更添突兀。【飄兀】蘇軾好事近：獨棹小舟歸去，任煙波飄兀。

勃 薄沒切。方勃、勃勃、雲勃、蓊勃、蓬勃。

悖 不悖、自悖、狂悖、相悖、不相悖。

卒 臧沒切。卒卒、忽卒、迫卒、倉卒。

突 他骨切。曲突、唐突、寒突、曉突、黔突。

訥 奴骨切。口訥、木訥、言訥、拙訥、若訥、欲訥。

笏 呼骨切。玉笏、抛笏、袍笏、搢笏、端笏、宰相笏。

汩 古忽切。日汩、汩汩、泉汩、分流汩、涇渭汩。

殁莫勃切　**孛**薄沒切　**侼**　**誖**　**浡**　**渤**　**餑**

脖　**鵓**　**窣**蘇骨切　**猝**蒼沒切　**倅**臧沒切　**捽**昨沒切

崒　**咄**當沒切　**怡**　**腯**他骨切　**揬**陁沒切　**𩗗**

呐奴骨切　**麧**下扢切　**齕**　**扢**　**搰**胡骨切　**鶻**

惚呼骨切　**堀**苦骨切　**愲**古忽切　**扤**五忽切　**杌**　**矹**

屼　**軏**　**阢**

（曷）

葛 居曷切【瓜葛】辛棄疾賀新郎：似而今，元龍臭味，孟公瓜葛。【諸葛】辛棄疾賀新郎：看淵明，風流酷似，臥龍諸葛。

遏 阿葛切。【難遏】姜夔慶宮春：垂虹西望，飄然引去，此興平生難遏。

褐 何葛切。布褐、披褐、素褐、野褐、短褐、無褐、儒褐、來時褐、秋風褐、霜侵褐。

喝 許葛切。一喝、大喝、爭喝、棒喝、長街喝、陣上喝、雷霆喝。

渴 邱葛切。人渴、久渴、心渴、止渴、如渴、忍渴、忘渴、消渴、飢渴、解渴、知我渴、春味渴、野禽渴、蛙泝渴。

割 居曷切。一割、分割、剖割、裁割、獨割、牛刀割、柔腸割、麥初割、操刀割。

曷何葛切　**蝎**　**鶡**　**磕**邱葛切　**盍**居曷切　**輵**

閼阿葛切　**蘖**牙葛切　**薩**桑葛切　**怛**當割切　**妲**　**靼**

狚　**闥**他達切　**撻**　**達**　**獺**　**達**陁葛切　**刺**郎達切

捺乃葛切

（末）

末 莫撥切【木末】姜夔慶宮春：呼我盟鷗，翩翩欲下，背人還過木末。

抹

【再抹】賀鑄清平樂：船裏琵琶金捍撥，彈斷么絃再抹。【塗抹】秦觀水龍吟：笑春山，爲誰塗抹。【如電抹】蘇軾木蘭花令：四十三年如電抹。【紅一抹】歐陽修玉樓春：酒入香腮紅一抹。【淡妝濃抹】秦觀水龍吟：總無心，淡妝濃抹。

闊

苦活切【天闊】周邦彥浪濤沙：望中地遠天闊。【空闊】秦觀念奴嬌：一曲浩歌空闊。姜夔慶宮春：一蓑松雨，暮愁漸漸空闊。【天四闊】万俟詠憶少年：上隴首，凝眸天四闊。【芳衢闊】張先少年游慢：花探都門曉，馬躍芳衢闊。【東灣闊】孫光憲漁歌子：夜涼水冷東灣闊。【幽期闊】歐陽修玉樓春：佳期只恐幽期闊。【清江闊】賀鑄清平樂：林臯葉脫，樓下清江闊。【楚天闊】柳永雨霖鈴：暮靄沈沈楚天闊。【煙光闊】寇準陽關引：寒草煙光闊。【滄溟闊】辛棄疾賀新郎：風引船回滄溟闊。【乾坤空闊】秦觀憶秦娥：此時方見，乾坤空闊。【蓬萊寒闊】吳文英喜遷鶯：待移杖藜雪後，猶怯蓬萊寒闊。

撥

北末切【撩撥】秦觀憶秦娥：祇緣不禁，梅花撩撥。【誰撥】姜夔八歸：問水面，琵琶誰撥。【金絲撥】歐陽修玉樓春：檀槽碎響金絲撥。【輕棹撥】吳文英霜天曉角：浪闊，輕棹撥。【霜入撥】蘇軾減字木蘭花：春水流絃霜入撥。【龍香撥】辛棄疾賀新郎：鳳尾龍香撥。

脫

他括切【微脫】柳永應天長：傍碧砌修梧，敗葉微脫。【鸞釵脫】馮延巳菩薩蠻：鳳髻鸞釵脫。

活

戶括切。水活、生活、全活、存活、求活、作活、快活、花活、景活、獨活、鮮活、山態活、不苟活、生意活、花底活、花意活、草木活、寒灰活、煙霞活、萬木活、萬物活、樹猶活、顏色活、鸞鳳活。

括

古活切。搜括、綜括、籠括、囊括。

鉢

北末切。一鉢、木鉢、衣鉢、托鉢、金鉢、持鉢、僧鉢、擊鉢、千家鉢、水晶鉢、石上鉢、如來鉢、琉璃鉢。

潑

普活切。一潑、活潑、浪潑、酒潑、翠潑、墨潑、汗如潑、冰雪潑、綠醅潑。

奪

徒活切。不奪、天奪、侵奪、莫奪、意奪、豪奪、不可奪、祝融奪、氣欲奪、鬼神奪、勢將奪。

袜莫撥切　**韎**　**沫**　**秣**　**豁**呼括切　**濊**　**聒**古活切

銛　**适**　**栝**　**筈**　**斡**烏括切　**捾**　**鏺**普活切

跋蒲撥切　**胈**　**犮**　**魃**　**軷**　**茇**　**撮**粗括切

掇都括切　**裰**　**捋**盧活切

（黠）

黠　下八切【奸黠】柳永小鎮西：天然俏，自來奸黠。

滑　戶八切【香滑】柳永小鎮西：再三偎着，再三香滑。【春鶯滑】辛棄疾踏歌：更言語，一似春鶯滑。【流珠滑】蘇軾木蘭花令：草頭秋露流珠滑。【新霜滑】柳永塞孤：山路險，新霜滑。【歌聲滑】辛棄疾六么令：却怪歌聲滑。【蓴羹滑】辛棄疾六么令：千里蓴羹滑。【藤牀滑】蘇軾醉落魄：巾偏扇墜藤牀滑。【鶯語滑】周邦彥看花迴：危絃弄響，來去鶯語滑。

八　布拔切【二八】蘇軾木蘭花令：草頭秋露流珠滑，三五盈盈還二八。柳永小鎮西：意中有個人，芳顏二八。

煞　山戛切【相思煞】柳永迎春樂：爲別後，相思煞。

軋　乙黠切。軋軋、相軋、侵軋、排軋、磨軋。

殺　山戛切。毒殺、笑殺、屠殺、愁殺、悶殺、惱殺、肅殺、醉殺、不可殺、天氣殺。

察　初戛切。省察、訪察、詳察、識察、萬民察、纖毫察。

札　側八切。一札、芳札、書札、素札、雲札、翰札、舊札、別離札、相思札、送君札。

劼邱八切　**戛**古黠切　**楔**　**嘎**　**揠**乙黠切　**鳦**

磆戶八切　**猾**　**䱻**　**婠**烏八切　**穵**　**朳**布拔切　**捌**

汃普八切　**叭**　**拔**蒲八切　**鎩**山戛切　**樧**　**紮**側八切

扎　**茁**側滑切　**鵽**張滑切

（舝）

帕 莫轄切【羅帕】周邦彥解語花：鈿車羅帕，相逢處，自有暗塵隨馬。

轄 下瞎切。車轄、金轄、並轄、鳳轄。

瞎 許轄切。目瞎、眞瞎、窮瞎、半壁瞎。

刮 古刹切。風刮、洗刮、徐刮、細刮、寒刮、試刮。

舝 下瞎切　**刹** 初轄切　**哳** 陟轄切

（屑）

屑 先結切【飄香屑】李煜玉樓春：臨風誰更飄香屑。

切 千結切【淒切】柳永雨霖鈴：寒蟬淒切。万俟詠憶少年：更一聲塞雁淒切。朱敦儒念奴嬌：初聽寒蟬淒切。【情切】韋莊應天長：想得此時情切。秦觀念奴嬌：不識愁人情切。【心更切】溫庭筠南歌子：近來心更切，爲思君。【西風切】歐陽修千秋歲：到而今，高梧冷落西風切。【哀箏切】辛棄疾滿江紅：雁行中斷哀箏切。【思歸切】晏幾道醉落魄：斷盡柔腸思歸切。【情何切】秦觀滿江紅：道聲聲，總是玉關情，情何切。【情味切】李煜玉樓春：醉拍闌干情味切。【啼猿切】顧敻河傳：天涯離恨江聲咽，啼猿切。【意空切】秦觀蘭陵王：意空切。【聲淒切】歐陽修蝶戀花：銀漢風高，玉管聲淒切。【歸意切】溫庭筠楊柳枝：繫得王孫歸意切。【杜鵑聲切】辛棄疾賀新郎：更那堪，鷓鴣聲住，杜鵑聲切。【情深意切】周邦彥三部樂：都只爲情深意切。【歸心漫切】秦觀碧芙蓉：望征鴻，歸心漫切。

竊 【容易竊】柳永玉樓春：曾許金桃容易竊。

節 子結切【良節】秦觀念奴嬌：報道懸弧良節。【佳節】秦觀碧芙蓉：聊賞佳節。周邦彥看花迴：奈愁歎冷落，頓辜佳節。【時節】姜夔琵琶仙：奈愁裏，怱怱換時節。【旌節】辛棄疾滿江紅：況故人新擁，漢壇旌節。【何時節】李之儀憶秦娥：不知今是何時節。【弄時節】秦觀蘭陵王：蟋蟀涉階弄時節。【甚時節】寇準陽關引：動黯然，知有後會甚時節。【清秋節】李白憶秦娥：樂遊園上清秋節。柳永雨霖鈴：更那堪，冷落清秋節。【霜時節】孫光憲漁歌子：一聲宿雁霜時節。【歸時節】柳永塞孤：應念念，歸時節。【人間佳節】秦觀念奴嬌：正是人間佳節。【中秋時節】秦觀念奴嬌：又近中秋時節。【去年時節】溫庭筠酒泉子：還是去年時節。【初寒時節】秦觀滿江紅：年年向，初寒時節。【芳草佳節】溫庭筠河瀆神：百花芳草佳節。【夜涼時節】馮延巳憶江南：正是西窗，夜涼時節。【得意時節】張先少年游慢：少年得意時節。【登高時節】柳永應天長：風露淒清，正是登高時節。【落花時節】韋莊清平樂：正是落花時節。【傷春時節】李清照好事近：長記海棠開後，正是傷春時節。【舊家時節】柳永小鎮西：分明似舊家時節。【艷陽時節】柳永留客住：凭小闌，艷陽時節。

鐵

他結切【心如鐵】辛棄疾賀新郎：道男兒，到死心如鐵。【簷間鐵】辛棄疾賀新郎：聽錚錚，陣馬簷間鐵。

結

吉屑切【乍結】柳永應天長：東籬霜乍結。【紆結】周邦彥看花迴：帶雨態煙痕，春思紆結。【愁結】周邦彥三部樂：欲報消息，無一句堪愈愁結。【蘊結】秦觀蘭陵王：誰念溫柔蘊結。【纜結】周邦彥浪濤沙：正拂面垂楊堪纜結。【丁香結】馮延巳鵲踏枝：愁腸學盡丁香結。李珣河傳：愁腸豈異丁香結。【千絲結】辛棄疾滿江紅：千樹柳，千絲結。【千萬結】韋莊應天長：一寸離腸千萬結。【同心結】秦觀念奴嬌：此時此夜，共綰同心結。辛棄疾踏歌：把春衫，推却同心結。【成愁結】秦觀滿江紅：當此時，寂寞倚闌，成愁結。【秋露結】歐陽修蝶戀花：草際蟲吟秋露結。【珠露結】晏殊蝶戀花：草際蛩吟珠露結。【腸千結】辛棄疾滿江紅：問春歸，不肯帶愁歸，腸千結。【腸寸結】歐陽修玉樓春：一曲能教腸寸結。【燈花結】吳文英喜遷鶯：重會面，點檢舊冷，同看燈花結。

潔

【皎潔】馮延巳醉花間：簾櫳偏皎潔。秦觀碧芙蓉：霧初消，澂潭皎潔。【瑩潔】秦觀喜遷鶯：水如膏潭，月同瑩潔。【澄潔】周邦彥看花迴：蕙風初散輕暖，霽景微澄潔。【冰霜潔】姜夔卜算子：路出古昌源，石瘦冰霜潔。

噎 一結切【凝噎】柳永雨霖鈴：執手相看淚眼，竟無語凝噎。【斷簫聲噎】吳文英喜遷鶯：兒女相思，年華輕送，鄰戶斷簫聲噎。

咽 【春咽】姜夔卜算子：象筆帶香題，龍笛吟春咽。【幽咽】秦觀滿江紅：隨風去，還幽咽。【淒咽】秦觀喜遷鶯：教人淒咽。【嗚咽】万俟詠憶少年：隴山峻秀，隴泉嗚咽。【凝咽】柳永應天長：休效牛山，空對江天凝咽。【江聲咽】顧敻河傳：天涯離恨江聲咽。【波聲咽】寇準陽關引：渭水波聲咽。【秋聲咽】張元幹石州慢：菰蒲零亂秋聲咽。【清淚咽】辛棄疾謁金門：近日醉鄉音問絕，有時清淚咽。【清溪咽】李之儀憶秦娥：清溪咽，霜風洗出山頭月。【笙歌咽】秦觀念奴嬌：滿座笙歌咽。【銅漏咽】晏殊蝶戀花：枕簟乍涼銅漏咽。【聲自咽】辛棄疾謁金門：怒蛙聲自咽。【聲韻咽】歐陽修玉樓春：風裏絲簧聲韻咽。【簫聲咽】李白憶秦娥：簫聲咽，秦娥夢斷秦樓月。【水流嗚咽】溫庭筠清平樂：橋下水流嗚咽。【角聲嗚咽】溫庭筠更漏子：城上角聲嗚咽。【數聲嗚咽】馮延巳清平樂：塞管數聲嗚咽。

血 呼決切【如血】晁補之塩角兒：山桃如血。溫庭筠河瀆神：艷紅開盡如血。【啼血】辛棄疾賀新郎：料不啼清淚長啼血。【膏血】張元幹石州慢：一洗中原膏血。【今成血】秦觀念奴嬌：灑淚今成血。【相思血】歐陽修千秋歲：未語先垂淚，滴盡相思血。【染啼血】秦觀蘭陵王：夜夜襟袖染啼血。【都成血】秦觀念奴嬌：灑淚都成血。

闋 苦穴切【新闋】辛棄疾念奴嬌：自與詩翁磨涷硯，看掃幽蘭新闋。【清歌闋】歐陽修玉樓春：西亭飲散清歌闋。【歌聲闋】柳永應天長：歌聲闋，杯興方濃，莫便中輟。【翻新闋】歐陽修玉樓春：離歌且莫翻新闋。

鴂 古穴切【聞啼鴂】蘇軾蝶戀花：落紅處處聞啼鴂。【聽鶗鴂】辛棄疾賀新郎：綠樹聽鶗鴂。【一聲啼鴂】李清照好事近：魂夢不堪幽怨，更一聲啼鴂。【幾聲啼鴂】姜夔琵琶仙：春漸遠，汀洲自綠，更添了幾聲啼鴂。

凸 徒結切。心凸、面凸、一峰凸、從古凸、蜂腰凸、頭角凸。

擷 奚結切。採擷、細擷、探擷、攬擷、雨中擷、芳叢擷、露中擷。

穴 胡決切。山穴、仙穴、同穴、虎穴、崖穴、野穴、巢穴、雲穴、寒穴、窮穴、舊穴、古槐穴、百丈穴、藏書穴。

決 古穴切。天決、果決、神決、輕決、劍決、臨決、平心決、堤防決。

訣 永訣、妙訣、相訣、秘訣、辭訣、寶訣、千金訣、不死訣、枕中訣、長生訣、錦囊訣。

譎 奇譎、雲譎、詼譎、瓌譎。

瞥 四蔑切。一瞥、眼瞥、斜瞥、飄瞥、去如瞥、如電瞥、風花瞥。

糏 先結切 **偞** **楶** 子結切 **節** **截** 昨結切 **耋** 徒結切

絰 **跌** **迭** **咥** **蛭** **垤** **捩** 力結切

涅 乃結切 **捏** **茶** **纈** 奚結切 **襭** **頁** **絜**

頡

（薛）

雪 相絶切【同雪】姜夔琵琶仙：為玉尊，起舞同雪。【冰雪】張孝祥念奴嬌：肝膽皆冰雪。【似雪】晁補之鹽角兒：開時似雪，謝時似雪。【春雪】溫庭筠定西番：千里玉關春雪。【飛雪】秦觀念奴嬌：正見江天飛雪。辛棄疾賀新郎：驚散樓頭飛雪。【堆雪】辛棄疾賀新郎：記出塞，黃雲堆雪。【窗雪】周邦彥滿路花：銀鏷、鳴窗雪。【殘雪】姜夔念奴嬌：因覓孤山林處士，來踏梅根殘雪。【微雪】辛棄疾賀新郎：蹙踏松梢微雪。【誰雪】辛棄疾謁金門：玉腕藕花誰雪。【凝雪】朱敦儒念奴嬌：飛霜凝雪。【濺雪】秦觀念奴嬌：激浪飛珠濺雪。【蘸雪】吳文英齊天樂：素骨凝冰，柔葱蘸雪。【千里雪】李煜漁父：浪花有意千重雪。【千堆雪】蘇軾念奴嬌：驚濤拍岸，捲起千堆雪。【江梅雪】辛棄疾賀新郎：借得春工染將秋露，薰得江梅雪。【肌如雪】辛棄疾念奴嬌：透戶龍香，隔簾鶯語，料得肌如雪。【明肌雪】李煜玉樓春：晚粧初了明肌雪。【花如雪】馮延巳臨江仙：南園池館花如雪。【花似雪】韋莊應天長：又是玉樓花似雪。

【花飄雪】溫庭筠清平樂：楊柳花飄雪。【飛似雪】歐陽修玉樓春：正值柳綿飛似雪。【封枝雪】周邦彥菩薩蠻：天憎梅浪發，故下封枝雪【香和雪】辛棄疾踏歌：一團兒，美滿香和雪。【香顋雪】溫庭筠菩薩蠻：鬢雲欲度香顋雪。【玲瓏雪】姜夔洞仙歌：花中慣識，壓架玲瓏雪。【孤負雪】辛棄疾最高樓：也莫向，竹邊孤負雪。【梨花雪】周邦彥浪淘沙：空餘滿地梨花雪。【梨花雪】辛棄疾踏莎行：隔簾幾處梨花雪。【梅屏雪】姜夔卜算子：家在馬城西，今賦梅屏雪。【偎香雪】柳永塞孤：幽會處，偎香雪。【煮香雪】辛棄疾六么令：細寫茶經煮香雪。【裁春雪】辛棄疾生查子：喚取酒邊來，軟語裁春雪。【敲冰雪】辛棄疾念奴嬌：龍友相逢，窪樽緩舉，議論敲冰雪。【滿城雪】辛棄疾六么令：可堪楊柳，先作東風滿城雪。【團香雪】溫庭筠菩薩蠻：杏花含露團香雪。【頭如雪】辛棄疾生查子：不見可憐人，一夜頭如雪。【霏談雪】秦觀憶秦娥：胡牀興發霏談雪。【鄰香雪】柳永玉樓春：匆匆縱得鄰香雪。【凝霜雪】韋莊菩薩蠻：皓腕凝霜雪。馮延巳清平樂：深冬寒月，庭戶凝霜雪。【聲如雪】范成大醉落魄：好風碎竹聲如雪。【簪秋雪】吳文英滿江紅：柳花不見簪秋雪。【灞橋雪】秦觀憶秦娥：灞橋雪，茫茫萬徑人蹤滅。【一分香雪】蘇軾三部樂：問爲誰減動，一分香雪。【一行飛雪】張先少年游慢：宴罷東風，鞭梢一行飛雪。【月白如雪】溫庭筠更漏子：城上月白如雪。【仙容似雪】溫庭筠女冠子：鈿鏡仙容似雪。【衣冠似雪】辛棄疾賀新郎：滿座衣冠似雪。【春醅浮雪】辛棄疾好事近：取次錦袍須貰，愛春醅浮雪。【秋月如雪】溫庭筠荷葉杯：鏡水夜來秋月，如雪。【訪梅踏雪】辛棄疾永遇樂：無情休問，許多般事，且自訪梅踏雪。【絮飛如雪】晏殊望漢月：謝娘春晚先多愁，更撩亂，絮飛如雪。

絕

情雪切【人絕】柳永望海月：奈夜永，厭厭人絕。【奇絕】周邦彥看花迴：秀色芳容明眸，就中奇絕。【孤絕】秦觀念奴嬌：却把此峯孤絕。【殊絕】秦觀念奴嬌：風光眞是殊絕。【清絕】秦觀碧芙蓉：喜秋光清絕。秦觀念奴嬌：孤舟垂釣，漁舟眞箇清絕。【紘絕】辛棄疾滿江紅：怕一觴一詠，風流紘絕。【愁絕】溫庭筠定西番：羌笛一聲愁絕。溫庭筠更漏子：城上月，白如雪，蟬鬢美人愁絕。馮延巳三臺令：明月明月，照得離人愁絕。万俟詠憶少年：已不勝愁絕。辛棄疾賀新郎：問誰使，君來愁絕。【路絕】韋應物調笑令：河漢雖同路絕。【漸絕】柳永應天長：殘蟬漸絕。【嬌絕】姜夔洞仙歌：我愛幽芳，還比酴醾又嬌絕。【癡絕】姜夔念奴嬌：笑汝眞癡絕。【信音絕】周邦彥浪濤沙：經時信音絕。【風流絕】張先木蘭花：西湖楊柳風流絕。【清更絕】秦觀蘭陵王：此景清更絕。【音書絕】韋莊應天長：別來半歲音書絕。【音問絕】辛棄疾謁金門：近日醉鄉音問絕。【音塵絕】李白憶秦娥：咸陽古道音塵絕。李之儀憶秦娥：凌歊望斷音塵絕。辛棄疾賀新郎：遼陽驛使音塵絕。【幽怨絕】馮延巳菩薩蠻：聲隨幽怨絕。【魂斷絕】馮延巳清平樂：風雁過時魂斷絕。【關河路絕】辛棄疾賀新郎：正目斷，關河路絕。

設

式列切【虛設】柳永雨霖鈴：此去經年，應是良辰好景虛設。柳永塞孤：免鴛衾，兩凭虛設。柳永應天長：恁好景佳辰，怎忍虛設。張先慶佳節：天意應不虛設。【須設】秦觀喜遷鶯：駟馬高門須設。【虛鋪設】歐陽修千秋歲：鸞帷鳳枕虛鋪設。

折

之列切【欲折】馮延巳醉花間：凭闌干欲折。【堪折】柳永應天長：綻金蕊，嫩香堪折。晏幾道醉落魄：歸時定有梅堪折。辛棄疾滿江紅：羨夜來手把，桂花堪折。【腰折】辛棄疾念奴嬌：此君何事，晚來還易腰折。【萬折】秦觀念奴嬌：當住中流萬折。【親折】周邦彥浪淘沙：玉手親折。【攀折】溫庭筠清平樂：終日行人恣攀折。寇準陽關引：指青青楊柳，又是輕攀折。【玉簪折】辛棄疾六么令：倒冠一笑，華髮玉簪折。【和愁折】姜夔卜算子：前度帶愁看，一餉和愁折。【花堪折】馮延巳憶江南：重來不怕花堪折。【花難折】辛棄疾念奴嬌：尊前重見，鏡裏花難折。【秋曲折】吳文英霜天曉角：縈繞秋曲折。【紅蓮折】吳文英滿江紅：一曲紫雲迴，紅蓮折。【垂楊折】晏幾道點絳脣：又將南陌垂楊折。【疏荷折】馮延巳鵲踏枝：狼籍池塘，雨打疏荷折。【短轅折】辛棄疾六么令：酒羣花隊，攀得短轅折。

舌

食列切【巧舌】柳永合歡帶：鶯慚巧舌。

熱

而列切【春雲熱】吳文英六醜：星河瀲灩春雲熱。

說

失爇切【休說】秦觀念奴嬌：此輩都休說。【休說】姜夔琵琶仙：十里揚州，三生杜牧，前事休說。【爭說】秦觀念奴嬌：舟郎指點爭說。【行人說】秦觀喜遷鶯：聽得行人說。【和淚說】李煜望江南：心事莫將和淚說。【長亭說】辛棄疾賀新郎：把酒長亭說。【恨難說】秦觀蘭陵王：沈思恨難說。辛棄疾賀新郎：絃解語，恨難說。【無處說】馮延巳鵲踏枝：歷歷前歡無處說。韋莊應天長：暗相思，無處說。【與君說】柳永應天長：把酒與君說。【誰共說】馮延巳醉花間：此宵情，誰共說。【憑誰說】馮延巳虞美人：幽怨憑誰說。秦觀碧芙蓉：就中深意憑誰說。【與何人說】柳永雨霖鈴：便縱有，千種風情，更與何人說。

爇

如劣切【紅爇】周邦彥無悶：洞戶悄，時見香消翠樓，獸煤紅爇。

哲

陟列切【前哲】柳永應天長：落帽風流，未饒前哲。

徹

敕列切【行徹】柳永塞孤：遠道何時行徹。【吹徹】秦觀憶秦娥：誰家鳳管，夜深吹徹。【哀徹】辛棄疾賀新郎：推手含情還却手，一抹梁州哀徹。【清徹】秦觀念奴嬌：水天一色，坐來肌骨清徹。【聽徹】秦觀蘭陵王：霓裳聽徹。【玲瓏徹】姜夔卜算子：梅雪相兼不見花，日影玲瓏徹。【秋澄徹】秦觀憶秦娥：水天涵映秋澄徹。【陰晴徹】秦觀念奴嬌：高空日煥，諳歷陰晴徹。【陽關徹】晏幾道醉落魄：垂鞭自唱陽關徹。寇準陽關引：聽取陽關徹。【寒不徹】馮延巳醉花間：夜深寒不徹。【歌徧徹】李煜玉樓春：重按霓裳歌徧徹。【銅漏徹】歐陽修蝶戀花：枕簟乍涼銅漏徹。【彈未徹】馮延巳菩薩蠻：玉箏彈未徹。【聲未徹】辛棄疾謁金門：翻樹啼鴉聲未徹。

轍

直列切【青門轍】姜夔念奴嬌：獠女供花，傖兒行酒，臥看青門轍。

澈

【澄澈】孫光憲漁歌子：萬頃金波澄澈。

列

力蘖切【羅列】秦觀念奴嬌：花燭家家羅列。秦觀碧芙蓉：遙想兄弟羅列。【魚貫列】李煜玉樓春：春殿嬪娥魚貫列。

烈

【英烈】辛棄疾滿江紅：人盡說，君家飛將，舊時英烈。【偏激烈】秦觀滿江紅：歸雲起，偏激烈。

洌

【淒洌】柳永塞孤：漸西風緊，襟袖淒洌。【清寒洌】秦觀憶秦娥：肩山吟聳清寒洌。

裂

【風乍裂】馮延巳鵲踏枝：秋入蠻蕉風乍裂。【補天裂】辛棄疾賀新郎：看試手，補天裂。【一聲吹裂】辛棄疾滿江紅：玉纖橫笛，一聲吹裂。

輟

株劣切【中輟】柳永應天長：杯興方濃，莫便中輟。

劣

力輟切【優劣】姜夔洞仙歌：敢喚起桃花，問誰優劣。

悅

欲雪切【歡悅】柳永小鎮西：正歡悅。【歡悅】柳永應天長：遇良會，賸偷歡悅。

缺

傾雪切【離缺】柳永小鎮西：久離缺。【鸞孤月缺】晏幾道醉落魄：鸞孤月缺。【乍圓還缺】柳永望海月：爭奈乍圓還缺。

傑

巨列切【奇傑】文天祥酹江月：斗中空認奇傑。【豪傑】蘇軾念奴嬌：江山如畫，一時多少豪傑。【人中傑】秦觀念奴嬌：信是人中傑。

滅

莫列切【沈滅】姜夔念奴嬌：越只青山，吳惟芳草，萬古皆沈滅。【明滅】張元幹石州慢：幾點流螢明滅。朱敦儒好事近：看孤鴻明滅。辛棄疾謁金門：遮素月，雲外金蛇明滅。【人蹤滅】秦觀憶秦娥：茫茫萬徑人蹤滅。【明又滅】孫光憲漁歌子：泛流螢，明又滅。【金明滅】溫庭筠菩薩蠻：小山重疊金明滅。【香燈滅】韋莊清平樂：繡閣香燈滅。【更闌燭滅】辛棄疾水龍吟：堂上更闌燭滅。【雲飛煙滅】辛棄疾賀新郎：千古事，雲飛煙滅。

別

筆別切【更別】秦觀念奴嬌：景比蓬萊更別。【初別】姜夔琵琶仙：想見西出陽關，故人初別。【長別】秦觀念奴嬌：玉顏已成長別。【香別】辛棄疾念奴嬌：惟有南枝香別。【情別】晁補之鹽角兒：終有一般情別。【傷別】李白憶秦娥：年年柳色，霸陵傷別。【輕別】柳永傾杯：算人生，悲莫悲於輕別。周邦彥浪濤沙：嗟萬事難忘，唯是輕別。辛棄疾念奴嬌：垂楊繫馬，此地曾輕別。【離別】溫庭筠定西番：漢使昔年離別。柳永望海月：暫歡會，依前離別。姜夔八歸：而今何事，又對西風離別。【難別】秦觀喜遷鶯：立馬城頭難別。【人近別】馮延巳更漏子：夜初長，人近別。【人離別】馮延巳憶江南：祇怕明年，花發人離別。【休離別】馮延巳鵲踏枝：關山何日休離別。【多離別】溫庭筠菩薩蠻：綠楊陌上多離別。馮延巳臨江仙：秩陵江上多離別。【江山別】辛棄疾念奴嬌：結屋溪頭，境隨人勝，不是江山別。【燈下別】柳永塞孤：草草主人燈下別。【易相別】韋莊應天長：難相見，易相別。【爭贈別】歐陽修玉樓春：垂柳無端爭贈別。【郎欲別】韋莊清平樂：門外馬嘶郎欲別。【容易別】歐陽修玉樓春：始共春風容易別。【新聲別】歐陽修玉樓春：畫堂花月新聲別。【新秋別】張先菩薩蠻：莫話新秋別。【經年別】秦觀滿江紅：江湖旅客經年別。【傷離別】柳永雨霖鈴：多情自古傷離別。【輕離別】秦觀蘭陵王：春鴻秋雁輕離別。歐陽修蝶戀花：枕簟乍暖銅漏徹，誰教社燕輕離別。呂本中踏莎行：爲誰醉倒爲誰醒，到今猶恨輕離別。

啜

姝悅切。一啜、小啜、細啜、飽啜、清可啜。

拙

朱劣切。才拙、太拙、巧拙、守拙、言拙、抱拙、笑拙、筆拙、鳩拙、養拙、藏拙、生計拙、生涯拙、田夫拙、君子拙、營生拙、營巢拙。

刷

所劣切。雨刷、風刷、洗刷、輕刷、恥可刷、海浪刷。

說

欲雪切。相說、歡說、近說、天說、欣說、睹貌說。

薛私列切　紲　絏　褻　媟　契　卨　渫

洩　楔　蕝祖悅切　蔎式列切　揲　掣尺列切

浙之列切　晣　折食列切　歠姝悅切　梲朱劣切

撤敕列切　咧力蘖切　冽　捩　茢　栵　叕株劣切

餟　惙　醊　涰　埒力輟切　拽羊列切　孑吉列切

閱欲雪切　蛻　蒛傾雪切　竭邱傑切　愒　偈

桀巨列切　孽魚列切　讞　櫱　鼈必列切　瀎匹滅切

䇷筆別切　莂　別皮列切

【對偶】

秦觀念奴嬌：柳陌輕颸，沙汀殘雪。辛棄疾踏涉行：過牆一陣海棠風，隔簾幾處梨花雪。歐陽修玉樓春：游絲有意苦相縈，垂柳無端爭贈別。秦觀滿江紅：閨閣幽人千里思，江湖旅客經年別。

（葉）

葉

弋陟切【紅葉】秦觀蘭陵王：御溝曾解流紅葉。【桃葉】周邦彥三部樂：倩誰摘取，寄贈情人桃葉。【黃葉】秦觀碧芙蓉：顚倒飄黃葉。【落葉】秦觀喜遷鶯：西風落葉。【鳴葉】秦觀滿江紅：半天驚籟，滿庭鳴葉。【褪葉】吳文英霜天曉角：煙林褪葉。【金蕉葉】辛棄疾念奴嬌：掃斷塵勞，招呼蕭散，滿酌金蕉葉。【春竹葉】白居易憶江南：吳酒一杯春竹葉。【菖蒲葉】辛棄疾滿江紅：榆莢陣，菖蒲葉。【蕭蕭葉】秦觀念奴嬌：風舞蕭蕭葉。【驚落葉】辛棄疾謁金門：雨聲驚落葉。【行舟如葉】姜夔八歸：櫂移人遠，縹緲行舟如葉。【扁舟一葉】張孝祥念奴嬌：著我扁舟一葉。【移根換葉】周邦彥解連環：想移根換葉。【露荷翻葉】辛棄疾喜遷鶯：都休問，但千杯快飲，露荷翻葉。

靨

益陟切【遮笑靨】溫庭筠菩薩蠻：繡衫遮笑靨。

裛

憶笈切【袖裛】周邦彥看花迴：揾香羅，恐揉損，與他衫袖裛。

楫

即涉切【擊楫】秦觀念奴嬌：行人過此，爲君幾度擊楫。

睫

【涴睫】周邦彥看花迴：勻朱傅粉，幾爲嚴妝時涴睫。【凝雙睫】蘇軾滿江紅：淚珠先已凝雙睫。【淚珠盈睫】辛棄疾賀新郎：瑣窗寒，輕攏慢撚，淚珠盈睫。

霎

色輒切【一霎】姜夔慶宮春：唯有闌干，伴人一霎。【留時霎】晏幾道六么令：記取留時霎。

涉

時攝切【翠濤涉】吳文英霜天曉角：嵐雲重，翠濤涉。

獵

力涉切【縱長獵】吳文英一寸金：秋入中山，臂隼牽盧縱長獵。

妾

七接切。臣妾、妻妾、爲妾、美妾、姬妾、漢妾、賤妾、幽閨妾、蕩子妾、薄命妾、窮巷妾。

接

即涉切。未接、目接、近接、相接、遠接、影接、踵接、今古接、光景接、耳目接、風煙接、神明接、雲天接、短兵接、精神接、樓臺接。

楪弋涉切 **鍱** **魘**益涉切 **厭** **擫**域輒切 **饁**
极其輒切 **笈** **衱** **緝**七接切 **淁** **椄**即涉切 **婕**
萎 **捷**疾葉切 **攝**失涉切 **懾** **葉** **歙**色輒切
箑 **萐** **翜** **謵**尺涉切 **呫** **讋**質涉切 **慴**
摺 **拾**時攝切 **囁**日涉切 **輒**陟涉切 **鬣**力涉切 **擸**
邋 **聶**昵輒切 **籋** **鑷** **躡**

【對偶】

秦觀滿江紅：半天鶯籟，滿庭鳴葉。　王沂孫齊天樂：漢苑飄苔，秦陵墜葉。

（帖）

帖 託協切【輕帖】周邦彥看花迴：微重重紅綃輕帖。【流觴春帖】吳文英一寸金：點髯掀舞，流觴春帖。

牒 苔協切【仙牒】秦觀念奴嬌：錫與長生仙牒。

疊【三疊】秦觀喜遷鶯：離歌三疊。【千疊】辛棄疾念奴嬌：新恨雲山千疊。【雲千疊】秦觀念奴嬌：掩映雲千疊。【蘿嶂疊】吳文英霜天曉角：畫屏蘿嶂疊。

褋【捐褋】姜夔念奴嬌：昔遊未遠，記湘皋聞瑟，澧浦捐褋。

蝶【飛蝶】辛棄疾念奴嬌：淒涼今古，眼中三兩飛蝶。【蜂蝶】辛棄疾念奴嬌：丁寧黃菊，未消勾引蜂蝶。【夢蝶】張炎聲聲慢：渾疑夜窗夢蝶。【夢中蝶】辛棄疾蘭陵王：尋思人世，只合化夢中蝶。【團香蝶】辛棄疾踏莎行：亂紅點點團香蝶。【黏飛蝶】溫庭筠菩薩蠻：煙草黏飛蝶。

捻 諾叶切【腰瘦一捻】王沂孫慶宮春：翠圍腰瘦一捻。

頰 吉協切【紅頰】辛棄疾踏莎行：愁滿芳心，酒潮紅頰。【冰生頰】辛棄疾滿江紅：談兵玉帳冰生頰。【光映頰】周邦彥看花迴：那日分飛，淚雨縱橫光映頰。【風生頰】辛棄疾念奴嬌：雨山橫黛，談笑風生頰。【融香頰】蘇軾菩薩蠻：雪花飛暖融香頰。

莢　【榆莢】姜夔琵琶仙：都把一襟芳思，與空階榆莢。

篋　詰叶切【蠹魚篋】吳文英一寸金：自歎江湖，雕龍心盡，相攜蠹魚篋。

愜　【意愜】周邦彥看花迴：斗帳裏，濃歡意愜。

燮　悉協切【貼燮】周邦彥看花迴：半餉斜眄費貼燮。

浹　即協切【鳳笙浹】吳文英霜天曉角：天風裏，鳳笙浹。

貼　託協切。熨貼、穩貼、水上貼、煙華貼。

協　胡頰切。心協、相協、氣協、聲協、人事協、音韻協、神功協、萬民協。

俠　任俠、豪俠、醉俠、儒俠、一諾俠、五陵俠、布衣俠、匹夫俠。

帖託協切　**鉆**　**喋**的協切　**跕**　**諜**荅協切　**堞**　**渫**

鰈　**艓**　**蹀**　**惗**諾叶切　**叶**胡頰切　**勰**　**挾**

裌　**筴**　**鋏**　**蛺**　**㛪**詰叶切　**岌**　**慊**

躞悉協切

【對偶】辛棄疾出塞：愁滿芳心，酒潮紅頰。

第十九部

入聲 二十七合二十八盍三十一業三十二洽三十狎三十四乏通用

（合）

合 曷閤切【離合】辛棄疾賀新郎：神州畢竟，幾番離合。【冰還合】馮延巳抛球樂：曲池波晚冰還合。【蒼煙合】蘇軾醉落魄：孤城回望蒼煙合。【暮雲合】馮延巳抛球樂：繞殘紅燭暮雲合。【水深冰合】辛棄疾賀新郎：悵清江，天寒不渡，水深冰合。

靸 悉合切【小羅靸】歐陽修迎春樂：步輕輕，小羅靸。

閤 葛合切。入閤、山閤、小閤、玉閤、出閤、妝閤、東閤、香閤、幽閤、畫閤、開閤、閨閤、蘭閤、池上閤、飛花閤、紫微閤、清香閤。

鴿 白鴿、風鴿、家鴿、紫鴿、棲鴿、野鴿、閒鴿、郡鴿、馴鴿、雲外鴿、窗中鴿。

雜 昨合切。不雜、多雜、紛雜、煩雜、塵雜、繁雜、叢雜、文采雜、五色雜、丹青雜、甘苦雜、車馬雜、陰陽雜、禽獸雜、綺羅雜。

答 德合切。不答、可答、自答、相答、厚答、酬答、應答、難答、千金答、不忍答、不能答、幽情答、疎鐘答、萬籟答。

沓 獺合切。重沓、紛沓、雜沓、叢沓、天地沓、波浪沓、樹陰沓、巖翠沓。

踏 足踏、屐踏、常踏、閒踏、亂踏、玉梯踏、冰上踏。

納 諾荅切。心納、不納、宜納、厚納、海納、廣納、不肯納、披襟納、虛懷納、開門納。

衲 一衲、山衲、布衲、百衲、老衲、敝衲、短衲、百結衲、僧伽衲、禪房衲。

郃 曷閤切 **盒** **合** 葛合切 **蛤** **姶** 遏合切 **趿** 悉合切

鈒 **㚊** **颯** **卅** **唼** 所答切 **帀** 作答切 **雥** 昨合切

搭（德合切）　褡　嗒　鎝（託合切）　幍　漯　鞳

誻（獺合切）　撘　遝　涾　拉（落合切）　妠　匼（遏合切）

（盍）

闔　胡臘切【閶闔】辛棄疾滿江紅：：騰汗漫，排閶闔。

蠟　力盍切【胭脂蠟】歐陽修迎春樂：：香汗透，胭脂蠟。

榻　託盍切。一榻、木榻、月榻、坐榻、書榻、掃榻、琴榻、短榻、滿榻、僧榻、禪榻、繡榻、山當榻、合歡榻、幽人榻、高士榻、南窗榻。

塔　古塔、江塔、金塔、佛塔、孤塔、高塔、登塔、層塔、燈塔、雙塔、靈塔、七寶塔、千仞塔、千尋塔、高峰塔、凌雲塔、凌霄塔。

臘　力盍切。三臘、伏臘、近臘、度臘、寒臘、短臘、殘臘。

盍（胡臘切）　磕　蓋　嗑　榼（克盍切）　搕　瞌

溘　鎑（谷盍切）　葢　閘　鰪（乙盍切）　搨（德盍切）

傝（託盍切）　塌　遢　蹋（敵盍切）　鑞　爉　邋

擸

（業）

怯　乞業切【寒怯】辛棄疾念奴嬌：：一夜雲屏寒怯。【愁怯】辛棄疾六么令：：離觴愁怯。【嬌聲怯】辛棄疾滿江紅：：流鶯喚友嬌聲怯。

業　逆怯切。大業、父業、立業、功業、生業、守業、先業、別業、受業、志業、成業、故業、家業、修業、基業、敬業、淨業、聖業、道業、傳業、樂業、慧業、創業、豐業、千秋業、子孫業、丈夫業、平生業、百年業、伊呂業、因果業、周孔業、躬耕業、桑麻業、清淨業、聖賢業、傳經業、萬世業、箕裘業、漢家業、濟世業。

刦 訖業切。千刦、百刦、多刦、兵刦、浩刦、萬刦、塵刦、不可刦、百千刦、恆沙刦、無量刦、幾世刦。

浥 又業切。浥浥、酒浥、潤浥、露浥。

鄴逆怯切 脅迄業切 胠 搶 抾迄業切 刦訖業切

衱 袷 蛣 跲極業切 柗 笈 腌又業切

裛

（洽）

洽 轄夾切【歡洽】柳永雪梅香：雅態姸姿正歡洽。

峽 【楚峽】秦觀玉樓春：屏上依稀描楚峽。

揷 測洽切【秋花揷】蘇軾勸金船：笑把秋花揷。

狹 轄夾切。益狹、徑狹、路狹、險狹、天地狹、江海狹、耳目狹、泉谷狹。

夾 訖洽切。山夾、竹夾、斜夾、雙夾、籬夾、綠槐夾、蘆花夾。

袷轄夾切 恰乞洽切 帢 掐 郟訖洽切 裌 筴

歃色洽切 臿測洽切 鍤 眨側洽切 萐實洽切 牐

劄竹洽切

（狎）

狎 轄甲切【雙蝶狎】秦觀玉樓春：閒看花簾雙蝶狎。

匣 【開鏡匣】秦觀玉樓春：斜倚妝臺開鏡匣。

甲 古狎切【銀指甲】秦觀玉樓春：咬損纖纖銀指甲。

壓 乙甲切【低壓】姜夔慶宮春：傷心重見，依約眉山，黛痕低壓。【眉愁壓】姜夔玉樓春：支頤凝想眉愁壓。【把曹劉壓】辛棄疾六么令：誰對叔子風流，直把曹劉壓。

鴨 【比鄰鴨】辛棄疾六么令：莫惱比鄰鴨。【香銷鴨】秦觀玉樓春：午窗睡起香銷鴨。【能言鴨】

辛棄疾六么令：便整松江一棹，點檢能言鴨。

押 乙甲切。花押、新押、鳳押、簾押、金縷押、臺榭押。

霎 色甲切。一霎、半霎、數霎、瞬霎。

喋 直甲切。唼喋、喋喋。

䛟 轄甲切 柙 胛 古狎切 擫 乙甲切 呷 迄甲切

翣 色甲切 緁 箑

（乏）

乏 扶法切。不乏、困乏、空乏、疲乏、飢乏、窘乏、窮乏。

法 弗乏切。心法、可法、百法、足法、取法、峻法、苛法、聖法、護法、天下法、不二法、有爲法、先王法、何足法、長生法、微妙法。

㹱 敕法切

國家圖書館出版品預行編目資料

詞林韻藻

王熙元、陳滿銘、陳弘治合編.— 初版.---
臺北市：臺灣學生，1978 [民 67]　面；公分

ISBN 957-15-0546-3 (精裝)
ISBN 957-15-0547-1 (平裝)

1.詞 – 詞韻

823.3　　82005441

詞林韻藻（全一冊）

主編者：王熙元　陳滿銘　陳弘治
助編者：胡慧怡　吳萍　鍾淑蘭　張彩霞
施美惠　郭月娥　王桂英　李淑卿
出版者：臺灣學生書局
發行人：孫善治
發行所：臺灣學生書局
臺北市和平東路一段一九八號
郵政劃撥戶：〇〇〇二四六六八號
電話：(〇二)二三六三四一五六
傳真：(〇二)二三六三六三三四
本書局登記證字號：行政院新聞局局版北市業字第捌玖壹號
印刷所：宏輝彩色印刷公司
中和市永和路三六三巷四二號
電話：二二二六八八五三

定價：精裝新臺幣四〇〇元
平裝新臺幣三三〇元

西元一九七八年四月初版
西元一九九九年九月初版四刷

04302

ISBN 957-15-0546-3(精裝)
ISBN 957-15-0547-1(平裝)